W0403255

PANINI BOOKS

KIERSTEN WHITE

DAS DUNKLE IN MIR

DIE EROBERER-TRILOGIE, BAND 1

Ins Deutsche übertragen
von Helga Parmiter

PANINI BOOKS

Bibliografische Information der Deutschen Nationalbibliothek
Die Deutsche Nationalbibliothek verzeichnet diese Publikation in der Deutschen Nationalbibliografie; detaillierte bibliografische Daten sind im Internet über http://dnb.d-nb.de abrufbar.

MIX
Papier | Fördert gute Waldnutzung
FSC
www.fsc.org
FSC® C014496

Text copyright © 2024 by Kiersten White. All Rights Reserved.
Jacket art copyright © 2024 by Sam Weber.
Map art copyright © 2024 Isaac Stewart.

Titel der englischen Originalausgabe: *»And I Darken«* by Kiersten White, published 2016 in the US by Delacorte Press, an imprint of Random House Children's Books, a division of Random House LLC, New York.

Deutsche Ausgabe 2024 Panini Verlags GmbH, Schloßstr. 76, 70176 Stuttgart.
Alle Rechte vorbehalten.

Geschäftsführer: Hermann Paul
Head of Editorial: Jo Löffler
Head of Marketing: Holger Wiest (E-Mail: marketing@panini.de)
Presse & PR: Steffen Volkmer

Übersetzung: Helga Parmiter
Lektorat: Katharina Altreuther
Umschlaggestaltung: tab indivisuell, Stuttgart
Satz und E-Book: Greiner & Reichel, Köln
Druck: GGP Media GmbH, Pößneck
Gedruckt in Deutschland

YDWHITE001

1. Auflage, März 2024,
ISBN 978-3-8332-4483-4

Auch als E-Book erhältlich:
ISBN 978-3-7569-9971-2

Findet uns im Netz:
www.paninicomics.de

PaniniComicsDE

Für Noah
Te iubesc

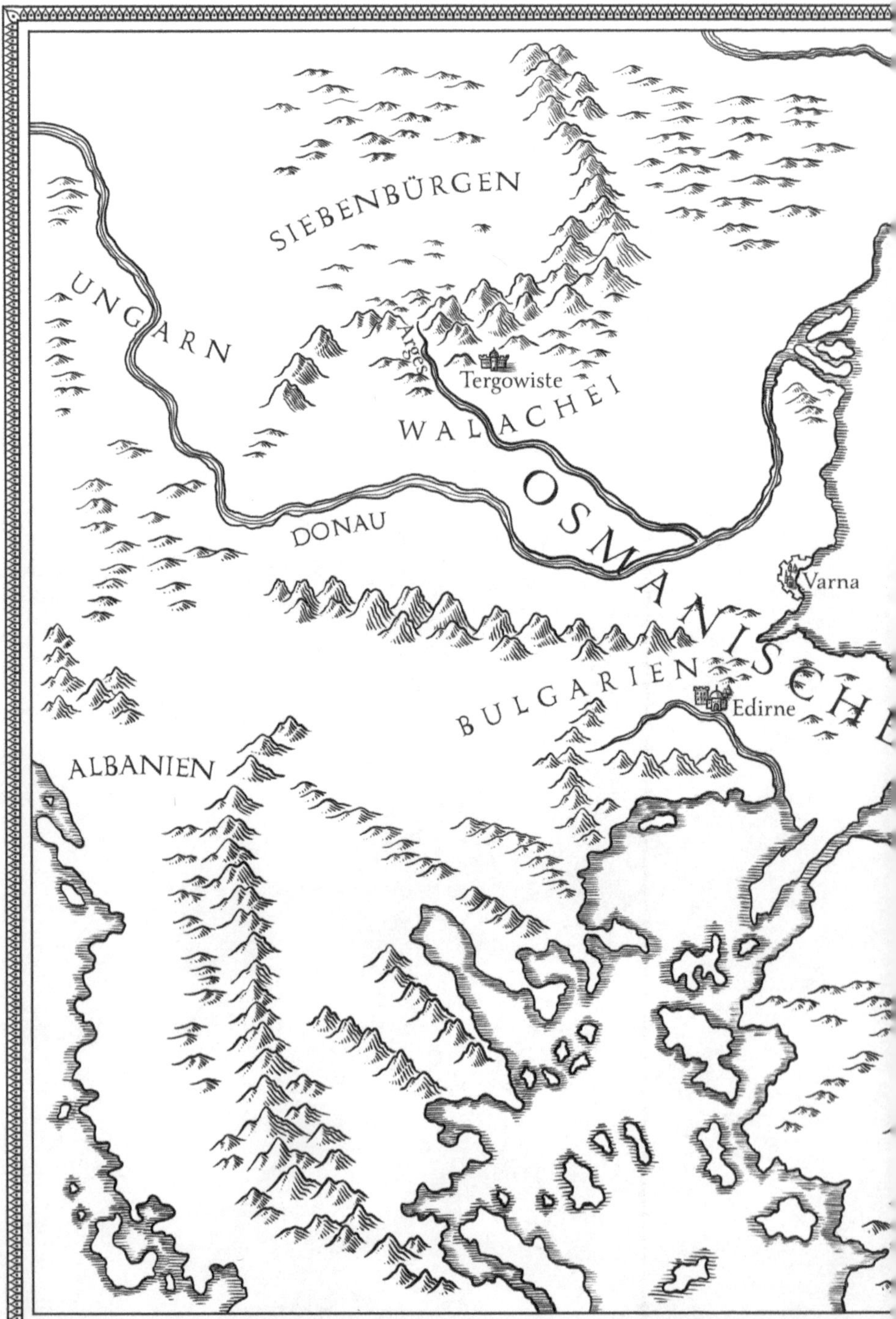
SIEBENBÜRGEN
UNGARN
Arges
Tergowiste
WALACHEI
DONAU
OSMANISCHE
Varna
BULGARIEN
Edirne
ALBANIEN

SCHWARZES MEER
Konstantinopel
Amasya
S
REICH
2015

WALACHEI

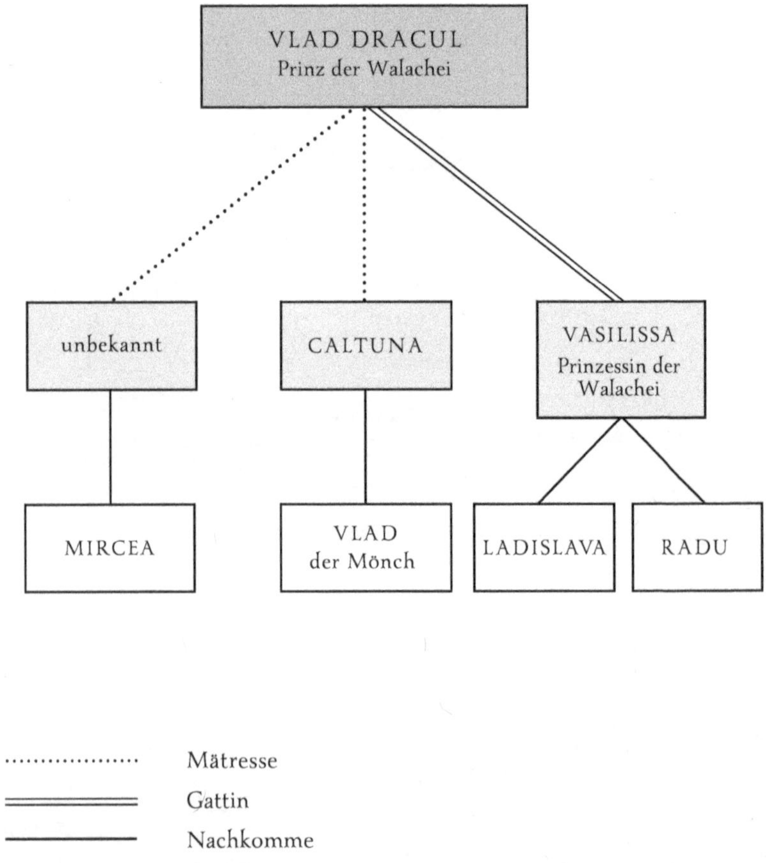
VLAD DRACUL
Prinz der Walachei
unbekannt
CALTUNA
VASILISSA
Prinzessin der Walachei
MIRCEA
VLAD
der Mönch
LADISLAVA
RADU
Mätresse
Gattin
Nachkomme

OSMANISCHES REICH

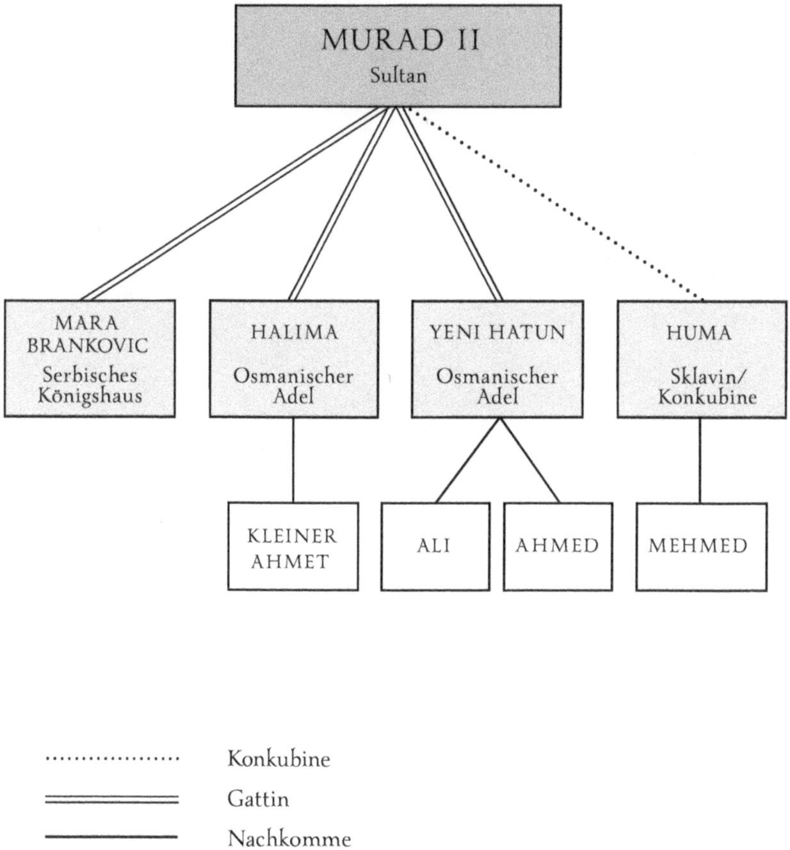

1

1435: Schäßburg, Siebenbürgen

Vlad Draculs hohe Stirn verzog sich finster, als der Arzt ihm mitteilte, dass seine Frau ein Mädchen entbunden habe. Seine anderen Kinder – eines von seiner ersten Frau, das jetzt nahezu erwachsen war, und sogar ein Bastardkind von seiner Geliebten, das letztes Jahr geboren worden war – waren Jungen gewesen. Er hatte seinen Samen nicht für schwach genug gehalten, um ein Mädchen zu zeugen.

Er stieß die Tür auf und trat in die dichte, schwere Luft des winzigen Schlafzimmers. Es stank nach Blut und Angst und erfüllte ihn mit Abscheu.

Ihr Haus in der befestigten Bergstadt Schäßburg war weit von dem entfernt, was er verdiente. Es lag neben dem Haupttor in der erdrückenden Enge des Platzes neben einer Gasse, die nach menschlichen Abfällen stank. Seine zehnköpfige Gefolgschaft war rein zeremoniell und machte ihn zu einem besseren Platzhalter. Er war vielleicht der Militärgouverneur von Siebenbürgen, aber er sollte der Herrscher der gesamten Walachei sein.

Vielleicht war das der Grund, warum er mit einem Mädchen verflucht worden war. Eine weitere Beleidigung seiner Ehre. Er war im Drachenorden, der vom Papst höchstpersönlich sanktioniert war. Er sollte der Woiwode, der Kriegsfürst, sein, aber sein Bruder saß auf dem Thron, während er nur Statthalter der Sachsen war, die auf den Ländereien seines eigenen Landes hockten.

Bald würde er ihnen seine Ehre mit dem Ende eines Schwertes zeigen.

Vasilissa lag schweißgebadet auf dem Bett und stöhnte vor Schmerz. Sicherlich war die Schwäche, die in ihrem Schoß heranwuchs, ihre eigene gewesen. Bei ihrem Anblick drehte sich ihm der Magen um; sie war weder im Auftreten noch in der Erscheinung eine Prinzessin.

Das Kindermädchen hielt ein schreiendes, rotgesichtiges kleines Monster hoch. Er hatte keine Namen für ein Mädchen. Vasilissa würde zweifellos etwas zu Ehren ihrer Familie wollen, aber Vlad hasste das moldawische Königshaus, dem sie entstammte, weil es ihm keinen politischen Vorteil verschafft hatte. Seinen Bastard hatte er bereits Vlad genannt, nach sich selbst, und er würde auch seine Tochter so nennen.

»Ladislava«, verkündete er. Es war die weibliche Form von Vlad. Verkleinert. Abgewertet. Wenn Vasilissa einen starken Namen wollte, würde sie ihm einen Sohn gebären müssen. »Beten wir, dass sie hübsch ist, damit sie uns zumindest etwas Nutzen bringt«, sagte er. Der Säugling schrie lauter.

Vasilissas königliche Brüste waren viel zu wichtig, als dass an ihnen genuckelt werden durfte. Die Amme wartete, bis Vlad gegangen war, und hielt das Kind dann an ihre gewöhnlichen Zitzen. Sie hatte noch viel Milch von ihrem eigenen Kind, einem Jungen. Als das Baby mit überraschender Heftigkeit an der Brust saugte, sprach die Amme ihr eigenes Gebet. *Lass sie stark sein. Lass sie schlau sein.* Sie sah zu der fünfzehnjährigen Prinzessin hinüber, lieblich und zart wie die ersten Frühlingsblüten. Sie lag verwelkt und gebrochen auf dem Bett.

Und lass sie hässlich sein.

2

Vlad hatte keine Lust, bei der Geburt seines zweiten Kindes von Vasilissa anwesend zu sein: ein Sohn, ein Jahr jünger als seine Schwester, der ihr praktisch in diese Welt hinterherjagte.

Das Kindermädchen beendete die Reinigung des Neugeborenen und hielt ihn seiner Mutter hin. Er war winzig, perfekt, mit einem Mund wie eine Rosenknospe und einem vollen Schopf aus dunklem Haar. Vasilissa lag stumm und mit glasigen Augen auf dem Bett. Sie starrte an die Wand. Ihr Blick wanderte nicht einmal zu ihrem Sohn. Ein Zupfen am Rock des Kindermädchens lenkte dessen Aufmerksamkeit nach unten, wo die kleine Lada mit finsterem Blick stand. Das Kindermädchen drehte das Baby in Richtung seiner Schwester.

»Ein Bruder«, sagte sie mit sanfter Stimme.

Das Baby begann zu weinen, ein schwacher, verzerrter Laut, der das Kindermädchen beunruhigte. Ladas finsterer Blick vertiefte sich. Sie schlug ihm eine Hand auf den Mund. Das Kindermädchen zog ihn schnell weg, und Lada sah mit wutverzerrtem Gesicht hoch.

»Meiner!«, rief sie.

Das war ihr erstes Wort.

Das Kindermädchen lachte schockiert und hielt das Baby wieder tiefer. Lada starrte ihn an, bis er aufhörte zu weinen. Dann trollte sie sich aus dem Zimmer, scheinbar zufrieden.

3

Wenn Vasilissa ihre Tochter mit den Hunden und dem Sohn des Kindermädchens, Bogdan, auf dem Boden ringen sähe, würde das Kindermädchen seine Stellung verlieren. Doch seit der Geburt von Radu vor vier Jahren hatte Vasilissa ihr Zimmer nicht verlassen.

Radu hatte all die Schönheit bekommen, die sein Vater sich für seine Tochter gewünscht hatte. Seine Augen waren von dichten Wimpern umrahmt, seine Lippen voll, seine sanften Locken mit einem Hauch von sächsischem Gold geküsst.

Bogdan schrie, als Lada – Ladislava, jetzt fünf Jahre alt, die sich weigerte, auf ihren vollen Namen zu hören – ihm in den Oberschenkel biss. Er schlug sie. Also biss sie noch fester zu, und er schrie um Hilfe.

»Wenn sie dein Bein essen will, darf sie das«, sagte das Kindermädchen. »Hör auf zu schreien, oder ich lasse sie auch dein Abendbrot essen.«

Wie ihr Bruder hatte Lada große Augen, aber ihre standen unter gewölbten Augenbrauen eng beisammen, wodurch sie ständig verärgert aussah. Ihr Haar war ein Wirrwarr und so dunkel, dass ihre blasse Haut kränklich wirkte. Ihre Nase war lang und hakenförmig, ihre Lippen waren dünn, ihre Zähne klein und – nach Bogdans wütenden Schreien zu urteilen – ziemlich scharf.

Sie war widerspenstig und bösartig und das gemeinste Kind, das das Kindermädchen je betreut hatte. Außerdem war sie der Liebling des Kindermädchens. Eigentlich sollte die Kleine still und brav, ängstlich und einfältig sein. Ihr Vater war ein machtloser Tyrann, grausam in seiner Machtlosigkeit und monatelang abwesend. Ihre Mutter war ebenso abwesend, zurückgezogen und ohne jeden Nutzen in ihrem Haus, unfähig, etwas zu tun, um sich selbst zu helfen. Sie standen stellvertretend für die gesamte Region, insbesondere für die Heimat des Kindermädchens, die Walachei.

Aber in Lada sah sie einen Funken, einen leidenschaftlichen, wilden Schimmer, der sich weder verstecken noch abschwächen ließ. Anstatt zu versuchen, diesen Funken um Ladas Zukunft willen zu unterdrücken, nährte das Kindermädchen ihn. Das gab ihr auf merkwürdige Weise Hoffnung.

Wenn Lada das stachelige grüne Unkraut war, das inmitten eines ausgetrockneten Flussbettes wuchs, war Radu die zarte, süße Rose, die in allem verwelkte, was nicht den perfekten Bedingungen entsprach. In diesem Moment jammerte er, weil das Kindermädchen eine Pause dabei machte, ihm den dünnen, mit Honig gesüßten Brei in den Mund zu löffeln.

»Bring ihn zum Schweigen!« Lada kletterte über den großen Hund ihres Vaters, der mit dem Alter mürrisch und geduldig geworden war.

»Wie soll ich das machen?«

»Ersticke ihn!«

»Lada! Hüte deine Zunge. Er ist dein Bruder.«

»Er ist ein Wurm. Bogdan ist mein Bruder.«

Das Kindermädchen machte ein finsteres Gesicht und wischte Radu mit ihrer Schürze über das Gesicht. »Bogdan ist nicht dein Bruder.« *Ich würde eher bei den Hunden liegen als bei deinem Vater,* dachte sie.

»Ist er wohl! Du bist es. Sag, dass du es bist.« Lada sprang auf Bogdans Rücken. Obwohl er zwei Jahre älter und viel größer war, drückte sie ihn zu Boden und rammte ihren Ellbogen in seine Schulter.

»Ich bin es! Ich bin es!«, sagte er halb kichernd, halb weinend.

»Schmeiß Radu mit den Nachttöpfen raus!«

Radu heulte noch lauter und steigerte sich in einen Anfall hinein. Das Kindermädchen schnalzte mit der Zunge und hob ihn hoch, obwohl er viel zu groß war, um herumgetragen zu werden. Er steckte eine Hand in ihre Bluse und kniff in ihre Haut, die locker und faltig war wie ein alter Apfel. Manchmal wünschte auch sie sich, er würde still sein, aber wenn er sprach, war es immer so süß, dass es seine Wutausbrüche wettmachte. Er roch sogar gut, so als ob ihm zwischen den Mahlzeiten Honig im Mund klebte.

»Sei ein braver Junge«, sagte das Kindermädchen, »dann kannst du später mit Lada und Bogdan Schlitten fahren. Würde dir das gefallen?«

Radu schüttelte den Kopf, seine Lippen zitterten und weitere Tränen drohten.

»Wir könnten auch die Pferde besuchen.«

Er nickte langsam, und das Kindermädchen seufzte erleichtert. Sie sah hoch und stellte fest, dass Lada verschwunden war. »Wo ist sie hin?«

Bogdans Augen weiteten sich vor Angst und Unentschlossenheit. Er wusste schon nicht mehr, wessen Zorn er mehr fürchtete – den seiner Mutter oder den der kleinen Lada.

Schnaufend stemmte das Kindermädchen Radu auf ihre Hüfte, wobei seine Füße bei jedem Schritt gegen ihre Beine schlugen. Sie schlich den Flur entlang in Richtung der schmalen Treppe, die zu den Schlafzimmern führte. »Lada, wenn du deine Mutter weckst, wird es …«

Sie blieb stehen und hielt ganz still, ihr ängstlicher Gesichtsausdruck entsprach dem von Bogdan. Aus dem Wohnzimmer an der Vorderseite des Hauses hörte sie Stimmen. Leise Stimmen. Männerstimmen. Sie sprachen Türkisch, die Sprache ihrer ständigen Feinde, der Osmanen.

Das bedeutete, Vlad war zu Hause und Lada war …

Das Kindermädchen lief den Flur entlang und stürmte ins Wohnzimmer, wo Lada mitten im Raum stand.

»Ich töte Ungläubige!«, knurrte das Kind und schwang ein kleines Küchenmesser.

»Tust du das?« Vlad sprach mit ihr in der Sprache der Sachsen, der Sprache, die in Schäßburg am meisten gesprochen wurde. Das Kindermädchen sprach nur gebrochen Sächsisch, und obwohl Vasilissa mehrere Sprachen fließend beherrschte, sprach sie diese nie mit den Kindern. Lada und Radu sprachen nur Walachisch.

Lada fuchtelte als Antwort auf die Frage, die sie nicht verstand, mit dem Messer herum. Vlad hob eine Augenbraue. Er war in einen feinen Mantel gehüllt und hatte einen kunstvollen Hut auf dem Kopf. Es war fast ein Jahr her, dass Lada ihren Vater gesehen hatte, und sie erkannte ihn nicht wieder.

»Lada!«, flüsterte das Kindermädchen. »Komm sofort her.«

Lada reckte sich so weit nach oben, wie es ihre kurzen, stämmigen Beine zuließen. »Dies ist mein Zuhause! Ich bin der Drachenorden! Ich töte Ungläubige!«

Einer der drei Männer, die Vlad begleiteten, murmelte etwas auf Türkisch. Das Kindermädchen spürte, wie ihr der Schweiß auf dem Gesicht, im Nacken und auf dem Rücken ausbrach. Würden sie ein Kind töten, weil es sie bedroht hatte? Würde ihr Vater das zulassen? Oder würden sie sie einfach töten, weil sie nicht in der Lage war, Lada zu kontrollieren?

Vlad lächelte nachsichtig über den Auftritt seiner Tochter und verbeugte sich dann vor den drei Männern. Sie erwiderten die Verbeugung und gingen hinaus, ohne das Kindermädchen oder ihren ungehorsamen Schützling zu beachten. »Wie viele Ungläubige hast du getötet?« Vlads Stimme, diesmal in der melodischen romanischen Sprache der Walachei, war sanft und kalt.

»Hunderte.« Lada richtete das Messer auf Radu, der sein Gesicht an der Schulter des Kindermädchens verbarg. »Den da habe ich heute Morgen getötet.«

»Und jetzt wirst du mich töten?«

Lada zögerte und ließ ihre Hand sinken. Sie starrte ihren Vater an, und die Erkenntnis sickerte über ihr Gesicht wie Milch, die in klares Wasser fällt. Schnell wie eine Schlange riss Vlad ihr das Messer aus der Hand, packte sie dann am Fußknöchel und hob sie in die Luft.

»Und wie«, sagte er, ihr auf dem Kopf stehendes Gesicht auf gleicher Höhe mit seinem, »hast du gedacht, jemanden töten zu können, der größer, stärker und klüger ist als du?«

»Du hast geschummelt!« In Ladas Augen brannte ein Blick, den das Kindermädchen zu fürchten gelernt hatte. Dieser Blick bedeutete Verletzung, Zerstörung oder Feuer. Oft sogar alles zusammen.

»Ich habe gewonnen. Das ist alles, was zählt.«

Mit einem Schrei wand Lada sich nach oben und biss in die Hand ihres Vaters.

»Gottes Wunden!« Er ließ sie zu Boden fallen. Sie rollte sich zu einem Ball zusammen, kugelte aus seiner Reichweite, kauerte sich zusammen und fletschte die Zähne. Das Kindermädchen zuckte zusammen und wartete darauf, dass Vlad in Wut geriet und Lada schlug. Oder *sie* schlug, weil sie es nicht geschafft hatte, Lada zahm und gefügig zu halten.

Stattdessen lachte er. »Meine Tochter ist verwildert.«

»Es tut mir so leid, Mylord.« Das Kindermädchen senkte den Kopf und gestikulierte krampfhaft in Ladas Richtung. »Sie ist überglücklich, Euch nach so langer Abwesenheit wiederzusehen.«

»Was ist mit ihrem Unterricht? Sie spricht kein Sächsisch.« »Nein, Mylord.« Das war nicht ganz richtig. Lada hatte sächsische Obszönitäten aufgeschnappt und brüllte sie häufig aus dem Fenster den Leuten auf dem belebten Platz entgegen. »Sie kann ein bisschen Ungarisch. Aber es gab niemanden, der sich um die Erziehung der Kinder gekümmert hat.«

Er schnalzte mit der Zunge, und ein nachdenklicher Blick stand in seinen scharfen Augen. »Und was ist mit ihm hier? Ist er auch so ein Wildfang?« Vlad beugte sich zu der Stelle, an der Radu nach draußen spähte.

Radu brach sofort in Tränen aus, vergrub sein Gesicht wieder an der Schulter des Kindermädchens, schob seine Hand unter ihre Mütze und wickelte ihr Haar darum.

Vlad verzog angewidert die Lippen nach oben. »Der hier kommt nach seiner Mutter. Vasilissa!«, rief er so laut, dass Radu erschrocken verstummte, nur unterbrochen von Schluckauf und Schniefen. Das Kindermädchen wusste nicht, ob sie bleiben oder gehen sollte, allerdings war sie nicht entlassen worden. Lada ignorierte sie und starrte ihren Vater misstrauisch an.

»Vasilissa!«, brüllte Vlad erneut. Er streckte die Hand aus, um Lada zu packen, aber dieses Mal war sie bereit. Sie krabbelte weg und kroch unter den polierten Tisch. Vlad klopfte mit den Fingerknöcheln auf den Tisch. »Sehr gut. Vasilissa!«

Seine Frau stolperte ins Zimmer, mit offenem Haar und nur in einen Morgenmantel gehüllt. Sie war abgemagert. Ihre Wangenknochen stachen unter ausdruckslosen, leeren Augen hervor. Wenn die Geburt von Lada sie schon fast umgebracht hatte, so hatte die von Radu ihr jegliches Leben entzogen, das ihr noch geblieben war. Sie nahm die Szene – Radu tränenüberströmt, Lada unter dem Tisch, und ihr Mann, der endlich zu Hause war – mit einem stumpfen Blick auf.

»Ja?«, fragte sie.

»Begrüßt du so deinen Mann? Den Woiwoden der Walachei? Den *Fürsten?*« Er lächelte triumphierend, sein langer Schnurrbart hob sich und gab den Blick auf dünne Lippen frei.

Vasilissa erstarrte. »Sie machen dich zum Fürsten? Was ist mit Alexandru?«

»Mein Bruder ist tot.«

Das Kindermädchen fand, dass Vlad nicht gerade wie ein trauernder Mann aussah.

Endlich bemerkte Vasilissa ihre Tochter und winkte ihr zu. »Ladislava, komm da unten heraus. Dein Vater ist zu Hause.«

Lada bewegte sich nicht. »Er ist nicht mein Vater.«

»Sie soll rauskommen«, schnauzte Vasilissa das Kindermädchen an.

»Kannst du deinem eigenen Kind nicht gebieten?« Vlads Stimme war so klar wie ein blauer Himmel mitten im eisigen Winter. Sonne mit Zähnen, so nannte man diese Tage.

Das Kindermädchen schrumpfte immer weiter in sich zusammen und ging zur Seite, sodass zumindest Radu nicht mehr in Vlads Blickfeld war. Vasilissa schaute verzweifelt nach beiden Seiten, aber es gab kein Entkommen aus dem Zimmer. »Ich will nach Hause«, flüsterte sie. »Zurück nach Moldawien. Bitte lass mich.«

»Bettle.«

Vasilissas kleiner Körper zitterte. Dann sank sie auf die Knie, senkte den Kopf und nahm Vlads Hand in die ihre. »Bitte. Bitte, ich flehe dich an. Lass mich nach Hause gehen.«

Vlad streckte seine andere Hand aus und streichelte Vasilissas schütteres, fettiges Haar. Dann packte er es und riss ihren Kopf zur Seite. Sie schrie auf, aber er zog fester und zwang sie aufzustehen. Er presste seine Lippen auf ihr Ohr. »Du bist die schwächste Kreatur, die ich je gekannt habe. Krieche zurück in dein Loch und versteck dich dort. Kriechel« Er warf sie zu Boden, und sie kroch schluchzend aus dem Zimmer.

Das Kindermädchen hielt den Blick auf den fein gewebten Teppich gerichtet, der den Steinboden bedeckte. Sie rührte sich nicht und sagte nichts. Sie betete, dass Radu schweigen möge.

»Du.« Vlad zeigte auf Lada. »Komm raus. Sofort.«

Sie tat es und beobachtete immer noch die Tür, durch die Vasilissa verschwunden war.

»Ich bin dein Vater. Aber die Frau dort ist nicht deine Mutter. Deine Mutter ist die Walachei. Deine Mutter ist die Erde, auf der wir wandeln, das Land, dessen Fürst ich bin. Verstehst du das?«

Lada sah in die tief liegenden Augen ihres Vaters, die von jahrelanger Gerissenheit und Grausamkeit gezeichnet waren. Sie nickte, dann streckte sie die Hand aus. »Die Tochter der Walachei will ihr Messer zurück.«

Vlad lächelte und gab es ihr.

4

1446: Tergowiste, Walachei

Radu schmeckte Blut in seinem Mund. Es vermischte sich mit dem Salz der Tränen, die über sein Gesicht liefen.

Andrej und Aron Danesti traten ihn erneut. Ihre Stiefel trafen seinen Bauch, und er spürte einen scharfen Schmerz. Radu rollte sich auf die Seite, krümmte sich zusammen und versuchte, sich so klein wie möglich zu machen. Die getrockneten Blätter und Steine, die den Waldboden bedeckten, zerkratzten seine Wangen. Hier draußen konnte ihn niemand hören.

Er war es gewohnt, nicht gehört zu werden. Niemand hörte ihn im Schloss, das sich auch nach sechs Jahren nur dann wie ein Zuhause anfühlte, wenn er in seinem Zimmer mit seinem Kindermädchen war. Seine Erzieher befanden sich in einem ständigen Machtkampf mit Lada, und Radus vorbildliche Arbeit blieb oft unbemerkt. Lada war immer entweder mit Lernen beschäftigt oder mit Bogdan unterwegs, und sie hatte nie Zeit für ihn. Ihr älterer Halbbruder Mircea zwang Radu, Verstecke zu finden, um seinen schonungslosen Kommentaren und noch schonungsloseren Fäusten zu entgehen. Und sein Vater, der Fürst, nahm seine Existenz wochenlang nicht einmal zur Kenntnis.

Der Druck baute sich wie Dampf auf, bis Radu nicht mehr wusste, ob er mehr Angst davor hatte, dass sein Vater ihn nie wieder wahrnehmen würde oder dass er es doch tun würde.

Es war sicherer, unbemerkt zu bleiben.

Leider hatte er heute dabei versagt. Aron Danesti lachte, ein Ton, der schärfer war als seine Stiefel. »Du quiekst wie ein Ferkel. Mach das noch mal.«

»Bitte.« Radu schützte seinen Kopf, als Aron ihm auf die Wangen schlug. »Halt. Hör auf.«

»Wir sind hier, um stärker zu werden«, sagte Andrej. »Und niemand ist schwächer als du.«

Mindestens einmal im Monat wurden alle Jungen im Alter von sieben bis zwölf Jahren aus Bojarenfamilien – *Bojar* war ein Wort für Adel, das, wenn Lada es sagte, mit verzerrten Lippen und einem höhnischen Grinsen ausgesprochen wurde – tief im Wald ausgesetzt. Es war eine Tradition, über die die meisten Erwachsenen nachsichtig lachten. Ein Spiel, nannten sie es. Aber alle beobachteten mit zusammengekniffenen Augen, wer als Erster auftauchte und aussah, als sei er nur spazieren gewesen und nicht müde und verängstigt wie ein normaler Junge.

Die Danestis, die den Thron in den letzten fünfzehn Jahren immer wieder im Wechsel mit der Familie Basarab innegehabt hatten, waren besonders daran interessiert, wie es Aron und Andrej, beide ein Jahr älter als Radu, erging. Sie hatten nicht besonders viel für die Draculesti-Usurpatoren übrig.

Radu war der Sohn des Fürsten, ein Draculesti, der kleinste Junge und das größte Ziel. Er war nie der Gewinner. Und heute fragte er sich zum ersten Mal, ob er es überhaupt wieder zurückschaffen würde. Die Angst kratzte in seiner Kehle. Sein Atem kam in kurzen, schmerzhaften Stößen.

Andrej packte Radu, und seine Finger gruben sich in seine Arme, als er ihn auf die Füße stellte. Sein Mund befand sich an Radus Ohr und sein Atem war heiß. »Meine Mutter sagt, dein Vater wünschte, du wärst nie geboren worden. Wünschst du dir das auch?«

Aron schlug ihm in den Magen, und Radu musste würgen.

»Sag es«, befahl Andrej mit fröhlicher Stimme. »Sag, dass du dir wünschst, nie geboren worden zu sein.«

Radu kniff seine Augen fest zu. »Ich wünschte, ich wäre nie geboren worden.«

Aron schlug ihn.

»Ich habe es gesagt!«, schrie Radu, hustete und rang nach Atem.

»Ich weiß«, sagte Andrej. »Schlag ihn noch mal.«

»Mein Vater wird …«

»Dein Vater wird was? Dem Sultan schreiben und ihn darum bitten, uns schelten zu dürfen? Meine Familie bitten, für den Thron zu spenden, damit er sich eine Rute leisten kann, mit der er uns auspeitscht? Dein Vater ist ein *Nichts*. Genau wie du.«

Radu war auf einen weiteren Schlag gefasst, als Arons Schrei ihn dazu brachte, die Augen zu öffnen. Aron drehte sich im Kreis und versuchte verzweifelt, Lada abzuschütteln. Sie sollte eigentlich nicht hier sein, aber irgendwie war ihre Anwesenheit nicht überraschend. Sie war auf den Rücken des Jungen gesprungen, hatte ihre Arme um ihn geschlungen und drückte seine Arme an seine Seiten. Radu konnte ihr Gesicht durch ihren wirren Haarschopf nicht sehen, bis Aron sich zur Seite drehte und es sich zeigte, dass Lada ihre Zähne in seine Schulter gegraben hatte.

Andrej stieß Radu weg und eilte vorwärts, um seinem Cousin zu helfen. Lada ließ Aron los, sprang von seinem Rücken und ging in die Hocke. Ihre Augen verengten sich. Andrej war elf Jahre alt, genauso alt wie Lada, aber größer als sie. Aron stolperte zu einem Baum und lehnte sich weinend an den Stamm, wobei er sich die Schulter hielt.

Lada lächelte Andrej mit blutverschmierten Zähnen an.

»Du Dämonenmädchen, ich …«

Lada stand auf und schlug mit der Hand auf Andrejs Nase. Er schrie auf, sank auf die Knie und schniefte. Lada ging zu ihm und trat ihm in die Seite, sodass er auf den Rücken fiel. Er starrte zu ihr auf, während er fast an dem Blut erstickte, das aus seiner Nase floss. Sie setzte ihren Fuß auf seine Kehle und drückte zu, sodass sich seine Augen vor Panik wölbten.

»Raus aus meinem Wald«, knurrte sie.

Sie hob den Fuß und beobachtete mit zusammengekniffenen Augen, wie Andrej und Aron sich gegenseitig stützten. Jegliche Großspurigkeit war verschwunden. Sie rannten davon.

Radu wischte sich das Gesicht am Ärmel ab und hinterließ auf dem Stoff ein Durcheinander aus Blut und Schmutz. Er sah Lada an, die in der Mitte eines Lichtstrahls stand, der durch eine Lücke im dichten Geäst fiel. Zum ersten Mal in seinem Leben war er dankbar für ihr bösartiges Temperament, für ihr seltsames instinktives Wissen, wie man jemanden am besten und mit dem geringsten Aufwand verletzen konnte. Er war so müde und so verängstigt, und sie hatte ihn gerettet. »Danke.« Er stolperte mit ausgestreckten Armen auf sie zu. Wenn er Schmerzen hatte, schloss sein Kindermädchen ihn in die Arme und schottete ihn von der Welt ab. Das wollte – brauchte – er jetzt.

Lada schlug ihm in den Magen. Er krümmte sich vor Schmerzen und sank auf die Knie. Sie kniete sich neben ihn und hielt ihn an den Ohren fest. »Du brauchst mir nicht zu danken. Ich habe ihnen doch nur beigebracht, mich zu fürchten. Wie soll dir das helfen? Nächstes Mal schlägst du zuerst zu, du schlägst härter zu und du sorgst dafür, dass dein Name für Angst und Schmerz steht. Ich werde nicht mehr hier sein, um dich zu retten.«

Radu zitterte und versuchte, nicht zu weinen. Er wusste, dass Lada es hasste, wenn er weinte, aber sie hatte ihm wehgetan. Und sie hatte ihm einen unmöglichen Auftrag erteilt. Die anderen Jungs waren größer, gemeiner, schneller. Was auch immer Lada besser machte als sie, es war ihm völlig entgangen.

Er verbrachte den langen, elenden Weg aus dem Wald auf den Spuren seiner Schwester und fragte sich, wie er wie sie sein könnte. Die Bojaren warteten unter Zelten und tratschten, während Diener ihnen Luft zufächelten. Mircea unterhielt sich dort mit Vlad Danesti, und sein Gesichtsausdruck, als er Radus Gesicht sah, deutete darauf hin, dass er den Schaden, den dieses genommen hatte, billigte. Und vielleicht wollte er noch mehr hinzufügen.

Radu trat komplett hinter Lada; alle anderen Augen waren ohnehin auf sie gerichtet. Die Bojaren waren erstaunt, dass die Fürstentochter hoch erhobenen Hauptes aus dem Wald kam. Allerdings war niemand überrascht, Radu schmutzig und blutig zu sehen, obwohl er nicht so blutig war wie Aron und Andrej. In ihrer Eile, vor Lada zu fliehen, hatten sich die Danesti-Cousins verlaufen und mussten gerettet werden.

Danach wurden die Waldstunden abgesagt, und die Bojarenfamilien tuschelten untereinander über die Fürstentochter. Sie war den Jungen in ihrem Alter immer voraus und verlangte, dass man ihr alles beibrachte, was man auch ihren Bruder lehrte, aber das hier spielte sich vor den Augen der Öffentlichkeit ab. Anstatt Lada zu schelten, lachte ihr Vater und prahlte mit seiner Tochter, die so wild und grimmig sei wie ein Wildschwein. Wenn Radu als Sieger aus dem Wald gekommen wäre, hätte er es dann überhaupt bemerkt?

Radu hörte alles, versteckte sich hinter Wandteppichen und wartete in dunklen Ecken. Er hatte gesehen, dass Aron und Andrej ihn beobachteten, aber nach zwei Wochen war es ihnen noch nicht gelungen, ihn allein zu erwischen. Wenn Erwachsene anwesend waren, konnte Radu lächeln und charmant sein und sich in Sicherheit wiegen.

Lada hatte recht gehabt. Sie hatte ihn nicht gerettet. Die Blicke in den Augen seiner Feinde, wenn sie ihn sahen, machten das deutlich.

Also wartete er, versteckte sich und beobachtete. Und dann, an einem kühlen Herbstabend, machte er seinen Zug.

»Hallo«, sagte er mit fröhlicher Stimme, die strahlend genug war, um das Zwielicht zu erhellen.

Der Dienerjunge erschrak und sprang wie vom Blitz getroffen auf. »Kann ich Euch helfen?« Sein Hemd war fast durchgescheuert. Radu konnte die scharfen Linien seiner Schlüsselbeine sehen, die spröde Länge seiner dünnen Arme. Sie waren wahrscheinlich gleich alt, aber Radus Leben war viel angenehmer gewesen. Zumindest was das Essen anging.

Radu lächelte. »Möchtest du etwas essen?« Die Augen des Jungen weiteten sich vor Staunen und er nickte.

Radu wusste, wie wertvoll es war, übersehen zu werden, weil er selbst so oft ungesehen war. Er führte Emil in die Küche, einen Diener, der so unscheinbar war, dass er für die Bojaren, bei denen er beschäftigt war, geradezu unsichtbar zu sein schien.

Das Schloss wurde von einer Diebstahlplage heimgesucht. Nach jedem Fest, an dem die Bojarenfamilien teilnahmen, bemerkte jemand das Fehlen einer Halskette, eines Juwels oder eines persönlichen Wertgegenstandes. Das warf ein schlechtes Licht auf den Fürsten, und so verkündete Vlad, dass derjenige, der hinter den Verbrechen steckte, öffentlich ausgepeitscht und auf unbestimmte Zeit ins Gefängnis geworfen werden würde. Die Bojaren murmelten kaum hörbar wütende, hässliche Dinge, und Vlad schlich mit zusammengekniffenen Augen durch das Schloss. Seine Schultern waren gebeugt unter der Last seiner Scham, sein eigenes Haus nicht unter Kontrolle zu haben.

Einige Wochen später stand Radu ganz vorne am Rand der Menge, als Aron und Andrej mit tränen- und rotzverschmierten Gesichtern an einen Pfosten in der Mitte des Platzes gebunden wurden.

»Warum sollten sie diese Dinge gestohlen haben?« Lada beobachtete sie mit vor Neugierde nach unten gezogenen Mundwinkeln.

Radu zuckte mit den Schultern. »Alle fehlenden Gegenstände wurden von einem Diener unter ihren Betten gefunden.« Ein Diener, der nicht länger bis an die Schmerzgrenze unterernährt war und Radu für seinen besten und einzigen Freund auf der Welt hielt. Radu lächelte. Es hatte eigentlich keinen Grund gegeben, so lange zu warten, die Bestrafung seiner Feinde hinauszuzögern und seinen Vater noch länger in Verlegenheit zu bringen. Aber die Vorfreude war köstlich gewesen. Und jetzt gab es die Belohnung.

Lada drehte sich zu ihm um und zog misstrauisch die Brauen zusammen. »Hast du das getan?«

»Es gibt andere Wege, jemanden zu schlagen, als mit den Fäusten.« Radu stupste sie mit einem Finger in die Seite.

Sie überraschte ihn mit einem Lachen. Er richtete sich auf, und ein stolzes Grinsen darüber, dass er Lada erstaunt und erfreut hatte, huschte über sein Gesicht. Sie lachte nie, es sei denn, sie lachte über ihn. Er hatte etwas richtig gemacht!

Dann begannen die Peitschenhiebe.

Radus Lächeln wurde schwächer und erstarb. Er wandte den Blick ab. Er war jetzt in Sicherheit. Und Lada war stolz auf ihn, was noch nie zuvor der Fall gewesen war. Er konzentrierte sich darauf, die Übelkeit zu ignorieren, die sich in seinem Magen ausbreitete, als Aron und Andrej vor Schmerzen schrien. Er wollte sein Kindermädchen – er wollte, dass sie ihn festhielt und tröstete –, und auch das brachte ihn dazu, sich zu schämen.

Lada beobachtete die Peitsche mit einem berechnenden Blick. »Trotzdem«, sagte sie. »Fäuste sind schneller.«

5

1446: Curtea de Arges, Walachei

Auf dem Höhepunkt des Sommers in Ladas zwölftem Lebensjahr, als die Pest mit dem eindringlichen Summen von tausend blauschwarzen Fliegen hereinbrach, schaffte Vlad Lada und Radu aus der Stadt. Mircea, ihre Nervensäge von einem älteren Bruder, war in Siebenbürgen, um Spannungen zu mildern. Lada fühlte sich prachtvoll sichtbar, wie sie so an der Seite ihres Vaters ritt. Radu, das Kindermädchen und Bogdan ritten hinter ihnen, und die Wachen ihres Vaters waren noch weiter hinten. Ihr Vater wies sie auf verschiedene Merkmale der Landschaft hin – einen versteckten Pfad an einem Berghang, einen Friedhof, auf dem längst vergessene Menschen mit glatten Steinen markiert waren, die Art und Weise, wie die Bauern Gräben aushoben, um Wasser aus dem Fluss in ihre Felder zu leiten. Sie trank seine Worte mit mehr Durst als der gierige Boden.

In der kleinen grünen Stadt Curtea de Arges hielten sie kurz an und machten einer Kirche ihre Aufwartung, der ihr Vater seine Gunst gewährte. Normalerweise störte sich Lada an religiöser Unterweisung. Doch wenn sie mit ihrem Vater in die Kirche ging, war es immer eine politische Pflicht, gesehen zu werden, beobachtet zu werden, zuzulassen, dass die eine oder andere Familie ihnen aus Prestigegründen nahe war. Die Priester sangen einschläfernd, die Luft war süßlich, und das Licht war schwach, bedrückend gefiltert durch Buntglas. Sie waren orthodox, aber ihr Vater hatte über den Drachenorden politische Verbindungen zum Papst, deshalb war es umso wichtiger, dass sie aufrecht stand, dem Priester zuhörte und alles genau so tat, wie es für andere aussehen musste.

Es war ein Auftritt, der Lada die Zähne zusammenbeißen ließ.

Doch hier, in *dieser* Kirche, war der Name ihres Vaters in die Wand gemeißelt. Er war mit Blattgold überzogen und stand neben einem riesigen Mosaik von Christus am Kreuz. Das gab ihr ein starkes Gefühl. Als würde Gott selbst den Namen ihrer Familie kennen.

Eines Tages würde sie ihre eigene Kirche bauen, und Gott würde auch sie sehen.

Sie setzten ihre Reise entlang des Flusses Arges fort, der mal schmal und heftig aufgewühlt, mal breit und glatt wie Glas war. Er schlängelte sich durch das Land, bis er die Berge erreichte. Alles war von einem so tiefen Grün, dass es fast schwarz war. Dunkelgraue Steine und Felsbrocken ragten aus den steil aufstrebenden Hängen, und unter ihnen verlief der Arges.

Hier war es kühler als in Tergowiste; eine Kälte, die nie ganz verflog, haftete an den Felsen und dem Moos. Die sich auftürmenden Berge waren so steil, dass die Sonne nur wenige Stunden am Tag direkt auf die Reisenden schien, bevor die Schatten die Pässe zurückeroberten. Es roch nach Kiefer und Holz und Fäulnis – aber selbst die Fäulnis roch reich und gesund, anders als die versteckte Fäulnis von Tergowiste.

Eines späten Nachmittags, kurz vor dem Ende ihrer Reise, griff ihr Vater nach einem immergrünen Baum, der seitlich aus einem Felsbrocken wuchs. Er brach einen Zweig ab, roch daran und reichte ihn mit einem Lächeln an Lada weiter. Es war ein Lächeln, bei dem sie sich so erfüllt und schwindelig fühlte, wie in der Bergluft selbst. Ein friedliches Lächeln. Sie hatte noch nie ein solches Lächeln auf dem Gesicht ihres Vaters gesehen, und die Tatsache, dass er es ihr schenkte, ließ ihr Herz mit einem rasenden Glücksgefühl schlagen.

»Wir sind dieser Baum«, sagte er und ritt voraus.

Lada zog an den Zügeln, um ihr Pferd, eine gutmütige, dunkelbraune Kreatur, anzuhalten. Sie betrachtete den Baum, der Leben aus dem Stein quetschte. Er war verdreht und klein, aber grün und wuchs der Schwerkraft zum Trotz seitwärts. Er lebte dort, wo eigentlich nichts gedeihen sollte.

Lada wusste nicht, ob ihr Vater ihn und sie oder die ganze Walachei meinte. In ihrem Kopf war inzwischen beides untrennbar miteinander verbunden. *Wir sind dieser Baum,* dachte sie und hielt sich den duftenden Zweig an die Nase. *Wir trotzen dem Tod, um zu wachsen.*

An diesem Abend kamen sie in ein Dorf, das sich zwischen den Fluss und die Berge schmiegte. Die Häuser waren einfach, spartanisch, nichts im Vergleich zu ihrem Schloss. Aber die Kinder rannten und spielten in den Gassen, und in winzigen Beeten wurden leuchtende Blumen gezüchtet. Hühner und Schafe liefen frei umher.

»Was ist mit Dieben?«, fragte Radu. In Tergowiste wurden die Tiere sorgfältig eingepfercht, und es wurde jemand beauftragt, sie rund um die Uhr zu bewachen.

Das Kindermädchen machte eine ausladende Bewegung mit ihrem Arm, um das ganze Dorf zu erfassen. »Jeder kennt jeden. Wer würde schon seinen Nachbarn bestehlen?«

»Ja, denn man würde sofort entdeckt und bestraft werden«, sagte Lada.

Radu runzelte die Stirn und lächelte sie an. »Weil sie sich umeinander sorgen.«

Man servierte ihnen Essen – warme, runde Brote, außen geschwärztes und innen brühend heißes Hühnerfleisch. Vielleicht lag es an der Reise oder am Geruch von Grünzeug überall um sie herum, aber selbst das Essen hier schmeckte für Lada gehaltvoller und echter.

Am nächsten Morgen wachte Lada früh auf, das Stroh unter ihrer Pritsche stach durch ihr Unterhemd und in ihren Rücken. Das Kindermädchen schnarchte und Bogdan und Radu hatten sich wie Welpen in der Ecke zusammengerollt, also schlüpfte Lada zum Fenster hinaus.

Das Häuschen – gemütlich und ordentlich, das schönste im Dorf – war an der Baumgrenze gebaut, und es dauerte nur eine Handvoll Schritte, bis Lada in eine neue, geheime Welt eintauchte, die von grün gefiltertem Licht und dem ständigen Summen unsichtbarer Insekten erfüllt war. Der Boden unter ihren nackten Füßen war morgendlich feucht und übersät mit gestreiften Schnecken von der Größe ihres Zeigefingers. Nebel hängte sich ans Geäst der Bäume und begrüßte sie mit fast gefühlvollen Ranken. Sie kletterte geradewegs nach oben, suchte sich einen gefährlichen Pfad und schlängelte sich langsam auf die Spitze des nächstgelegenen Gipfels aus massivem grauem Stein zu.

Dort oben gab es die Ruinen einer alten Festung, die vor langer Zeit gefallen war. Sie lockte sie mit kurzem Aufblitzen durch den Nebel und rief auf eine Weise nach ihr, die sie nicht erklären konnte.

Sie musste dorthin.

Lada kletterte eine kleine Schlucht hinunter und dann geradewegs die Felswand des Gipfels hinauf. Ihre Füße rutschten ab, sie presste ihr Gesicht gegen den Stein und atmete schwer. In den Stein gehämmert waren die verrosteten Überreste von Pflöcken, die einst eine Brücke getragen haben mussten. Lada griff nach einem, dann nach einem anderen, bis sie sich über die bröckelnden Reste einer Mauer hievte.

Sie überquerte das Fundament, wobei sich zerklüftete Ziegel- und Teerreste in ihre Füße bohrten. Am äußersten Rand, wo sogar die Mauer weggebrochen war, gab es nur noch eine Plattform aus Kopfsteinpflaster, die über dem leeren Raum hing. Ihr Herz schlug ihr bis zum Hals, als sie auf den Arges hinunterblickte, der nur noch ein kleiner Bach war, und auf das Dorf, das nur noch aus Kieselsteinen bestand. Die Sonne kletterte über die gegenüberliegenden Gipfel und fiel direkt auf sie. Sie verwandelte die Wolken in Gold und den Nebel in leuchtende Regenbogentröpfchen. Eine stachelige violette Blume, die auf dem alten Fundament wuchs, fiel ihr ins Auge. Sie pflückte sie und hielt sie gegen das Licht, dann drückte sie sie an ihre Wange.

Eine Art Verzückung überkam sie und ebenso das Wissen, dass dieser Moment, dieser Berg, diese Sonne, für sie bestimmt waren. Am nächsten war sie diesem Hochgefühl – sowohl dem Brennen als auch der Leichtigkeit in ihrer Brust – gekommen, als ihr Vater mit ihr zufrieden gewesen war. Aber das hier war neu, größer, überwältigend. Es war die Walachei – ihr Land, ihre *Mutter* –, die sie begrüßte. So sollte sich Kirche anfühlen. Sie hatte noch nie den göttlichen Geist innerhalb der Mauern einer Kirche erlebt, aber auf diesem Gipfel, in dieser Landschaft fühlte sie Frieden und Sinn und Zugehörigkeit. Dies war die Herrlichkeit Gottes.

Dies war die Walachei.

Dies gehörte ihr.

Nachdem die Sonne die Schlucht fast durchquert hatte und sich darauf vorbereitete, hinter dem Berg zu verschwinden, machte sich Lada auf den Weg zurück nach unten. Es war schwieriger als der Aufstieg, ihre Füße waren unsicherer, ihre Absicht weniger zielgerichtet.

Als sie mit schmerzenden Füßen und hungrig ins Dorf zurückkehrte, erwartete sie eine scharfe Strafpredigt von ihrem verzweifelten Kindermädchen. Radu schmollte, dass sie seinen ganzen Tag ruiniert hätte, und auch Bogdan schimpfte, weil sie ihn nicht mitgenommen hatte.

Aber sie waren ihr egal – sie wollte ihrem Vater erzählen, wie sie sich auf dem Berg gefühlt hatte, wie ihre Mutter, die Walachei, sie umarmt und sie mit Licht und Wärme erfüllt hatte. Lada war zum Bersten voll davon, und sie wusste, dass ihr Vater es verstehen würde. Sie wusste, er würde stolz sein.

Aber er hatte ihre Abwesenheit nicht einmal bemerkt, und beim Abendessen war er übellaunig und klagte über Kopfschmerzen. Lada verstaute die Blume, die sie den ganzen Tag aufbewahrt hatte, unter dem Tisch. Später am Abend steckte sie sie in das kleine Buch der Heiligen, das ihr Kindermädchen für sie eingepackt hatte, neben den Zweig des immergrünen Baumes.

Am nächsten Tag ging ihr Vater fort, um sich um andere Dinge zu kümmern.

Dennoch war dieser Sommer der beste in Ladas Leben. Gemeinsam mit ihrem Vater war ihr verzweifeltes Verlangen verschwunden, ihm gefallen zu müssen. Sie planschte mit Bogdan und Radu im Fluss, kletterte auf Felsen und Bäume, quälte die Dorfkinder und wurde selbst von ihnen gequält. Sie und Bogdan schufen eine Geheimsprache, eine Bastardversion ihrer Muttersprache, in die sich Latein, Ungarisch und Sächsisch mischten. Wenn Radu mit ihnen spielen wollte, antworteten sie ihm in ihrer verstümmelten, komplizierten Sprache. Oft weinte er vor Frustration, was lediglich bewies, dass es nur richtig war, nicht mit einem so weinerlichen Baby zu spielen.

Eines Tages, hoch oben auf dem Berg, erklärte Bogdan seine Absicht, Lada heiraten zu wollen. »Warum sollten wir heiraten?«, fragte Lada.

»Weil andere Mädchen nicht lustig sind. Ich hasse Mädchen. Alle außer dich.«

Lada begriff bereits auf eine vage und ängstliche Weise, dass sich ihre eigene Zukunft um die Ehe drehte. Da ihre Mutter längst nach Moldawien zurückgekehrt oder dorthin geflohen war, je nachdem, welchen Klatsch Lada nicht überhören konnte, gab es niemanden, den sie nach solchen Dingen fragen konnte. Selbst das Kindermädchen schnalzte nur mit der Zunge und sagte ihr damit: *Jeder Tag ist schon Plage genug.* Woraus Lada nur ableiten konnte, dass die Ehe eine Plage sei.

Manchmal stellte sie sich eine schattenhafte Gestalt vor, die vor einem steinernen Altar stand. Sie würde ihre Hand aufhalten und diese Gestalt würde alles, was sie besaß, an sich nehmen. Der Gedanke an diesen Mann, der nur darauf wartete, dass sie vor ihm kriechen würde, ließ Hass in ihr lodern.

Aber dies war Bogdan. Sie nahm an, wenn sie schon jemanden heiraten müsste, dann ihn. »Gut. Aber nur, wenn wir uns darauf einigen, dass ich immer das Sagen habe.«

Bogdan lachte. »Was ist daran anders als jetzt?« Nachdem Lada Bogdan einmal kräftig gegen die Schulter geboxt hatte, hatte sie plötzlich das dringende Bedürfnis, den Albtraum des Schattenmannes loszuwerden. Hier, auf diesem Berg, war alles perfekt. »Wir sollten sofort heiraten.«

»Wie?«

»Gib mir deine Hand.«

Er gehorchte und zischte vor Schmerz, als sie ihr Messer über seine

Handfläche zog. Sie tat dasselbe mit ihrer Hand, dann nahm sie seine in ihre, und die warme Nässe vermischte sich zwischen ihren kleinen, schmutzigen Händen. »Auf diesem Berg, mit meiner Mutter Walachei als Zeugin, heirate ich Bogdan für immer und keinen anderen.«

Er grinste, seine großen Ohren glühten rot im Gegenlicht der untergehenden Sonne. »Auf diesem Berg, wo Ladas Mutter, die aus Felsen und Bäumen besteht, zusieht, heirate ich Lada für immer und keine andere.«

Sie drückte seine Hand fester. »Und ich habe das Sagen.«

»Und du hast das Sagen.« Sie ließen einander los, und Bogdan setzte sich mit einem verwirrten und enttäuschten Stirnrunzeln auf den Boden. »Was jetzt?«

»Woher soll ich das wissen? Ich habe noch nie jemanden geheiratet.«

»Wir sollten uns küssen.«

Lada zuckte gleichgültig mit den Schultern und presste ihre Lippen auf Bogdans. Seine Lippen waren weich und trocken, warm an den ihren, und er war so dicht vor ihr, dass seine Züge verschwammen und es so aussah, als habe er drei Augen. Sie lachte, und er lachte auch. Den Rest des Nachmittags verbrachten sie damit, ihre Nasen aneinanderzupressen und sich gegenseitig zu sagen, wie monströs sie mit einem Auge oder drei, oder was auch immer für Streiche ihr Sehvermögen ihnen spielte, aussahen.

Sie sprachen nie wieder über ihre Ehe, aber es dauerte Wochen, bis ihre Handflächen verheilt waren.

Als sie nach unendlich vielen goldenen und grünen Tagen endlich nach Tergowiste zurückkehrten, fühlte es sich wie das Gegenteil einer Heimkehr an. Lada sehnte sich nach dem, was sie hinter sich gelassen hatten. Eines Tages würde sie zum Arges zurückkehren und die Festung auf diesem Berg wieder aufbauen, um dort mit ihrem Vater und Bogdan zu leben. Vielleicht sogar mit Radu.

Es wäre besser als Tergowiste. Alles wäre besser als Tergowiste.

6

1447: Tergowiste, Walachei

Radu – elf Jahre alt und immer noch klein für sein Alter – trat gegen den harten, verkrusteten Schnee. Ihm war kalt und langweilig und er war wütend. Lada und Bogdan kreischten vor Vergnügen, als sie an ihm vorbeisausten, wobei der alte Metallschild kaum groß genug für die beiden war. Sie stürzten am Fuße des Hügels von ihm hinunter und kamen am Ufer des Flusses schlitternd zum Stehen. Es hatte sie eine Ewigkeit gekostet, hierherzuwandern, während sie den schweren, gestohlenen Schild hinter sich herzogen. Obwohl Radu geholfen hatte, ihn mitzubringen, ließen sie ihn nicht mitmachen.

Während Lada und Bogdan den Schild für eine weitere Runde den Hügel hinauftrugen, plapperten sie in ihrer Geheimsprache. Die, von der sie immer noch glaubten, Radu könne sie nicht verstehen.

»Sieh ihn dir an.« Bogdan lachte, seine tölpelhaften Ohren waren von der Kälte heftig gerötet. »Ich glaube, er wird weinen.«

»Er weint immer«, antwortete Lada und würdigte Radu keines Blickes.

Das trieb Radu natürlich die Tränen in die Augen. Er hasste Bogdan. Wenn dieser blöde Trottel nicht hier wäre, könnte er – Radu – mit Lada den Berg hinuntersausen, und sie würde ihre Geheimnisse mit ihm teilen.

Er stapfte durch den Schnee, der die Sonne gleißend hell reflektierte. Wenn sie ihn mit Tränen in den Augen erwischten, würde er behaupten, es sei das Licht. Aber sie würden die Wahrheit kennen.

Am Ufer des Flusses war das Wasser gefroren, so weit sein Auge reichte. In der Nähe spielten mehrere Kinder, einige ungefähr so alt wie er. Radu näherte sich ihnen vorsichtig, wobei er versuchte, es so aussehen zu lassen, als würde er ohnehin in diese Richtung gehen.

Er wollte, dass sie ihn zum Mitmachen aufforderten.

Er wollte es so sehr, dass es mehr schmerzte als seine gefrorenen Finger.

»Ich habe einen Honigkuchen für den, der es wagt, in die Mitte des Flusses zu gehen«, verkündete der älteste Junge. Seine schuhlosen Füße waren in Lumpen gewickelt, aber er hielt sich so aufrecht wie jedes Bojarenkind.

»Lügner«, antwortete ein kleines Mädchen mit langen Zöpfen, die unter dem um den Kopf geschlungenen Schal herabhingen. »Du hast nie etwas zu essen, Costin.«

Der Junge hob sein Kinn, Stolz und Zorn waren an seinen zusammengepressten Lippen zu erkennen. »Ich kann weiter hinausgehen als jeder von euch. Ich fordere euch heraus. Wer ist mutig genug?«

»Ich«, sagte Radu und bedauerte es sofort. Radu war von Natur aus vorsichtig und hatte immer Angst, verletzt zu werden, deshalb scheute er das Risiko. Das war einer der Gründe, weshalb Bogdan und Lada ihn am häufigsten verspotteten. Sich auf einen gefrorenen Fluss zu begeben, war nichts, was er jemals freiwillig tun würde.

Beinahe hätte er einen Rückzieher gemacht, als er hinter sich Bogdans lautes Freudengeheul hörte. Stattdessen trat er einen Schritt vor.

Die Gruppe sah zu ihm hinüber und bemerkte ihn erst jetzt. Costin kniff die Augen zusammen, als er Radus feine Kleidung registrierte. Sein Blick blieb an den Lederstiefeln hängen. Radu wollte sein Freund sein. Mehr als das – auf eine Weise, die Radu nicht einmal verstand, wollte er Costin *sein*. Er wollte den anderen direkt ins Gesicht sehen, ohne Angst, ohne Scham, auch wenn er nichts besaß.

Costin zog seine Oberlippe hoch, und Radu wurde von einer plötzlichen Angst ergriffen, die schlimmer war als die vor dem gefrorenen Fluss. Er hatte Angst, Costin würde ihn ignorieren oder ihm sagen, er solle gehen. Er hatte Angst, dass diese Kinder ihn ansehen und wissen würden, dass er ihre Zeit nicht wert war.

»Wenn du weiter gehst als ich, kannst du meine Stiefel haben«, sagte Radu, dessen Worte verzweifelt aus ihm heraussprudelten.

Costins Augenbrauen hoben sich, und seine Miene wurde verschlagen. »Schwörst du?«

»Bei allen Heiligen.«

Die Kinder schauten gleichermaßen entsetzt und beeindruckt von Radus dreister und unangemessener Erklärung. Es war ein sehr großer Schwur, denn es gab mehr Heilige, als Radu sich je merken konnte. Und er wusste, dass er sie für so etwas nicht anrufen sollte. Radu straffte sich und ahmte Costins aggressive Haltung nach.

»Und was ist, wenn du weiter gehst als ich?« Costins Ton verriet, dass er das für unmöglich hielt.

Radu lächelte und ließ sich auf Costins offensichtliche Lüge ein. »Der Honigkuchen.«

Costin nickte, und sie traten vom Ufer an den Fluss. So nahe am Ufer war das Eis milchig weiß und mit kleinen Kieselsteinen übersät. Radu bewegte seine Füße zögerlich, um ein Gefühl dafür zu bekommen, wie seine Stiefel rutschen könnten.

Lachend glitt Costin auf seinen umwickelten Füßen nach vorne, als hätte er das schon hundertmal gemacht. Das hatte er wohl auch.

Während er Costin beobachtete, rutschte Radu weiter vorwärts. Er kam allmählich besser voran, obwohl er immer noch weit zurücklag. Das war in Ordnung. Radu wollte den Jungen eigentlich nicht schlagen, denn er war sich sicher, dass Costin keinen Honigkuchen anzubieten hatte. Wenn Menschen Erwartungen nicht erfüllen konnten, reagierten sie entweder beschämt oder wütend, hatte Radu festgestellt. Er vermutete, dass Costin der Typ war, der wütend werden würde, und er wollte sein Freund sein, nicht sein Feind.

Er hatte sowieso noch ein anderes Paar Stiefel zu Hause. Das Kindermädchen würde ihn zwar ausschimpfen, aber sie würde es seinem Vater nicht sagen. Und sie war immer nett und sanft zu ihm, nachdem sie ihn ordentlich ausgeschimpft hatte.

Sie hatten sich schon einige Körperlängen vom Flussufer entfernt, als ein lauter Knall um sie herum ertönte. Radu erstarrte.

Costin blickte zurück, die dunklen Augen blitzten und das Kinn hob sich. »Zur Mitte geht es hier entlang, Feigling.« Er machte noch ein paar Schritte und fiel mit einem berstenden Geräusch durch das Eis.

»Costin!«, rief Radu und bewegte sich auf den Bruch zu. Der Junge kam wieder an die Oberfläche und versuchte, sich auf dem Eis festzuhalten. Radu ließ sich auf den Bauch fallen und schob sich vorwärts. Er konnte Costins Hände beinahe erreichen, aber er hörte, wie das Eis unter ihm schwächer wurde.

Jemand packte ihn am Knöchel und riss ihn zurück.

»Warte!«, schrie er und streckte Costin die Hände entgegen, der mit dem Bauch über die Kante lehnte, aber den Rest seines Körpers nicht aus dem Wasser bekam. Er griff nach Radu, aber es war zu spät. Costins Augen weiteten sich vor Schreck, sein Gesicht war so weiß wie das Eis, als Radu weggezogen wurde.

»Wartet, wartet, wir müssen ihm helfen!« Radu versuchte, sich aufzurappeln, aber eine andere Hand griff nach seinem anderen Knöchel, sodass er auf den Boden knallte. Sein Kinn prallte auf das Eis, er biss sich auf die Zunge und blutete. Dann wurde er an das Ufer des Flusses geschleudert, und Lada schlug ihm ins Gesicht.

»Was hast du dir dabei gedacht?«, schrie sie.

»Wir müssen ihm helfen!«

»Nein!«

»Er wird ertrinken! Lass mich los!«

Sie packte ihn an seinem Kragen und schüttelte ihn. »Du hättest sterben können!«

»Er wird sterben!«

»Er ist nichts! Dein Leben ist hundertmal so viel wert wie seins, verstehst du? Riskiere es nie wieder für jemand anderen.«

Sie schüttelte ihn immer noch, und sein Kopf flog hin und her, sodass er den Fluss nicht sehen konnte; nicht sehen konnte, ob Costin es geschafft hatte oder nicht. Er hörte die anderen Kinder schreien, aber ihre Stimmen klangen weit entfernt und undeutlich über das Hämmern seines Pulses hinweg. Schließlich sah Radu Lada an, in der Erwartung, Wut zu sehen, aber stattdessen sah sie … ungewohnt aus. Ihre Augen waren voller Tränen, wofür sie ihn verspottet hätte.

»Mach das nie wieder.« Sie stand auf und zog ihn an ihrer Seite hoch. Bogdan nahm seinen anderen Arm, und sie zerrten ihn weg. Radu wollte zurückblicken, aber Lada packte ihn am Hals und zwang ihn, den Blick nach vorne zu richten. Er erwartete, dass sie auf dem langen, kalten Weg nach Hause vor ihm hergehen oder ihn anschreien würde. Stattdessen blieb sie schweigend an seiner Seite.

»Es ging ihm gut«, sagte sie schließlich, nachdem sie Radu mehrere Minuten lang schniefen gehört hatte. »Er ist rausgeklettert.«

»Ist er?« Radu zitterte vor Hoffnung, und Schauer liefen über seinen ganzen Körper.

Lada zeigte auf den Schild. »Setz dich.« Sie zwang Bogdan, Radu darauf zu ziehen. Sie warf Bogdan so viele Ausdrücke für Esel an den Kopf, dass Radu Costins Gesicht vergaß und vor Lachen umfiel. Daheim saß sie dann dicht neben ihm, während sie vor dem Feuer zu Abend aßen, und hackte auf ihm herum, was ihre Art war, sich um ihn zu kümmern.

Als sie dachte, er würde schlafen, schlich sie sich in sein Zimmer. Radu schlief nicht viel, er war immer wach und machte sich über irgendetwas Sorgen. Aber er lag so ruhig wie möglich, achtete darauf, gleichmäßig zu atmen, und war gespannt, was sie tun würde.

Sie saß eine ganze Weile neben seinem Bett. Schließlich legte sie eine Hand auf seine Schulter und flüsterte: »Du gehörst *mir.*«

Radu hatte über die Art und Weise nachgedacht, wie Lada geklungen hatte, als sie ihm sagte, dass Costin dem Fluss entkommen war. Der Tonfall ihrer Stimme, das Fehlen von Schärfe. Er war sich fast sicher, dass sie gelogen hatte. Er schlief ein, eingehüllt in die sichere Wärme ihrer Nähe und geplagt von Schuldgefühlen darüber, wie glücklich ihn der Tag gemacht hatte.

Ihn immer noch machte.

7

Im Frühling, nachdem sie Radu beinahe im eisigen Fluss verloren hatte, lag Lada auf dem Rücken und starrte auf die belaubten Äste über ihr, die so dicht miteinander verflochten waren, dass alles durch leuchtendes Grün gefiltert wurde. Ihr Lehrer leierte etwas herunter – heute Latein –, und Radu wiederholte pflichtbewusst alles. Er war fast zwölf Jahre alt, und sie näherte sich der Vollendung des dreizehnten Lebensjahrs. Irgendetwas am Lauf der Zeit und der Hinzufügung von Jahren zu ihrem Namen erfüllte sie mit Furcht. Sie war nicht genug. Noch nicht. So viel Zeit war vergangen, und sie hatte noch so viel vor sich.

Aber nach sieben Jahren Studium – sieben Jahre in dieser Stadt, im Schloss – konnte sie so gut wie jeder andere lesen, schreiben und Latein sprechen. Es war die Sprache der Verträge und Briefe und Gottes, förmlich und steif in ihrem Mund. Walachisch galt als eine niedere Sprache. Es war eine gesprochene Sprache, selten eine geschriebene.

Aber oh, wie gut es auf der Zunge schmeckte.

»Ladislava«, forderte der Hauslehrer sie auf. Er war ein junger Mann, glatt rasiert, weil er kein Land besaß und sich deshalb keine Gesichtsbehaarung wachsen lassen durfte. Lada fand ihn unausstehlich, aber ihr Vater bestand darauf, dass sie mit Radu gemeinsam unterrichtet wurde. Die genauen Worte ihres Vaters lauteten: *»Es ist eine Verschwendung, den quäkenden Wurm zu erziehen, aber wenigstens kön-*

nen wir Lada einbeziehen, die ein Gehirn hat, das es wert ist, geformt zu werden. Schade, dass sie ein Mädchen ist.«

Klüger, stärker, größer. Sie hatte die Gründe nie vergessen, die ihr Vater vor all den Jahren aufgezählt hatte, weshalb sie nicht hoffen durfte, ihn zu schlagen. Seitdem war es ihr Ziel, sich seine Liebe zu verdienen und ihm zu zeigen, dass sie all dies sein konnte. Diese Herausforderung verfolgte sie unerbittlich. Denn auf der anderen Seite dieser Aufgabe – wenn sie es geschafft hatte, klüger, stärker und größer zu werden – war sie sich sicher, dass ihr Vater sie mit mehr Stolz und Liebe betrachten würde, als er es jemals bei ihrem älteren Bruder Mircea getan hatte. Er war jetzt zwanzig, ein erwachsener Mann, und der Erbe ihres Vaters. Mircea führte Feldzüge, wenn Schlachten es erforderten, besänftigte Spannungen zwischen Bojarenfamilien, aß mit ihrem Vater, plante mit ihrem Vater, ritt mit ihrem Vater. Er war die rechte Hand der Walachei; es war seine Hand, die immer an den Haaren zog, in die Haut zwickte, kleine Wege fand, jemanden zu verletzen, die niemand sonst sehen konnte.

Und eines Tages würde er Fürst sein.

Wenn er so lange lebte.

Aber Lada würde Mirceas Platz im Herzen ihres Vaters einnehmen, bevor es zu spät war. An dem Tag, da er ihr das Messer zurückgegeben und sie Tochter der Walachei genannt hatte, war es das erste Mal gewesen, dass er sie wirklich angesehen hatte, und die Erinnerung daran war sowohl eine Freude als auch eine Qual, die sie seither genossen hatte.

Sie wiederholte den letzten Satz, den ihr Hauslehrer auf Latein gesagt hatte, und wiederholte ihn dann obendrein auf Ungarisch und Türkisch.

»Sehr gut.« Der Hauslehrer rutschte unbehaglich auf dem Holzschemel herum, den er mitgebracht hatte. »Obwohl uns allen besser gedient wäre, wenn wir drinnen lernten.«

Ihr letzter Hauslehrer hatte sie geohrfeigt, als sie verlangte, nach draußen zu gehen. Sie brach ihm die Nase. Dieser hier tat nie mehr, als ihr sanfte Vorschläge zu machen, die sie kurzerhand ignorierte.

»Dies ist mein Land.« Lada stand auf und streckte die Arme über den Kopf, die steifen Ärmel spannten sich gegen ihre Bewegungen. Sie blieb nicht gern im Schloss, um zu lernen. Jeden Tag sorgte sie dafür, dass sie aus der ummauerten Innenstadt hinausritten – vorbei an den kleineren Häusern, dann an den Hütten und dann an den schmutzigen, schäbigen Außenbezirken des Lebens, die sich an die Hauptstadt klammerten – in die frische, grüne Landschaft. Die Pferde wurden auf Feldern zurückgelassen, auf denen violette Blumen erstrahlten, während sie und Radu im Schatten dichter Bäume mit blasser Rinde lernten.

»Das Land gehört nicht *dir.*« Radu schabte mit einem Stock über den Boden, um seine lateinischen Verben aufzuschreiben.

»Ist dies nicht die Walachei?«

Radu nickte. Er hatte einen Schmutzfleck auf der Nase. Das ließ ihren Bruder klein und lächerlich aussehen, und das wiederum ärgerte Lada. Er war immer bei ihr, ein Anhängsel in ihrem Leben, und sie konnte sich nie entscheiden, was sie von ihm halten sollte. Manchmal, wenn er lächelte wie die Sonne, die sich in einem Bach spiegelte, oder wenn sie sah, wie er sich im Schlaf entspannte, überkam sie eine Art unerklärlicher Schmerz. Es machte ihr Angst.

»Setz dich grade hin.« Sie zerrte an seinem Kinn und wischte seine Nase so heftig mit ihrem Hemd ab, dass er aufschrie und versuchte, sich loszureißen. Sie packte sein Kinn fester. »Das ist die Walachei, und ich bin ihre Tochter. Unser Vater ist der Fürst der Walachei. Dies ist *mein* Land.«

Radu wehrte sich endlich nicht länger und starrte sie stattdessen an. In seinen großen Augen sammelten sich Tränen. Ihr Bruder war so schön. Er hatte ein Gesicht, das die Frauen dazu brachte, in den Gassen stehen zu bleiben, um ihn anzustarren. Wenn er sein Lächeln mit den Grübchen aufblitzen ließ, gab ihm die Köchin Extraportionen von dem, was er am liebsten aß. Und wenn Lada sah, dass er verletzt wurde, wollte sie ihn beschützen, was sie wütend machte. Er war schwach, und ihn zu schützen, kam ihr wie eine Schwäche vor. Mircea wurde jedenfalls ihretwegen nicht von solch einer Schwäche überwältigt.

Sie ließ Radus Kinn los und rieb sich den Hinterkopf. Letzten Monat hatte Mircea sie so heftig an den Haaren gezogen, dass eine kahle Stelle entstanden war, die sich erst jetzt zu füllen begann. *Mädchen sollten wissen, wo sie hingehören,* hatte er gezischt.

Lada hob ihr Gesicht zu einem Sonnenstrahl, der sich seinen Weg durch die Blätter bahnte. *Hier. Hier gehöre ich hin.* Ihr Vater hatte es ihr geschenkt, und die Walachei würde immer ihr gehören.

Radu trat gegen seine Kritzeleien im Schmutz. »Nicht jeder will, dass das Land uns gehört.«

»Können wir wieder zurück …«, begann der Hauslehrer, aber Lada hob eine Hand, um ihn zum Schweigen zu bringen.

Sie ging in die Hocke und hob einen runden Stein auf, der perfekt in ihre Handfläche passte. Ausgewogen. Schwer. Sie wirbelte herum und schleuderte den Stein durch die Luft. Einem dumpfen Aufprall folgte ein spitzer Wutschrei, dann Gelächter. Bogdan erhob sich von der Stelle, an der er über den Boden gerobbt war, um sich an sie heranzuschleichen.

»Streng dich mehr an, Bogdan.« Ladas Grinsen verwandelte sich in ein Lächeln. »Komm, setz dich. Radu macht Kauderwelsch aus Latein.«

»Radu macht sich sehr gut.« Der Hauslehrer sah Bogdan stirnrunzelnd an. »Und ich bin nicht angestellt, um den Sohn eines Kindermädchens zu erziehen.« Lada starrte ihn mit der ganzen kalten, gebieterischen Befehlsgewalt an, die ihr angeboren war. »Du bist angestellt, um zu tun, was man dir sagt.«

Der Lehrer, der seine gerade, makellose Nase sehr schätzte, seufzte müde und setzte den Unterricht fort.

»Jetzt auf Ungarisch«, befahl Lada Bogdan und ging mit schnellem und sicherem Schritt den Flur entlang. Tergowiste war gebaut wie eine große byzantinische Stadt: in der Mitte die Burg, um sie herum die Herrenhäuser der Bojaren, um diese herum die Wohnungen der Handwerker und Künstler, die die Gunst der Bojaren verdienten, und dann, außerhalb der massiven Steinmauern, alle anderen. Innerhalb der Mauern waren die Häuser in schillernden Rot-, Blau-, Gelb- und Grüntönen gestrichen. Blumenpracht und plätschernde Brunnen wetteiferten um die Aufmerksamkeit. Doch unter allem lauerte der Gestank menschlicher Abfälle, und die armen und kranken Massen schienen immer näher an die Innenstadt heranzurücken. Lada hatte sogar gesehen, dass ihre Hütten an die Mauer angelehnt gebaut wurden.

Lada und Radu durften keine Zeit in den Außenbezirken von Tergowiste verbringen. Sie wurden in aller Eile gemeinsam durch die Straßen gescheucht, wann immer sie die Stadt verließen, wobei sie nur einen flüchtigen Blick auf baufällige Häuser und argwöhnische, eingefallene Augen erhaschen konnten.

Sie wohnten in der Burg, die, so sehr sie sich auch bemühte, nicht an die Pracht von Konstantinopel heranreichen konnte. Sie war schummrig, dunkel, eng. Die Wände waren dick, die Fenster schlitzförmig, die Gänge geradezu ein Labyrinth. Die Konstruktion der Burg bewies, dass die Teiche und Gärten und die bunt gekleideten Körper eine Lüge waren. Tergowiste war kein glitzerndes Byzanz. Selbst Byzanz war nicht mehr Byzanz. Wie alles andere in der Nähe des Osmanischen Reiches war auch die Walachei zu einem Tummelplatz für stärkere Armeen geworden, zu einem Weg, der immer wieder von gepanzerten Füßen zertrampelt wurde.

Lada legte ihre Hand an die Mauer und spürte die Kälte, die die Steine nie ganz verließ. Die Burg war Ziel und Falle zugleich. Sie hatte sich hier nie sicher gefühlt. Sie wusste aus dem schnippischen Tonfall und der angespannten Haltung ihres Vaters, dass auch er sich ständig bedroht fühlte. Sie sehnte sich danach, woanders zu leben, auf dem Lande, in den Bergen, irgendwo, wo man sich gut verteidigen und die Feinde schon meilenweit entfernt kommen sehen konnte. Irgendwo, wo ihr Vater sich entspannen konnte und Zeit hatte, mit ihr zu sprechen.

Zwei Janitscharen gingen vorbei. Sie waren osmanische Elitesoldaten, die als junge Burschen im Namen der Steuern aus anderen Ländern geholt und für den Dienst am Sultan und seinem Gott ausgebildet wurden. Ihre bronzenen Zeremonienmützen mit fließendem, weißem Nackenschutz wippten, während sie lachten und sich ganz entspannt unterhielten. Ihr Vater bestand darauf, dass die Burg ein Symbol der Macht sei, aber er weigerte sich, die wahre Symbolik von Tergowiste zu erkennen. Es gab ihnen keine Macht – es gab den anderen Macht über sie. Sie waren hier gefangen, Gefangene der Forderungen der mächtigen Bojarenfamilien. Schlimmer noch, trotz der Salbung ihres Vaters zum Kreuzritter durch den Papst waren sie immer noch ein Vasallenstaat des Osmanischen Reiches. Ihr Vater opferte dem osmanischen Sultan Murad Geld, Leben und seine eigene Ehre für das Privileg dieses Throns.

Bogdan plapperte in der Sprache ihrer westlichen ungarischen Nachbarn weiter und erzählte Lada von seinem Tag. Sie drängte in den großen Saal und korrigierte gelegentlich seine Aussprache, während die beiden Janitscharen dort an einer Wand lehnten. Lada hatte nur einen kurzen Blick für sie übrig. Sie waren wie ein Stein in ihren Pantoffeln, ständig störend.

Bulgarien und Serbien hatten ähnliche Vereinbarungen mit dem Sultan und zahlten dem Osmanischen Reich im Gegenzug Geld und Knaben für Stabilität, während Ungarn und Siebenbürgen darum kämpften, keine Vasallen zu sein. Die Spannungen zwischen den Grenzen forderten Vlads ständige Aufmerksamkeit, zwangen ihn, wochenlang fort zu sein, und verursachten ihm Magenschmerzen, die ihn boshaft und reizbar machten.

Lada *hasste* die Osmanen.

Einer der Janitscharen zog eine dicke Augenbraue hoch. Obwohl er bulgarisch, vielleicht serbisch aussah, sprach er Türkisch. »Hässliches Ding, das Mädchen. Der Fürst kann froh sein, wenn er einen Mann für sie findet. Oder vielleicht ein Nonnenkloster mit niedrigen Ansprüchen.«

Lada ging weiter, als hätte sie nichts gehört, aber Bogdan blieb stehen. Er schäumte. Der Soldat bemerkte, dass er ihn verstanden hatte, und kam interessiert auf sie zu. »Du sprichst Türkisch?«

Lada ergriff Bogdans Hand und antwortete mit perfekter Aussprache: »Man muss Türkisch lernen, wenn man die Schlosshunde befehligen will.«

Der Soldat lachte. »Du würdest dich bei ihnen wie zu Hause fühlen, kleine Hündin.«

Lada hatte ihr Messer gezückt, noch bevor der Soldat oder seine Begleiter es bemerkten. Sie war zu klein, um den Hals des Mannes zu erreichen, also begnügte sie sich mit einem bösartigen Hieb in seinen Arm. Er schrie vor Schmerz und Überraschung auf, sprang zurück und fummelte an seinem Schwert herum.

Lada gestikulierte, und Bogdan stürzte sich auf die Beine des Soldaten und brachte ihn zu Fall. Jetzt, wo er auf dem Boden lag, war sein Hals ein leichtes Ziel. Lada drückte ihm das Messer unter das Kinn und sah dann zu dem anderen Soldaten hoch. Er war ein blasser, hagerer Mann – eigentlich fast ein Junge – mit scharfsinnigen braunen Augen. Eine seiner Hände lag an seinem Schwert, der langen, gebogenen Klinge, die von den Osmanen bevorzugt wurde.

»Nur ein Narr würde die Tochter des Fürsten in ihrem eigenen Haus angreifen. Zwei Soldaten gegen ein harmloses Mädchen.« Lada fletschte die Zähne vor ihm. »Sehr schlecht für Abkommen.«

Der hagere Soldat nahm die Hand von seinem Schwert und trat einen Schritt zurück, sein Lächeln passte perfekt zu seiner Waffe. Er verbeugte sich und streckte respektvoll einen Arm aus.

Bogdan sprang vom Boden auf und zitterte vor Wut. Lada schüttelte den Kopf über ihn. Sie hätte ihn aus der Sache heraushalten sollen. Lada hatte ein Gespür für Macht – die feinen Fäden, die alle um sie herum verbanden, die Art und Weise, wie diese Fäden gezogen, gestrafft, um jemanden gewickelt werden konnten, bis sie die Blutzufuhr abschnitten.

Oder völlig zerrissen.

Sie hatte nur wenige Fäden zur Verfügung und sie wollte sie alle haben. Bogdan hatte fast keine, und die Fäden, die er hatte, gehörten ihm nur, weil er ein Junge war. Die Leute respektierten ihn bereits mehr als seine Mutter, das Kindermädchen. Es bereitete Lada Zahnschmerzen, mit welcher Leichtigkeit das Leben Bogdan begrüßte.

Sie stach mit ihrem Messer noch einmal nach dem am Boden liegenden Soldaten, aber nicht so fest, dass die Haut durchstochen wurde. Dann richtete sie sich auf und strich ihr Kleid vorne glatt. »Ihr seid Sklaven«, sagte sie. »Ihr könnt mir nichts antun.«

Die Augen des hageren Soldaten zogen sich nachdenklich zusammen, als er über Ladas Schulter blickte, wo Bogdan drohend näher rückte. Sie ergriff seinen Arm und ging mit ihm aus dem Raum.

Bogdan war wütend. »Wir sollten es deinem Vater sagen.«

»Nein!«

»Warum nicht? Er sollte wissen, dass sie dich nicht respektieren!«

»Sie sind es nicht wert, beachtet zu werden! Sie sind weniger als der Schlamm. Du ärgerst dich nicht über den Schlamm, der an deinem Schuh klebt. Du wischst ihn ab und siehst ihn nie wieder an.«

»Dein Vater sollte es wissen.«

Lada machte ein finsteres Gesicht. Es war nicht so, dass sie eine Bestrafung für ihr Handeln befürchtete. Sie fürchtete, dass ihr Vater herausfand, wie die Janitscharen sie sahen, und erkennen könnte, dass sie recht hatten. Dass sie ein Mädchen war. Dass sie weniger wert war als die Schlosshunde, bis zu dem Tag, an dem sie verheiratet werden konnte. Sie *musste* die Klügste sein, ihn ständig überraschen und erfreuen. Sie hatte Angst, dass der Tag, an dem sie aufhörte, ihn zu amüsieren, der Tag sein würde, an dem er sich erinnerte, dass er keine Verwendung für eine Tochter hatte.

»Werden wir bestraft?« Bogdans Gesicht, so vertraut und geliebt wie ihr eigenes, verzog sich vor Sorge. Er wuchs wie ein Frühlingsspross und war jetzt viel größer. Seit sie sich erinnern konnte, war er an ihrer Seite gewesen. Er war ihr Spielkamerad, ihr Vertrauter, ihr Bruder im Geiste, wenn auch nicht im Blute. Ihr Ehemann. Wo Radu schwach war, war Bogdan beständig, stark. Sie zupfte an einem seiner großen Ohren, die von seinem Kopf abstanden wie Henkel von einem Krug. Sie waren für sie wertvoller als alle anderen schönen Dinge in der Burg.

»Die Janitscharen haben nur so viel Macht, wie wir ihnen zugestehen.« Sie meinte das als Beruhigung, aber ihre Gedanken blieben bei dem gebogenen Schwert, das über dem Thron ihres Vaters hing. Ein Geschenk des Sultans an ihren Vater. Ein Versprechen und eine Drohung, wie die meisten Dinge in Tergowiste.

Am nächsten Morgen wachte Lada spät auf, die Augen schwer vom Schlaf und der Geist von Albträumen verwirrt. Ein seltsames Geräusch, eine Art Stöhnen mit Schluckauf, erklang auf der anderen Seite ihrer Schlafzimmertür. Wütend stapfte sie hinaus in die Kammern, die ihr Zimmer mit dem von Radu verbanden, wo das Kindermädchen schlief.

Das Kindermädchen hielt sich selbst eng umschlungen und schaukelte vor und zurück. Sie war die Quelle des Geräuschs. Radu klopfte ihr auf den Rücken und wirkte ratlos.

»Was ist passiert?«, fragte Lada, und in ihrer Brust stieg Panik auf wie eine Handvoll Bienen.

»Bogdan.« Radu hielt hilflos die Hände hoch. »Die Janitscharen haben ihn mitgenommen.«

Die Bienen verwandelten sich in einen Schwarm. Lada rannte aus dem Zimmer, direkt in das Arbeitszimmer ihres Vaters, wo sie ihn über Karten und Bücher gebeugt fand.

»Vater!« Es klang atemlos und verzweifelt. Klein. All ihre Bemühungen, ihn zu zwingen, sie als etwas anderes als ein kleines Mädchen zu sehen, lösten sich in diesem einen Wort auf, aber sie konnte nicht an sich halten. Er würde ihr helfen. Er würde das in Ordnung bringen. »Die Janitscharen haben Bogdan entführt!«

Ihr Vater sah hoch, legte seine Feder beiseite und wischte sich die Finger an einem weißen Taschentuch ab. Es war schwarz verschmiert, und er ließ es auf den Boden fallen, es hatte ausgedient. Seine Stimme war gemessen. »Die Janitscharen erzählten mir, sie hätten Ärger mit einem der Schloss*hunde* gehabt. Ein Soldat wurde verletzt. Sie baten uns, einen Ersatz zu stellen, der in Türkisch unterrichtet worden war. Eine glückliche Wendung des Schicksals für den Sohn eines Kindermädchens, nicht wahr?«

Lada spürte, wie ihre Unterlippe zitterte. Dieses Gefühl, das sie in ihrem Herzen spürte, wenn ihr Vater sie ansah, dieser fieberhafte, verzweifelte Stolz, verdrehte sich und wurde verbittert. Er wusste, was Bogdan ihr bedeutete. Er wusste es, und trotzdem ließ er zu, dass die Janitscharen ihr den liebsten Freund wegnahmen.

Es war ihm egal. Und nun wartete er auf ihre Reaktion, während er sie abschätzig ansah.

Sie ballte ihre zitternden Hände zu Fäusten und nickte. »Sorg dafür, dass sich die Hunde von jetzt an benehmen.« Die Augen ihres Vaters durchbohrten sie, setzten die Bienen frei und ließen sie innerlich leer und widerhallend zurück. Sie knickste, dann ging sie steif hinaus, ließ sich an der Wand zu Boden sinken und presste die Fäuste vor die Augen, um die Tränen zurückzudrängen.

Das war ihre Schuld. Sie hätte von den Janitscharen weggehen können. Radu hätte es getan. Aber sie nicht. Sie musste ihnen trotzen, musste sie verhöhnen. Und einer von ihnen – der Dünne – hatte nur durch einen Blick auf sie gewusst, wie er sie am besten verletzen konnte.

All ihre winzigen Fäden zerrissen, legten sich wieder rund um ihr Herz und zogen es zu fest zusammen. Es war ihre Schuld, aber ihr Vater hatte sie verraten. Er hätte Nein sagen können, hätte Nein sagen müssen, hätte es verhindern müssen, hätte den Janitscharen zeigen müssen, dass nicht sie, sondern er die Walachei regierte.

Aber er hatte beschlossen, das nicht zu tun.

Ihre Gedanken blieben an dem Bild seines weggeworfenen Taschentuchs hängen. Beschmutzt und fallen gelassen, vergessen, jetzt, da es nicht mehr makellos war. Ihr Vater war verschwenderisch. Ihr Vater war schwach.

Bogdan hatte etwas Besseres verdient.

Sie hatte etwas Besseres verdient. Die Walachei hatte etwas Besseres verdient.

In Gedanken ging sie zurück auf den Berg, stand auf seinem Gipfel und erinnerte sich daran, wie die Sonne sie umarmt hatte. Sie würde ihr Land niemals wegwerfen, wie es ihr Vater getan hatte. Sie würde es beschützen.

Ein kleiner Schluchzer drohte sich Bahn zu brechen. Was konnte sie tun?

Sie hatte keine Macht.

Noch nicht, schwor sie. Sie hatte *noch* keine Macht.

8

Radu hatte Bogdan schon immer gehasst. Er hasste es, dass er Ladas Zeit und Aufmerksamkeit stahl, er hasste es, wie Bogdan ihn an den Haaren oder an seinem Ohr zog oder grinste, wenn er sich ein Knie aufschürfte und nicht anders konnte, als zu weinen.

Am meisten aber hasste er, dass Bogdan ihn den Rest der Zeit ignorierte.

Und nun hatte Bogdan Radus Kindermädchen gestohlen und eine leere Hülle zurückgelassen. Es war Bogdans eigene Schuld, dass er weg war. Warum musste er auch noch alles andere ruinieren?

Radus Zimmer war wie eine erstickende Grabkammer für Bogdan. Sein Kindermädchen weinte auf ihrem Stuhl, das Nähkörbchen stand unberührt neben ihr. Aber Lada war noch schlimmer. Lief etwas nicht nach ihrem Willen, verwandelte sie sich normalerweise in einen Sturzbach der Wut, in einen peitschenden Sturm, der über alles hereinbrach und sich so schnell wieder legte, wie er gekommen war.

Nach dem Verlust von Bogdan war Lada jedoch still, starrte vor sich hin.

Das machte Radu entsetzliche Angst.

Er hatte sich in einer Ecke des Stalls verkrochen, an einem dunklen, muffigen Ort, wo ihn nur jemand finden konnte, der ihn suchte. Aber niemand suchte jemals nach Radu. Eine Spinne krabbelte an seiner Hand hinunter, und er hob sie hoch und setzte sie vorsichtig auf einen Holzbalken, wo sie sicher war.

Zwei großspurige Janitscharen führten ihre schwitzenden und zitternden Pferde in die Ställe. Radu beobachtete mit zusammengekniffenen Augen, wie sie die Pferde effizient abwischten, tränkten und ihnen frisches Futter gaben.

Wenn Mircea vom Reiten zurückkam, sprang er immer ab, warf die Zügel einem Diener zu und ging davon. Mircea peitschte seine Pferde auch, die wütenden Furchen in ihren Flanken kennzeichneten sie als seine Lieblinge. Einmal hatte Radu Wache gehalten, als kein Stallbursche anwesend war. Mircea stieg einfach von seinem Pferd ab, das eine lange Wunde am Bein hatte, aus der Blut floss, und ging.

Radu wollte aus Loyalität zu Lada alle Janitscharen hassen, aber er mochte die Art, wie sie sich um ihre Tiere kümmerten. Er mochte auch ihre lustigen Hüte und die Tatsache, dass sie immer jemanden dabeihatten. Nie war ein Janitschar allein.

Die beiden Männer hatten sich die ganze Zeit mit leiser, angenehmer Stimme unterhalten. »Hast du das neue Tier hier drin bemerkt?«, fragte der eine. Er stand mit dem Rücken zu Radu.

Der andere Janitschar, ein junger Mann mit pockennarbiger Haut und dunklen Augen, schüttelte den Kopf.

»Eine schüchterne Kreatur. Ich würde ihn für sehr wertvoll halten, aber ich habe noch niemanden gesehen, der mit ihm einen Ausritt gemacht hat. Schade.«

»Oh, meinst du den Blassen? Große Augen? Lockiges Haar? Versteckt sich in einer Ecke?«

Radu wurde von Angst ergriffen. Sie wussten, dass er hier war. Was würden sie mit ihm tun?

»Ja, der! Scheint ein trauriges kleines Ding zu sein. Vielleicht, wenn er sich mit einigen der anderen Tiere anfreundete …« Der Janitschar richtete sich auf, drehte den Kopf und lächelte mit freundlichen Augen zu Radus Versteck. »Willst du uns mit den Pferden helfen?«

Radu rührte sich nicht.

»Dieses hier ist sehr sanft. Siehst du?« Der Janitschar stupste den Kopf des Pferdes behutsam mit seinem eigenen an. Das Pferd schnaubte ihm direkt ins Gesicht, und beide Soldaten lachten. »Na los, komm und lerne deinen Stallgefährten kennen.«

Radu schlurfte vorwärts, drückte sich gegen die Stalltüren und sah zum Eingang hinüber.

Der Janitschar hielt ihm eine Bürste mit steifen Borsten hin. »Hier, mach dich nützlich. Wir müssen uns so tief bücken, um die unteren Stellen zu erreichen. Hilf uns, unsere armen, schmerzenden Rücken zu retten.«

Die Bürste lag schwer in Radus Hand. Er streckte sie zögernd aus und berührte das Pferd kaum. Er war zum Reiten ausgebildet worden, aber Mircea hatte das Sagen gehabt, was bedeutete, dass Lada wild und wetteifernd wurde und Radu die ganze Zeit angeschrien wurde. Er hatte immer noch dort ein Mal im Nacken, wo Mircea ihn einmal ausgepeitscht hatte. Mircea behauptete, er habe auf das Pferd gezielt.

Der Janitschar mit den freundlichen Augen legte seine Hand auf Radus und zeigte ihm, wie er striegeln und wie viel Druck er ausüben musste. »Ich nehme an, du bist kein Stallbursche.«

Radu schüttelte den Kopf und hielt den Blick gesenkt.

»Oh, ich weiß, wer unsere kleine Kreatur ist!« Der pockennarbige Janitschar grinste ein zahnloses Lächeln. »Halten sie alle kleinen Fürsten in den Ställen? Was für merkwürdige Bräuche die Walachei hat! Ich nehme an, du isst gerne Hafer?«

Radu wusste, dass er geneckt wurde, aber es fühlte sich gutmütig an. Spielerisch.

Er wagte ein Lächeln. »Ich bevorzuge Kuchen.«

Beide Janitscharen lachten und einer klopfte ihm auf die Schulter. Anders als bei Mircea war es nur ein Klaps auf die Schulter und kein versteckter Schlag.

Radu half den Soldaten bei den restlichen Aufgaben, stellte ein paar Fragen, hörte aber hauptsächlich zu. Als sie fertig waren, sagten sie ihm, er solle sie am nächsten Tag früher treffen, um ihnen beim Training der Pferde zu helfen. Er hüpfte förmlich zurück in seine Zimmer, atemlos und freudig errötet. Lada war, Gott sei Dank, nirgends zu finden. Sein Kindermädchen saß an ihrem üblichen Platz.

Radu kletterte auf ihren Stuhl, schmiegte sich an ihre Seite und legte seine Hand in ihren Nacken. Sie seufzte, sah ihn aber nicht an.

»Wusstest du«, sagte Radu, so vorsichtig wie er die Spinne abgesetzt hatte, »dass Janitscharen in der osmanischen Gesellschaft sehr angesehen sind?«

Sein Kindermädchen runzelte die Stirn und sah ihn zum ersten Mal seit Tagen wieder an.

»Sie werden ausgebildet und geschult und sogar bezahlt. Alle bewundern sie. Ich habe heute mit einem gesprochen, der mir erzählte, dass seine Mutter ihn zu den Janitscharen gegeben hat, um ihn vor einem Leben zu bewahren, in dem er an der felsigen Erde zerbricht. Er sagte …« Radu hielt inne, seine Stimme wurde leiser. »Er sagte, er sei dankbar. Dass es das Beste war, was ihm passieren konnte. Er hat immer genug zu essen, und er hat viele Freunde und Geld, das er ausgeben kann, wenn er will. Er sagte, er sei klüger und stärker, als er es jemals gewesen sei. Er sagt, dass er jeden Tag betet, aus Dankbarkeit und Liebe zu seiner Mutter.«

Der Janitschar hatte eigentlich nichts dergleichen gesagt. Aber sein Kindermädchen hielt Radus Hand so fest, dass es wehtat. Er bewegte sich nicht weg. Sie nickte und wischte sich über die Augen. »Sei ein guter Junge und gib mir mein Nähkörbchen.«

Radu machte es sich bequem und beobachtete, wie ihre zitternden Hände mit jedem Stich sicherer wurden.

Die Luft war schwer und dick vor Feuchtigkeit, als Radu einen Stock über den gepflasterten Weg hinter der Burg zerrte, der zu den Ställen führte. Er summte fröhlich vor sich hin, doch das Summen wurde unterbrochen, als ihm jemand einen Klaps auf den Hinterkopf gab.

»Wohin gehst du?«, fragte Mircea.

Radu antwortete nicht. Schweigen war die beste Taktik bei Mircea.

Ihr Vater kam hinter Mircea hergeeilt, und Radu wich noch weiter zurück. Er hatte nicht mehr mit seinem Vater gesprochen seit … Er wusste nicht, wie lange. Der Blick aus den schwarzen Augen seines Vaters huschte über ihn hinweg, als wäre er gar nicht da. Dann blinzelte Vlad und konzentrierte sich schließlich auf seinen jüngsten Sohn.

»Radu.« Er klang vage fragend, als ob er eine Tatsache wiederholte, an die er sich nicht recht erinnern konnte.

Ihm folgten mehrere Bojaren, meist aus der Familie Danesti, ihren langjährigen Rivalen. Andrej war unter ihnen, zappelig und geistesabwesend, wie er es jetzt immer war. Alle trugen Reiterkleidung, hielten inne und starrten Radu an.

Radu wünschte, es wären Frauen. Mit Frauen kam er viel besser zurecht. Männer waren rau und hart und regungslos im Angesicht eines schnellen, strahlenden Lächelns. Lada würde wissen, was zu tun war. Sie würde eine finstere Miene aufsetzen, ihre Nase hochrecken und jeden von ihnen herausfordern, der sich für etwas Besseres hielt als sie. Radu richtete sich auf und tat so, als wäre er sie.

»Kann der Junge reiten?«, fragte einer der ältesten Danesti-Bojaren in gelangweiltem, aber leicht herausforderndem Ton.

Sein Vater betrachtete Radu mit strengem Blick. »Natürlich kann er das.«

Radu eilte im Schlepptau seines Vaters und seines Bruders weiter. Er machte sich Sorgen, dass er nicht eingeladen war und bestraft werden würde, aber noch mehr Sorgen machte er sich darüber, was passieren würde, wenn man von ihm erwartete, dass er mitging und nicht gehorchte.

Seine Janitscharenfreunde warteten im hinteren Teil des Stalls auf ihn. Lazar, der mit der Zahnlücke und dem unbeschwerten Lachen, nahm die Szene – und Radus verängstigten Gesichtsausdruck – mit einem kurzen Blick auf. Radu war fast jeden Tag mit ihnen geritten, und unter ihrer spielerischen Anleitung hatte er sich im Sattel wohlgefühlt, war sogar geschickt geworden. Vielleicht hatte er ihnen auch zu viel über seine Familie erzählt. Er ließ den Kopf hängen, als die Pferde, die für den Reitertrupp vorbereitet worden waren, herausgebracht wurden. Es war keins für ihn dabei, sodass für alle deutlich zu sehen war, dass er nicht zu ihnen gehörte. Oder überhaupt irgendwohin gehörte.

Während Radu seinem Vater beim Aufsitzen zusah und ihm die Scham die Tränen in die Augen trieb, räusperte sich Lazar. »Dein Pferd.« Er hielt ihm die Zügel hin und nickte respektvoll, als wäre Radu mehr als ein vergessener Junge.

Radu nahm die Zügel in die Hand, grinste, schloss dann aber schnell den Mund und ahmte Lazars distanzierte Förmlichkeit nach. »Ich danke dir.« Er stieg so geschmeidig wie möglich auf, setzte sich gerade in den Sattel und trieb sein Pferd vorwärts, um zu Mircea aufzuschließen. Er ballte seine Fäuste um die Lederriemen, damit seine Finger nicht zitterten. Die Gruppe machte sich auf den Weg zum Wald und ritt gemeinsam über ein offenes Feld.

Sein Vater sah zu ihm hinüber, als sei er erneut überrascht, ihn zu sehen, und ließ Radus ausgezeichnete Form auf sich wirken. Radus Brust schwoll an vor Stolz darüber, hier zu sein und mit seinem Vater und seinem älteren Bruder an der Spitze einer Gruppe von Bojaren zu reiten. Wo er hingehörte. Er hob sein Kinn und sah seinem Vater in Erwartung eines Lächelns in die Augen.

»Bring mich nicht in Verlegenheit«, sagte sein Vater mit festem Ton, bevor er sein Pferd ohne einen weiteren Blick vorwärtstrieb.

Radus Brustkorb fiel ein, sein ganzer Stolz und seine Hoffnung wurden hässlich und sauer in seinem Magen. Der Rest des Ritts war eine schweißtreibende und unbequeme Plackerei zwischen Bäumen, wo es vor Insekten nur so wimmelte. Er ließ sein Pferd zurückfallen und landete im hinteren Teil der Gruppe mit den weniger wichtigen Bojaren, die untereinander murrten und tratschten, ohne ihn zu bemerken.

Zweimal peitschten Äste in Radus Gesicht und ließen es brennen. Aber er schrie nicht, und er brach auch nicht die Formation. Er hörte den Gesprächen um ihn herum zu und merkte es sich, wenn Beschwerden ein wenig zu deutlich an den Kopf der Gruppe gerichtet waren.

Er brachte niemanden in Verlegenheit, blieb unbemerkt und unsichtbar.

Das war offenbar das Mindeste und zugleich das Meiste, was er für seinen Vater tun konnte.

9

Lada konnte in der Burg nicht atmen. Über allem schwebte ein giftiger Nebel ängstlicher Furcht. Die Menschen versammelten sich in dunklen Ecken und flüsterten. Ihr Vater gab ein Bankett nach dem anderen, um die Bojaren zu besänftigen, die ihre Feindseligkeit immer offener auslebten. Überall, wohin sie ging, folgten ihr Blicke. Bogdan war eine Art Schutzschild gewesen – immer an ihrer Seite, immer gehorsam. Ihn zu verlieren, wäre allein schon schwer genug gewesen, aber sie hatte auch die Liebe und Verehrung verloren, die sie für ihren Vater gehegt hatte.

Jetzt konnte sie sehen, wie wenig sich ihr Vater tatsächlich für die Walachei interessierte. Alles, was er tat, tat er für sich selbst, um seine eigene Macht zu schützen, koste es, was es wolle. Die schützende Rüstung, als die sie seine Liebe immer betrachtet hatte, war ihr weggerissen worden, und ohne sie war sie nackt und verletzlich. Jeder Tag war heikel, jedes Lächeln und jede Interaktion gefährlich. Eine falsche Bewegung und vielleicht würde auch sie weggeworfen werden. Ihr Vater mochte sie immer noch, und sie vermutete, dass er sich auf seine Weise wirklich um sie sorgte, aber seine Liebe war so verachtenswert und fadenscheinig wie eins seiner endlosen, falschen politischen Versprechen.

In diesem Sommer würde sie dreizehn Jahre alt werden. Ihre Mutter hatte mit dreizehn Jahren geheiratet.

Ladas Mund schmeckte jetzt die ganze Zeit nach Blut und Eisen.

Er schmeckte nach Niederlage. Als sie eines Abends auf dem Weg zur Küche durch die Korridore ging, stieß ein Bojar sie aus dem Weg, ohne sich zu entschuldigen. Sie kam sich klein und unbedeutend vor.

Sie *war* klein und unbedeutend.

Sie eilte in die Gärten hinter dem Burghof, tauchte ihren Kopf in einen Brunnen und spülte sich mit dem Wasser den Mund aus, um alles wegzuspülen. Dumpfe Schreie erregten ihre Aufmerksamkeit. Sie kannte dieses Geräusch gut, denn normalerweise war sie diejenige, die es verursachte. Eine wilde Besessenheit stieg in ihrer Brust auf, und sie stürmte durch den Garten, um sich Radu und seinem Angreifer zu nähern.

Mircea hatte Radu im Nacken gepackt und drückte ihn immer tiefer in die unbarmherzigen Dornen eines dichten Rosenbuschs. Mircea war kräftig und stark wie sein Vater, aber seine Gesichtsbehaarung war immer noch lückenhaft. Manchmal ertappte Lada ihn dabei, wie er über einen spiegelnden Teich gebeugt stand und an seinem spärlichen Bart zupfte, als könne er sein Statussymbol schneller wachsen lassen. »Was hast du gehört?«, zischte Mircea, ohne zu wissen, dass er Publikum hatte. Radu schrie auf, als Mircea noch fester zustieß. »Nichts, nichts«, beharrte Radu.

Lada zog geräuschlos das Messer, das sie immer unter ihrer Schärpe trug, und hielt es hinter ihren Rücken. »Da bist du ja.« Sie runzelte die Stirn. »Vater hat nach dir gefragt.«

Mircea sah mit einem offenen und freundlichen Gesichtsausdruck zu ihr hinüber, als wäre er nicht dabei erwischt worden, wie er ihren Bruder quälte. »Hat er?«

»Irgendwas mit den Bojaren.« Lada hob ihre freie Hand und winkte desinteressiert ab. Das war eine gute Lüge. Es gab immer *irgendetwas* mit den Bojaren, um das man sich kümmern musste. Sie zupfte an einer Rose und hielt sie sich vors Gesicht. Sie hasste den Geruch von Rosen; ihre Süße war zu vergänglich. Sie wollte einen Garten mit immergrünen Pflanzen. Einen Garten der Steine. Einen Garten der Schwerter. Sie lächelte Mircea verschwörerisch an. »Er schien wütend zu sein.«

Mircea erwiderte ihr Lächeln. »Er ist immer wütend.«

»Vielleicht ist seine Mütze zu eng.«

»Vielleicht sind seine Hosen zu klein.«

»Vielleicht«, sagte Lada und bemerkte, dass Mircea seinen Griff um Radus Hals gelockert hatte und dass Radu so vernünftig war, sich nicht zu bewegen, »ist das, was *in* seiner Hose steckt, zu klein.«

Mircea ließ Radu los, warf den Kopf in den Nacken und brüllte vor Lachen. Er schlug mit einer Hand auf Ladas Schulter und drückte sie zu fest. »Sei vorsichtig, Schwester. Du hast Schmutz in deinem Mund.«

Er versetzte Radu einen kräftigen Tritt in den Hintern und eilte dann an ihnen vorbei in die Burg. Mircea war durch und durch bösartig. Lada hatte gesehen, wie er die Schlosshunde zum Spaß quälte und ihnen ohne Grund Schmerzen zufügte. Sie verstand es nicht. Warum etwas tun, das keinem Zweck diente? Sie empfand keinerlei Liebe für ihn, aber sie hatte eine gesunde Portion Angst.

»Komm schon.« Lada zerrte Radu aus dem Busch, wobei seine Ärmel an den Dornen hängen blieben und zerrissen. Seinen Schreien nach zu urteilen, blieb auch seine Haut hängen und riss. Sie zog ihn hinter sich her, aus dem Garten hinaus und durch das Tor in einen verlassenen Stall, der bis auf den überwältigenden Geruch von verrottendem Heu leer war. Die zusätzlichen Pferde, die sie einst besessen hatten, waren verkauft worden, um die ausufernden Schulden ihres Vaters zu decken. Der größte Teil des Hauptstalls war mit Pferden der Janitscharen, der Bojaren und ihrer Gläubiger belegt.

»Wenn Mircea Vater findet, wird er wissen, dass ich gelogen habe.« Lada setzte sich auf den Boden, und die Röcke bauschten sich unter ihr.

Radu wischte sich die Nase am Ärmel ab. »Warum hast du mir geholfen?«

»Warum brauchst du immer Hilfe?« Verärgert bedeutete sie ihm, sich neben sie zu setzen, und untersuchte sein Gesicht. Die Schnitte waren nur oberflächlich, nichts Ernstes. Sie zog ihm ein paar Dornen aus den Armen, ohne auf sein Wimmern zu achten. Sie war nie nett oder zärtlich zu Radu, aber was sie tat, war nur zu seinem Besten. Er war zu zart für diese Welt, und je eher er sich änderte, desto einfacher würde das Leben für ihn sein. »Worüber war Mircea so wütend?«

Radu bewegte sich und wandte sein Gesicht von ihr ab. »Nichts.«

Sie packte sein Kinn und zwang ihn, sie anzuschauen. Ein verirrter Lichtstrahl traf seine Ohren, und sie spürte Bogdans Verlust und ihre Einsamkeit als Schmerz in ihrem Magen. Seufzend legte sie einen Arm um Radu und zog ihn näher zu sich heran. Würde ihr Vater auch Radu wegschicken? Würde er ihn von Mircea, dem Ältesten und seinem Liebling, töten lassen?

Der farblose Frühlingstag war kühl, und ihr nasses Haar ließ sie frösteln. »Du musst dich von Mircea fernhalten«, sagte sie. »Er ist gemeiner als Vaters Falke und weitaus dümmer.«

Radu schniefte ein Lachen. »Und viel hässlicher.«

»Und hat viel wahrscheinlicher Flöhe.«

Sie schwiegen eine Weile und atmeten im Einklang, dann sprach Radu wieder. »Ich habe mich hinter den Vorhängen versteckt. Ich hörte ihn mit einem Bojaren der Familie Danesti sprechen.«

In den fünfzehn Jahren, bevor ihr Vater den Thron bestieg, hatte es zehn Fürsten gegeben, immer abwechselnd aus zwei Familien: der Basarab-Linie, die jetzt ohne volljährige Erben war, und der Danesti-Linie. Die Danesti-Familie war mit den Draculesti-Usurpatoren – erst Ladas und Radus Onkel Alexandru und jetzt ihrem Vater – nicht glücklich. Und wie die Geschichte bewiesen hatte, war die Position des Fürsten in der Walachei eine sehr unsichere.

»Warum hat er mit den Danestis gesprochen?«

Radu zuckte zusammen, und Lada merkte, dass sie seine Schulter so fest drückte, dass es ihm wehtat. Sie ließ ihn los, und er sagte: »Es gibt Gerüchte über eine Bojaren-Koalition. Sie haben Hunyadi erwähnt.«

Ladas Haut prickelte. Hunyadi war der militärische Anführer von Siebenbürgen und Ungarn, ihren ständig wechselnden Grenzländern im Westen. Während ihr Vater geschworen hatte, die Osmanen zu bekämpfen, setzte Hunyadi dies tatsächlich in die Tat um. Er hatte den Sultan bei zahlreichen Gelegenheiten besiegt.

Lada konnte sich nie entscheiden, was sie von Hunyadi halten sollte. Sie spürte, dass er eine Bedrohung für die Macht ihres Vaters darstellte, aber sie konnte nicht umhin zu erkennen, dass Hunyadi der Mann war, der ihr Vater zu sein vorgab. Sie lauschte, wenn sie konnte, stahl die Briefe und kommentierten Karten ihres Vaters und studierte Hunyadis Strategien. Er war faszinierend. Er kämpfte wie ein tollwütiger Hund zu unerwarteten Zeiten und verschwand dann, um den Feind später wieder zu bedrängen. Selbst wenn er zahlenmäßig und kräftemäßig unterlegen war, setzte er die Osmanen in der Regel außer Gefecht.

Er war der Verbündete der Draculestis, aber er war auch gefährlich und sah die Doppelzüngigkeit ihres Vaters nicht gern. »Ich dachte, die Bojaren unterstützten die osmanischen Verbindungen. Sie ermutigten Vater, ihre Hilfe in Anspruch zu nehmen.«

»Die meisten Bojaren sind unzufrieden. Sie sehen, wie erfolgreich Hunyadis Feldzüge gegen den Sultan sind, und wollen sich mit ihm verbünden. Es ist von einer Verlobung die Rede.«

Lada erstarrte. »Wer?«, fragte sie, obwohl sie die Antwort kannte.

»Matthias, Hunyadis Sohn.«

Ein stechender Schmerz unter ihren Fingernägeln machte Lada darauf aufmerksam, dass sie mit ihnen so stark über den verrottenden Holzboden schabte, dass sich Splitter in ihre Handfläche bohrten. Sie würde verheiratet werden, um einem anderen einen Vorteil zu verschaffen. Und wenn diese Allianz scheiterte, wie alle Allianzen, würde sie beiseitegeschoben werden. In einem Kloster zurückgelassen, verlassen und isoliert.

Ein Bild ihrer Mutter, die fast in Vergessenheit geraten war, seit sie sie verlassen hatte, kroch durch Ladas Gedanken. Sie schrak vor der Erinnerung an diese Frau zurück. Machtlos. Gebrochen. Eine gescheiterte Allianz hatte sie als Gefangene in einem fremden Haus, in einem fremden Land zurückgelassen.

Lada ballte die Faust um die Splitter, warme Blutstropfen sammelten sich in ihrer Handfläche und bedeckten die Narbe von ihrem Spiel mit Bogdan. Es würde keine glückliche Ehe unter Gleichgestellten für sie geben, niemanden, der ihr die Herrschaft überlassen würde. »Ich werde niemals heiraten.«

Radu zwang sie, ihre Hand zu öffnen, und versuchte, einige der Splitter herauszuziehen. Sie ließ ihn gewähren. Er ging viel sanfter mit ihren Wunden um, als sie es mit seinen getan hatte.

»Woher weißt du das alles?« Sie betrachtete ihn erstaunt. Sie hatte angenommen, dass Radu seine Tage mit Träumen verbrachte. Seine großen Augen hatten die Angewohnheit, angenehm leer auszusehen, als ob er nicht einmal die Gespräche wahrnehmen würde, die direkt vor ihm geführt wurden. Lada hatte sich auf Strategien und Hunyadi konzentriert und die Intrigen der Bojaren geflissentlich ignoriert. Jetzt sah sie ein, dass das ein Fehler war.

»Die Leute vergessen, dass ich zuhöre. Ich höre immer zu.«

»Wir sollten Vater von Mirceas Plänen erzählen.«

Radu wurde stocksteif und hielt seinen Kopf gesenkt. Lada musste seinen Gesichtsausdruck nicht sehen, um zu wissen, wie er aussah. Verängstigt. »Er wird wütend sein. Und Mircea wird mich umbringen. Ich habe Angst zu sterben.«

»Jeder stirbt irgendwann einmal. Und ich werde nicht zulassen, dass Mircea dich tötet. Wenn dich jemand umbringt, dann bin ich es. Verstehst du?«

Radu nickte und kuschelte sich an ihre Schulter. »Wirst du mich beschützen?«

»Bis zu dem Tag, an dem ich dich umbringe.« Sie stach ihm einen Finger in die Seite, wo er am kitzligsten war, und er quiekte vor schmerzlichem Lachen. Der Blick, den er ihr zuwarf, war einer, den sie wiedererkannte – der gleiche hungrige, verzweifelte Blick, den sie ihrem Vater zuwarf. Radu liebte sie, und er wollte, dass sie dasselbe für ihn empfand. Zum ersten Mal, seit er in ihr Leben getreten war, ruhig und schön und wertlos, fand sie Radu interessant. Vielleicht sogar nützlich. Und mehr noch, in Bogdans Abwesenheit hatte sie das Gefühl, dass wieder jemand zu ihr gehörte.

10

Die Kratzer auf Radus Gesicht und Armen von Mirceas Angriff im Garten waren zu dünnen roten Linien verblasst. Er hatte sein Kindermädchen belogen und ihr gesagt, er sei in einen Busch gefallen. Mircea zu verpetzen hatte noch nie etwas gebracht.

Aber dieses Mal … dieses Mal wäre es vielleicht anders. Lada hatte ihm gesagt, er solle mit ihrem Vater sprechen. Und das könnte er.

Das würde er.

Radu schritt in ihren Gemächern auf und ab. Die Informationen, die er über Mircea hatte, der sich mit den Bojaren verschworen hatte, würden allen Feinden von Radu schaden. Allen voran Mircea. Oh, Radu würde ihn nur zu gerne in Ungnade fallen sehen. Und die Angehörigen der Danesti-Familie waren die Hauptaggressoren hinter der Koalition – wenn sie also bestraft oder geächtet würden, würde das Andrej und Aron schaden.

Natürlich mieden Andrej und Aron ihn jetzt, mieden fast jeden. Nach ihrem falschen Verbrechen und ihrer echten Bestrafung waren sie bereits Ausgestoßene am Hof. Aber Radu fürchtete immer noch, dass sie es eines Tages zu ihm zurückverfolgen würden. Er hatte dafür gesorgt, dass sein Kindermädchen den Dienerjungen, der ihm geholfen hatte, zu einer Familie nach Siebenbürgen schickte, damit er nicht verraten würde, was Radu getan hatte. Er belog sich selbst, dass es Emil dort besser ginge, aber Radu wusste, dass es reine Selbstsucht gewesen war.

Doch hinter allen anderen Motiven – dem Wunsch, Mircea zu schaden und die Danestis zu bestrafen – stand Folgendes: Wenn Radu das Komplott heldenhaft aufdeckte, würde sein Vater ihn endlich wahrnehmen. Er würde wissen, dass Radu klug war, dass Radu wertvoll war. Und Lada würde stolz sein.

Lada betrat ihr Zimmer und starrte ihn an. »Setz dich hin. Du machst mich schwindelig.«

Er setzte sich nicht, war vor Aufregung knallrot. »Ich werde Vater von Mircea und der Bojaren-Koalition erzählen. Er wird so stolz auf mich sein!«

»Er wird wütend sein.«

»Nicht auf mich!«

»Glaubst du, er wird dir danken? Dich herzlich umarmen, erfreut über die Nachricht, dass sein eigener Sohn gegen ihn arbeitet? Du bist ein Narr.«

Alle vorsichtigen Hoffnungen Radus verflüchtigten sich. Er schüttelte den Kopf. »Er wird froh sein, das zu erfahren! Er wird es mir danken!«

»Wir können nicht immer vorhersehen, wie unser Vater reagieren wird.« Sie schaute in die Ecke, wo der Korb des Kindermädchens mit den Flickarbeiten unter ihrem Stuhl stand. Das Kindermädchen hatte immer Bogdans Socken gestopft und ihn verflucht, weil er sie so schnell abgenutzt hatte. Diese Aufgabe hatte sie nun nicht mehr.

Eine dunkle Erkenntnis überkam Radu. »Du bist eifersüchtig. Du willst, dass Vater nur dich sieht.«

Lada lachte, es klang bitter. »Ich möchte nicht, dass Vater sieht, wie ich ihm eine Verschwörung aufzeige, um ihm noch mehr von seiner Macht zu nehmen. Das kannst gerne du tun.« Sie stampfte aus dem Zimmer.

Radu fand sie später am Tag auf dem schmalen Mauervorsprung, der den Turm umgab. »Hast du es ihm gesagt?«, fragte sie, ohne ihren Bruder anzusehen.

Radu antwortete nicht.

»Feigling.« Aber sie neigte ihren Körper so, dass er neben ihr stehen konnte. »Wir werden einen Weg finden, die Wahrheit zu enthüllen, ohne dich in den Schlamassel zu verwickeln. Du willst doch nicht Vaters Aufmerksamkeit auf dich lenken.«

»Aber wie?«

»Wir brauchen ein wenig Zeit. Wir haben Informationen, das heißt, wir haben Macht. Wir müssen uns überlegen …« Sie hielt inne, kniff die Augen zusammen und beobachtete etwas in der Ferne.

Ein Mann ritt die Hauptstraße entlang, umgeben von Soldaten. Als der Mann näher kam, sah Radu, dass er lächelte und eine Hand als Geste der Freundschaft hochhielt. Seine Männer, grimmig und kampferprobt, die Hände in der Nähe ihrer Schwerter, versprachen etwas ganz anderes. Mehrere Fahnen, die Radu nicht erkannte, hingen schlaff von den Stangen, die am hinteren Ende der Gruppe getragen wurden. »Wer ist er?«

»Hunyadi«, sagte Lada, wobei ihr der Name wie ein Fluch über die Lippen kam.

Sie sahen vom Turm aus zu, und obwohl Radu wusste, dass er Hunyadi eigentlich hassen sollte, empfand er Ehrfurcht. Hunyadi ritt in das Reich eines anderen Mannes, und die Menschen, an denen er vorbeikam, lächelten und verbeugten sich. Wenn Radus Vater auf dem Rücken eines Pferdes saß, ritt er vornübergebeugt und zusammengekrümmt. Radu wusste nicht, ob er damit schneller ankommen oder sich selbst zu einem kleineren Ziel machen wollte. Hunyadi saß gerade in seinem Sattel, die Schultern gestrafft, die Brust den Pfeilen von Meuchelmördern zum Trotz der Welt zugewandt.

»Wir sind zu spät«, sagte Lada. »All deine Informationen sind jetzt wertlos.«

Radus Augenlider fühlten sich schwer vor Scham an. Es war ihm nie gelungen, seinem Vater nützlich zu sein, und nun hatte er wegen seiner Feigheit und seines Zögerns wieder einmal versagt.

Lada wandte sich der Tür zu. »Tja, wir können genauso gut abwarten, welches Verhängnis der siebenbürgische Terror mit sich bringt.«

Radu stolperte über seine eigenen Füße, als er sich beeilte, mit Lada Schritt zu halten, die die Turmtreppe hinunter und in die große Halle stürzte, bevor Hunyadi eintraf. Sie zögerte am Eingang, und Radu schlüpfte an ihr vorbei in eine schummrige Ecke, in der er sich oft unbeobachtet aufhielt. Sie gab ihm einen kräftigen Stoß in die Seite, und er machte ihr Platz.

Einige Minuten später stürmte ihr Vater herein. Sein Hut saß schief, sein Schnurrbart war so frisch gezwirbelt, dass Radu das Öl noch riechen konnte. Er setzte sich auf seinen verschnörkelten Thron, rückte seinen Hut zurecht und atmete schwer.

Er schwitzte.

In diesem Moment wusste Radu, dass sein Vater nicht mehr die Kontrolle über die Walachei hatte. Vielleicht hatte er sie nie gehabt. Der stechende Geschmack des parfümierten Öls seines Vaters lag Radu schwer auf der Zunge, als Johann Hunyadi selbstbewusst in den Raum schritt.

»Er ist großartig«, flüsterte Radu.

»Er ist unser Ende«, antwortete Lada.

Als sein Vater ihn aus dem Bett holte, war Radu sicher, dass er träumte. Er kleidete sich in einem schläfrigen, kerzenbeleuchteten Dämmerzustand an, während die gemurmelten, besorgten Worte seines Vaters ihn umspülten. Er wusste, dass es ein Traum war, denn sein Vater war noch nie in seinem Zimmer gewesen, hatte ihm nie beim Anziehen geholfen oder ihn gefragt, ob ihm warm genug sei. Radu war zwölf, er war alt genug, um sich selbst anzuziehen, aber er ließ sich von seinem Vater helfen.

Er würde diesen Traum nicht zerstören, nicht freiwillig.

Erst als sie draußen in der beißenden Nachtluft waren und Mircea mit seinen Pferden ankam, packte ihn die Panik. Er und Lada wurden in die Sättel gehievt, obwohl sie selbst aufsteigen konnten. Mehrere Janitscharen warteten in der Nähe, ihre Pferde stießen weiche weiße Atemwolken aus.

»Wohin gehen wir?«, flüsterte Radu. Niemand hatte ihm gesagt, er solle schweigen, aber eine Decke aus Heimlichkeit und Bedrohung hing über ihnen allen, und er wollte sie nicht zerstören.

Niemand antwortete.

Die Pferde setzten sich in Bewegung. Mitten in der Gruppe war ein mit Vorräten beladener Karren, und Janitscharen umringten sie. Radu warf einen Blick über seine Schulter und sah Mircea mit einer Fackel in der Hand, der ihnen beim Fortgehen zusah. Er blieb zurück und lächelte.

Radu zitterte. Er hatte keine Angst gehabt, bis er den triumphierenden Ausdruck auf Mirceas Gesicht sah. Nichts, was seinen älteren Bruder so glücklich aussehen ließ, konnte gut sein.

Als seine Nervosität nachließ, döste Radu immer wieder in seinem Sattel ein und schreckte mehrmals auf, als er fast abrutschte. Einmal stützte ihn eine Hand, und er sah Lazar neben sich, der die Zügel von Radus Pferd und seinem eigenen hielt. Beruhigt kuschelte sich Radu tiefer in seinen Mantel und versank im Wiegenlied der Hufe und dem Flüstern von Leder.

Sie schlugen ihr Lager auf, nachdem die Sonne bereits aufgegangen war. Ihre Gruppe war klein. Einige Janitscharen, ein paar Diener, ein Kutscher für den Vorrätekarren, Lada und ihr Vater.

Radu rieb sich den schmerzenden Nacken und stellte mit Schrecken fest, dass sein Kindermädchen nicht bei ihnen war.

»Lada!« Er zerrte an ihrem Ärmel und unterbrach ihren krampfhaften Versuch, ihr Haar zu flechten. »Sie haben das Kindermädchen vergessen!«

Sie starrte ihn an, die Augen gerötet und klein vor Erschöpfung. Argwöhnisch beobachtete sie das Lager um sie herum und verfolgte die Bewegungen der Soldaten. »Sie wird nicht kommen.«

Radu schluckte schwer gegen den schmerzhaften Kloß in seinem Hals an. Er hatte noch nie einen Tag ohne sein Kindermädchen verbracht. Er war hier mit seinem Vater, aber ohne sein Kindermädchen? Er hatte das gleiche Gefühl wie damals, als er draußen auf dem Eis gewesen war und gespürt hatte, wie es unter ihm nachgab und drohte, ihn in eisige Schrecken zu stürzen. »Aber wie lange werden wir weg sein?«

Lada stürmte an ihm vorbei und riss Lazar ihr Bündel an Habseligkeiten aus den Armen. »Das gehört mir«, schnauzte sie. »Fass meine Sachen nicht an.« Sie machte auf dem Absatz kehrt und stakste davon, in Richtung des Zeltes ihres Vaters.

Lazar machte eine übertriebene Verbeugung, dann zwinkerte er Radu zu. »Charmantes Mädchen, deine Schwester.«

Radus Mund verzog sich zum ersten Mal an diesem Tag zu einem Lächeln. »Du solltest sie sehen, wenn sie genug geschlafen hat.«

»Ist sie dann netter?«

»Oh nein, viel schlimmer.«

Lazars Lachen hob Radus Stimmung. Lazar gab ihm ein Zeichen, ihm zu folgen, und er gehorchte. Er half den Janitscharen beim Ausladen und Einrichten ihres spärlichen, aber effizienten Lagers.

Sie reisten mehr Tage auf diesem Weg, als Radu zu zählen vermochte. Anfangs war er besorgt, was sein Vater darüber denken mochte, wie er seine Zeit verbrachte, aber sein Vater sprach kein einziges Wort mit ihm oder Lada. Er trug seine Sorgen hinter der Düsternis seiner Stirn und schlang sie enger um sich als seinen Umhang. Er murmelte, übte eine Art Rede und winkte jeden fort, der ihm zu nahe kam.

Radu war also frei, mit den Janitscharen zu reiten. Er liebte die ständigen Scherze, die übertriebenen Geschichten, die ruhige und leichte Art, in der sie ritten, als wären sie nicht auf der Flucht – was Radu vermutete, obwohl es ihm niemand sagen wollte –, sondern auf einem Abenteuer.

»Deine Schwester reitet wie ein Mann«, sagte einer der Soldaten, ein ruhiger Bulgare mit einer alten Narbe am Kinn, als sie eines Tages ein felsiges Tal durchquerten.

Radu zuckte mit den Schultern. »Sie wollten ihr beibringen, wie eine Dame zu reiten, aber sie weigerte sich.«

»Ich könnte ihr beibringen, wie eine Dame zu reiten«, sagte der Bulgare, aber sein Tonfall war ein anderer. Ein paar der anderen Janitscharen lachten, und Radu rutschte unbehaglich herum und war davon überzeugt, dass ihm etwas entgangen war, aber er wusste nicht, was.

»Zu jung«, sagte Lazar wegwerfend.

»Zu hässlich«, fügte ein anderer Soldat hinzu.

Radu starrte finster, aber er konnte nicht sagen, wer es gesagt hatte. Er sah seine Schwester groß und stolz und allein reiten. »Sie könnte jeden von euch schlagen.« Die Soldaten lachten, und er runzelte die Stirn. »Ich meine es ernst. Jeden von euch.«

»Sie ist ein Mädchen«, sagte der Bulgare, als wäre dies das Ende jeglicher Diskussion.

»Pssst.« Lazar schüttelte den Kopf. »Ich glaube, niemand hat ihr das gesagt. Wir würden nicht wollen, dass sie es von uns erfährt.« Er grinste Radu an und bezog ihn in den Witz mit ein, und Radu lächelte, obwohl es ihm nicht so leichtfiel wie sonst, mit den Janitscharen zu lächeln.

Danach verbrachte Radu mehr Zeit damit, neben Lada zu reiten. Sie gab vor, es nicht zu bemerken, aber ihre Schultern waren ein wenig lockerer, wenn er an ihrer Seite war. Ihre Hände wanderten häufig zu einem kleinen Lederbeutel, den sie sich um den Hals gebunden und unter den Kragen gesteckt hatte. Radu fragte sich, was sich darin befand, aber er war klug genug, nicht zu fragen.

Sie waren auf dem Weg nach Süden, durch Bulgarien, und hielten sich sorgsam von Städten fern, während sie durch Täler und über steiles Gelände zogen. Radu hatte genug aufgeschnappt, um zu wissen, dass sie auf die osmanische Hauptstadt Edirne zusteuerten. Je näher sie ihr kamen, desto tiefer zog sich ihr Vater in seinen Umhang zurück. Er sprach nur, wenn er musste, und warf Lada und Radu abends am Feuer schwere, besorgte Blicke zu.

»Ich schicke sie zurück«, sagte er nach einigen Nächten auf der Reise. »Ich will sie nicht bei mir haben. Sie behindern uns, und der Junge ist zu schwach, um so weit zu reisen. Er war schon immer empfindlich.« Radu begriff nicht, wen sein Vater meinte, bis sich alle Janitscharen zu ihm und Lada umdrehten. Was hatten sie falsch gemacht? Radu hatte sein Heimweh und seine Sehnsucht nach seinem Kindermädchen für sich behalten. Sicherlich hatte niemand bemerkt, dass er in den ersten beiden Nächten leise geweint hatte. Er war klaglos geritten, hatte beim Auf- und Abbau des Lagers geholfen und alles richtiggemacht!

Er erwartete, dass Lada gegen die Ablehnung ihres Vaters protestieren würde, aber sie blieb stumm und starrte ins Feuer. Ihr Vater schaute überall hin, nur nicht zu ihnen, sein Gesicht war eine Maske in der Dunkelheit.

Lazar legte Radu eine Hand auf die Schulter. »Radu macht sich sehr gut. Er reitet wie ein erfahrener Soldat. Außerdem können wir keine Wache für sie entbehren. Die Gastfreundschaft des Sultans ist unvergleichlich. Ihr wollt doch Euren Kindern nicht die Gelegenheit vorenthalten, seine Großzügigkeit zu erleben.«

Radus Vater zog die Nase hoch, wandte sein Gesicht ab und starrte in die Nacht. »Nun gut. Es macht alles keinen Unterschied.«

Er zog sich in sein Zelt zurück, und weder sprach er für den Rest der Reise mit ihnen noch sah er sie an. Radu versuchte, Lada danach zu fragen, aber auch sie schwieg und war mit sich selbst beschäftigt.

Als sie endlich den Kamm eines Hügels überquerten und Edirne vor sich sahen, blieb Radus Herz vor Freude und Staunen kurz stehen. Die Gebäude waren aus hellem weißem Stein, die Dächer rot. Von frühlingsgrünen Bäumen gesäumte Straßen schlängelten sich durch die Stadt und führten zu einem Gebäude, dessen Turm so hoch war, dass Radu staunte, dass er das Blau des Himmels nicht zerkratzte. Mehrere Kuppeln bildeten das Dach, und eine weitere, kürzere Turmspitze erhob sich, um die Gruppe zu begrüßen und willkommen zu heißen.

In der Nähe befand sich ein großes, imposantes Gebäude, dessen Äußeres rot und weiß gestreift war, wobei sich Ziegel und Stein abwechselten, aber Radu konnte seinen Blick nicht von den Türmen abwenden, die so selbstbewusst in den Himmel ragten.

Sie waren angekommen.

11

1448: Edirne, Osmanisches Reich

Vlad ging hinter Sultan Murad, halb gebeugt, weil er sich so oft verbeugte. Lada beobachtete ihn mit resigniertem Blick. Radu war an ihrer Seite und klammerte sich an sie wie ein kleines Kind. Sie musste seine Hand von ihrem Arm losreißen, wo er den Ärmel ihres schönsten Kleides zerknitterte. Er hatte so getan, als wäre ihre Reise hierher ein Spiel, und sich mit den Soldaten angefreundet. Den *feindlichen* Soldaten. Radu war ein Narr. Sie waren nicht hierhergereist, sie waren *geflohen*. Sie hatten den Thron in den wartenden Händen von Mircea gelassen.

Mircea, der sich seit Langem bei den Bojaren und Hunyadi eingeschmeichelt hatte. Mircea, der versprach, den Fürstentitel in Erwartung der Rückkehr seines Vaters zu führen.

Lada hatte keinen Zweifel daran, dass ihr Vater ein Heer brauchen würde, um zurückzukehren, und zwar nicht nur gegen die Bojaren und Hunyadi.

Ein paar kostbare Stunden lang hatte Lada davon geträumt, Bogdan hier zu finden, aber alle Hoffnung war verflogen. Man hatte sie mit Zimmern empfangen, die einzig für sie vorbereitet worden waren. Üppige, parfümierte und gepolsterte Gefängnisse, aus denen man sie in den letzten zwei Tagen nicht mehr herausgelassen hatte. Vlad war so viel herumgelaufen, hatte gemurmelt und Reden geübt, dass sein Seidenunterhemd schweißnass war. Radu hatte aus dem Fenster gestarrt, dessen Metallrahmen wie Ranken verbogen und geformt war.

Lada hatte ihren Vater beobachtet, dessen Fäden gerissen waren. Einer war übrig geblieben. Ein einziger Faden, von dem er verzweifelt hoffte, ihn um den Sultan und seine sprunghafte Unterstützung schlingen zu können.

Sie zerrte an Radus Hand, damit er schneller ging und sie mit der Gruppe der Erwachsenen mithalten konnten. Das war nicht das Verhalten, das Lada von Vlad Dracul erwartet hatte. Von ihrem Vater. Von einem Drachen. Ein Drache kroch nicht auf dem Bauch vor seinen Feinden und flehte sie um Hilfe an. Ein Drache schwor nicht, die Welt von Ungläubigen zu befreien, und lud sie dann in sein Haus ein. Ein Drache floh nicht mitten in der Nacht wie ein Verbrecher aus seinem Land.

Ein Drache verbrannte alles um sich herum, bis nur noch Asche übrig war.

Die Gruppe blieb auf einem Balkon stehen, von dem aus man einen Platz überblicken konnte, der mit kunstvollen Fliesen in leuchtendem Blau und Gelb gepflastert war. Edirne war wunderschön – herrschaftlich und stattlich, aber mit einer schwindelerregenden Eleganz in allem. Lada lenkte sich ab, indem sie sich vorstellte, es dem Erdboden gleichzumachen.

»Es ist also beschlossen«, sagte der Sultan, ohne ihren Vater beim Sprechen anzusehen. Seine Augen waren dunkle Punkte unter sorgfältig geformten Augenbrauen, die sich im Alter silbern färbten. Er war in Seide gehüllt, ein riesiger Turban bedeckte seinen Kopf. Er fuhr die Linie seines Schnurrbartes bis hinunter zu seinem Bart mit den Fingern nach, an denen juwelenbesetzte Ringe funkelten. »Ich werde Euch mit einer Janitscharengarde und der vollen Unterstützung des osmanischen Throns zurückschicken. Für die Ehre unserer Protektion werdet Ihr einen jährlichen Tribut von zehntausend Golddukaten und fünfhundert Janitscharenrekruten zahlen, und Ihr werdet dafür sorgen, dass unsere Interessen entlang Eurer ungarischen und siebenbürgischen Grenzen geschützt werden.«

Lada hörte nicht mehr zu, als ihr Vater sich verbeugte, Versprechungen machte und seine Dankbarkeit ausdrückte. Der Sultan verließ die Stadt und ließ einen seiner Berater, Halil Pascha, zurück, um die Details des Abkommens zu klären.

Es interessierte sie nicht mehr. Trotz all seiner Schönheit war Edirne andersartig und kalt, die Erde unter ihr fremd und gefühllos. Fünfmal am Tag rief eine Stimme irgendwo in der Nähe ihres Fensters ein Lied in einer Sprache, die sie nicht kannte, und dessen unausweichliche Töne in sie hineinstachen. Radu wurde jedes Mal ganz aufgeregt, wenn der Gesang zu hören war. Lada hielt sich die Ohren zu.

Die Walachei war da draußen, irgendwo. Ihre Walachei. Auch wenn sie ihren Vater für seine Schwäche verachtete, würde diese sie wenigstens wieder nach Hause bringen.

Mehrere Soldaten schleppten zwei gefesselte Männer in die Mitte des Platzes. Lada bemerkte eine Reihe von Löchern im Boden, die Fliesen um sie herum waren dunkel gefärbt. Die Gefangenen wurden neben den Löchern auf den Boden gelegt. Ein Mann in einem wallenden, lavendelfarbenen Gewand mit einem leuchtend roten, federbesetzten Turban betrat den Platz. Weitere Soldaten, die zwei lange, angespitzte Holzbohlen trugen, folgten.

»Ah.« Halil Pascha unterbrach Vlads fortgesetztes Loblied auf den Sultan. Obwohl ihr Vater ein Fürst war und Halil Pascha lediglich das osmanische Äquivalent eines Adligen, tat der andere Mann so, als solle Vlad ihm Respekt zollen. Und Vlad tat es.

Halil Pascha machte eine ausladende Geste in Richtung Hof. »Hier ist der Oberste Gärtner.«

Lada fragte sich, ob sie das falsch übersetzt hatte. Der Mann sah nicht wie ein Gärtner aus, und auf dem leeren Platz gab es keine Pflanzen.

Halil Pascha ließ seinen Blick über den Hof schweifen. »Als weiteren Gefallen für Euch wird sich unser Hof der Erziehung Eurer Kinder annehmen.«

Das Blut wich aus dem Gesicht ihres Vaters. »Ihr seid zu großzügig. Ein solches Angebot kann ich nicht annehmen.«

»Es ist uns eine Freude, sie zu unterrichten.«

Vlad blickte auf den Platz, wo die beiden gefesselten Männer entkleidet worden waren. Er begegnete Ladas fragenden Augen, und seine eigenen weiteten sich mit einem Ausdruck, den sie nie zuvor darin gesehen hatte.

»Dann also Radu«, sagte er hastig. »Das Mädchen sollte in ein Kloster gehen. Sie ist viel zu eigensinnig und widerspenstig, um unterrichtet zu werden, und außerdem ist Bildung an Frauen verschwendet.«

Normalerweise hätte eine solche Aussage Lada wütend gemacht, aber das Gesicht ihres Vaters verunsicherte sie. Letztes Jahr war sie in den Schlachthof gegangen, angezogen vom Lärm der Schweine. Sie hatte erwartet, dass diese nur schrien, wenn sie getötet wurden, aber stattdessen fingen sie an zu schreien und verdrehten entsetzt ihre Augen, wenn sie nur den Geruch des Blutes ihrer Wurfgeschwister rochen.

Das war der Ausdruck, der unter den ruhigen Zügen ihres Vaters aufflackerte, verraten durch das Weiße, das sich um seine dunkle Iris abzeichnete.

»Hmm.« Halil Pascha strich sich gedankenverloren durch seinen dichten Bart. »Wir würden nur sehr ungern sehen, dass eine unselige Heirat Eure Loyalität in Richtung Westen verschiebt. Ihr seid dafür bekannt, Eure Versprechen zu vergessen. Außerdem spricht das Mädchen perfekt Türkisch; ich habe festgestellt, dass sie alle unsere Gespräche versteht. Man hat viel Zeit und Aufmerksamkeit in ihre Erziehung investiert. Sehr viel *Sorgfalt.* Unsere Kinder sind unser wertvollstes Gut, nicht wahr? Der Sultan wollte Radu, aber ich bestehe darauf, dass wir sie beide ausbilden.«

Ihr Vater schluckte schwer, sein Blick blieb an Lada hängen.

Dann wandte er sich ab und nickte.

»Es ist also beschlossen«, sagte Halil Pascha. »Wir werden Radu und Ladislava hier bei uns behalten. Somit sind sie sicher, solange Ihr nicht vergesst, unseren Interessen auf dem walachischen Thron zu dienen.«

Radu sah Lada an und versuchte zu verstehen, was er da hörte. Lada verstand sehr gut, was dieser Mann sagte. Ihr Leben war nur insofern wertvoll, als ihr Vater tat, was ihm gesagt wurde. Und anstatt nur Radu zu nehmen, hatte Halil Pascha gewusst, was ihr Vater am meisten schätzte.

All die Jahre des Bemühens um die Liebe ihres Vaters hatten sie hierhergeführt.

Es hatte sie zu einer Gefangenen gemacht.

Die Osmanen hielten alle Fäden in der Hand, und sie hatten Vlads um seinen eigenen Hals geschlungen. Lada hatte gewusst, dass ihre Ehe, ihre Zukunft, ein Instrument zum Handeln war, aber sie hatte nie in Betracht gezogen, dass der Funke des Lebens selbst etwas war, das gehandelt und getauscht werden konnte. Und dass ihr Vater genau dazu bereit sein würde.

»Ah! Sie sind so weit. Eure Ausbildung beginnt jetzt, meine Kleinen. Seht, wie der Gärtner Verrat stutzt.«

Sie sahen zu, wie der Oberste Gärtner in jeden Mann eine Öffnung schlitzte und dann mit geübter Effizienz die langen Holzpfähle hineinsteckte. Die Männer wurden hochgehoben und die Pfähle in den Boden gesteckt. Lada sah, wie das Eigengewicht der Männer sie langsam nach unten zog und die Pfähle immer höher entlang ihrer Wirbelsäule trieb, bis sie schließlich durch die Kehle austraten.

Sie hörte nicht auf zu starren, aber etwas hinter ihren Augen verlagerte sich und veränderte die Szene. Sie musste es anders sehen. Diese Männer waren nicht real. Sie spielten keine Rolle. Das alles war nicht real. Aber ihre Schreie lenkten sie ab. Sie versuchte zu denken. Sie musste sich auf ihre Fäden konzentrieren. Sie umklammerte den Beutel um ihren Hals und starrte die Männer an, bis sie zu unscharfen Formen verschwammen. Da. Sie waren nicht real.

Sie spürte, wie Radu ihre Hand drückte, hörte, wie er schluchzend nach Luft rang. Sie sah den Schmerz auf dem Gesicht ihres Vaters. Egal mit welchen heimtückischen Machenschaften er bei diesem neuen Abkommen gerechnet hatte, er war handlungsunfähig. Er hatte den entscheidenden Fehler begangen, seine Kinder – oder zumindest Lada – so sehr zu lieben, dass sie gegen ihn verwendet werden konnten.

Liebe und Leben. Dinge, die im Handumdrehen gegeben oder weggenommen werden konnten, alles im Streben nach Macht. Sie konnte ihren eigenen Lebensfunken nicht verleugnen. Die Liebe jedoch …

Lada ließ Radus Hand los.

Sie trat einen Schritt von ihm weg und sah zu, wie der Oberste Gärtner seine Arbeit beendete.

Lada hasste sich selbst dafür, aber sie liebte das Essen. Delikat gewürztes Fleisch mit kühlen, kontrastierenden Soßen, geröstetes Gemüse, frisches Obst – jeder Bissen, den sie genoss, kam ihr wie Verrat vor. Sie sollte alles an der Walachei vermissen. Sie sollte alles an Edirne hassen.

Aber oh, die Süße der Frucht. Vielleicht trug sie ja doch ein wenig von Eva in sich.

Auch die Kleidung war unendlich viel besser. Ein leichtes Entari-Gewand wurde über fließenden Röcken und gewebten Tuniken getragen. Alles war hell und weich, weit weniger einschränkend und starr als die Mode in Tergowiste. Man konnte sich darin leichter bewegen. Leichter atmen.

Hier, umgeben von ihren Feinden, sollte ihr das Atmen schwerer fallen. Lada rebellierte, wo sie nur konnte. Sie trug ihr Haar offen statt wie üblich elegant hochgesteckt, hielt an ihren Schuhen aus der Walachei fest und trug ihr kostbares Beutelchen immer um den Hals und an ihr Herz gepresst.

Denn Nahrung und Kleidung konnten niemals ersetzen, was sie zurückgelassen hatte, und sie würde es nicht vergessen.

Sie stocherte in einer Schale mit Datteln herum und lutschte so laut wie möglich daran, um ihren Lehrer zu ärgern. Im Unterricht behandelte er gerade die militärische Struktur des Reiches. Das war zwar besser als Religionsunterricht, aber immer noch widerlich. »Inwiefern unterscheiden sich die Sipahi von den Janitscharen?« Radu runzelte die Stirn, als er versuchte, die Informationen zu sortieren, die sie erhalten hatten.

Der Lehrer wirkte gelangweilt. Er sah immer entweder gelangweilt oder wütend aus. Das war das Einzige, was Lada mit ihm gemeinsam hatte. »Sipahi sind lokale Garnisonen, Bürger des Osmanischen Reiches. Sie sind keine regulären Truppen; sie werden einberufen, wenn wir sie benötigen. Hiesige Valis – Provinzgouverneure kleinerer Gebiete – oder Beys größerer Städte führen sie im Auftrag des Sultans an. Die Janitscharen sind eine stehende Armee, deren einzige Aufgabe darin besteht, Soldaten zu sein.«

»Sklaven«, sagte Lada.

»Sie sind gut ausgebildet, werden gut bezahlt und sind die bestausgebildeten Soldaten der Welt.«

»Sklaven«, sagte Lada erneut, wobei sich ihr Tonfall nicht änderte.

Radu wand sich neben ihr, aber sie weigerte sich, ihn anzusehen.

»Janitscharen können zu kometenhaften Höhen aufsteigen. Wir erkennen und belohnen das Außergewöhnliche. Manche Janitscharen werden sogar zu Beys. Wie Iskander Bey, der …« Der Tutor brach ab und erbleichte, als hätte er einen schlechten Geschmack im Mund.

Lada beugte sich vor, ihre Neugier war endlich geweckt. »Wer ist Iskander Bey?«

»Ein schlecht gewähltes Beispiel. Ich hatte die jüngsten Ereignisse vergessen. Er war ein Günstling des Sultans, wurde zum Bey befördert und erhielt die Residenzstadt Kruja in seinem Heimatland Albanien. Seitdem hat er sich nicht kooperativ gezeigt. Das ist ein tiefer Verrat und in höchstem Maße beschämend.«

Lada lachte. »Dein Sultan hat ihn also ausgebildet und trainiert, und jetzt nutzt er dieses Wissen, um gegen euch zu kämpfen? Ich denke, er ist ein perfektes Beispiel.«

Ihr Lehrer lehnte sich angewidert zurück und starrte Lada an, während Radu nervös mit seiner Schreibfeder spielte. »Lasst uns weitermachen. Wiederhole die fünf Säulen des Islams.«

»Nein. Mir gefällt dieses andere Thema sehr. Ich möchte mehr über Iskander Bey erfahren.«

Der Tutor zog eine hölzerne Rute hervor und klopfte damit drohend gegen sein Bein. Ladas Hände waren blaurot von Blutergüssen und gelb an den Stellen, die noch nicht von frischen Blutergüssen bedeckt waren. Aber zweifellos würden sie es bald sein. Sie lehnte sich zurück und streckte sich träge.

»Vielleicht sollten wir die Kerker besuchen«, knurrte der Lehrer.

»Vielleicht sollten wir das.« In letzter Zeit hatte der Lehrer Lada und Radu häufig durch die Gefängnisse und Folterkammern geführt und ihnen auch öffentliche Hinrichtungen gezeigt. Es schien, als verbrächten sie mehr Zeit in den feuchten, luftleeren Fluren der Gefängnisse als in ihren eigenen Zimmern.

Radu war ständig krank. Seine Augen waren dunkel und eingefallen. Er konnte kaum noch essen und wurde von Albträumen geplagt.

Lada litt nicht unter solchen Auswirkungen. Gelegentlich informierte sie ihre Betreuer, wenn ihr eine Foltermethode weniger wirksam zu sein schien als andere. Sie knirschten mit den Zähnen und flüsterten, sie habe keine Seele.

Sie hatte eine Seele. Zumindest war sie ziemlich sicher, dass sie eine hatte. Aber sie hatte an diesem ersten Tag mit dem Obersten Gärtner gelernt, die Menschen so zu sehen, wie der Sultan es tat. Sie waren Objekte. Man konnte sie wegstoßen und an sich ziehen, füttern und hungern lassen, ausbluten und töten, je nachdem, welche Art von Macht man ausüben oder erlangen wollte. Manchmal drang ein Bild – Augen in einem schmutzigen, verunstalteten Gesicht, die ihr mit verblüffender Klarheit in die Augen sahen, oder ein Paar Füße, die zu klein waren, um zu einem Erwachsenen zu gehören, und die aus einer schattigen Ecke ragten – zu ihr durch. Es zerrte an ihr: Zerrte an den Vorhängen, die sie fest über diesen Teil ihres Geistes gezogen hatte.

Aber sie konnte diese Bilder verdrängen. Sie *musste* sie verdrängen. Denn wenn es ihr egal war, was sie ihr zeigten oder wie sehr sie sie verletzten, dann hatten diese Männer, diese lächerlichen Lehrer, dieser obszöne Hofstaat, nur eine Möglichkeit, sie zu kontrollieren: indem sie sie töteten.

Allerdings konnten sie das noch nicht tun, sonst hätte dieser Lehrer schon längst seine Hände um ihre Kehle gelegt.

»Es ist an der Zeit, mit unseren Studien fortzufahren. Wiederhole die fünf Säulen des Islams«, verlangte der Lehrer.

Lada gähnte.

Radu sprach für sie und gab eine präzise und perfekte Antwort. Ihre orthodoxe Erziehung hatte darin bestanden, jede Woche die Gottesdienste in der Schlosskapelle zu besuchen. Lada hatte den Ablauf der regelmäßigen Anbetungen als unerträglich empfunden, aber es gab eine Zeit im letzten Frühjahr, an die sie voller Sehnsucht zurückdachte.

Ihr Vater spendete regelmäßig für die Kirchen und versuchte, sich bei Gott genauso beliebt zu machen wie bei den Bojaren und Sultanen. So waren sie eingeladen worden, eine Woche in einem Inselkloster mitten im Snagov-See zu verbringen. Als das Boot vom Festland ablegte, hatte Lada ein seltsames Gefühl der Befreiung verspürt. Von Frieden. Auf der Insel gab es nur schweigsame Mönche, die weit weniger einschüchternd wirkten als der Patriarch und die Priester, die in prunkvolle Gewänder und Traditionen gehüllt waren. Sie war allein umhergewandert, war die gesamte Küste der Insel entlanggelaufen und hatte das Wasser als Barriere zwischen sich und dem Druck von Tergowiste empfunden. Ihr winziges Zimmer im Bauch des Klosters war mit Heiligen- und Christusbildern geschmückt, die teilnahmslos aus vergoldeten Rahmen blickten. Sie waren ihr egal, und sie war ihnen egal, und sie schlief so tief wie nie zuvor.

Hier gab es hingegen keinen Frieden und keine Trennung von der Welt. Lada sehnte sich danach. Stattdessen wurde sie gezwungen, Dinge über eine Religion zu lernen, als wäre sie gleichwertig mit Sprachen oder Geschichte. Das war quälend und irritierend. Im Christentum hatte man sie immerhin aktiv davon abgehalten, die Bibel zu lesen, denn das Studium war dem Klerus vorbehalten. Ihre einzige Aufgabe bestand darin, so zu tun, als würde sie zuhören.

Hier weigerte sie sich sogar, diesen Eindruck zu erwecken. Der Lehrer nickte müde nach Radus Antwort und setzte sich aufrecht hin. Ein Funke war in seine Augen zurückgekehrt.

Lada tat so, als würde sie es nicht bemerken, aber ihre Nerven waren zum Zerreißen gespannt, während sie darauf wartete, über welche Lösung für ihre Frechheit er gestolpert war. »Ladislava hat die falsche Antwort gegeben.« Der Lehrer hob seinen Arm, dessen Finger mit dicken Ringen beschwert waren, und schlug Radu mit der flachen Hand ins Gesicht. Radus Kopf ruckte zur Seite und er fiel mit einem entsetzten Schmerzensschrei von seinem Stuhl.

Lada würde ihn töten. Sie würde diesem Mann die Hand vom Körper abtrennen, weil er ihren Bruder geschlagen hatte; sie würde …

Sie hatte sich wieder im Griff, bevor der Lehrer sie ansah, seine Brust hob und senkte sich, und seine Augen leuchteten. Er wartete auf ihre Reaktion. Wenn sie ihn umbrachte, würde man sie töten, und niemand wäre hier, um den dummen, zerbrechlichen Radu zu schützen. Ihren dummen, zerbrechlichen Radu. Und wenn sie wütend würde, wüsste der Lehrer – wüssten sie alle –, wie man sie kontrollieren konnte. Genauso, wie sie ihren Vater zu kontrollieren wussten. Genauso, wie die Janitscharen gewusst hatten, wie sie ihr wehtun konnten, indem sie Bogdan mitnahmen.

Sie hob teilnahmslos die Augenbrauen.

»Was sind die fünf Säulen des Islams?«, fragte er, als Radu sich mit Tränen in den Augen und einem schockierten Gesichtsausdruck wieder auf seinen Stuhl setzte.

Lada lächelte und schüttelte den Kopf. Der Lehrer schlug Radu erneut.

Radu blieb auf dem Boden liegen und stieß die Antwort keuchend hervor. Seine Worte wurden durch eine aufgeplatzte und schnell anschwellende Lippe undeutlich, aber Lada wandte den Blick nicht vom Gesicht des Lehrers ab. Sie behielt ein angenehmes Lächeln bei, legte die Hände locker in den Schoß und behielt die Kontrolle. Kontrolle war Macht. Niemand würde sie dazu bringen, sie zu verlieren. Und irgendwann würde dem Lehrer klar werden, dass sie ihn Radu immer und immer wieder schlagen lassen würde.

Und nur dann wäre Radu in Sicherheit.

12

Radu rollte sich zusammen und stützte sich an Ladas Tür. Er hielt sich die Hand, die Striemen schwollen entlang seiner Handfläche an. Seine Lippe begann zu heilen, aber nur, weil der Lehrer sich in letzter Zeit auf seine Hände konzentriert hatte.

Wie konnte sie das tun?

Wie konnte sie zulassen, dass er in ihrem Namen geschlagen wurde?

Sie war immer seine Beschützerin gewesen. Auch wenn sie grausam war, so hatte sie doch nie zugelassen, dass jemand anderes ihm etwas antat. Trotz allem, was sie seit ihrer Ankunft in Edirne erlebt hatten, war Radu nie wirklich verängstigt oder verzweifelt gewesen, denn er wusste – er *wusste* –, dass Lada ihn vor wirklichem Leid bewahren würde.

Er weinte, weil niemand da war, der es sehen konnte. Das Salz in seinen Tränen brannte in seiner gespaltenen Lippe.

Wusste sie es? Konnte sie wissen, dass er sich für den Islam interessierte, dass er davon fasziniert war, dass er sogar begonnen hatte, heimlich zu beten? Das musste der Grund sein. Sie ließ nicht zu, dass er aus einem anderen Grund geschlagen wurde, aber als der Lehrer nach dem Islam fragte, weigerte sie sich zu antworten, obwohl sie wusste, dass Radu deswegen verletzt werden würde.

Er wollte ihr sagen, *musste* ihr sagen, dass es ihm leidtat. Dass er aufhören würde, den Islam zu studieren. Aber … vielleicht konnte er ihr erklären, wie er sich dabei fühlte, dass die Grundlagen der Religion für ihn so viel mehr Sinn ergaben als die endlose Reihe von Heiligen und Ikonen, die sie in Tergowiste hatten. Er hatte nie wirklich verstanden, was er in der Kirche hörte, das Latein war so formell, dass es eine Barriere zwischen ihm und Gott schuf. Überall in der Religion hatte es Barrieren zwischen Radu und Gott gegeben – Christus stand zwischen ihnen, der Sündenfall stand zwischen ihnen, seine eigene Seele stand zwischen ihnen.

Gott war ihm immer wie sein eigener Vater vorgekommen – fern, unbekannt, missbilligend. Radu fürchtete, dass nichts, was er tat, jemals gut genug sein würde, um die Liebe eines allmächtigen und unerkennbaren Gottes zu verdienen.

Der Islam ergab für ihn Sinn, sprach ihn mit seiner genialen Einfachheit an. Aber wenn Lada wollte, dass er den Islam hasste, würde er es tun. Wenn es bedeutete, seine Beschützerin zurückzubekommen, würde er alles tun.

Er wischte sich die Reste seiner Tränen weg und verbarg seine Schwäche. Dann stieß er ihre Tür auf.

Nur mit einem langen Hemd bekleidet, hockte Lada an der Feuerstelle. Statt mit Stein, wie die Feuerstellen in Tergowiste, war diese von weißen Kacheln mit einem sich wiederholenden Muster eines achteckigen Sterns eingerahmt. Obwohl es warm war, hatte Lada ein helles Feuer geschürt. Sie warf ihre Nachthemden hinein. Neben ihr auf dem Boden lagen Decken, die sie aus ihrem Bett gerissen hatte. Sie waren rot gefärbt.

»Lada?« Radu trat in den Raum und schaute sich ängstlich um, suchte nach ihrem Angreifer, suchte nach ihrer Wunde. »Was ist passiert?«

Sie drehte sich zu ihm um, die Augen wild und voller Tränen. »Raus!«, schrie sie.

»Aber …«

»Raus!«

Wie von der Tarantel gestochen rannte Radu aus dem Zimmer und dann aus dem gemeinsamen Gemach. Er hörte nicht auf zu rennen, bis er das weitläufige Labyrinth des Palastes verlassen hatte und sich durch die Menschenmassen auf den Straßen schlängelte.

Er hatte sich verirrt.

Er ging weiter, lief in ziellosen Kreisen, wie betäubt. Der vertraute Gebetsruf ertönte, dieses Mal näher, als Radu ihn je gehört hatte. Er blieb stehen, blickte schließlich hoch und sah die Türme und Spitzen einer Moschee. Aber sein Herz fühlte sich bleiern an, tiefer als der Boden.

Eine sanfte Hand legte sich auf seine Schulter, und er zuckte zusammen.

Ein Mann – den Kopf mit einem einfachen weißen Turban umwickelt, das Gewand aus feinem Stoff, aber einfach gehalten – beugte sich vor, sodass er auf Augenhöhe mit Radu war. Seine Augen weiteten sich für einen Moment, als er Radus geprügeltes Gesicht betrachtete, dann änderte sich der Blick und deutete ein sanftes Lächeln an. Er konnte nicht viel älter als Mircea sein, aber die Freundlichkeit stand ihm auf eine Weise ins Gesicht geschrieben, die ihn weise erscheinen ließ. »Brauchst du Hilfe?«

Radu schüttelte den Kopf, nickte dann und schüttelte erneut den Kopf.

»Möchtest du dich mir zum Gebet anschließen?«

Radu hatte noch nie gebetet, nicht auf diese Weise. Er hatte gesehen, wie sein Lehrer es tat, aber es fühlte sich seltsam und aufdringlich an, dabei zuzusehen, deshalb schaute Radu normalerweise weg. Aber seit ihrer Ankunft in Edirne hatte er eine Moschee betreten wollen.

»Ich weiß nicht, wie«, sagte Radu mit glühendem Gesicht und zu Boden gerichteten Augen.

»Wir legen unsere Teppiche ganz nach hinten. Du kannst mir zusehen.« Er führte Radu die Treppe hinauf. Dort befand sich ein Brunnen mit klarem Wasser. Der Mann blieb stehen und wusch sich mit bestimmten Bewegungen die Hände. Er lächelte und nickte in Richtung von Radus eigenen Händen. Verlegen ahmte Radu die Bewegungen des Mannes sorgfältig nach.

Als sie fertig waren, schnallte der Mann eine Wolldecke von seinem Rücken ab. Radu geriet in Panik, weil er keine hatte, aber der Mann reichte Radu seine eigene Decke und nahm für sich selbst eine abgenutzte von einem Stapel im hinteren Bereich. Die Augen immer noch auf den Boden gerichtet, folgte Radu ihm in einen riesigen Raum, in dem sich die Männer mit geübter, ruhiger Effizienz in Reihen bereit machten.

Der Mann führte Radu in eine Ecke und bedeutete ihm, den Teppich hinzulegen. Radu ahmte die Haltung des Mannes nach und kniete nieder. Er war nervös und bereute seine Entscheidung, mitgekommen zu sein. In dem Raum gab es eine Vielzahl von Männern, alt und jung, in feinsten Gewändern bis hin zu geflickter und abgenutzter Kleidung. Aber jeder gehörte dazu, jeder hatte seinen Platz. Sie würden wissen, dass er kein Recht hatte, hier zu sein. Vielleicht würden auch sie ihn schlagen.

Und dann begann das Gebet.

Radu beobachtete erstaunt, wie die Männer die Augen schlossen, dieselben Bewegungen ausführten und gemeinsam beteten, ihre Körper und Stimmen in perfektem Gleichklang.

Er hatte noch nie etwas so Schönes gesehen.

Zum ersten Mal in seinem Leben wollte er nicht nur zuschauen. Er wollte ein Teil davon sein. Mit einem Auge verfolgte Radu die Bewegungen seines Freundes und machte mit. Es dauerte nicht lange, bis er sich in dem Rhythmus und in dem Frieden, ein kleiner Teil eines Ganzen zu sein, verlor. Die Worte, die er nur zum Teil verstand, vermittelten ihm dennoch ein *Gefühl*, und hoben seine zermürbte und geschundene Seele in die Höhe.

Als das Gebet beendet war, sah er hoch und immer höher. Die Decke schwebte über ihm, ineinandergreifende, vielzackige Sterne leiteten den Blick nach innen, bis er schließlich in das offene Minarett freigegeben wurde. Dem Himmel entgegen.

»Geht es dir gut?«

Radu sah seinen Freund erschrocken an und rieb sich dann die Augen.

Er lächelte. »Ja. Danke.«

Der Mann reichte Radu die Hand und half ihm beim Aufstehen. Sie brachten die geliehene Matte zurück und gingen wieder hinaus in den Tag.

»Wie heißt du?«, fragte der Mann.

»Radu Dragwlya.«

»Ich bin Kumal Vali. Komm, nimm eine Mahlzeit mit mir ein. Du siehst aus, als ob du jemanden zum Reden brauchen könntest.«

Kumal führte Radu durch die Straßen in eine Gegend mit hohen, schmalen Steinhäusern. Sie waren nahe genug am Palast, um wichtig zu sein, aber nicht so nahe, dass sie zum Palastkomplex gehörten. Radu erkannte, dass Vali nicht der Name des Mannes war, sondern eher sein Titel. Offensichtlich war er jemand Geschätztes, vielleicht sogar ein Freund des Sultans.

Ein Diener empfing sie an der Tür, verbeugte sich und nahm Kumals Teppich entgegen. »Mein Freund Radu wird sich zu uns gesellen«, sagte Kumal. Sie folgten dem Diener in einen Raum auf der Rückseite des Hauses. Glasscheiben säumten die Wände und gaben den Blick frei auf einen bescheidenen, aber gut gepflegten Garten. Dort stand ein niedriger Tisch, der von Kissen umgeben war. Kumal setzte sich und gab Radu ein Zeichen, es ihm gleichzutun.

Als Radu Kumal – einem Fremden – am Tisch gegenübersaß, fragte er sich plötzlich, ob das eine furchtbar schlechte Idee gewesen war. Niemand wusste, wo er war. Schlimmer noch, er wusste nicht einmal, ob er den Palast überhaupt verlassen durfte. Und Kumal war ein Beamter. Würde Radu bestraft werden? Getötet?

Kumal riss ein Stück warmes Fladenbrot ab und reichte es Radu. Er sah nicht auf, als er zu sprechen begann. »Ich würde gerne wissen, wer dir wehgetan hat und ob ich dir irgendwie helfen kann.«

Radu schüttelte den Kopf und stand auf. »Ich sollte gehen.«

»Bitte bleib. Wenn du nicht über das Geschehene sprechen kannst, dann lass uns über andere Dinge reden. Wie hat dir das Gebet gefallen?« Radu setzte sich langsam wieder hin, schloss die Augen und versuchte, zu erfassen, wie er sich gefühlt hatte. »Es war … wunderbar.«

»Ja, das denke ich auch. Ich freue mich immer darauf, in der Stadt zu sein und so viele meiner Brüder im Gebet zu treffen.«

»Ihr wohnt nicht hier?«

»Nein, ich habe ein Anwesen auf dem Land. Ich bin nicht oft in Edirne, denn meine Pflichten zu Hause halten mich ziemlich auf Trab. Ich reise heute Abend ab.«

Radu wurde ganz flau. Er hatte kein Recht, mehr von Kumal zu erwarten, aber die kurzen Momente der Hoffnung, die er in seiner Gegenwart gehabt hatte, kamen ihm jetzt wie ein grausamer Scherz vor.

»Du bist kein Osmane.«

Radu schüttelte den Kopf. »Ich komme aus der Walachei.«

Kumal runzelte nachdenklich die Stirn. »Doch du bist kein Janitschar.«

»Mein Vater ist Vlad Dracul, Waiwode der Walachei. Er hat meine Schwester und mich zur Ausbildung hiergelassen.«

Auf Kumals Gesicht zeichnete sich Verständnis ab, aber wo Radu fürchtete, Wut oder Spott zu sehen, gab es nur Mitgefühl. »Ah, ich verstehe. Es scheint, dass deine Erziehung nicht sehr freundlich war.«

Radu hob verlegen eine Hand vor sein Gesicht.

Kumal nahm die Hand und drückte sie, dann legte er sie ab, damit Radu ihn ansah. »Bitte beurteile mein Land nicht nach der Grausamkeit einiger weniger. Es gibt zwar einen Gott und einen Propheten, Friede sei mit ihm, aber nicht jeder geht mit ihm auf die gleiche Weise um. Es gibt verschiedene Stufen des Glaubens und der Praxis, wie bei allem im Leben. Aber du hast eine Wahl.«

»Ich habe nicht das Gefühl, dass ich noch Wahlmöglichkeiten habe.«

Kumal nickte. »Es mag so aussehen. Aber du hast immer eine Wahl. Du kannst dich dafür entscheiden, Trost in Gott zu finden. Du kannst wählen, mutig und mitfühlend zu sein. Und du kannst dich dafür entscheiden, Schönheit und Glück zu finden, wo immer sie sich auch zeigen mögen.« Er lächelte. »Aber ich glaube, das weißt du bereits. Ich hoffe, du kannst das in den kommenden Jahren beibehalten, denn du hast der Welt viel zu bieten, Radu.«

Gegenüber von Radu ließ sich ein Mädchen auf ein Kissen fallen, mit leuchtenden Augen und einem Mund, dessen volle Lippen einen perfekten Kreis bildeten. Ihre Kleider waren so hübsch wie sie selbst, und ein fröhlicher gelber Schal bedeckte ihr Haar. Sie lächelte ihn schüchtern an und nahm sich dann ein Stück Brot. »Belehrt mein Bruder dich?«

Radu schüttelte den Kopf und sah auf seinen Teller hinunter. »Nein.«

»Gut. Er liebt es so sehr, Vorträge zu halten. Ich bin Nazira.«

Kumal legte ihr eine Hand auf die Schulter. »Nazira ist meine kleine Schwester.«

»Und sein Liebling.«

»Und mein Liebling.« Kumal lachte. Dann kehrte der Diener zurück und tischte gebratenes Geflügel, Gemüse und eine kühlende Soße auf. Kumal versprach, Radu nach dem Essen zurück in den Palast zu bringen. Dann erzählten er und Nazira Geschichten, wobei sie Radu in ihr Lachen und ihre gemeinsame Geschichte einbezogen, als wäre er ein natürlicher Teil davon.

Die zwischen ihnen herrschende Wärme hätte Radu im Vergleich dazu eigentlich frieren lassen müssen, aber er stahl einen Teil davon, um ihn für die kommenden Tage aufzubewahren, denn er wusste, er würde ihn brauchen.

13

Lada wusste nicht, wie lange sie noch mit dem Diebstahl von Bettlaken davonkommen würde. Radu hatte sich beschwert, dass sein Bett bis auf eine einzige Decke leer geräumt war. Sie musste mit dem Rücken zur Tür sitzen, um nicht entdeckt zu werden, während sie sein Laken in handliche Stücke riss, um den Fluss zu stoppen.

In ihrem Zimmer herrschte Erstickungsgefahr. Der Geruch von verbranntem Stoff hatte den ganzen Monat über angehalten, und jetzt war das Blut wieder da.

Als ihr Kindermädchen ihr gesagt hatte, dass sie sich bis zum Beginn ihres monatlichen Zyklus keine Sorgen um die Ehe machen müsse, war das ein Trost gewesen. Bis zu dem Morgen, an dem Lada blutüberströmt im Haus ihres Feindes erwachte. Sie lebte in Angst vor dem Tag, an dem jemand dahinterkam. Diener wurden mit Schreikrämpfen oder, wenn das nicht half, mit ihren Fäusten von ihrer Zimmertür vertrieben. Niemand durfte es wissen.

Aber es war nur eine Frage der Zeit. Die Tür zu ihren und Radus winzigen Gemeinschaftsräumen hatte kein Schloss.

Trotzdem hatte Lada nie geweint.

Radu dachte, sein Weinen sei ein Geheimnis, aber jede Nacht hörte sie ihn durch die dünne Wand, die sie trennte. Manchmal hasste sie ihn, weil er weinte, und manchmal, weil sie ihm nicht beistehen konnte.

Er sah nur dann glücklich aus, wenn er sich zum Beten davonschlich, was Lada wütend machte. Sie hackte deshalb gnadenlos auf ihm herum, aber er reagierte nicht auf ihre Wut. Schließlich gab sie sich mit mürrischem Schweigen zufrieden. Wenn sie es ignorierte, würde er vielleicht aufhören.

Die Tage vergingen in einem trostlosen Durcheinander von Unterricht und *Lektionen.*

Heute sahen sie zu, wie ein Straßenräuber an einem großen Metallhaken aufgehängt wurde, der zwischen seinen Rippen steckte. *Wusstest du,* sagte ihr Geschichtslehrer in ihren Gedanken, *dass es im osmanischen Staat nur sehr wenig Kriminalität gibt? Unsere Straßen sind sicherer, in unseren Häusern ist man geborgener als in denen unbedeutender und winziger Länder wie deinem. Unser Volk liebt seinen Sultan.*

Lada hätte einräumen müssen, dass es in Tergowiste und den umliegenden Städten viel Kriminalität gab. Stattdessen gab sie zu bedenken, dass die Unterwürfigkeit der Osmanen vielleicht darauf zurückzuführen sei, dass ihre Turbane zu eng gewickelt waren und ihr Hirn abschnürten.

Nachdem der Räuber den langen, qualvollen Prozess des Sterbens hinter sich hatte, wurde sein Leichnam abtransportiert und mit einem Schild, das seine Verbrechen kundtat, an der Straße zur Schau gestellt. Ladas Füße schmerzten. Sie war dieser Lektionen überdrüssig. Es gab nichts mehr zu lernen. Der Sultan kontrollierte alles, und wer ihm in die Quere kam, musste sterben. Die Menschen gehorchten nicht aus Liebe, sondern weil die Bestrafung schnell, streng und sehr öffentlich war. Es war eine wirksame Gerechtigkeit. Bewundernswert sogar. Der Sultan beugte sich vor niemandem, musste keine Spielchen spielen und sich den Launen der Menschen unter ihm beugen, wie es ihr Vater so oft getan hatte.

Radu sah aus, als würde ihn der Mut wieder verlassen, und als sie gehen durften, zerrte Lada ihn durch die Korridore und hinaus auf die Straße. Sie hatte bereits so viel vom Palastgelände erkundet, wie sie durften. Sie kamen an der Moschee vorbei, deren verdrehte Minarette in den Himmel ragten. Sie wünschte sich, sie würden ein Loch in den Himmel bohren und den Zorn Gottes über die ganze Stadt bringen. Dann würden sie sehen, wessen Gott echt war.

Aber vielleicht auch nicht. Sie war nicht in der Walachei. Selbst der Gott, mit dem sie aufgewachsen war, war hier nicht anwesend. Vielleicht würde der Himmel *sie* im Zorn des osmanischen Gottes verschlingen.

Sie kamen an einer hohen Mauer vorbei, die einen üppigen Garten umgab, und an Bäumen, die ihre schweren grünen Zweige einladend herabhängen ließen. Lada sah gerade außerhalb ihrer Reichweite einen Feigenbaum, der mit reifen Früchten beladen war. Ihr Magen knurrte. Es war Ramadan, und sie und Radu waren dazu verpflichtet, das Fasten einzuhalten. Lada stahl Essen und versteckte es, wann immer es möglich war, aber an den meisten Tagen hungerte sie vom Morgengrauen bis zur Abenddämmerung. In der Ecke, wo die Mauer auf die Seite eines kleinen Gebäudes traf, wucherte eine uralte Weinrebe. Sie kletterte daran hoch und hievte sich auf die Mauer.

»Wir sollten zurückgehen«, jammerte Radu und sah sich um. Er rieb sich ängstlich die Rippen und stellte sich zweifellos vor, wie sich ein Haken durch seine Muskeln und Organe bohrte. Radu hatte seit ihrer Ankunft an Gewicht verloren, und das nicht nur durch das Fasten. Seine Wangenknochen traten deutlich hervor und ließen seine Augen noch größer erscheinen.

»Gut. Warte dort. Allein.«

Er kletterte hinter ihr her und stürzte in seiner Eile fast über die Mauer. Sie krabbelten auf einen Ast und arbeiteten sich an einem Baum hinunter, bis sie sich auf den Boden fallen lassen konnten.

Der Geruch war nicht richtig. Der grüne Duft war zu stechend, die Süße einer Blume eine Nuance zu schwach. Die Moschee ragte über ihnen auf und beobachtete sie. Aber die von Bäumen und wilden Hecken gesäumten Serpentinen, über die Lada schlenderte, ließen den Garten geheimnisvoll erscheinen. Sie pflückte mehrere Feigen und bot Radu eine davon an. Er lehnte ab, und sie warf sie ihm an den Kopf.

Sie biss in ihre Feige, fuhr mit den Fingern über die rauen, wächsernen Blätter einer ungeschnittenen Hecke und stellte sich vor, sie sei in der Walachei.

Radu hörte es zuerst. »Hör mal«, flüsterte er. »Jemand weint.«

»Und du bist es nicht. Welch ein Wunder.«

Er funkelte sie an und schritt dann zielstrebig voran. Zischend jagte Lada ihm hinterher. Sosehr Radu auch fürchtete, dass sie sich unerlaubt hier aufhielten, er war ein Narr und würde noch dafür sorgen, dass sie erwischt wurden. Sie bog um eine Ecke und griff nach seiner Weste, blieb aber beim Anblick eines Jungen stehen, der vielleicht zwölf oder dreizehn Jahre alt war, sich am Rande eines Spiegelbeckens zusammengerollt hatte und weinte.

»Bist du verletzt?«, fragte Radu.

Der Junge sah hoch, seine schwarzen Augen waren von so dichten Wimpern umrahmt, dass sie seine Tränen auffingen und festhielten. Seine Hände waren mit bösen, lila Flecken übersät. Auch sein Gesicht hatte etwas abbekommen. Auf einer Wange bildete sich ein blauer Fleck.

Radu zog seine Weste aus und tauchte sie in das Becken. Er legte das nasse Kleidungsstück sanft auf die Hände des Jungen, um die Schmerzen zu lindern. Lada hatte ihm nie erlaubt, dasselbe für sie zu tun, und sie hatte es bestimmt auch nie für ihn getan.

Der Junge sah mit durchgedrücktem Rückgrat zu und betrachtete sie über seine lange, gerade Nase hinweg. Seine vollen Lippen waren vor Schmerzen verzogen. »Mein Hauslehrer«, sagte er. »Vater gab ihm die Erlaubnis, mich bei Ungehorsam zu schlagen.«

Radu tauchte seine Hand in das Wasser und führte sie an die Wange des Jungen heran. Der Junge schien erschrocken zu sein. Er schaute Lada erwartungsvoll an, als wolle er sie auffordern, sich ebenfalls um ihn zu kümmern. Sie verschränkte die Arme und sah ihn an. »Wenn du zu schwach bist, um Schläge zu ertragen, und zu dumm, um sie zu vermeiden, dann verdienst du noch mehr Schmerzen.«

Die Nasenlöcher des Jungen blähten sich vor Zorn. »Wer bist du?«

Lada lehnte sich an einen Baum, pflückte eine weitere Feige und nahm den größten und triefendsten Bissen, den sie zustande bringen konnte. »Ich bin Lada Dragwlya, die Tochter der Walachei.«

»Du solltest fasten.«

Sie spuckte ihm die breiige Feigenhaut vor die Füße und nahm einen weiteren Bissen.

Er runzelte nachdenklich die Stirn. »Dafür könnte ich dich umbringen lassen.«

Radu zitterte und begann, sich zu verbeugen.

»Ach, steh auf, Radu.« Lada packte ihn am Hemd und zerrte ihn in die Höhe. »Er ist ein dummer Junge. Wenn selbst die Erzieher ihn schlagen dürfen, bezweifle ich, dass der Oberste Gärtner unter seinem Kommando steht. Wahrscheinlich ist er ein verwöhnter Gefangener, wie wir.« Sie empfand kein Mitleid mit dem Jungen. Er erinnerte sie an das, was sie war – machtlos, jung –, und das machte sie wütend.

Der Junge stand auf und stampfte mit einem Fuß auf. »Ich bin kein Sklave. Dies ist meine Stadt!«

Lada schnaubte. »Und ich bin die Königin von Byzanz.« Sie machte auf dem Absatz kehrt und zog Radu mit sich.

»Wir sehen uns wieder!«, rief der Junge. Es war keine Frage, sondern ein Befehl.

»Ich werde deine Stadt niederbrennen«, rief Lada über ihre Schulter zurück. Die einzige Antwort des Jungen war ein überraschter Lachanfall. Lada war schockiert, als sich auf ihren Lippen das erste Lächeln seit Wochen zeigte.

Lada schrubbte wütend das Blut aus ihrem Nachthemd.

Dabei verfluchte sie ihre Mutter, weil sie sie zu einem Mädchen gemacht hatte.

Sie verfluchte ihren Vater, weil er sie hier zurückgelassen hatte.

Und sie verfluchte ihren eigenen Körper, weil er sie so verletzlich machte.

Sie war so sehr mit einem Strom von Flüchen beschäftigt, dass sie nicht hörte, wie die Tür geöffnet wurde.

»Oh«, sagte das Dienstmädchen, ein Mädchen, zerbrechlich und flink wie ein Vogel.

Lada sah entsetzt hoch. Beweise ihrer Weiblichkeit hingen über ihre Hände, das Rot war ein unbestreitbares Zeugnis. Sie war erwischt worden. Ein Bild von sich selbst, wie sie kroch und weinte, schoss ihr durch den Kopf. Das war es, was eine Ehefrau war. Was eine Ehefrau tat.

Und jetzt wusste dieses Dienstmädchen, diese Spionin, dass sie alt genug war, um eine Ehefrau zu sein.

Mit einem Schrei stürzte sich Lada auf das Dienstmädchen und schlug ihr auf den Kopf. Das Dienstmädchen fiel zu Boden, wehrte sich gegen die Schläge und schrie. Aber Lada hörte nicht auf. Sie schlug und trat und biss, während sie in allen ihr zur Verfügung stehenden Sprachen Obszönitäten schrie.

Arme zogen an ihr, eine Stimme, die sie kannte, flehte verzweifelt, aber sie hörte nicht auf. Sie konnte nicht aufhören. Dies war das Ende ihres letzten Fünkchens Freiheit, und das alles nur wegen der neugierigen Augen eines Dienstmädchens.

Am Ende waren zwei Palastwachen nötig, um sie wegzuziehen. Radu sah sie mit dem Entsetzen eines kleinen Beutetieres an, das aus seinem Bau aufgeschreckt worden war. Lada wollte seine Fragen nicht beantworten. Es spielte keine Rolle. Nichts spielte mehr eine Rolle.

Lada hatte mit einer Bestrafung gerechnet, sodass die Einladung zu einem Nachmittagsessen mit Frauen ein Schock für sie war. Sie wurde von einem schmalschultrigen Mann mit Glatze in einen Teil des Palastes geführt, den sie noch nie besucht hatte.

Zwei Frauen standen auf, als sie den eleganten Raum betrat. Die eine war jung, vielleicht nur ein paar Jahre älter als Lada. Sie hatte einen fröhlichen blauen Schal um ihr Haar geschlungen und trug einen Schleier über der unteren Gesichtshälfte. Ihre Augen waren groß und strahlten ein Lächeln aus.

Lada zuckte zusammen, als die Frau auf sie zueilte, aber sie nahm nur ihre Hände und drückte sie.

Sie sprach Türkisch. »Du musst Ladislava sein. Du armes Ding. Komm, setz dich. Ich bin Halima. Das ist Mara.«

Lada ließ sich zu den Kissen am Tisch ziehen und betrachtete die andere Frau, die mit geradem Rücken und Korsett dort saß und deren strukturiertes Kleid im Kontrast zu Halimas fließenden Seidenschichten stand. Das Haar dieser Frau war dunkelbraun, kunstvoll gelockt und im Stil der serbischen Höfe förmlich gedreht.

»Warum bin ich hier?«, fragte Lada so unverblümt, wie es ihr in ihrer Verwirrung möglich war.

»Weil niemand wusste, was man sonst mit dir machen sollte.«

Maras Ton war kalt, ihre Augen zusammengekniffen. »Als sie herausfanden, warum du das arme Kind geschlagen hast, weigerten die Männer sich, weiter auf das Thema einzugehen. Wir wurden gebeten, mit dir über deine Frauenangelegenheiten zu sprechen.«

»Hast du nicht verstanden, was passiert ist?« Halima beugte sich vor, ihre Augen funkelten vor Mitleid. »Du musst dich so gefürchtet haben! Ich wusste, dass ich meine monatlichen Zyklen zu erwarten hatte, und trotzdem wäre ich bei dem Blut fast in Ohnmacht gefallen! Aber hier bist du, nur mit deinem Bruder. Du musst dich mit uns treffen, damit wir dich unterrichten und dir helfen können.« Sie klatschte vor Freude in die Hände. »Das wird ein Spaß!«

Lada blieb an Ort und Stelle steif am Tisch stehen. »Ich will nichts, was ihr anbieten könnt.«

»Oh, aber du musst doch Fragen haben! Hab keine Angst. Du kannst uns nicht in Verlegenheit bringen. Wir sind ja schließlich Ehefrauen.«

»Das ist genau das Schicksal, das ich vermeiden will«, murmelte Lada.

»Dann bist du eine Närrin«, antwortete Mara.

»Ach, sei nett, Mara! Sie versteht es nicht. Es ist eine wunderbare Sache, eine Ehefrau zu sein! Murad ist so aufmerksam, und wir werden besser versorgt, als wir es uns je erhoffen konnten.« In Halimas Tonfall lag kein Hauch von Hinterhältigkeit oder Geheimniskrämerei. Ihre Aussage war so ehrlich wie ihre großen, dummen Augen.

»Du bist mit Murad verheiratet?«, fragte Lada, der Name des Sultans hinterließ einen fauligen Geschmack auf ihrer Zunge.

»Das sind wir beide.« Halima lächelte strahlend. Lada sah Mara entsetzt an.

Maras Lächeln war der bitterkalte Winter zu Halimas strahlendem Frühling. »Ja. Wir sind beide seine Ehefrauen, neben anderen Ehefrauen und vielen Konkubinen.«

Lada schreckte zurück. »Das ist abscheulich.«

»Wenn ich mich recht erinnere«, sagte Mara, »hat dein Vater noch einen Sohn, von einer Geliebten.«

Lada antwortete nicht, aber ihr Gesicht lieferte die Bestätigung. Sie sprachen nie über den anderen Vlad, aber Lada wusste, dass er existierte.

Halima gestikulierte eifrig, als könne sie Lada die Gedanken aus dem Kopf reißen und sie in angenehmere Formen bringen. »So wird es hier gehandhabt. Männer dürfen mehr als eine Frau haben, wenn sie für sie sorgen können. Und der Sultan unterhält traditionsgemäß einen Harem. Wir werden alle geliebt und umsorgt. Es ist ein großes Privileg, eine Ehefrau zu sein!«

Mara nahm einen Schluck Tee aus einer Teetasse, die so zierlich war, wie Lada es noch nie gesehen hatte. Sie sprach Ungarisch. »Halima ist ein Dummkopf.«

Halima neigte ihren Kopf zur Seite. »Wie bitte?«

Mara fuhr fort. »Sie ist ein Kind. Sie hält sich für eine Prinzessin aus einem Märchen. Dass Murad sie aus dem Harem zu seiner Ehefrau wählte, war das Größte, was ein Mädchen wie Halima je erreichen konnte. Ich weiß nicht, ob ich sie erwürgen oder alles in meiner Macht Stehende tun soll, um sie in ihrer glitzernden Fantasie zu halten.«

Lada antwortete auf Ungarisch, fasziniert von Maras Ehrlichkeit. »Und was ist mit dir?«

»Ich bin aus demselben Grund hier wie du. Meine Heirat mit Murad besiegelte einen Waffenstillstand mit meinem Vater und Serbien. Meine Anwesenheit hier sorgt dafür, dass Serbien frei bleibt.«

Lada spottete. »Aber Serbien ist nicht frei.«

Mara hob eine einzelne Augenbraue. »Was denkst du, was Freiheit ist?«

»Das Recht, sich selbst zu regieren! Nicht für die eigene Sicherheit von einer fremden Nation abhängig zu sein.«

»Jedes Land ist für seine Sicherheit auf andere Nationen angewiesen. Dafür sind Verträge und Grenzen da.«

»Aber das hier ist anders!«

»Wieso?«

»Du! Du solltest nicht zu einer Heirat gezwungen werden! Das ist nicht fair.«

Halima hustete gewollt, ihre Lippen waren nach unten gezogen. »Könnten wir vielleicht in einer Sprache sprechen, die jeder versteht? Damit sich niemand ausgeschlossen fühlt?«

Mara sprach weiter, ohne die andere Ehefrau zu beachten. »Hmm. Und was glaubst du, wäre aus mir geworden, wenn ich in Serbien geblieben wäre? Ich wäre mit einem anderen Mann verheiratet worden, den ich mir nicht ausgesucht habe. Ich verachte meinen Mann und dieses ganze Reich, aber wenigstens habe ich hier etwas erreicht. Durch Halimas Heirat mit Murad ist sie sicher und versorgt. Durch meine Heirat mit Murad ist ganz Serbien sicher und versorgt. Es ist nicht fair, nein. Aber es ist wichtiger als Fairness. Liebst du die Walachei?«

Lada machte ein finsteres Gesicht, als sie die Falle hinter der Frage erkannte. Sie wusste, wohin sie führen würde, aber sie musste wahrheitsgemäß antworten. »Ja.«

»So wie ich Serbien liebe. Ich diene meinem Land und meiner Familie, indem ich ins Exil gehe. Wir müssen alle tun, was wir können, Ladislava. Und das war mein Beitrag.«

Halima räusperte sich geziert. »Sind wir jetzt bereit, auf Türkisch zu sprechen? Mir ist ein Rat eingefallen, den ich Ladislava gerne geben würde!«

Lada stocherte in ihrer Mahlzeit herum und beobachtete die beiden Arten von Ehefrauen vor sich. Sie könnte nie wie Halima sein, dankbar und naiv. Aber könnte sie wie Mara sein, die sich mit einem Schicksal abfand, das sie sich nicht ausgesucht hatte, um ihr Land zu verteidigen?

Halima unterhielt sich zwitschernd und sprach mit so traumwandlerischer Freude über nichts Wesentliches, dass Lada beinahe verstand, warum Mara sie beschützen wollte. Die Unbekümmertheit des Ganzen hatte etwas Tröstliches an sich. Und Lada genoss Maras ironische, bissige Kommentare, die sie oft in einer Sprache vorbrachte, die Halima nicht verstand. Vielleicht würde Lada darum bitten, sich wieder mit ihnen zu treffen. Es wäre schön, jemanden außer Radu und ihren verhassten Lehrern zum Reden zu haben.

Halima war mitten in einer langen Geschichte. »… und Emine, sie ist meine liebe Freundin, du weißt doch, dass sie von sich aus dem Harem beigetreten ist! Das war ein ziemlicher Skandal. Sie hat ihre Familie verlassen und ist einfach hineingegangen! Natürlich mussten sie sie dann nehmen, ihre Familie wollte sie nicht wiederhaben, und so …«

»Was?«, unterbrach Lada sie verwirrt. »Nur weil sie den Harem betreten hat?«

»Oh ja! Deshalb haben wir uns hier mit dir getroffen. Wenn du das Haremsgebäude betrittst, bist du technisch gesehen das Eigentum des Sultans! So muss es sein, weißt du. Um die Blutlinie zu schützen.«

Mara nahm den entsetzten Blick von Lada mit einem düsteren Lächeln zur Kenntnis. Als sie mit dem Essen fertig war, wischte sie sich züchtig den Mund ab. Sie sprach wieder auf Ungarisch. »Es ist gut für dich, dass du bei uns bist. Versuche, wie dieser schöne Dummkopf zu sein. Je eher du aufhörst zu kämpfen, desto einfacher wird dein Leben sein. Das hier ist deine Bestimmung.«

Lada stand so abrupt auf, dass sie beinahe rückwärts umgefallen wäre. »Nein.«

Sie warf sich herum, floh vor Maras schwerem, wissendem Blick und spürte noch lange Zeit dessen Last auf ihren Schultern.

14

Der Mann war fett.

Winzige lilafarbene Adern zogen von seiner Nase aus über sein Gesicht. Seine Augen waren wässrig, sein Kiefer schwach, um seine Finger spannten sich zu enge Ringe.

Er zitterte aufgrund seines Alters, einer Krankheit oder der Nerven. Lada zitterte vor Wut.

Radu betete im Stillen zu jedem Gott, der ihm zuhören würde, dass sie nicht dafür sorgte, dass sie beide getötet wurden. Er hatte keine Ahnung, warum sie auf das arme Dienstmädchen losgegangen war, aber sie hatte die Aufmerksamkeit der Behörden auf sich gezogen, weil sie ein Problem darstellte. Jetzt standen sie in einem der opulenten Gerichtssäle des Palastes. In diesem einzigen Raum gab es mehr Seide und Gold als in der gesamten Kaste von Tergowiste. Verschiedene Würdenträger standen in der Nähe, tuschelten untereinander und warteten darauf, mit Halil Pascha zu sprechen, dem schrecklichen Mann, der Radu und Lada gezwungen hatte, bei ihren ersten Pfählungen zuzusehen. Normalerweise hätte Radu diese Gelegenheit ergriffen, um zu lauschen und ein Gefühl für den Hof zu bekommen, aber er war zu krank vor Angst und konnte nur Lada ansehen. Wenn nur Kumal hier wäre, wenn er nur in der Hauptstadt lebte. Radu wusste, er würde ihnen helfen.

Aber sie hatten keine Freunde, keine Verbündeten. Keine Hilfe.

Lada schaute sich nicht im Raum um. Sie starrte direkt auf Halil

Pascha, der gerade den Vertrag fertigstellte, der sie mit dem Osmanen neben ihr verloben sollte.

»Dein Vater wird sich freuen«, sagte Halil Pascha und schenkte Lada ein schmallippiges Lächeln. »Es ist eine große Ehre für das Geschlecht der Draculesti, dass du hier heiraten darfst.«

Radus Möchtegern-Schwager unterschrieb mit seinem Namen, die Tinte kratzte in fleckigen Linien, die an die Adern in seinem Gesicht erinnerten, über das Papier.

Lada sprach mit leiser, klarer Stimme, und der Raum verstummte vor Überraschung. Niemand hatte erwartet, dass ein Mädchen sprechen würde. Wahrscheinlich war es ihr nicht erlaubt. Radu wusste, dass es Lada so oder so egal wäre. »In unserer Hochzeitsnacht«, sagte sie, »werde ich dir die Zunge herausschneiden und sie verschlucken. Dann werden beide Zungen, die unser Ehegelübde gesprochen haben, mir gehören, und ich werde nur mit mir selbst verheiratet sein. Du wirst höchstwahrscheinlich an deinem eigenen Blut ersticken, was sehr bedauerlich wäre, aber ich werde sowohl Ehemann als auch Ehefrau sein und daher keine zu bemitleidende Witwe.«

Ladas Zukünftiger ließ den Federkiel fallen. Ein einzelner Tintenfleck tropfte auf den Marmorboden. Halil Pascha starrte sie an, sein dünnes Lächeln verwandelte sich in einen Ausdruck gefährlicher Nachdenklichkeit.

Radu stolperte auf sie zu und versuchte verzweifelt, einen Weg zu finden, diese Situation zu entschärfen. Dann lachte jemand und durchbrach damit die Stille im Raum. Radu drehte sich um und war überrascht, den weinenden Jungen aus dem Garten neben einem hageren Mann mit Brille an der Tür stehen zu sehen.

Radu hatte nach dem Jungen Ausschau gehalten, wann immer sie ausgingen oder in der Nähe einer Veranstaltung des Hofes waren. In den zwei Monaten seit ihrer ersten Begegnung hatte er ihn nicht mehr gesehen, aber das hinderte ihn nicht daran, voller Hoffnung nach einem Freund Ausschau zu halten.

Jetzt aber verging Radu jegliche Hoffnung.

Der Junge flüsterte seinem Begleiter etwas zu, dessen Augenbrauen sich über seiner Brille zusammenzogen. Er murmelte etwas zurück, aber der Junge schüttelte den Kopf und beobachtete Lada mit einem erheiterten Gesichtsausdruck. Sie starrte kühl zurück.

Radu fragte sich, ob Lada oder er selbst zuerst getötet werden würde. Wäre es schlimmer, bei Lada zuzusehen und zu wissen, was auf ihn zukam, oder … Nein, es wäre schlimmer, der Zweite zu sein. Er hoffte, sie würden ihn zuerst töten. Vielleicht war das nicht sehr großzügig, aber das war alles Ladas Schuld.

Der hagere Mann winkte zwei Soldaten heran, die zylinderförmige Messinghüte mit einer langen Lasche aus weißem Stoff trugen, um ihren Rang als Janitscharen zu zeigen. Radu sah sich die Janitscharen immer genau an, in der Hoffnung, Lazar zu finden, aber diese Stadt verweigerte ihm entschieden Freunde. Dann drehten sich der Mann und der Junge aus dem Garten um und gingen. Radus Blicke folgten ihnen, bis sie verschwunden waren.

Ladas Zukünftiger sah aus wie einer der Fische, die sie in den Brunnen rund um die Burg in Tergowiste gehalten hatten. Sein Mund öffnete sich, schloss sich, öffnete sich wieder … Dann wandte er sich mit einem Schulterzucken an Halil Pascha und räusperte sich. »Vielleicht kann der Sultan … Vielleicht könnte man das anders regeln … Ich würde niemals das Urteil des Sultans infrage stellen, aber …«

Er war aufgeregt, ein wenig empört, aber an den Gesichtern um sie herum war zu erkennen, dass niemand Ladas Drohung ernst nahm.

Radu wusste, dass sie jedes Wort ernst gemeint hatte.

Die Soldaten erschienen an ihrer Seite. »Sie soll mit uns kommen.« Lada starrte ihren Zukünftigen unverwandt an. Er begann zu lächeln – ein herablassendes, selbstgefälliges Lächeln –, aber etwas an der Intensität ihres Blicks ließ es auf halbem Wege erstarren, sodass er dümmlich aussah. Die Art und Weise, wie sich seine Augen weiteten, zeigte, dass er endlich begriff, dass es sich nicht um eine leere Drohung handelte.

Er wich einen kleinen Schritt zurück.

Lada folgte den Soldaten aus dem Raum, ohne Radu auch nur einen Blick zuzuwerfen. Halil Pascha sah ihnen hinterher, und etwas in seinem Blick verriet Radu, dass er mehr über das, was hier vor sich ging, wusste. Und er war nicht erfreut.

»Wartet!« Radu rannte, um sie einzuholen. Er streckte seine Hände flehend aus. »Bitte, sie hat es nicht böse gemeint. Sie hat ihn nur geneckt. In der Walachei ist es üblich, dass sich verlobte Paare gegenseitig … bedrohen. Als Zeichen der Zuneigung. Bei der Verlobung unserer Eltern sagte unsere Mutter zu unserem Vater, sie würde ihn ausweiden und seine Eingeweide als Schmuck um den Hals tragen.«

Die beiden Soldaten starrten Radu an und glaubten jede lächerliche Lüge, die aus seinem Mund kam. Lada unterdrückte ein Lachen. Wie konnte sie nur so ruhig sein?

Hör auf, flehte er sie jede Nacht an. *Hör auf, sie wütend zu machen. Hör auf, sie dazu zu bringen, dass sie uns wehtun. Es ist deine Schuld. Deinetwegen werden wir beide noch getötet.* Schließlich hatte sie ihn angeschnauzt: »Niemand wird dich töten.«

»Aber wenn sie dich töten, werde ich allein sein. Und ich werde sterben wollen.«

Er wollte auf keinen Fall sterben, aber noch weniger wollte er als Zweiter sterben. Radu sah seiner Schwester in die Augen und legte seinen ganzen untröstlichen Verrat in diesen Blick. Sie konnte nicht einmal so tun, als würde sie sich anständig benehmen, um ihr Leben zu retten.

Sie sprach mit ruhiger, unbekümmerter Stimme auf Walachisch über ihre bewaffnete Eskorte, die sie wahrscheinlich in den Tod führen würde. »Halil Pascha ist der Grund dafür, dass ich hier gefangen bin. Ich werde nicht zulassen, dass er mir noch mehr von meiner Freiheit wegnimmt. Ich kann nicht akzeptieren, dass eine politische Heirat mein Schicksal ist. Das würde bedeuten, dass ich beiseitegelegt und vergessen werde, und ich würde lieber sterben, als vergessen zu werden.«

»Das würde ich nie zulassen«, sagte Radu, aber er wusste nicht, ob er damit meinte, dass er sie nie sterben oder in Vergessenheit geraten lassen würde.

Er wünschte, er hätte mehr Möglichkeiten als nur diese beiden.

»Wir haben den Befehl, sie in den Südflügel zu bringen«, sagte einer der Janitscharen. »Du kannst mitkommen, wenn du willst.« Radu wandte seine Aufmerksamkeit wieder den Soldaten zu und schenkte ihnen ein Lächeln, das so strahlend war wie die Sommersonne. Er ging neben ihnen her, fragte, aus welcher Gegend sie stammten, und brachte sie dazu, mit ihm zu sprechen. Schon bald kannte er ihre Namen, ihre verschiedenen Aufgaben und wusste, was sie an diesem Abend zu essen hofften. Ihre Hände wanderten nie zu den Schwertern an ihrer Seite, und sein Geplauder blieb leicht, freundlich und darauf ausgerichtet, sie abzulenken, damit sie seine Schwester nicht zu einer weiteren Dummheit provozierten.

Lada ging hinter ihnen her, glücklicherweise schweigend.

Die Soldaten wiesen sie an, auf einer vergoldeten Bank vor zwei massiven Kupfertüren zu warten. Dann gingen sie.

Radu ließ sich auf die Bank sinken und wischte sich erleichtert mit den Händen über die Augen. »Wenn sie uns hierlassen, überlebst du vielleicht doch noch.«

»Wie machst du das?«

»Was?«

»Die Leute dazu bringen, mit dir zu reden. Ist es, weil du ein Junge bist?«

Radu wusste, dass sie ihn um seine Fähigkeit beneidete, Menschen dazu zu bringen, ihm zu vertrauen. Sie sah scharfsinnig, widerspenstig und durchtrieben aus. Ihr Gesicht war das eines Fuchses, der das Vieh raubt. Radus Gesicht war das eines Engels. Aber es schmerzte Radu, dass sie es für einen Trick hielt. Hatte ihn jemals jemand wirklich gemocht, oder hatte sie recht? Brachten sein Gesicht und seine Zunge andere nur dazu zu glauben, dass sie ihn mochten?

Radu starrte verärgert an die vergoldete Decke. »Menschen reagieren auf Freundlichkeit, Lada. Sie vertrauen einem Lächeln mehr als einem Versprechen, dass sie an ihrem eigenen Blut ersticken werden.«

Lada schnaubte. »Ja, aber mein Versprechen ist aufrichtiger als dein Lächeln.«

Sie hatte natürlich recht. Es war ein ganzes Leben her, dass sich sein Lächeln anders angefühlt hatte als ein verzweifelter und falscher Trick. Er schniefte und versuchte, die Stimmung aufzulockern und seine Schwester zu beruhigen. »Aber das weiß doch niemand.«

»Eines Tages werden sie das, Radu. Eines Tages werden sie es.«

Sie erschraken beide, als sich die Tür neben ihnen öffnete. Der hagere Mann betrat den Saal, sein Gewand hatte ein fades Braun und war seltsam schmucklos für den Hof. Selbst sein Turban wirkte eher zweckmäßig als kunstvoll. Er betrachtete sie beide mit einem durchdringenden Blick, der durch seine Brille noch verstärkt wurde. Radu hatte noch nie eine solche Brille gesehen. Die Gläser waren perfekt geschliffen und poliert und wurden auf dem Nasenrücken des Mannes durch ein dünnes Metallstück ausbalanciert, das an sein Gesicht angepasst war und die beiden Teile miteinander verband.

»Ihr könnt hineingehen«, sagte er, deutete auf die Tür hinter sich und ging.

Radu und Lada traten ein. Diese Räumlichkeiten waren im Vergleich zu ihren spärlich eingerichteten Zimmern das, was Edirne gegenüber Tergowiste war. Die Decke hoch über ihren Köpfen war in kräftigen, klaren Blautönen mit goldener, geschwungener Schrift an den Rändern bemalt. Kronleuchter hingen herab und leuchteten auch tagsüber. Die Fenster, die höher waren als Radu, liefen oben spitz zu und wurden von runden Metallgittern umrahmt. Seide in Blau-, Rot- und Violetttönen – den Farben des Reichtums – war überall drapiert. Der Boden unter ihnen glänzte und spiegelte, sodass Radu sein Gesicht darin sehen konnte. In der Mitte des Raumes sprudelte ein Springbrunnen, und die Wände waren mit niedrigen, gepolsterten Bänken gesäumt. Der Junge saß in der Nähe des Brunnens auf einem von einem Dutzend üppiger Kissen.

Er klatschte erfreut und stand auf. »Da seid ihr ja!«

»*Wo* sind wir?«, fragte Lada.

»In meinen Gemächern!«

»Und wer bist du, dass du eine solche Wertschätzung vom Teufel verdienst?«

Radu stieß sie mit dem Ellbogen an. Das Lächeln des Jungen wurde boshaft. »Nun ja, ich bin der Sohn des Teufels selbst. Mehmed der Zweite, Sohn von Murad.«

»Gottes Wunden«, keuchte Radu und drückte seine Hände vor seinen Bauch. Er machte eine tiefe Verbeugung. Er hatte gehofft, den Jungen wiederzusehen, hatte seit ihrer Begegnung oft an ihn gedacht und sich vorgestellt, dass sie Freunde sein würden. Und nun das. Lada hatte ihn bedroht, hatte seinen Vater beleidigt und würde zweifellos beides weiterhin tun. Radus Angst wurde durch müde Resignation ersetzt. Lada würde sein Tod sein, und dieser Tod würde schnell und bald eintreten.

»Ich habe euch hierherbringen lassen.« Mehmed winkte wegwerfend mit einem Arm. Radu spähte durch seine Wimpern nach oben und sah hinter diesem Raum einen weiteren großen Raum und mehrere Türen.

»Ja, herzlichen Glückwunsch«, sagte Lada. Sie hatte sich nicht mehr bewegt, seit sie erfahren hatte, dass sie in den Gemächern des Sohns des Sultans waren. In ihrer breitbeinigen Haltung war kein Anzeichen von Respekt, keine Ehrerbietung zu erkennen. »Aber *warum* sind wir hier?«

»Weil ich Halil Pascha hasse, und ich hasse meinen Cousin.«

Lada schüttelte verärgert den Kopf. »Und wer ist dein Cousin?«

Radu zuckte bei ihrem Tonfall zusammen. Er richtete sich auf. Es hatte keinen Sinn, sich weiter zu verbeugen, wenn Lada sie beide umbringen wollte.

»Dein Verlobter natürlich! Der Mann, dessen Zunge du herausschneiden und verschlingen wirst.« Mehmed ließ sich vor Lachen auf ein Samtkissen von der Größe eines Pferdes fallen. »Ich dachte, er würde sich einpissen, so gedemütigt war er! Von einem *Mädchen!* Oh, er ist ein abscheulicher, ekelhafter Mann. Ich war noch nie so begeistert wie heute.«

»Ich dachte, Lada würde bestraft werden.« Radu machte hoffnungsvoll einen Schritt nach vorne.

Mehmed schüttelte den Kopf und legte die Füße auf ein anderes Kissen. »Nein. Ich habe darum gebeten, dass sie – und auch du, nehme ich an – zu mir gebracht wird. Ich werde nach Amasya geschickt, um dort zu regieren. Ich vermute, es geht eher darum, mich von hier wegzubringen, denn mein Vater kann mich nicht gebrauchen, und mein Mentor, Molla Gurani – er ist derjenige, der euch hereingeschickt hat – versteht sich nicht mit Halil Pascha.«

Lada tippte ungeduldig mit dem Fuß. Radu kniff sie, und sie schlug seine Hand weg.

Mehmed schnippte mit den Fingern. »Ja! Der Grund, warum ihr hier seid. Ich habe darum gebeten, dass ihr als meine Begleiter mit nach Amasya kommt.«

Lada setzte sich auf ein Kissen in der Nähe der Tür und seufzte. »Ich werde also *doch* bestraft.«

»Das meint sie nicht so!« Radu starrte sie wütend an, dann sah er Mehmed an und versuchte, sich nicht dadurch zu verraten, dass ihm die Hoffnung allzu offensichtlich ins Gesicht geschrieben stand. Weg von hier! Weg von den Lehrern und dem Obersten Gärtner! Und mit Mehmed, dem Jungen aus dem Garten, der vielleicht doch noch sein Freund werden würde. Er wollte Mehmed mit einer geradezu schmerzhaften, sehnsüchtigen Verzweiflung kennenlernen. Selbst jetzt, wo er wusste, wer er eigentlich war.

Mehmed lächelte. »Ich glaube, sie meint es sehr wohl ernst. Aber es macht mir nichts aus. Ich finde deine Schwester sehr amüsant.«

Radu setzte sich auf ein Kissen neben Mehmed, den Rücken gerade und die Hände sorgfältig vor sich gefaltet. »In diesem Fall solltest du vorsichtig sein. Sie hasst es sehr, andere zu amüsieren.«

Lada warf Radu mit boshafter Präzision ein Kissen an den Kopf. Mehmed beobachtete alles, und sein Gesicht war ein Bild der Freude. Radu wusste nicht, was er von dieser neuen Entwicklung halten sollte, aber er wagte es, die Hoffnung zu nähren, die in ihm aufkeimte. Das Lächeln, mit dem er Mehmeds erwiderte, fühlte sich ausnahmsweise nicht falsch an.

15

Amasya, Osmanisches Reich

Eine andere Stadt, ein anderer Lehrer. Ladas Leben schien eine endlose Parade von Männern zu sein, die Informationen herunterleierten, um sie ihr zwischen die Ohren zu drücken. Es hätte aber auch schlimmer kommen können. Es könnte eine endlose Parade von herunterleiernden Frauen sein. Halima, die die Welt in fröhlichen Tönen malte, während Mara über ihr schwebte und darauf bestand, dass sie ihr Schicksal akzeptierte. Stickerei anstelle von Geschichte, Höflichkeit anstelle von Sprachen. Aber wenn sie mit Halima sticken lernte, hätte sie wenigstens Nadeln, um Molla Gurani die Augen auszustechen.

Molla Gurani, Mehmeds temperamentloser Lehrer, hatte entweder nicht bemerkt oder es war ihm egal, dass Lada einen Großteil ihrer Zeit damit verbrachte, müßig davon zu träumen, seine Brille in seinem Gesicht zu zerschmettern. Aber sie vermutete, dass es auch nichts an seinem Gesichtsausdruck ändern würde, wenn er es wüsste. Er war ein Mann ohne Leidenschaften. Das bedeutete, er schlug Lada nicht wegen Ungehorsams. Zum Glück schlug er auch Radu nicht in ihrem Namen. Ihre Erleichterung wurde durch das Wissen gedämpft, dass sie etwas anderes finden würden, um ihr wehzutun. Das taten sie immer.

Während der ersten Unterrichtsstunde, als Radu fieberhaft versucht hatte, mitzukommen, und Mehmed ganze Abschnitte des Korans rezitiert hatte, hatte Lada nur Walachisch gesprochen. Molla

Gurani hatte sie nur teilnahmslos durch die verhassten Brillengläser angesehen und ihr erklärt, dass es seine einzige Aufgabe sei, Mehmed zu unterrichten.

Außerdem, so fügte er in desinteressiertem Tonfall hinzu, *glaube ich nicht, dass Frauen viel lernen können. Das hat mit ihrer Kopfform zu tun.*

Danach wuchs Lada über sich hinaus. Sie lernte mehr Abschnitte des Korans auswendig als jeder der Jungen und intonierte sie in einer spöttischen Nachahmung von Molla Gurani. Sie beendete jedes Theorem und jede Übung von mathematischen und algebraischen Problemen. Sie kannte die Geschichte des osmanischen Staates und Mehmeds Abstammungslinie so gut wie Mehmed selbst. Mehmed war fast dreizehn Jahre alt, geboren zwischen Lada und Radu. Er war der dritte Sohn, seine Mutter eine Konkubine, und sein Vater bevorzugte die beiden ältesten Söhne, was Mehmed dem Klatsch und der Schande aussetzte. Es war ein trostloses Wissen, und Lada strengte sich sehr an, kein Verständnis für Mehmed aufzubringen oder ihn zu bemitleiden.

Ihr Lieblingsunterricht aber, bei dem sie alles gierig in sich aufnahm, handelte von vergangenen Schlachten, historischen Bündnissen und Grenzstreitigkeiten.

Eine Zeit lang hatte sie befürchtet, dass Molla Guranis Herausforderung sie zum Lernen verleiten sollte, aber er blieb so teilnahmslos wie immer, zeigte keine Freude an ihrer Aufmerksamkeit und ging nie auf ihren Köder ein. Es ärgerte Mehmed jedoch sehr, wenn sie ihn übertraf. Das wurde ihr neues Ziel.

Jeden Tag wartete sie auf Prügel, auf einen neuen Schrecken, der sie und Radu heimsuchen würde, darauf, dass der wahre Grund, weshalb man sie nach Amasya gebracht hatte, offenbart werden würde. Die Spannung ließ sie still und mürrisch werden. Derweil nahm Radu wieder etwas an Gewicht zu, und Lada hörte ihn nachts nicht mehr weinen. Sie hasste es, wenn er sich wohlfühlte. Es würde die *Lektion*, die ihnen bevorstand, nur noch schlimmer machen.

Schließlich war Mehmed Murads Sohn. Er war nicht ihr Freund. Er war ihr Gefängniswärter.

Nach ihrem Hauptunterricht sprach Molla Gurani mit Mehmed immer nur über den Propheten und die Bestimmung der Osmanen, Byzanz und Konstantinopel ein für alle Mal zu stürzen. Lada ärgerte sich über die Vorstellung, dass ein geheimnisvoller Gott über allen schwebte und einen Sultan auswählte, um die muslimische Religion in der Welt zu verbreiten. Sie hatte nie einen solchen Gott gesehen, und es gab auch keine Beweise für ihn. Die Osmanen waren erfolgreich, weil sie organisiert waren, weil sie wohlhabend waren und weil sie *viele* waren.

An den meisten Nachmittagen, müde vom Studieren und ausgelaugt davon, ständig vor neuen Teufeleien, die der Sultan für sie geplant haben mochte, auf der Hut zu sein, wanderte Lada davon und überließ es Radu, zustimmend zu nicken und wie ein Hündchen Dinge für seine Herren zu holen. Amasya war nicht die Walachei, aber es war ihr näher als Edirne es gewesen war. Die Stadt war in die felsigen Hügel hineingebaut, an deren Fuß sich ein schwerfälliger grüner Fluss träge entlangschlängelte. Viele der Gebäude, darunter auch der Bergfried, in dem Lada und Radu wohnten, waren in den Berghang hineingebaut. Hinter dem Bergfried wuchsen Apfelbäume in dichten, verworrenen Obstgärten den Berg hinauf.

Lada amüsierte sich, indem sie sich auf den Rücken legte und ein Messer in die Höhe warf, um zu versuchen, einen Apfel zu ergattern. Manchmal gelang es ihr. Manchmal kam das Messer wieder herunter und erstach sie beinahe. Beide Ergebnisse amüsierten sie gleichermaßen. Allein die Tatsache, dass sie wieder ein Messer haben durfte, war ein Beweis dafür, wie unsichtbar, wie unwichtig sie geworden war.

Selbst die knackigsten Äpfel schmeckten in Amasya mehlig und bitter.

Eines Tages im Frühherbst lag sie in genau diesem Obstgarten, als das Licht tief und golden wurde und sie so schwer einhüllte, dass sie glaubte, es schmecken zu können. Es würde nicht wie die Äpfel aus ihrer Gefangenschaft schmecken. Es würde wie die Heimat schmecken. Heimat.

Sie zog den Beutel, den sie um den Hals trug, aus ihrem Oberteil, drückte ihn an ihre Nase und tat so, als könne sie den immergrünen Zweig und die Blume noch riechen, die inzwischen so alt und trocken waren, dass sie fast völlig zerfallen waren. Sie hatte sie in der Nacht, als sie aus der Walachei geflohen waren, in den Beutel gesteckt und trug ihn seitdem bei sich.

Ein paar Janitscharen gingen in der Nähe vorbei, ohne etwas von ihrer Anwesenheit zu ahnen. Sie scherzten, und obwohl sie sich auf Türkisch unterhielten, klang die Aussprache des einen von ihnen noch vage Walachisch. Lada stand auf, hüpfte von Baum zu Baum und folgte den Soldaten zu ihrer Kaserne, einer Ansammlung niedriger Steinbauten, die um einen schmutzigen Hof gruppiert waren. Lautes Gelächter begleitete das Klirren der Schwerter. Lada spähte hinter einer Mauer hervor und beobachtete sie.

Da wurde sie plötzlich grob an den Schultern gepackt und ins Freie gestoßen. »Eine Spionin!«, rief eine brüchige Stimme, die sich noch an den letzten Rest von Jugend klammerte. »Oder ein Dieb!«

Zu Ladas Entsetzen drehten sich mindestens ein Dutzend Janitscharen um, um zu sehen, was los war. Mit neugierigen Gesichtern bildeten sie einen losen Halbkreis um sie.

»Das ist keine Spionin«, sagte ein kleiner, dickbäuchiger Junge mit einer einzigen dicken Augenbraue über beiden Augen. »Der kleine Eiferer hält sie sich als Konkubine.«

»Nicht sehr hübsch für eine Hure.« Der Soldat hinter ihr zerrte an einer Haarsträhne von ihr. Sie duckte sich unter seinem Arm hindurch, packte sein Handgelenk und drehte es hinter seinen Rücken, um ihn festzuhalten. Das war ein Trick, den sie unter der strengen Anleitung von Mircea gelernt und durch Übungen mit Bogdan und Radu perfektioniert hatte. Der Soldat schrie wütend auf und versuchte, sich loszureißen, also drehte sie fester und drückte gegen das Gelenk. Er jaulte vor Schmerz auf.

»Du bist hübscher als ich.« Sie verstärkte den Druck auf seinen Arm. »Vielleicht könntest du dich stattdessen als Hure anbieten.«

»Helft mir!«, keuchte er. Lada blickte mit trotzig vorgerecktem Kinn hoch und sah, dass die anderen Janitscharen vor Vergnügen grinsten. Der Soldat mit der einzelnen Augenbraue, der nicht älter als achtzehn oder neunzehn sein konnte, lachte, trat vor und klopfte seinem gefangenen Kameraden herablassend auf den Kopf.

»Armer Iwan. Hat die Kleine es auf dich abgesehen?« Er schlang seinen Arm um Iwans Hals. Lada ließ ihn los und der andere Soldat drehte sich, brachte Iwan zu Fall und setzte sich auf seinen Rücken. Iwan schlug wütend um sich, aber ohne Erfolg.

»Du hast Iwan kennengelernt. Ich bin Nicolae. Und du bist Walachin!«

Lada nickte und erkannte, dass es die Stimme von Nicolae war, in der sie den Klang ihrer Heimat gehört hatte. »Ladislava Dragwlya.«

Lada verspürte einen Schmerz, als sie ihren Namen laut aussprach. Sie durften ihrem Vater nicht schreiben, und sie hatten auch keine Briefe von ihm erhalten. Sie wusste nicht, ob er wusste, wo sie waren und dass sie Edirne verlassen hatten.

Sie wusste nicht mal, ob es ihn interessieren würde.

Radu machte sich immer noch Sorgen um das Kindermädchen. Sie hatte ihren Sohn und nun auch ihre Schützlinge an dieses elende Reich verloren. Lada fragte sich, ob sie eine andere Arbeit gefunden hatte. Sie hoffte es. Sie machte sich nicht die Mühe zu hoffen, dass ihr Vater auf den Gedanken käme, sich um die Frau zu kümmern, die seine Kinder aufgezogen hatte. Aber sie sagte diese Dinge nie zu Radu. Es würde ihm nicht guttun, Gedanken an das Kindermädchen nachzuhängen.

Und Lada mochte nicht, wie unbehaglich sie sich bei der Erinnerung an diese Frau fühlte, die immer so freundlich zu ihr gewesen war, und das für so wenig Dank. Wenn sie jemals in die Walachei zurückkehrte, würde sie das ändern.

»Die Tochter des Drachen?«, Nicolae lachte, aber es klang nicht spöttisch, sondern gutmütig. »Kein Wunder, dass der arme Iwan dir nicht gewachsen war. Was führt dich hierher, kleiner Drache?«

»Keine Hurerei.« Sie trat Iwan, der am Boden lag, in den Hintern.

»Ich hätte schreckliche Angst, einen Drachen in mein Bett zu holen. Sogar der kleine Eiferer muss das so sehen.«

»Molla Gurani ist euer Eiferer? Ich dachte, er bestünde aus Pergament, nicht aus Fleisch.«

Nicolae lachte und schüttelte den Kopf. »Nein, ›der kleine Eiferer‹ ist unser Name für Mehmed.« Die anderen Soldaten nickten und lächelten sich gegenseitig schief zu.

Obwohl sie aus Erfahrung wusste, dass Janitscharen alles andere als anständig waren, war sie überrascht, dass der Sohn ihres Sultans so offen verspottet wurde. Sie speicherte es als Information ab, von der sie hoffte, sie eines Tages nutzen zu können. »Ich bin mit meinem Bruder hier. Wir sind Mehmeds Gefährten und studieren mit ihm.«

»Dann muss dir furchtbar langweilig sein. Komm mit.« Nicolae stand auf und zog Iwan mit sich. »Du kannst zusehen, wie ich Iwan beibringe, Gelehrte zu respektieren.«

Während sich ein weiterer unendlicher Nachmittag hinzog, starrte Lada aus dem Fenster und sehnte sich nach einer Brise, die ihre Haut kühlte. Mehmed interagierte nur noch selten mit ihr, außer um sie anzustarren, wenn sie ihn bei ihren gemeinsamen Studien übertraf. Oft ertappte sie ihn dabei, wie er sie aufmerksam fixierte, als wolle er, dass sie eine geheimnisvolle Aufgabe erledigte. Sie hielt seinem Blick stets unerschütterlich stand.

Radu folgte Mehmed wie ein Schoßhündchen. Selbst jetzt saß er auf dem Boden zu Mehmeds Füßen und brütete über denselben Texten, die Mehmed schon hundertmal studiert hatte.

»Siehst du, dort.« Mehmed zeigte auf eine Stelle. »Der Prophet, Friede sei mit ihm, spricht von dem Mann, der Konstantinopel erobern wird, und was für ein wunderbarer Anführer er sein wird.« Mehmeds Augen sahen ins Leere und wurden weich.

»Aber es hat Versuche gegeben«, sagte Radu.

»Ja. Selbst mein Vater hat es versucht. Aber jetzt ist er müde vom Kampf gegen die Thronanfechtungen seiner Brüder, davon, dass er seine Regierungszeit nur damit verbracht hat, das zu erhalten, was wir bereits haben. Er liebt es, zu reden und zu philosophieren, aber er erkennt nicht die Berufung, die sein Glaube ihm gegeben hat. Meine älteren Brüder mögen dem Ruf folgen, aber sie sind nicht sehr gläubig. Der Prophet, Friede sei mit ihm, hat befohlen, dass wir nicht einen Staat, sondern ein Reich haben sollen. Wir sollten so viel größer sein, als wir sind, und mein Vater weigert sich …«

Lada ließ die Tür hinter sich zuschlagen. Sie bebte vor Wut, weil sie ihnen wieder einmal zugehört hatte, wie sie über die Herrlichkeit der Osmanen sprachen und dass es ihr Schicksal sei, sich über die ganze Welt zu verbreiten. Die Osmanen waren bereits wie ein Gift in ihre Welt gesickert und hatten sie von allem, was sie liebte, weggezerrt. Wie weit würden sie noch gehen? Sie stürmte durch den Bergfried und betrat die kleine Waffenkammer. Sie war verlassen, die meisten Waffen befanden sich in den Kasernen, aber es gab noch ein paar Gegenstände, von denen sie ausgiebig Gebrauch machte.

»Geht es dir gut?«

Sie drehte sich um und war überrascht, dass Mehmed in der Tür stand. »Was machst du denn hier?«

»Du schienst unglücklich zu sein, als du gingst.«

Lada lachte, so bitter wie die Schale der Amasya-Äpfel. »Wirke ich unglücklich? Verzeih mir, wenn ich nicht gerne zuhöre, wie du die Tugenden deines glorreichen Reiches preist und welchen Gefallen du allen tun wirst, wenn du es mit dem Schwert erweiterst.«

Mehmeds schmale Brauen, fein geformt wie die seines Vaters, zogen sich tief über seine Augen. »Du hast mein Land gesehen. Wo sind die Armen, die Leidenden, die Hungernden auf den Straßen? Wo ist das Verbrechen? Radu hat mir erzählt, dass man in Tergowiste nachts nicht auf die Straße gehen kann, aus Angst vor Dieben und Mördern. Aber in Edirne kann man unterwegs sein, ohne überfallen zu werden.«

»Ja, aber …«

»Und unsere Straßen sind sicher für den Handel, was bedeutet, dass unsere Menschen das haben, was sie brauchen, um zu kaufen und zu verkaufen, und sie können von dem leben, was sie bekommen. Sie sind frei von Hunger und Armut.«

»Aber ihr unterdrückt die, die nicht an euren Gott glauben!«

Mehmed schüttelte verärgert den Kopf. »Wir handeln nicht wie eure kostbaren Christen, die andere Christen abschlachten, weil sie einen falschen Glauben haben. Ja, wir verlangen eine Bezahlung. Das ist der Preis der Sicherheit. Aber wir erlauben allen Menschen unter unserer Herrschaft zu glauben, was sie wollen, solange sie den Frieden nicht stören.«

»Ich bin hier als Beweis für den *Frieden*, den dein Vater stiftet, für die Freiheit, die er anderen gewährt. Mein Vater ist frei, sein Volk zu regieren, solange er es so regiert, wie es der Sultan für richtig hält! Und wenn nicht, dann werden seine Kinder die Konsequenzen tragen.«

»Weißt du, was für ein Mann dein Vater ist?«

Lada wandte sich von Mehmed ab und verbarg die Scham, die ihre Wangen färbte. »Ein Mann, der dem Papst verspricht, Ungläubige zu bekämpfen, und dann Frieden mit ihnen schließt. Die Art von Mann, die ihre Kinder unter dem Schwert zurücklässt, um auf einen falschen Thron zurückzukehren. Ja, ich weiß, was für ein Mann er ist. Er ist die Art von Mann, mit der dein Vater gerne handelt. Sie sind beide Teufel.«

»Wir sorgen für die Sicherheit deines Landes!«

Lada wirbelte herum, durchquerte den Raum und zischte Mehmed ins Gesicht: »Lieber würde ich mein Land brennen sehen, als dass es unter osmanischer Herrschaft besser wird. Nicht alles muss nach eurem Vorbild umgestaltet werden. Wenn wir nicht ständig damit beschäftigt wären, unsere Grenzen zu verteidigen und von den Armeen anderer Nationen überfallen zu werden, könnten wir uns um unsere eigenen Leute kümmern!«

Mehmed wich verwirrt zurück. »Dann hasst du mich wegen deines Vaters?«

Lada ließ die Schultern sinken, die Müdigkeit drückte sie nieder. »Mein Vater ist schwach. Die Walachei hat etwas Besseres verdient.«

»Vielleicht verdienst *du* etwas Besseres als die Walachei.«

»Nein.« Lada spürte, wie das Feuer in ihrer Brust wieder aufflammte und ihre Angst und Erschöpfung wegbrannte. Sie war zu lange von ihrem Land fort gewesen. Manchmal fragte sie sich, ob sie es richtig in Erinnerung hatte. Aber hier und jetzt wusste sie, dass sie es nie wirklich hinter sich lassen konnte. Es floss durch ihre Adern, pulsierte in ihr. »Ich liebe die Walachei. Sie gehört mir, und ich gehöre zu ihr. Sie ist mein Land, und sie sollte immer mir gehören, und ich hasse jeden König, jeden Sultan, jeden Gott und jeden Propheten, der behauptet, ein anderer habe ein Recht darauf.«

»Bitte sag das nicht über den Propheten, Friede sei mit ihm.« Mehmeds Stimme war sanft. Nicht befehlend, sondern bittend. »Warum weigerst du dich, auf das zu hören, was Molla Gurani uns lehrt?«

Lada betrachtete die Wand mit den Übungsschwertern. Obwohl Mehmed sich darüber lustig machte, wie viel Zeit sie damit verbrachte, die Janitscharen zu beobachten, verbrachte sie jede freie Stunde damit, deren Übungen und Drills zu beobachten. Nach ein paar Wochen hatte Nicolae sie sogar mitmachen lassen, ihre Haltung korrigiert, über ihre Fehler gelacht, aber zunehmend ihre Wildheit und Entschlossenheit zum Sieg bewundert.

Kennst du einen Bogdan aus der Walachei?, hatte sie gefragt, sobald sie es wagte. Die Worte brannten, als sie ihren Mund verließen, und die Hoffnung, die darin lag, zerriss sie beinahe.

Mein Bruder heißt Bogdan, hatte er geantwortet.

Mein Vetter auch!, sagte ein Bulgare.

Und mein Vater auch!, antwortete ein Serbe.

Nicolae hatte entschuldigend gelächelt, und Lada hatte den Schmerz hinuntergeschluckt, den die Erwähnung von Bogdans Namen verursacht hatte. Und dann hatte sie gekämpft.

Jetzt wählte sie, ohne auf Mehmed zu achten, ein stumpfes Schwert, gebogen wie das, das über dem Thron ihres Vaters hing. Allein der Anblick des Schwertes fachte das Feuer in ihrer Brust an. Sie hob es hoch und prüfte seine Balance. Sie mochte es, wütend zu sein, bevor sie mit Nicolae kämpfte. Wut ließ alles andere in ihr verschwinden – Zweifel, Angst, Scham – und ließ für nichts anderes Platz. Nie fühlte sie sich mächtiger, als wenn sie wütend war und ein Schwert in den Händen hielt.

»Halt«, sagte Mehmed und trat zu ihr an die Wand. »Du hast meine Frage nicht beantwortet.«

»Ihr mögt euren Propheten verehren, aber er ist nicht der meine und wird es nie sein. Glaube ist Schwäche.« Sie würde dem Islam nicht nachgeben, wie Radu es getan hatte. Aber sie schätzte auch nicht die Orthodoxie, mit der sie aufgewachsen war. Religion war ein Mittel zum Zweck. Sie hatte gesehen, wie sie als Waffe eingesetzt wurde. Wenn sie sie brauchte, würde sie sie benutzen, aber sie würde sich niemals von ihr benutzen lassen.

Mehmed packte sie am Arm und drehte sie zu sich herum. »Du irrst dich, Lada. Glaube ist keine Schwäche. Der Glaube ist die größte Stärke, die wir haben können.«

»Kann der Glaube mich zurück in die Walachei bringen?«

»Der Glaube kann dir zeigen, dass es wichtigere Dinge gibt.«

Lada spottete: »Wenn du jemanden willst, der sich dein Geschwätz anhört, dann geh zu Radu. Ich habe andere Dinge zu tun.«

Sie zog die Tür auf, aber Mehmed rannte vor und stieß sie zu. »Wir sind noch nicht fertig mit unserem Gespräch!«

Ladas Blut wurde zu Eis. »Würdest du mir befehlen zu bleiben? Und wenn ich mich weigere? Würdest du mich schlagen lassen? Auspeitschen? All das und noch mehr habe ich an den Höfen deines Vaters erlebt. Ich habe mich weder vor deinem Gott noch vor deinem Sultan verbeugt, und ich werde es auch jetzt nicht tun. Warum hast du mich hierhergebracht, Mehmed? Ich will mich nicht beherrschen lassen.«

Mehmed machte ein langes Gesicht. Er ließ die Hand sinken, und die Linie seines Rückens – kerzengerade – krümmte sich. »Ich wollte nie dein Herr sein. Ich *habe* Diener. Und Lehrer und Wächter und einen Vater, der mich verachtet. Ich möchte, dass du … meine Freundin bist.«

Das war nicht die Antwort, die Lada erwartet hatte. Sie rang nach einer Erwiderung. »Warum solltest du das wollen?«

»Weil …« Mehmed blickte auf den Boden. »Weil du mir nicht das sagst, von dem du glaubst, dass ich es hören will.«

»Ich würde mir eher Mühe geben, dir etwas zu sagen, das du nicht hören willst.«

Mehmeds dunkle Augen zuckten hoch, und ihre Blicke trafen sich. Etwas Tiefes und Hungriges stand in seinen Augen. Er grinste. Es war ein schiefes Lächeln, das seine vollen Lippen zurückzog und sein Gesicht von Arroganz in Schalk verwandelte. »Genau deshalb mag ich dich.«

Lada schnaubte verärgert. »Na schön. Was genau macht eine Freundin?«

»Ich hatte noch nie eine. Ich hatte gehofft, du wüsstest das.«

»Dann bist du noch dümmer, als du aussiehst. Radu ist derjenige, der sich Freunde macht. Ich bin diejenige, die die Leute dazu bringt, mich auspeitschen zu wollen.«

»Ich erinnere mich an einen Rat von dir, der mir geholfen hat, nicht ausgepeitscht zu werden. Das scheint eine gute Grundlage für eine Freundschaft zu sein.« Er streckte eine Hand aus.

Lada überlegte. Welche Fäden würden aus dieser Vereinbarung geknüpft werden? Sie hatte ihr Herz schon einmal an einen Freund verschenkt, und der Verlust von Bogdan hatte sie fast gebrochen. Aber Mehmed war nicht der Sohn eines Kindermädchens. »Dein Vater würde unsere Freundschaft ablehnen. Er war nicht sehr freundlich zu uns in Edirne.«

»Mir ist egal, was mein Vater denkt. Falls du es noch nicht bemerkt hast, kümmert es niemanden, was ich hier tue. Amasya wird ignoriert. So wie ich. Ich kann tun und lassen, was ich will.«

»Du hast Glück.«

»Aber habe ich das Glück, dich Freundin nennen zu dürfen?«

»Ach, na gut.« Die Anspannung verließ Lada ein wenig, als ihr endlich klar wurde, dass die Strafe, auf die sie die ganze Zeit gewartet hatte, nicht kommen würde. Sie waren nicht frei von Murad, aber sie waren weit weg von seinem Blick. Und für den Moment war das genug.

»Gut. Im Geiste der Freundschaft muss ich dir sagen, dass ich bitterlich neidisch auf die Zeit bin, die du in der Gesellschaft der Janitscharen verbringst. Ich möchte, dass du nicht mehr mit ihnen trainierst.«

»Und im Geiste der Freundschaft muss ich dir sagen, dass mich deine kleinlichen Eifersüchteleien nicht im Geringsten interessieren. Ich bin spät dran für mein Training.« Sie hakte ihren Fuß hinter Mehmeds Knöchel ein und rammte dann ihre Schulter gegen ihn, sodass er stolperte und zu Boden fiel.

Er stotterte vor Empörung. »Ich bin der Sohn des Sultans!«

Sie riss die Tür auf und schnitt ihr Schwert vor seiner Kehle durch die Luft. »Nein, Mehmed, du bist mein Freund. Und ich bin eine schreckliche Freundin.«

Sein Lachen ließ ihre Schritte – immer zielstrebig und aggressiv – beinahe leichtfüßig erscheinen.

16

Der Herbst weigerte sich abzukühlen. Die Steinmauern der Festung fingen die brutalen Sonnenstrahlen ein und speicherten die Hitze. Radu stellte sich vor, dass die flimmernde Luft ein Ofen war; bald würde er bei lebendigem Leib gekocht werden. Molla Gurani, der schon immer mehr als nur ein Mensch gewesen zu sein schien, näherte sich jetzt dem Status eines Gottes: Er schwitzte nicht einmal, während er vor ihnen auf und ab ging und aus einem Buch über das Leben des Propheten, Friede sei mit ihm, vorlas.

Aber es war blasphemisch, irgendetwas als Gott zu anzusehen, außer Gott selbst. Radu schloss die Augen und verdrängte den Gedanken. Er versuchte, sich wieder auf seinen Lehrer, auf Gott und auf das, was er gerne lernte, auszurichten.

Wenn es nicht so verdammt heiß wäre.

Mehmed fiel von seinem Stuhl und brach auf dem Boden zusammen. Radu eilte zu ihm, ebenso wie Molla Gurani. »Geht es dir nicht gut?«, fragte ihr Lehrer und legte seine Hände an Mehmeds Wange und Stirn.

Mehmeds Augenlider öffneten sich flatternd. »Wir müssen meine Studien fortsetzen.«

»Nein.« Molla Gurani richtete sich auf und half Mehmed auf die Beine. »Die Hitze ist zu viel für dich. Wir sollten dich vor weiteren Krankheiten schützen. Ich bestehe darauf, dass du dich in dein Bett legst und dort den Rest des Tages bleibst.«

Mehmed nickte schwach. »Also gut.«

»Ich werde eine Wache rufen, die dir hilft.«

»Nein, nein. Radu kann mich bringen.« Mehmed streckte einen Arm aus; Radu legte ihn über seine Schultern und legte einen Arm um Mehmeds Taille.

Molla Gurani sah ihnen nach, und die Sorge legte die Haut um seine Brille in Falten. Als sie auf dem Flur waren, wandte sich Radu in Richtung von Mehmeds Gemächern, zwei Türen weiter. Er ging so langsam, wie er konnte, und schulterte den größten Teil von Mehmeds Gewicht, während sich der andere Junge an ihn lehnte. Als sie fast an der Tür waren, warf Mehmed einen Blick hinter sie. Dann zog er sich so schnell von Radu zurück, dass Radu stolperte, weil sein Gewicht fehlte.

Mehmeds Augen weiteten sich vor Freude. »Lauf«, sagte er und rannte den Flur hinunter.

Radu stürmte hinter ihm her und holte ihn schließlich ein, als Mehmed durch eine Seitentür auf einen Balkon mit Blick auf den verwelkenden Garten stürzte. »Was machst du?«, fragte er und suchte in Mehmeds Gesicht nach Anzeichen von Wahnsinn. »Du musst dich ausruhen!«

Mehmed lachte und schüttelte den Kopf. »Nein, ich muss raus aus diesem schrecklichen, heißen Gefängnis.«

Radu schnappte nach Luft. »Du hast Molla Gurani belogen!«

Scham färbte Mehmeds Gesicht mit einer leichten Röte. »Das habe ich. Aber wenn ich darum gebeten hätte, mich zu entschuldigen, wäre er sehr enttäuscht von mir gewesen. Ich werde die ganze Nacht lernen, um es wiedergutzumachen. Du kannst mit mir lernen. Aber jetzt ist es zu heiß, und mein Gehirn schmilzt, und wir müssen hier raus.«

Mehmed kletterte auf das steinerne Geländer und warf sich dann mit angehaltenem Atem mit einem kräftigen Satz auf einen nahen Baum. Er grinste Radu an und kletterte geschickt und flink den Stamm hinunter.

Radu schaute über seine Schulter auf seine Pflichten. Er wollte sich nicht danebenbenehmen, keine Aufmerksamkeit erregen und nichts tun, was eine Strafe nach sich ziehen würde.

Aber es war einfach zu heiß, um sich Sorgen zu machen.

Er ahmte Mehmeds Bewegungen nach und war selbst überrascht, wie leicht ihm der Abstieg fiel. Lada gab ihm immer das Gefühl, schwach und unbeholfen zu sein, aber Mehmed erwartete von ihm, dass er mithalten konnte, was es ihm leicht machte, dies auch zu tun.

Sie rannten tief geduckt und unterdrückten dabei ein Lachen. Nicht weit von ihnen entfernt war eine Stelle, an der ein Baum über die Mauer gewachsen war. Radu kniete sich hin und hob Mehmed hoch, sodass er nach einem Ast greifen konnte. Mehmed kletterte auf die Mauer und griff wieder nach unten, um Radu beim Klettern zu helfen. Sie sprangen beide auf der anderen Seite auf den Boden, wo es merklich kühler war. Das schwere Gestein des Berges und die dicht stehenden Bäume taten ihr Übriges, um die Sonne zu bekämpfen.

Sie waren nur eine kurze Strecke geflohen, als sie einen dumpfen Aufprall hörten, gefolgt von einer Reihe von Flüchen.

Auf Walachisch.

»Lada«, flüsterte Radu.

Mehmed legte einen Finger an die Lippen, und sie schlichen mit übertriebener Heimlichkeit weiter. Lada stand in der Mitte einer kleinen Lichtung, mit dem Rücken zu ihnen, einen Köcher mit Pfeilen neben sich. Sie hatte an einem Baum in einiger Entfernung Ziele markiert, die selbst für einen geübten Bogenschützen anspruchsvoll waren. Sie spannte die Bogensehne und ließ sie dann los. Der Pfeil flog weit am Baum vorbei und landete zwei Armlängen entfernt.

Sie stampfte mit dem Fuß auf und schimpfte über sich selbst in böseren, unflätigeren Worten, als Radu je gehört hatte. Mehmed konnte nicht verstehen, was sie sagte, und hörte nicht, wie Lada sich selbst beschimpfte und sich Vorwürfe machte. Aber Radu konnte es, und er fragte sich, wann seine Schwester beschlossen hatte, dass nichts weniger als Perfektion akzeptabel war. Er stand auf und wollte zu ihr gehen, sie umarmen und ihr sagen, dass es in Ordnung war. Sie hatte noch Zeit zu lernen, und sie war in so vielen anderen Dingen gut. Er wollte, dass sie aufhörte, diese schrecklichen Dinge zu sagen und sie zu denken.

Aber Mehmed hatte andere Vorstellungen. Er schlich vorwärts, schnappte sich den Köcher und rannte mit lautem Gejohle davon.

Lada wirbelte herum, Mordlust stand in ihren Augen. Radu rannte auch.

Er überholte Mehmed, motiviert durch das Wissen, was sie erwartete, wenn Lada sie einholte. Die beiden Jungen rannten Hals über Kopf zwischen den Bäumen hindurch, wichen niedrigen Ästen aus und sprangen über Baumstämme, Lada ihnen dicht auf den Fersen.

Radu brach aus den Bäumen hervor und kam schlitternd zum Stehen. Er streckte einen Arm aus, um Mehmed aufzuhalten. Sie befanden sich am Rande eines Abgrunds, ein tiefer grüner Teich eine Körperlänge unter ihnen, flankiert von steilen Felsen auf der einen und herabgestürzten Felsbrocken auf der anderen Seite. Ein schmaler Bach plätscherte die Felsen hinunter und speiste den Teich. Alles war still und leise, das einzige Geräusch war ihr schweres Atmen.

Lada holte sie mit erhobenen Fäusten ein und mit genug Schwung, um direkt in sie hineinzulaufen.

»Halt!«, rief Radu. »Da geht's tief runter in einen Teich!«

Mit einem Triumphschrei stieß sie beide Jungen über den Rand und ins Wasser.

Radu kam hustend und spuckend an die Oberfläche und suchte sofort nach Mehmed. Der Teich war nicht tief – seine Füße hatten den Boden berührt –, und er hatte Angst, dass Mehmed sich den Kopf angeschlagen, das Genick gebrochen oder eine andere schwere Verletzung erlitten haben könnte.

Stattdessen schwebte Mehmed mit den Armen hinter dem Kopf auf dem Rücken und lachte. »Oh, danke, Lada. Das ist wirklich ein Wunder an einem Tag wie heute.«

Mit einem Knurren sprang sie und landete mit großem Platschen zwischen ihnen. Nachdem sie sich Genugtuung verschafft hatte, indem sie die Köpfe der beiden immer wieder unter Wasser drückte, obwohl sie sich wehrten, schwamm sie zu einem Felsen, der knapp unterhalb der Wasseroberfläche lag, und setzte sich darauf. Sie sah zufrieden aus, den Kopf nach hinten geneigt, um die Sonne auf ihrem wassergekühlten Gesicht zu spüren. Der sich selbst hassende, fluchende Dämon von vorhin schien völlig vergessen. Radu hatte das bewirkt. Ein Anflug von Stolz wärmte ihn gegen das eisige Wasser.

»Ich wusste nicht, dass es das hier gibt«, sagte Mehmed. »Ich glaube, das weiß niemand. Obwohl es eine Geschichte gibt …«

»Erzähl sie uns!« Radu bespritzte ihn mit Wasser.

Mehmed ließ seine Stimme tiefer werden, sprach langsam und begann zu erzählen. »Vor langer, langer Zeit lebte einmal ein großer König, der nur eine einzige Tochter hatte. Ihr Name war Shirin, und ihre Schönheit war legendär.«

Lada machte ein Geräusch wie ein Pferd. Radu starrte sie böse an.

»Shirin lebte auf der anderen Seite des Berges. Eines Tages reiste sie mit ihren Mägden auf diese Seite, denn man sagte, die Äpfel seien hier süßer und würden von einem klaren, kalten Strom von unvergleichlicher Reinheit gespeist. Ein junger Mann, Ferhat, aus einer einfachen Familie sah sie und wusste sofort, dass er niemals eine andere lieben würde. Er schenkte Shirin einen von dem Scheffel mit Äpfeln, die er für sich selbst gesammelt hatte, und als sich ihre Hände berührten, wusste er, dass sie dasselbe empfand.«

Lada gähnte dramatisch.

»Aber sie war eine Prinzessin, und er war ein Niemand. Dennoch reiste er auf die andere Seite des Berges, um sie um ihre Hand zu bitten. Ihr Vater, der entsetzt war, aber die Neigung seiner Tochter erkannte, stellte Ferhat vor eine unmögliche Aufgabe: Wenn es Ferhat gelänge, den Strom reinen Wassers auf die Bergseite des Königs zu bringen, könne er Shirin heiraten. Ferhat versuchte viele Dinge. Er grub Bewässerungskanäle, aber das Wasser wurde träge und schlammig, sobald es seine Quelle verließ. Er transportierte das Wasser in riesigen Gefäßen, aber es lief aus oder trocknete ein, bevor er die Reise beenden konnte. Schließlich begann er in seiner Verzweiflung, Shirin näher zu kommen, zu graben. Er grub sich immer tiefer in den Berg hinein und führte den Bach mit sich, während er durch die Dunkelheit reiste, weil er wusste, dass ihr Licht auf der anderen Seite leuchtete.

Aber das gefiel dem König nicht. Er hörte von Ferhats Fortschritten und wusste, dass er im Falle eines Erfolges mit der Schande leben müsste, seine geschätzte Tochter aufzugeben. Da er sein Wort nicht brechen konnte, schickte der König einen Diener, der die Nachricht vom Tod Shirins verbreiten sollte. Als Ferhat nach unzähligen Stunden in der Dunkelheit aus dem Berg stolperte, musste er erfahren, dass das Licht, nach dem er gegraben hatte, für immer erloschen war.

Von Verzweiflung überwältigt floh er zurück in seinen Tunnel und schlug seinen Kopf gegen dessen Wand, bis er starb. Shirin, mit gebrochenem Herzen und von ihrem Vater verraten, verschwand. Es heißt, sie sei auf der Suche nach Ferhat in den Berg gewandert, und sie wurde nie wieder gesehen. Gemeinsam bilden sie das Herz des Berges, das immer noch schlägt und eine Quelle sprudeln lässt, die so rein ist wie ihre Liebe.«

»Das ist wunderschön«, sagte Radu und ließ seine Hände durch das Wasser gleiten, als befände sich das Vermächtnis der Liebenden darin und gäbe seinen Händen Auftrieb.

»Das ist absurd«, sagte Lada. »Sie sind beide für nichts gestorben.«

Mehmed runzelte die Stirn. »Sie sind für die Liebe gestorben!«

»Sie haben ihr Leben vergeudet.«

»Es war keine Verschwendung.« Radu lächelte, zaghaft und schüchtern. »Ich würde für euch beide einen Tunnel durch den Berg graben.«

Lada lachte. »Dann bist du auch ein Narr, weil du keinen von uns heiraten kannst.«

Ihre Worte schmerzten nach seinem aufrichtigen Angebot, und Radu wurde daran erinnert, warum er ihr nicht mehr vertraute. »Das habe ich nicht so gemeint!«

Mehmed legte ihm eine Hand auf die Schulter, und sein Lächeln heilte den Schmerz von Ladas Spott. »Ich weiß, was du gemeint hast. Dieser Teich ist so alt und so rein wie diese Geschichte, denke ich.«

»Dann wird es unserer sein.« Radu strahlte.

»Unser Geheimnis«, stimmte Mehmed zu.

Radu tauchte unter, sein ganzer Körper lächelte und war durchdrungen von der Wärme eines Gebets der Dankbarkeit für die Gnade eines schönen, sicheren Geheimnisses und einer Person, die er liebte und mit der er es teilen konnte.

17

Lada erwachte mit einer Hand vor dem Mund.

Sie schlug zweimal in rascher Folge zu und zielte auf die Nieren. Ihr Angreifer rollte sich weg. »Lada! Hör auf!«

Sie setzte sich im Bett auf und blinzelte in der Dunkelheit. »Mehmed?«

Er stöhnte schmerzerfüllt zustimmend.

»Was machst du in meinem Zimmer?«

»Wir schleichen uns raus.«

Sie entdeckte eine weitere Gestalt in der Dunkelheit. Radu. Entnervt ließ Lada sich nach hinten fallen und rollte sich auf den Bauch. Aber es hatte keinen Zweck. Die Schrecksekunde, die sie geweckt hatte, raubte ihr den Rest des Schlafes, und sie wusste, es würde Stunden dauern, bis sie wieder einschlafen konnte. Außerdem war sie … neugierig.

»Von mir aus.« Sie warf die Decken beiseite, griff nach einer Tunika, die sie über ihr Nachthemd stülpte, und zog einen Mantel über, dann bedeutete sie Mehmed und Radu ungeduldig vorzugehen.

Anstatt jedoch die Tür zu benutzen, kletterten sie auf ihr Bett und quetschten sich durch das schmale Fenster. Die Festung von Amasya war alt und stand gedrungen und schwer auf dem Boden. Sie war von einer Mauer umgeben, die an vielen Stellen fast von Bäumen und Felsen verschluckt wurde. Man hatte ein paar schönere Ausschmückungen hinzugefügt: ein paar Balkone, einen unpassenden Turm und den

Flügel, in dem Lada und Radu wohnten. Außerdem war die Festung vor Kurzem weiß mit blauen Streifen gestrichen und der Turm mit wirbelnden Linien bemalt worden.

Lada blieb dem meisten davon fern und zog es vor, ihre Zeit mit den Janitscharen oder inmitten der Bäume auf dem Berg zu verbringen. Mehmed ging nur selten hinaus. Wenn sie sich zu dritt davongeschlichen hatten, dann tagsüber zum versteckten Teich, aber es war jetzt zu kalt, um tagsüber zu schwimmen, geschweige denn mitten in der Nacht.

Sie bewegten sich an der Baumgrenze und gingen am Waldrand entlang, parallel zum Fluss unterhalb von ihnen. Als sie ein gutes Stück von der Festung entfernt waren, begann der Weg anzusteigen. Das Gelände war felsig und mit niedrigem, buschigem Gestrüpp bewachsen, und die Navigation im Dunkeln war schwierig.

»Wo bringt ihr Idioten mich hin?«

»Geduld, Lada«, sagte Mehmed.

»Ich werde anfangen, mit einem Messer zu schlafen.«

»Wenn du ein Messer gehabt hättest, hättest du mich getötet!«

»Ja, genau. Und dann hätte ich weiterschlafen können.«

Radu schnaubte. »Es geht nichts über das Kuscheln mit einer Leiche, um süße Träume zu bekommen.«

Mehmed deutete vor ihnen auf Formen, die sich in der Dunkelheit abzeichneten. Lada dachte, es handele sich um weitere massive Felsbrocken der Bergwand, aber als sie um sie herumging, sah sie, dass sie sorgfältig in den Berg gehauen und gemeißelt waren. Ferhats Tunnel zu Shirin! Ein Glücksgefühl machte sich in ihr breit, der Geschmack von kaltem, klarem Wasser und das Geräusch schlagender Herzen überkamen sie.

Dann erkannte sie, was wirklich vor ihr lag.

Gräber.

»Wem gehören die?«, fragte sie, um ihre seltsame und peinliche Enttäuschung zu überspielen. Sie fuhr mit der Hand an der Außenseite eines Grabsteins entlang. Da war etwas eingeritzt, aber es war so schwach, dass sie es kaum spüren konnte.

»Den Königen von Pontos, die hier vor mehr als tausend Jahren herrschten.«

»Wie hießen sie?«

»Das weiß keiner mehr.«

Sie legte eine Hand flach auf den kühlen Kalkstein einer der Grababdeckungen. Niemand erinnerte sich an die Namen der Könige, aber sie waren immer noch hier und blickten über ihr Land.

Mehmed breitete seinen Mantel aus, legte sich auf den Rücken und gab Lada und Radu ein Zeichen, sich zu ihm zu legen. Radu legte sich sofort zur Rechten Mehmeds. Lada blieb, wo sie war. »Komm schon«, sagte Mehmed, »ich habe euch nicht hergebracht, um euch die Gräber zu zeigen. Wir können sie uns irgendwann ansehen, wenn es hell ist.«

Lada seufzte laut genug, dass er es hören konnte, und legte sich auf Mehmeds linke Seite, verärgert über seine Bitte und über sich selbst, weil sie gehorchte.

Und dann wurde alles andere von der Unermesslichkeit des Himmels über ihr verschluckt. Die dunkle Wölbung der Atmosphäre war mit Licht übersät, Sterne überfluteten ihre Sicht, überwältigend und wunderschön. Lada wurde kurz schwindelig, als sie nach oben starrte, und sie hatte das Gefühl, in den Himmel zu fallen, zu den Sternen. Dann sah sie einen leuchtenden Lichtblitz, gefolgt von einem Feuerschweif. Radu keuchte auf. Ein weiterer Stern fiel herab und leuchtete in der Dunkelheit hell auf, bevor er verschwand.

Mehmed flüsterte, als hätte er Angst, den Bann zu brechen: »Molla Gurani hat gesagt, dass dies heute Nacht passieren wird.«

»Woher wusste er das?«, fragte Radu.

»Es geschieht in einem mehrjährigen Zyklus. Er hat Bücher, in denen das Auftreten dieses Ereignisses festgehalten wird. Heute Nacht ist er oben im Turm und zeichnet unsere Sternschnuppen auf, damit die Zukunft sie studieren kann.«

»Warum magst du ihn so sehr?«, fragte Lada, und das Wunder der Nacht über ihr ließ die Frage nicht ganz so scharf klingen.

Mehmed schwieg lange Zeit, bevor er antwortete. »An dem Tag, als ihr mich im Garten gefunden habt? Molla Gurani war der Hauslehrer, der mich geschlagen hat.«

»Du hättest ihn umbringen lassen sollen«, sagte Lada.

Mehmed lachte leise. »Es klingt seltsam, aber ich bin froh, dass er mich geschlagen hat. Vor ihm hat sich niemand, kein Betreuer, kein Kindermädchen, je gegen mich gewehrt. Sie ließen mich toben und schimpfen, erlaubten mir, ein Schrecken zu sein. Je mehr ich mich wehrte, desto mehr schauten sie weg. Mein Vater sah mich nie, meine Mutter machte sich nicht einmal die Mühe, wenigstens eine Mahlzeit mit mir einzunehmen. Niemanden interessierte es, wer ich war oder was aus mir wurde.«

Lada versuchte, sich von dem Ding wegzubewegen, das in ihr Herz stieß und ihr so unangenehm war, aber da waren keine spitzen Steine unter ihr.

»Und dann kam Molla Gurani. Am ersten Tag, als er mich schlug, konnte ich es nicht glauben. Ich wollte ihn umbringen. Aber was er am nächsten Tag sagte, veränderte mich für immer. Er sagte mir, ich sei zu Großem geboren, von Gottes Hand in diese Welt gesetzt, und er würde mich dieses Vertrauen niemals vergessen oder aufgeben lassen.« Mehmed zuckte die Achseln, wobei seine Schulter gegen Ladas drückte. »Molla Gurani war es wichtig, wer ich war und wer ich werden würde. Seitdem habe ich immer versucht, dem gerecht zu werden.«

Lada schluckte schwer gegen den schmerzhaften Kloß, der sich in ihrem Hals gebildet hatte. Sie konnte Mehmed nicht verübeln, dass er sich an einen Mann klammerte, der ihn *sah*, der mehr von ihm verlangte und ihm half, es zu erreichen. Es war einsam und kalt, ohne Erwartungen zu leben.

Sie löste ihre Hand von dem Beutel an ihrem Herzen, den sie umklammert hatte, und räusperte sich. »Er ist immer noch der langweiligste Mann der Welt.«

Mehmed lachte, während Radu weiterhin abwesend wirkte und schwieg.

Immer mehr Lichtstreifen tauchten auf, manchmal so schnell,

dass Lada sie nicht verfolgen konnte. Mehmed hob seine Hände, die Handflächen nach außen zu den beiden Draculesti neben ihm gerichtet. Radu nahm eine Hand. Lada bewegte sich nicht, aber als Mehmed seine Hand auf ihre senkte, entzog sie sich ihm nicht.

Radu hob die freie Hand, als wolle er einen besonders hellen Stern einfangen. »Es ist so traurig, dass sie sterben müssen.«

Ladas Augen tränten, weil sie so lange offen gehalten wurden, und eine Träne rollte aus ihrem Augenwinkel in ihr Haar. Hier zu sein, in dieser Nacht, mit Mehmed und Radu, fühlte sich an wie ein Traum, den sie nur ungern aufgeben wollte. Aber die Sterne waren real, und sie würde keinen einzigen davon verpassen. »Würden sie nicht brennen, wüssten wir nicht, dass sie da sind.«

»Ich bin froh, dass wir hier sind«, sagte Mehmed.

Lada öffnete den Mund, um zuzustimmen, und biss sich dann entsetzt auf die Zunge. Sie war nicht froh. Sie konnte nicht froh sein. Froh zu sein wäre der größte Verrat an sich selbst und ihrer Heimat, den sie je begehen könnte. *Je eher du aufhörst zu kämpfen,* sagte Mara in ihrem Kopf, *desto einfacher wird das Leben sein.*

Es wurde immer einfacher, hier zu sein. Damit konnte sie nicht leben.

»Ich will nach Hause«, sagte sie, setzte sich auf und zog ihre Hand von Mehmeds weg. Es wurde kalt, als die Luft auf die Stellen traf, wo gerade noch seine Hand gewesen war.

»Können wir noch eine Weile bleiben? Dann gehen wir zurück.«

»Nein! Ich will nach Hause. In die Walachei.«

Mehmed setzte sich langsam auf und schaute auf den Boden. Radu blieb, wo er war, vollkommen still. »Warum willst du zurückgehen?«, fragte Mehmed.

Lada stieß ein ersticktes Lachen aus. Wie hatte sie sich ihm nur so nahe fühlen können, wenn er ihr eine solche Frage stellen konnte? Er wusste nichts über sie. »Weil ich dort hingehöre. Du hast selbst gesagt, dass es niemanden interessiert, was du tust. Also schick mich zurück.«

Er stand auf und drehte ihr den Rücken zu. »Ich kann nicht.«

»Du kannst! Hat sich dein Vater jemals nach uns erkundigt? Hat das irgendjemand? Keiner weiß, dass es uns gibt! So unwichtig sind wir.« Wie unbedeutend die Walachei war. Selbst als Druckmittel waren sie vergessen.

»Mein Vater wäre wütend.«

»Es würde ihn nicht interessieren. Und wenn doch, was soll's? Er wird dich nicht zum Obersten Gärtner schicken. Er hat dich bereits hierher verbannt. Was kann er noch tun?«

»Genug! Ich sagte, ich kann es nicht tun.«

»Kannst oder willst du nicht?« Lada stand mit pochendem Kopf auf. Sie wollte das nicht, wollte nichts fühlen und schon gar nicht, dass Mehmed ihr wichtig war. »Suchst du so verzweifelt nach Freunden, dass du uns gefangen halten willst?«

»Ich brauche dich nicht! Ich brauche niemanden!«

»Dann beweise es und schick mich nach Hause!«

Mehmed verringerte den Abstand zwischen ihnen, sein Gesicht jetzt so nah, dass sie seine Augen in der Dunkelheit sehen konnte. »Ich habe keine Macht! Ist es das, was du hören willst, Lada? Ich könnte nicht einmal ein Pferd und Vorräte für dich requirieren, geschweige denn dich sicher in die Walachei bringen. Niemand kümmert sich darum, was ich hier tue, denn ich kann nichts tun. Wenn du so dringend von mir wegwillst, bist du auf dich allein gestellt.« Mehmed drehte sich um und ging hinaus in die Nacht.

»Was ist los mit dir?« Radu klang den Tränen nahe. »Warum musst du alles Gute, das wir hier haben, zerstören?«

»Weil«, sagte Lada, deren Stimme durch die plötzliche Welle der Erschöpfung, die sie schwer zu Boden zog, flach klang, »wir nichts haben. Kannst du das nicht sehen?«

»Wir haben Mehmed!«

Lada schaute nach oben. Die Sterne waren unbeweglich, still und kalt in der Nacht, das ganze Feuer war vom Himmel verschwunden. »Das reicht nicht«, sagte sie.

18

Radu saß hinter Lada und bürstete ihr Haar, um es zu bändigen. Lada zischte ihn an.

»Halt still«, sagte Radu und ignorierte ihren Schlag auf seine Hände. Sie saßen so nah am Kamin, wie es ihnen möglich war. Der dicke Teppich unter ihnen trug wenig dazu bei, die tiefe Kälte des Berges unterhalb des Bergfrieds zu dämpfen.

Die Tür zu ihren gemeinsamen Gemächern sprang auf. Mehmed stürmte herein, mit bleichem Gesicht und großen Augen. Radu war begeistert – Mehmed hatte sie in diesem Winter nicht oft besucht, nicht seit Ladas Grausamkeit in der Nacht auf dem Berg. Lada lernte jetzt allein. Obwohl Radu den Unterricht mit Mehmed besuchte, hatte sich eine gewisse Förmlichkeit eingestellt. Radu hasste die Distanz zwischen ihnen und er hasste Lada dafür, dass sie sie aufgebaut hatte.

Doch Radus Freude verflog, als er merkte, dass etwas nicht stimmte. Er ließ die Bürste fallen und eilte an Mehmeds Seite. Nachdem er Mehmed zu einem Kissen geführt hatte, füllte Radu eine Tasse mit Wasser und reichte sie ihm. »Was ist passiert? Was ist los?«

»Meine Brüder«, sagte Mehmed und starrte ausdruckslos in die Tasse. »Meine älteren Brüder sind beide tot. Und das schon seit Monaten. Niemand hat es mir gesagt.«

»Oh, Mehmed, es tut mir leid.« Radu legte einen Arm um Mehmeds Schulter und zog ihn zu sich heran. Mehmed versteifte sich, dann entspannte er sich an Radus Seite. Radu hätte das Zimmer erwärmen können mit dem Glück, das nach so vielen kalten Wochen in ihm über diese Nähe brannte.

»Hast du deine Brüder überhaupt gekannt?« Lada lehnte sich zurück und spielte mit ihrem nun glatten Haar.

Mehmed schüttelte verwirrt den Kopf. »Nein, eigentlich nicht. Ihre Mütter waren wichtige Ehefrauen. Sie wurden erzogen, um den Thron zu erben.« Mehmeds Mutter war eine Konkubine, eine Sklavin. Mehmed sprach nur selten von ihr, aber wenn, dann hörte Radu neidisch zu. Er vermisste sein Kindermädchen, und er vermisste den Gedanken an eine Mutter.

Lada setzte sich aufrecht hin, plötzlich interessiert. »Und jetzt?«

»Jetzt sind sie tot. Und mein Vater hat endlich Frieden mit Hunyadi geschlossen. Er ist müde, und sein Herz ist schwer, und er wünscht sich nichts sehnlicher, als sich auf sein Landgut in Anatolien zurückzuziehen und den Rest seiner Tage mit seinen Philosophen zu verbringen und mit ihnen zu reden, zu träumen und zu trinken.« Mehmed hielt das Pergament, das er in einer Hand hatte, in die Höhe. Lada stand auf, nahm es entgegen und überflog den Inhalt. Mehmed lehnte seinen Kopf an Radus Schulter. Radu blieb so reglos wie möglich, auch wenn seine Muskeln ihn anflehten, sich zu bewegen, weil er Angst hatte, dass Mehmed bei der kleinsten Bewegung wie ein Vogel aufgeschreckt würde.

Lada ließ sich auf das nächstgelegene Kissen fallen und las das Schreiben erneut. »Er hat abgedankt. Für dich. Er gibt dir den Titel des Sultans unter dem Banner des neuen Friedens.«

Der Boden schoss unter Radu weg. In seinen Ohren rauschte Wind in dem stillen Raum. Mehmed – sein Mehmed – hatte den Thron des osmanischen Staates erhalten. Eine der größten Mächte der Welt war ihm wie ein reiches, himmlisches Tuch um die Schultern gelegt worden. Was bedeutete das für Radu und Lada? Durften sie bei Mehmed bleiben?

Bedeutete das, dass Mehmed sie in die Walachei zurückschicken könnte?

Denn … Radu war sich nicht sicher, ob er das wollte.

»Ich war der Dritte in der Thronfolge. Ich hätte ihn nie erben sollen. Und ich bin zu jung. Ich bin zwölf!« Mehmeds Hand zitterte und verschüttete Wasser.

Radu nahm ihm behutsam die Tasse ab und stellte sie auf einen Tisch, dann nahm er Mehmeds Hände in seine. »Was wirst du tun?«

»Ich *kann* nichts tun.«

Lada stand auf. Sie ließ das Pergament auf den Boden fallen und trampelte darauf herum. Radu war verängstigt, aber Lada war wütend. »Es gibt etwas, was du tun kannst. Du kannst aufhören, hier zitternd und ängstlich zu sitzen. Du kannst aufstehen wie ein Anführer, deine besten Kleider anziehen und nach Edirne reiten wie der Sultan, der du bist.«

Mehmed sah sie mit Tränen in den Augen an. »Du verstehst nicht. Der Hof – er wird mich niemals akzeptieren. Ich war nie dazu bestimmt, Sultan zu werden. Sie werden mich auffressen. Ich habe keine Verbündeten, niemanden auf meiner Seite.«

Lada lächelte bösartig und setzte ihre spöttischste Stimme auf. »Jetzt würdest du mir also recht geben. Ich dachte, dein Glaube sei deine größte Stärke.«

Mehmeds Gesicht verhärtete sich. »Mein Glaube *ist* meine Stärke.«

»Dann hast du euren Gott auf deiner Seite. Was ist ein Hof voller Kriecher und Rivalen dagegen? Hülle dich in die Rüstung deines Glaubens. Nimm deinen Thron.«

Mehmed schob Radus Hände weg und stand auf, die Schultern zurück, das Rückgrat gerade. Er sah Lada über seine Nase hinweg an. In dem mageren Körper, hinter dem Gesicht, das gerade begann, sich in das eines Mannes zu verwandeln, sah Radu einen Schimmer von dem, was Mehmed werden könnte. Er zitterte.

»Ich *werde* Sultan sein«, knurrte Mehmed. »Wenn ich den Thron einnehme, werde ich die Hand Gottes auf der Erde sein. Ich werde das Schicksal erfüllen, das der Prophet Mohammed, Friede sei mit ihm, vorausgesagt hat, und ihr werdet wissen, dass er recht hatte.« Er sank in sich zusammen, das Feuer war aus seiner Stimme verschwunden. »Aber ich brauche mehr Zeit. Ich will mehr tun, als nur auf dem Thron zu sitzen. Ich will darauf *gebieten.*«

»Wie können sie erwarten, dass du führst?«, fragte Radu. Er beeilte sich weiterzusprechen, aus Angst, Mehmed zu beleidigen. »Du *wirst* ein großartiger Anführer sein. Es ist nur richtig, dass die Hand Gottes dir den Thron gibt.« Kaum hatte Radu das gesagt, wusste er, dass es wahr war. Er hatte gesehen, was Mehmed war und was er werden konnte. Mehmed war intelligent und wahrhaftig, klug und stark. Wenn sie zusammen beteten, spürte Radu es tiefer, als wenn er allein betete, als wäre Mehmeds Seele stärker als die aller anderen um ihn herum.

Lada tippte sich gegen ihr Kinn. »Ich glaube, wir können helfen. Dein Vater dankt wegen des Friedens mit Hunyadi ab, ja?«

Mehmed nickte und runzelte neugierig die Stirn. Radu ließ sich zurückfallen. Er hielt sich die Hände vors Gesicht und stöhnte. Er kannte seine Schwester zu gut. Hilfe von ihr hatte nichts Gutes zu bedeuten.

»Sehr wohl, Sultan Mehmed. Wir gehen, um deinen Thron zu fordern.« Ladas Gesicht verzog sich zu einem Lächeln, um das sie ein Wolf beneiden würde. »Und weil dein Vater sich nur wegen des Friedens sicher genug fühlte, um abzudanken. Wenn wir dort ankommen, fangen wir einen Krieg an.«

19

Johannes Hunyadi, Woiwode von Siebenbürgen,

ich schreibe im Namen unseres gemeinsamen Interesses, die ungläubigen Türken zu besiegen und die christliche Heiligkeit Siebenbürgens, der Walachei und Konstantinopels selbst zu schützen. Ihr werdet mich als die Tochter von Vlad Dracul, dem Woiwoden der Walachei, kennen. In den letzten Jahren wurde ich an den osmanischen Höfen gefangen gehalten, um sich der Loyalität meines Vaters zu versichern.

Während meiner Zeit hier bin ich in viele Geheimnisse eingeweiht worden. Ich wünsche mir, dass die Plage des Islams auf der Erde besiegt wird, und Ihr könnt dabei helfen, dies zu erreichen. Murad hat an diesem Tag das Sultanat aufgegeben und den Thron seinem jungen Sohn Mehmed übergeben. Mehmed ist ungestüm und unerfahren, ein Eiferer, der darauf fixiert ist, Konstantinopel einzunehmen. Er hat weder den Respekt seiner Soldaten noch die Kontrolle über sein Volk. Schlagt jetzt zu. Schlagt hart zu. Sichert unsere Grenzen, drängt die Ungläubigen zurück, presst ihren Dreck aus den Ländern der gesamten Christenheit.

Ich werde tun, was ich kann, um Zwietracht und Rebellion innerhalb von Mehmeds eigenen Grenzen zu schüren. Ich vertraue darauf, dass Ihr ein Athleta Christi jenseits dieser Grenzen seid. Versammelt die Kräfte für einen Kreuzzug, wie ihn die Welt noch nie gesehen hat.

Ich freue mich auf den Tag, an dem ich aus diesem Vipernnest freigelassen werde und mich Euch anschließen kann.

Ladislava Dragwlya, Tochter des Drachen

Lada rammte ihr Knie in Nicolaes Magen und verfehlte nur knapp seine Leiste. Seine Abwehrbewegung ließ ihn das Gleichgewicht verlieren. Sie nutzte ihren Vorteil und schlug ihn mit ihrem hölzernen Übungsschwert, bis er sein eigenes Schwert fallen ließ und zurückstolperte. Damit der Kampf eine Herausforderung blieb, warf sie ihr Schwert ebenfalls zu Boden.

Sie hasste es, wieder in Edirne zu sein, hasste das Gefühl, eingesperrt zu sein, und hasste es noch mehr, dass sie sich kurzzeitig eingebildet hatte, in Amasya frei zu sein. Freiheit war in diesen Ländern eine Lüge, eine glitzernde Fantasie, die sie in die Schläfrigkeit, in die Akzeptanz, in das Vergessen einlullen sollte.

Sie war hier nicht frei und würde es auch nie sein.

Sie hatte weder Halima noch Mara gesehen und wusste nicht, ob sie überhaupt noch in der Hauptstadt waren oder ob Murad seine Frauen mitgenommen hatte. Für Halima hoffte sie, dass er es getan hatte, und für Mara, dass er es nicht getan hatte.

Aber sie hatte keine Lust, eine von ihnen zu sehen oder über die Fragen nachzudenken, die sie aufgeworfen hatten.

Im Moment mussten sie und Radu noch warten. Mehmed hatte sich über Ladas Aussagen in ihrem Brief an Hunyadi amüsiert. Auch Radu hatte gelacht, während er seiner Schwester hinter Mehmeds Rücken böse Blicke zuwarf. Er verstand die Wahrheit hinter jedem einzelnen ihrer Worte.

Aber solange sie nicht wussten, ob Hunyadi den Köder schluckte, ob ein Krieg das Reich bedrohen und Murad aus seinem vorzeitigen Ruhestand zurücklocken würde, war Mehmed Sultan. In den zwei Wochen, seit sie mit dem neuen Sultan nach Edirne gekommen waren, hatte Lada ihn kein einziges Mal gesehen. Er war von den Höflingen weggerissen worden, in einen allzu vertrauten Giftstrom aus Feinden und Verbündeten. Eher Erstere als Letztere. Niemand war glücklich über den jungen neuen Anführer.

Lada war sich sicher gewesen, dass er unter dem Druck zerbrechen würde, aber trotz seiner Intrigen, um seinen Vater zurückzulocken, hatte sich Mehmed der Situation gewachsen gezeigt. Er beugte sich niemandem und stellte sich jeder Herausforderung offen und wissbegierig.

Aber alle Türen zu ihm waren nun verschlossen. Lada vermisste ihn manchmal, und dafür hasste sie ihn. Es war richtig gewesen, dass sie ihn weggestoßen hatte. Ihm zu vertrauen, würde ihr am Ende nur schaden.

Sie schwang ihre Faust gegen Nicolaes Kopf. Er hob einen Arm, um den Schlag abzuwehren, und sie versetzte ihm einen tödlichen Stich mit ihrem Holzdolch.

Nicolae lachte und taumelte dramatisch zu Boden. »Wieder tot, durch die Hand des hässlichsten Mädchens der Welt.« Er streckte die Zunge heraus und verzog das Gesicht zu einer Grimasse.

Lada trat ihm in den Magen. »Ich bin kein Mädchen. Wer ist der Nächste?«

Die anderen Janitscharen, die in einem losen Kreis um Lada und Nicolae versammelt waren, scharrten mit den Füßen und vermieden Blickkontakt. Nicolae stützte sich auf einen Ellbogen. »Wirklich? Feiglinge!«

»Ich habe immer noch blaue Flecken vom letzten Mal.«

»Ich kann nicht ohne Schmerzen sitzen.«

»Sie kämpft schmutzig.«

Iwan reagierte nicht einmal, denn er hatte Lada nie verziehen, dass sie ihn bei ihrer ersten Begegnung besiegt hatte. Er weigerte sich, gegen sie zu kämpfen, und nahm ihre Anwesenheit nur selten zur Kenntnis.

Lada lachte und fletschte dabei ihre scharfen Zähne. »Denn wenn ihr auf dem Schlachtfeld seid, wird die Ehre so viel bedeuten. Ihr werdet mit einer Klinge zwischen den Rippen in der Gewissheit sterben, dass ihr manierlich gekämpft habt.« Sie hob ihr stumpfes Übungsschwert auf, das sie am Rande des Kreises liegen gelassen hatte, und schwang es durch die Luft, vorbei an den Kehlen der versammelten Janitscharen.

»Lieber sterbe ich in diesem Ring durch deine Hand als auf dem Feld im Namen des kleinen Eiferers«, sagte Nicolae. Die anderen

Janitscharen grummelten zustimmend. Sie beschwerten sich immer lauter über Mehmed, über ihre Arbeit, über ihren Lohn. Lada entging nicht, dass sie ihre Beschwerden ohne Rücksicht darauf, wer sie hören konnte, vorbrachten, was darauf hindeutete, dass sie kaum Angst vor Repressalien oder Tadel hatten.

»Was ist hier los?« Ein kleiner Mann mit stechenden dunklen Augen und mit einem Ohr, das ein entstellter, vernarbter Stummel war, schritt in den Übungsring. Die Janitscharen schreckten auf.

»Wir haben geübt, Herr.« Nicolae starrte geradeaus, als würde der Kommandant Lada nicht bemerken, wenn er sie nicht ansähe.

Sie begegnete dem Blick des Mannes, ohne mit der Wimper zu zucken. »Ich trainiere mit diesen Janitscharen.«

»Seit wann?«

»Seit Monaten schon. Ich bin mit ihnen von Amasya aus gereist.«

»Wir sind in Edirne nicht so nachsichtig wie in den äußeren Regionen. Du wirst dich entfernen.« Er drehte sich um und damit war sie entlassen.

»Nein.«

Er legte den Kopf schief. »Nein?«

»Nein. Ich tue nichts Böses, und Eure Männer können die Herausforderung sicher gebrauchen.«

Der Mann wandte sich an Nicolae. »Zeig diesem Mädchen, dass es auf einem Feld mit Janitscharen nichts zu suchen hat.«

Nicolae zog eine Grimasse und rieb sich den Nacken. »Muss ich, Iljas?«

»Klang das wie eine Bitte?«

»Aber ich habe gerade mit ihr gekämpft. Sucht jemand anderen aus.«

Iljas' Gesicht verfärbte sich ungläubig, und er deutete auf einen der anderen Janitscharen. Er war Walache, also mochte Lada ihn automatisch. Mit einem gequälten Seufzer trat Matei vor und griff nach einem Übungsschwert. Lada hatte noch nicht gegen ihn gekämpft. Die Janitscharen aus Edirne hielten sich stets zurück, verwirrt und misstrauisch, während die Janitscharen aus Amasya an sie gewöhnt waren.

Matei war gut in Form, seine präzisen Bewegungen wurden von einem kompakten, kräftigen Körper unterstützt. Lada entwaffnete ihn in sechs Zügen und brachte ihn zu Boden. Für den nächsten Janitscharen brauchte sie vier. Der dritte Janitschar war schwieriger, und es dauerte eine ganze Minute, bis auch er besiegt war.

»Genug!« Iljas nahm ein Schwert in die Hand und schritt in die Mitte des Übungsplatzes.

Lada griff zuerst an – sie griff immer zuerst an. Er kam ihr zuvor und blockte ihren Schlag mit knochenbrechender Wucht. Er schien zu wissen, was sie tun würde, bevor sie es tat, er konnte sie so leicht lesen wie Radu die Gefühle der Menschen.

Nach mehreren fehlgeschlagenen Angriffen erwischte Iljas die Klinge von Ladas Schwert und riss es ihr aus den Händen. Anstatt zurückzuweichen, schrie sie, wirbelte in ihn hinein, vorbei an seinem Schwert, und hielt ihm einen Dolch, den sie aus ihrer Handgelenkscheide gezogen hatte, an seinen Hals.

Er stieß seinen Kopf gegen ihren, sodass sie zu Boden fiel.

Der strahlend blaue Himmel drehte sich über ihr. Iljas beugte sich in ihr Blickfeld und streckte eine Hand aus. Sie ergriff sie, und er zog sie hoch.

Sie weigerte sich aus Prinzip, zu schwanken, obwohl ihr Kopf bitterlich klagte.

Iljas musterte sie. »Weitermachen.« Er ging davon.

»Ich habe verloren«, sagte Lada und legte die Hand an ihren Kopf.

»Nein«, antwortete Nicolae und legte einen Arm um ihre Schultern. »Ich bin mir ziemlich sicher, das bedeutet, dass du gewonnen hast.«

»Lada!«

Mit finsterer Miene drehte sie sich um und sah Radu auf sich zurennen. Er keuchte atemlos. Sie ging in Kampfstellung und suchte hinter ihm nach der Bedrohung, bereit zu töten, was immer ihn verfolgte. Stattdessen packte er sie an den Schultern. Seine Augen leuchteten vor Panik oder Erregung oder beidem.

»Hunyadi. Der Papst. Sie haben einen Kreuzzug ausgerufen. Sie marschieren bereits.«

Lada blinzelte. Obwohl sie an Hunyadi geschrieben hatte, hatte sie bezweifelt, dass irgendjemand auf sie hören würde. Sie mussten bereits kurz vor einem Angriff gestanden und auf eine Gelegenheit gewartet haben. Und jetzt nutzten sie sie. Sie warf den Kopf in den Nacken und lachte, ein bellender, erstickter Laut, wie ihn die streunenden Hunde von sich gaben, die durch die Straßen von Tergowiste schlichen. »Hunyadi! Ein Kreuzzug!«

Matei rief einen Befehl, und die Janitscharen brachen auf, formierten sich und machten sich auf den Weg zur Kaserne, um weitere Informationen zu erhalten. Radu hatte Ladas Schultern nicht losgelassen, sein Griff war wie ein Schraubstock. Lada betrachtete sein Gesicht, die Anspannung und Angst dort.

»Was? Das ist es, was wir wollten. Was Mehmed wollte. Das wird Murad zwingen, den Thron wieder zu besteigen.«

Radu schüttelte den Kopf. »Nein, da ist noch mehr. Vater … er hat Truppen entsendet. Mircea führt ein Kontingent von Walachen an.«

Für einen kurzen, glorreichen Moment schwoll Ladas Herz vor Stolz auf ihren Vater an. Er hatte endlich sein Rückgrat gefunden, hatte sein eigenes Volk verteidigt, gegen …

Gegen das Land, das ihr eigenes Leben als Pfand hielt.

»Er hat uns geopfert«, flüsterte Radu.

Lada umklammerte den Knauf ihres Übungsschwerts, bis sich ihre Finger verkrampften. Maras Gerede von der Pflicht gegenüber dem eigenen Land war bedeutungslos, wenn das eigene Land sich nicht um seine Pflicht einem selbst gegenüber kümmerte. »Er hat uns vor Jahren geopfert. Aber ich will verdammt sein, wenn ich zulasse, dass er uns tötet.« Sie ließ ihr Schwert fallen, ergriff Radus Handgelenk und zog ihn hinter sich her, während sie zu den Hauptflügeln des Palastes eilte. Ihr Kopf schmerzte, eine Beule wuchs bereits an der Stelle, an der Iljas sie getroffen hatte, aber sie hatte keine Zeit, sich dem Schmerz hinzugeben.

»Mehmed wird nicht zulassen, dass sie uns töten. Er ist jetzt der Sultan.« Radu klang, als würde er versuchen, sich selbst zu überzeugen.

Lada zischte und lachte beinahe über die Ironie. »Wir haben diese ganze Situation eingefädelt, um seinen Vater wieder zum Sultan zu machen. Mehmed hat vielleicht nicht mehr lange etwas zu sagen. Wir flüchten. Jetzt sofort. Wir können in dem Durcheinander der Truppenbewegungen entkommen.«

»Mit welchen Vorräten? Mit welchem Geld? Selbst wenn wir es aus der Stadt schaffen, haben wir keine Möglichkeit, die Walachei zu erreichen.«

Lada kam schlitternd vor der Tür zu ihren kleinen Wohnräumen im Palast zum Stehen. Mehmed schritt dort auf und ab, die Hände hinter dem Rücken, die Stirn in Sorgenfalten gelegt. In seiner Begleitung befand sich ein Trupp Wachen und Halil Pascha, der wichtigste Berater, den er von seinem Vater geerbt hatte. Der Mann, der dafür gesorgt hatte, dass Lada als Gefangene blieb. Wenn Halil Pascha hier war, musste Mehmed bei der Diskussion, Lada und Radu zu schützen, unterlegen gewesen sein. Ihre Finger zuckten zu ihren Handgelenksscheiden, deren Dolche sie nicht entfernt hatte.

Mehmed sah hoch, aber sein Gesichtsausdruck blieb unverändert. Lada hob trotzig ihr Kinn. Wenn sie und Radu für die Taten ihres Vaters bestraft werden sollten, würde sie das nicht kampflos hinnehmen. Der erste Mann, der Radu berührte, würde sterben.

»Da seid ihr ja!« Mehmed eilte vorwärts und winkte Lada und Radu zu sich. »Ihr dürft gehen, Halil Pascha.« Dann waren die Wachen nicht wegen Lada und Radu hier. Trotzdem entspannte Lada ihre Haltung nicht.

Der ältere Mann kniff seine Augen zusammen. »Wir haben noch viel zu besprechen.«

»Ich sagte, Ihr seid entschuldigt!«

Lada nahm mit Interesse den spöttischen Blick auf Halil Paschas Gesicht und den bockigen Ton in Mehmeds Stimme wahr. Das war nicht der Tonfall von jemandem, der Macht hatte.

Sie begegnete Halil Paschas verschlagenem Blick. Als er wegging, konnte sie praktisch sehen, wie die Fäden von ihm ausgingen und sich an allem verfingen, an dem er vorbeiging. Mehmed war Sultan, aber er war nicht an der Macht.

Sie wurden zu Mehmeds neuen Gemächern eskortiert, die noch opulenter und atemberaubender waren als seine früheren. Er wies seine Wachen an, draußen zu bleiben, dann schlug er die Türen zu und warf sich auf ein Kopfkissen.

»Er wird nicht kommen.«

»Wie bitte?« Lada ging an den Wänden des Raumes entlang und zeichnete die goldenen Muster auf ihnen nach.

»Mein Vater. Er hat sich geweigert, die Armeen anzuführen. Er sagt, ich sei jetzt Sultan, und das sei meine Aufgabe. Ich werde es tun, wenn ich muss, so gut ich kann. Aber ich bin nicht bereit, Hunyadi gegenüberzutreten!«

Radu meldete sich zu Wort, mit hoher und schneller Stimme und hörbarer Erleichterung, dass sie noch in Sicherheit waren. Für den Moment. »Lada könnte dir etwas über Hunyadis Taktik erzählen. Sie hat ihn studiert.«

Ladas Blick traf Radu wie ein Messer. »Ja, und ich kann dir sagen, dass er und seine Truppen den Segen Gottes und den Eifer eines neuen Kreuzzuges besitzen. Dass er Wagen als Barrikaden benutzt, dass er organisiert, schnell und brutal ist. Dass sie seit Jahren auf diese Gelegenheit gewartet haben, um sich zu vereinen, und dass sie wie ein Heuschreckenschwarm über deine Besitztümer herfallen werden. Und ich kann dir sagen, dass deine Janitscharen – die Soldaten, die dir bedingungslos gehorchen müssen – dich hinter deinem Rücken beschimpfen und sich über schlechte Bezahlung und Behandlung beklagen. Ich kann mir nur vorstellen, dass du bei den Sipahi ebenso beliebt bist.« Die Sipahi hatten unter einem erfolglosen Sultan noch mehr zu verlieren. Sie besaßen Land und Reichtum, Prestige und Einfluss. Die Janitscharen hatten nur ihr Leben und ihre Löhne.

Mehmed warf verzweifelt die Hände in die Höhe. »Ich weiß, dass ich nicht bereit bin, Hunyadi gegenüberzutreten! Das war nie der Plan. Ich brauche meinen Vater!«

Seine Stimme brach am Ende des Satzes, und Lada wurde schmerzlich bewusst, dass er genauso wie sie und Radu den Wölfen zum Fraß vorgeworfen worden war. Sein Vater hatte ihn im Stich gelassen, ihn geopfert, so sicher wie ihr eigener Vater es getan hatte. Wenn dieser Krieg ihn nicht verschlang, dann würden es Männer wie Halil Pascha tun.

Lada seufzte, setzte sich neben Mehmed und lehnte sich zurück, um die Erhabenheit der geometrischen Schnitzereien an der Decke zu bewundern. »Dein Vater sagt, du bist der Sultan.«

Mehmed schnalzte verärgert mit der Zunge. »Ja, das ist das Problem.«

»Das ist die Lösung. Wenn du der Sultan bist, muss er deinem Befehl gehorchen und kommen, um deine Armeen anzuführen. Und wenn du nicht der Sultan bist, muss er zurückkommen und seine Armeen anführen.«

Langsam breitete sich ein Lächeln auf Mehmeds Gesicht aus. »Lada, ich glaube, ich liebe dich.«

Sie boxte ihm mit der Faust gegen die Schulter, woraufhin er sich wegduckte und sie empört ansah. »Wie kannst du es wagen, mich zu schlagen?!«

»Ich kann es sehr gut wagen. Und jetzt geh und schreib deine Botschaft. Der Kreuzzug wartet nicht, und du solltest auch nicht warten.«

Während Mehmed seine Schreibutensilien zusammensuchte, stand Radu in der Mitte des Raumes und rang die Hände. »Was ist mit unserem Vater? Was sollen wir sagen?«

»Wir sagen nichts. Wir tun nichts. Man stupst einen schlafenden Bären nicht an, um zu fragen, was er tun wird, wenn man ihn aufweckt.«

»Aber ich habe eine Idee, damit wir sicher sind.«

Lada stieß abweisend Luft durch ihre Lippen aus. »Ich sorge für unsere Sicherheit. Weißt du noch, was ich dir im Stall gesagt habe, als Mircea dich gequält hat?«

Ein Lächeln durchbrach schließlich Radus Besorgnis. Es erhellte sein Gesicht mit einer Schönheit, die der der Decke in nichts nachstand. »Du würdest nicht zulassen, dass mich jemand anderes tötet.«

»Diese Ehre gebührt mir, mir allein.«

Radu entspannte sich schließlich, setzte sich wieder auf ein Kissen und breitete die Arme aus. In vielerlei Hinsicht war er immer noch ein Kind, und Lada wollte, dass das auch so blieb.

Oder ihn zwingen, das für immer hinter sich zu lassen.

Sie konnte sich nie entscheiden, was sie wollte, und das nagte an ihr.

Erst als Radu nicht mehr hinschaute, verwandelte sich Ladas Lächeln in ein berechnendes Stirnrunzeln. Sie musste sie beide vor Murads Zorn in Sicherheit bringen. Sie musste Mehmeds Herrschaft zu ihrem Vorteil nutzen, aber sie wusste nicht, wie.

20

Wohin gehst du?«, fragte Radu, obwohl er die Antwort bereits kannte.

Lada zerrte an ihren Stiefeln, um sie anzuziehen. Unter ihren Röcken trug sie Hosen. Die Röcke saßen so schlecht, als hätte sie beinahe vergessen, sie anzuziehen. »Zum Training.«

»Auch wenn alle Janitscharen in den Kampf gezogen sind?«

»Ein paar sind noch übrig.«

Radu machte ein finsteres Gesicht. »Du bist so gut mit den Janitscharen befreundet, dass ich dich kaum noch sehe.« Er versuchte, das Flehen aus seiner Stimme herauszuhalten, aber er war einsam. Mehmed war immer beschäftigt, und Radu fürchtete sich davor, jemals zu der Nervensäge zu werden, als die Lada und Bogdan ihn in ihrer Jugend betrachtet hatten. Wenn Mehmed ihn brauchte, war er da, ohne zu fragen oder zu zögern. Aber wenn Mehmed nicht nach ihm rief, ließ Radu sich lustlos treiben.

Lada antwortete nicht, und Radu konnte sich einen Seitenhieb nicht verkneifen. »Weißt du noch, als wir hierhergekommen sind?«

»Natürlich erinnere ich mich. Es ist ja erst ein paar Wochen her. Bist du blöd?«

»Nein, ich meine, als wir zum ersten Mal hier angekommen sind. Mit Vater.«

Da wurde sie still. Sie sprachen nie von ihrem Vater, weder zueinander noch zu irgendjemand anderem. Um Ladas Augen zeigte sich eine Spannung, die auch Radu spürte, als würde jemand allein durch die Erwähnung ihres Vaters erkennen, dass sein Vertrag mit den Osmanen gebrochen und Ladas und Radus Leben der Preis dafür war.

»Du warst die ganze Zeit böse auf mich.«

»Ich bin immer böse auf dich, Radu. Sag, was du meinst.«

»Du warst böse auf mich, weil ich mich mit dem Feind angefreundet habe. Mit den Janitscharen ritt, mit ihnen redete. Ich finde es einfach … lustig, dass sie jetzt deine liebsten Gefährten sind.«

Ein Wechselbad der Gefühle überzog Ladas Gesicht. Schuldgefühle, vermutete Radu, doch die Wut, die darauf folgte, war ihm eher vertraut. Schließlich entschied sie sich für Spott. »Vor *dir* muss ich mich nicht verantworten. Geh und krieche auf dem Bauch vor ihrem Gott. Wenigstens habe ich ein Schwert in der Hand.«

Die Tür schlug hinter ihr zu und setzte damit den Schlusspunkt zu ihrem Abgang. Radu seufzte und rieb sich das Gesicht, wobei er sich fragte, was er mit den Sticheleien gegen seine Schwester zu erreichen hoffte. Wollte er, dass sie nicht mehr mit den Janitscharen trainierte? Oder wollte er, dass sie zugab, dass sie dies als ihre Heimat akzeptiert hatte? Denn wenn sie es zugab, dann konnte er es endlich auch.

Die Ungerechtigkeit war wie ein Stachel – dass sie sie gleichzeitig hassen und mit ihnen Spaß haben konnte. Wenn es jemand verdiente, mit den Janitscharen befreundet zu sein, dann war er es. Er hatte Lazar nie wiedergefunden und fragte sich, was aus ihm geworden war. Er wünschte sich, er wäre hier, um mit ihm zu scherzen und ihm zu helfen, einen Platz zu finden, an den er gehörte, wie er es vor so langer Zeit in den Ställen getan hatte.

Seine Seele flackerte wie eine Kerze am Ende ihres Dochts, und Radu machte sich auf die Suche nach Molla Gurani. Der Lehrer war in seinen Gemächern und studierte. Er betrachtete Radu abschätzend und stand auf. »Gehen wir spazieren.«

Lada machte gerne abfällige Bemerkungen darüber, wie langweilig Molla Gurani doch sei, und behauptete, er sei der uneheliche Sohn eines Schäfers, der sich zu sehr in die Schafe verliebt hatte. Nachts wiederholte sie seine Lektionen in einem blökenden Tonfall, bis Radu sie anflehte, damit aufzuhören, weil er befürchtete, dass ihre Version die echten Lektionen in seinem Kopf ersetzen würde.

Radu empfand Molla Guranis Gegenwart als zutiefst tröstlich, sein asketisches Auftreten als erholsam und sicher. Als sie vor einem Brunnen standen, platzte Radu damit heraus, was er Lada gegenüber nicht zugeben konnte. Er war so kurz davor gewesen, hatte sogar gedacht, dass sie zustimmen würde, wenn er es als geheimen Plan zur Rettung ihres Lebens vorschlug. Aber er war damit allein, wie immer. »Ich will konvertieren.«

Molla Gurani blinzelte nur und nickte, als hätte Radu etwas über das Wetter gesagt.

»Das darf niemand wissen. Ich meine, wäre das akzeptabel? Wenn es nur zwischen Gott und mir wäre?«

»Eine echte Konvertierung findet immer nur zwischen einem Menschen und Gott statt.«

Erleichtert wischte sich Radu über die Stirn. Er befürchtete, wenn Lada herausfand, dass er es offiziell gemacht hatte, würden auch die letzten Reste ihrer Bindung zerstört werden. Was auch immer sie sonst noch war, Lada war seine Familie, seine Kindheit, seine Vergangenheit. Sie mussten zusammenbleiben.

Ein Mann ging an ihnen vorbei, sein Gewand war formell, aber ungewohnt. Er war schlank und hatte einen ausgeprägten Bauch, als wäre seine Mitte eine Zwiebel, in der schlanke Äste verankert waren. Sein Gesicht war unbehaart.

Nicht glatt rasiert, sondern unbehaart. Molla Gurani neigte den Kopf, und die beiden Männer begrüßten sich. Der haarlose Mann sah Radu an, als erwarte er eine Vorstellung.

»Radu ist einer meiner Schüler. Radu, das ist der Oberste Eunuch«, sagte Molla Gurani.

Radu wusste, dass es sich um eine Art Titel handelte, aber er wusste nicht, wie viel Respekt er ihm zollen musste. Verlegen fragte er: »Was ist ein Eunuch?«

Zum ersten Mal, soweit er sich erinnern konnte, wirkte Molla Gurani peinlich berührt.

Der Oberste Eunuch lächelte jedoch und gab Radu ein Zeichen, sich ihm anzuschließen. »Komm mit mir und ich werde es dir erzählen.«

Radu stand bis zum Hals im Wasser, dann beugte er die Knie, sodass nur noch seine Nase und seine Augen über der Wasseroberfläche waren. Der Dampf, der um ihn herum aufstieg, verdeckte die Muster der blauen und weißen Kacheln, alles war ein schwindelerregendes Durcheinander von Hitze und Farben. In der Walachei hatten sie nur im Sommer gebadet, wenn sie an den Ufern des Arges blieben. Den Rest der Zeit wuschen sie sich mit Tüchern und Waschbecken. Bäder waren ein Luxus der Osmanen, den er genoss.

Lada erfreute sich nicht an derartigen Annehmlichkeiten. Obwohl im Palastbad bestimmte Zeiten für Frauen reserviert waren, weigerte Lada sich, sie zu nutzen. Es gab zwar ein ständiges Privatbad für Frauen, aber es befand sich im Haremskomplex. Lada konnte und wollte natürlich keinen Fuß dort hineinsetzen. Radu hatte Geschichten von Frauen gehört, die in den Harem gingen, um sich von ihren Ehemännern scheiden zu lassen. Der Oberste Eunuch hatte mehr Geschichten auf Lager als jeder andere in der ganzen Stadt, und Radu hörte sie gerne.

Aber das spielte keine Rolle. Lada konnte ihre freie Zeit mit den Soldaten und ihren groben Witzen und ihrem üblen Geruch verbringen. Radu verbrachte seine Zeit mit dem Studium der heiligen Schriften und den Lehren des Propheten. Das Gefühl, das er in den heiligen Worten fand, konnte er nur mit den langen Nachmittagen vergleichen, die er mit seinem Kindermädchen am Feuer sitzend verbracht hatte, sicher und abgeschieden vom Rest der Welt. Er konnte es nicht genau beschreiben und verbarg es so gut es ging vor Lada, aber wenn er dem Gebetsruf lauschte, fühlte es sich in seinem Herzen wie Heimat an.

Er wollte mehr darüber nachdenken und die Worte der Konvertierung üben, die er so oft in seinem Herzen, aber nie laut ausgesprochen hatte, deshalb war er heute froh über die Einsamkeit des Bades.

Er ging immer zu ungewöhnlichen Zeiten, um Menschenmengen zu meiden. Bei ihm begannen Haare an neuen Stellen zu sprießen, und seine Beine schmerzten jede Nacht, weil der Zug der Zeit endlich seine Kindheit beanspruchte. Außerdem hatte das warme Wasser eine seltsame Wirkung auf seine sich entwickelnde Männlichkeit, die er sehr genoss und am liebsten allein erlebte.

Arme Eunuchen. Obwohl der Oberste Eunuch sagte, kastriert und verkauft zu werden, sei die einzige Zukunft gewesen, die seine Eltern ihm hätten bieten können, fand Radu das nicht sehr nett. Der Oberste Eunuch war mächtig, ja, er war für den gesamten Harem zuständig und in die inneren Abläufe des Reiches eingeweiht, aber was für ein Opfer!

Radu schloss die Augen, ließ seine Arme schweben und spürte, wie die ganze Anspannung von ihm abfiel.

Dann packte ihn jemand an den Knöcheln und zerrte ihn unter das Wasser.

Er trat erschrocken und verzweifelt um sich und erinnerte sich an die Zeiten, in denen Mircea seinen Kopf im Brunnen unter Wasser hielt, bis ihm schwarz vor Augen wurde und seine Lungen vor Luftmangel beinahe platzten. Ein schrecklicher Gedanke durchzuckte Radu in seiner Panik. War Mircea im Kampf gefallen und hatte seinen Geist geschickt, um Radu mit sich in den Tod zu reißen?

Als sein Schrei um ihn herum blubberte, traf Radus Fuß auf eine Schulter, und er riss sich los. Hustend und spuckend tauchte er auf.

Mehmed tauchte neben ihm auf, Wasser lief ihm über das Gesicht, die weißen Zähne glänzten. Kein Geist. Mehmed, der ihn neckte, nicht Mircea, der ihn quälte. Mehmeds Lachen hallte um sie herum und erfüllte den Raum, bis sie völlig davon eingehüllt waren.

Radu fühlte sich, als würde er Mehmeds Lachen warm und schwer einatmen, bis es seine Lungen füllte und sich auf seine Haut legte. »Du hast mich erschreckt.« Seine Zunge war dick und unbeholfen in seinem Mund. Er hatte Mehmed seit Tagen nicht mehr gesehen, hatte ihn seit Wochen nicht mehr allein gesehen.

»Ja, das war offensichtlich.« Mehmeds Lippen verzogen sich zu einem spielerischen Grinsen. »Du sahst aus, als würdest du gleich einschlafen. Ich hatte schon Angst, du würdest ertrinken.«

»Nun, danke, dass du mich vor dem Ertrinken bewahrt hast, indem du mich unter Wasser gezogen hast, um mich zu ertränken.«

Mehmed verbeugte sich mit einer dramatischen Geste. Er war übermütig, und seine Wangen waren stärker gerötet, als dass es der Hitze geschuldet sein konnte. Der Krieg war nicht gut verlaufen, auch wenn Mehmeds Vater widerwillig die Führung übernommen hatte.

»Hast du gute Nachrichten?« Bänder der Hoffnung schnürten Radus Brust ein. Es war ein seltsames Gefühl, und er wusste nicht, was er damit anfangen sollte. Hoffte er, dass Mehmeds Truppen siegen würden? War das verräterisch, wenn er wusste, dass sein eigener Bruder die Truppen in diesem Konflikt anführte? Machte ein Sieg der Osmanen mehr oder weniger wahrscheinlich, dass Radu und Lada für den Verrat ihres Vaters getötet werden würden? Und dann, als er die Erleichterung in Mehmeds schwarzen Augen aufblitzen sah, wusste Radu, was er sich erhoffte: Er hoffte auf das Beste für seinen Freund. Unabhängig davon, was das für ihn selbst bedeutete.

Mehmed warf seine Arme in die Luft und bespritzte sie beide. Die Geste war kindlich in ihrer freudigen Unbekümmertheit. Seit sie nach Edirne zurückgekehrt waren, mit ihrer Politik und ihren Forderungen und ihrem Krieg, hatte Mehmed sich unnachgiebig und gerade wie ein Pfahl gehalten. Radu lachte, als er sah, wie Mehmed sich wieder entspannte und er selbst wurde.

»Mein Vater hat in Varna gesiegt. Der Kreuzzug ist gescheitert. Hunyadi ist geflohen wie ein Hund, und der Kopf des ungarischen Königs reist jetzt hierher, auf der Speerspitze meines Vaters!«

Radu lächelte, so gut er konnte, aber er machte sich Gedanken darüber, was dies bedeutete und wie es sich auf ihn auswirken würde.

Mehmeds Gesichtsausdruck wurde nachdenklich. »Dein Vater war nicht da.«

Radu legte eine Hand auf seine Brust und sagte in einem lässigen, scherzhaften Tonfall, der nicht konträrer zu dem sein konnte, wie er sich tatsächlich fühlte: »Mein Vater, der Feigling? Verpasst eine Schlacht, in der er lauwarm beide Seiten unterstützt hat? Ich bin schockiert.«

»Ich weiß nichts über Mirceas Schicksal.«

»Sein Schicksal ist für mich bedeutungslos.« Radus vorgetäuschtes Desinteresse wurde von der Bitterkeit widerlegt, die in seinen Worten mitschwang.

Mehmed legte ihm eine Hand auf die Schulter, deren Gewicht sowohl tröstlich als auch seltsam erregend war. Dadurch fühlte sich Radu auf eine Weise real, die ihm oft schwerfiel. »Es wird sich alles regeln«, sagte Mehmed. »Es wird einen neuen Vertrag geben. Und mein Vater möchte, dass ich auf dem Thron bleibe. Ich … denke, ich bin bereit. Ich weiß, das war nicht unser Plan, aber die letzten Wochen haben meine Meinung geändert. Ich will das. Ich glaube, ich kann der Sultan sein.«

Seine Stimme hob sich am Ende, und es klang eine Frage an.

»Ich glaube«, sagte Radu und legte seine Hand auf Mehmeds Schulter, »du wirst der größte Sultan sein, den dein Volk je gesehen hat.«

»Lada glaubt nicht an mich.« Mehmeds Mund verzog sich ironisch. »Sie glaubt an niemanden außer an sich selbst.«

Radu schüttelte den Kopf; er war sich des Raumes zwischen ihnen sehr bewusst und des Wassers, das ihre Körper verband. Er fühlte sich in diesem Moment sicher und glücklich und Mehmed näher, als er sich jemals jemandem gegenüber gefühlt hatte. »Ich glaube genug an dich für uns beide.« Radu wusste, dass Mehmed das schaffen konnte. Und er würde an Mehmeds Seite sein und ihm helfen. Lada würde das auch tun, auch wenn sie so tat, als würde sie das Leben in Edirne hassen. Die Welt und ihre Zukunft öffneten sich vor ihm wie die hoch aufragende Decke der Moschee. Nach oben.

Mehmed nickte feierlich. »Und wegen deinem Vater musst du dir keine Sorgen machen. Solange ich auf dem Thron bin, stehst du unter meinem Schutz. Ich werde dafür sorgen, dass dir niemand etwas antut.« Radu schloss erleichtert die Augen. Endlich war er jemandem wichtig genug, um für seine Sicherheit zu sorgen. Jemand, der tatsächlich die Macht hatte, dies zu tun. Das war eine ganz andere Beruhigung als Ladas Versprechen, dass niemand außer ihr ihn töten würde. Radu blinzelte die Emotionen weg, die sich in seinen Augenwinkeln gesammelt hatten, und nickte. »Aber … vielleicht könntest du dafür sorgen, dass niemand meinem Vater sagt, dass wir in Sicherheit sind.« Mehmed hob verwundert die Augenbrauen.

»Er verdient es nicht, beruhigt zu werden. Er soll denken, dass er uns getötet hat. Soll er doch mit jeglicher Schuld vergiftet werden, die er zu empfinden vermag.«

»Das ist angemessen. Allerdings bin ich froh über die Schwäche deines Vaters. Ohne sie wäre mir deine Freundschaft versagt geblieben. Und Ladas.«

Radu strahlte. »Ich bin auch froh.«

Er hatte nur den Bruchteil einer Sekunde Zeit, um den Wechsel in Mehmeds Gesichtsausdruck von aufrichtig zu schelmisch wahrzunehmen, dann hakte sich Mehmeds Knöchel um seinen eigenen und Mehmed drückte seinen Kopf unter die Oberfläche.

Radu kam hustend wieder hoch, da schoss Mehmed durch das Wasser davon und sein Lachen wehte hinter ihm her. Als Radu die Verfolgung aufnahm, lichtete sich der Dampf, der so dicht war, dass er wie ein lebendiges Wesen wirkte, kurz und enthüllte einen Mann, der unbemerkt in einer Ecke des Bades saß.

Und sie beobachtete.

Der Dampf verdeckte den Mann wieder, gerade als Radu sein Gesicht erkannte. Halil Pascha. Mehmeds Lachen schallte durch den Raum, es prallte von der Wand zur Decke und wieder zurück und klang wie eine Alarmglocke.

21

Und Hunyadi floh«, sagte Lada, die neben Nicolae ritt. »Wie das Kaninchen vor dem Falken.«

Sie nickte nachdenklich. »Seit der ungarische König tot ist, ist alles in Aufruhr. Hunyadi könnte sogar einen Weg auf den Thron finden.«

»Glaubst du, er will Ungarn regieren?«

Lada schnaubte. »Nein, er will Europa aus reiner Liebe für die Sache Christi verteidigen. Natürlich will er herrschen.« Sie lehnte sich in ihrem Sattel zurück und schloss die Augen vor der Sonne. Es war eine Erleichterung, die Janitscharen zurückzuhaben. Während sie draußen gekämpft hatten, war Ladas größte Sorge gewesen, dass sie vor lauter Müßiggang den Verstand verlieren würde. Sie hatte auch nie gewusst, auf welchen Ausgang sie hoffen sollte. Einen Sieg für die Osmanen? Einen Triumph für Hunyadi und den verhassten Mircea?

Das spielte jetzt keine Rolle mehr, denn alles war entschieden. Und da mehrere Schlüsselfiguren zu Tode gekommen waren, hatte man Iljas zum Anführer einer größeren Gruppe befördert, zu der auch die Janitscharen gehörten, die Mehmed aus Amasya begleitet hatten. Alles in allem gab es mehrere Tausend Janitscharen, die über das ganze Reich verteilt waren, nur ein paar Hundert waren regelmäßig in Amasya bei Mehmed stationiert. Das war eine nette Beförderung für Iljas, aber sie wusste, dass er für größere Dinge bestimmt war.

»Ich wünschte, ich wäre dabei gewesen«, sagte Lada.

Nicolae lachte düster. »Ich wünschte, ich wäre es nicht gewesen. Aber auf wessen Seite hättest du gekämpft, wenn du dort gewesen wärst, kleiner Drache?«

»Auf meiner.«

»Und welche Seite ist das?«

Ihr Vater hatte Lada und Radu gleich zweimal umgebracht – erst, indem er sie hier zurückließ, und dann, indem er den Vertrag brach, der ihr Leben schützte. Sie würde nicht für ihn kämpfen. Und schon gar nicht für Mircea, den verachtenswerten Wurm. Und Hunyadi würde sie auf der Stelle töten, sobald sie ihn sah.

Nein. Sie rollte ihren Kopf auf den Schultern herum, der steife Nacken drückte gegen den Jackenkragen. Es war nicht Hunyadis Schuld, dass ihr Vater die Walachei so geschwächt hatte, dass Hunyadi dort Fuß fassen und ihren Vater zwingen konnte, sich an den Sultan zu wenden.

Mehmed also? Er war ihr Verbündeter in einer Welt, die sich aufbäumte und ihr den Tod wünschte. Ein Lachen, ein Aufblitzen seiner dunklen Augen, ein Zupfen an ihrem Haar. Er war ihr Freund.

Aber er war auch der Herrscher des Landes, in dem sie gefangen gehalten wurde.

Schließlich richtete sie ihre halb geschlossenen schwarzen Augen auf Nicolae. »Auf meiner *eigenen* Seite.«

Sie band ihr Pferd an, während die Janitscharen – Iljas' Männer und einige andere Gruppen – ihre Pferde trainierten und Formationen übten. Lada wurde nie eingeladen daran teilzunehmen, da ihre Teilnahme keinen Zweck erfüllte. Waffentraining und Sparring waren individuelle Fähigkeiten, aber Hunderte von Männern, die sich gemeinsam bewegten und reagierten, waren etwas, an dem sie keinen Anteil hatte. Sie ließ sich an den Wurzeln eines Baumes am Rande der Freifläche nieder, im Schatten und von den Truppen abgewandt.

»… scheint ganz in Ordnung zu sein«, sagte ein Mann, der in der Nähe vorbeiging.

»Ich mag ihn mehr als unseren letzten Kommandanten. Er war ein Bulgare. Ich kann Bulgaren nicht ausstehen.«

»Ich bin ein Bulgare, du Köter.«

»Und dich kann ich auch nicht ausstehen.«

Sie lachten, dann ergriff der erste wieder das Wort. »Lassen sie die Göre wirklich auf dem Thron sitzen?«

Lada versuchte zu sehen, wer da sprach, aber der Baum versperrte ihr die Sicht. Ihr erster Impuls war, aufzustehen und Mehmed zu verteidigen. Aber was sollte sie sagen? Dass Mehmed ihr Freund war? Sie bezweifelte, dass man das als Beweis für seine Führungsqualitäten akzeptieren würde.

»Soweit ich weiß, ja. Murad ist in seinen Ruhestand zurückgekehrt.«

»Kaum auf dem Thron, und wir haben schon einen Kreuzzug hinter uns. Wie oft sollen wir noch kämpfen, um ihn zu verteidigen?«

»Sie zahlen uns nicht genug, um die Last der Göre zu tragen.«

»Sie zahlen uns einfach nicht genug. Letzte Woche sprach Ismael vor den Leibwächtern des Sultans offen davon, zu protestieren.«

»Und was sagen sie?«

»Sie sagen nichts. Aber sie hindern auch niemanden daran, etwas zu sagen. Wenn wir ein paar hochrangige Beamte auf unsere Seite ziehen könnten, könnten wir vielleicht …«

Sie entfernten sich, und Lada konnte den letzten Teil des Geredes nicht mehr hören. Ihre Beschwerden waren nichts Neues, aber sie klangen weiter verbreitet und akzeptiert, als sie gedacht hatte. Die Janitscharen waren eine privilegierte, gebildete und bezahlte Klasse, aber sie waren immer noch Sklaven. Sie fragte sich, wie viel Kraft tatsächlich hinter ihren Worten steckte und wie viel nur leere Klagen waren.

Nicolae stieß einige Zeit später wieder zu ihr. Sie ritten hinter dem Korps her, das für diesen Tag fertig war. Er ließ sein Pferd langsamer gehen, um mehr Abstand zwischen ihnen und den anderen zu schaffen.

Als er sprach, fehlte sein üblicher scherzhafter Ton. »Ich bin hier, seit ich sieben Jahre alt bin. Ich habe an der Seite von Brüdern aus allen Nationen, die im Schatten der Osmanen stehen, trainiert. Wir kämpfen, wir bluten, wir sterben für ein Land, das nicht das unsere ist, befehligt in einer Sprache, die unsere Mütter nie mit uns gesprochen haben, unterrichtet in einer Religion, die es zulässt, dass wir versklavt werden, weil wir nicht hier geboren wurden.« Er hielt inne, und die Hufe ihrer Pferde verfielen in einen unharmonischen Rhythmus. »Und doch ist mein Leben besser, als es zu Hause gewesen wäre. Ich bin gebildet und besser ausgebildet als jeder, gegen den wir kämpfen. Ich habe genug zu essen und Kleidung, und ich habe die Möglichkeit aufzusteigen. Bis ich an den Mauern einer Stadt zerbreche, die mein Verbündeter sein sollte, oder am Ende eines Schwertes sterbe, das von einem Cousin gehalten wird, den ich nie kannte. Wir sind die wertvollste Kraft dieses Reiches, und wir existieren hier, weil wir eben *nicht* Teil des Reiches sind. An den meisten Tagen denke ich, dass ich mein Leben den Osmanen verdanke. Auf dem Feld bei Varna wurde mir klar, dass ich mein Leben nicht für sie geben will. Aber in meinem Herzen bin ich ein Soldat, und ich möchte nichts anderes tun.« Er schüttelte den Kopf und unterstrich einen schweren Seufzer mit erhobenen Händen, deren Handflächen nach oben gerichtet waren. »Ich möchte genauso sicher sein, wer auf meiner Seite ist wie du, Lada.«

Sie schaute auf seine offenen Handflächen, die darauf warteten, etwas zu empfangen. »In deinem Herzen, in dem du weißt, dass du ein Soldat bist, sag mir: Welche Sprache schlägt dort?«

Nicolae senkte den Blick, sein Gesicht wurde weich und abwesend. »Walachisch.«

Sie streckte ihre Hand aus und legte sie auf seine, Handfläche an Handfläche. »Wir sind auf derselben Seite.«

Er schlang seine Finger um ihre, öffnete dann die Augen und lächelte schief. »Dann sollten wir es besser niemandem sonst sagen, denn wir befinden uns tief im Feindesland.«

Lada zog ihre Hand zurück und nahm die Zügel auf. »Für den Moment.« Sie trieb ihr Pferd zum Galopp an, vorbei an den Soldaten, die Haare peitschten ihr ins Gesicht, als sie in Richtung Heimat ritt. In Richtung Edirne, korrigierte sie sich und verfluchte im Stillen ihren verräterischen Verstand. Vielleicht war sie sich doch nicht so sicher, auf wessen Seite sie stand.

Trotz Iljas' Zugeständnissen waren die Anführer in Edirne strenger als in Amasya, und zu oft war Lada daran gehindert worden, mit Nicolaes Männern zu trainieren. Sie stürmte in ihre Gemächer und stellte mit Erschrecken fest, dass Radu in ein Gespräch mit Molla Gurani vertieft war, den sie in den letzten drei Monaten, seit sie Amasya verlassen hatte, nicht mehr gesehen hatte.

Ihr Bruder sah auf, und das schlechte Gewissen zeichnete sich auf seinem Gesicht ab, als würde die Sonne hinter einer Wolke verschwinden.

»Lada! Ich dachte, du wärst bei den Janitscharen.«

»Müssen wir wieder seine Lektionen ertragen?« Sie machte ein finsteres Gesicht. Seit sie hier waren, mit dem Krieg und Mehmeds ständigen Pflichten als Sultan, hatten sie und Radu noch keinen regelmäßigen Unterricht erhalten. Sie wollte zwar den Geschichts-, Logik- und Strategieunterricht wieder aufnehmen, aber sie hatte Molla Guranis unerträgliches Geplapper über den Islam nicht vermisst.

Molla Guranis Augenbrauen hoben sich langsam, schwer von der Last seiner Verachtung. »Ich bin auf Wunsch deines Bruders hier. Du darfst dich gerne anderswo aufhalten.«

»Wovon redet er?«, schnauzte Lada und verfiel ins Walachische, um ungestört zu sein.

Radu zuckte mit den Schultern und neigte den Kopf zur Seite, als würde er etwas zwischen Ohr und Schulter einklemmen. »Kenne deinen Feind?«

Überrumpelt lachte Lada schallend auf. »Du wirst diesen Feind gut genug für uns beide kennenlernen müssen.« Sie verbeugte sich spöttisch vor dem Lehrer und ging in ihr eigenes kleines Zimmer. Damit war sie zwar von Molla Guranis Abwasserstimme befreit, aber sie hatte nichts zu tun und keine Zuflucht mehr.

Sie ließ sich auf ihr Bett fallen, und die Langeweile ließ ihre Augen vom Schlaf schwer werden. Sie träumte von Amasya, wie sie mit

Radu und Mehmed im Teich schwamm und die Sterne um sie herumwirbelten und verbrannten. Als sie aufwachte, lag Mehmeds Name schwer auf ihrer Zunge, sein Fehlen in ihrem Leben war ein spürbarer Schmerz.

Sie stürmte aus ihren Zimmern, bevor Radu fragen konnte, wohin sie ging, bevor sie ihm – und sich selbst – eingestehen musste, wie sehr sie sich nach ein paar privaten Momenten mit Mehmed als ihrem Freund und nicht als dem Sultan sehnte.

In den Hallen des Palastes fühlte sie sich unsichtbar. Es gab so wenige Frauen hier. In Tergowiste waren die Frauen viel präsenter gewesen, weniger getrennt von den regulären Höfen. Manchmal fragte sie sich, wie ihr Leben ohne die Flucht ihrer Mutter verlaufen wäre. Hätte sie eine Verbündete gehabt? Eine Freundin? Hätte ihre Mutter ihren Vater davon abgehalten, sie hierzulassen?

Wahrscheinlich nicht. Ihre Mutter war nicht stark genug gewesen, um bei ihnen zu bleiben, geschweige denn sie zu beschützen.

Vielleicht würde sie sich aber auch stärker fühlen, wenn sie mit einer anderen Frau an ihrer Seite durch diese Gänge ginge. Mit Halima, die lachte, oder mit Mara, die finster starrte. Vielleicht gab es ja doch etwas, das sie ihr beibringen konnten. Die Männer hier schauten entweder an ihr vorbei, als würde sie nicht existieren, oder sie schauten so angestrengt, dass sie wusste, dass sie *sie* gar nicht sahen. Sie sehnte sich nach einer Waffe in der Hand, nach einer Krone anstelle eines Zopfes oder gar nach einem Bart. Nach irgendetwas, das sie dazu bringen würde, sie so zu sehen, wie und wer sie war.

Oder sie sahen sie an und sahen nichts, weil sie genau wussten, wer sie war.

Sie war sich nicht sicher, ob die Wachen ihr erlauben würden, Mehmed zu besuchen. Sie war noch nie ohne Einladung hergekommen. Wenn man sie abwies, wusste sie nicht, was sie tun würde. Aber nach nur wenigen Herzschlägen des Wartens ließen die Wachen sie durch.

Mehmed blickte von seinem Schreibtisch auf, und seine Augen leuchteten, als er aufstand. Lada spürte, wie die Spannung und der Schrecken der Anonymität aus ihrem Körper wichen.

Für Mehmed war sie wichtig.

»Was verschafft mir die Ehre?«, fragte er und schwang den Arm in einer übertriebenen Verbeugung nach hinten.

»Bring mich nicht dazu, dir den Turban vom Kopf zu schlagen.« Sie drängte sich an ihm vorbei und setzte sich auf seinen Platz, wobei sie die Papiere musterte, damit er nicht bemerkte, wie dankbar, wie froh sie war, in seiner Gegenwart zu sein. Er brauchte niemanden, der sein Ego nährte; Radu tat das genug für die gesamte Draculesti-Linie. Lada hob mehrere Seiten auf, alles Notizen, Bücher und Karten. Detaillierte Listen von Truppen und Nachschub, Janitscharentruppen, Pferden, Wagen, Waffen. Hauptbücher mit verschiedenen Konten. Karten von … Konstantinopel.

Sie tippte mit dem Finger auf eine davon. »Du warst fleißig.«

Er beugte sich über sie und strich ehrfürchtig über den Rand der Karte. »Ich bin der Sultan, Lada.«

»Das ist mir nicht entgangen.«

Er grinste, und der Ausdruck wischte die königlichen Jahre fort, die er versuchte, mit einem finsteren Blick in seinem Gesicht zu erzwingen. »Mein Vater ist in den Ruhestand zurückgekehrt. Ich dachte nicht, dass ich dazu bereit wäre, aber der Thron gehört dennoch mir. Und ich werde mich seiner würdig erweisen.«

Lada zuckte mit den Schultern und wich der Energie aus, die Mehmeds Körper so nahe an ihrem ausstrahlte. Seine Anwesenheit hatte diese Wirkung auf sie nur deshalb, weil sie in den letzten drei Monaten nicht viel in seiner Nähe gewesen war. Oder vielleicht lag es daran, dass sie unweigerlich bemerkte, dass er größer wurde, schöner … Nein. Sie musste sich auf etwas anderes konzentrieren. Auf *irgendetwas* anderes. »Konstantinopel? So bald schon?«

Er entfernte sich von ihr und begann, auf und ab zu gehen. »Wir haben einen fünfjährigen Friedensvertrag mit Ungarn und Hunyadi. Meine Grenzen sind so friedlich, wie sie es immer waren. Das ist der Grund, warum ich hier bin. Deshalb wurde ich geboren.«

»Dein Vater hat zu Beginn seiner Herrschaft dasselbe versucht, und es hat ihm nichts als Ärger eingebracht.«

Zwischen Mehmeds feinen Brauen bildete sich eine Linie. »Er hatte zu viele Fronten. Seine Brüder versuchten, ihm streitig zu machen, was ihm gehörte, und Land zu stehlen. Er musste sich um die Probleme zu Hause kümmern.«

»Und deine Berater unterstützen dich?«

Sein Blick wurde noch finsterer. »Nicht alle, nein. Aber ich bin Sultan. Sie müssen mir folgen.«

»Ein Sultan, der seinen Vater rief, um seine erste Schlacht für ihn zu schlagen.«

Auf Mehmeds Gesicht brach ein Sturm aus. »Das war deine Idee! Wenn du …«

Lada hörte das Geräusch, bevor sie erkannte, dass etwas nicht stimmte. Ein Instinkt, geschärft durch all die Tage im Wald, in denen Bogdan sie gejagt hatte; ein durch Verzweiflung und Einsamkeit gezielt trainierter Körper. Ein plötzliches Gefühl, dass etwas nicht stimmte, das sie hätte ignorieren können.

Sie warf sich nach vorne und stieß Mehmed um. Ein Dolch flog an der Stelle vorbei, wo sich soeben noch seine Brust befunden hatte. Er schnitt in ihre Schulter, bevor er hart gegen die Wand prallte und auf den Boden fiel. Lada und Mehmed schlugen unsanft auf dem Boden auf, wobei Mehmed ein atemloses Stöhnen ausstieß. Lada machte eine Rolle vorwärts, hob den Dolch auf, drehte sich blitzschnell herum und warf ihn, sobald sie ein bewegliches Ziel erspähte.

Der Mann wich einem tödlichen Treffer aus, und der Dolch prallte von seiner Seite ab. Sein Gesicht war mit einem schwarzen Tuch verhüllt, die Gesichtszüge verborgen, seine Kleidung war schlicht.

Ihr Angreifer zog einen weiteren Dolch, ging in Abwehrstellung in die Hocke und pirschte sich zur Seite, um einen besseren Winkel für einen Wurf auf Mehmed zu finden. Lada stieß ihren Freund mit dem Fuß in Richtung des Schreibtischs. »Verschanz dich dahinter!«, rief sie.

Der Mann ließ seinen Dolch von einer Hand in die andere wandern und bewegte sich träge und gemächlich, während Mehmed hinter den Schreibtisch kroch und nach seinen Wachen rief.

Der Attentäter schien nicht besorgt zu sein.

Seine Augen verzogen sich zu einem Lächeln, als er Lada ansah. Er richtete den Dolch auf sie, dann sah er zu Mehmed. Lada machte einen Satz und stürzte sich mit aller Kraft, die sie aufbieten konnte, auf ihn. Er war stark, schlank und geschmeidig, aber sie war stabil und nicht so hochgewachsen. Sie traf ihn genau in der Mitte, und die Luft verließ zischend seine Lungen, als sie ihn zu Boden riss. Sein Griff um den Dolch lockerte sich, und das Messer glitt davon, außerhalb ihrer beider Reichweite.

Der Attentäter war betäubt, aber er würde sich schnell erholen. Lada schlug ihm immer wieder ins Gesicht, aber ihr Winkel war ungünstig und sie konnte nicht so viel Kraft in die Schläge legen, wie sie gehofft hatte. Er packte ihre Handgelenke und zerrte sie zur Seite. Ihr Gesicht wurde dicht vor seins gezogen, aber seine Hände waren zu stark, um sich aus ihrem Griff zu befreien. Sie schlug mit der Stirn gegen seine Nase und biss dann in seine Wange, wo sich die Kopfbedeckung gelöst hatte.

Er schrie auf und ließ ihre Handgelenke los. Sie rollte sich weg, fand den Dolch und wirbelte herum, als er sich aufrappelte. Er wich ihrem ersten Angriff aus und bewegte sich mit ihr in einem Tanz, den sie viele Male im Ring mit Nicolae geübt hatte. Ein Tanz, zu dem sie beide die gleichen Bewegungen kannten. Selbst blutverschmiert und benommen war er ihr mehr als ebenbürtig.

Und noch immer war keine Hilfe gekommen.

Ihr Training half ihr nur wenig, die Schläge und die Ausfallschritte wurden vorhergesehen und tödliche Schläge abgewehrt. Irgendwann würde er ihr Handgelenk erwischen und den Dolch an sich nehmen, und dann würde er sie und Mehmed töten.

Verzweiflung wallte in ihr auf. Ein triumphierender Blick ließ die Augen des Attentäters zu Vorzeichen des Todes werden. Er wusste alles, was sie tun würde. Er musste nur länger durchhalten als sie. Sie war ein Mädchen – und ein Kind. Er war stärker und schneller und …

Mit einem Wutschrei ließ Lada ihre erlernten Bewegungen und ihr sorgfältiges Training fahren. Sie stürzte sich auf ihn wie ein Wildschwein, voller Wut und animalischem Instinkt. Er wusste nicht, wo er sie abwehren sollte, denn ihre Schläge ergaben keinen Sinn und ihre Bewegungen hatten keine Anmut. Sie schlug ihm ins Gesicht, und als er sie an den Handgelenken packte, biss sie ihm in die Hand, drückte ihren Kiefer zusammen und presste die Zähne bis auf die Knochen. Ihre Zähne ließen nicht los, als er sie schüttelte. Sie stieß ihm den Dolch immer wieder in die Seite und folgte seiner Bewegung, als er versuchte, sich von ihr abzuwenden und zu befreien. Sie behielt die Oberhand und stach zu, ohne darauf zu achten, wo sie traf, ohne auf einen sorgfältigen, effizienten Schlag zu achten. Ein tierischer Schrei, der durch seine Hand gedämpft wurde, entrang sich ihrer Kehle.

»Lada!«

Zitternd und keuchend befreite sie ihre Augen blinzelnd von dem Schleier, der sich über sie gelegt hatte. Ihr Kiefer ließ sich nicht öffnen, die Muskeln waren so verkrampft, dass sie sich fragte, ob sie die Hand dieses Mannes für immer in ihrem Mund haben würde. Schließlich gelang es ihr unter Schmerzen, die durch ihr ganzes Gesicht schossen, die Zähne so weit zu öffnen, dass sie seine Hand loslassen konnte. In diesem Moment schmeckte sie das Blut, das ihren Mund füllte. Und dann wurde ihr bewusst, dass sie auf dem Boden lag, auf dem Mann.

Auf der Leiche.

Sie kam taumelnd auf die Beine, fiel dann wieder hin und kroch von dem entstellten Körper weg.

Mehmed legte eine Hand auf ihr Gesicht und drehte es zu sich. »Bist du verletzt?«

Sie schüttelte den Kopf, nickte dann und schüttelte ihn erneut. Sie wusste nicht, ob sie verletzt war. Alles zitterte, alles war gefühllos. Sie sah auf ihre blutverschmierten Hände hinunter und konnte sie nicht mehr spüren.

»Lada. Lada. *Lada.*«

Sie richtete ihren Blick wieder auf Mehmed. Er war das Einzige in diesem Raum, auf das sie sich konzentrieren konnte, das Einzige, das einen Sinn ergab.

»Meine Wachen sind nicht gekommen.«

Sie wusste, dass das wichtig war, sie hatte gewusst, dass es wichtig war, vor … dem hier. Vor dem Blut. So viel Blut.

»Glaubst du, sie sind tot?« Mehmed machte einen Schritt auf die Tür zu. Er sollte da nicht rausgehen. Sie wusste, dass er es nicht tun sollte, und versuchte herauszufinden, warum.

Alles rückte wieder an seinen Platz. »Halt! Wir müssen weg. Einen anderen Weg nehmen. Die Wachen sind entweder tot oder sie waren Mitverschwörer.«

Mehmed schüttelte den Kopf. »Es sind Janitscharen. Sie würden niemals …«

»Er war ein Janitschar.«

»Was?«

Mit klappernden Zähnen zog Lada das Tuch vom Gesicht des Mannes. Sie erkannte ihn nicht und war sehr dankbar dafür. Aber sie wusste trotzdem, was er war, wenn auch nicht, wer. »Die Art, wie er kämpfte. Ich habe schon mit Dutzenden Versionen von ihm gekämpft. Er wurde als Janitschar ausgebildet. Wir müssen hier raus, sofort, und wir müssen uns verstecken, bis wir wissen, wem wir vertrauen können.«

Mehmed zitterte genauso sehr wie sie. »Wem kann ich vertrauen?«, flüsterte er.

Lada streckte ihre Hand aus. Er nahm sie.

22

Unter anderen Umständen hätte Radu der Ausdruck völliger Verwirrung auf Ladas Gesicht erfreut. Sie war immer so selbstsicher, dass er das Bild, wie sie in der Mitte des Raumes stand, steif, die Arme schützend um sich geschlungen, während ihre Augen panisch überall hinzuckten, eigentlich hätte schätzen müssen.

Aber sie war blutverschmiert, und Mehmeds Kiefer zitterte, wenn er nicht redete, und beide sahen so aus, wie Radu sich innerlich immer fühlte.

Das konnte er im Moment aber nicht tun. Sie brauchten ihn. »Wir müssen woanders hingehen«, sagte Radu. »Es ist allgemein bekannt, dass wir Mehmeds Freunde sind. Wenn es noch mehr Attentäter gibt und sie nach ihm suchen, könnten sie hierherkommen.«

Lada schüttelte mit flehenden Augen den Kopf. »Ich wusste nicht, wo ich sonst hätte hingehen sollen.«

Wenn, wie Mehmed und Lada vermuteten, eine Gruppe von Janitscharen hinter dem Anschlag steckte, war der Palast nicht sicher. Sie konnten nicht wissen, wer den Anschlag verübt hatte, ob es die Soldaten selbst waren oder ob sie auf Anweisung eines anderen handelten. Was wäre, wenn sie einen Berater oder einen Pascha um Hilfe baten und in den Fängen eben jener Person landeten, die Mehmeds Tod befohlen hatte?

Nein, sie brauchten einen sicheren Ort. Einen geheimen Ort. Einen Ort, an den niemand sonst hier gehen konnte, den sie aber schnell erreichen konnten. Denn sie konnten nicht einfach davonlaufen. Mehmed war der Sultan, und wenn sie jetzt wegliefen, würde er alles verlieren.

Wo könnte sich ein Sultan verstecken?

Radu schnippte mit den Fingern. »Der Harem!«

Das Entsetzen in Ladas Blick verstärkte sich.

Mehmed runzelte die Stirn. »Aber sie könnten auch dort suchen.«

»Deine Mutter ist dort, ja?«

Mehmed nickte. »Wir sprechen allerdings nicht viel miteinander.«

Die Haremspolitik war genauso kompliziert wie die Hofpolitik, wenn nicht sogar noch komplizierter. Obwohl der Harem eine Gemeinschaft für sich war, konnten die Frauen einen unglaublichen Einfluss auf den mächtigsten Mann des Reiches ausüben, was sie zu einer politischen Kraft machte, mit der man rechnen musste. Die mächtigste Frau im Harem – und damit im ganzen Reich – war die Mutter des Sultans. Radu war ihr noch nie begegnet, aber der Oberste Eunuch hatte ihre Intelligenz erwähnt.

»Deine Mutter hat am meisten zu verlieren, wenn du getötet wirst, also wird sie dich beschützen«, sagte Radu. »Und die Wachen dort sind Eunuchen, keine Janitscharen. Wir werden sicher sein, und du kannst mit den Ermittlungen beginnen.«

Mehmed klopfte ihm auf die Schulter. »Ja! Ja. Danke, Radu.«

»Nein!« Lada schüttelte den Kopf, der Blick in ihren Augen war immer noch wild. »Ich kann da nicht reingehen! Wenn eine Frau den Haremskomplex betritt, gehört sie dem Sultan!«

Mehmed spähte aus dem Fenster, durch das sie geklettert waren, um sich zu vergewissern, dass der Weg frei war. »Das würde ich dir nicht zumuten, Lada, und …«

»Das wäre egal! Jeder würde es wissen, man würde mich als deine Konkubine bezeichnen und …«

Radu nahm ihre Hand, die immer noch anklagend in der Luft hing und auf Mehmed zeigte, und drückte sie. »Und du wärst unverheiratbar? Welch eine Tragödie. Ich weiß, wie sehr du die Hoffnung gehegt hast, einen kleinen osmanischen Adligen zu heiraten, liebe Schwester.«

Endlich begegnete sie seinem Blick. Ihre Augen waren immer noch fiebrig und aufgeregt. »Aber ich würde ihm gehören.«

»Ich denke, unser Mehmed ist klug genug, um zu wissen, dass er dich niemals beanspruchen kann. Oder?«

Radus Tonfall war unbeschwert, und er wandte sich mit einem spielerischen Lächeln an Mehmed. Vielleicht war es die Dunkelheit des Raumes oder der Stress der Nacht, aber Mehmeds Gesicht war getrübt von … Enttäuschung? Schmerz? Dann nahm ein angespanntes, falsches Lächeln seinen Platz ein, und er nickte. Radus Brust fühlte sich eng an vor Angst und Furcht und ebenso von einem bitteren Gefühl der Eifersucht.

Er unterdrückte es. Attentäter waren hinter ihnen her. Lada hatte einen Mann getötet. Sie mussten verschwinden. Er sprach ein Gebet in seinem Herzen, dann ging er als Erster und kletterte langsam die steinerne Fassade des Palastes hinunter zum Boden. Mehmed folgte ihm, dann Lada. Radu ging voran, schlich durch die Gärten und hielt sich in den tiefsten Schatten.

»Woher kennst du den Weg zum Harem so gut?«, fragte Mehmed. »Ich glaube, du kennst ihn besser als ich.«

Radu wurde rot und fühlte sich in die Defensive gedrängt, aber in Mehmeds Stimme war kein Vorwurf zu hören. »Ich kenne den Obersten Eunuchen. Er hat eine erstaunliche Kartensammlung, und ich besuche ihn manchmal. Wusstest du, dass er in Siebenbürgen geboren wurde?«

Mehmeds Tonfall war angespannt, aber belustigt. »Das wusste ich in der Tat über den drittmächtigsten Mann in meiner Regierung.«

»Oh. Richtig.« Selbst wenn Radu die beste Idee hatte, um sie zu schützen, wussten alle immer mehr als er. Er blieb vor dem Wachtor stehen, einem Seiteneingang zu dem riesigen Haremskomplex. Ein Wächter stand auf seinem Posten, sein weißer Turban ein heller Fleck in der dunklen Nacht. Bei seinem ersten Besuch hatte Radu versucht, einen Unterschied zwischen den Eunuchen und den unkastrierten

Männern zu erkennen, aber außer, dass ihre Stimmen weder so tief wie die eines Mannes noch so hoch wie die einer Frau waren, konnte er nicht sagen, wer ein Eunuch war und wer nicht.

Der Wachmann, dem Radu schon einmal begegnet war, neigte den Kopf neugierig zu Radu, bevor er Mehmed hinter ihm bemerkte. Er verbeugte sich tief bis zum Boden und stand dann stramm.

Mehmed würdigte ihn keines Blickes und ging schnurstracks an ihm vorbei. Radu nickte, und die Blicke des Mannes folgten ihnen. Ohne anzuklopfen betrat Mehmed die äußeren Gemächer des Obersten Eunuchen.

Obwohl es schon spät war, verging nicht mehr als eine Minute, bis der Oberste Eunuch sich zu ihnen gesellte. Er war ein älterer Mann, fast vierzig Jahre alt, mit faltiger Haut und unscharfen Zügen, als hätte sich sein Gesicht nie ganz entscheiden können, wer es sein wollte. Er verbeugte sich vor Mehmed, dann richtete er sich auf und lächelte Radu an. Er nahm Ladas blutverschmierte Erscheinung mit einem kurzen Blick zur Kenntnis. »Wie kann ich Euch dienen, mein Sultan?«

»Ich brauche eine Konferenz mit der Valide Sultan. Und eine Unterkunft für die Nacht.«

»Selbstverständlich. Wessen Gesellschaft wünscht Ihr?«

Radu brauchte einen Moment, um der Leichtigkeit zu folgen, mit der der Oberste Eunuch die Frage stellte. Und dann einen weiteren Moment, um zu verstehen, was sie bedeutete. Sein Gesicht wurde heiß vor Verlegenheit, aber auch vor Neugierde. War das … Kam Mehmed regelmäßig hierher? Genoss er bereits die Vorzüge des Sultanseins? Wie viele Konkubinen konnte er in so kurzer Zeit um sich geschart haben? Hatte er bereits eine Frau? Im Islam gab es Vorschriften darüber, wie viele Ehefrauen ein Mann haben durfte, aber für Sultane wurden Ausnahmen gemacht.

Und wie war es, mit ihm zusammen zu sein? Liebten sie ihn? Warteten sie jeden Tag und hofften, ihn zu sehen?

Radu warf Lada einen Blick zu, weil er wissen wollte, ob sie sich dieselben Fragen stellte. Ihr Blick war entschlossen auf die gegenüberliegende Wand gerichtet, ein finsterer Ausdruck lag auf ihrem Gesicht. Man hatte ihr das Blut um den Mund und von den Händen gewaschen, aber es waren noch Spuren davon zu sehen. Sie sah wild und wütend aus, ganz und gar nicht wie eine Konkubine. Zumindest nicht so, wie Radu sie sich vorstellte.

Radu stellte sich Konkubinen wie sein Kindermädchen vor, matronenhaft und sanft, immer mit Nähen oder Herumtollen beschäftigt. Er wusste, dass das nicht ihr Zweck war, aber immer, wenn er versuchte, sich *das* vorzustellen, wurde alles verschwommen und verworren.

Mehmeds Stimme war angespannt. »Niemand heute Nacht. Ich bin geschäftlich hier. Bereite auch ein Zimmer für meine Begleiter vor. Lada wird ein Bad benötigen.«

»Soll ich die Dienerschaft bitten, sie in ihr neues Zimmer zu begleiten?«

»Nein!« Mehmeds Antwort kam als Schrei heraus, und der Oberste Eunuch erschrak. »Nein. Sie ist hier als Gast, nicht als … Bewohnerin. Bring uns im Trakt der Wachen unter.«

»Und niemand darf wissen, dass wir hier sind«, ergänzte Radu, der sich nicht sicher war, ob er sprechen durfte, aber er befürchtete, dass Mehmed zu sehr abgelenkt war.

Mehmed warf ihm einen kurzen, dankbaren Blick zu. »Ja. Mein Besuch gilt allein der Valide Sultan, und niemand – nicht einmal meine Wachen, falls sie nachfragen sollten – darf wissen, dass wir hier sind.«

Der Oberste Eunuch nickte, verbeugte sich erneut und verließ den Raum, um Vorbereitungen zu treffen. Sobald er weg war, sanken Mehmeds Schultern herab. Er legte eine Hand über seine Augen und ließ den Kopf hängen. Lada hatte ein wenig getrocknetes Blut an ihrer Hand gefunden und rieb sie wütend an ihren Röcken, um sie zu reinigen. Dass ihre Röcke jedoch blutbefleckt waren, schien ihr nicht in den Sinn zu kommen. Radu stand zwischen ihr und Mehmed, ohne zu wissen, was die beiden brauchten, aber er vermutete, dass es bei beiden dasselbe war.

Er ging zu Mehmed statt zu seiner Schwester und legte seinen Arm um die Schultern des Sultans. Mehmed lehnte sich dankbar an ihn. Radu sah zu Lada hoch und streckte seinen freien Arm aus. Sie betrachtete ihn, die Augen schwer vor Erschöpfung und etwas, das verdächtig nach Kummer aussah. Doch bevor sie sich rühren konnte, kam der Oberste Eunuch zurück. Mehmed richtete sich auf und entfernte sich von Radu, und Lada starrte wieder an die Wand.

»Folgt mir«, sagte der Oberste Eunuch, und Radu fand sich wieder einmal ganz hinten wieder, wo der Lichtschein der Lampe des Eunuchen ihn nicht ganz erreichte.

23

Mehmeds Mutter bewegte sich mit einer sinnlichen Anmut, die Lada Angst machte.

Lada schien sich nirgendwo wohlzufühlen, ganz gleich, wo sie in dem üppig parfümierten und gepolsterten Raum saß. Die Valide Sultan nahm hier zu viel Raum ein, mit ihrer Seide und ihrem Schleier und ihrem kostbaren Tropfenschmuck, mit ihrem aufmerksamen Gesicht und ihrem berechnenden Lächeln und der Art, wie sie mit der Präzision eines Janitscharenschwertes über mehrere Kissen hinweg ausgestreckt dalag.

Wenn Halima und Mara verschiedene Jahreszeiten waren, so war Huma die Natur selbst.

»Nehmt Platz.« Ihre Stimme war freundlich, aber ein Zusammenkneifen ihrer Augen zeigte, dass sie keinen Widerspruch duldete. Mehmed ging nicht länger auf und ab und setzte sich ihr gegenüber. Er wirkte genauso verstört wie Lada. Er hatte seine Mutter eigentlich nie gekannt und kam nun aus einer Position der Schwäche zu ihr. Das war nicht ideal.

Lada erinnerte sich an das Gefühl, wie der Dolch auf den Widerstand des Fleisches traf, auf den unnachgiebigen Knochen, der den Dolch von seinem Weg ablenkte, immer weiter, tiefer, tiefer suchend …

Nicht ideal. Nichts von alledem war ideal. Sie hatte gebadet, ihr Haar war noch nass, aber ihre Hände fühlten sich klebrig an, und ihr Mund wollte die Erinnerung an den starken, metallischen Geschmack von Blut einfach nicht aufgeben.

Radu jedoch schien fasziniert, ja sogar entzückt von der Valide Sultan zu sein. Er saß in ihrer Nähe und hatte einen entrückten, verehrenden Ausdruck auf seinem Gesicht. Als spüre sie das Gewicht seiner Bewunderung, wandte sich ihm die Valide Sultan zu. Ihre Lippen, die denen Mehmeds so ähnlich waren, teilten sich auf eine Weise, die fast dem Lächeln ihres Kindermädchens glich. So hatten sich ihre Lippen für Mehmed nicht bewegt.

»Es war sehr klug von dir, ihn hierherzubringen. Radu, nicht wahr?« Sie setzte sich auf, beugte sich vor und legte ihren Finger unter sein Kinn, um sein Gesicht anzuheben. »Wunderschön«, murmelte sie. Ihr Blick wanderte zu Lada, die ihre Wirbelsäule versteifte und das Kinn trotzig reckte. Sie wusste, wie der Vergleich ausfallen würde. Das Lächeln der Valide Sultan wandelte sich in etwas weniger Mütterliches, aber Lada wusste nicht, was es war.

»Valide Sultan«, sagte Lada, die sich über das Schauspiel ärgerte, das sie ertragen mussten, »wir müssen …«

»Ihr dürft mich Huma nennen. Ihr beide.« Sie drehte sich wieder zu Mehmed um, ließ sich wieder nieder und stützte ihre schöne Wange auf ihre Handfläche. »Und du darfst mich Mutter nennen.« Ein kleines Lachen, wie Münzen, die in einen Brunnen geworfen werden, kam über ihre Lippen.

»Wir haben keine Zeit …«

Huma hob eine mit Gold beschwerte Hand und unterbrach Mehmed. »Wir haben keine Zeit, in Panik zu geraten oder Schwäche zu zeigen. Wir haben alle Zeit der Welt, um dir deinen wohlverdienten Urlaub zu gönnen, während du die Freuden deines Harems in vollen Zügen genießt. Wenn der neue Sultan eine ganze Woche lang ausschweifend und ausgelassen mit seinen Frauen feiern will, kann niemand ihm das verdenken. Oder ihn unterbrechen. Oder Zugang zu ihm erhalten. Und niemand könnte entdecken, wie schwach seine Macht wirklich war und wie nahe er daran war, ermordet zu werden, bevor er regieren konnte.«

»Aber der Attentäter …«

»Hat nicht existiert. Es ist nie geschehen. Niemand würde jemals versuchen, dem Sultan das Leben zu nehmen, denn zuzugeben, dass ein Versuch stattgefunden hat und fast erfolgreich gewesen wäre, bedeutet zuzugeben, dass es möglich ist, sich ein Osmanisches Reich ohne dich an der Spitze vorzustellen.« Ihre dunkel umrandeten Augen verengten sich. »Verstehst du? Du versteckst dich hier nicht. Du schwelgst. Du genießt deine Macht.«

Mehmed nickte mit einer leichten Neigung des Kopfes.

Humas Gesicht wandelte sich wieder zu der fröhlichen, lieblichen Maske. »Ich habe den Obersten Eunuchen bereits angewiesen, die Paschas und Wesire über deine Aktivitäten zu informieren. Es wird sich herumsprechen. Wir haben alle Zeit, die wir brauchen.«

Es war eine gute Lüge. Und damit sie gut war, musste die Lüge glaubhaft sein. Lada wollte nicht darüber nachdenken, warum sie so leicht zu glauben war, wie viel Zeit Mehmed bereits hier verbracht hatte, ob es einen Präzedenzfall gab. Sie wollte über all das nicht nachdenken.

Es machte sie schwach, dieses Vermeiden der Realität. Und noch immer schreckte sie zurück, wenn ihr Verstand versuchte, sich darauf einzustellen.

Huma stand auf, ein Rascheln von Seide und eine süße Wolke folgten ihr. Aber da war auch ein Unterton, ein scharfer Duft, durch den Ladas Augen tränten und ihr Kopf schwamm. »Geht jetzt auf eure Zimmer. Die Dienerschaft wird sich gleich um euch kümmern.«

Mehmed öffnete den Mund, als wolle er widersprechen. Huma hob eine einzige perfekte Braue. »Überlass das deiner Mutter, mein teurer Sohn.« Die sanften und beruhigenden Worte wurden in einem Ton gesprochen, der wie eine Nadel stach.

Mehmed täuschte einen gleichgültigen Blick vor und ging gefolgt von Radu an ihr vorbei. Lada stand auf, um ebenfalls zu gehen, aber Humas Arm schoss vor und versperrte ihr den Weg. »Nimm eine Mahlzeit mit mir ein.«

»Ich würde lieber in mein Zimmer zurückkehren.«

Huma fuhr mit einem Finger die Linie ihrer eigenen Hüfte entlang und strich träge über den Stoff ihres Kleides. »Das war keine Bitte.«

Lada machte einen Schritt nach vorne, aber Huma hielt sie am Handgelenk fest. Huma lachte, und in ihrem Lachen hörte Lada all die Geheimnisse, in die sie nie eingeweiht gewesen war. »Ladislava Dragwlya, die Tochter von Vlad, der seine Truppen, darunter auch seinen eigenen Sohn, in den Kampf nach Varna schickte, wodurch sein Vertrag mit den Osmanen hinfällig wurde und das Leben seiner Kinder völlig verwirkt war. Ladislava, um die sich außer ihrem schönen Bruder und einem machtlosen Sultan niemand auf der Welt kümmert. Kleine Lada, die in meinem Haus unter meinem Schutz steht, *setz dich.*«

Lada erinnerte sich an das Gefühl von Haut und Sehnen, die zwischen ihren Zähnen eingeklemmt waren, an den Widerstand des Fleisches, das auf die Entschlossenheit ihres Kiefers traf. Für einen kurzen, schwindelerregenden Moment erwog sie, Huma anzugreifen und sie zu zerfleischen, wie sie es mit Mehmeds Angreifer getan hatte.

Stattdessen setzte sie sich.

»Braves Mädchen.« Huma klatschte in die Hände, und ein Trio zarte Blumen in Mädchengestalt kam herein, stellte Essen und Getränke vor sie hin und glitt dann lautlos davon. Lada beobachtete die Mädchen, und während sie sie beobachtete, fragte sie sich: *Gehören sie Mehmed? Ist er hier gewesen? Hat er diese Blumen gepflückt?*

Humas rote Zungenspitze fuhr über ihre Zähne, als sie das Essen vor ihnen betrachtete. Lada fühlte sich an eine Schlange erinnert, was sie verwirrte. Die Frauen waren der Garten und die Männer waren die Schlangen. Ihr Kindermädchen hatte ihr erklärt, wie Männer und Frauen im Ehebett zusammenkamen, als sie noch sehr jung war, etwa zur gleichen Zeit, als ihre Religionslehrer ihr die Geschichte von Adam und Eva beigebracht hatten. Die beiden hatten sich in ihrem Kopf vermischt, bis es die Männer und ihre Schlangen waren, die Eva dazu gebracht hatten, ihren schönen, perfekten Garten zu verlieren.

Kein Garten könnte die Einführung einer Schlange überleben. Alles wäre verloren, würde dann für immer der Schlange gehören.

Natürlich wusste Lada durch das rüde Gerede und die anschaulichen Geschichten der Janitscharen jetzt mehr. Sie hatten nur ihre Überzeugung bestärkt, dass ihre Interpretation die ganze Zeit über richtig gewesen war.

Aber hier war Huma, und sie war kein Garten. Sie war eine Schlange. »Murad mochte seine Mädchen sehr jung. Ich habe mehrere Jahre lang fast nichts gegessen, damit ich klein und unentwickelt blieb.« Sie nahm eine Hühnerkeule in die Hand, die gebraten und mit Pfefferflocken bestreut war. Sie rollte mit den Augen, als sie hineinbiss, und ein leises, zufriedenes Brummen kam über ihre Lippen. »Ich dachte, ich würde vor Entbehrung sterben, bevor ich jemals einen Erben empfangen könnte. Aber dann nahm der kostbare Mehmed in meinem Schoß Platz, und ich konnte wieder essen.«

Lada nahm sich ein Fladenbrot und riss es in kleine Stücke, während sie Huma dabei zusah, wie sie sich über ihr Essen hermachte. Noch einige Male brachten die kleinen Blumen Essen, füllten Huma Wein nach und wischten ihr sogar den Mund ab.

»Du bist von den Mädchen fasziniert«, sagte Huma. Lada lenkte ihre Aufmerksamkeit schnell wieder auf die ältere Frau. Sie hatte angenommen, dass Huma so sehr in ihren Essensgenuss vertieft war, dass Lada ihre Gedanken und ihren Blick hatte schweifen lassen.

»Warum verschleiern sie ihr Gesicht? Hasst euer Gott sogar den Anblick von Frauen?«

Huma lachte. »Du verstehst das falsch. Frauen sollten ihren Körper verschleiern, ja. Aber die Verhüllung des Gesichts ist ein Statussymbol. Nur Frauen, die so gut versorgt sind, dass sie es sich leisten können, keine niederen Arbeiten zu verrichten, dürfen einen Schleier tragen. Diese Mädchen haben sich ihren Schleier verdient. Er ist ein Zeichen des Privilegs.«

»Privileg? Sie sind Sklaven!«

Huma lachte. »Das bin ich auch, meine Teure. Ich wurde als sehr junges Mädchen verkauft und ebenfalls als Dienerin in den Harem gebracht.«

Lada machte ein finsteres Gesicht. »Du hättest gegen sie kämpfen sollen. Du hättest fliehen sollen.«

»Wohin? Ich war wütend, viele Jahre lang. Und verängstigt. Aber es gibt viele Wege, mächtig zu sein. Macht liegt in der Stille. Macht liegt im Beobachten, im Warten, darin, das Richtige zur richtigen Zeit zur richtigen Person zu sagen. Es liegt Macht darin, eine Frau zu sein – oh ja, Macht in diesen Körpern, die du mit Verachtung betrachtest.« Huma strich mit einer Hand über ihre üppigen Brüste, über ihren Bauch und legte sie auf ihre Hüfte. »Wenn man etwas hat, das jemand anders haben will, hat man immer ein gewisses Maß an Macht.«

»Aber man kann sie dir wegnehmen.« Lada hatte genug von Männern und der Welt gesehen, um zu wissen, dass der Körper einer Frau kein Objekt der Macht war.

»Oder sie kann im Austausch für wichtigere Dinge gegeben werden. Diese Mädchen, meine Dienerinnen, verstehen das. Die klugen, jedenfalls. Sie werden Jahre damit verbringen, aufzusteigen und zu versuchen, in eine Position zu gelangen, in der sie ein gewisses Maß an Kontrolle haben. Diejenigen, die klug sind, werden besser abschneiden als die, die einfach nur schön sind.«

Ihr Blick war so scharf, dass Lada errötete. Sie ließ die zerrissenen Fladenbrotstücke auf den Teller vor ihr fallen. Sie fühlte sich verkrampft, unbeholfen und hässlicher, als sie sich jemals zuvor gesehen hatte. Die meiste Zeit ihres Lebens hatte es sie nicht gestört, weil sie wusste, dass sie nicht schön war und niemals allein wegen ihres Aussehens bewundert werden würde. Aber Huma benutzte ihr Gesicht als Waffe und Werkzeug, wie es Lada nie konnte. Lada hatte nie begriffen, dass sie allein durch attraktives Aussehen mehr Machtfäden hätte erlangen können.

Lada hob trotzig ihr Kinn. »Ich kann stark sein, ohne etwas aufzugeben. Ich habe Mehmed gerettet.«

Huma nahm eine Dattel in die Hand und saugte daran. »Mmm. Ja, das hast du. Und das hast du gut gemacht. Aber du hast doch nicht geglaubt, dass du die einzige Frau bist, die jemals getötet hat, um ihn zu schützen, oder?«

Lada runzelte verwirrt die Stirn und bereute es dann sofort. Huma schien aus allem Informationen zu ziehen. Sie fuhr mit ihren langen Fingern durch Ladas Seele, indem sie nur ihr Gesicht beobachtete.

Huma lehnte sich in die Kissen zurück und hob eine Hand an ihren Kopf, wobei ihr Ärmel herunterfiel und die lange, blasse Kurve ihres Arms zeigte. »Es war eine solche Tragödie, als Mehmeds ältester Bruder erkrankte und so plötzlich starb. In seiner Blütezeit niedergestreckt zu werden! Und dann Mehmeds zweiter Bruder und seine beiden Söhne, ermordet von unbekannten Angreifern. Oh, wie traurig. Nur ein Sohn übrig, der das Erbe antreten kann, sollte Murad in der Schlacht fallen!« Ihr Ausdruck von spöttischer Trauer wandelte sich in etwas Dunkleres, Grimmigeres. »Oder sollte er beschließen abzudanken und seinen einzigen verbliebenen Erben einfach den Wölfen zum Fraß vorwerfen. Murad hat alles aufs Spiel gesetzt, wofür ich gearbeitet habe.«

Ladas Gedanken wirbelten. »Aber du kannst den Harem nicht verlassen! Wie konntest du das alles tun?«

»Hast du die Männer gesehen, die hier arbeiten?«

Lada schüttelte den Kopf.

»Genauso soll es sein. Meine kostbaren Eunuchen, sie bereiten allen ein tiefes Unbehagen. Die Menschen können ihren Anblick nicht ertragen, sie quälen sich mit der Vorstellung, was sie durchgemacht haben müssen, um zu werden, was sie sind. Die Eunuchen sind Sklaven, genau wie ich, aber auch sie haben Opfer gebracht. Ihnen wurde etwas Kostbares und Unersetzliches genommen, und damit haben sie sich einen Platz der Macht geschaffen. Sie sind überall in diesem Land, in jedem wichtigen Haushalt; sie sind Angestellte, sie sind Wächter, sie gehören *mir.*« Huma setzte sich auf, ihre Bewegung war so abrupt und heftig im Vergleich zu ihren trägen, sinnlichen Bewegungen, dass Lada zusammenzuckte.

»Du siehst das hier« – Huma zeigte auf den Raum, das Gebäude und schließlich auf sich selbst – »als ein Gefängnis. Aber du irrst dich. Dies ist mein Hof. Dies ist mein Thron. Dies ist mein Königreich. Der Preis war meine Freiheit und mein Körper.« Ihre feinen Augenbrauen hoben sich, ihr Mund war verspielt, ihr Blick hart. »Die Frage ist also, Drachentochter, was wirst du opfern? Was willst du dir wegnehmen lassen, damit auch du Macht haben kannst?«

Das war so anders als das, was Mara Lada dargelegt hatte. Es war keine Selbstaufopferung zum Nutzen einer größeren Sache, sondern das Opfern eines Teils von sich selbst für die Verfolgung eines persönlichen Vorteils. »Ich – nichts, ich – ich«, stammelte sie.

»Würdest du meinen Sohn opfern?«

»Was? Nein! Ich habe ihn beschützt, ich …«

»Würdest du deine Vorstellung von dem, wie dein Leben sein sollte, für das opfern, was es sein könnte, wenn du an der Seite meines Sohnes herrschst?« Huma hielt inne, dann lachte sie über Ladas gequälten Gesichtsausdruck. »Das ist also nicht dein Plan. Nun gut. Du kannst jetzt gehen. Aber ich möchte, dass du darüber nachdenkst, was geopfert werden muss, um eine Zukunft zu sichern, in der dir niemand etwas anhaben kann. Ich möchte, dass du an Mehmed und seine Zukunft denkst.« Sie winkte herablassend mit der Hand, und Lada floh.

24

Die Angst, die sich in der Dunkelheit so überwältigend angefühlt hatte, schien am nächsten Tag gemildert zu sein, als die strahlende Sonne einen Palast beleuchtete, in dem alles seinen gewohnten Gang ging.

Huma hatte Radu und Lada angewiesen, so zu tun, als hätte sich nichts geändert, und keine Aufmerksamkeit auf sich zu ziehen.

Radu holte tief und zitternd Luft und schob sich dann an der Wand entlang in Richtung von Mehmeds Zimmer. Es war wahrscheinlich keine gute Idee, an den Ort des Attentats zurückzukehren. Wenn Soldaten im Flur waren, würde er sich umdrehen und weglaufen. So tun, als hätte er sich verlaufen. Beten, dass sie nicht diejenigen waren, die das zugelassen hatten, denn Mehmed wusste nicht, wer Dienst gehabt hatte, und sie konnten schlecht danach fragen.

Aber Radu wollte mutig sein. Vielleicht hatten Lada und Mehmed in ihrem Schrecken etwas übersehen. Wenn er hineinging, wenn er das Zimmer durchsuchte und …

Allein die Worte *die Leiche* zu denken, ließ ihn zurückschrecken. Aber er würde es tun. Huma wollte so tun, als sei es nie passiert. Radu hingegen wollte wissen, warum es passiert war. Wenn er einen entscheidenden Hinweis fand, konnte er Mehmed dieses Mal vielleicht retten. Radu hatte Mehmed zwar in Sicherheit gebracht, aber Lada war diejenige, die ihn wirklich gerettet hatte.

Das beunruhigte ihn mehr, als es sollte. Und machte ihn leichtsinnig.

Doch als er um die Ecke bog, war der große Flur vor Mehmeds Zimmer wie leer gefegt.

War die Leiche noch drinnen? Hatte niemand sie entdeckt? Huma hatte allen mitgeteilt, dass Mehmed im Harem schwelgte. Vielleicht war seitdem niemand mehr in Mehmeds Räumen gewesen. Voller Angst und morbider Neugier schlüpfte Radu durch die Türen, durch Mehmeds Vorraum in Richtung seines Arbeitszimmers. Er hielt den Atem an und trat ein.

Kein Blut auf dem glänzenden Fliesenboden. Kein weggeworfener Dolch.

Kein lebloser Attentäter.

Irgendjemand hatte doch aufgeräumt. Nichts deutete auf die Gewalt hin, die in diesem Raum geherrscht hatte.

Aber nein – das war falsch. Ein Teppich, einer von Radus Lieblingsstücken, fröhlich blau und gelb, war verschwunden. Der einzige Beweis war das Fehlen von Dingen, die dort hätten sein müssen: die Leiche, das Blut, der Teppich und Mehmed.

Radu ging zum Schreibtisch und legte ehrfurchtsvoll seine Hände auf verschiedene Gegenstände. Ein Tintenfass. Eine Karte von Konstantinopel mit Notizen, die in Mehmeds kompakter, aggressiver Schrift darauf gekritzelt waren. Mehrere Heftchen mit religiösen Gedanken, die Radu sich gerne ausleihen wollte. Ein schwerer, in Leder gebundener Foliant, der das Leben Alexanders des Großen beschrieb.

Leise wurde eine Außentür geöffnet, und Radu geriet in Panik. Er warf sich hinter eine Säule, als sich die Tür zum Arbeitszimmer aufschob.

Die Schritte des Eindringlings waren leise, aber sicher. Radu hörte, wie Gegenstände bewegt wurden, dann das Knistern eines steifen Pergamentblatts, das sich gegen das Ausrollen wehrte. Der Eindringling verschwand so schnell, wie er gekommen war. Nach ein paar Sekunden, in denen sich sein Herzschlag beruhigte, verließ Radu sein Versteck und kehrte zum Schreibtisch zurück. Alles war da.

Ausgenommen die Karte von Konstantinopel mit Mehmeds sorgfältigen Notizen.

Ohne sich die Zeit zu nehmen, darüber nachzudenken, rannte Radu aus den Räumen. Er sah einen Hauch von Bewegung hinter einer entfernten Ecke und lief hinterher. Er bog um dieselbe Ecke und sah die Gestalt – einen Jungen, vielleicht sechzehn Jahre alt, der die einfache Kleidung eines Dieners trug und sich unterwürfig, aber zielstrebig bewegte. Genauso würde Radu sich bewegen, wenn er unbemerkt irgendwohin gelangen wollte.

Und so ahmte er die Haltung des Jungen nach, behielt ihn immer im Blickfeld, blieb aber weit genug zurück, um nicht aufzufallen. Er folgte dem Dieb aus dem Palastgelände hinaus zur nächsten Straße, wo sich opulente, majestätische Häuser auf dem Kopfsteinpflaster drängten. Der Dieb gesellte sich zu mehreren Menschen, die durch die Tore des ersten Anwesens ein- und ausgingen. Radu griff nach einem Korb, der neben dem Eingang auf den Steinen lag, und klemmte ihn sich unter den Arm. Er war dankbar, dass er heute einfache Kleidung trug und nicht eins der schöneren Kleidungsstücke, die Mehmed ihm geschenkt hatte.

Der Dieb betrat das Haus durch eine Seitentür. Er wusste, wohin er ging. Radu folgte ihm und schlängelte sich durch die geschäftige Küche, wobei er seine Beute beinahe aus den Augen verlor. Sie gingen durch einen hinteren Flur und dann eine schmale, versteckte Treppe hinauf, die von den Bediensteten benutzt wurde. Die Wände waren eng, die Stufen uneben, die Luft feucht von der Enge. In der Düsternis sah Radu gerade noch, wie sich eine Tür schloss, als er eine weitere Treppe hinaufsteigen wollte. Er schob sich durch die Tür in eine andere Welt. Das Licht strömte mit unbekümmerter Hingabe durch einen breiten, hohen Flur. Dicke gewebte Teppiche lagen auf dem Boden, und in den Zwischenräumen schimmerten Fliesen. Statuen und Töpferwaren leisteten den türkisfarbenen Wänden Gesellschaft und versicherten sich gegenseitig ihrer glorreichen Schönheit. In regelmäßigen Abständen hingen auf Hochglanz polierte Metallspiegel, die den Eindruck erweckten, als gäbe es noch weitere Flure.

Alle Türen waren verschlossen, und von dem Dieb war keine Spur zu sehen. Radu wäre fast ins Treppenhaus zurückgewichen, als er bemerkte, dass eine der schweren Holztüren leicht angelehnt war. Er schlich darauf zu. Wenn ihn jemand erwischte, hätte er keine Ausrede mehr für seine Anwesenheit.

»... aufgeräumt, wie Ihr vorausgesagt habt«, sagte eine Stimme, die Radu nicht erkannte, aber vermutete, dass es die des Dieners war.

»Das kleine Schwein«, knurrte eine tiefere, ältere Stimme. Es gab ein raues Geräusch, als ob Pergament geglättet würde, dann herrschte ein paar Sekunden lang Totenstille. Radu blickte nervös den Gang hinunter, aber noch war er sicher.

»Arroganter Teufel«, sagte der ältere Mann, gefolgt von einigen Flüchen. »Er glaubt, er könne die Mauern der Stadt überwinden? Dass es seine göttliche Berufung sei? Möge Gott uns vor solchen Dienern bewahren.«

Pergament raschelte, eine Schreibfeder kratzte. Schweiß rann Radu den Rücken hinunter. Er holte tief Luft und richtete seinen Blick auf die Tür, die einen Spalt offen stand. Der Raum war nur durch diesen schmalen Spalt zu sehen, und Radu bewegte sich, um sein Sichtfeld zu erweitern. Da, der Rücken des Dieners. Und an einem Schreibtisch der Mann, der Wachs auf einen gefalteten Brief träufelte, um ihn zu versiegeln.

Halil Pascha.

Halil Pascha drückte einen Ring in das Wachs und reichte den Brief an den Diener weiter. »Sorge dafür, dass dieser Brief zugestellt wird.«

Radu stürzte von seinem Beobachtungsposten nahe der Tür zurück ins Treppenhaus. Sein Atem kam in flachen, verzweifelten Atemzügen. Er kroch in den Schatten, drückte sich an den Fuß der nächsten Treppe und wartete.

Die Tür öffnete sich, und Radu stürzte sich erschrocken und übereilt auf den Diener. Der Junge griff nach Radus Hemd, aber seine Finger fanden keinen Halt. Er fiel rückwärts die schmale Treppe hinunter und knallte mit dem Kopf gegen die Wand. Seine Füße flogen über ihn hinweg, dann prallte sein Körper auf den Boden und schließlich blieb er in einem merkwürdigen Winkel liegen.

Radu wartete einen Atemzug, zwei Atemzüge, drei unendlich lange Atemzüge, die seine Lungen mit Angst statt mit Luft füllten, und dann, als der Diener sich nicht rührte und nicht um Hilfe schrie, eilte er an seine Seite. Er hielt den Brief nicht in seinen Händen, es war alles umsonst, Radu hatte ihn ermordet und nun …

Der Brustkorb des Jungen bewegte sich, und ein leises Stöhnen kam über seinen Lippen. Radu schickte erleichtert ein Stoßgebet zum Himmel, dann tastete er die Kleidung des Dieners ab … ja! Der Brief! Er steckte ihn in sein Hemd, dann eilte er die Treppe hinunter und fiel dabei fast über seine eigenen Füße. Unten angekommen, nahm er sich ein paar kostbare Sekunden, verlangsamte sein Tempo und betrat in aller Ruhe die Küche. Jedes Glied schrie danach, zu rennen, aber er ging gemessenen Schrittes, mit einem angenehm ausdruckslosen Gesicht, bevor er schließlich in das Sonnenlicht des Hofes trat und durch das Tor entkam. Erst als er sich wieder dem Schlossgelände zuwandte, erlaubte er sich zu rennen.

Dunkles Haar und ein vertrauter, aggressiver Gang fielen ihm ins Auge. Keuchend vor Erleichterung änderte er die Richtung, stieß mit Lada zusammen und warf sie beinahe um.

»Was ist los mit dir?«, sagte sie und packte ihn an den Schultern, um sie beide zu beruhigen.

»Ich komme gerade von … jemand war in Mehmeds Zimmer und hat gestohlen … hier ist ein Brief!« Er fuchtelte damit vor Ladas Gesicht herum. Verärgert riss sie ihm den Brief aus den Fingern und stakste davon. Er folgte ihr und sah immer wieder suchend über seine Schulter.

»Lass das«, schnauzte sie. »Du könntest genauso gut eine Fahne schwenken, auf der ›Ich bin schuldig!‹ steht.«

Er versuchte, ihren Gang zu kopieren, und zwang sich, geradeaus zu schauen. Als sie im Harem ankamen, ließ ein Eunuch sie hinein, und sie kehrten in Ladas Zimmer zurück. Es war spärlich eingerichtet, mit einem einfachen Bett und einem einfachen Stuhl, dem

Nachttopf in der Ecke und einem kleinen Waschbecken auf einem niedrigen Tisch.

»Mein Zimmer ist schöner«, sagte Radu, dessen Nerven zum Zerreißen gespannt waren.

»Natürlich ist es das.« Lada setzte sich auf das Bett und ließ den Brief neben sich fallen. »Huma liebt dich. Alle lieben dich.«

Radu brannte darauf, herauszufinden, was in dem Brief stand, und Lada zu sagen, wie gut er sich geschlagen hatte. Es würde wichtig sein. Das musste es sein. Aber … was, wenn es nichts war? Was, wenn er einen Diener wegen eines Briefes an einen entfernten Verwandten angegriffen hatte? Halil Pascha hatte nichts von dem Attentat gesagt. Der Diener könnte etwas abgeholt haben, das Halil Pascha haben sollte.

Radu zögerte, weil er Angst hatte, sich zu irren, und Angst hatte, recht zu haben. »Was hast du draußen gemacht?«

»Ich habe Nicolae besucht. Er hat nichts von einem Anschlag auf Mehmeds Leben gehört. Iljas führt seine Männer weiter, als wäre alles normal.«

»Aber es sollte doch unter uns …«

Lada hob eine Hand, um ihn zum Schweigen zu bringen. »Nicolae wird die Nachricht nicht verbreiten. Wir können ihm vertrauen. Der Anschlag hat ihn zwar gewundert, meine Theorie hingegen, dass es ein Janitschar war, nicht so sehr. Die Unzufriedenheit breitet sich unter den Männern wie eine Krankheit aus. Nicolae hat sogar von einigen Tschorbadschi gehört, dass sie Mehmed hassen …« Sie schnaufte verärgert über Radus verwirrten Blick. »Tschorbadschi sind die Befehlshaber der Janitscharen. Ich habe Gerede unter den Dienstrangen der Janitscharen gehört, aber wenn ein Tschorbadschi sich zu Wort meldet, muss die Lage ernst sein. Doch Nicolae weiß nicht, wer dafür verantwortlich ist.«

Radu hielt den Brief mit zitternder Hand hoch. »Vielleicht enthält er Antworten.«

Lada brach das Siegel und öffnete den Brief. Die Tinte war so frisch, dass Radu sie riechen konnte. Sein Blick fiel sofort auf die Unterschrift.

»Halil Pascha.« Lada spie seinen Namen wie einen Fluch aus. Sie stieß Radu nicht einmal mit dem Ellbogen weg, als er sich an sie lehnte, um den Brief zu lesen. »Er schreibt nach Konstantinopel. Um ihnen zu versichern, dass Mehmed die osmanischen Truppen niemals gegen sie führen wird.«

»Aber das kann er nicht versprechen! Mehmed ist fest entschlossen, ...« Radu brach ab.

Lada sah ihm in die Augen, die Schwere der Erkenntnis stand ihr ins Gesicht geschrieben. »Er *kann* das versprechen. Mehmed kann die osmanischen Truppen nicht gegen sie führen, wenn er tot ist.«

Radu stand auf. »Wir müssen es jemandem sagen! Halil Pascha wird verhaftet werden, und ...«

»Und wer soll ihn verhaften? Die Janitscharen des Sultans? Sie hassen Mehmed. Wir wissen nicht, wer von ihnen – oder wie viele oder wie hochrangig – von dem Anschlag wusste. Und wer würde uns glauben? Hier steht nichts darüber, dass sie Mehmed töten wollen oder es bereits versucht haben. Es ist ein fadenscheiniger Beweis gegen einen mächtigen Mann.«

»Wir müssen doch etwas tun!«

Lada runzelte die Stirn. »Wäre Murad doch nur zurückgekommen, wie er sollte, dann wäre das alles nicht passiert!«

»Mehmed wird den Thron nicht aufgeben. Er will ihn jetzt. Es muss einen anderen Weg geben, ihm zu helfen.«

Lada faltete den Brief und klopfte damit abwesend gegen ihr Bein. »Was würdest du für Macht opfern?«

»Wie bitte?«

Sie sah mit zusammengezogenen Augenbrauen zu ihm hoch und wirkte sehr nachdenklich. »Für die Macht würde Halil Pascha Mehmed töten. Für die Macht würden die Janitscharen ihre Pflicht gegenüber dem Thron aufgeben. Alle sind bereit, Mehmed zu opfern. Wir müssen als Erste herausfinden, wie wir es anstellen.«

Radu wich entgeistert zurück. »Wir müssen ihn beschützen! Ich werde nicht zulassen, dass du ihn opferst!« Er wandte sich zum Gehen. Lada packte ihn am Arm, aber er schüttelte sie ab und drehte den Türgriff. Lada stieß ihn zu Boden, ihr Knie grub sich in seinen Rücken.

»Sei still und hör mir zu! Etwas muss geopfert werden. Dieses Etwas ist Mehmed. Wir opfern Mehmeds Thron jetzt, damit er weiterlebt und ihn später einnehmen kann. Wenn er bleibt, wird er sterben. Wir sorgen für seine Sicherheit, bis er älter ist. Klüger. Stärker. Wenn er den Thron nicht mehr als machtloses Kind besteigen wird, sondern als die kostbare Hand Gottes auf Erden.«

»Verspotte ihn nicht!«

»Wir werden alles verlieren, Radu.« Ladas Stimme klang rau, und Radu hatte plötzlich Angst, dass er sie weinen sehen würde, wenn er ihr Gesicht sehen könnte. Die Vorstellung, dass Lada zusammenbrechen könnte, machte ihm mehr Angst als alles andere. Der Mann, den sie getötet hatte, der Angriff, sie waren ihm fremd. Er hatte sie weder gesehen noch wirklich gespürt. Aber wenn Lada weinte, bedeutete das das Ende seiner Welt. Wenn Lada nicht stark sein konnte, wie sollte er es dann jemals sein können?

Sie fuhr fort. »Mehmed ist unser einziger Schutz. Glaubst du, ich will ihn machtlos sehen? Ohne Mehmed an der Spitze droht uns die Hinrichtung für die Verbrechen unseres Vaters.«

»Also helfen wir ihm! Wir finden heraus, wie wir Halil Pascha besiegen können!«

»Wir würden mit Mehmeds Leben spielen. Das nächste Attentat wird nicht scheitern.« Sie lehnte sich schwer auf ihn und nahm ihr Knie von seinem Rücken. »Unser Leben war in dem Moment verwirkt, als Vater uns hierherbrachte. Ich kann nicht …« Sie hielt inne, und ihre Stimme wurde leiser. Sie drehte eine seiner Locken um ihre Finger und zog daran, wie sie es getan hatte, als sie klein waren, aber ohne Kraft. »Ich werde Mehmeds Leben *nicht* für die Chance aufs Spiel setzen, dass es sich vielleicht zu unseren Gunsten auswirken könnte.«

»Das spielt keine Rolle. Mehmed wird niemals auf den Thron verzichten.« Wenn Lada ihn an jenem Tag im Bad gesehen hätte – seine Freude und seine Entschlossenheit –, würde sie es verstehen. Mehmed war jetzt der Sultan, mit so viel Leidenschaft wie für alles, wonach er strebte. Lada bewegte sich mit dem Rücken zur Tür. Radu schloss sich ihr an, Schulter an Schulter. »Wenn wir ihn bitten abzudanken, wenn wir ihm sagen, dass er nicht Sultan bleiben kann, wird er uns nie verzeihen. Wir werden seine Freundschaft und sein Vertrauen verlieren.«

»Dann sorgen wir dafür, dass ihm der Thron weggenommen wird. Es ist das – oder sein Tod. Der Thron und sein Stolz – oder sein Leben, Radu.«

Radu dachte an seinen Freund, dachte an das Feuer in dessen Herzen, das immer heller brannte, während er an der Verwirklichung seines Ziels arbeitete. Er dachte daran, dass ihm das alles auf die demütigendste Art und Weise genommen werden würde.

Er dachte daran, dass Mehmeds Funke für immer von der Welt genommen wurde.

Er lehnte seinen Kopf gegen das schwere Holz der Tür. Es würde Mehmed brechen. Aber es würde ihn retten. »Wie machen wir es?«

Lada legte ihre Hand dorthin, wo ein Schwert in der Scheide stecken würde, wenn sie mit den Janitscharen übte. »Ich glaube, ich habe eine Idee.«

»Ihr wollt, dass ich *was* tue?«, fragte Huma. Sie lachte, aber in ihren Augen war Gewalt zu erkennen.

»Die Janitscharen zum Aufstand bringen.«

»Warum sollte ich das tun? Das würde die ganze Stadt destabilisieren.«

»Genau.« Lada saß ganz still und sprach ruhig. Radu wusste, dass es sie große Mühe kostete – er konnte es daran erkennen, wie einer von Ladas Füßen, der nicht ganz unter ihren Röcken verborgen war, auf und ab wippte. »Sie sind bereits für einen Aufstand gerüstet. Wenn du jemanden bestechen kannst, der hoch genug steht, um ihn zu entfachen, werden die Soldaten folgen. Wenn Mehmed dich um Rat fragt, wie er damit umgehen soll, sag ihm, er soll ihren Sold erhöhen.«

Huma runzelte die Stirn. »Ich kenne den Kommandeur der Janitscharen, Kazanci Dogan. Er würde es tun, aber es ist auch ein gefährliches Vorgehen. Das Geld stammt aus den Steuern, die wir von sehr reichen, wichtigen Leuten nehmen. Sie werden nicht glücklich darüber sein, dass Mehmed den Forderungen der Janitscharen nachgibt, anstatt sie zu regieren.«

»Wenn genügend unglückliche Wesire, Paschas, Beys und Valis verlangen, dass Murad auf den Thron zurückkehrt, wird sogar er zuhören müssen.«

Humas elegante Hand schnitt durch die Luft zwischen ihnen. »Nein. Ich werde einen anderen Weg finden. Ich will Murad nicht zurück. Die Unruhe entsteht nur, weil die Janitscharen eine andere Option haben. Wäre Murad tot, müssten sie Mehmed akzeptieren.« Sie stand auf und ging hin und her. »Wenn Murad tot ist, könnte ich zur Regentin erklärt werden, bis Mehmed älter ist. Ich müsste mir Unterstützung holen. Ich denke, ich könnte Kazanci Dogan hinter mir haben, aber Halil Pascha ...« Sie setzte sich schwer hin, ihre Bewegungen waren nicht mehr anmutig. »Nein. Er würde mich niemals unterstützen. Sollte Murad etwas zustoßen, würde Halil Pascha sich zum Regenten erklären lassen. Und wenn er erst einmal auf dem Thron sitzt, sind wir alle tot.«

Lada fuchtelte nachdrücklich mit dem Finger. »Wir brauchen Murad. Wenn er nicht zurückkommt, wird Mehmed sterben.«

»Nein! Mit der Zeit wird jeder sehen, dass er ein guter Sultan sein wird.«

Radu reichte ihr den Brief, der sich viel schwerer anfühlte, als es das Pergament vermuten ließ. »Wir haben keine Zeit.«

Huma überflog ihn und zog beide Mundwinkel nach unten. Linien bildeten sich zwischen ihren Augen. »Konstantinopel. Diese verdammte Stadt.«

»Sie ist das Herz von allem«, sagte Lada. »Die Janitscharen wollen dort nicht kämpfen und fürchten, dass Mehmed sie gegen die Mauern der Stadt führen wird. Halil Pascha steht offensichtlich in Kontakt mit Konstantinopel, und die Stadt selbst wünscht Mehmeds

Tod. Und Mehmed wird aus seinen Zielen keinen Hehl machen, sodass man unmöglich seine Feinde davon überzeugen kann, sein Leben zu verschonen.«

Humas Stimme war nur noch ein Flüstern. »Es muss einen anderen Weg geben. Ich habe so lange und so hart gearbeitet, um hierherzukommen.«

»Es geht nicht um dich«, schnauzte Lada.

Humas Gesicht verhärtete sich. Radu beugte sich verzweifelt vor. Er musste sie überreden. »Ein entthronter Sohn ist für dich mehr wert als ein toter. Wir sorgen jetzt für seine Sicherheit, damit er, wenn er auf den Thron zurückkehrt, wirklich regieren kann. Mit dir als der mächtigsten Valide Sultan, die das Reich je gesehen hat.«

Für ein paar ewige Augenblicke blieb Huma vollkommen reglos. Und dann verschwand der steinerne Gesichtsausdruck. Ihre Augenlider waren schwer vor Resignation. »Nun gut. Ich werde das in die Wege leiten. Und jetzt raus hier.«

Erleichterung überkam Radu. Er und Lada standen auf, um zu gehen.

Humas Tonfall nahm wieder seinen normalen singenden, neckischen Klang an.

»Ihr beide seid sehr gute Freunde für meinen Sohn.«

Radu strahlte. Sie hatten die richtige Wahl getroffen. Aber dann fuhr Huma fort: »Und sehr, sehr schlechte. Betet, dass er nie erfährt, was ihr heute getan habt.«

Zwei Wochen später fuhren Lada und Radu neben Mehmed in der Kutsche, vorbei an den schwelenden Überresten der während des Aufstands niedergebrannten Gebäude. Raus aus Edirne und in Richtung Amasya.

Gemeinsam starrten sie auf die vorbeiziehende Landschaft, während sie von allen Träumen Mehmeds fortgetragen wurden.

Murad war wieder auf dem Thron. Radu und Lada hatten ihn nicht gesehen und nicht einmal seinen Namen erwähnt. Sie hatten beide zu viel Angst, um auch nur zu flüstern, was er tun könnte, wenn er sich daran erinnerte, was er ihrem Vater schuldete. Sie mussten jetzt nur noch in der Anonymität verschwinden und hoffen, dass niemand bemerkte, dass sie tot sein sollten.

Und so saßen Radu und Lada neben ihrem einzigen Freund. Radu war erleichtert, keinen Druck mehr zu haben. Wenigstens kehrten sie nach Amasya zurück. Sie waren dort glücklich gewesen. Vielleicht konnten sie es wieder sein.

Aber sie schwiegen beide über das gemeinsame Geheimnis ihrer Flucht, die Wahrheit, die Mehmed nie erfahren durfte. Ihr Geheimnis war tiefer und dunkler als der Teich im Wald. Lada nahm die Hand ihres Bruders und drückte sie, ein Griff, der so schmerzhaft war wie ihre neue Verbindung.

Sie hatten Mehmed verraten.

25

1451: Amasya, Osmanisches Reich

Lada schrie. Ihre Stimme wurde vom Wind weggerissen und verhallte nach hinten. Sie trieb ihr Pferd stärker an. Ihre Beute war dicht vor ihr, fast zum Greifen nah, aber sie näherten sich schnell den Bäumen und sie würde ihn verlieren, sobald sie die Bäume erreicht hatten. Das durfte nicht passieren.

Ein letzter Temposchub, und sie näherte sich dem anderen Pferd bis auf eine Handlänge. Sie warf ihr Bein über den Sattel und balancierte an der Seite. Mit einem Kampfschrei stürzte sie sich von ihrem Pferd und prallte gegen Radu.

Er schrie überrascht auf, und sie kämpfte um Halt. Sie wickelte eine Hand in seinen Umhang, warf ihren Oberkörper über den Sattel und griff nach den Zügeln. Das Pferd geriet aus dem Gleichgewicht, drehte sich wild zur Seite und blieb so plötzlich stehen, dass sowohl Lada als auch Radu abgeworfen wurden.

»Was stimmt nicht mit dir?«, rief Radu und stieß sie von sich. Sie rollte sich auf den Rücken, der strahlend blaue Himmel drehte sich über ihr.

Sie lachte.

»Hast du den letzten Rest Verstand verloren, den du noch hattest? Du hättest uns beide umbringen können!«

Lada, die immer noch vor Lachen keuchte, gab Radu einen leicht klatschenden Klaps auf die Wange. »Aber ich habe gewonnen.«

»Du …« Er tippte ihr mit einem Finger gegen den Arm. »Du …«

Als er seinen Atem wieder unter Kontrolle hatte, schüttelte Radu den Kopf und lächelte. »Du hast geschummelt.«

»So etwas wie Schummeln gibt es nicht. Es gibt nur Gewinnen oder Verlieren. Und ich habe gewonnen.«

»Und wenn wir beide gestorben wären?«

»Solange du zuerst gestorben wärst, hätte ich es als Sieg gewertet.«

Radus Ausatmen hätte auch ein Lachen sein können, und er eilte zu seinem Pferd, das mit vor Schreck geweiteten Augen in der Nähe stand. Er redete leise und beruhigend auf das Tier ein und streichelte seine lange, samtige Nase. Lada sah sich nach ihrem eigenen Pferd um. Es war ebenfalls in der Nähe, im Schutz der Bäume, und spähte zu ihnen hinaus.

Wahrscheinlich versteckte es sich vor ihr, schlaues Tier.

Radu beruhigte sich, sammelte beide Pferde ein und reichte Lada die Hand. Sie erlebte den üblichen Schock der Überraschung und Eifersucht, als sie feststellte, dass seine Hand größer war als ihre. Sie reichte ihm bis zum Kinn, wenn sie sich auf ihre Fußballen stellte. Irgendwann in den letzten zwei Jahren war aus ihrem kleinen Bruder ein Mann geworden. Er war schnell und stark gewachsen, die kindlichen Rundungen seiner Wangen verschwanden allmählich und offenbarten Wangenknochen und einen Kiefer aus Stein. Seine großen Augen, die keine kindlichen Züge mehr hatten, waren auffallend und wurden unter dichten Augenbrauen von dunklen, geschwungenen Wimpern umrahmt.

»Igitt«, murmelte sie und zog ihn an den Haaren. »Du bist so hübsch. Wie ein zarter Schmetterling unter meinem Stiefel.«

»Igitt«, erwiderte er und zog an einer ihrer Locken, die dick und grob waren. »Du bist so verrückt. Wie ein tollwütiger Hund, der eingeschläfert werden muss.«

Ihr Ritt zurück zum Bergfried verlief gemächlich und schlängelte sich am Ufer des Flusses entlang. Als sie durch die Stadt ritten, winkten verschiedene Ladenbesitzer und Händler Radu fröhlich zu, der sich nach kranken Kindern, der erhofften Ernte und anderen Banalitäten erkundigte, die den Raum hinter Ladas Augen weich und leer vor Langeweile werden ließen. Niemand grüßte oder beachtete Lada auch nur.

Ohne Radu wäre sie hier wahnsinnig geworden. In den zwei Jahren, seit sie Edirne verlassen hatten, hatte sich die Distanz zwischen ihnen ein Stück weit verringert. Sie teilten genug Blut und Geheimnisse, um zu wissen, dass sie ohne den anderen niemanden hatten.

Das war etwas.

Mehmed war der dritte Teil ihrer Verbindung. Er betrachtete sie als seine treuesten Freunde und einzigen Verbündeten. Die Schuld, es besser zu wissen, machte Lada weicher, ließ die Wut, die sie so lange aufrechtgehalten hatte, abklingen.

Hier waren sie sicher. Das war auch etwas.

Die letzten sechs Monate waren jedoch die langweiligsten, die sie je erlebt hatte. Da wieder Krieg gegen Hunyadi geführt wurde, waren alle fort, die ihr etwas bedeuteten. Selbst Mehmed war einberufen worden.

Jemand rief ihren Namen. Sie schrak auf und brachte ihr Pferd zum Stehen. Sie drehte sich um und sah Nicolae, der ihr entgegenritt. Sein vertrautes Grinsen war schnell und leicht, trotz der großen Scharte, die sich von der Mitte seiner Stirn über den Nasenrücken bis zur linken Wange erstreckte.

»Lada! Hast du mich vermisst?«

Sie runzelte die Stirn und tippte sich ans Kinn. »Warst du weg? Ich habe es nicht bemerkt.«

»Du hast dich jeden Tag in den Schlaf geweint.«

»Ich genoss die gesegnete Ruhe, die du in deinem Kielwasser hinterlassen hast.«

Er klopfte ihr auf die Schulter, immer noch strahlend, und sie erlaubte sich endlich ein Lächeln. In Wahrheit war sie überglücklich.

»Erzähl mir alles. Auch wie das passiert ist.« Sie nickte in Richtung seiner Narbe.

»Das? Ach, mein schönes Gesicht. Ist es nicht tragisch?«

»Du solltest dankbar sein. Zum ersten Mal in deinem Leben hast du zwei Augenbrauen statt nur einer.«

Nicolae warf den Kopf zurück, und Gelächter schallte über den Platz. »Mein kleiner Drache, der immer die gute Seite des Lebens findet. Komm mit. Wir trinken.«

Radu holte sie ein und ließ sein Pferd neben Nicolae anhalten. Sein Blick suchte die Straße ab, sein Körper war angespannt, und er stand mit den Füßen in den Steigbügeln, als könne er durch sein aufrechtes Stehen erreichen, was er sich wünschte. »Sind alle zurückgekehrt?« Lada und Nicolae wechselten einen wissenden Blick. Sie tat so, als sei sie verärgert, aber in Wahrheit wollte sie unbedingt durch die Stadt reiten, um einen ersten Blick auf Mehmed zu erhaschen. Wo war er? War er in Sicherheit? War er wie Nicolae verwundet worden?

Nicolae versuchte, Radu den Kopf zu tätscheln, aber er konnte die Hand nicht mehr hoch genug strecken. »Mehmed hat in Edirne haltgemacht. Ich weiß nicht, wann dein Herrchen zurückkehren wird, kleiner Welpe. Sag mir, Lada, konntest du ihn stubenrein machen, während Mehmed weg war?«

»Leider sind alle Versuche gescheitert. Er nässt seine Matte jede Nacht mit Pisse und Tränen ein.«

»Es ist immer schön, wenn du sicher zurückkehrst, Nicolae«, sagte Radu, und sein Tonfall war so trocken wie die Ernte unter der ungewohnt warmen Herbstsonne. Er winkte, ritt davon und überließ Lada und Nicolae sich selbst. Er würde es nicht zugeben, aber er ging, um dem zu entgehen, was sie als Nächstes tun würden, und um zu verbergen, dass er sich auf die Einhaltung des Ramadan vorbereitete. Als ob Lada das nicht wüsste.

Lada und Nicolae ließen sich im hinteren Teil eines kleinen Ladens nieder, den die Janitscharen häufig aufsuchten, weil der Besitzer mit ein wenig zusätzlichem Geld praktischerweise das Alkoholverbot vergaß. Lada wartete mehrere Geschichten ab, darunter auch die schändliche Flucht von Hunyadi, bevor sie endlich das einzige Thema ansprach, über das sie etwas hören wollte.

»Wie hat Mehmed sich geschlagen?« Sie täuschte unschuldige Neugierde vor. In den letzten zwei Jahren hatten sie so viel Zeit damit verbracht, Taktiken zu studieren, alte Schlachten zu untersuchen und so viele Informationen wie möglich über die verschiedenen Bedrohungen des Osmanischen Reiches zu sammeln. Nach seinem demütigenden Sturz vom Thron war Mehmed fest entschlossen gewesen, nie wieder zu versagen.

Und nach ihrem Verrat an Mehmed und dem Verrat ihres eigenen Vaters an ihr hatte Lada alles getan, um ihm zu helfen.

»Der kleine Eiferer hat uns alle überrascht.« Nicolae hob sein Glas und lächelte, die Wange durch die dunkelviolette Narbe verzerrt. »Diejenigen von uns in der rechten Flanke, die unter seinem Kommando standen, hatten die wenigsten Verluste zu beklagen. Er kannte seine Rolle, und er spielte sie gut. Besser sogar als unser Vater, der Sultan.«

Lada verbarg ihr verräterisches Lächeln hinter ihrem schweren Becher. »Vorsichtig, Nicolae. Das klang fast wie ein Lob.«

»Ich will verdammt sein, wenn ich *ihn* jemals Vater nenne, aber aus deinem Mehmed könnte noch ein anständiger Sultan werden. Bis er uns alle an den Mauern von Konstantinopel ausbluten lässt.«

Erleichtert und beschwingt durch die Nachricht von Mehmeds Triumph, entspannte Lada sich auf ihrem Platz und genoss Nicolaes Erzählungen über den Feldzug und die übertriebenen Geschichten über Chaos, Blutvergießen und persönliche Heldentaten. Einige andere Janitscharen, die nicht gläubig waren und gerne tranken, gesellten sich zu ihnen und ließen sich in dem schummrigen Raum nieder. Schon bald war er bis auf den letzten Platz gefüllt, alle waren vom Alkohol und der Lethargie nach der Reise albern.

»Aber du hast mir immer noch nicht erzählt, wie du zu zwei Augenbrauen gekommen bist«, sagte sie nach einer komischen Vorführung, wie Nicolae versucht hatte, sein Schwert aus den widerspenstigen Rippen eines ungarischen Soldaten zu ziehen, bevor ein schreiender Siebenbürger ihn erreichte.

»Ach, das. Ich bin mit der Lagernäherin aneinandergeraten.« Nicolae deutete auf seine Leistengegend. »Sie muss die Standarduniform immer anpassen, um meiner riesigen Männlichkeit gerecht zu werden, und schließlich hatte sie genug von all dem zusätzlichen Material. Ihre Schere ist sehr scharf.«

Der Raum brüllte vor Lachen. Lada verdrehte die Augen und war froh, dass es dunkel genug war, um ihr Erröten zu verbergen. Obwohl sie diese Gespräche mit den Männern normalerweise mied, weil sie sich Sorgen machte, was das nach sich ziehen könnte, hatte sie sie zu sehr vermisst, um sich von ihren unzüchtigen Witzen ausschließen zu lassen. Sie schniefte spöttisch. »Sie hat deine Männlichkeit wohl eher mit einer ihrer zarten Nadeln verwechselt.«

Sie erhielt lauteres Gelächter als Nicolae und einige kräftige Klapse auf die Schultern. Sie lehnte sich zurück, streckte sich, nahm ihren Platz ein, so wie es die Männer um sie herum taten, und grinste ihren Freund an.

»Ich kann sie dir zeigen, wenn du willst.« Nicolae breitete seine Arme aus. »Neigst du zu Ohnmachtsanfällen?«

»Ich kann ziemlich schlecht sehen. Wir bräuchten eine Art Linse, damit ich etwas so Kleines sehen kann.«

Mehrere Soldaten schlugen auf den Tisch, und einer fiel vom Stuhl, weil er entweder zu betrunken war oder zu sehr lachte. Iwan, der Lada seit dem Tag, an dem sie ihn bei ihrer ersten Begegnung mit Nicolae besiegt hatte, nicht leiden konnte, beugte sich vor. »Aber manche Dinge sind nicht so klein hier drin.« Er griff nach Ladas linker Brust und drückte sie schmerzhaft.

Bevor sie reagieren konnte, schleuderte Nicolae Iwan weg, schlug seinen Kopf gegen den Tisch und warf ihn zu Boden. Nicolae quetschte Iwans Gesicht auf den harten Boden und knurrte: »Lada ist eine von uns. Und wir behandeln die Unsrigen nicht auf diese Weise. Kapiert?«

Iwan ächzte zustimmend. Nicolae setzte sich wieder hin, sein leichtes Lächeln war wieder da, aber eine bedrückende Stille hatte die Atmosphäre vergiftet. So etwas war Lada noch nie passiert, aber sie vermutete, dass sie das Nicolae zu verdanken hatte. Wie lange hatte er derartige Dinge schon abgewehrt? Wie viel war gesagt worden, ohne dass sie es hören konnte? Nicolaes Verteidigung hatte das genaue

Gegenteil seiner Behauptung bewiesen, sie sei eine von ihnen. Sie spürte es, wie eine geronnene Mahlzeit, die aus ihrem Magen wieder aufzusteigen drohte: das Wissen, dass sie ihnen niemals gleich sein konnte. Sie würde immer anders sein.

Iwans Blick, als er sich vom Boden hochstemmte, versprach eine Zukunft voller Gewalt.

Sie starrte mit ihrem eigenen, unerschütterlichen Blick zurück in seine Augen.

26

Radu wartete atemlos vor Aufregung, als er die Karawane auf den Bergfried zukommen sah. In der Mitte befand sich eine prächtige Kutsche mit zwanzig Janitscharen und ein paar berittenen Eunuchen, was Radu seltsam vorkam. Die Anwesenheit der Eunuchen erklärte sich jedoch, als sich die Kutsche öffnete und ein anderes Mitglied der Familie des Sultans zum Vorschein kam als das, mit dem Radu unbedingt wiedervereint werden wollte.

Huma stieg aus. Abneigung stand ihr ins Gesicht geschrieben, als sie Amasya betrachtete, das sich an den Fluss unter ihnen klammerte. Sie nach zwei Jahren wiederzusehen, erfüllte Radu mit Angst, denn er wusste, worum es bei ihrer letzten Begegnung gegangen war.

»Radu! Sieh nur, wie groß du geworden bist.« Sie streckte ihre Arme aus, und Radu nahm ihre Hände in seine, unsicher, wie er sie begrüßen sollte.

»Du siehst gut aus.«

Sie lachte, der Klang war leise und kratzend, wie ein Atemzug voller Rauch. »Der Schein trügt. Er ist nicht bei mir, du kannst also aufhören, mir über die Schulter zu schauen.«

Radu setzte ein falsches Lächeln auf. »Was führt dich nach Amasya, wenn du Mehmed nicht zurückbringst?« Er wollte nichts mehr, als sie zu fragen, wann Mehmed zurückkehren würde und was die Verzögerung bedeutete. Aber er hielt es für wichtig, ruhig zu erscheinen.

»Ich bin in Familienangelegenheiten hier.«

»Aber ... Mehmed ist noch in Edirne, oder? Was hast du hier für Familienangelegenheiten ohne ihn?«

Huma musterte sein Gesicht einige Herzschläge lang und lachte dann wieder. »Du weißt wirklich nicht viel über das Leben meines Sohnes, oder? Süßer Junge.« Sie streichelte ihm über die Wange, ihre Hand war trocken und weich. »Komm, nimm mich mit hinein. Wir werden uns unterhalten. Ruf nach deiner charmanten Schwester, damit unser glücklicher Bund wieder vereint ist.«

»Sie wird bei den Janitscharen sein. Seit sie zurückgekehrt sind, habe ich sie kaum noch gesehen.«

Huma gab einen interessierten Laut von sich, sagte aber nichts. Nachdem sie sich in einem der schönen Zimmer des Bergfrieds eingerichtet hatte, ging Radu los, um Lada zu suchen. Er hätte nach ihr schicken können, aber er wollte nicht allein in Humas Gesellschaft bleiben. Das Geheimnis zwischen Lada und ihm fühlte sich an wie eine Last und doch wie ein Band. Mit Huma hier fühlte es sich wie eine Bedrohung an.

Die Janitscharen, die mit Huma gekommen waren, luden ihre Ausrüstung aus. »Kannst du uns die Kaserne zeigen?«, fragte einer.

»Ich bin auf dem Weg dorthin. Ihr könnt mir folgen.« Er drehte sich um, um den Soldaten mit einer Geste herbeizuwinken, dann erstarrte er und versuchte, sich klarzuwerden, woher er ihn kannte. Das Gesicht des Mannes war rund, mit vollen Lippen über Zahnlücken; es versprach eine Schwere, die im Widerspruch zu seinen langen Gliedmaßen und seinem schlanken Körperbau stand. Er sah viel jünger aus, als Radu ihn in Erinnerung hatte, jetzt, wo er fast so groß war wie er. »Lazar!«

Lazar lächelte verblüfft. »Kennen wir uns?«

»Ich habe dich gesucht, seit wir hier angekommen sind! Ich kann es nicht glauben!« Radu packte Lazar an den Schultern, und endlich zeigte sich das warme, offene Lächeln auf Lazars Gesicht, das Radu vor einem ganzen Leben so tröstlich gefunden hatte.

»Der kleine Junge aus den Ställen! Ist das möglich?«

»Was machst du hier?«

»Ich wurde Iljas' Männern zugewiesen. Wie wir alle.«

»Ich bin so froh! Es ist eine Freude, dich zu sehen. Das ist es wirklich.« Radu konnte seinen Blick nicht von Lazars Gesicht abwenden, konnte nicht glauben, dass dieser Freund, den er vor so langer Zeit verloren hatte, zurück war. Das milderte den Stachel seiner enttäuschten Hoffnungen auf Mehmeds Rückkehr etwas ab.

»Meine Anwesenheit löst normalerweise keine solche Freude aus. Ich werde mich bemühen, jahrelang aus deinem Leben zu verschwinden, nur um dich dann wieder öfter zu überraschen.« Lazar legte einen Arm um Radus Schultern, und sie gingen gemeinsam zur Kaserne.

Lazar wurde schnell durch logistische Aufgaben beansprucht, versprach aber, dass sie sich noch oft sehen würden. Glücklich summend fand Radu Lada. Seine Laune sank, als er sich daran erinnerte, warum er dort war.

»Huma ist hier«, sagte er ohne Vorrede.

Lada zuckte zusammen und steckte das Schwert weg, das sie gerade schärfte. »Mehmed?«

»Nein. Sie will uns sehen.«

»Ich möchte sie nicht sehen.«

»Lada«, sagte Radu, und Lada ließ resigniert den Kopf hängen. Sie wusste genauso gut wie er, dass Huma immer alles von ihnen haben konnte, was sie wollte.

Als Radu und Lada das Wohnzimmer betraten, hatte Huma ihre Hände in einem großen, sorgfältig bestickten Tuch vergraben. Sie sah auf und lächelte strahlend. »Lada, liebes Mädchen. Hast du etwas Garn?«

Radu verstand das humorlose, fast hysterische Lachen nicht, das aus Ladas Mund drang. »Nein«, sagte sie und schüttelte den Kopf. »Ich habe keine Fäden. Nicht einen einzigen.«

Huma hob bei Ladas Ausbruch eine Augenbraue und musterte Lada dann von Kopf bis Fuß mit einem Blick, als wäre sie ein Krümel auf dem Boden. »Ich sehe, du hast dein Streben, ein Mann zu werden, noch nicht aufgegeben.«

»Ich habe nicht die Absicht, ein Mann zu sein«, schnauzte Lada und kam wieder zu sich.

»Und doch trägst du Hosen und trainierst mit den Janitscharen.«

»Ja, wo ich doch sonst mit dir in diesem Zimmer sitzen könnte, unsichtbar, und nähend alt werden könnte. Wie seltsam, dass mir da etwas anderes lieber sein könnte.«

Huma schnalzte missbilligend mit der Zunge. »Es liegt eine große Macht darin, eine Frau zu sein. Du ruinierst deine Chancen. Es gibt viel, was ich mit dir machen könnte, wenn du mich ließest.«

Lada wandte sich zum Gehen, aber Huma räusperte sich und klopfte auf den Platz neben ihr. Mit finsterer Miene lehnte sich Lada an die Wand und beobachtete sie mit halb zugekniffenen Augen.

»Worüber wolltest du sprechen, Huma?«, fragte Radu. Je länger sie hier war, ohne ihnen den Grund zu nennen, desto nervöser wurde er. Warum war Mehmed noch nicht zurück? War in Edirne etwas passiert? War Huma hier, um ihnen zu sagen, dass ihr Komplott aufgedeckt worden war und Mehmed sie hasste?

Radu presste seine Hände zusammen, bis die Knöchel weiß waren.

Huma ignorierte ihn und zupfte an bunten Strähnen, die von ihrer Stickerei herabhingen. »Sag mal, hast du schon mal von Theodora von Byzanz gehört?«

Lada legte ihren Kopf in den Nacken und sah verärgert nach oben. »Näht sie auch?«

»Eigentlich war sie eine Prostituierte.«

Radu saß auf einer Bank neben Huma, verwirrt, aber fasziniert. Das klang nicht gerade wie der Anfang einer Mitteilung, dass Mehmed sie tot sehen wollte, weil sie ihm den Thron weggenommen hatten.

»Sie lebte vor fast tausend Jahren in Byzanz, als Byzanz noch Byzanz war und nicht eine einzelne, traurige Stadt, die sich hinter ihren Mauern an das Leben klammerte. Ihr Vater trainierte Bären, und ihre Mutter war Schauspielerin.« Huma sprach das Wort *Schauspielerin* mit einem wissenden Lächeln aus, das all die anderen Aufgaben einer Schauspielerin andeutete. »Theodora trat in ihre Fußstapfen und wurde in allem, was sie tat, ziemlich erfolgreich. Es gibt einige interessante Geschichten über ihr frühes Leben. Aber ich werde sie auslassen, denn sie sind ungebührlich für eine gemischte Gesellschaft.« Sie sah Radu an, der den Blick abwandte und versuchte, nicht zu erröten. Warum sie diese Geschichten mit Lada teilen konnte, aber nicht mit ihm, wusste er nicht.

»Warum erzählst du uns das?«, sagte Lada mit tonloser Stimme.

»Ich tue euch einen Gefallen. Seid großmütig. Theodora nahm nach vielen Jahren schließlich das Christentum an und lebte ein ehrliches, aber einfaches Leben als Wollspinnerin in der Nähe des Palastes. Dort lernte sie Justinian kennen. *Kaiser* Justinian. Vielleicht war es ihre Klugheit, die ihn anzog, ihre bescheidene Herkunft, ihre … Erfahrung. Wie auch immer, er verliebte sich in sie. Er warf die Gesetze über Bord, die ihn daran hinderten, eine Schauspielerin zu heiraten, und sie wurde zur Kaiserin gekrönt. Nicht als Kaisergemahlin, wohlgemerkt. Vollwertige Kaiserin, vollwertige Partnerin ihres Mannes. Stell dir das vor.« Huma hielt inne, ihr Blick ging in die Ferne und wurde weich. Dann kehrte sie zu sich selbst zurück. »Sie hatte Männer auf und hinter der Bühne unterhalten und beherrschte schließlich ganz Byzanz. Sie schlug eine Rebellion nieder, als ihr Mann fliehen wollte, sie verbesserte die Gesetze für alle Frauen unter ihrer Herrschaft, und sie half, die schönste Kathedrale der Welt zu bauen – die Hagia Sophia. Sie steht noch heute in Konstantinopel und zeugt von dem, was Theodora und ihr Mann gemeinsam erreicht haben.« Huma beugte sich vor. »Sie hat nie ein Schwert in die Hand genommen, aber dreißigtausend Verräter starben unter ihrem Befehl. Sie war eine Prostituierte, die sich vor jedem Mann mit genügend Geld verbeugte, dann eine Frau, die sich nie wieder vor jemandem verbeugte. Und glaubst du, sie hat das in Hosen getan?«

»Sie brauchte immer noch einen Mann«, sagte Lada, deren Augen nur noch Schlitze waren.

Huma zeigte ihre Zähne in einer räuberischen Annäherung an ein Lächeln. »Du verstehst die Geschichte perfekt.« Sie hustete, ein trockenes, rasselndes Geräusch, und es dauerte eine Weile, bis sie wieder sprechen konnte.

»Kann ich dir etwas bringen?«, fragte Radu.

Sie winkte ab. »Ich verstehe deinen Standpunkt besser, als du denkst«, sagte sie zu Lada. »Aber du hältst Mehmed zurück. Triff eine Entscheidung, Lada. Wenn du meinen Sohn nicht heiraten willst, dann lass ihn frei.«

Lada richtete sich auf und stotterte. »Ich habe keine Gewalt über Mehmed!«

Auch Radu konnte nicht glauben, was er da hörte. »Es war nie die Rede von Heirat, mit niemandem!« Er sah Lada Bestätigung heischend an. Sie waren zu dritt – und das war immer so gewesen. Es gab keine Liebe zwischen Lada und Mehmed, die Radu und Mehmed nicht auch teilten. Nein, er hätte es gesehen. Und Radu und Mehmed teilten das Band einer Glaubensbrüderschaft, das sie sicherlich enger zusammenschweißte als alles, was Mehmed mit Lada teilte.

Huma schüttelte den Kopf. »Mehmed wollte auf der Stelle nach Amasya zurückkehren. Ich habe ihn überredet, in Edirne zu bleiben, um Kontakte zu knüpfen und ein starkes Fundament zu schaffen. Seit er fortging, hat sich wenig geändert. Ich habe nichts, nicht die Wertschätzung meines Mannes« – sie spie das Wort aus wie eine verdorbene Feige – »und ich kann nicht sicher sein, dass mein Sohn jemals in der Lage sein wird, den Thron zu halten, den ich für ihn gesichert habe. Er sollte aus seinem Erfolg gegen Hunyadi Kapital schlagen und sich nicht danach sehnen, an diesen verlassenen Ort zurückzukehren. Aber er war so zufrieden mit seinen lieben, *treuen* Freunden hier, dass er den Dingen, auf die es ankommt, keine Beachtung geschenkt hat. Deshalb sage ich euch noch einmal: Befreit ihn von dem, was ihn an euch bindet.«

Lada lief ein kalter Schauer über den Rücken, ihre kalte Wut war spürbar. »Du wirst meine Verwirrung entschuldigen müssen. Freiheit ist etwas, mit dem ich nicht sehr vertraut bin.«

»Das ist doch dumm.« Radu streckte die Hände aus und versuchte, fröhlich zu klingen. »Mehmed hat die ganze Zeit studiert und sich darauf vorbereitet, zu regieren. Und wir würden ihn niemals davon abhalten. Du weißt, dass wir alles tun würden – *getan haben* –, um Mehmed zu schützen.«

»Oh ja, ich weiß es. Aber er weiß es nicht, oder? Und wenn ich jemals den Verdacht habe, dass ihr mir in die Quere kommt, werde ich nicht zögern, euch zu beseitigen.«

Radu gefror das Blut in den Adern. Huma könnte sie töten lassen, zweifellos. Aber schlimmer noch: Sie könnte Mehmed die Wahrheit darüber sagen, wie er den Thron verloren hatte. Sie würden ihn für immer verlieren. Radu konnte sich ein Leben ohne ihn nicht vorstellen.

Nein, das war nicht das Problem. Das Problem war, dass er sich ein Leben ohne Mehmed sehr wohl vorstellen konnte. Er hatte es all die Jahre in seiner Kindheit gelebt, und er wollte nie wieder in diesen kalten und einsamen Zustand zurückkehren, selbst wenn Lada gezwungen war, an seiner Seite zu bleiben.

Huma stand auf und ließ ihre Stickerei auf den Boden fallen. »Ich muss mich noch anderen Angelegenheiten widmen. Vergesst nicht, worüber wir gesprochen haben.« Im Hinausgehen trat sie auf das Tuch, als wären die Hunderte von Stunden Arbeit, die in den Stichen steckten, nichts gewesen.

27

Zwei Wochen nach Humas schmerzhaftem Besuch und ihrer raschen Rückkehr in die Hauptstadt, einen ganzen Monat, nachdem die Janitscharen zurückgekehrt waren, Mehmed aber nicht, fand Lada wieder einmal Ausreden, warum sie sich Nicolaes Trupp nicht zum Training anschließen konnte. Jetzt war alles anders. Früher hatte sie sich bemüht, sich als die Schnellste, die Klügste, die Rücksichtsloseste zu beweisen. Aber nach Iwans unzüchtigem Angriff und Nicolaes beschützender Antwort hatte sie erkannt, dass nichts davon von Bedeutung war. Sie würde nie die beste Janitschar sein, weil sie nie eine Janitschar sein würde. Sie würde niemals allein mächtig sein, denn sie würde immer eine Frau sein.

Sie hatte geglaubt, die Rückkehr der Soldaten würde das Ende der richtungslosen Melancholie einläuten, die sie während der sechsmonatigen Abwesenheit Mehmeds geplagt hatte, aber sie verstärkte sie nur noch. Sogar Radu war abgelenkt und mürrisch; besorgt, dass Mehmed nicht zurückkehren würde, besorgt darüber, was Huma sagen würde, um ihn fernzuhalten.

Die Sonne brannte brutal am Himmel, als Lada sich bis auf ihre Unterwäsche entkleidete. Sie hatte sich angewöhnt, lange, mit einer Schärpe zusammengebundene Tuniken zu tragen und darunter lockere Hosen. Huma war damit nicht einverstanden, aber wenn es jemanden in der Festung oder im Dorf empörte, machte sich niemand die Mühe – oder wagte –, es zu sagen. Sie hatte sich auch neue Ledermanschetten anfertigen lassen, die sie an beiden Handgelenken trug, mit einem versteckten Messer in beiden. Sie schnallte sie ab und legte sie zusammen mit ihren Stiefeln auf ihre Kleidung. Schließlich löste sie den weißen Schal, der ihr verfilztes und verknotetes Haar zusammenhielt, und nahm ihn von ihrem Hals. Sie hielt den Schal in die Höhe und betrachtete ihn. Sie fragte sich, ob sie immer weiß wählte, weil es einer Janitscharenmütze ähnelte.

Aber nichts würde je so aussehen.

Seufzend glitt sie in den Teich, der zwischen Felsen und Bäumen verborgen lag. Das Wasser war tiefgrün und so kalt, dass es ihr den Atem raubte und ihre Zehen taub werden ließ.

Es war immer noch ihr glorreiches Geheimnis, ein Ort, der wirklich ihnen gehörte. Als sie nach Amasya zurückkehrten, war Mehmed so traurig, so frustriert gewesen. Er hatte den Thron nicht verlieren wollen. Deshalb hatten Lada und Radu ihre ganze Aufmerksamkeit darauf verwendet, ihn abzulenken. Sie machten ein Spiel daraus, wie oft sie Mehmeds Wachen durch die Finger schlüpfen und sich zum Teich zurückziehen konnten. Das war eine Ablenkung gewesen, die sie alle gebraucht hatten. Aber als Mehmed weg war, hatte Radu nicht mehr hierherkommen wollen. Auch Lada war seitdem nicht mehr hier gewesen, sie fürchtete die Stille und die Einsamkeit.

Bis heute. Egal wo sie hinging, egal wie viele Menschen sie umgaben, sie wusste, dass sie jetzt allein war. Sie konnte genauso gut allein an einem schönen Ort sein.

Sie schloss die Augen, schwebte auf dem Rücken und ließ sich treiben, nur ihr Gesicht über dem Wasser, das Sonnenlicht strahlend und heiß im Gegensatz zu dem kalten Nass. Ihre Brüste drängten unter dem eng anliegenden Unterhemd nach oben, was sie sowohl amüsant als auch seltsam beunruhigend fand. Sie war zwar nicht viel gewachsen – sie war eher kompakter und fester geworden als größer –, aber ihre Brüste waren weich und voll geworden. Sie war gezwungen gewesen, ihr Messerwerfen und ihr Bogenschießen – schon immer ihre schwächste Fähigkeit – an die unhandlichen Veränderungen anzupassen. Und jetzt waren sie da, schwammen sanft im Wasser, unvermeidlich.

Brüste hatten etwas Klaustrophobisches an sich.

Auch ihre Brustwarzen schienen von einem eigenen Willen beseelt zu sein. Manchmal waren sie flach und klein, ein anderes Mal spitzten sie sich zu und ragten hervor. Sie vermutete, dass es jetzt an der Kälte lag, aber es war auch schon bei anderen Gelegenheiten passiert. Ihr Kindermädchen hätte es ihr sicher erklären können.

Oder Huma. Allerdings würde sie sich die Brüste abschneiden, bevor sie Huma um Ratschläge zu ihrem Körper bat.

Manchmal fragte sie sich, wie es wohl wäre, eine Mutter zu haben. Hätte sie Lada durch ihre erste traumatische Blutung begleitet, ihr versichert, dass sie nicht sterben würde? Hätte sie ihr geholfen, die Beweise länger zu verstecken, als es ihr möglich gewesen war?

Nein. Ihre Mutter wäre vor Angst weggekrochen oder hätte es dem Kindermädchen überlassen.

Lada tauchte ihr Gesicht unter das Wasser. Eine Mutter. Ein Kindermädchen. Sogar eine Freundin. Wenn sie mehr Frauen in ihrem Leben hätte, wäre sie vielleicht nicht so empört über die körperlichen und sozialen Anforderungen, die es mit sich brachte, eine zu sein.

Sie dachte an Handarbeit. An das Gewicht von Schichten von Kleidern und das Zwicken von Schuhen. An niedergeschlagene Augen und zeitlich gut abgestimmtes Lächeln. Von ihrer Mutter. Von Huma, Halima und Mara. All die Arten, eine Ehefrau zu sein, all die Arten, eine Frau zu sein.

Nein, mehr Frauen in ihrem Leben würden nichts ändern.

Und sie konnte immer noch lernen, besser mit dem Bogen zu schießen, verfluchte Brüste. Sie legte ihre Hände auf beide Brüste, drückte sie, bis sie schmerzten, und versuchte herauszufinden, was Iwan gewollt hatte. Was konnte der Reiz an den fleischigen Hügeln sein? Und dann schrie sie auf, als ein Körper halb auf ihr landete und sie unter Wasser drückte. Würgend kämpfte sie sich an die Oberfläche.

Nur um Mehmeds lächelndes Gesicht nur wenige Zentimeter von ihrem eigenen entfernt zu sehen.

Ihre Wut darüber, dass sie erschreckt worden war, wurde weggespült, lief in Rinnsalen über ihr Gesicht und aus ihren Haaren. Er sah anders aus. Er war in den Monaten, in denen er fort gewesen war, älter geworden. Während die Veränderungen, die das Wachstum in Radus Gesicht gemeißelt hatte, ihren Bruder schöner machten, ließen die Veränderungen in Mehmeds Gesicht ihn härter aussehen. Distanziert. Weniger wie den weinenden Jungen, den sie am Brunnen getroffen hatte, und mehr wie das, was ihrer Meinung nach ein Sultan sein sollte.

Aber jetzt, so nahe bei ihr, wurden die harten Flächen seines Gesichts weich und vertraut, als er das Lächeln aufblitzen ließ, das sich seit seiner Kindheit nicht verändert hatte. Seine Lippen waren weich und voll und einladend, aber seine Augen waren durchtrieben.

Es waren seine Lippen, von denen sie den Blick nicht abwenden konnte.

»Hast du mich vermisst?«, neckte er.

Die Aufrichtigkeit verriet sie und kam flüsternd aus ihrem Mund, bevor sie sie unterdrücken konnte. »Das habe ich.«

Er legte seine Hände um ihre Taille, wie er es im letzten Sommer so oft getan hatte, wenn er sie unter Wasser zog, wegschob, mit ihr spielte. Aber dieses Mal ließ er seine Hände dort. Sie fühlten sich durch den dünnen Stoff ihrer Unterwäsche warm an. Seine Stimme war heiser, tiefer als vorher. »Ich habe dich auch vermisst.«

Er zog sie näher heran, und Lada kämpfte mit sich selbst. Sie war geneigt, ihn wegzustoßen, ihn mit einer klugen, scharfen Bemerkung zu treffen, etwas zu finden, was sie mit ihren Händen tun konnte, ihren wertlosen Händen, die nutzlos an ihren Seiten schwebten.

Humas Worte hallten in ihrem Kopf nach. *Befreit ihn.* Hielt sie ihn wirklich auf diese Weise fest?

Wollte sie das?

Als würden ihre Hände sich ihrer Verzweiflung beugen – aber ohne Rücksicht auf die Verwirrung und die Angst, die wie das Klirren von Klingen durch sie hindurchströmte –, hoben sie sich, griffen nach Mehmeds Hinterkopf und verhedderten sich in seinem nassen Haar.

Und dann trafen ihre Lippen, von denen nie etwas anderes als Gift getropft war, auf die seinen und wurden mit süßem Feuer getauft, wiedergeboren zu etwas Neuem und Wildem. Sein Mund reagierte auf ihren, die Lippen teilten sich, seine Zähne trafen auf die ihren, ihre Zunge auf die seine.

Es fühlte sich an wie ein Kampf.

Es fühlte sich an wie Fallen.

Es fühlte sich an wie Sterben.

»Mehmed?«, rief Radu, seine Stimme war gedämpft und undeutlich, als wäre Ladas Kopf noch unter Wasser. Sie und Mehmed hielten in ihrem Mund-zu-Mund-Kampf inne, und Lada merkte, dass ihre Beine um seine Taille geschlungen waren, seine Hände an den Rückseiten ihrer Oberschenkel lagen, ihre Oberkörper aneinandergepresst waren.

Sie stieß ihn weg, tauchte unter und schwamm auf die andere Seite, als Radu zwischen den Bäumen auftauchte und zwischen sie in den Teich sprang. Er barst durch die Oberfläche, Wasser regnete aus seinem Haar und Sonnentropfen glitzerten darin. Sein Lachen passte dazu und vibrierte vor Freude. Mehmeds Lachen war nicht ganz so echt. Sein Blick brannte sich in den von Lada ein. Seine Augenbrauen formten eine Frage oder ein Versprechen – sie konnte nicht sagen, was.

»Mehmed ist wieder da!«, rief Radu.

»Ich glaube, sie hat es bemerkt«, sagte Mehmed.

»Lada.« Radu schwamm zu ihr und stieß spielerisch gegen ihre Schulter. »So kalt ist der Teich doch gar nicht. Warum zitterst du?«

Lada riss ihren Blick von Mehmeds Augen los. »Kein Grund.«

28

Radu lachte atemlos und ließ sein hölzernes Übungsschwert fallen. »Ich bin fertig.«

Lazars träges Lächeln strafte den Schweiß Lügen, der auf seiner Stirn und Oberlippe perlte. »Du bist ziemlich gut geworden.« Er rückte seine lange weiße Kopfbedeckung zurecht, ein paar Strähnen seines dunklen Haares lugten heraus.

Lazar gehörte zu den glücklichsten Teilen von Radus Leben, gleich nach Mehmeds Rückkehr im Monat zuvor. Radu trainierte auf Mehmeds Vorschlag hin schon seit ein paar Jahren mit den Janitscharen, doch wenn er ein vertrautes Gesicht unter ihnen hatte, machte es mehr Spaß und war keine lästige Pflicht mehr. Lazar meldete sich immer freiwillig, wenn Radu in die Kaserne kam und einen Trainingspartner suchte. Schnell mit dem Schwert und noch schneller mit einem Lachen, war Lazar derselbe Lichtblick, der er schon in Tergowiste gewesen war. Ihr Altersunterschied von zehn Jahren schien so viel geringer zu sein als damals, als Radu noch ein Junge war.

Lazar hielt sein Schwert neben Radus. »Bald wirst du vielleicht sogar deine Schwester übertreffen.«

Radu lehnte sich gegen die Wand und schüttelte den Kopf. »Lass sie das nicht hören, sonst wird sie noch mehr Zeit mit dem Training verbringen, als sie es ohnehin schon tut. Ich sehe sie eh nie.«

Lazar hob eine schwarze Augenbraue. »Und das ist etwas Schlechtes?«

»Sie ist meine Familie.«

»Ja, du armes Ding.«

Radu lachte und griff nach einem Eimer mit Wasser. Er schöpfte etwas davon in seinen Mund, dann legte er eine nasse Hand in seinen Nacken. Lazar beugte sich vor, wobei er Radus Schulter streifte, und nahm den Eimer. Er setzte seine Mütze ab und kippte sich das Ganze über den Kopf.

Radu sprang weg, aber seine Seite wurde trotzdem durchnässt. »Verschwendungssüchtiger Köter!«

Lazars Lächeln verwandelte sein Gesicht von jungenhaft in verrucht. Er hielt den Eimer hinter seinem Rücken. »Dann komm und hol ihn dir.«

Da war etwas in seiner Stimme, das Radu innehalten ließ, das eine seltsam summende Leere zwischen seinem Herzen und seinen Rippen entstehen ließ. Doch dann hörte er, wie sein Name gerufen wurde. Er drehte sich um und sah Mehmed an der hinteren Wand des kleinen Übungsgeländes stehen.

»Mehmed!«, rief Radu und strahlte. Es freute ihn immer noch, Mehmed nach so langer Abwesenheit zu sehen. Sein Gesicht war immer überraschend, wie eine Frage, auf die Radu noch keine Antwort gefunden hatte.

Mehmed gestikulierte lebhaft, seine Hände waren zu aufgeregt, um auch nur einen Moment still zu halten. »Heute Abend beim Essen haben wir einen Derwisch zu Gast, der durch Indien hierhergereist ist. Warte, bis du seine Füße siehst! Und sein Gesicht – er ist wirklich ein heiliger Mann. Zieh dich um und komm in meine Gemächer.«

Radu nickte, Mehmeds Begeisterung war ansteckend. Seit dem Tod von Molla Gurani im Jahr zuvor suchte Mehmed immer mehr Sonderfälle des Glaubens: Derwische, die Armutsgelübde ablegten und durch die Welt zogen, Gelehrte, die studierten, um die Worte des Propheten besser zu verstehen, sogar Lehrer, die als häretisch galten. Er gab sich nie mit einer einfachen, bedingungslosen Ausübung des Islams zufrieden. Das war eins der Dinge, die Radu an ihm liebte. An seiner Seite zu studieren und zu lernen, war immer ein Abenteuer gewesen.

Radu verabschiedete sich vorübergehend von Mehmed und kehrte zu Lazar zurück, seine Schritte beschwingt von Vorfreude. Lazar kniff die Augen zusammen, und seine Lippen verzogen sich zu einer Nachahmung eines echten Lächelns. »Pass auf dich auf, kleiner Bruder.«

Radu hielt inne und hob die Waffen auf, die sie im Hof verstreut zurückgelassen hatten. »Wie meinst du das?«

»Es gibt Dinge, die zu wollen nicht akzeptabel ist, aber es gibt Wege, sie trotzdem zu bekommen, und Menschen, die wegschauen werden. Und dann gibt es Dinge, die zu wollen unmöglich ist. Selbst der bloße Akt des Wollens kann, wenn er von den falschen Leuten bemerkt wird, zum Tod führen.« Er warf einen schweren, bedeutungsvollen Blick auf die Stelle, an der Mehmed gewesen war. »Sei vorsichtiger.«

Radus Kehle schnürte sich zu, sein Herz raste, sodass er glaubte, er würde daran sterben. Was hatte Lazar gesehen? Was vermutete er? Konnte er allein durch seine Beobachtung erkennen, dass etwas mit Radu nicht stimmte, obwohl selbst Radu nicht wusste, was es war? Er wusste nur, dass Mehmed ein Licht, eine Anziehungskraft, ein *Feuer* in sich trug und Radu sich nur dann wirklich lebendig fühlte, wenn er in seiner Nähe war.

War das falsch?

Lazar legte seine langen Finger in Radus Nacken und ließ sie für ein paar unglaublich lange Sekunden verweilen; die Zeit verstrich mit dem erschrockenen Puls von Radus Blut. »Sag mir Bescheid, wenn du jemals … reden willst.«

Radu sah ihm nach, als er wegging. Die durchnässte Tunika klebte an seinen breiten Schultern, und Radu wusste, dass er Lazar nie wieder aufsuchen würde. Denn was auch immer dieses Geheimnis war, was auch immer diese Frage war, von der Radu nun wusste, dass er sie nicht verstand, was auch immer dieses schmerzende, geheime Loch in seinem Inneren bedeutete, eine Antwort fühlte sich weitaus schrecklicher an, als es eine Frage jemals sein könnte.

Zwei Tage später fühlte sich das Gespräch mit Lazar immer noch an wie Sand auf sonnenverbrannter Haut, ein prickelndes Unbehagen, wenn Radu es am wenigsten erwartete. Er saß in einem Garten in einer entlegenen Ecke des Bergfrieds, versteckt im kühlen, schummrigen Schatten eines Baumes, dessen Äste schwer herabhingen. Vielleicht würde er Mehmed bitten, Lazar in einen anderen Teil des Landes zu schicken, und er wusste, dass Mehmed das tun würde. Aber was, wenn Mehmed nach dem Grund fragte? Was würde er darauf antworten? Er hatte Mehmed gesagt, wie glücklich er war, mit seinem alten Janitscharenbeschützer wieder vereint zu sein.

Er sollte aufhören, sich Sorgen zu machen. Mehmed war sein Freund. Sein teuerster, sein einziger Freund. Vielleicht hatte Lazar nie einen Freund wie Mehmed gehabt. Er konnte unmöglich verstehen, wie Radu sich fühlte. Es war töricht von Lazar, anzunehmen, dass es etwas Falsches, etwas Gefährliches war, Mehmed mehr als jeden anderen zu lieben. Mehmed war der Thronfolger! Alle sollten so für ihn empfinden. Mehmed hatte ihm Sicherheit und Hoffnung gebracht und hatte den Samen Gottes genährt, den Kumal gepflanzt hatte, als Radu ihn am meisten brauchte. Natürlich schätzte Radu Mehmed mehr als alle anderen. Er liebte ihn sogar mehr, als er Lada liebte und hatte deswegen ein schlechtes Gewissen. Aber Lada hatte vor langer Zeit zugelassen, dass er ihretwegen durch ihren ersten osmanischen Hauslehrer Schmerzen erleiden musste. Radu hatte nie vergessen, wie sie sich teilnahmslos zurückgelehnt hatte, als er geschlagen wurde, weil sie nicht geantwortet hatte. Mehmed hätte das nie zugelassen.

Seine Liebe zu Mehmed war vollkommen logisch.

Warum fühlte er sich dann unter Lazars Blick immer noch fremd und falsch?

Er wurde durch das Geräusch von Füßen abgelenkt, die ohne jede Anmut über den Kiesweg trampelten. Gut versteckt spähte er durch den Vorhang aus Blättern. Lada ging auf und ab, drehte sich in die eine Richtung und zuckte dann in die andere zurück, als wäre ihr Körper in einen Streit verwickelt, den keine Seite gewinnen konnte. Nach einigen Minuten wütender Unentschlossenheit, in denen eine ganze

Generation von Blumen gnadenlos geköpft wurde, war Lada plötzlich erschreckend still. Es war nicht ihre übliche Art von wachsamer Stille, sondern eine träumerische, ruhige Reglosigkeit. Ihre sonst so starren Glieder wirkten nahezu weich, als sie eine Hand hob und sich mit geschlossenen Augen über die Lippen strich.

Radu hielt den Atem an, beobachtete und fragte sich, was im Kopf seiner Schwester vor sich ging. Es war lange her, dass er sich gewünscht hatte, er könne verstehen, was sie dachte. Die meiste Zeit wusste er es und wünschte, er wüsste es nicht. Aber in diesem Moment verwandelte sie sich von seiner entschlossenen, brutalen Schwester in …

Ein Mädchen.

Das war's. Lada sah aus wie ein *Mädchen.*

Er atmete scharf aus und unterdrückte ein verwundertes Lachen. Im Nu verwandelte sich seine Schwester von einem Mädchen zurück in ein Raubtier. Ihre Augen fanden die Quelle des Geräuschs, und in jeder Hand blitzte ein Dolch auf.

»Wer ist da?«, fragte sie, die Füße gespreizt, in geduckter und ausbalancierter Haltung.

»Bitte töte mich nicht.« Radu schob zwei Vorhänge aus Ästen beiseite und streckte seine Hände in gespieltem Flehen aus.

»Hast du mir nachspioniert?« Ihre Stimme war schrill und panisch, als wäre sie bei etwas Hinterhältigem ertappt worden.

Aber nein, das war es nicht. Radu hatte sie während ihrer Kindheit bei schrecklichen Dingen erwischt. Einmal ertappte er sie in den Ställen, als sie Vlad Danesti, einen unausstehlichen Sohn rivalisierender Bojaren, würgte. Als Radu überrascht aufschrie, hatte Lada nur hochgeschaut und ihm ruhig mitgeteilt, Vlad hätte zu ihr gesagt, sie sei weniger wert als der Bastardsohn ihres Vaters. Sie bestrafe ihn und frage sich, wie lange sie ihn noch würgen müsste, bis er in Ohnmacht fiel.

Da sie unterbrochen worden war, ließ sie den rotgesichtigen, hustenden Jungen los, der schluchzend davonlief und nie wieder mit ihnen spielte. Aber wenn Radu an den konzentrierten, nachdenklichen Gesichtsausdruck Ladas dachte, fragte er sich gelegentlich, ob sie, wenn er nicht zufällig auf die Szene gestoßen wäre, weiter abgewartet hätte, wie lange es dauerte, bis der Junge starb.

Als Radu ihre gelassene Reaktion mit ihrer Wut verglich, wuchs seine Neugierde um das Zehnfache. Er verbarg sie mit einem beschwichtigenden Blick, in dem sich Angst und Verwirrung mischten. »Ich wusste nicht, dass du hier bist, bis du gerufen hast«, sagte er. Große Augen, runder Mund, Handflächen nach oben. Mit diesem Gesichtsausdruck hatte er sich schon so oft aus Schwierigkeiten befreit, dass er es nicht zählen konnte. Seine Augen waren ohnehin groß, und wenn er sie so weit aufriss, traute ihm niemand Arglist zu.

Diebstahl von Essen aus der Küche, beim Lauschen erwischt werden, das Protokoll der Janitscharen vergessen: Die großen Augen und die verwirrte Entschuldigung funktionierten bei allem.

Lada hätte es besser wissen müssen, als darauf hereinzufallen, aber ihre Schultern entspannten sich und sie steckte die Messer weg. »Was schleichst du hier herum?«

Er hielt die Äste für sie beiseite. Sie zögerte, dann kletterte sie mit ihm unter den Baum. Es war eng, aber mit dem Rücken an den Stamm gelehnt war Platz für beide. Die Luft war kühler, feucht mit dem Geruch von jungem Grün und altem, verwelktem Wachstum. »Es ist schön hier«, sagte er.

Lada nickte, ihr Mund nahm bei diesem Zugeständnis einen grimmigen Zug an. »Es fühlt sich … geheim an. Sicher.« Sie sprach Walachisch, während sie mit dem kleinen Lederbeutel spielte, den sie immer um den Hals trug. Radu hatte gehört, wie sie mit Nicolae ihre Sprache sprach. Doch nachdem sie ihn vor all den Jahren von ihrem ersten osmanischen Hauslehrer verprügeln ließ, weigerte Radu sich fast immer, mit ihr in dieser Sprache zu sprechen. Sie redeten nur in anderen Sprachen miteinander. Jetzt die Sprache ihrer gemeinsamen Kindheit zu hören, war eine seltsame und verblüffende Vertrautheit.

»Ich war noch nie in diesen Gärten«, sagte sie.

Radu tippte auf den Dolch, der an ihrem Handgelenk befestigt war, und versuchte, die Geste lässig wirken zu lassen, um diesen prekären und kostbaren Moment, der sich zwischen ihnen eingestellt hatte, nicht zu zerstören. »Tja, es ist gut, dass du vorbereitet bist, denn die Gärten werden häufig von Mördern und Dieben bevölkert.«

Lada stieß ihn mit dem Ellbogen in die Rippen. Bei ihr war es fast wie eine Umarmung. Sie waren sich in den Monaten von Mehmeds Abwesenheit nähergekommen. Jetzt, eingehüllt in Blätter und die Sprache ihrer Kindheit, fragte Radu sich, wie es dazu kommen konnte, dass sich der Raum zwischen ihnen so sehr ausgedehnt hatte, und ob es möglich war, dass sie ihn nun endlich überwanden.

Eine Stimme driftete den Weg entlang.

»Mehmed«, flüsterte Radu.

Lada blinzelte verärgert und wechselte ins Türkische, der Moment war vorbei. »Natürlich ist es Mehmed. Aber wo will er denn hin? Er hat mir gesagt, er wäre heute beim Rat wegen der Provinzsteuern.«

Radu runzelte die Stirn. »Mir sagte er, er würde sich mit den Janitscharenführern treffen, um die Budgets zu besprechen.«

Sie warteten, zwei Augenpaare spähten hinaus, auf der Suche nach dem Objekt ihrer Begierde. Er ging in Begleitung eines Mannes vorbei, den Radu nicht kannte. Aber er erkannte die Kleidung, die weißen Gewänder und den kahl geschorenen Kopf. Ein Eunuch. Mehmed lachte, als er auf Höhe des Baumes war, und einen Moment lang dachte Radu, er hätte sie entdeckt und amüsierte sich über ihr seltsames Versteck. Aber er ging mit dem Eunuchen weiter, ihr Gleichschritt und der geringe Abstand zwischen ihnen zeugten von Vertrautheit.

Als die beiden Männer den Garten verließen, sprang Lada unter dem Baum hervor und folgte ihnen. Radu rannte, um sie einzuholen. Er war noch nie durch das Tor auf der anderen Seite des Gartens gegangen. Lada hielt inne, schaute vorsichtig hinüber und öffnete dann das Tor. Ein Pfad schlängelte sich an der Rückseite der Festung entlang, immer noch ummauert, aber schmal und ungewöhnlich privat.

Sie bogen um eine Ecke und Lada blieb so abrupt stehen, dass Radu in sie hineinlief. Vor ihnen lag ein Gebäude, das Radu noch nie gesehen hatte. Ladas Gesichtsausdruck legte nahe, dass sie von seiner Existenz wohl ebenso überrascht war wie er. Die Mauern ringsum waren hoch und von Efeu überwuchert, aber die beiden schweren Eingangstore standen offen. Durch sie hindurch sahen sie einen Teil des prächtigen Gartens, der so lebendig war, dass es schon fast schrill wirkte: Bäume, die vor Früchten nur so trieften, und Blumen, die jede Oberfläche mit einem Farbenrausch überzogen.

Radu fühlte einen Anflug von Unmut darüber, dass Mehmed ihnen den schönsten Teil des Geländes vorenthalten hatte, bis er bemerkte, dass im Garten mehrere Frauen warteten. Sie spiegelten die farbenfrohen Blumen wider, wunderschön und mit der gleichen vergänglichen Ausstrahlung. Und eine von ihnen, die in der Mitte stand, hielt einen Säugling.

In der Zeit, die Radu brauchte, um zu begreifen, dass es Mehmed war, der selbstbewusst zu ihr ging und das Baby nahm, Mehmed, der lachte und den Säugling hochhielt, als wäre er ein Ferkel auf dem Markt, Mehmed, der ihm einen staunenden Kuss auf die Stirn drückte, schwangen die Tore zu und schlossen sie von dem leuchtenden Traum im Inneren aus. Radu konnte nicht sagen, ob die Tore tatsächlich ein tiefes Klirren von sich gaben oder ob er es nur innerlich spürte.

»Wusstest du das?« Ladas Stimme kam von weit her, von unter Wasser, aus einer Höhle, deren Tiefen nie das Licht erblicken würden.

»Nein.«

Es dauerte eine Ewigkeit, bis Radu merkte, dass die Sonne untergegangen war und er allein war, immer noch dastand und auf das Tor und das Geheimnis des Mehmeds starrte, den er dort drin gesehen hatte. Des Mehmeds, der ihn zurückgelassen hatte.

An diesem Abend saßen Radu und Lada allein in Mehmeds Gemächern, weit nach der Zeit, zu der er sie üblicherweise für eine späte Mahlzeit traf. Keiner von beiden sprach oder sah den anderen an. Radu war in eine erstickende Decke aus Elend und Schmerz gehüllt. Wie hatte Mehmed das tun können? Wie konnte er ein Vater sein?

Radu war verletzt, weil Mehmed ihn nicht über diese Entwicklung informiert hatte. Das war der Grund. Das war der Grund für dieses schreckliche, kratzende Gefühl.

Lazars wissendes Lächeln.

Die Tür öffnete sich, und Radu schrie vor Erleichterung auf. Mehmed war hier, er würde es erklären, es würde einen Sinn ergeben, und die Dinge würden wieder so werden, wie sie gewesen waren. Radu würde wieder wissen, was er fühlen sollte.

Auch Lada stand auf und beugte sich vor. Ihr Gesicht war eine Maske.

Mehmeds Gesicht jedoch war wie die Wüste während eines Sturms. Alles in seinen Zügen war weggerissen und zu einem rohen Ausdruck der Wut geworden. Er warf ein schweres Stück Pergament vor ihnen auf den Boden.

Lada hob es auf. Sie runzelte die Stirn und zeigte selbst einen Anflug von Zorn. »Was ist das? Willst du mich verhöhnen?«

Mehmed schüttelte den Kopf. »Ich versichere euch, ich bin genauso überrascht wie alle anderen.« Er streckte ihr eine Hand entgegen, als würde er ein aufgeschrecktes Pferd beruhigen. Radu blickte irritiert von Mehmed zu Lada. Da war etwas anders, etwas Neues. Etwas, das er übersehen hatte, während er in seinem eigenen Strudel der Verwirrung versunken war. Was war es? Was war geschehen?

In Panik versuchte Radu, Lada das Pergament zu entreißen, aber ihr Griff war fest.

Ein Lächeln verzerrte Mehmeds Lippen, als seine Worte hervorsprudelten. »Von meinem Vater. Anscheinend bin ich zu meiner eigenen Hochzeit eingeladen worden.«

29

Edirne, Osmanisches Reich

Überall war Gold.

Gold an dicken und dünnen Fingern, Gold an langen und an Stupsnasen, Gold in Ohren und auf der Stirn und im Nacken und an den Handgelenken, Gold an Armen und Knöcheln. Das meiste Gold auf einem Paar zierlicher Knöchel, die unter einer mit Goldfäden besetzten Seide hervorlugten, schwache Knöchel, die ihre Besitzerin niemals in einen Kampf tragen oder in einem Rennen mithalten lassen könnten.

Sitti Hatun, Mehmeds Braut, hatte abscheuliche Knöchel. Am zweiten Tag der einmonatigen Hochzeitszeremonie hatte Lada bereits Kopfschmerzen von dem Parfüm, dem reichhaltigen Essen und der unaufhörlichen Musik. Am liebsten hätte sie das Instrument des Harfenspielers als Bogen benutzt und brennende Pfeile in die schlagenden, goldenen Herzen der Anwesenden geschossen.

Sie hatte nicht einen Moment Zeit gehabt, mit Mehmed zu sprechen, war nicht ein einziges Mal mit ihm allein gewesen seit dem Teich, seit dem Kuss, seit alles verworren und verwirrend wurde. Und Mehmed lächelte und lachte und saß neben seiner Braut mit den schlanken Fesseln, seiner schmerzhaft schönen Braut, und hinterließ dort eine verkohlte Mulde, wo er tief in Lada etwas entzündet hatte.

Ein junger Mann, so gebogen und glänzend wie ein Janitscharenschwert, stand auf einem Podium in der Nähe und trug Gedichte vor. Seine Stimme war wie ein Fluss, der sie mit sich riss, sie unter die Strömung zog und sie so lange herumwirbelte, bis seine Erzählungen über Tapferkeit, Liebe und Triumph ihr die Luft abschnürten und sie nicht mehr atmen konnte.

Sie schnappte sich einen Becher von einem Diener mit demütigem Blick und trank den sauren Wein so schnell sie konnte, um den Geschmack der Leidenschaft des Dichters wegzuspülen. Es überraschte sie, dass Mehmed auf seiner Hochzeit Wein servieren ließ, obwohl er sich aus religiösen Gründen weigerte zu trinken. Aber sie war sehr, sehr froh, ihn zu bekommen.

Auf der anderen Seite des höhlenartigen Raumes, unter einem schimmernden Seidenvorhang, auf Samtkissen gestützt, lehnten Mehmed und seine Braut. Von ihnen ging zu jedem im Raum ein Pulsieren aus. Das schlagende Herz des Reiches, gespeist von der Liebe und Verehrung der Gefäße im Raum.

Lada würde lieber verbluten, als so zu tun, als würde sie sich für ihn freuen.

»Lada!« Radus Gesicht war so strahlend wie die Lampen über ihm. »Darf ich um diesen Tanz bitten? Wir sollten uns unterhalten.«

»Lieber lasse ich mich vom Obersten Gärtner im Hof spazieren führen«, schnauzte sie.

Radu verzog das Gesicht. »Aber ich wollte dich etwas fragen.«

Eine junge Frau ging absichtlich nah vorbei, blickte durch ihre Wimpern zu Radu auf und lächelte so sittsam, dass es fast obszön war. Lada wurde klar, dass sie Radu mit fast allen anwesenden Frauen hatte tanzen sehen. In Amasya hatte er nie jemandem nachgestellt, aber es hatte auch keine Gelegenheit dazu gegeben. Sie spürte, wie der Wein unangenehm in ihrem leeren Magen schwappte.

Wenn Radu Ratschläge zum Umgang mit osmanischen Frauen brauchte, sollte er es besser wissen, als zu ihr zu kommen. »Ich bin sicher, du kommst gut allein zurecht«, sagte sie höhnisch.

Radu wirkte verletzt, aber dann mahlte sein Kiefer und er ging weg. Frustriert über ihn, frustriert über sich selbst, wandte sich Lada zur Flucht und sah sich Huma gegenüber. Ihre Lippen waren tiefrot gefärbt, passend zu dem Tuch, in das sie gehüllt war. Sie sah aus wie eine glitzernde Wunde.

»Komm mit mir«, sagte Huma und streckte eine Hand aus.

Mit finsterer Miene ließ sich Lada von Huma am Ellbogen nehmen und an den äußersten Rand des Raumes führen, in eine Ecke, die nicht ganz vom Licht der baumelnden Kronleuchter erhellt wurde, von denen so viele so hell brannten, dass die Decke von einem Rauchschleier verdeckt wurde und die Muster dort verschoben und verschwommen waren.

Vielleicht hatte Lada aber auch einfach zu viel getrunken. »Du scheinst beunruhigt zu sein, Kleines.«

Lada lachte bitter auf und zupfte an ihrer Kleidung. In dieser Woche war sie jeden Tag von Dienern angekleidet worden. Obwohl sie versucht hatte, darauf zu bestehen, dass sie den gleichen Kleidungsstil wie die Janitscharen trug, hatte man ihr drapierte Kleider und Seidenschuhe gegeben. Heute Abend war ihr Kleid von so einem tiefen Rot, dass es fast schwarz aussah, tiefer ausgeschnitten, als ihr lieb war, und mit einer weißen Schärpe versehen. Ihr Haar war gebändigt und zu einer Reihe von Zöpfen und Locken zurückgesteckt worden, die ihr über den Rücken hinunterfielen. Wenigstens trug sie ihre Stiefel.

Huma fuhr mit einem Finger an Ladas Schlüsselbein entlang. »Du solltest hier eine Halskette haben, um die Aufmerksamkeit auf dich zu lenken.« Sie deutete auf Ladas Brüste.

Lada würde eher einen Räucherpfeil auf Huma schießen.

Aber als Lada das Gesicht der älteren Frau sah, erkannte sie, dass auch Huma nicht erfreut darüber war, hier zu sein. Lada hatte angenommen, dass Huma begeistert wäre – in ihrem Element als Mutter des Bräutigams, die ihre neue Macht zur Schau stellte. Sie hatte nicht gewollt, dass Lada Mehmed heiratete, und nun war er hier, verheiratet mit einer anderen.

Stattdessen betrachtete Huma den Raum mit zusammengekniffenen Augen.

»Ich habe meine Glückwünsche noch nicht übermittelt«, sagte Lada.

Huma schnaubte und wedelte heftig mit der Hand. »Machen wir uns nichts vor. Ich wurde zu all dem nicht konsultiert. Es ist ein politisches Bündnis, das Murad gewählt hat, um die Ostgrenzen zu sichern. Ein merkwürdiger Schachzug, wenn er doch vorhatte, bald wieder auf den Thron zu verzichten, jetzt, wo Mehmed älter ist.«

Lada betrachtete den Raum mit neuen Augen. Keiner von Mehmeds Lehrern war hier, keiner der heiligen Männer, die er so mochte. Keiner, mit dem er während seiner kurzen Zeit als Sultan zusammengearbeitet hatte. Und doch war Kazanci Dogan, der Anführer des Aufstands, hier. Mehmed hätte ihn gewiss nicht eingeladen. Die Adern der Macht strömten nicht, wie sie gedacht hatte, aus dem schlagenden Herzen der Frischvermählten. Sie strahlten aus von … Murad.

»Aber ich dachte, wenn Mehmed heiratet und da er einen Erben hat …«

Huma lachte düster. »Ein Baby mit einer Konkubine ist kaum eine Garantie. Und eine Heirat mit einem Turkmenenstamm, mit dem wir bereits verbündet sind? Dies ist ein Schritt der Stärkung, nicht des Aufbaus. Es geht nicht darum, zu expandieren oder Macht und Verbindungen für Mehmed zu schaffen. Das stärkt Murad und bringt Mehmed keinen Vorteil. Das Baby und diese Braut sind bedeutungslos. Sie ändern nichts.«

Etwas in Ladas Brust löste sich, erleichterte ihr das Atmen in der widerlich süßen Atmosphäre.

Huma schaute zu der Stelle, an der Sitti Hatuns Vater mit berauschter Leidenschaft mit mehreren Paschas sprach, die über seine Schulter hinweg dorthin schauten, wo sie lieber wären.

»Wusstest du, dass Murad vor zwei Monaten einen Sohn bekommen hat?«, fragte Huma. »Welch ein Segen, noch einen Jungen gezeugt zu haben.« In der Pause hörte Lada ein schreckliches Knirschen und nahm an, dass es von Humas Zähnen stammte. »Und welch passender Zeitpunkt für eine Vermählung, sodass jeder von Murad selbst von dem neuen Erben erfahren kann. Wer kann da schon behaupten, dass Murad aufgrund des starken Zuspruchs seines Vertrauten Halil

Pascha beschlossen hat, noch ein oder zwei Jahrzehnte zu warten, um einen gefügigeren Erben zu bekommen?«

»Nichts von dem hier ist für Mehmed.« Lada lehnte sich schwer gegen die Wand und sah die Feier als das, was sie war. Sie wusste, ihr müsste schlecht sein, sie müsste sich Sorgen um Mehmed machen, wütend auf ihn sein, aber alles, was sie fühlte, war überwältigende Erleichterung. Diese Welt, dieses glitzernde Gedicht der Macht, das keine Worte für sie enthielt … nichts davon war seins. Wusste er es?

»Nein. Murad will uns alle daran erinnern, dass er stark ist und vor Leben nur so strotzt und nirgendwo hingeht. Dass Mehmed ihm gehört und …« Huma wurde von einem Hustenanfall unterbrochen, etwas rasselte tief in ihr. Es war derselbe Husten, den sie bei ihrem Besuch in Amasya gehabt hatte, aber er war viel schlimmer geworden.

Huma wischte sich mit einem Tuch, das sie aus einem Ärmel zog, über das Gesicht. Eine Schicht Puder löste sich und enthüllte dunkle Ringe unter ihren Augen und Vertiefungen, wo ihre Wangen einst voll gewesen waren. Ihre Lippen zogen sich über die Zähne zurück, die ganze sinnliche Fülle verzerrte sich zu erbittertem Hass. »Alles, was ich aufgebaut habe, alles, worauf ich hingearbeitet habe, wird mir entrissen. Ich kann es nicht ertragen. Ich habe ihm alles genommen, was ich konnte, und er hat mir noch mehr genommen.« Ihre Augen verfolgten Murad, als würde sie eine Beute erspähen, die zu weit entfernt war, um sie zu töten.

Und in diesem Moment war Huma keine Bedrohung mehr für Lada. Sie war ihre Schwester. Murad hatte sie beide entführt, sie in ein Land und in ein Leben gezwungen, das keine von ihnen gewollt hatte. »Wir werden ihn töten«, flüsterte Lada.

»Das habe ich versucht.«

»Ich könnte es tun.«

Huma legte nachdenklich den Kopf schief und seufzte dann. »Nein. Ich bezweifle nicht, dass du ein Messer in den Spalt zwischen seinen Rippen stecken könntest, aber du würdest nicht lebend herauskommen. Das ist kein wirklicher Sieg für dich. Bleib bei Mehmed, hilf ihm. Er ist unsere beste Hoffnung. Wir müssen unsere Investition schützen.« Sie legte eine trockene, kalte Hand an Ladas Wange, ihr Blick war beinahe zärtlich. »Heirate ihn auch, wenn du willst. Es war falsch von mir, dir zu drohen, um dich fernzuhalten. Bau dir ein Leben auf, so gut du kannst. Niemand wird es für dich tun.«

Sie nickte in Richtung einer Gruppe von jungen Männern mit Turbanen und Umhängen, die in der Nähe von Mehmeds Abgeschiedenheit in einer Traube standen. Radu stand in der Mitte, lachend, selbst im Weihrauchdunst scharf umrissen. »Aber dein Bruder. Die Menschen werden sich ihr eigenes Herz ausreißen, um einen Platz für ihn zu schaffen. Er wird sich nie die Hände schmutzig machen müssen.«

Sie hielt ihre Hände neben Ladas und lächelte. »Aber rot bemalte Hände sind Hände, die tun, was getan werden muss.« Sie richtete sich auf und ließ die Maske der spielerischen Sinnlichkeit wieder über ihr Gesicht fallen, obwohl sie nicht mehr so gut saß wie beim letzten Mal, als Lada sie gesehen hatte. Dann entschwebte sie mit einem Flüstern von Purpur.

Die Wochen zogen sich dahin, und es war unmöglich, an Mehmed heranzukommen. Die Hochzeit dauerte jetzt schon vier Wochen an, und Lada wusste nicht, warum sie noch nicht alle vor lauter Vergnügen gestorben waren. Sogar Radu wäre zu diesem Zeitpunkt eine akzeptable Ablenkung gewesen, aber er war immer im Mittelpunkt von Zusammenkünften oder einfach nicht da. Sie wusste nicht, wohin er verschwunden war. Wahrscheinlich zu den Feiern der Feier, wo sich noch mehr glitzernde Menschen um ihn und sein kluges, schönes Mundwerk reißen würden.

Humas Worte waren ihr im Gedächtnis geblieben. Mehmeds Lage war so prekär wie eh und je, wenn nicht noch prekärer. Und Lada konnte nicht vergessen, was geschehen war, als sie das letzte Mal in Edirne gewesen waren. Manchmal wachte sie immer noch mit dem Geschmack von Blut im Mund auf, mit der Erinnerung an Knochen unter den Zähnen, mit der Hand um einen Dolch, der nicht mehr da war.

Nicolae, der seinen Dienst kurz zuvor beendet hatte, seufzte, während er neben ihr herging. Die Kaserne war dunkel, und sie blieben stehen, um sich an eine Wand zu lehnen. Blütenduft hing schwer in der Nacht, aber wenigstens konnte Lada hier draußen atmen. Sie mochte die Dunkelheit lieber als all das erzwungene, falsche Licht des Hochzeitsunsinns.

Nicolae nahm seine weiße Janitscharenmütze ab und strich sich durch sein schweißnasses Haar. »Ich verstehe, warum du um Mehmeds Sicherheit besorgt bist, und ich stimme dir zu. Aber es gibt einen Unterschied zwischen dem letzten Mal, als Mehmed hier war, und jetzt.«

»Und welcher ist das?«

»Vorher stand er unter der Bewachung des alten Janitscharenkorps. Sie waren schon immer in der Stadt stationiert gewesen. Sie haben ihre eigene Politik und ihre eigenen Loyalitäten. Nichts davon galt ihm, was ihn verwundbar machte. Dieses Mal wird er von uns bewacht. Wir sind seit Jahren bei ihm. Und er ist nicht länger ein unerträglicher Eiferer, ein Balg, das wir nicht respektieren und für das wir nichts übrighaben. Wir haben unter ihm gekämpft, und wir werden für ihn kämpfen. Du wirst keinen Verräter in unseren Reihen finden. Das weißt du, Lada.« Er klopfte ihr auf die Schulter. »Lass Mehmed sich darum kümmern, seiner hübschen Braut zu gefallen. Wir kümmern uns darum, ihn zu beschützen.«

»Und worüber sollte ich mir Sorgen machen?«

»Über nichts! Geh schlafen, kleiner Drache. Das ist ein Befehl.« Er ging in die Kaserne, schloss sich seinen Kameraden an und ließ Lada mit ihren Sorgen allein. Sie waren eine schlechte Gesellschaft, nörgelten und zerrten, zogen an ihren Haaren und flüsterten ihr ins Ohr.

Mehmed tot. Mehmed verliebt. Mehmed, der vergaß, dass sie existierte. Jeder vergaß, dass sie existierte. Sie lebte weiter in einer Welt, der es völlig egal war, ob sie existierte oder nicht. Sie lebte weiter in einer Welt, in der sie nie wieder geküsst werden würde.

Es war ihr egal, ob sie jemals wieder geküsst wurde oder nicht, sie verdammte Mehmed und seine Lippen und seine Zunge und alles, was von ihnen kam!

Sie brauchte eine Aufgabe, etwas Richtiges, etwas, worauf sie sich konzentrieren und in das sie ihre Energie fließen lassen konnte. Nicolae glaubte nicht, dass Mehmed in Gefahr war, denn er sah nicht, wie Mehmed für irgendjemanden eine Bedrohung darstellen konnte. Murad war zurück, das Land war stabil, alle waren glücklich. Aber solange Mehmed am Leben war, bestand die Aussicht, dass er den Thron besteigen würde. Wer würde sich dadurch am meisten bedroht fühlen?

Halil Pascha.

Halil Pascha! Lada nahm ihn als neues Ziel ins Visier. Er war immer eine Bedrohung gewesen, hatte wahrscheinlich sogar hinter dem ersten Attentat gesteckt. Bestimmt war er immer noch eine Gefahr für Mehmed. Lada würde ihm folgen, ihn beschatten, jede Bedrohung erkennen, bevor sie sich Mehmed überhaupt nähern konnte. Beflügelt von ihrer neu gefundenen Bestimmung, hatte sie keine Zeit zu verlieren. Sie hielt am Haremsgebäude an, das wie ein Lagerfeuer in der Nacht leuchtete, und bat den Eunuchen, der das Tor bewachte, mit Huma sprechen zu dürfen. Lada hatte sie bei den Feierlichkeiten des Tages nicht gesehen, und zu dieser späten Stunde würden viele Gäste bereits zu Hause und im Bett sein.

Der Eunuch runzelte die Stirn und musterte sie. »Huma geht es nicht gut.«

»Sie wird mich sehen wollen.«

Er schüttelte den Kopf, seine blasse Haut schimmerte matt im Licht, das aus den Fenstern fiel. »Sie kann niemanden sehen. Aber ich kann ihr eine Nachricht überbringen.«

Lada fühlte sich ernüchtert und im Hintertreffen. Aber nein. Sie brauchte Humas Erlaubnis oder Führung nicht. »Kannst du mir sagen, wo Halil Pascha wohnt?«

Mit einem unbeteiligten Blick, der von jahrelangem Training zeugte, bei keiner Bitte irgendwelche Emotionen zu zeigen, beschrieb der Eunuch ihr den Weg zum großen Anwesen von Halil Pascha.

Lada sickerte wie ein Schatten vom Palastgelände in das nächstgelegene Viertel, in dem die reichsten und mächtigsten Paschas und

Wesire lebten. Halil Paschas Haus war gewaltig, ein überragendes Zeugnis seines Einflusses und seines Ansehens unter Murads Herrschaft. Lada umging das Tor und fand eine schmale Gasse zwischen Halil Paschas Mauer und dem nächsten Anwesen, wo sie genug Halt fand, um an den Steinen hinaufzuklettern und sich auf Halil Paschas Grundstück zu schwingen. Sie ließ sich fallen und hockte sich hin. Die Steinplatten unter ihr rochen immer noch nach sonnenerwärmtem Staub.

Helles Stimmengewirr drang von der Rückseite des Gebäudes herüber. Sie glitt an der Wand entlang und kam um eine Ecke, wo sie einen Innenhof vorfand. Laternen waren wie Perlen aufgereiht und baumelten über einer Zusammenkunft, die trotz der späten Stunde immer noch in vollem Gange war. Sie war kleiner als die Hochzeitsfeierlichkeiten, offensichtlich eine intimere Angelegenheit. Lada hatte keine Ahnung, was sie damit anfangen sollte. Es war eine Verschwendung ihrer Zeit. Sie blickte in Richtung des Haupthauses, das wahrscheinlich so gut wie leer sein würde.

Sie ging zurück zur Seite des Gebäudes und fand eine kleine Tür, neben der wahllos Stapel von Gemüseschalen und Abfällen in Körben lagen. Dahinter war ein schmaler Flur, an dessen Ende eine überforderte und erschöpfte Küche lag, die sich durch eine lange Nacht schleppte. Zu ihrer Rechten befand sich eine schmale Treppe. Sie nahm diese zum nächsten Stockwerk, wo sie eine Tür öffnete. Dieser Flur war breit, mit hohen Decken und dicken Teppichen. Lada ging ihn entlang, wusste nicht, wonach sie suchte, war aber verzweifelt darauf bedacht, etwas zu finden.

Leises Lachen warnte sie eine Sekunde zu spät, dass sie nicht allein war. Sie blieb stehen, als zwei Männer, von denen einer ihr zugewandt war und der andere wegschaute, aus einem Raum kamen.

Sie sah Radu in die Augen.

Sein Gesicht erstarrte vor Entsetzen, verwandelte sich dann in ein Lächeln, und er legte seine Hand auf den Rücken seines Begleiters und deutete auf etwas in der entgegengesetzten Richtung von Lada. »Ist dir jemals das Porträt des Paschas aufgefallen? Es sieht aus, als wäre es von einem Elefanten gemalt worden. Einem sehr alten, kranken Elefanten.«

Der andere Mann lachte, ohne sich umzudrehen, und Radu warf einen gequälten und panischen Blick auf Lada. Dann ruckte er mit dem Kopf in Richtung der Dienstbotentreppe.

Sie hatte die Treppe hinter sich gelassen, bevor Radu und sein Freund das Gemälde erreichten. Dann war sie draußen und verließ Halil Paschas Grundstück, bevor die Demütigung schließlich über ihr hereinbrach. Sie hatte nichts gefunden. Schlimmer noch, sie war erwischt worden. Von *Radu*. Was hatte er dort zu suchen? Warum tat er so, als würde er das Haus kennen? Als würde er dort hingehören?

Sie kehrte in den Palast zurück. Anstatt in ihr eigenes Zimmer zu gehen, ging sie in Radus, wo sie wie ein gefangenes Tier umherlief. Abwechselnd kämpfte sie mit Wut und Verlegenheit, schöpfte Verdacht und verwarf ihn dann wieder. Schließlich, als sie dachte, sie würde verrückt werden, kam Radu zurück. Er schloss die Tür hinter sich, lehnte sich dagegen und rieb sich müde den Kopf. Lada öffnete den Mund, um ihn zu beschimpfen, aber er kam ihr zuvor.

»Was hast du dir dabei *gedacht*, Lada?«

»Was meinst du, was habe ich mir dabei gedacht? Ich habe gedacht, dass Halil Pascha Mehmed schon einmal gedroht hat und dass er es vielleicht wieder tun wird!«

»Ja! Aber was wolltest du erreichen, indem du dich nachts in seinem Haus herumschleichst?«

»Ich dachte, wenn ich ihn erwischen könnte, bevor … Wenn ich etwas entdecken könnte, damit wir wissen …« Sie hielt inne. Sie wusste nicht, was sie zu erreichen gehofft hatte. Sie hatte einfach handeln wollen, etwas tun wollen. Wollte etwas anderes tun, als in einem Raum voller glitzernder Fremder zu stehen und Mehmed mit einer anderen Frau zu beobachten.

»Hast du den inneren Kreis von Halil Pascha bemerkt?« Radu zog die Augenbrauen hoch und begann, um sie herum zu gehen. »Wer war bei der Zusammenkunft, wer hat mit wem gesprochen, wer hat sich mit Halil unterhalten?«

Lada machte ein finsteres Gesicht. »Ich hätte niemals so viel sehen und dabei versteckt bleiben können.«

»Nein, natürlich könntest du das nicht. Du bräuchtest eine Einladung. Du müsstest dich mit allen Pashazadas angefreundet haben, insbesondere mit Halil Paschas Sohn Salih. Man müsste dich mögen und dir vertrauen, um in den Einflussbereich von Halil Pascha aufgenommen zu werden.«

»Du bist also jetzt sein Freund? Hast du vergessen, was er versucht hat zu tun?«

Radu warf die Hände hoch und ließ sich schwer auf sein Bett fallen. »Er hat nie mit mir gesprochen. Ich bezweifle, dass er überhaupt weiß, wer ich bin. Aber wegen seines Sohnes bin ich in seinem Haus willkommen. Ich werde zu seinen Zusammenkünften eingeladen. Ich kann mich in Halils Nähe herumtreiben, ich kann zuhören, ich kann zusehen, ich kann falsche Geheimnisse gegen echte tauschen, ich kann meine Finger am Puls des Lebens und in den Plänen dieses elenden Mannes halten. Du bist in seinem Flur herumgeschlichen wie ein Dieb, während ich in seinem persönlichen Arbeitszimmer saß, wie der verehrte Freund, der ich für seinen oft vergessenen mittleren Sohn bin.«

»Aber du hast nie etwas gesagt.«

»Ich habe es versucht. Du hast mich nicht gelassen.«

Das stimmte. Lada war so sehr in ihr Elend vertieft gewesen, so eifersüchtig darauf, wie glücklich Radu zu sein schien, dass sie ihn an dem Abend, an dem er mit ihr tanzen und reden wollte, weggestoßen hatte. Aber das war schon vier Wochen her. Und woher hätte sie wissen sollen, dass er so etwas vorhatte? »Du – das sieht dir gar nicht ähnlich. Ich hätte nie gedacht, dass du so etwas tun könntest.«

Radu erstarrte. »Du magst diejenige gewesen sein, die den Dolch beim letzten Mal aufgehalten hat, aber *ich* bin derjenige, der es wissen wird, bevor der Dolch jemals in die Nähe von Mehmed kommt.«

Lada schüttelte ungläubig den Kopf. Radu war zu demselben Schluss gekommen wie sie – Halil Pascha war immer noch eine Bedrohung für Mehmed –, und anstatt im Dunkeln herumzulaufen,

Wände hochzuklettern und ziellos durch ein Haus zu streifen, hatte er einen Weg gefunden, Mehmed zu schützen. Einen Weg, den Lada trotz all ihrer Ausbildung und Wildheit niemals hätte einschlagen können. Kein Wunder, dass er sie nicht in seine Pläne einbezogen hatte.

»Was kann ich tun?«, flüsterte sie.

Radus Stimme war vor Erschöpfung angestrengt. »Mir aus dem Weg gehen.«

Lada stolperte zur Tür und ignorierte Radus hastig vorgebrachte Entschuldigung. Sie durchquerte die glücklicherweise leeren Flure zu ihrem eigenen Zimmer, schloss die Tür hinter sich und rollte sich auf ihrem Bett zusammen.

Sie wollte von der Walachei träumen, doch selbst das gelang ihr nicht.

30

Radu liebte das Tanzen.

Der Takt, die Musik, er spürte sie von seinem Kopf bis zu den Zehen, während er in perfektem Einklang mit den anderen Tänzern durch den Raum wirbelte. Es hatte etwas schmerzlich Richtiges, sich gemeinsam zu bewegen, vom Klang geleitet, jeder war Teil von etwas Größerem und gab die Individualität auf, um etwas Schönes zu schaffen. Er brauchte nicht zu denken oder zu fühlen oder etwas anderes zu sein als die Bewegung. Es war fast wie ein Gebet.

Während ein Lied in das nächste überging, tanzte er mit fast allen Frauen des Hofes. Ein schmeichelhaftes Wort, ein charmantes Lächeln, die Versicherung, dass sie seine anmutigste Partnerin sei. Und natürlich, wenn er sie ihrem Ehemann zurückgab, eine Anerkennung des überragenden Geschmacks und des Vermögens dieses Mannes, der das schönste Juwel im Raum verdient hatte.

Es war so einfach, gemocht zu werden, und so angenehm.

Und auch so *nützlich*, dachte er, als er lächelnd eine Einladung von Halil Paschas Sohn Salih zu einem privaten Abendessen annahm.

Ablenkungen gab es viele und sie waren leicht zu finden. Die meiste Zeit gelang es Radu, seine Verzweiflung darüber zu verringern, mit Mehmed sprechen und ihm nahe sein zu wollen und eine Zusicherung bekommen zu wollen, dass er immer noch Teil von Mehmeds neuem Leben als Ehemann und Vater sein würde. Wenn er genug zu tun hatte, konnte er seine Gedanken an Mehmed von der lautesten trötenden Trompete zur leisesten flüsternden Flöte machen.

Eine Frau mit vollem Mund und einem Gesicht, das so sanft und süß wie der Mond leuchtete, lächelte Radu von der anderen Seite des Raumes her an. Sie war jung, und obwohl er sie nicht erkannte, glaubte er, sie schon einmal gesehen zu haben. Er ging auf sie zu und verbeugte sich.

»Du erinnerst dich nicht an mich«, sagte sie.

»Man sollte mich auspeitschen, weil ich so ein Gesicht vergessen habe.«

Sie lachte. »Deine Worte sind süß wie Honig, aber so gehaltlos. Ich bin Nazira, die Schwester von Kumal.«

Radu richtete sich auf und sah sich aufgeregt um. »Ist Kumal hier?«

»Nein, er hasst die Hauptstadt. Ich bin mit meinem Onkel hier, aber nur für heute Nacht. Ich wollte das hier sehen.« Sie deutete auf den Raum, die glitzernde Dekadenz.

»Ah.« Die Enttäuschung dämpfte Radus Stimmung. Er wollte Kumal schon lange für seine Freundlichkeit in dieser schrecklichen Zeit danken, dafür, dass er ihn beten lehrte, als er nichts anderes hatte. Er verbeugte sich erneut und streckte seine Hand aus. »Möchtest du tanzen?«

Sie nickte, und sie schlossen sich den Tänzern an. Radu behielt Mehmeds abgeschirmten Platz im Blick, beobachtete ihn aus dem Augenwinkel und fragte sich, ob Mehmed ihn sah und sich wünschte, er könnte sich dem Treiben anschließen, anstatt dort zu sitzen.

Nazira tanzte bezaubernd, und am Ende bedankte sie sich bei ihm mit einem heimlichen Lächeln. Radu sah, dass sie danach mit niemandem mehr tanzte, sondern in der Nähe einer runzligen alten Frau blieb.

Er wollte sich gerade zu Salih und einigen der Söhne prominenter Paschas gesellen, als er den einzigen reglosen Fleck in dem riesigen Raum bemerkte: Lada, die an die Wand gelehnt in der Nähe einer hoch aufragenden, vergoldeten Doppeltür saß. Radu sah, dass sie unter ihrem Kleid nicht ihre bevorzugten Janitscharenstiefel trug, sondern ein Paar wunderschön bestickter Pantoffeln.

Sie sah nicht so aus, als würde sie insgeheim darauf hoffen, jemanden zu töten. Sie sah nicht so aus, als würde sie sich irgendetwas erhoffen. Sie sah so aus, wie Radu sich gefühlt hatte, als er Mehmeds Sohn sah.

Er spürte einen Stich des Mitleids wie ein Messer in seiner Seite. Er hatte versucht, seine Worte in jener Nacht vor einer Woche abzumildern, als sie beinahe alles ruiniert hatte, weil sie beim Spionieren erwischt worden war, aber sie war geflohen, bevor er sie aufmuntern konnte. Und ein Teil von ihm, ein kompakter, dunkler Klumpen von Gemeinheit, der tief in seiner Brust vergraben war, war froh darüber gewesen. Sollte sie sich doch nutzlos fühlen. Sollte sie sich wie eine Versagerin fühlen. Sollte sie doch sehen, dass er Dinge tun konnte, die sie nie tun konnte.

Aber sie jetzt zu sehen, löste eine Welle des Mitgefühls aus. Er durchquerte den Raum, tauschte Grüße und Versprechen aus, später zu tanzen, bis er sie erreichte. »Lada?«

Sie blinzelte, und ihre Augen richteten sich langsam auf ihn. »Was?«, sagte sie tonlos.

»Möchtest du tanzen?«

Ihre Stirn verzog sich, ihr Blick wurde schärfer und ließ die alte Lada durchschimmern. »Hasst du mich so sehr?«

Er lachte. »Vielleicht macht es ja Spaß.«

»Ja, ich liebe es, mich vor Hunderten von Fremden zu blamieren.«

»Du kannst nicht schlimmer sein als die Frau von Nebi Pascha. Sie hat die ganze Anmut einer schwangeren Sau.«

Lada schnaubte. »Ja, und ich habe die Anmut eines aufgespießten und sterbenden Wildschweins.«

»Selbst ein aufgespießtes und sterbendes Wildschwein kann einen Menschen töten.«

Dies entlockte ihr schließlich ein Lächeln, das sie sich jedoch schnell wieder verkniff.

»Komm schon. Weißt du noch, wie wir getanzt haben, als wir klein waren?«

»Ich weiß noch, wie ich dich zu Boden rang und dein Gesicht in die Asche des Kamins drückte.«

»Ganz genau! Und erinnerst du dich an die ganze Zeit, die du mit den Janitscharen trainiert hast?«

»Ja, eine Ausbildung zum Kämpfen.«

»Kämpfen ist wie Tanzen! Nur habe ich am Ende viel weniger blaue Flecken.« Radu streckte seine Hand aus, und zu seiner Überraschung und Freude ergriff sie sie.

Lada war in der Tat eine eigenartig anmutige Tänzerin. Auch wenn ihre Bewegungen nicht schön waren, so hatten sie doch etwas Fließendes und Kraftvolles an sich, das zu beobachten fesselnd war. Ihr Gespür für die Bewegung ihres eigenen Körpers im Raum war instinktiv und gut geschärft nach so vielen Jahren Kampftraining. Und ihr Gesichtsausdruck mochte zwar wirken, als wolle sie ihren Partner ermorden, aber daran war Radu gewöhnt.

Er hatte es tatsächlich vermisst.

Sie bewegten sich im Kreis mit anderen Tänzern und kamen an der Frau von Nebi Pascha vorbei. Radu warf ihr einen bedeutungsvollen Blick zu, dann hob er die Augenbrauen zu Lada, die laut auflachte, was von der Musik nicht ganz übertönt würde. Er hatte Mühe, sein eigenes Lachen zu unterdrücken, als sie den Tanz beendeten.

Sie lehnte ihren Kopf an seine Schulter und lachte immer noch. »Du hattest recht! Sie bewegt sich wirklich wie eine trächtige Sau.«

Radu nickte ernst. »Es gibt hier einen ganzen Bauernhof an Tanzpartnerinnen, und ich habe mich mit allen im Kreis gedreht.«

»Sag mir, was für ein Tier Huma ist.«

»Eine Katze mit schwachen Hüften, die zu stolz ist, das Mausen aufzugeben.«

Sie kicherte und vergrub ihr Gesicht an seiner Schulter. »Und Halil Paschas Frau?«

»Eine schlecht gelaunte Gans mit flatternden Plattfüßen.«

»Was ist mit Mehmeds teurer Braut? Was für ein Tier ist sie?«

»Ja«, unterbrach eine tiefe Stimme. »Was ist meine Braut?«

Lada zuckte zusammen und sprang von Radu weg. Sie starrten

beide auf den Boden, anstatt Mehmed in die Augen zu sehen. Es war das erste Mal, dass Radu ihm bei einer der Feierlichkeiten nahe war. Mehmed war immer durch ein drapiertes Tuch oder durch einen Ring von Würdenträgern getrennt, immer an der Seite von Sitti Hatun.

»Wir müssen dir zu deiner Hochzeit gratulieren«, sagte Radu.

»Hör auf.«

Radu sah hoch, überrascht von Mehmeds scharfem Ton. »Bitte, nicht du auch noch. Ich kann das nicht mehr ertragen …«

Er winkte mit der Hand und schloss den Raum und alle Anwesenden ein. »Sag mir nicht, dass dieser Albtraum auch meine beiden einzigen Freunde gestohlen hat.«

Lada sagte nichts, sondern sah Mehmed mit Augen an, die dunkler brannten als die Kohlenbecken.

Radu wagte ein kleines Lächeln. »Vielleicht ist sie ein Singvogel?«

Mehmed schnaubte spöttisch. »Offensichtlich hast du ihre Stimme noch nicht gehört, wenn du das denkst. Nein, meine kostbare Braut ist wie eine kranke Maus, zitternd und quietschend und völlig wertlos.«

Vielleicht war die Bösartigkeit in Radus Brust doch nicht ausgelöscht, denn sie schwoll vor Freude an, als er das hörte. »Sie ist aber reizend«, warf er ein, sei es, um seine eigene Kleinlichkeit zu bekämpfen, oder in der Hoffnung, dass Mehmed ihm widersprechen würde, er wusste es nicht.

»Sie ist eine Luftverschwendung.« Mehmed drehte den Kopf hin und her, streckte sich und bewegte sich mit wütender Energie. »Ich will tanzen.«

Radu blickte zu dem erhöhten Podest, auf dem Mehmeds Braut immer noch saß und verloren wirkte. Es sah aus, als hätte sie geweint. »Ich glaube nicht, dass Sitti Hatun …«

»Nicht mit *ihr*«, schnauzte Mehmed. Er streckte Lada seine Hand hin. Radu starrte darauf und bemerkte nach ein paar Sekunden, dass Lada dasselbe tat. Nur sah sie nicht verwirrt auf Mehmeds dargebotene Hand, sondern wütend.

»Jetzt?« Ihre Stimme zitterte vor Anstrengung, sie ruhig zu halten. »*Jetzt* willst du tanzen? *Jetzt* willst du mit mir reden?« Die Glut in ihren Augen war in Flammen aufgegangen. Radu machte einen wissenden Schritt zurück, aber anstatt zuzuschlagen, machte Lada auf dem Absatz kehrt und rannte aus dem Zimmer.

»Was habe ich getan?«, fragte Mehmed mit zusammengezogenen Augenbrauen.

Radu rieb sich den Nacken. Er war sich nicht sicher, warum Lada so heftig reagiert hatte, aber er hatte noch keine Gelegenheit gehabt, mit Mehmed zu reden, und die wollte er sich nicht entgehen lassen. »Wir … haben dich gesehen. Bevor wir hierherkamen. Im Harem.«

Mehmeds Gesichtsausdruck verriet nichts.

»Mit … deinem Kind.«

Mehmed schloss die Augen und atmete schwer. »Ah. Ja. Mein Sohn.« Er legte Radu eine Hand auf die Schulter. All die Begrüßungen, all das Tanzen, all die freundlichen Berührungen, die im Gespräch zwischen zwei Personen ausgetauscht werden, fühlten sich wie ein Traum an. Mehmeds Berührung war wie ein Erwachen. »Es ist seltsam, nicht wahr?«

Radu strahlte vor Erleichterung. Mehmed verstand, wie es sich anfühlte, wenn sie zusammen waren! Es war normal, sie teilten es, sie könnten …

»Ich vergesse immer noch, dass ich Vater bin.«

Ein winziges Ausatmen entkam Radus Lippen und trug seine ganze falsche Erleichterung davon. »Ja. Das ist seltsam.«

»Ich sehe das Baby an und es fühlt sich so fremd an, als würde ich in einem fremden Bett schlafen.« Mehmeds Hand fiel von Radus Schulter, und er hob beide Handflächen hoch. »Trotzdem, wie mein Vater sagen würde, ist es meine *Pflicht.*«

»Wie Sitti Hatun.«

»Ja, wie Sitti Hatun. Ich werde froh sein, wenn das endlich vorbei ist und wir nach Hause gehen können, damit alles wieder so wird wie früher.«

Radu nickte. Das war es, was er auch wollte. Das war die Sehnsucht, das Bedürfnis, das Verlangen in ihm. Wie die Dinge vorher waren.

Mit einem kurzen Nicken entfernte sich Mehmed mit zerstreutem Gesichtsausdruck. Radu beobachtete ihn, immer darauf bedacht, wo Mehmed sich im Raum befand, so wie er die Sonne am Himmel wahrnahm. Als Mehmed durch eine Seitentür hinausschlüpfte, während die Aufmerksamkeit aller auf einen Dichter gerichtet war, der einen Vortrag begann, sah nur Radu ihn.

Er wusste, dass Mehmed nicht allein sein sollte. Niemals. Als Radu durch die Tür kam, erhaschte er nur einen kurzen Blick auf den lila Umhang seines Freundes, der gerade um eine Ecke bog. Radu war nicht eingeladen worden, und Mehmed brauchte wahrscheinlich einen Moment für sich, wenn er sich davonschleichen wollte. Also folgte er ihm, leise und mit Abstand. Er war so sehr darauf bedacht, Mehmed nicht aus den Augen zu verlieren und unsichtbar zu bleiben, dass er nicht bemerkte, wohin Mehmed ging, bis er um eine Ecke spähte und ihn an Ladas Tür klopfen sah.

»Mach auf!«

»Geh zum Teufel!«

»Wir müssen reden!«

»Ich brauche nichts von dir!«

Mehmed lehnte seinen Kopf gegen die Tür und atmete tief durch. Als er wieder sprach, war seine Stimme leiser. Radu musste sich anstrengen, um sie zu hören, so wie Lada es auf der anderen Seite der schweren Holztür zweifellos auch tun musste. »Ich wusste nichts von dem Baby, bis ich zurückkam, nachdem ich dich am Teich getroffen hatte. Und dann wusste ich nicht, wie ich es dir sagen sollte. Ich weiß es immer noch nicht. Ich habe keine Ahnung, wie ich mich dabei fühlen soll. Es ist … eine Pflicht. Es ist dasselbe, als säße man in endlosen Ratsversammlungen, um sich die Klagen der Paschas und die kleinlichen Streitigkeiten der Janitscharen und Sipahi anzuhören.«

Mehmed hielt inne, als würde er zuhören, dann schüttelte er den Kopf. »Sie ist abscheulich. Und der Harem, ich … Er ist nicht real, Lada. Ich besuche sie, und sie huschen umher wie Gespenster, wie Gemälde. Keine von ihnen ist für mich real.« Er hielt wieder inne und legte eine Hand flach gegen die Tür. »Du bist das einzig Reale in meinem Leben.«

Radu keuchte vor lauter körperlichem Schmerz, den die Worte in ihm auslösten. Aber das Geräusch seiner Qualen wurde von der sich öffnenden Tür übertönt. Mehmed griff nach Lada und zog sie zu sich heraus, und dann war sein Mund auf ihrem, und seine Hände waren in ihrem Haar, und er hielt sie fest, so fest, und sie stolperten zurück in Ladas Zimmer und schlossen die Tür.

Radu stolperte vorwärts, die Füße schleiften, bis er vor dem Zimmer stand. Er wollte drinnen sein. Er wollte das einzig Wahre für Mehmed sein, so wie Mehmed das einzig Wahre für ihn war.

Er wollte …

Nein, bitte, *nein.*

Ja.

Er wollte, dass Mehmed ihn so ansah, wie er Lada angesehen hatte.

Er wollte, dass Mehmed ihn so küsste, wie er Lada geküsst hatte.

Er wollte Lada sein.

Nein, das wollte er nicht. Er wollte *er selbst* sein, und er wollte, dass Mehmed ihn dafür liebte, dass er er selbst war. Seine Frage, die Frage, was Mehmed anging, war endlich beantwortet, durchbohrte ihn und ließ ihn zitternd und stumm zurück.

Er wollte diese Antwort nicht.

31

Obwohl Mehmed viel zu früh gehen musste, damit seine Abwesenheit nicht entdeckt wurde, konnte Lada die Erinnerung an seine Hände und Lippen noch immer spüren.

Sie wusste nicht, was es bedeutete oder was sie in Gang gesetzt hatten. Aber Huma hatte am Ende doch recht gehabt. Denn die Art, wie Mehmed Lada ansah, als er ging, gab ihr das Gefühl, so mächtig zu sein wie nie zuvor.

Sie würden sich bei einer Feier am späten Abend wieder sehen. Bis dahin gingen die Männer in ein Badehaus, und die Frauen trafen sich zu einem intimeren Essen.

Lada hatte nicht vor zu gehen, aber ihr Zimmer war zu eng, genauso wie ihre Haut zu eng war. Sie musste etwas tun, sonst würde sie platzen. Der letzte Ort, an dem sie sein wollte, war in der Nähe von Nicolae und den Janitscharen, und Radu war nicht in seinen Gemächern. Also ging sie zu der Zusammenkunft und schlüpfte hinein. Sie war von ihrem Geheimnis so sicher umhüllt wie von einer Rüstung.

Als sie Sitti Hatun am Kopfende des Tisches sah – winzig und perfekt und vollkommen unglücklich –, musste Lada beinahe lachen. Ihre Rivalin war minderwertig, nicht einmal der Verachtung würdig.

Lada sah ein bekanntes Gesicht und ließ sich auf einem Kissen neben Mara nieder.

Mara runzelte nachdenklich die Stirn, dann lächelte sie. »Ladislava. Du bist groß geworden.«

Allein an diesem Nachmittag hatte Lada das Gefühl, dass sie um Längen gewachsen war. Sorgsam achtete sie darauf, dass ihre Erinnerungen ihre Mundwinkel nicht nach oben wandern ließen. »Ja. Du siehst gut aus. Wo ist Halima?« Lada sah sich um, konnte sie aber nirgends finden. Die Türen des Zimmers wurden von Eunuchen bewacht, die meisten von Murads Frauen und Konkubinen waren anwesend.

Mit einem flauen Gefühl im Magen erinnerte sich Lada daran, dass zumindest einige der Frauen hier sehr wahrscheinlich zu Mehmed gehörten. Nein. Sie weigerte sich, daran zu denken. Wenn sie hier waren, waren sie wie Sitti Hatun: Pflichten, die ihm aufgezwungen wurden. Keine Wahl, kein Verlangen. Nicht wie sie.

Mara lächelte, wenn auch freudlos. »Hast du nicht gehört? Halima hat vor nicht einmal zwei Monaten ein Kind bekommen. Sie ist immer noch im Wochenbett.«

Lada konnte nicht verhindern, dass ihr ein Keuchen entfuhr. »Murads neugeborener Sohn ist von Halima?«

»Oh ja. Sie war während der Schwangerschaft schwer krank und wäre dann bei der Geburt fast gestorben. Er ist der hässlichste Säugling, den ich je gesehen habe, und er hört nicht auf zu weinen. Halima war noch nie so glücklich.«

Lada stieß ein kurzes Lachen aus. »Die arme, glückliche Halima. Und du? Bist du glücklich?«

Mara nahm einen Schluck Wein. Die meisten Frauen um sie herum hatten keinen, aber sie machte keinen Hehl daraus, dass sie ihn trank. »Serbien ist friedlich. Mein Mann bittet nicht um meine Anwesenheit noch fordert er sie. Mir geht es sehr gut. Und dir auch.«

Lada errötete, blickte zu Boden und spielte mit ihrem Teller. Trug sie Mehmeds Berührung so offensichtlich auf ihrer Haut, dass andere sie sehen konnten? »Was meinst du?«

»Du bist nicht mehr dasselbe jämmerliche, verängstigte Wesen, das du bei unserer letzten Begegnung warst. Du hast aufgehört zu kämpfen.«

Maras Worte trafen Lada tief, und es fiel ihr schwer, ihnen zu widersprechen. Aber sie entsprachen der Wahrheit. Lada ließ ihren Blick auf dem leeren Raum um Sitti Hatun ruhen, auf der Weise, wie alle Frauen um sie herum mit ihr sprachen, ohne etwas zu sagen. Auch wenn sie von anderen umgeben war, war Sitti Hatun allein. Sie war von ihrem Vater verschachert worden. Lada unterdrückte schnell einen kurzen Anflug von Mitleid. Das war es, was Väter taten. Es war die Aufgabe der Töchter, mit allen Mitteln zu überleben.

Sie wandte sich wieder an Mara und sagte die Wahrheit. »Ich weiß nicht mehr, wogegen ich kämpfen soll.«

Mara hob ihr Glas. »Mögest du ein gewisses Maß an Glück in deiner Kapitulation finden.« Sie nahm einen tiefen Schluck. »Mögen wir das alle.«

Schildkröten mit großen Kerzen, die auf ihrem Rücken schmolzen, zogen eine Runde durch den Garten. Langsam schlichen sich Lichtpunkte heran, um verschiedene Personengruppen zu beleuchten, wie Gesprächsfetzen, die man im Vorbeigehen aufschnappt. Die Blumen um sie herum, schwarz in der Nacht, blühten plötzlich in leuchtenden Farben auf, bevor sie wieder zu Silhouetten wurden.

Als eine der Schildkröten an ihr vorbeilief, hatte Lada das Gefühl, als würde sie wie ein Brandmal aus der Dunkelheit aufsteigen. Innerlich brannte sie jedoch viel heller, weil sie wusste, dass Mehmed in der Nähe war. Sie hatte beim Abendessen, durch Maras Fragen beunruhigt, zu viel Wein getrunken. Sie wollte heute Abend keine Fragen. Sie wollte etwas Einfaches. Etwas Körperliches. Etwas Reales.

Ein Lied begann, in dem der Sänger die Geschichte von Ferhat und Shirin erzählte.

Lada stand allein, reglos wie ein Berg, und ließ ihren Standort von der Kerze andeuten. Sie hielt ihren Blick auf die Stelle gerichtet, von der aus Mehmed sie beobachtete. Sie spürte das, auch wenn sie ihn nicht mehr sehen konnte. Bei der Erinnerung daran, ihn zu spüren, umspielte ein Lächeln ihre Lippen, und sie trat in den Schatten und begab sich tiefer in die geheimen Ecken des Gartens, in denen die Schildkröten noch nicht ihre gemächliche Wanderung angetreten hatten.

Sogar die Musik war durch die Dunkelheit gedämpft, trieb in Fetzen dahin, vom Wind verdreht und verzerrt zu bloßen Gerüchten einer Melodie. Sie fühlte sich allein. Aber es war nicht länger ein Gefühl der Verzweiflung, sondern eher eins der Vorfreude. Mehmed würde den Pavillon, den er mit Sitti Hatun teilte, verlassen und sie finden. Sie wusste es bis in die Zehenspitzen. Es war töricht und leichtsinnig, und das machte es noch besser. Lada wollte keine vorsichtigen Gedanken an die Zukunft verschwenden. Heute Abend war die Zukunft nur so lange, wie er brauchte, um ihr zu folgen.

Sie fand ein geschütztes Plätzchen unter einem Baum, dessen Äste ein Dach bildeten, und schmiegte sich an den Stamm, wobei sie das Gefühl der Rinde auf ihrer Haut genoss. So sehr sie ihren Körper auch als Werkzeug benutzte, hatte sie die Haut noch nie wirklich geschätzt.

»Lada«, rief Mehmed, seine Stimme war ein raues Flüstern, das durch die schwere Nachtluft getragen und von dem Duft abgebrochener Blumen begleitet wurde.

Sie konnte ihn sehen, im Gegenlicht des entfernten Gartenfests. Er drehte sich suchend mal in die eine, mal in die andere Richtung. Ein übermütiger Schauer durchfuhr sie, als sie sah, wie verzweifelt er sie suchte.

Die Erinnerung an die letzten Wochen lag ihr ebenso auf der Zunge wie sein Geschmack, und so sagte sie nichts. Sollte er doch warten, sollte er doch suchen, sollte er doch allein sein. Sie würde zu ihm gehen, wenn sie es wollte, so wie sie sich vorhin in ihrem Schlafzimmer von ihm nur dort hatte berühren lassen, wo sie es erlaubte.

Aber sein Kopf drehte sich in ihre Richtung, und er kam auf sie zu, mit vorsichtigen Schritten und suchender Haltung. Er streckte die Hand aus und fand ohne Weiteres ihr Gesicht.

»Woher wusstest du, wo ich bin?«, fragte sie gleichermaßen enttäuscht und erfreut.

Mehmeds Lachen war ein leises Ausatmen. »Dies ist der taktisch beste Bereich des Gartens. Dein Rücken ist geschützt, aber du hast einen freien Blick auf alles, was vor sich geht, und bleibst trotzdem versteckt. Natürlich bist du hier.«

Ladas finstere Miene, weil sie vorhersehbar war, verschwand, als Mehmeds Mund den ihren mit gieriger Intensität traf. Er presste seinen Körper gegen ihren und drückte sie mit dem Rücken gegen den Baum. Sie packte ihn an den Schultern, drehte ihn herum und presste nun ihn gegen den Stamm und sich an ihn. Er lächelte an ihrem Mund, und sie biss ihm auf die Unterlippe, so fest, dass er erschrak. Er drehte seine Finger in ihrem Haar und zog sie fester an sich, sein Mund verließ ihren und fand ihren Hals. Alles, was er berührte, brannte mit fiebriger Hitze, schmerzte und war zart. Er legte seine Hände um ihre Handgelenke, dann hielt er inne. »Was ist das?«, murmelte er an ihrem Hals und ertastete die Lederarmschienen unter ihren Ärmeln.

Ihr Herzschlag war fast so laut wie ihre Atmung, und sie schloss die Augen, um ihren Atem anzuhalten und sich zu konzentrieren.

Hinter ihr gab es ein Geräusch. Sie schlug eine Hand auf Mehmeds Mund, um sein schweres Atmen zu unterdrücken. Sie drehte sich so, dass sie mit dem Rücken an ihn gepresst war, und blinzelte in die Nacht hinaus.

Eine schattenhafte Gestalt schlich auf sie zu. Der Mann trug keine Janitscharenmütze. Die raubtierhafte Haltung seines Körpers schloss ihn als Diener aus. Diener liefen in unterwürfiger, gebeugter Haltung. Dieser Mann schlich mit erhobenen Händen umher. Ein verirrter Lichtstrahl blitzte wie ein Leuchtfeuer von etwas Metallischem in einer dieser Hände auf.

Lada ließ beide Dolche aus ihren Scheiden gleiten. Der Jäger stand direkt vor ihnen und beugte sich vor, um in die tiefere Dunkelheit unter dem Baum zu spähen.

Lada sprang heraus, ein Arm blockte die Hand ab, die eine Waffe hielt, ihr anderer Dolch fand sein Ziel mit einem feuchten Zischen des Erfolgs. Der Jäger war für einen ewigen Moment still, dann entkam seinen Lippen ein gequälter Schrei in die Nacht, und er sackte zu Boden. Lada stand über ihm, während sein Leben wie wild aus seinem Hals pulsierte. Zwei Zuckungen und dann nichts mehr, dort, wo einst ein Mann gewesen war.

Erst als Lada merkte, dass sie gut genug sehen konnte, um das tiefe Rot des Blutes ihres Ziels zu erkennen, schaute sie hoch. Eine unternehmungslustige Schildkröte hatte es endlich bis in die Tiefen des Gartens geschafft. Lada wurde angestrahlt – der Dolch glänzte spielerisch, die Hand war blutverschmiert –, und Mehmed stand hinter ihr.

»Lada?«, fragte er. Sein Blick war auf die Leiche gerichtet.

Aber der Rest der Gartengesellschaft, einschließlich Murad selbst, starrte sie entsetzt an.

32

»Bist du sicher, dass es dir gut geht?« Salih beugte sich aufmerksam vor. Seine Augen, die an beiden Augenwinkeln nach unten verliefen und ihn immerzu schwermütig erscheinen ließen, waren von Sorgenfalten umgeben. Er war achtzehn Jahre alt, nur ein paar Jahre älter als Radu, freundlich und ängstlich und immer darauf bedacht, in Radus Gesellschaft zu sein.

Radu nickte, unfähig, seine Benommenheit abzuschütteln.

Mehmeds Lippen.

Mehmeds Hände.

Mehmeds Herz.

Verstrickt in Lada, nicht in ihn. Lada, die niemand anderen lieben konnte, selbst wenn ihr Leben davon abhing. Lada, die die ganze Aufmerksamkeit ihres Vaters vereinnahmt hatte, die Bogdan ihrem eigenen Bruder vorgezogen hatte. Lada, die Radu sein ganzes Leben lang den Schlägen und der Einsamkeit überlassen hatte. Lada, die kalt und bösartig war und nur sich selbst gegenüber loyal.

Lada, die nicht einmal schön war.

»Bin ich nicht gut aussehend?«, platzte Radu heraus, wobei die Worte wie Tränen aus seinem Mund flossen.

Salihs Augenbrauen hoben sich, sodass sein Gesichtsausdruck mit seiner Mischung aus Trauer und Überraschung fast komisch wirkte. »Doch, das bist du.«

»Verdiene ich keine Liebe?«

Die Überraschung in Salihs Gesicht verwandelte sich in etwas Rohes und Erschrockenes. »Doch, tust du.«

Radu ließ den Kopf hängen. Was wusste er schon von der Liebe? Dies war nicht die Liebe, von der er gehört hatte, nicht die Liebe, die von Dichtern besungen, in Geschichten gefeiert wurde. Dies war etwas … anderes, etwas, für das er keine Worte hatte. Und mit wem konnte er reden? Wer konnte ihm sagen, wie man einen anderen Menschen liebte?

Oder wie man damit aufhörte?

Zitternd legten sich Salihs Stummelfinger auf seine Schulter. »Radu, ich …«

Ein Diener klopfte an den Türrahmen und unterbrach sie. Radu sah müde auf und erblickte den dünnen, schmierigen Jungen, den er gestern bezahlt hatte. Gestern, als er sich noch für Intrigen interessierte. Als er sich noch als Mehmeds Beschützer betrachtete.

Gestern, bevor die Welt unterging.

»Salih, da ist jemand, der dich sprechen möchte.« Der Diener verbeugte sich und wartete.

Salihs Gesicht verzog sich vor Bestürzung. »Es tut mir leid, ich …«

»Geh«, sagte Radu, den Blick auf den Boden gerichtet. Ihre Teller mit dem Essen – seins war kaum angerührt – standen kalt und verlassen da. »Ich werde im Arbeitszimmer deines Vaters auf dich warten. Er hat ein Buch über den Propheten, Friede sei mit ihm, das ich mir ansehen wollte.«

»Ich werde mich beeilen.«

Sobald Salih den Raum verlassen hatte, schleppte Radu sich den Flur hinunter, die Schritte so schwer und bleiern wie das Schlagen seines Herzens. Er fühlte sich weder wagemutig noch klug. Seine Bemühungen hier würden umsonst sein, genau wie seine Liebe zu Mehmed. Genauso wie sein Leben.

Er machte sich nicht die Mühe, die Tür hinter sich zu schließen. Langsam zog er den Stuhl an dem kunstvollen Holzschreibtisch hervor, dessen Platte Intarsien aus hellerem Holz und Perlensträngen besaß. Was glaubte er eigentlich zu finden? Nichts davon war von Bedeutung. Er sollte wirklich nach einem Buch über den Propheten, Friede sei mit ihm, suchen. Gott war das Einzige, was Radu blieb. Das Einzige, was er nicht verlieren konnte.

Das Einzige, was Lada ihm nicht nehmen konnte.

Er stieß sich ab, um aufzustehen, sein Knie knickte unglücklich unter dem Schreibtisch weg und knallte dagegen. Ein Fluch blieb auf halbem Weg über seinen Lippen hängen. Etwas hatte sich verschoben. Er setzte sich auf den Boden und schaute an der Unterseite des Schreibtischs hoch. Eine falsche Platte, die sich durch sein Knie gelöst hatte, deutete auf etwas im Inneren hin.

Radu öffnete sie und zog ein dickes Bündel Pergamente heraus. Sie waren in lateinischer Sprache verfasst, und die dichte Schrift zog sich säuberlich über jede Seite. Er überflog sie so schnell er konnte und vergaß dabei seine Verzweiflung. Der größte Teil des obersten Briefes handelte von einem Mann namens Orhan, eine Forderung, eine Zuwendung. Radu wusste nichts damit anzufangen, aber er steckte die Information ein. Er blätterte durch die Seiten und hielt erschrocken am Ende eines kurzen Schreibens inne. Es war im Namen von Konstantin XI. unterzeichnet.

Der Kaiser von Konstantinopel.

Schritte auf dem Flur versetzten ihn in Panik. Er schob die Briefe zurück in das verborgene Fach und schob dann die Platte an ihren Platz. Sie passte nicht genau, aber er hatte keine Zeit mehr. Er warf sich quer durch den Raum und stellte sich vor eins der Bücherregale, wobei er versuchte, seine schuldbewusste Miene zu verbergen. Die schwere Tür schwang zu, und er wagte nicht, sich umzudrehen. Wenn er sich nicht umdrehte, würde er nie sehen müssen, dass er entdeckt worden war.

Eine Hand legte sich auf seine Schulter, nicht schwer und heftig, sondern sanft.

»Radu«, sagte Salih, seine Stimme so zaghaft wie seine Berührung.

Radu drehte sich mit zitterndem Atem und einem falschen, strahlenden Lächeln im Gesicht um. Salih stand nah, zu nah, nur einen dieser zitternden Atemzüge entfernt.

Bevor Radu eine Frage formulieren konnte, wurde sein Mund von Salihs Mund verschlossen.

Radu verkrampfte sich, schockiert und verwirrt von diesem Überfall. Salihs Hände griffen nach seiner Taille und zogen ihn näher an sich heran, sein Mund presste sich verzweifelt und hungrig auf den seinen. Endlich verstand Radus von Panik getränkter Verstand, was vor sich ging. Er hob seine eigenen Hände, unsicher, was er mit ihnen tun sollte. Er legte sie auf Salihs Schultern und drückte ihn zurück.

Salih sah ihm mit einer Verzweiflung in die Augen, die Radu bis ins Mark traf.

Das Verlangen dort war roh und so offensichtlich, dass es wehtat.

Das war es, was Lazar gesehen hatte, als Radu Mehmed angesehen hatte. Eine Welle der Demütigung und Verzweiflung überspülte ihn. Alle mussten es wissen. Wenn Radu so durchschaubar war, hatte Mehmed sicher gewusst, was er fühlte, was er war, noch bevor Radu es wusste.

Lada musste es auch wissen.

Wut flammte auf und fraß sich in seine Demütigung hinein. Er kniff die Augen zusammen und konzentrierte sich wieder auf Salih, der vor ihm stand. Den traurigen, einsamen Salih. Salih, der ihn wollte.

Er presste seine Lippen mit einer Heftigkeit auf Salihs Lippen, dass sein Mund gegen Salihs Zähne stieß. Salih öffnete seine Lippen mit einem Keuchen, als Radu seinen Hinterkopf packte und seine Finger unter Salihs Turban schob, um sie in seinem Haar zu vergraben. Salih griff nach Radus Tunika und zerrte an der Schärpe um seine Taille. Er zog Radus Tunika hoch und fuhr mit der Hand von Radus Bauch zu seiner Brust.

Radu wusste nicht, ob es Sehnsucht, Wut oder Ekel war – oder eine Kombination aus allen dreien. Er hasste Salih dafür, dass er ihn wollte, hasste sich selbst dafür, dass es ihm gefiel, hasste Mehmed und vor allem Lada.

Er küsste Salih noch heftiger.

Die Türklinke klickte, und Salih sprang mit entsetztem Gesicht von Radu weg. Radu drehte sich zu dem Regal hinter ihm um, zog ein Buch heraus und schlug es in der Mitte auf. Eine Seite in kunstvoller arabischer Schrift, deren Ränder mit Gold beschlagen waren, verschwamm vor ihm.

»Salih?«, fragte eine tiefe, missbilligende Stimme. »Was machst du hier drin?«

Radu warf einen Blick nach hinten und sah Halil Pascha. Der ältere Mann war außer Atem und schwitzte. Er blickte einmal reflexartig zum Schreibtisch, dann sah er wieder zu seinem Sohn.

»Wir waren auf der Suche nach einem Buch«, sagte Salih.

Schließlich bemerkte Halil Pascha Radu. Er nahm alles in sich auf, und die Erkenntnis wanderte langsam über sein Gesicht, während sich seine Lippen vor Abscheu kräuselten. Radus verrutschte Tunika. Salihs roher und roter Mund. Radu fühlte sich so schmutzig wie eh und je, der Beweis, was er mit Salih getan hatte, stand ihnen beiden ins Gesicht geschrieben.

»Dies ist mein privates Arbeitszimmer«, knurrte Halil Pascha.

»Ich weiß! Es tut mir leid. Ich dachte … Du warst auf dem Gartenempfang. Ist er schon so früh vorbei?«

Halil Pascha winkte abweisend mit der Hand, aber sein Ton war angespannt. »Es hat einen Mord gegeben. Eine Hure von Mehmed hat einen der Gäste getötet.«

Radu ließ das Buch fallen. Halil Pascha starrte ihn an, aber Radu konnte nicht so reagieren, wie er es hätte tun sollen. Es konnte keine andere Frau dort sein, die jemanden töten würde. Niemand außer Lada.

»Warte. Dich kenne ich doch.« Halil Pascha kniff die Augen zusammen, als er endlich in Radus Gesicht sah, anstatt nur sein schlechtes Gewissen zu registrieren. »Du bist groß geworden. Du warst Mehmeds Freund, als er noch Sultan war.« Die Erkenntnis setzte sich schließlich durch. »Deine Schwester. Ich erinnere mich jetzt an sie.«

Radu schluckte. »Ich muss gehen. Entschuldigt, dass ich Euren Abend gestört habe.« Radu senkte seinen Kopf, ohne Salih anzusehen, und floh.

Er ging zuerst in Ladas Zimmer, aber es war leer. Die weitläufigen Flure des Palastes waren ebenfalls leer. Ihr Mangel an Geschäftigkeit wirkte unheilvoll. Radu bog um eine Ecke und ging auf Mehmeds Gemächer zu, als er beinahe mit Lazar zusammenstieß.

Er ergriff den Arm des Soldaten. »Wo ist Lada? Was ist passiert?«

Lazar runzelte die Stirn. »Sie steckt in großen Schwierigkeiten. Du solltest dich da raushalten.«

»Wo?«

Er seufzte. »Komm mit mir.«

Sie eilten die Gänge entlang, bis sie einen der Räume erreichten, die zwei Tage zuvor noch mit Essen, Trinken und Licht überladen gewesen waren.

Jetzt wurde dort ein Prozess geführt.

Lada stand aufrecht und trotzig in der einen Ecke. Murad, umgeben von mehreren Wachen, stand am anderen Ende des Raumes und nickte, während ein wütender Mann in italienischem Gewand schreiend und gestikulierend in Ladas Richtung lief.

Mehmed stand in der Mitte und beobachtete seinen Vater mit einer Mischung aus verschleierter Angst und schwelender Wut. Für jemanden, der ihn nicht kannte, hätte es den Anschein gehabt, dass er sich nur langweilte. Aber Radu kannte jeden Ausdruck, jede Veränderung in seinem Gesicht.

Radu drehte sich der Magen um, und er verschränkte die Arme vor der Brust, als könne er verhindern, dass sich sein Herz vor Bitterkeit und Abscheu auffraß. Lazar legte ihm die Hand auf die Schulter. »Wir sollten gehen«, flüsterte er. »Es ist gefährlich, jetzt die Aufmerksamkeit auf sich zu lenken.«

»Noch nicht.« Radu schob sich an der Wand entlang und verschwand in den flüsternden Menschenmassen. Es sah so aus, als ob der Großteil der Hochzeitsgesellschaft hier war und darauf wartete, wie sich die unerwartete Aufregung des Abends entwickeln würde.

Lada war allein. Der Saum ihrer Röcke hatte rostbraune Flecken. Auch eine ihrer Hände trug den Beweis für ihre Schuld. Sie machte keinen Versuch, ihn zu verbergen oder das getrocknete Blut wegzureiben. Stattdessen starrte sie unentwegt in den Raum hinaus und sah aus, als wolle sie das Töten so schnell wie möglich fortsetzen.

Radu wusste, dass er an ihrer Stelle ein schluchzendes Wrack von einem Mann gewesen wäre. Und er hatte sie gesehen, als sie das erste Mal getötet hatte, wie hohl und erschüttert sie gewesen war. Er konnte einen Hauch derselben Verdrängung in der Art sehen, wie sich ihre Augen auf nichts konzentrierten, aber wie bei Mehmed würde niemand, der sie nicht kannte, erkennen, wie aufgewühlt sie war.

Radu kannte und verstand sie.

Und trotzdem hasste er sie.

»Genug.« Murad wedelte mit der Hand, um das immer lauter werdende Gerede des Italieners zu unterbrechen. »Mehmed, sag mir, was passiert ist.«

Er sprach mit zusammengebissenen Zähnen. »Ich weiß es nicht, Vater.«

»Warum warst du in diesem Teil des Gartens?«

»Ich musste atmen. Das Parfüm von Sitti Hatun dreht mir den Magen um.«

Ein Aufschrei ging durch die Menge, als verschiedene Leute auf Mehmeds Grausamkeit gegenüber seiner Braut reagierten. Murad zog seine Augenbrauen noch mehr zusammen. »Und warum war *sie* in diesem Teil des Gartens?«

Mehmed presste die Lippen zusammen und hob herausfordernd die Augenbrauen. Es gab ein plötzliches Aufkeuchen, als alle im Raum zu demselben Schluss kamen.

Murads Gesicht färbte sich blaurot vor Wut. Er stakste durch den Raum und stellte sich vor Lada. Er überragte sie um mehrere Zentimeter. Sie rührte sich nicht. »Was hast du so tief im Garten gemacht?«

Radu fragte sich, warum Murad seinen Zorn gegen Lada und nicht gegen Mehmed richtete, wo es doch sein Sohn war, der ihn in Verlegenheit brachte.

Radu wollte unbedingt die Wahrheit wissen, auch wenn er sich verzweifelt etwas anderes wünschte. Lada aber sagte nur: »Ich folgte Mehmed.«

»Und warum solltest du das tun?«

»Um ihn zu schützen.«

»Auf seiner eigenen Hochzeitsfeier? Was dachtest du, könnte ihm zustoßen?«

Schließlich gab sie ihre steinerne Miene auf und hob voller Abscheu eine einzelne Augenbraue. »Ein Messer in der Dunkelheit. Genau der Schaden, den ich verhindert habe.«

»Wir haben kein Messer bei dem Mann gefunden, den du getötet hast.«

Mehmed sprach. »Mehrere Leute waren vor den Janitscharen bei der Leiche. Jeder hätte die Waffe an sich nehmen können.«

Murad wandte sich an Mehmed. »Hat dich der Mann angegriffen?«

»Er hat nach mir gesucht.«

»Und es wäre nicht möglich, dass dich jemand auf deiner eigenen Feier mit anderen als mörderischen Absichten suchen könnte?«

»Ich bin nicht sehr beliebt«, antwortete Mehmed mit trockener Stimme.

Murads Gesicht nahm eine dunklere Farbe an. Er deutete mit einem Finger auf Lada. »Warum hast du diesen Mann getötet?«

»Ich sah, wie er sich an Mehmed heranpirschte. Ich sah das Glitzern von Metall in der Dunkelheit. Ich habe ohne zu zögern gehandelt, um Mehmed zu beschützen, so wie ich es schon einmal getan habe.«

Murad legte den Kopf schief. »Was meinst du?«

Radu erschrak über ihren Fehler und sah, wie Lada erbleichte. Der Anschlag auf Mehmeds Leben während seiner Zeit als Sultan war geheim. Sie konnte sich jetzt nicht darauf berufen. Sie schüttelte den Kopf und stammelte: »Ich meine, so wie es mir beigebracht worden ist.«

»Beigebracht?«

»Ich bin eine Janitschar …« Sie hielt inne, genauso schockiert von dem, was sie sagen wollte, wie alle anderen auch. Alle Ausbildung der Welt würde sie nicht zu einer Janitschar machen. Und somit hatte sie keinen klaren Grund, einen Mann zu töten.

»Du bist keine Janitschar. Wer bist du?«

Lada sah Murad mit kalter Wut an, ihre Stimme zitterte vor Schmerz. »Ihr erinnert Euch nicht?«

Radu lehnte sich schwer an die Wand, ein bitteres Lachen blieb ihm im Halse stecken. Der Mann, der sie gestohlen hatte, der Mann, vor dem sie all die Jahre in Angst gelebt hatten, der Mann, der ihr Leben zerstört hatte, erinnerte sich nicht einmal an sie. Das Geheimnis ihres Überlebens war also gelüftet: nicht Mehmed, nicht die Gnade Gottes, sondern das Versehen eines Mannes, der sich nicht die Mühe machte, sie im Auge zu behalten.

»Ich weiß, wer sie ist.« Die Menge teilte sich, um Halil Pascha durchzulassen. Er sah sich um, und Radu wusste, wen er suchte. Er drehte sich weg, und Lazar trat lässig vor ihn und versperrte Halil Pascha die Sicht auf ihn. »Sie ist Ladislava Dragwlya, die Tochter von Vlad, dem verräterischen Woiwoden der Walachei. Dem Vertragsbrecher. Gehörte es nicht zu den Bedingungen seines Fürstentums, dass er Euch gegenüber loyal bleibt? Im Austausch für das Leben seiner Kinder?«

Mehmed meldete sich zu Wort. »Das steht hier nicht zur Debatte! Es geht um das Attentat auf mich …«

Halil Pascha winkte abweisend ab und sprach weiter. »Wie oft hat die Walachei schon entgegen unseren Interessen gehandelt? Sollten wir diese Gelegenheit nicht nutzen, um Vlad an die Folgen der Treulosigkeit zu erinnern?«

Eine kalte Klarheit überkam Radu wie der erste Frost im Herbst. So wie dieser den kommenden Winter ankündigte, konnte er sehen, was geschah. Halil Pascha wollte keine weiteren Nachforschungen über den Vorfall im Garten anstellen. Er lenkte Murad ab, indem er ein größeres Thema zur Sprache brachte, nämlich den Verrat ihres Vaters. Und damit schaltete er das Mädchen aus, das zweimal die Versuche Halil Paschas, die Herrschaft Mehmeds zu verhindern, vereitelt hatte.

Lada würde heute Nacht sterben.

Murad betrachtete sie mit zusammengekniffenen Augen, und das Amselfeld, auf dem sie gekämpft hatten, tauchte wieder in seiner Erinnerung auf. Jetzt war diese Erinnerung zweifellos mit den walachischen Soldaten gefüllt, die sich ihm widersetzt hatten – und hier war Lada, stellvertretend für das ganze Land.

Radu machte einen Schritt näher zur Tür. Er hatte Geschenke von Mehmed und anderen, Dinge, die man verkaufen konnte. Er hatte ein Pferd und Reisekleidung. Er konnte in die Nacht schlüpfen und verschwinden. Er sah Mehmed an, der Lada ansah.

Er sah immer nur Lada an.

Bitterkeit, so stark, dass er sie schmecken konnte, stieg in Radu auf, und er wandte sich zum Gehen. Doch als er das tat, erhaschte er einen Blick auf Lada. Anstatt das Mädchen zu sehen, das Mehmed erwählt hatte, anstatt das Mädchen zu sehen, das ihn immer wieder enttäuscht hatte, weil sie nie das war, was er von ihr erwartete, sah er denselben Ausdruck wie an jenem Tag vor so langer Zeit, als sie auf das Eis gekrochen war, um ihn zu retten. Damals hatte er gedacht, es sei Wut. Jetzt sah er, dass es Schrecken und Trotz im Angesicht ihrer eigenen, alles verzehrenden Angst war.

Er ließ den Kopf hängen. Sie hatte sich für ihn auf das Eis gewagt, dem Tod zum Trotz. Und er wusste, dass sie es ohne Zögern wieder tun würde.

»Wie konnte ich dich nur vergessen?«, fragte Murad Lada. Seine Stimme schwankte auf Messers Schneide zwischen Gift und Belustigung.

Radu trat vor, riss sich von Lazar los und lachte, als wäre das alles ein lustiges Spiel unter Freunden. Es war gerade noch rechtzeitig, denn alle sahen ihn an und verpassten den höhnischen Ausdruck, der Ladas Gesicht verzerrte und ihre zunehmend mörderische Wut verriet.

Radu verbeugte sich tief und schwungvoll. »Mein Sultan, Juwel von Anatolien, Gefäß der Macht, auserwählt und von Gott geliebt, es ist mir eine Ehre! Ich kann Euch versichern, dass wir *Euch* nicht ein einziges Mal vergessen haben.« Er richtete sich auf, ein huldvolles Lächeln erhellte sein Gesicht. »Tatsächlich habe ich – wenn es nicht unverschämt ist – die Tradition der Janitscharen übernommen und sehe Euch als Vater an. Seit Jahren wünsche ich mir diese Gelegenheit, Euch zu danken.«

Murads Augenbrauen hoben sich unter seinem Turban. »Mir danken?«

»Dafür, dass Ihr uns gerettet habt. Dass Ihr uns erzogen und aus der Dunkelheit geholt habt. Vor allem aber dafür, dass Ihr uns zu Gott gebracht habt.«

»Wovon redest du?«, schnauzte Halil Pascha.

»Meine Schwester und ich sind vor Jahren zum Islam konvertiert. Er war die größte Quelle des Lichts und der Freude in meinem Leben, und ohne die Großzügigkeit unseres Vaters, des Sultans, wäre ich in der Dunkelheit zurückgeblieben. Ich spreche natürlich für uns beide.«

Ladas Gesicht färbte sich tief und wütend rot. Radu lächelte sie an und kniff für den Bruchteil einer Sekunde die Augen zusammen. Wenn sie es vermasselte, würden sie beide sterben.

Murad drehte sich zu Lada um, und eine atemlose Schrecksekunde lang tat sie nichts. Dann senkte sie mit angespannten Muskeln den Kopf als Zeichen der Würdigung.

»Aber was ist mit ihrem Vater?« Halil Paschas Stimme klang wie die eines Kindes, das vor Wut mit den Füßen stampft.

Radu grinste. »Ihr habt seit seinem Verrat vor drei Jahren nicht mehr mit ihm kommuniziert?«

Murad schüttelte den Kopf, sein Blick war immer noch misstrauisch.

Dieses Mal ließ Radu sein Lachen durch den Raum schallen und übertrug sein Entzücken auf alle Zuhörer. »Dann wird er uns die ganze Zeit über für tot gehalten haben! Was für eine gerechte Strafe für den schleimigen Ungläubigen. Ich hoffe, jeder Tag war eine Qual und jede Nacht eine Pein! Werdet Ihr ihm jetzt sagen, dass wir leben, glücklich sind und uns in unserer Heimat niedergelassen haben? Stellt Euch vor, wie sein Herz anschwellen wird. Und dann könntet Ihr ihm von unserer Bekehrung erzählen und ihm damit sein freudiges Herz herausschneiden.« Radu klatschte vergnügt in die Hände. »Es tut mir leid. Ich gehe zu weit. Natürlich liegt es an Eurer Großartigkeit zu entscheiden, wie man mit diesem Mann umgeht. Ich bin einfach so dankbar, dass ich endlich die Gelegenheit habe, Euch höchstpersönlich für alles zu danken, was Ihr uns gegeben habt. Eure Gnade und Euer Wohlwollen haben mein ganzes Leben geprägt.« Er verbeugte sich erneut, noch tiefer, und blickte dann ehrfürchtig auf.

Murad lächelte. Und Mehmed sah erleichtert und dankbar aus, als er Radus Blick begegnete. Radu wagte es nicht, Lada anzuschauen und die Aufmerksamkeit der anderen auf sie zu lenken. Er wollte, dass sie sich auf ihn konzentrierten, auf seinen großen Auftritt.

Aber es war ein Leichtes, so aufzutreten. Denn obwohl er Murad hasste, betrachtete er dies als seine Heimat. Und er war konvertiert, mit Molla Gurani als seinem Zeugen. Der Islam hatte ihm ein Zuhause gegeben, einen Platz, an den er gehörte, und er hatte ihm Frieden gegeben, als es nichts anderes gab.

Nun, fast nichts anderes. Er wandte seinen Blick von Mehmed ab.

Er hatte immer noch Gott.

Murads Lächeln war nachdenklich, nicht grausam. »Ich werde dich nicht noch einmal vergessen.«

»Es ist die größte Ehre, die man sich vorstellen kann, von Euch in Erinnerung behalten zu werden.« Radu verbeugte sich noch einmal, als Murad an ihm vorbeiging. Murad legte ihm eine Hand auf den Kopf und verließ den Raum. Radu richtete sich auf und begegnete Halil Paschas berechnendem Blick.

»Es hat den Anschein«, sagte Halil Pascha, so leise, dass nur Radu es hören konnte, »dass der Sultan die Sache mit dem Mord an einem Gast der Feier durch deine Schwester völlig vergessen hat.«

Radu lächelte wissend, als hätten er und Halil Pascha die gleichen Sorgen. Er wusste nur ein paar Dinge über Halil Pascha, und er würde sie alle ins Spiel bringen. »Vielleicht ist es das Beste, wenn niemand genau nachforscht, was passiert ist.«

Die Stimme des anderen Mannes wurde argwöhnisch. »Was meinst du?«

»Nur, dass es eine Hochzeit ist. Eine Feier. Wir sollten diesen unglücklichen Vorfall hinter uns lassen, für die Seele des armen Mannes beten und den Tag erwarten, an dem Mehmed wieder aufs Land zurückkehrt, weit weg und vergessen.«

Mit einem Brummen, das man als Zustimmung hätte werten können, verließ Halil Pascha den Raum, gefolgt von den übrigen Anwesenden, die nun sicher waren, dass nichts Interessantes mehr geschehen würde. Falls jemand von ihnen besorgt darüber war, dass die Angelegenheit des ermordeten Mannes nicht geklärt werden konnte, wurde dies nicht erwähnt. Lada rief Radus Namen, runzelte die Stirn und streckte die Hände nach ihm aus. Mehmed schaute zu Radu und wartete darauf, dass er sich zu ihnen gesellte und mit ihnen über das Geschehene sprach.

Doch Radu drehte sich um und ging.

33

Lada zog mit einem erleichterten Seufzer ihre Stiefel an. Die Zeit, die sie hier verbracht hatten, war unendlich lang gewesen. Nach dem Debakel von letzter Woche hatte sie sich rargemacht. Mehmed war ständig von Wachen umgeben. Vielleicht hatte Murad doch nicht ganz vergessen, dass jemand versucht hatte, Mehmed zu töten.

Wenn das denn tatsächlich der Fall gewesen war.

Lada war sich sicher, das Aufblitzen einer Waffe gesehen zu haben, aber niemand konnte den Mann identifizieren, und die Gästeliste war praktischerweise verlegt worden. Das war einer der Gründe, warum die Angelegenheit fallen gelassen worden war. Niemand wollte den Ermordeten beanspruchen, was darauf hindeutete, dass er dort nicht hätte sein dürfen, was auch immer seine Absicht war.

Aber sie hatte ihn getötet, bevor sie sicher war, dass er tatsächlich hinter Mehmed her war.

Sie runzelte die Stirn und band eine Schärpe um ihre Tunika. Wenn der Mann unschuldig war, tat es ihr leid, aber sie wusste, dass sie die gleiche Entscheidung wieder treffen würde. Was sagte das über sie aus?

Sie überließ es den Bediensteten, den Rest ihrer Sachen zu packen, und durchquerte den Flur zu Radus Zimmer. Er hatte sich ganz und gar nicht rargemacht und war plötzlich noch mehr zum Liebling des Hofes geworden. Lada hatte die ganze Woche über nicht einmal mit ihm reden können. Er verkehrte nicht mehr mit den zweiten Söhnen und kleinen Beamten. Beim gestrigen Festmahl hatte er den größten

Teil des Abends an Murads Seite verbracht und war wie ein lang vermisster Sohn herumgezeigt worden. Währenddessen hatte Lada in der Ecke gestanden, und Mehmed war in sein seidenes Gefängnis mit der verwelkenden Sitti Hatun verbannt geblieben.

Lada hämmerte an Radus Tür. Er öffnete sie, noch immer in seinem Nachtgewand.

»Beeil dich! Wir brechen in einer Stunde auf. Endlich zurück nach Amasya.« Sie schob sich an ihm vorbei und setzte sich auf sein zerwühltes Bett. »Ich werde so froh sein, wenn wir diesen Albtraum hinter uns haben.«

Radu sah sie mit einer Intensität an, die sie nicht gewohnt war. Normalerweise lächelte er oder sagte etwas Lustiges, um ihre schlechte Laune abzufedern. Aber jetzt starrte er sie abwartend und unfreundlich an.

Lada rutschte auf dem Bett hin und her und machte ein finsteres Gesicht. »Du bist derjenige, der mir aus dem Weg gegangen ist. Ich *wollte* mich bei dir bedanken. Das mit Murad hast du richtig gut gemeistert. Aber wie kannst du es wagen zu sagen, ich wäre zum Islam übergetreten?! Ich hätte dich umbringen können.« Sie konnte sich nicht durchringen, noch mehr zu sagen, denn in Wahrheit wusste sie, dass sie ohne Radus großartiges Eingreifen tot gewesen wäre. Sie konnte ein wenig Dankbarkeit aufbringen, aber darüber hinaus war sie verärgert, wütend und sogar eifersüchtig. Radu war unter diesen Leuten in seinem Element, während Lada nicht weiter von ihrem entfernt sein konnte.

Radus Gesichtsausdruck blieb unverändert. Lada stand auf und warf die Hände in die Luft. »Was willst du?«

»Ich weiß es«, sagte er.

»Was weißt du?«

»Von dir und Mehmed.« Er sprach Mehmeds Namen aus, wie er es immer getan hatte, wie ein Gebet. Aber dieses Mal war es von Verzweiflung und Sehnsucht durchdrungen. Lada wandte abwehrend den Kopf, nahm eine Kerze von ihrem Ständer und spielte mit der Flamme.

»Was glaubst du denn zu wissen?«

»Du verdienst ihn nicht.«

Lada knallte die Kerze hin und wirbelte zu Radu herum. »Vielleicht hat er mich nicht verdient! Ich habe das alles nicht gewollt! Wie kannst du mich verurteilen, weil ich ein gewisses Maß an Glück gefunden habe mit …« Sie hielt inne und musterte das Gesicht ihres Bruders. Es war da, so klar wie die Sterne an einem wolkenlosen Nachthimmel. Vielleicht war es schon immer da gewesen. Sie lehnte sich auf dem Bett zurück, der Kampf und das Feuer waren erloschen. Sie hatte Gerüchte über diese Art von Dingen gehört. Witze und unzüchtige Geschichten von Nicolae und den Janitscharen über Männer, die andere Männer auf die Art einer Frau liebten. Für Lada hatte das nie einen Sinn ergeben, aber sie hatte auch noch nie jemanden so geliebt, wie ihr Bruder Mehmed liebte.

Ihn *immer* geliebt hatte.

Mit messerscharfer Klarheit stiegen ihre eigenen Gefühle der Ohnmacht und Einsamkeit seit der Entführung aus der Walachei in ihrer Brust auf. Wie musste es sich dann erst anfühlen, *jemanden* so sehr zu wollen, wie sie *etwas* wollte, und zu wissen, dass dieser Jemand einen niemals wollen würde?

»Es tut mir leid«, sagte sie unbewegt und emotionslos, weil sie nicht wusste, wie sie ausdrücken sollte, was sie verstanden hatte.

Radus Qual war spürbar und erstickte sie vom anderen Ende des Raumes aus. »Du liebst ihn nicht.«

Lada schüttelte den Kopf. Sie wusste nicht, was sie mit Mehmed hatte, nur dass es sie vor der Verzweiflung bewahrte. Das würde sie nicht aufgeben. »Er ist mir wichtig.«

»Dir ist wichtig, wie du dich bei ihm fühlst. Du kannst ihn nicht lieben.«

Radu zitterte, ballte die Fäuste und wurde von seinen Gefühlen übermannt. Diese Liebe würde ihn brechen. Es sei denn, Lada würde ihn jetzt brechen. Sie würde nicht zum ersten Mal zulassen, dass er niedergeprügelt würde, um ihn zu schützen.

Sie sprach mit der ganzen Bitterkeit der Wahrheit, jedes Wort ein

Hieb gegen Radus Herz. »Er wird dich nie lieben. Er wird dich nie so ansehen, wie er mich ansieht. Das kannst du nicht haben, Radu.«

Sie sahen sich in die Augen, keiner bewegte sich. Schließlich sackte Radu zu Boden, die langen Beine an die Brust gezogen, die Hände vor dem Gesicht. »Du hast keine Liebe, die du ihm geben kannst, und ich habe keine Liebe, die er annehmen wird. Was sollen wir denn tun?«

Lada beugte sich vor und streckte eine Hand aus. Dann ballte sie sie zu einer Faust. Sie konnte ihn nicht trösten, sie konnte das nicht in Ordnung bringen. Er würde stärker sein müssen. Das war die einzige Lösung. »Steh auf. Hör auf, dich selbst zu bemitleiden. Wir gehen, und alles wird wieder so, wie es vorher war.«

»Wir können nie mehr zurück.« Radu sah sie mit leeren Augen an, und die Wahrheit seiner Worte klang in ihr nach wie eine Glocke. Es war wahr. Es gab kein Zurück zu Radus Gefühlen, kein Zurück zu dem, was Lada zwischen ihr und Mehmed hatte geschehen lassen. Vielleicht war das alles ein Fehler gewesen.

»Zieh dich an!«, schnauzte sie, überwältigt und wütend.

»Nein.« Eine kalte Distanz legte sich über sein Gesicht und sein Kiefer spannte sich an.

»Wir werden nicht auf dich warten.«

»Ich werde nicht mitkommen.«

Verärgert begann Lada, wahllos Kleidungsstücke aus dem großen Kleiderschrank zu ziehen. »Du bist wertlos. Was willst du tun? Hierbleiben?«

»Ja.« Er richtete sich zu seiner vollen Größe auf, sodass er sie überragte. Dann trat er so nah an sie heran, dass sie ihren Hals zurückbiegen musste, um ihm in die Augen zu sehen. Er starrte auf sie hinunter, und der kleine Bruder, den sie durchs Leben geschleppt hatte, war nun völlig verschwunden. »Ihr wart beide so sehr damit beschäftigt, Strategien zu lernen und Schlachten zu studieren, dass ihr nicht erkannt habt, wo Throne gewonnen und verloren werden. Es ist der Klatsch – die Worte und Briefe –, die in dunklen Ecken ausgetauscht werden, die Schattenbündnisse und die geheimen Zahlungen. Ihr denkt, ich sei wertlos? Ich kann Dinge tun, von denen ihr nicht einmal träumen könnt.«

Lada stolperte zurück. Seine Worte trafen genau die empfindliche Stelle, deren Berührung sie bisher vermieden hatte. »Aber – wir müssen zusammenbleiben. Wir sind alles, was wir gegen dieses Imperium haben.«

Radu öffnete seine Tür und blickte über ihren Kopf hinweg. »Du irrst dich, wenn du annimmst, dass wir beide sie als Feinde betrachten.«

Wut und Abscheu spien von ihren Lippen. »Das kannst du nicht ernst meinen. Wir sind Walachen.«

»Du bist Walachin. Ich bin zu Hause. Raus hier.«

Lada wusste nicht mehr, was sie sagen sollte. Sie wollte ihn schlagen, ihn zu Boden drücken, bis er nachgab, wie damals, als sie Kinder waren. Aber dies war nicht das Kind, das sie gekannt hatte. Sie kannte diesen Mann nicht. Irgendwann hatte sie Radu verloren, und sie wusste nicht, wie sie ihn zurückholen sollte.

Sie ging wie betäubt an ihm vorbei, die Tür knallte beinahe gegen sie, als er sie schloss.

Benommen fand sie sich eine Stunde später rittlings auf einem Pferd wieder.

Mehmed, der auf seine große Kutsche verzichtete, ritt neben ihr her. Er sah entspannt und glücklich aus, als sei ihm eine Last von den Schultern genommen worden.

Erst als sie die ländlichere Gegend erreichten, sah er sich verwundert um. »Wo ist dein Bruder?«

Lada dachte daran, wie sehr es Radu das Herz brechen würde, wenn er wüsste, dass es so lange gedauert hatte, bis seine Abwesenheit von der Person, die er am meisten schätzte, bemerkt wurde.

Lada dachte daran, wie Radu ihr eigenes Herz gebrochen hatte.

»Ich habe keinen Bruder«, sagte sie, trieb ihr Pferd in den Galopp und ließ die Gruppe hinter sich.

Amasya war wie ein Paar Stiefel, aus denen sie herausgewachsen war. Die Konturen drückten an den falschen Stellen, und sie wurde gekniffen, ihre Haut aufgescheuert. Alles, was dort tröstlich und sicher gewesen war, war weg.

»Vorsicht!«, rief Nicolae, als Lada ihr hölzernes Übungsschwert in die Seite eines der neu ernannten Janitscharen schlug, ein Serbe in ihrem Alter. Und doch so viel jünger. Sie hasste ihn für seine Jugend, für sein fröhliches, unbeschwertes Lachen. Sie hasste sie alle. Sie wirbelte herum und schlug den Jungen erneut. Er schrie auf, ließ sein Schwert fallen und wich zurück.

»Ganz ruhig.« Nicolae hob die Hände. Lada warf ihr Schwert nach ihm. Er lachte und fing es auf. »Ich dachte, wir waren uns einig, dass du die Schläge für Iwan aufsparst?«

Der Rest der Soldaten lachte. Iwan machte ein finsteres Gesicht und verpasste dem Janitscharen, mit dem er in der Ecke kämpfte, einen bösartigen Tritt.

Lada ignorierte sie alle und stapfte davon. Sie hatte wieder mehr mit den Janitscharen geübt und sich in ihre Routine gestürzt, aber es endete. Es endete immer. Jeden Abend gingen sie in die Kaserne, und sie ging in ihr leeres Zimmer.

Mehmed ging dorthin, wohin Mehmed ging, wenn er nicht bei ihr war, und er war nie lange genug bei ihr, um alles besser zu machen.

Und Radu war nirgendwo.

Sie erklomm die Steinmauer, die die Festung umgab, ließ sich auf den Boden fallen und kletterte dann den Berghang hinauf in den Baumbewuchs. Dort fühlte sie sich noch am ehesten zu Hause, der schwere Duft von Tannennadeln unter ihren Füßen, sonnengewärmte Erde, kühle Schatten. Sie atmete tief ein, dann verschluckte sie sich an einer schweißtreibenden Angst: Was, wenn das hier gar nicht so roch wie ihr Zuhause? Was, wenn dies ihre Erinnerungen an ihr eigenes Land ersetzt hatte? Sie stolperte und setzte sich unter einen Baum, zog die Knie eng an die Brust und umklammerte den Beutel um ihren Hals. Sie hatte Angst, falls sie ihn öffnete, nur noch Staub darin vorzufinden, ohne die Spur eines Geruchs. Oder, schlimmer noch, einen Geruch, den sie nicht kannte.

Vielleicht hatte Radu recht. Vielleicht war Amasya jetzt ihr Zuhause, und sie musste das akzeptieren.

Sie hörte den Schritt eine Sekunde vor dem scharfen Schlag gegen ihren Kopf. Ihre Sicht verschwamm, als sie der Länge nach auf den Boden fiel und ihr Gesicht gegen einen scharfen Stein und die rauen Nadeln gepresst wurde. Ein Tritt in den Magen ließ ihr den Atem stocken, ein krächzendes Geräusch entwich ihrem Mund. Sie geriet in Panik und flehte ihre Lungen an zu arbeiten, während helle Lichtpunkte träge in ihrem Blickfeld schwammen.

Sie griff nach ihrer Handgelenksschiene, und ein Stiefel kam herunter und drückte ihre Hand auf den Boden. »Ich kenne deine Tricks, kleine Hure.«

Ihr träger, schmerzender Kopf erkannte die Stimme. Sie keuchte und war dankbar, dass ihre Bauchmuskeln wieder funktionierten. »Iwan?« Er war ein dunkler Fleck vor der Sonne und beugte sich über sie. Dann ließ er sich auf die Knie fallen, setzte sich rittlings auf sie, drückte ihre Beine mit seinen herunter und hielt ihre beiden Handgelenke über ihrem Kopf fest. Sein Gesicht war so nah an ihrem, dass sie die pockennarbigen Wangen und die dunklen Haarwurzeln unter seiner Haut sehen konnte.

»Du denkst, du bist etwas Besonderes? Du bist ein Nichts.« Er spuckte ihr ins Gesicht, der warme, klebrige Speichel tropfte an ihrer Schläfe herunter und in ihr Haar. »Du bist eine Hure, und Huren sind nur für eine Sache gut. Du solltest deinen Platz kennen.« Er schlug ihr mit dem Handrücken ins Gesicht, packte ihre beiden Handgelenke mit einer seiner riesigen Hände und griff dann an seine Hose.

Lada versuchte sich wegzudrehen, aber sein Gewicht hielt ihre Beine fest. Ungläubigkeit und die Verwirrung durch die Schläge auf ihren Kopf rangen miteinander. Sie konnte nicht hier sein. Das konnte nicht wahr sein. *Iwan* konnte sie nicht schlagen.

»Du wirst nie eine von uns sein«, sagte er und brachte sein Gesicht direkt vor ihres, damit sie nirgendwo anders hinsehen konnte, während er ihre Tunika hochriss und nach ihrer Unterwäsche griff.

Sie rammte ihren Kopf gegen seine Nase. Als er dadurch kurz abgelenkt war, stieß sie sich hoch und brachte ihn so weit aus dem Gleichgewicht, dass sie ein Bein befreien konnte. Sie stieß es zwischen seine, und er heulte vor Schmerz auf und rollte von ihr herunter. Er rappelte sich auf, und Lada sprang auf seinen Rücken, schlang ihre Beine um seine Taille und legte ihren Arm um seinen Hals. Sie packte ihr eigenes Handgelenk und zog den Arm fester. Iwan taumelte nach hinten und stieß sie gegen einen Baum, aber sie hielt sich fest. Er krallte sich an ihrem Arm fest und versuchte, ihn wegzureißen. Sie rammte ihre Ferse in seinen Bauch und seine Leiste, drei scharfe Tritte.

Endlich stolperte er vorwärts und fiel auf die Knie.

»Ich bin nicht eine von euch«, sagte Lada, ihren Mund direkt neben seinem Ohr. »Ich bin *besser.*«

Iwan warf sich nach vorne, und Lada folgte seiner Bewegung, wobei sie ihren Arm kein bisschen lockerte, obwohl ihre Muskeln nach Entlastung schrien. Lange nachdem er sich nicht mehr rührte, verharrte sie. Und dann stand sie auf und ging davon.

Dies war der dritte Mann, den sie getötet hatte. Dieses Mal waren ihre Hände sauber.

In ihrem Zimmer fand sie Mehmed, der auf sie wartete. Sie ging an ihm vorbei, zog ihre Tunika aus und warf sie in die Feuerstelle. Die niedrig brennenden Flammen züngelten daran und verschlangen sie langsam, während der Stoff schwarz wurde und Feuer fing. »Im Wald hinter der Festung liegt eine Leiche«, sagte sie und sah zu, wie die durch Iwans Hände beschmutzte Tunika zu Asche wurde.

»Wie bitte?« Mehmeds Hände blieben zu beiden Seiten von Ladas Hüften in der Luft hängen.

Sie wandte sich ihm zu und trug das Feuer in ihren Augen wie einen brennenden Schild gegen alles, was sie sah. »Außerdem möchte ich mein eigenes Kontingent an Janitscharen anführen.«

34

Radu hatte nie geahnt, wie einsam es sein würde, gemocht zu werden.

Bei dem heutigen Festmahl saß er nur drei Personen von Murad entfernt. Ein Ehrenplatz, der ihn für alle anwesenden Paschas ihre Pashazada-Söhne, geladenen Vali, hiesige Sipahi-Anführer, die mit rivalisierenden Janitscharenführern um die Positionen rangen, und sogar für einige mächtige Beys sehr sichtbar und begehrenswert machte. Menschen, die aufgrund ihrer Geburt alle wichtiger waren als er selbst.

Aber er war hier und sie nicht, und sie alle wollten wissen, warum.

Radu lächelte mit großen, arglosen Augen und sah aus, als sei er unschuldig erfreut über alles, was vor ihm lag. Halil Pascha saß jedoch direkt links neben ihm, und es war schwer, etwas anderes wahrzunehmen.

Als der Gang mit gebratenem Wildgeflügel und einer delikaten, cremigen Soße halb aufgegessen war, ergriff Halil das Wort. »Du hast meinen Sohn Salih nicht mehr besucht, seit dein teurer Freund Mehmed letzten Monat abgereist ist.«

Radu schluckte das Stück Fleisch hinunter, das ihn zu ersticken drohte. In diesem Satz steckten so viele Fallen, so viele Dinge, die es zu vermeiden oder in die richtige Richtung zu lenken galt. Er hatte keinen Zweifel daran, dass Halil Pascha ihn mit Misstrauen betrachtete, und Halil Pascha war der tödlichste Mann in Edirne. Radu zuckte mit den Schultern und schenkte ihm ein verlegenes und mitleidiges Lächeln. »Ich habe festgestellt, dass Salih und ich nicht … die gleichen Interessen haben.«

Halil Paschas Augen verhärteten sich wissend, als er in Salihs Richtung blickte. Er saß am anderen Ende des Tisches, kaum sichtbar. Bei jeder Veranstaltung, an der sie gemeinsam teilgenommen hatten, hatte er versucht, Radus Blick zu erhaschen, und er hatte ihm mehrere Einladungen zu einem Besuch geschickt, aber Radu hielt es für netter, sich so zu verhalten, als ihn glauben zu lassen, es könnte etwas Reales zwischen ihnen sein.

»Ja, Salihs Interessen sind ziemlich eigenartig.« Halil Pascha aß weiter und fragte dann mit einer Stimme, die so beiläufig war wie ein Messer in der Dunkelheit: »Und was ist mit deinem Freund Mehmed? Hörst du viel von ihm?«

Radu seufzte und ließ Schuldgefühle über sein Gesicht huschen, als er zu Murad hinübersah. »Mein Verhalten gegenüber Mehmed wirft kein gutes Licht auf meinen Charakter. Es ist eine Quelle der Schande für mich.«

Halil Pascha lehnte sich näher heran. »Ach?«

»Als er ging, beschuldigte er mich, seine Freundschaft zu benutzen, um seinem Vater näherzukommen, und … Ich fürchte, er hatte nicht unrecht. Ich bin dankbar für die Freundlichkeit, die Mehmed mir entgegenbrachte, aber ich war nie mit seiner Toleranz für radikale Ansichten über den Islam einverstanden, noch mit seinen fehlgeleiteten militaristischen Ideen. Allerdings …«, sagte Radu und legte nachdenklich den Kopf schief, »… hat er sich in diesen Punkten deutlich zurückgehalten. Ich denke, dass seine Zeit in diesem Land sein Naturell deutlich verbessert hat. Aber unser Sultan ist ein Gelehrter und ein Philosoph höchsten Ranges, und es war schon lange mein Traum, ihm nahe genug zu sein, um einen kleinen Teil seiner Weisheit aufzunehmen.«

Halil Pascha gab einen nachdenklichen Laut von sich, runzelte jedoch die Stirn, während er Radus Worte verdaute. Radu wandte sich wieder seinem Essen zu, als wären die Informationen, die er Halil

Pascha gerade gegeben hatte, nicht sorgfältig ausgedacht und vollkommen falsch.

Am anderen Ende des Tisches wurde das Gespräch lauter, so laut, dass Radu ein paar Worte aufschnappen konnte. Eines davon, *Skanderbeg*, wurde ständig wiederholt. »Wer ist dieser Skanderbeg, von dem sie sprechen?«, erkundigte sich Radu und beugte sich dicht zu Halil Pascha.

»Hast du es nicht gehört? Er war einst ein Günstling von Murad, obwohl er damals noch Iskander Bey hieß. Ein albanischer Janitschar, der aufstieg, bis Murad ihn zum Bey von Kruja machte. Und Skanderbeg revanchierte sich für Murads Großzügigkeit, indem er ihn verriet und diesen Teil Albaniens als sein Eigentum beanspruchte. Zweimal haben wir nun versucht, es zurückzuerobern, und wurden zurückgeschlagen.« Er hielt inne und schenkte Radu ein giftiges Lächeln. »Günstlinge können tief fallen.«

Murad rutschte unruhig auf seinem Stuhl herum, sein Gesicht wurde rot. Wenn Radu das Gerede über Skanderbeg hören konnte, konnte Murad das sicher auch. Das musste für ihn eine Quelle großer Peinlichkeit sein.

Radu erkannte eine Gelegenheit, sich noch mehr bei Murad einzuschmeicheln, und stand auf.

Alle Augen richteten sich auf ihn, doch er verneigte sich vor Murad. »Wenn es Euch gefällt, mein Vater, habe ich ein Gedicht über den Ruhm Eurer Herrschaft geschrieben.«

Das war eine der vielen Waffen in seinem Arsenal, eine, von der er gehofft hatte, sie noch eine Weile in der Scheide zu behalten. Aber Murad war jetzt empfänglich für einen solchen Angriff. Der Sultan strahlte und bedeutete Radu, sich auf ein Podest in der Ecke des Raumes zu stellen.

Radu hatte das Gedicht so oft geübt, dass er es im Schlaf rezitieren konnte. Er hatte glänzende Teile aus berühmten arabischen Gedichten gestohlen und sie wie ein Rabe gesammelt, um sein eigenes Nest damit auszupolstern. Die Sprache war dicht und blumig und übertrieb bis zum Äußersten. Murad hörte gebannt zu, als seine Herrschaft mit dem Ozean und seine Nachkommenschaft mit einem mächtigen Fluss verglichen wurde.

Während Radu die vielen langen Strophen vortrug, beobachtete er, wie das Festmahl beendet wurde und die Männer begannen, sich im Raum zu bewegen. Während Murad unantastbar dasaß, folgte fast jeder, der etwas auf sich hielt, dem Sog zu Halil Pascha, um ihm seine Aufwartung zu machen. Er saß in der Mitte eines riesigen Netzes von Einfluss.

Radu lächelte und sprach in höheren Tönen, um die Verzweiflung zu überspielen, die er empfand, während er seinen Feind, die Spinne, beobachtete und sich fragte, wie er jemals die Hoffnung hegen konnte, ihn zu besiegen.

In letzter Zeit spendete das Gebet Radu wenig Trost. Selbst wenn er fünfmal am Tag in der schwindelerregend schönen Moschee betete, umgeben von seinen Brüdern, fühlte sich Radu allein. Mit schwerem Herzen und hängendem Kopf trottete er auf die Stufen der Moschee hinaus, während der Abend bereits das Blau des Himmels verzehrte. Wenn er seinen Glauben verlor, was blieb ihm dann noch?

»Radu?«

Er sah hoch und entdeckte einen Mann, der ihn mit ausgebreiteten Armen und verwundertem Gesicht anstarrte. »Kann das der verlorene kleine Junge sein, mit dem ich vor so langer Zeit gebetet habe?«

Die Erkenntnis dämmerte Radu und wärmte ihn wie die Sonne. »Kumal?«

Mit einem Lachen warf der ältere Mann seine Arme um Radu und zog ihn in eine Umarmung. Es war die erste aufrichtige körperliche Zuneigung, die Radu seit jener schrecklichen Nacht mit Salih erfahren hatte. Etwas in seiner Brust löste sich, und er umarmte Kumal zu fest und klammerte sich an ihn.

Kumals Stimme war so sanft wie seine Berührung auf Radus Rücken. »Fühlst du dich immer noch verloren?«

»Ich denke schon.«

»Komm, lass uns etwas essen gehen.« Kumal legte einen Arm um Radus Schulter und führte ihn, wie er es getan hatte, als Radu noch sehr viel jünger war. Sie fanden ein Gasthaus, in dem Abendessen serviert wurde. Vor ihnen standen Teller mit gewürztem Fleisch, das vor duftender Wärme dampfte.

»Wo bist du gewesen?«, fragte Radu. »Ich habe dich nicht an den Höfen gesehen.«

»Ich komme nicht oft zu Besuch. In meinem Vali gibt es zu viel zu tun, und ich habe es immer vorgezogen, meine Pflichten dort zu erfüllen, anstatt hier Zeit zu verbringen.«

Radu nickte. Er hatte viel von dem Streben der Valis und Beys gesehen, von lokalen Herrschern, die ihre Pflichten vernachlässigten oder aufgaben, in der Hoffnung, noch mehr zu bekommen.

Kumals seliges Lächeln erhellte ihre schummrige Ecke. »Und ich bin gerade von der Omrah nach Mekka zurückgekehrt.«

Radu beugte sich vor, angezogen vom Glanz von Kumals Lächeln. »Du hast die Pilgerreise nach Mekka gemacht? Und zwar als Omrah, nicht als Hadsch. Du warst also schon einmal dort!« Der Hadsch, die Reise zum Geburtsort des Propheten nach Mekka, war eine der fünf Säulen des Islams. Zusammen mit dem Gebet, dem Fasten während des Ramadans, den Almosen für die Armen und dem Bekenntnis, dass es keinen Gott außer Gott gibt, bildete dies die einfachste Grundlage des Muslimseins. Es war diejenige, von der Radu am wenigsten wusste und von der er bezweifelte, dass er sie jemals würde erfüllen können. Aber hier, vor ihm, saß der Mann, der ihm geholfen hatte, sich selbst im Islam zu finden, der den Hadsch absolviert hatte und zurückgekehrt war, um weiter zu beten. »Ich weiß nicht genug über die Omrah. Erzähl mir alles.«

Kumal beschrieb die lange Reise, die Erschöpfung und die Aufregung, die sich gegenseitig bekämpften. Die Stadt Mekka, in der der Prophet, Friede sei mit ihm, gewandelt war und in der die Pilger an der Umrundung der Kaaba teilnahmen. Es war die heiligste Stätte der Welt, der Ort, auf den alle Gebete physisch ausgerichtet waren. Und Kumal war dort gewesen! Während der Omrah führte er weitere

Rituale durch, um Ibrahim, seine Frau Hajar und deren Sohn Isma'il zu ehren.

Als Kumal zu Ende gesprochen hatte, überkam Radu erneut eine gewisse Müdigkeit. »Vielleicht ist es das, was ich brauche. Vielleicht, wenn ich nach Mekka gehe, wenn ich es sehe …«

Kumal lächelte gütig. »Eines Tages wirst du gehen, und dein Leben wird dadurch gesegnet sein. Aber es wird dich nicht heilen – all deine Probleme werden immer noch hier sein und warten. Zuerst solltest du dich bemühen, dort Frieden zu finden, wo du bist, und dann kannst du die Pilgerreise machen, um diesen Frieden zu feiern.«

Radu schüttelte den Kopf. »Ich weiß nicht, wo man in dieser Stadt Frieden finden kann.«

»Das ist also dein Problem. Frieden gibt es weder in dieser Stadt noch in irgendeiner anderen Stadt. Nicht einmal in Mekka. Der Frieden ist hier zu finden.« Er deutete auf Radus Herz.

Radu legte eine Hand auf seine Brust und spürte den Pulsschlag seines Lebens darunter. Den Herzschlag, der schon so lange im Namen Mehmeds pulsierte. »Ich glaube, mein Herz ist das Problem.«

Kumal bezahlte das Essen und stand dann auf. »Ich möchte, dass du mein Vali besuchst. Vielleicht können wir deinem Herzen dort helfen.«

Radu fand in seinen Gemächern einen Eunuchen vor, der mit einer Nachricht von Huma auf ihn wartete. Sie forderte ihn auf, sie zu besuchen. Der Eunuch stand schweigend und teilnahmslos da, und Radu ahnte, dass weder Huma noch der Eunuch die Ausrede akzeptieren würden, er sei zu müde. Also folgte er dem anderen Mann in den Harem.

Humas Gemächer waren nicht mehr die luxuriösen Räume, die sie zuvor bewohnt hatte. Sie befanden sich in einem Seitenflügel, hatten schmale Fenster und boten kaum Platz für zwei Personen. Radu saß auf einer gepolsterten Bank an der Wand. Huma, auf deren Haut ein kränklicher Gelbstich lag, saß ihm auf einem höheren Stuhl gegenüber, ihre Knie berührten sich fast.

»Geht es dir gut?«, fragte Radu.

»Ich will, dass du Halil Pascha tötest.«

Radu verschluckte sich vor Überraschung. »Du willst, dass ich *was* tue?«

Huma rutschte auf ihrem Sitz hin und her, die Augen verengten sich in direktem Widerspruch zu ihrem unschuldigen Lächeln. »Ich weiß, was du für meinen Sohn empfindest.«

Radu widerstand dem Drang, sich abzuwenden oder seinen Körper abwehrend anzuspannen. Er hatte keinen Zweifel daran, dass Huma aus der kleinsten Bewegung eine Bedeutung ableiten konnte. »Er ist mein Freund.«

»Lüg mich nicht an. Du liebst ihn, wie eine Blume die Sonne liebt.«

»Ich weiß nicht, wovon …«

Sie fuhr mit der Hand durch die Luft und unterbrach seinen Protest. »So etwas kommt vor. Das ist kein Einzelfall. Wusstest du, dass einige Sultane Harems mit männlichen Mitgliedern hatten?«

Zu spät erkannte Radu, dass seine Augen alles verraten hatten.

Huma lehnte sich selbstzufrieden auf ihrem Stuhl zurück. »Ich kann dir helfen. Du brauchst nicht zu verzweifeln, dass deine Liebe unmöglich ist.«

Radu schüttelte den Kopf, die Proteste auf seinen Lippen kämpften mit der dunklen Hoffnung, die sie vorgebracht hatte. *Könnte* er mehr mit Mehmed haben?

Huma nahm einen Schluck Wasser aus einer schlichten weißen Keramiktasse und betrachtete sie mit Verachtung. »Ich werde dir helfen«, sagte sie, ohne hochzusehen, »wenn Halil Pascha tot ist.«

35

Die Nachricht von Ladas Bewährungsprobe hatte sich in der ganzen Stadt herumgesprochen. Die Zuschauer säumten den gegenüberliegenden Rand des Feldes und saßen im Schatten der hohen Bäume auf Stühlen, die von Dienern hergebracht worden waren, oder auf dem Boden, wenn sie keine Diener hatten, was bei den meisten der Fall war.

»Das ist lächerlich.« Lada verschränkte die Arme fest vor ihrer gepanzerten Brust. Unter einer Tunika trug sie ein Kettenhemd, dessen schwere Glieder sich an ihrem Körper nach unten wellten. Sie hatte ihren Kopf unbedeckt gelassen, obwohl die Männer hinter ihr alle Janitscharenmützen trugen.

Mehmed lächelte und winkte der versammelten Menschenmenge zu. Er sprach zu ihr aus dem Mundwinkel. »Bitte mach es nicht schlimmer, als es sein muss. Du weißt, dass ich nicht die letzte Instanz bin. Wenn Iljas sich entschließt, zu meinem Vater zu gehen, sind mir die Hände gebunden. Dass Iljas überhaupt zugestimmt hat, dir eine Bewährungsprobe zu erlauben, spricht Bände über dein Ansehen bei den örtlichen Garnisonen.«

Lada blickte über das weite Feld, wo sie Iljas Bey, den Anführer von Mehmeds persönlicher Garnison, sehen konnte. Er war eine gute Ergänzung für die Streitkräfte hier und hatte ihr die Erlaubnis erteilt, mit den Janitscharen zu trainieren. Sie respektierte ihn, bewunderte ihn sogar.

Aber offenbar bezweifelte er, dass sie Männer *befehligen* konnte. Er hatte ihr erlaubt, ein Regiment von zwanzig Mann auszuwählen, das sich mit seiner eigenen zwanzigköpfigen Mannschaft messen sollte. Beide Seiten hatten stumpfe Schwerter und stumpfe Pfeile, deren mit Mehl bestäubte Spitzen beweisen sollten, dass sie ihr Ziel getroffen hatten. Iljas' Mannschaft verfügte jedoch über eine leichte Kavallerie, um die Herausforderung darzustellen, der Janitscharen oft ausgesetzt waren.

Sie hörte, wie die Zuschauer lachten, als Mehmed sich zu ihnen gesellte und damit den Beginn des Scharmützels signalisierte. Iljas blieb, wo er war, regungslos, und wartete darauf, dass Lada den ersten Zug machte.

»Es ist Zeit«, sagte sie.

Nicolae warf angewidert die Arme hoch. »Das ist Wahnsinn, Lada! Ich werde nicht meinen Ruf dafür aufs Spiel setzen.«

»Du hast es versprochen!«, schrie sie und packte ihn fest an der Schulter.

Er riss sich los, warf sein Schwert auf den Boden und lief zurück in Richtung Festung. Die Hälfte ihrer Männer folgte ihm, verschluckt von den schattigen Bäumen.

»Feiglinge!« Sie hob Nicolaes Schwert auf und warf es ihnen hinterher. »Hunde! Kriecht auf euren Bäuchen hinter eurer eigenen Kotze her!« Schwer atmend drehte sie sich zu den übrigen Männern um, die mit den Füßen scharrten und Blicke über ihre Schultern warfen. »Schilde hoch«, sagte sie mit grimmigem Blick. Sie formierten sich, Schulter an Schulter, und hielten die Schilde vor sich, während sie langsam vorwärts marschierten. Ein paar Pfeile schlugen ein und prallten auf den Boden.

Die Menge lachte und johlte.

Iljas schüttelte den Kopf und hob halbherzig einen Arm, um seine Männer in die Schlacht zu schicken.

Er wurde von einem Pfeilregen unterbrochen, der hinter den Zuschauern aufstieg, auf ihn niederprasselte und die Flanken fast aller Pferde traf. Bevor Iljas Zeit hatte, das Geschehene zu verarbeiten oder die Männer aus dem Spiel zu nehmen, schlug eine weitere Salve ein, die ihn in die Brust traf, die restlichen Pferde ausschaltete und nur eine Handvoll Männer übrig ließ. Während sie darüber debattierten, ob sie über die Köpfe der Zuschauer hinweg auf die versteckten Angreifer schießen sollten oder nicht, ließen Ladas Truppen ihre Schilde fallen, enthüllten ihre eigenen Bögen und feuerten auf die »Überlebenden«, bis keiner mehr unversehrt war.

Die Zuschauer lachten nicht mehr.

Iljas schritt vorwärts und traf Lada in der Mitte des Feldes. Sein Gesicht war teilnahmslos, aber in seinen Augen lag so etwas wie Stolz. Sein Schnurrbart zuckte über seine Lippen. »Das war … überraschend. Du hast mit unseren Erwartungen gespielt.«

Nicolae trat aus dem Schutz der Bäume hervor und grinste. Er drehte sich um und verbeugte sich tief vor den Zuschauern. »Vielen Dank für eure Hilfe!«

»Wir hatten nicht mit der Menge gerechnet.« Lada nickte in ihre Richtung.

»Und dennoch hast du es geschafft, sie als Schutzschild zu benutzen. Bewundernswert. Und auch fragwürdig. Was wäre, wenn ich keine Skrupel gehabt hätte, auf unschuldige Schaulustige zu schießen?«

Lada zuckte mit den Schultern. »Das würde auf deinen Schultern lasten, nicht auf meinen. Außerdem kenne ich dich, Iljas. Du bist ein Mann von Ehre.«

Er lachte. »Und du?«

»Ich bin kein Mann.«

Mehmed erreichte sie strahlend. »Das war genial!«

Mit einem Nicken runzelte Iljas die Stirn. »Aber nun zu der größeren Frage: Du kannst diese Männer befehligen. Aber sie kennen dich. Sie vertrauen dir. Glaubst du wirklich, dass eine Garnison dir freiwillig in die Schlacht folgen würde, wenn es nicht so wäre? Oder eine Gruppe von Ajami-Kadetten, die frisch aus der Ausbildung kommen? Ich sage das nicht, um dich zu beleidigen, sondern um in Frage zu stellen, ob es sinnvoll ist, dir ein Kommando zu geben. Ich fürchte, damit würdest du scheitern und die Janitscharen in Verlegenheit bringen.«

»Ich stimme zu.« Lada lächelte verbissen über Mehmeds Überraschung angesichts ihrer Kooperation. »Gib mir das Kommando über eine Gruppe von Janitscharen an der Grenze. Ich werde sie selbst auswählen – Männer, die meine Befehle nicht infrage stellen, die keine Angst haben, einer Frau zu folgen. Ich werde sie so ausbilden, wie ich es für richtig halte, um Mehmeds Leibwächter zu sein. Zweimal habe ich Mehmeds Leben bedroht gesehen. Es wäre vorteilhaft, eine Gruppe zu haben, die anders denkt und sich außerhalb der Janitscharenstandards bewegt. Wir werden Dinge sehen, die sonst niemand sieht. Und wenn die Leute meine Soldaten ablehnen, weil sie von einer Frau angeführt werden, dann« – sie deutete auf die Männer, die Mehl von ihren Pferden wischten – »kann ich das zu meinem Vorteil nutzen.«

Iljas' Augen verengten sich angesichts ihres folgenschweren Vorschlags. Er musste zustimmen. Lada hatte es verdient. Sie *brauchte* es. Schließlich, als sie glaubte, ihr Schwert ziehen und Iljas damit auf den Kopf schlagen zu müssen, um ihn zum Sprechen zu bringen, nickte er.

»Also gut. Du kannst dir die Janitscharen aussuchen, die du haben willst. Nimm dir so viel Zeit, wie du brauchst, um sie zusammenzusuchen. Du wirst mir vierteljährlich Bericht erstatten, aber du kannst deine Männer unterbringen und ausbilden, wo und wie du es für richtig hältst.«

Iljas schüttelte den Kopf und lachte ungläubig über das, worauf er sich eingelassen hatte, drehte sich um und ging zurück zu seinen Männern.

»Mich lächelst du nie so an«, sagte Mehmed, der Lada beobachtete.

Sie drehte sich zu ihm um und hielt sich die Hand vor den Mund, der sie verraten hatte, indem er ihre Freude preisgab. Über Mehmeds Schulter hinweg bemerkte sie, dass sich unter den Zuschauern mehrere zarte Blumen aus dem Harem befanden, mitsamt Eunuchen als Wächtern. Als sie ihre Hand senkte, nahm sie das Lächeln mit. Mit einer hochgezogenen Augenbraue sagte sie: »Du hast es dir nie verdient.«

Er legte eine Hand auf sein Herz und taumelte zwei Schritte, als wäre er verwundet. Dann richtete er sich auf, und sein Blick wurde schwer und verheißungsvoll. »Komm in meine Gemächer.«

Sie beugte sich zu ihm hin, näher als es angemessen war, und war sich der bohrenden Blicke bewusst, die jeder auf dem Platz auf sie richtete. Einschließlich der Frauen, die Mehmed auf eine Weise kannten, wie es bei ihr noch nicht der Fall gewesen war. »Ich habe zu arbeiten.«

Sie wandte sich um, hob eine Hand und gab ihren Männern ein Zeichen, ihr zu folgen. Nicolae ging neben ihr her. »Wir haben es geschafft«, flüsterte sie, und das Lächeln kehrte auf ihr Gesicht zurück.

»Du hast es geschafft.« Er stieß ihre gepanzerte Seite mit dem Ellbogen an. »Wo fangen wir an?«

»Ich will Walachen. Nur Walachen.«

Nicolae hob die Augenbrauen. »Und warum das?«

»Falls Iljas fragt, erkläre es so, dass ich Befehle in einer Sprache geben kann, die die Angreifer nicht verstehen werden.«

»Und wenn *ich* frage?«

»Weil ich Männern nicht traue, die aus dem Gedächtnis verlieren, dass sie nicht dazu geboren wurden.«

Nicolae sah über seine Schulter hinweg zu Mehmed, der sie beim Weggehen beobachtete. Seine Stimme war so leicht wie eine Sommerbrise, aber sie trug einen Hauch von Buschbrandrauch. »Und was ist mit dem Mann, der zu all dem geboren wurde?«

Lada drehte sich nicht um. Denn ein Teil von ihr vertraute Mehmed – mehr als jedem anderen. Ein Teil von ihr wollte Nicolae verlassen und Mehmed in seinen Gemächern treffen. Ihn als Geliebten nehmen, statt in diesem für sie beide quälenden Zwischenzustand zu existieren. Ein einfaches Leben akzeptieren, indem sie ihm gehörte.

Und ein Teil von ihr wollte ihn dafür erstechen.

»Ich habe keine Antwort«, sagte sie, und das war die Wahrheit.

36

Radu floh aus der Stadt.

Es war eine halbe Tagesreise bis zu Kumals Haus, und je weiter Radu sich von Edirne entfernte, desto leichter fiel ihm das Atmen. Aber er wusste, dass Kumal recht gehabt hatte, als er sagte, dass woanders hinzugehen keine Lösung war. Wenn Radu nach Edirne zurückkehrte, würde alles auf ihn warten. Jeder Frieden, den er fand, würde ein Traum sein, flüchtig und vorübergehend.

Doch während der Reise durch die hügeligen Felder und vorbei an Gruppen von sauberen, geordneten Häusern war es leicht, so zu tun, als hätte Huma ihm nicht das Unmögliche angeboten, als müsse er keinen Weg finden, Halil Pascha zu töten, als hätte Lada ihm nicht wieder das Herz gebrochen, als würde Mehmed nie so sein, wie Radu es wollte.

Oder – und der Gedanke war noch schmerzhafter – als würde die Möglichkeit bestehen, dass Mehmed eines Tages ihm gehören *könnte*.

Obwohl Radu in seiner Eile, Edirne zu verlassen, keine Nachricht vorausgeschickt hatte, wartete Kumal am Tor zu seinem Land. Er begrüßte Radu wie einen Bruder, küsste ihn auf die Wangen und führte das Pferd, während Radu neben ihm herging und seine müden Beine streckte.

Kumals Haus war wunderschön, gebaut um einen Innenhof mit einem Brunnen. Während in Edirne alles um das Auge wetteiferte und Aufmerksamkeit verlangte, war Kumals Haus schlicht und sauber. Die Wände waren holzgetäfelt, gewebte Teppiche säumten die gefliesten Böden, und nur in dem langen Versammlungsraum gab es Ornamente als Zierde: Unterhalb der Decke war in goldener arabischer Schrift ein Vers aus dem Koran zu lesen.

Es war Zeit für das Gebet. Kumal breitete zwei Matten aus, und sie beteten gemeinsam. Radu blieb danach auf seinen Knien und versuchte, das Gefühl festzuhalten.

»Ich muss mich um ein paar Dinge kümmern«, sagte Kumal. »Du darfst dich gerne umsehen. Wir treffen uns nach Einbruch der Dunkelheit wieder zum Abendessen.« Mit einem freundlichen Druck auf Radus Schulter ging Kumal.

Radu wanderte durch das einstöckige Haus und respektierte geschlossene Türen. Er saß eine Weile im Innenhof und genoss die restlichen, flachen Strahlen der Nachmittagssonne, die von den weiß getünchten Steinmauern zurückgeworfen wurden. Dann schlenderte er hinter dem Haus zu den Gärten. Sie waren genauso sorgfältig gepflegt wie alles andere, aber im Gegensatz zum Rest des Hauses waren sie kunstvoll angelegt. Hohe, gestutzte Hecken bildeten ein Labyrinth, in dem Parzellen mit leuchtend blühenden Blumen den Frühling begrüßten. In der Mitte, alles überragend, stand ein großer Baum.

Radu folgte den Windungen der Hecke und versuchte, den Weg zu dem Baum zu finden. Ein Rascheln war zu hören, und dann stürmten zwei Mädchen vor ihm auf den Weg, die sich lachend aneinander festhielten. Ihr Haar war zerzaust und ihre Augen leuchteten.

»Oh!« Nazira lachte. Sie richtete sich auf und ließ ihre Begleiterin los. Das andere Mädchen trat einen Schritt zurück, schlug die Augen nieder und steckte ihr Haar schnell wieder unter das Tuch, aus dem es herausgefallen war. »Hallo! Da war …« Nazira war außer Atem, ein Lächeln zog sich über ihre runden Lippen. »Da war eine Biene. Wir sind vor ihr weggelaufen.«

»Wurdest du gestochen?«

»Ja! Mehrmals! Es war wunderbar!«, sagte Nazira, dann hielt sie sich den Mund zu, bevor sie in schallendes Gelächter ausbrach. Ihre Begleiterin verpasste ihr einen heftigen Stoß in die Seite und ging dann mit gesenktem Kopf schnell davon.

Radu hatte sie nicht als so sonderbar in Erinnerung, aber ihre Fröhlichkeit war ansteckend.

»Das war mein Dienstmädchen, Fatima.« Nazira beugte sich vor, um an Radu vorbeizuschauen und das andere Mädchen beim Weggehen zu beobachten. »Komm, ich zeige dir mehr vom Garten.« Sie nahm Radus Arm und führte ihn herum, wobei sie fröhlich plapperte. Sie fanden eine Bank direkt vor dem Baum. An zwei Ästen hing eine Schaukel, deren Holzsitz zu klein für Erwachsene war.

Radu stellte mit Schrecken fest, dass er keine Ahnung hatte, ob Kumal verheiratet war oder Kinder hatte. Er fragte Nazira danach.

Ihr süßer Mund verzog sich, sie schüttelte den Kopf, stand auf und legte eine Hand an das Seil der Schaukel. »Das hatte er. Sein Sohn, Ibrahim, liebte diese Schaukel. Er ist vor vier Jahren gestorben. Er war erst drei. Und im Jahr darauf starb seine Frau Ine im Kindbett. Ein kleines Mädchen. Wir durften sie nur drei Tage lang behalten, bevor sie ihrer Mutter folgte.«

Radu schloss seine Augen gegen den Schmerz des Mitgefühls. Kumal hatte so viel verloren. Aber vor drei Jahren waren sie sich das ersten Mal begegnet. »Als er mich in Edirne fand …«

»Waren wir dort, um Ines Familie unser Beileid zu bekunden.«

»Er war also tief in Trauer.« Und doch hatte Kumal die Zeit gefunden, einem verlorenen kleinen Jungen Mitgefühl und Freundlichkeit zu erweisen. »Dein Bruder ist ein guter Mensch.«

»Der beste, den ich je kannte.«

Sie saßen in kameradschaftlichem Schweigen da und hingen den Gedanken an Kumals Verlust nach, bevor sie sich auf den Rückweg zum Haus machten. Nazira hatte eine Art zu necken, die Radu das Gefühl gab, größer zu sein, als er tatsächlich war, im Gegensatz zu Ladas Neckereien, die ihn kleiner erscheinen ließen.

Das Essen war das beste, das er seit Langem verspeist hatte. Das Mahl war einfach, aber es gab keine Politik, keine Angst, keine Lügen.

oder das Vorgeben, etwas zu sein, was er nicht war, um sich einen Vorteil zu sichern.

»Ich bin froh, dass du gekommen bist, Radu«, sagte Nazira ungewohnt ernst. »Es ist gut, dass jemand hier ist, der meinem armen Bruder zeigt, wie Kleidung aussehen sollte. Ich versuche immer, ihm zu helfen, aber es reicht nicht.«

Kumal hob seine Augen zur Decke. »Bewahre mich vor so einer hilfreichen Schwester.«

»Ich würde sie dir gerne abnehmen«, sagte Radu und errötete dann, als er merkte, dass dieser Gedanke missverstanden werden könnte. »Ich meine, als Schwester. Sie ist mir viel lieber als meine eigene. Nicht ein einziges Mal hat sie mich zu Boden gerungen, mir den Arm verdreht oder mich in einem Kräftemessen besiegt.«

Nazira winkte mit der Hand. »Oh, wir heben uns das Kräftemessen für *nach* dem Abendessen auf.«

Aber Lada zu erwähnen, hatte Radu aus der Verlegenheit gerettet. Er nahm nun als Beobachter am Abendessen teil, das Dessertobst auf seinem Teller wurde bittersüß.

Nachdem sie gegessen hatten, erschien Fatima in der Tür. Nazira entschuldigte sich, und Kumal und Radu zogen sich in sein Wohnzimmer zurück.

»Jetzt verstehe ich, warum du nie nach Edirne kommst.«

Kumal lächelte. »Ich bin hier sehr glücklich. Allerdings mache ich mir Sorgen um Nazira. Sie wird immer älter. Ich sollte mich mehr darum bemühen, einen Gefährten für sie zu finden, aber sie zeigt kein Interesse, und ich möchte sie aus reiner Selbstsucht so lange wie möglich hier bei mir behalten. Doch ich weiß, für sie wäre es besser, glücklich verheiratet zu sein und eine eigene Familie zu haben. Sollte ich sterben, würde mein Vermögen an das Reich zurückfallen, und sie stünde mit leeren Händen da. Und doch besteht sie darauf, dass sie nie fortgehen will.«

Radu nickte. »Ich mache ihr keinen Vorwurf. Wenn ich deinen Beistand für immer haben könnte, würde ich auch nie fortgehen wollen.«

»Um welchen Beistand würdest du bitten?«

Radu seufzte und dachte an all das, was auf ihm lastete und wie gelähmt er sich fühlte. »Was macht man, wenn man vor einem Problem steht, für das es keine gute Lösung gibt?«

Kumal runzelte die Stirn. »Was meinst du?«

»Ich meine, in manchen Situationen gibt es keine einfache Entscheidung. Was ist dann die richtige Entscheidung? Böses tun für ein gutes Ziel, oder das Böse vermeiden, obwohl man weiß, dass man damit ein schlimmeres Ende in Kauf nimmt?« Radu wusste nicht einmal, auf welches Übel er sich bezog. Halil Pascha zu töten, gewiss. Das Lügen und Täuschen in seiner Position in der Hauptstadt, um Mehmed zu helfen. Sogar die Art und Weise, wie er für Mehmed empfand und an ihn dachte, was sich nicht böse anfühlte, aber er vermutete, das lag daran, dass niemand darüber sprach und Huma so tat, als hätte sie dadurch Macht über ihn.

»Ich glaube, dein Leben ist kompliziert geworden.«

Radu senkte den Kopf und legte seine Hände über die Augen. »Ich weiß nicht, was ich tun soll.«

»Ich bin in meinem Vilayet für viele Menschen verantwortlich. Manchmal hat eine Entscheidung, die ich treffe, negative Auswirkungen auf jemanden. Vielleicht möchte ein Landwirt mehr Zugang zu Wasser, aber wenn ich ihm das gewähre, wird drei anderen Familien das Wasser versagt, das sie für ihre Ernten brauchen. Ich verwehre dem ersten Mann die Möglichkeit, seine Ernten zu erweitern und mehr Geld zu verdienen, aber ich bewahre die anderen drei Familien vor dem Verhungern. In manchen Jahren musste ich die Steuern erhöhen, um Vorräte für den Winter anzulegen, was eine Belastung für mein Volk ist. Aber es bedeutet, dass wir genug haben, um uns durch eine düstere Zeit zu bringen. Ich musste schon Väter aus ihren Familien reißen, weil sie Verbrechen begangen hatten – eine Familie ihres Versorgers beraubt, aber für die Sicherheit meines übrigen Volkes gesorgt.« Er seufzte. »Es ist nie einfach. Ich versuche, die Zukunft so gut wie möglich zu gestalten, damit so viele Menschen wie möglich davon profitieren. Manchmal muss ich schwere Entscheidungen treffen, aber ich versuche, dies mit einem Gebet und dem Wohlergehen meines Volkes im Herzen zu tun. Ich habe Fehler gemacht, aber ich versuche, sie als Motivation zu nutzen und umsichtiger zu sein, die Dinge sorgfältiger zu prüfen und in all meinen Angelegenheiten freundlicher und großzügiger zu sein.«

Radu dankte ihm, obwohl er weiterhin mit seinen eigenen Problemen im Unklaren war. Sollte er nach dem Guten für sich selbst oder für andere streben? Was, wenn Halil Pascha glaubte, Gutes zu tun, indem er Mehmed an der Thronbesteigung hinderte? Mehmeds Vorstellung von der Zukunft stand in direktem Gegensatz zu dem, wie die Bürger Konstantinopels eine gute Zukunft sahen. Wessen Ansicht hatte mehr Wert? Wer hatte recht?

Und konnte er jemals so großzügig sein, seiner Schwester das Glück mit dem Mann zu wünschen, den sie beide liebten?

Radus Zeit in Kumals Haus war zu kurz, aber nach ein paar gesegneten Tagen friedlicher Erholung war er der Lösung seiner Probleme keinen Schritt nähergekommen. Edirne winkte ihn zurück zu sich.

Mit dem Versprechen, bald wieder zu Besuch zu kommen, kehrte er in die Stadt zurück und musste feststellen, dass Murad, der immer noch von seinem Gedicht angetan war, großzügig geworden war und Radu das Kommando über eine kleine Gruppe von Grenzjanitscharen übertragen hatte. Verwirrt ging Radu in die Kaserne, um sich mit seinen Männern zu treffen. Er war ein guter Reiter, ausgezeichnet mit Pfeil und Bogen und geschickt genug im Umgang mit dem Schwert, aber er hatte nie danach gestrebt, Männer zu befehligen. Er fand es seltsam, dass Murad glaubte, ein Gedicht würde Radu – so jung – dazu befähigen, Soldaten anzuführen.

Eine vertraute Gestalt begrüßte ihn.

»Lazar«, sagte Radu. Er wusste immer noch nicht, wie er sich dem anderen Mann gegenüber verhalten sollte, da er wusste, dass Lazar das tiefste Geheimnis seines Herzens kannte.

Lazar salutierte vor Radu mit zackiger Förmlichkeit, verbeugte sich dann und kam mit einem ansteckenden Grinsen wieder hoch.

»Ich wusste, es war richtig, in Edirne zu bleiben. Ich habe darum gebeten, deiner Grenztruppe zugeteilt zu werden.«

»Ich habe keine Ahnung, was ich da tue«, gab Radu zu.

»Deshalb bin ich hier.« Lazar stellte ihn den fünfzig Männern vor, die ihm unterstellt waren, und Radus Befürchtungen dem anderen Mann gegenüber verschwanden. Lazar legte die Vertrautheit ab, die er normalerweise mit Radu pflegte, sprach in einem klaren, befehlenden Ton und traf das richtige Maß an Ehrerbietung, wenn er ihn ansprach.

Radu nahm Haltung an, nickte ernst und versuchte, sich die Namen einzuprägen.

Nachdem die Führung beendet war und die Männer sich zerstreut hatten, ging Lazar mit Radu auf dem Rückweg zum Palast in das größere Hauptquartier der Janitscharen. »Du wirst das gut machen. Ich kann mich um die alltägliche Organisation und Ausbildung kümmern. Diese Positionen sind eher zeremonieller Natur, aber du bist beliebt. Und die Männer sind froh, dich zu haben.«

Radu nickte. »Das freut mich.«

Lazar beugte sich im Gehen näher zu ihm. »Ich bin auch froh, dich zu haben.«

Radu räusperte sich und fragte sich, ob dahinter eine größere Bedeutung steckte. Doch in dem Moment sah er, wie ein wehender Umhang um eine Ecke vor ihnen bog. Er ging schneller und kam gerade rechtzeitig um die Ecke, um Halil Pascha zu sehen, der einem anderen Mann die Hand schüttelte, bevor sie gemeinsam einen Raum betraten.

»Wer war das bei Halil Pascha?«, fragte er Lazar. »Kazanci Dogan, der Befehlshaber aller Janitscharenkorps. Du wirst ihn irgendwann treffen, da bin ich mir sicher.«

»Ist Halil Pascha oft hier?«

Lazar zuckte mit den Schultern. »Ich habe ihn ab und zu gesehen.« Er stutzte und kniff nachdenklich seine Augen zusammen. »Soll ich mir merken, wie oft er herkommt?«

»Ja. Und auch alle anderen, die Kazanci Dogan außerhalb der Janitscharen trifft.«

Lazar schlug sich mit der Faust auf die Brust und ging dann.

Radu schritt tief in Gedanken versunken zurück zum Palast. Halil hatte überall Fäden seines Netzes gespannt. Wesire, Paschas, Beys, beide Hauptzweige des Militärs – mit den einheimischen Sipahi-Anführern und ihren örtlichen Streitkräften und den Janitscharen mit Kazanci Dogan. Und in der Mitte, fett und tödlich, saß die Spinne Halil Pascha.

Wenn sie ihn töteten, wie Huma es wollte, würde sich das Netz neu knüpfen. Zusammengezogen richteten sich all diese Machtlinien gegen Mehmed. Und wer wusste, ob nicht eine andere, gefährlichere Spinne Halil Paschas Platz einnehmen würde.

Nein. Huma irrte sich. Zuerst mussten sie das Netz zerstören. Dann wäre die Spinne machtlos.

37

Lada und Nicolae lagen auf dem Bauch und spähten über den Felsvorsprung auf die Stadt, die unter ihnen lag. Holzhäuser erstreckten sich über den Fluss, drängten sich an den Ufern und wuchsen direkt aus dem Wasser empor. Amasya gehörte erst seit relativ kurzer Zeit zum Osmanischen Reich, seine lange, bewegte Geschichte war an den römischen Gräbern zu erkennen, die ihre Schatten auf Ladas Beine warfen. Das letzte Mal, als sie hier oben gewesen war, hatte sie mit Mehmed und Radu in den Himmel gestarrt und von den Sternen geträumt.

Jetzt sah sie nach unten und plante Flammen.

»Wir könnten den Fluss benutzen«, überlegte Nicolae und sprach, wie Lada es verlangte, Walachisch. »Mitten in der Nacht mit einem Boot den Fluss hinunterfahren und die Häuser in Brand setzen. Das würde die Einheimischen und viele der Soldaten beschäftigen.«

»Wer ist hier für die Sipahi-Truppen zuständig?«

Hinter ihr spuckte Petru, ein junger Walache, der erst vor Kurzem aus der Ausbildung entlassen worden war, höhnisch aus: »Sipahi! Faule, fette Schweine. Warum sollten sie uns kümmern?«

Lada hatte ihn ausgewählt, weil er erst recht spät aus der Walachei geholt worden war – er war bereits vierzehn, als er zu den Osmanen kam. Aber er war arrogant und dickköpfig, mit einer gemeinen Ader, die sie an ihren älteren Bruder Mircea erinnerte. Manchmal mochte sie ihn deshalb noch mehr.

Aber die meiste Zeit über wollte sie ihn deshalb von den Klippen stürzen.

»Und wer hat dir gesagt, dass die Sipahi faule, fette Schweine sind? Hast du gegen sie gekämpft?«

»Warum sollte ich gegen sie kämpfen? Wir stehen auf derselben Seite.«

Lada und Nicolae wechselten einen Blick. Vielleicht mussten sie Petru aus ihrem Regiment entlassen. »Ist es den Sipahi verboten, sich Bärte wachsen zu lassen?«

Petru starrte finster. »Nein.«

»Und doch ist dir nur ein Schnurrbart erlaubt.«

»Wenn er das jemals schafft«, sagte Matei, ein drahtiger Mann mit einem ständig hungrigen Blick, den Lada aus seinem Korps in Edirne rekrutiert hatte. Petru warf einen Stein nach ihm. Insgesamt hatte Lada zehn Männer im Alter zwischen achtzehn und Mitte zwanzig. Es standen nur wenige Walachen zur Auswahl, denn die Osmanen zogen andere Nationalitäten vor, weil sie klügere und bessere Soldaten hervorbrachten.

Dummköpfe. Lada blinzelte und suchte nach den Häusern, die mit den Schießpulvervorräten der Janitscharen in die Luft gesprengt werden konnten, um die Straßen zum Bergfried möglichst effektiv zu blockieren. »Und ist es den Sipahi verboten, zu heiraten und Kinder zu bekommen?«

»Nein.«

»Noch etwas, was unser Petru nie geschafft hat«, sagte Nicolae fröhlich.

Lada wartete, bis das Lachen verklungen war. »Und sind die Sipahi Sklaven, die aus ihrer Heimat gestohlen und hierhergebracht wurden, um dem Herrn eines anderen Mannes und dem Gott eines anderen Mannes zu dienen?«

Schweigen antwortete ihr. »Die Sipahi nehmen uns unsere wachsende Macht übel. Sie nehmen uns unsere Organisation übel, unser Geschick im Kampf und unsere Position, weil wir dem Sultan und seinen Erben am nächsten stehen. Glaub nicht, dass du auf ihrer Seite bist, denn sie sind nicht auf deiner. Sie kämpfen, um Land, Prestige und Reichtum zu gewinnen. Wir kämpfen, weil es das Einzige ist, was uns gegeben ist.«

Sie wartete einige Augenblicke, dann fuhr sie fort. »Wer organisiert die Verteidigungsanlagen einer Stadt?«

»Der verantwortliche Sipahi.« Petru klang konzentriert, als er neben sie kroch, um die Stadt zu überblicken.

Lada zeichnete die Linie des Flusses nach, als wäre er eine Schlange. »Schlag den Kopf mit deinem ersten Schlag ab, und der Körper liegt machtlos vor dir.«

Matei saß auf einem umgestürzten Grabstein und schärfte weiter einen Dolch an einem Schleifstein. »So gerne ich auch ein paar Sipahi köpfen würde, ich bin mir nicht sicher, ob ich heute Nacht Zeit habe, die Stadt in Brand zu stecken.«

»Die Planung von imaginären Zerstörungen ist aber mein liebstes Trainingsspiel.« Nicolae streckte sich lang und rollte sich auf den Rücken. »Es ist sehr erholsam.«

Lada richtete sich auf, klopfte den Staub von ihrer Tunika und rückte die weiße Mütze zurecht, die sie jetzt trug. »Ist Iljas Bey im Dienst?«

Stefan, ein ruhiger Mann, dessen Gesicht ein wolkenloser Himmel war – emotionslos und unmöglich zu lesen –, nickte. Er sprach wenig, aber Lada hatte herausgefunden, dass er einen Verstand wie ein Ameisenvolk hatte, das ständig Informationen aufnahm, um sich zu ernähren.

Sie antwortete mit einem Nicken. »Gut. Zeit für ein Attentat auf Mehmed.«

Nicolae stöhnte. »Das ist so viel weniger erholsam.« Aber die anderen Männer packten bereits zusammen, und die Vorfreude leuchtete ihnen aus dem Gesicht. Während sie sich den Berghang hinunter zur Festung schlängelten, schmiedeten sie ihre Pläne. Stefan lief voraus, um auszuspähen, ob Mehmed draußen oder drinnen war. Normalerweise konnte er das nur anhand der Anwesenheit von Wachen in bestimmten Bereichen feststellen.

Wenn Mehmed draußen war, würden sie einen Überraschungsangriff über die Mauer hinweg führen und so schnell wie möglich Pfeile abschießen. Wenn er drinnen war, würden Matei und drei andere sich ihm so weit wie möglich nähern und hoffen, dass niemand bemerkte, dass sie nicht im Dienst waren, während Nicolae Mehmeds Aufenthaltsort auskundschaftete und von einem Turm aus signalisierte, wo er war. Damit blieben Lada, Petru und vier weitere Soldaten übrig, die leicht und stark genug waren, um die Außenmauern der Festung zu erklimmen.

Es musste nur eine Person nah genug herankommen. Ein Schuss, ein Dolch, eine Chance war alles, was nötig war, um den Erben zu töten.

Stefan traf sie an einer knorrigen Kiefer, die seitlich aus den Felsen wuchs. Lada wählte diesen Ort immer als Treffpunkt, auch wenn ihr das Herz schmerzte bei den Erinnerungen an das lange zurückliegende Glück, das durch die Zeit vergiftet worden war.

Stefans Gesicht war wie immer unleserlich. Aber es lag etwas Defensives in seiner Haltung, das Lada die Zähne zusammenbeißen ließ. Sie wusste, was er sagen würde, bevor er sprach, und sie wusste auch, dass er wusste, es würde sie verärgern, was fast genauso schlimm war.

»Janitscharen befinden sich an den Toren des Harems, zwei Eunuchen an den Türen.«

Ihre Männer stießen einen kollektiven Atemzug aus, ob aus Erleichterung oder Frustration wusste sie nicht. Nicolaes Stimme war betont vergnügt. »Nun, das bedeutet das Ende des heutigen Spiels. Wir können wohl kaum einen Angriff auf den Harem starten.«

»Und warum nicht?« Ladas Kiefer tat weh. Sie konzentrierte sich auf diesen konkreten, spezifischen Schmerz. Seit sie mit der Ausbildung ihrer Männer begonnen hatte, hatte sie Mehmed nur noch selten gesehen. Und wenn sie sich sahen, dann waren es immer dunkle Ecken, gestohlene Küsse, verzweifelte Hände.

»Weil …«, sagte Nicolae und ließ das Wort an einer imaginären Schnur baumeln, als hoffte er, Lada sei ein Fisch, der es schlucken würde, damit er sich nicht erklären müsste. Aber sie biss nicht an.

»Weil«, sagte er seufzend, »die Mauern zu hoch, die Fenster zu vergittert, die Türen zu bewacht sind. Wir haben diese Strategie schon einmal durchgespielt, Lada, und das Ergebnis ist immer, dass wir warten müssen, bis er herauskommt. Wir kommen nicht hinein.«

»*Du* kannst nicht hinein«, sagte Lada. »Stefan, kennst du die die diensthabenden Wachen?« Er schüttelte den Kopf. »Gut. Dann werden sie dich nicht erkennen. Ich brauche Röcke, ein Entari und einen Schleier.«

Petru stand der Mund offen, sodass er wie der Fisch aussah, den Nicolae zu fangen gehofft hatte. »Röcke? Aber warum?«

Lada gab ihnen ein Zeichen, ihr zu folgen. »Weil sich in Röcken eine enorme Menge an Waffen verstecken lässt und weil Stefan gleich ein Geschenk des Sultans überbringen wird.«

Nicolae holte sie ein, als sie sich zügig auf das Außengebäude zubewegte, das ihr für ihre Garnison zugewiesen worden war.

Dies war ein weiteres Hindernis für Mehmed, sie zu treffen – sie lebte mit ihren Männern in der provisorischen Kaserne. Sie war nie allein. Denn wenn sie allein wäre, gäbe es keine Barriere, kein Hindernis, nichts, was sie beide davon abhielt …

Er war im Harem.

»Lada«, Nicolaes Stimme war so leise, dass die anderen ihn nicht hören konnten. »Ist das wirklich eine gute Idee? Ich denke, wir sollten warten. Wir können ihn beim Herauskommen erwischen. Dafür haben wir Pläne.«

»Und es sind gute Pläne, was bedeutet, dass es offensichtliche Pläne sind, was bedeutet, dass Iljas sie vielleicht schon vorausgesehen hat. Dies ist ein besserer Plan.«

Er packte ihren Arm. »Lada, hör auf.«

Sie ging auf ihn los, die Wut loderte und ließ sie sich größer und stärker fühlen. »Sag mir nicht, was ich tun soll.«

Er hob die Hände. »Ich frage mich nur, ob der Harem der beste Ort für dich ist.«

Bei der Besorgnis in seinem Blick hätte sie sich am liebsten die Haare ausgerissen. Und ihn dann damit erwürgt. Sie spottete: »Glaubst du, ich weiß nicht, was da drinnen passiert? Machst du dir Sorgen um mein zartes Gemüt?«

»Nein! Ich würde nie einen von euch für zart halten, versprochen.« Er grinste, und seine Narbe verzog sich. »Aber mir geht es um … deinen Ruf. Frauen, die in den Harem gehen, kommen nicht wieder heraus. Es ist ein dauerhafter Aufenthalt.«

Sie wischte die Andeutung mit einer Handbewegung weg. Sie wusste, dass er versuchte, etwas Größeres anzusprechen, aber sie würde nicht darauf eingehen. »Ich gehe nicht als Frau hinein. Ich gehe als Attentäterin hinein. Wir haben also nichts zu befürchten.«

Wenige Minuten später war sie von Kopf bis Fuß in die von Mehmeds Hochzeit übrig gebliebenen Prachtgewänder gehüllt. Die Hälfte der Kleider, die für sie vorbereitet worden waren, hatte sie nie getragen, aber ein fleißiger Diener hatte sie alle eingepackt, um sie mit ihr zurückzuschicken. Abgesehen von den zerknitterten Kleidern, für die jede Magd Prügel bezogen hätte, sah sie wie eine Frau aus. Und verschleiert sah sie überhaupt nicht aus wie sie selbst.

Es wurde beschlossen, dass nur Stefan sie begleiten sollte. Jede weitere Wache würde verdächtig wirken. Also brachte er Lada ohne viel Aufhebens zum Tor des Harems und übergab sie dem nächstbesten Eunuchen.

»Ein Geschenk von Mehmeds Mutter«, sagte er.

Der Eunuch nickte desinteressiert und führte Lada geradewegs an den beiden Janitscharenwachen vorbei in den Harem.

Sie zuckte unwillkürlich zusammen, als die Tür zufiel. Es klang so förmlich, so endgültig. Ihr Herz raste und ihr Atem war flach und unkontrolliert, als sie dem Eunuchen mehrere verwinkelte Gänge entlang folgte und versuchte, sie sich einzuprägen. Alles war hell und sauber. Aufwendig gemusterte und glänzende Kacheln baten sie weiter ins Innere.

Der Eunuch öffnete eine Tür zu einer kleinen Wartekammer. »Jemand wird innerhalb einer Stunde bei dir sein, um deinen Platz zu bestimmen und dich unterzubringen.« Ohne ein weiteres Wort ließ er sie dort zurück und schloss die Tür hinter sich.

Er verriegelte sie nicht.

Nicht, dass es eine Rolle gespielt hätte, wenn er es getan hätte, aber der Gedanke daran ließ Lada vor Wut kochen. Es ging nur um die Tür, sagte sie sich. Um die völlige Unfähigkeit des Eunuchen, eine Frau als potenzielle Bedrohung zu sehen.

Sie nahm einen ihrer Dolche heraus und stach ihn in das Sofa. Sie zog ihn der Länge nach durch die Polster und hinterließ einen ausgefransten Schnitt. Dann steckte sie ihren Dolch in die Scheide und richtete ihren Schleier. Sie trat auf den Flur hinaus. Sie war durchaus in der Lage, diesen Auftrag auszuführen, ohne sich von der Tatsache ablenken zu lassen, dass sie sich in Mehmeds Harem befand.

Sie vermutete, dass sie weiter hineingehen musste, und so nahm sie eine große Vase mit einem duftenden Strauß in die Hand und hielt ihn vorsichtig vor sich, als würde sie einem Zweck dienen. Einen Blumenstrauß mit sich herumzutragen, schien in diesem vergoldeten Vogelkäfig eine vernünftige Beschäftigung zu sein.

Nachdem sie mehrere verschlossene Türen passiert hatte und in drei verschiedene Gänge abgebogen war, überkam Lada eine Welle der Verzweiflung. Mehmed würde wahrscheinlich seine *Angelegenheiten* hier beenden und gehen, bevor sie ihn fand, und was sollte sie dann ihren Männern sagen?

Das Weinen eines Babys drang an ihre Ohren. Sie bog rasch ab und folgte dem schrillen, eselartigen Geschrei, bis sie zu einem Raum kam, dessen geschnitzte Holztüren offen standen.

Sie schlüpfte hinein und ging sofort nach links, wo ein zart bemalter Paravent vor einem großen, offenen Fenster stand. Es gelang ihr, zwischen dem Paravent und der Wand hindurchzuschlüpfen, wobei das Geräusch ihrer Bewegungen von dem schreienden Säugling übertönt wurde.

Mehmeds Lachen schallte durch den Raum und fiel wie ein Schlag auf Ladas Schultern.

»Halte ich ihn falsch? Er mag mich nicht.«

»Natürlich mag er dich!« Die Stimme der Frau war klebrig süß. Lada spürte, wie sie sich in ihren Ohren festsetzte, und wusste, dass sie noch so sehr schrubben konnte, aber diese Rückstände nicht mehr loswerden würde. »Er ist stark, siehst du?«

»Mein kleiner Beyazit. Sei stark, während ich weg bin. Ich werde bald zurück sein.«

Mehmeds Worte verströmten Zärtlichkeit, und Lada wünschte sich ein anderes Szenario. Sie hatte gedacht, das Schlimmste, was ihr passieren könnte, wäre, ihn mit einer anderen Frau zu erwischen, aber das …

Sie wusste nicht, wie sie deswegen wütend werden sollte.

Aber es gelang ihr trotzdem.

»Wie lange wirst du weg sein?«, fragte die Frau.

»So lange, wie es dauert, Skanderbeg zu besiegen. Wirst du etwas brauchen?«

»Nein, nein, wir sind sehr gut versorgt. Gib auf dich acht.«

»Auf Wiedersehen, mein Junge!«

Lada bemerkte mit einer gewissen boshaften Genugtuung, dass Mehmed in demselben Ton mit seiner Konkubine sprach, wie mit jedem anderen Diener. Doch das änderte nichts, denn er empfand eindeutig etwas für das Kind. Und die Konkubine hatte ihm dieses Kind geschenkt.

Die Schreie des Babys entfernten sich aus dem Raum. Lada hörte, wie jemand aufstand. Sie trat hinter dem Paravent hervor, die Vase immer noch in der Hand.

Mehmed würdigte sie kaum eines Blickes und ging geradewegs zur Tür. Sie warf die Vase rechts neben seinen Kopf. Er duckte sich, als sie an der Wand zerschellte und Wasser und Blumen zwischen den scharfen Scherben des glasierten Tons umherflogen.

Er sah sie an, das Gesicht rot vor Wut. »Was um Himmels willen …«

Sie riss ihren Schleier weg. Einen Moment lang fror seine Wut ein, dann löste sie sich zu einem Lächeln auf. Er lachte und schüttelte den Kopf. »Was *tust* du hier, Lada?«

Sie schloss die Tür. Hoffnung leuchtete in seinen Augen auf, und er kam auf sie zu.

Sie drehte sich aus seiner Reichweite heraus. »Ich hätte dich töten können.«

»Ja, töte mich ruhig.« Sein Lächeln war alles andere als besorgt, als er nach ihr griff. Es war Tage her, dass sie sich einen privaten Moment gestohlen hatten.

Nicht hier, dachte sie. *Überall, nur nicht hier.* »Skanderbeg?«, fragte sie und änderte damit die Richtung ihres Austauschs. Iskander Bey war einer von Murads Lieblingsjanitscharen gewesen, und jetzt war er einer von Ladas Lieblingen. Er war dem Reich seit Jahren ein Dorn im Auge und nutzte das, was er von dort gelernt hatte, um es in Schach zu halten.

Lada hatte jeden Bericht über seine Kämpfe mit der gleichen Hingabe studiert wie Mehmed den Islam.

Mehmeds Miene verfinsterte sich. »Ja, mein Vater hat einen neuen Feldzug ausgerufen. Ich werde mit ihm reiten und eine Flanke bei der Belagerung befehligen.«

Ladas Brust schwoll vor Aufregung. Sie konnte sich beweisen, ihre Männer konnten sich beweisen, und … sie konnte *fortgehen*, endlich etwas anderes sehen, auch wenn es nicht ihr Zuhause war. »Wann brechen wir auf?«

Mehmed wich ihrem Blick aus. Er beugte sich hinunter und hob einige der Blumen auf, wobei er vorsichtig die scharfen Kanten der zerbrochenen Vase mied. »Ich reise heute Nachmittag ab.«

Lada eilte zur Tür. »Wir können innerhalb einer Stunde fertig sein, ich …«

Mehmed packte sie am Arm und zog sie zurück. »Du kommst nicht mit.«

»Ich … Was? Wir sind bereit. Meine Männer sind bereit. Meine Truppe ist klein, aber wir können auskundschaften, und ich werde …«

»Du bleibst *hier!*«

Lada streifte seine Hand ab und trat zurück. »Warum?«

Er war plötzlich fasziniert von den zerquetschten Blumen in seiner Hand. »Ich muss jemandem, dem ich vertraue, die Verantwortung für die Stadt überlassen.«

»Das kann jeder machen! Hier wird nichts von Wert zurückbleiben!«

Mehmeds Blick war schwer, als er ihr endlich in die Augen sah. »Nichts von Wert?«

Die Erkenntnis traf Lada wie ein Schlag. Sie riss ihm die Blumen aus der Hand und warf sie auf den Boden. »Ich werde nicht zurückbleiben, um auf dein Balg aufzupassen! Ich bin kein Kindermädchen!«

Mehmed blinzelte ein paarmal schnell, dann schüttelte er den Kopf. »Lada, ich habe nicht von meinem Sohn gesprochen. Glaubst du, er ist hier das Einzige von Wert für mich?«

»Was dann?«

»Du! Ich werde dich nicht in die Schlacht mitnehmen! Du hast keine Ahnung, wie die Bedingungen sind, keine Ahnung, wie viele Möglichkeiten es gibt, zu sterben.«

»Ich kann auf mich selbst aufpassen.«

»Aber was ist mit mir? Was würde ich tun, wenn dir etwas zustößt? Ich muss dich in Sicherheit halten!«

Sie stieß ihn vor die Brust, sodass er stolperte und Vasenscherben unter seinen Stiefeln knirschten. »Ich bin nichts, das man *halten* muss! Als Nächstes wirst du mir sagen, dass du mich hinter Mauern halten willst, mich in gepolsterten, parfümierten Räumen halten willst, mich *hier* halten willst. Ich bin nicht deine Konkubine, Mehmed!«

»Das verlange ich doch gar nicht!« Er warf die Hände hoch und ging im Kreis herum. »Du bist wertvoll für mich. Was ist so falsch daran, sich um dich kümmern zu wollen?«

»Wenn ich es nötig hätte oder wollte, dass man sich um mich kümmert, wäre ich nicht besser als die Frauen hier drin! Ich bin nicht wie sie.«

»Nein, das bist du nicht! Ich liebe dich, Lada.« Er schloss die Augen, senkte seine Stimme und versuchte, die Kontrolle wiederzuerlangen. »Bitte erlaube mir, dich zu lieben. Du bist der wichtigste Mensch in meinem Leben. Du und dein Bruder seid die einzigen Menschen, die mich wirklich kennen.«

Lada zuckte zusammen, und Mehmeds Augenbrauen hoben sich,

als er ihre Reaktion bemerkte. Er verstand allerdings nicht, warum. Lada hatte ihm weder von ihrem letzten Streit mit Radu erzählt noch, dass sie seit ihrem Auseinandergehen nichts mehr von ihm gehört hatte. Mehmed war blind für das wahre Ausmaß von Radus Liebe – und dafür, wie sehr Lada ihren Bruder vermisste.

»Bitte«, sagte Mehmed. »Ich habe Radu bereits an meinen Vater verloren. Er schreibt selten, und wenn, dann ist es, als würde er sich an einen Fremden wenden. Ich kann es mir nicht leisten, auch dich zu verlieren.«

»Du kannst nichts verlieren, was du nicht besitzt. Nimm mich mit.«

Mit einem frustrierten Knurren riss er ihr den Schleier aus dem Haar und warf ihn auf den Boden. »Du siehst lächerlich aus. Eine Rüstung steht dir viel besser als Seide.«

Lada legte eine Hand an seine Wange. Seine Haut war weich und heiß, immer heiß, als würde er heller brennen als ein normaler Mensch. Ihre Stimme war ein leises Schnurren und ähnelte der von Huma so sehr, dass sie vor sich selbst erschrak. »Nimm mich mit, und ich werde die ganze Zeit eine Rüstung tragen.« Sie zog sein Gesicht zu sich herab, küsste ihn und ließ zu, dass das Feuer, das in ihm brannte, etwas in ihr entzündete.

Er packte sie an der Taille und drückte sich mit der gleichen Leidenschaft an sie. Sie drückte ihre Hüfte gegen seine Leistengegend, wo sie eine bereits entstandene Härte spürte. Das machte ihr Angst, aber es erregte sie auch, dass sie die Macht hatte, das geschehen zu lassen. Er stöhnte in ihren Mund, der Kuss wurde tiefer und hektischer.

»Lada«, sagte er und küsste ihren Hals, ihr Ohr, ihr Haar. »Lada, Lada.«

»Nimm mich mit«, flüsterte sie in sein Ohr.

Er vergrub sein Gesicht in ihrem Haar, seine Arme hielten sie so fest, dass sie wusste, dass sie gewonnen hatte. Dann schüttelte er den Kopf. »Nein.«

Mit einem Schrei stieß sie ihn weg. Er fiel hin, seine Schuhe waren vom Wasser der Vase durchnässt. Sie zog einen Dolch, beugte sich hinunter und schnitt ihm die Schärpe ab. Sie zerknüllte die Seide in ihrer Faust und starrte auf ihn herab. »Du willst, dass ich in Sicherheit bin? Wer wird *dich* beschützen? Ich habe dich erneut vor den Augen deiner Wachen getötet.«

Er besaß die Frechheit, sich auf den Boden zu legen und zu lachen. »Lada, niemand auf der Welt würde jemals so hingebungsvoll und unnachgiebig versuchen, mich zu töten, wie du es immer wieder tust.« Er streckte seine Arme aus, die schwarzen Augen flehend. »Komm, verbringe diese paar Stunden mit mir. Du fehlst mir.«

Sie beugte sich vor, gerade außerhalb seiner Reichweite. »Du solltest dich an dieses Gefühl gewöhnen.«

Der Weg nach draußen war einfacher als der Weg nach drinnen, das Gegenteil von dem, was ein Harem normalerweise für die Frauen, die die Schwelle überschritten, bereithielt. Beim Hinausgehen ging sie an einem erschrockenen Iljas vorbei. Sie warf ihm Mehmeds Schärpe vor die Füße. »Wir haben ihn wieder getötet. Du hast verloren. Versuch, ihn lebend aus Albanien zurückzubringen.«

Ihre eigenen grausamen Worte an Mehmed versetzten ihr einen Stich, als sie dem wartenden Stefan zunickte und damit anzeigte, dass ihr letztes Spiel ein Erfolg gewesen war. Wenn Mehmed starb, hätten sie sich verabschiedet, indem er ihr eine Liebeserklärung machte, und sie ihm mit Grausamkeit antwortete. Er würde nie wissen, wie sie sich fühlte – dass er sie quälte, dass er ein heller Stern in der schwarzen Nacht ihres Lebens war.

Es wäre genau das, was er verdiente: zu sterben, ohne es zu wissen, weil er sie zurückgelassen hatte.

Und das würde sie sich nie verzeihen.

38

1451: Kruja, Albanien

Radu nahm an, dass er mit seiner neuen Rüstung und seinen Waffen sowie einem persönlichen Diener, einem Zelt, Vorräten und einem prächtigen Pferd reicher war, als er es je gewesen war, nachdem er jahrelang nichts besessen hatte. Er hätte es nur einfach vorgezogen, wenn dieser neu gefundene Wohlstand das Ergebnis von etwas anderem gewesen wäre, als an der Seite Murads in den Krieg zu ziehen.

Er wusste auch, dass Mehmed irgendwo unter den Zehntausenden von Männern um ihn herum auf das gleiche Ziel vorrückte.

In Edirne zu bleiben wäre einsam gewesen, da die Paschas, Paschazadas, Janitscharen und verschiedenen Freunde, die er gewonnen hatte, alle zur Belagerung von Skanderbegs albanischen Besitztümern aufgebrochen waren. Er hätte viel zu viel Zeit zum Nachdenken gehabt, wenn er von seinen täglichen Intrigen, Spionagetätigkeiten und Unternehmungen abgehalten worden wäre. Er hätte an nichts anderes gedacht als an Mehmed.

Das war kein wünschenswertes Szenario. Er ertappte sich dabei, wie er das endlose Meer von Gesichtern ständig absuchte – fragend, sehnsüchtig, in der Hoffnung, nur einen Blick auf seinen Freund werfen zu können.

Doch Murads und Mehmeds Truppen befanden sich an unterschiedlichen Enden des Zuges, sodass Radu und Mehmed durch einen ganzen Tagesmarsch getrennt waren. Die schiere logistische Herausforderung, so viele Männer und so viel Ausrüstung zu transportieren, war überwältigend. Die Soldaten wurden von Versorgungswagen und Viehkolonnen begleitet, ebenso wie von mehreren Hundert Frauen, die mit den Männern reisten und verschiedene Dienste anboten.

Murad hatte erfreut ausgesehen, als Radu bei dem Angebot, sich mit den Frauen zu vergnügen, erbleichte. »Du bist wahrlich ein frommer Sohn Gottes.«

Radu wusste nicht, ob er über dieses Lob lachen oder weinen sollte.

Drei Tage vor ihrer Zielstadt Kruja war Radu mit Lazar und den Spähern unter seinem Kommando losgezogen. Die hügelige, sanftgrüne Landschaft zeigte erste Anzeichen von Zivilisation. Radu brachte sein Pferd zum Stehen und streichelte dessen langen, schwarzen Hals, während er darauf wartete, dass Lazar ihn einholte.

»Was ist hier geschehen? Haben sie vorher hier gekämpft?« Radu ließ seinen Blick über das weite, hügelige Ackerland schweifen, das bis zur Unbrauchbarkeit verkohlt war.

Lazar schüttelte den Kopf. »Gottes Wunden. Skanderbegs Willkommensgeschenk. Von hier aus bis zur Stadt werden wir keinen Nachschub finden.«

»Er hat sein eigenes Land verbrannt?« Radu konnte das Ausmaß der zerstörten Ernten kaum fassen. Es war die Hauptwachstumszeit, das hieße, Skanderbeg hätte die Ernte eines ganzen Jahres vernichtet, und sein Volk würde zur Erntezeit nichts mehr haben.

»Wahrscheinlich haben sie obendrein auch die Brunnen und Teiche vergiftet.«

»Aber was ist mit seinem Volk? Was werden sie tun, wenn die Belagerung vorbei ist?«

Lazar zuckte mit den Schultern. »Nicht unser Problem.« Er ritt zurück zum Haupttrupp der Soldaten, um über ihre Erkenntnisse zu berichten. Radu lenkte sein Pferd im langsamen Schritt vorwärts und betrachtete die verwüstete Landschaft. Das würde ihre Arbeit gewiss erschweren. Sie hatten eingeplant, hier Vieh und Vorräte mitzunehmen, um ihre Vorräte aufzustocken. Das hier würde alles noch knapper und schwieriger machen, und sie mussten ihre Männer für die

Bewachung der jetzt so wichtigen Nachschubzüge aufspalten. Auch die Kosten der Belagerung stiegen dadurch in astronomische Höhen.

Aber das Bild eines steinernen Fundaments und verkohlter Holzwände, die die groben, geschwärzten Umrisse eines ehemaligen Hauses zeichneten, blieb Radu für den Rest seiner Reise im Gedächtnis. Ihre Truppen hätten die Häuser von Zivilisten nicht niedergebrannt. Und nach der Einnahme der Stadt hätten sie allen in Skanderbegs Herrschaftsgebiet erlaubt, so weiterzuleben wie bisher, ihren Glauben so auszuüben wie bisher und ihnen Sicherheit und Wohlstand gegeben.

Radu fragte sich, wie viel Skanderbeg bereit war, im Namen des Schutzes seines Volkes zu opfern und zu zerstören.

Als sie die Mauern von Kruja erreichten, war Radu bereits körperlich und geistig erschöpft. Es dauerte fast eine Woche, das Lager aufzuschlagen und zu organisieren. Sie befanden sich in Sichtweite der Stadt, aber außerhalb der Reichweite der Kanonen. Radus Männer schlugen ihre Zelte im äußeren Kreis um Murads riesigen Pavillon auf, der sich in der Mitte des Lagers befand und von Zehntausenden von Menschen umgeben war. Die Zahl der Osmanen war jetzt größer als die Einwohnerzahlen jeder anderen Stadt im Umkreis von mehreren Tagesmärschen, einschließlich Kruja.

Radu befehligte eine Grenztruppe. Ihre Aufgabe war es, die Linien zu überwachen und zu kontrollieren, nicht aber, sich auf eine Belagerung vorzubereiten. Er half zu dirigieren, wo er konnte, blieb aus dem Weg, wo er es nicht konnte, und beobachtete mit einer Mischung aus Stolz und Furcht, wie sich ihre überlegene Streitmacht niederließ, um den Verräter Skanderbeg zu belagern.

Und fünfmal am Tag breitete Radu seine Matte aus und betete, wobei er zusätzliche Hoffnung in Gott setzte, dass die Belagerung schnell vorüber sein würde.

Radu lief die Grenze des Lagers ab. Es waren schon drei Wochen seit ihrer Ankunft vergangen, ohne dass sie etwas vorzuweisen hätten. Sie hatten Spähtrupps ausgesandt, um die Wasserquelle der Stadt zu finden und sie zu unterbrechen – ohne Erfolg. Sie hatten versucht, den Kommandanten der Stadt zu bestechen, waren aber abgewiesen worden. Die Mauern standen unüberwindbar und spöttisch vor ihnen.

»Es ist eine Belagerung«, sagte Lazar und zuckte mit den Schultern. »Das Spiel heißt Abwarten.«

Aber Radu interessierte sich nicht für das Spiel. Seine Männer waren bisher nur wenig eingesetzt worden, sie hatten nur einen Versorgungszug eskortiert und alle sieben Nächte zwei Wachen gestellt. Er hatte Angst gehabt, an einer Belagerung teilzunehmen, aber jetzt war er gelangweilt. Das ständige Warten konnte einen Mann wahnsinnig machen.

Er seufzte und entfernte sich so weit vom Lager, dass die Feuer seine Sicht in der Dunkelheit nicht behinderten. Er hätte in seinem Zelt bleiben können, aber wenn seine Männer hier draußen waren, war er das auch. Das war nur fair.

In der Nähe flüsterte Yazid, ein junger Janitschar, während er ging. »Was hängt am Schenkel eines Mannes und will in das Loch stechen, in das es schon oft gestochen hat?«

Jemand stöhnte verärgert auf. Lazar zischte Yazid zu, er solle still sein. Radu errötete und war dankbar, dass man ihn nicht sehen konnte. Er hatte bereits den Ruf, in diesen Dingen zu empfindlich zu sein, und er fragte sich, was die Männer hinter seinem Rücken sagten.

Ein seltsames Klickgeräusch erregte seine Aufmerksamkeit. Er blinzelte durch die Dunkelheit.

»Runter!« Lazar warf sich gegen ihn und drückte ihn zu Boden. Etwas flog über sie hinweg, mehr eine Andeutung eines Geräuschs als alles andere.

Radu kroch unter Lazar hervor, benommen und unter Schock. Wenn Lazar nicht gewesen wäre, wäre er jetzt tot. Sein erster und stärkster Impuls war zu rennen. Er war für so etwas nicht geschaffen. Wenn Lada hier wäre, hätte sie …

Nein. Er war der Verantwortliche. Er würde seine Männer anführen.

»Zu *mir!*«, rief er. »Armbrüste! Schilde hoch, bildet eine Reihe!«

Er hielt seinen Schild angespannt und zusammengekauert vor sich, während er darauf wartete, dass ein Bolzen ihn traf. Lazar war neben ihm, seinen Schild an den von Radu gepresst. Mit einer Geschwindigkeit, die ihn stolz machte, schlossen sich Radus Männer ihnen an. Gemeinsam bewegten sie sich vorwärts, ruhig und sicher, in Richtung der unsichtbaren Angreifer, die immer noch auf sie feuerten.

Aber sie fanden niemanden.

Skanderbegs Männer waren bereits in der Dunkelheit verschwunden, was auch immer sie vorgehabt hatten, war vereitelt worden. Radus Truppen lösten ihre Reihe vorsichtig auf, Ohren und Augen in höchster Alarmbereitschaft.

»Ein Schlüssel«, murmelte Yazid, während er einen Armbrustbolzen von der Stelle abbrach, an der er in seinem Schild stecken geblieben war. »Die Antwort war ›ein Schlüssel‹. Aber ein Bolzen wäre wohl auch eine gute Pointe gewesen.«

Lazar blieb neben Radu, aber das war ihm kein Trost.

Alle anderen schienen so ruhig zu sein und sich mit der vertrauten Realität des Kampfes abzufinden. Radu war kalt von dem Schweiß, der ihn augenblicklich durchnässt hatte, und sein Herz raste immer noch wie wild. Er hatte immer gewusst, dass sie angegriffen werden würden, aber das war nur theoretisch gewesen. Er hatte es nicht so gewusst, wie er es jetzt wusste.

Er lief und nahm jeden Teil seines Körpers neu wahr, als wäre er nackt. Er fühlte sich wieder zu klein, zu schwach, wie der Junge, der sich vor Mirceas unvorhersehbaren Gewaltausbrüchen fürchtete. Nur hatte er jetzt keine Burg, in der er sich verstecken konnte, keinen Vorhang, hinter dem er stehen konnte.

Und er war für so viel mehr Leben als sein eigenes verantwortlich.

39

Bereits drei Monate nach dem Abzug der übrigen Janitscharen hatten Ladas Männer endlich etwas, worauf sie sich freuen konnten. Sie erwarteten eine Ladung Schießpulver. Normalerweise hätten sie damit nichts zu tun gehabt. Aber da alle anderen Janitscharen bei der Belagerung von Kruja dabei waren, mussten sie entscheiden, wie sie es verwenden wollten. Die verantwortungsvolle Entscheidung wäre, es einzulagern und auf die Rückkehr von Iljas zu warten. Er würde zweifelsohne bestimmte Leute im Sinn haben, die er in der Anwendung und den Strategien von Schießpulver ausbilden wollte.

Aber Iljas war nicht hier.

Und da Radu weit weg war, um sich in der Politik zu profilieren, und kein einziger Brief von Mehmed kam, wollte Lada Dinge verbrennen.

Sie wartete am Tor des Bergfrieds und der Wagen hielt vor ihr an. Eine Frau kletterte herunter, die Augenbrauen tief zusammengezogen, passend zu ihrer Körperhaltung. »Wo ist der Kommandant?«

»Ich bin der Kommandant.«

Auch wenn sich ihr Rücken nie wieder aufrichten würde, die Augenbrauen der Frau taten es. »Du.« Ihr Blick erfasste Ladas Uniform, aber er verweilte wie eine Frage auf Ladas Brust.

Lada widerstand dem Drang, die Arme über ihren Brüsten zu verschränken. »Ja.«

»Du bist nicht das, was ich erwartet habe.«

Mit einem Achselzucken sagte Lada: »Das könnte ich auch sagen.«

Die Frau lächelte und einige Zahnlücken kamen zum Vorschein. »Wir sind im Krieg. Wieder einmal. Mein Mann und meine Söhne werden immer wieder von unserem Sipahi-Anführer zum Dienst einberufen. Wir haben einzigartige Fähigkeiten.«

»Wir?«

»Ich weiß so viel über Schießpulver wie jeder Mann.«

»Und doch lässt man dich zurück.« Lada machte ein finsteres Gesicht und sah sich die Fässer im Wagen an. »Macht dich das wütend?«

»Natürlich macht mich das wütend. So muss ich die Arbeit meines Mannes und unserer drei Söhne ganz alleine machen.«

»Nein, ich meine, du könntest genauso gut kämpfen wie sie. Sie sollten dich nicht zurücklassen, als wärest du wertlos.«

»Pah. Wir schultern eine Last für das Reich, genau wie die Männer es tun. Wer sonst könnte alles am Laufen halten, während Soldaten herumtrampeln und Pisswettbewerbe veranstalten?«

Lada lachte unwillkürlich. »Das würdest du nicht vor mir sagen, wenn ich ein Mann wäre.«

»Ich transportiere Schießpulver und bringe Dummköpfen bei, wie sie sich damit nicht umbringen. Ich sage, was ich will, vor wem ich will.«

Nicolae stolperte auf sie zu und tanzte fast vor Aufregung. »Was sollen wir zuerst in die Luft jagen?« Seine Augen leuchteten hell genug, um Schießpulver ohne Flamme zu entzünden.

Die Frau seufzte. »Ich heiße Tohin. Ich sollte anfangen, mich vorzustellen, denn wie es aussieht, werde ich mehr Zeit als sonst damit verbringen, deine Dummköpfe davon abzuhalten, sich selbst umzubringen.«

»Tohin, ich bin froh, dass du da bist.« Lada war überrascht zu spüren, wie aufrichtig sie es meinte.

Tohin erinnerte Lada an ihr Kindermädchen – vorausgesetzt, Ladas Kindermädchen hätte zu dicken Schwielen verbrannte Fingerspitzen gehabt und wäre Expertin im Gebrauch von Schießpulver im Kampf gewesen. Es gab da eine Eigenschaft, eine Direktheit, die an unverblümte Feindseligkeit grenzte und die an die Art und Weise erinnerte, wie ihr Kindermädchen vor sich hinmurmelte, wenn sie dachte, dass sie niemand hören konnte. Außerdem lag in Tohins Augen ein anerkennendes Funkeln, wenn sie Lada beim Kommandieren ihrer Männer beobachtete, das Lada daran erinnerte, wie sie vor dem Kamin saß und sich die Haare bürsten ließ.

Wenn diese Frau nur auch einen Bogdan hätte.

Oder einen Radu.

Nachdem sie mehrere Tage lang mit winzigen Mengen Schießpulver geübt hatten – wie man es verpackt, wie man eine Zündschnur so anbringt, dass man noch Zeit hat, vor der Explosion zu fliehen, und wie man pfleglich damit umgeht –, waren Ladas Männer bereit für eine echte Lektion. Sie kletterten den Berg hinauf und stiegen in eine enge Schlucht hinab, weit weg von allen Siedlungen. Jeder Mann hatte eine Portion Schießpulver dabei, und sie schleppten abwechselnd eine ungeheuer schwere, kleine Kanone. Das war eine schweißtreibende Arbeit, die von Flüchen begleitet wurde.

Lada stellte sich vor, sie würde an Mehmeds Seite klettern, um neben ihm zu kämpfen. Und dann stellte sie sich vor, sie würde stattdessen mit der Kanone auf sein Herz zielen.

Sie wusste nicht, bei welcher Vorstellung sie sich besser fühlte.

Endlich am Ziel angekommen, stellten sie die Kanone ab. »Ich mag Armbrüste lieber«, sagte Petru schmollend und massierte sich die Hände.

Tohin gab ihm einen Klaps auf den Hinterkopf. »Denk größer, kleiner Idiot.«

Das Szenario war einfach. Eine Armee würde durch die Schlucht auf sie zukommen. Sie mussten so viele Kanonenschüsse abfeuern, wie sie konnten, um die imaginären Soldaten zu stören.

Lada wusste, dass die Wirkung der Kanone eher psychologischer Natur sein würde. Artillerie, die leicht genug war, um einfach transportiert zu werden, würde nicht viel mehr Schaden anrichten als Petrus geliebte Armbrust, aber der Lärm und die Neuartigkeit der Kanone könnten als Einschüchterungstaktik genutzt werden, um Linien zu durchbrechen und zu einem Rückzug zu führen.

Trotzdem war es eine Menge Arbeit für recht wenig Nutzen. Sie blieb im Hintergrund, während Matei und Stefan unter Tohins Anleitung den Winkel der Kanone einstellten. Die Wände der Schlucht waren eng und steil und boten kaum Deckung. Wenn eine Armee die Schlucht herunterkam, gab es für sie keinen anderen Ausweg als vorwärts – in sie hinein – oder zurück, nur um es erneut zu versuchen.

Lada musterte den oberen Teil der Schlucht auf beiden Seiten und bemerkte die schweren Felsen, die überhingen. Was wäre, wenn es gar keinen Ausweg mehr gäbe?

»Stopp«, sagte Lada. »Ich kann eine ganze Armee mit zwei Explosionen auslöschen.«

Tohin atmete verärgert aus. »Ihr Soldaten überschätzt immer den Schaden. Es gibt nicht genug Schießpulver, und ihr würdet getötet werden, wenn ihr nahe genug dranbleibt, um es unter einer herannahenden Armee zu zünden.«

»Nicht darunter.« Die Sonne schien durch eine Lücke in den Felsen auf sie hinunter und blendete Ladas Augen. »Darüber.«

Tohin und Lada saßen zusammen auf dem Steinhaufen, der heruntergestürzt war und den gesamten Boden der Schlucht versperrte.

In einer echten Schlacht wäre das viel schwieriger gewesen. Das Timing hätte perfekt sein müssen. Sie würden lange genug warten müssen, bis die gegnerische Armee vollzählig in der Schlucht war. Tarnung wäre das A und O – ein einziger Schuss, der einen der zurückgebliebenen Soldaten tötete, die die Sprengladungen zünden sollten, würde die ganze Sache zunichtemachen.

Aber es hatte funktioniert. Durch den Einsatz des Schießpulvers wurde an beiden Enden des Tals eine Lawine ausgelöst, die den Weg nach vorne und den Weg zurück versperrte. Bei den steilen Hängen und ohne Deckung hätte eine so kleine Truppe wie die von Lada Hunderte von Eingeschlossenen töten können, indem sie einen nach dem anderen abknallten.

»Du hast eine sehr gute Denkweise«, sagte Tohin. Der Rest von Ladas Janitscharen machte sich bereits daran, die Kanone, die sie nicht benutzt hatten, über den Berg und zur Festung auf der anderen Seite zu schleppen, was sehr mühsam war.

»Die Bedingungen müssten sehr spezifisch sein, damit das funktioniert.«

»Trotzdem. Das Land um sich herum als Waffe zu benutzen – das kommt den meisten Menschen nicht in den Sinn. Du hast den kleinen Idioten gehört – der mit dem Kopf dicker als dieser Stein. Alles, woran er denken konnte, war eine Waffe, die er in der Hand halten konnte.«

»Und doch kämpfe ich trotz all meiner Genialität gegen imaginäre Feinde in einer Schlucht hinter einer Festung, die niemand jemals zu stürmen versuchen wird.«

»Wärst du lieber auf dem Feld bei Kruja, um Männer gegen eine Mauer anrennen zu lassen, die sich nicht rührt? Zu sehen, wie sie an der Schwindsucht sterben?«

Lada verspürte einen Anflug von Panik. Sie hatten fast nichts von der Belagerung gehört. Sie hielt das für ein Zeichen, dass die Dinge gut liefen. »Es gibt eine Krankheit?«

»Bei einem so großen Lager? Da gibt es immer Krankheiten.«

»Hast du von ihnen gehört?«

Tohin nickte. »Mein Mann und einer meiner Söhne haben geschrieben. Es hat keine Fortschritte gegeben. Und die Krankheit wütet viel schneller im Lager, als sie es erwartet haben.«

»Was ist mit …« Lada unterbrach sich. Sie konnte nicht aufhören, sich Mehmed vorzustellen, wie er auf einer Pritsche lag, dahinsiechte und in sich zusammenfiel. Die ganze Zeit über hatte sie sich vorgestellt, wie er mit dem Schwert in der Hand Männer befehligte, große Dinge vollbrachte und sie nicht ein einziges Mal an seiner Seite haben wollte – oder brauchte. Aber eine Krankheit war kein Feind, mit dem sie gerechnet hatte.

Lada räusperte sich und versuchte, die Anspannung zu lösen, die sich in ihrer Kehle eingenistet hatte. »Was gibt es sonst noch Neues?«

»Nichts. Sie werden die Mauer bedrängen, bis sie bricht oder der Winter kommt, und dann werden sie nach Hause zurückkehren. Ob sie gewinnen oder verlieren, das Ergebnis ist das gleiche. Die Männer kommen nach Hause, und ich habe weniger zu tun, aber mehr Mäuler zu stopfen.«

»Warum machen sie sich die Mühe? Was für einen Unterschied macht Kruja? Ist es wirklich so wertvoll für das Reich, dass es dieses Risiko wert ist?« Lada stand auf und ging hastig auf und ab. Sie ließ die Angst, die sie um Mehmed hatte und die sie nicht unterdrücken konnte, wie eine Lunte wirken, um ihre Wut zu entzünden. »Verdammte Narren!«

»Es geht nicht um Kruja«, sagte Tohin.

»Natürlich nicht. Es geht um Murads Stolz! Er kann nicht ertragen, dass sein Schützling ihn verraten hat, und so riskiert er Mehmed ...« Lada hielt inne und holte tief Luft. »Er riskiert Tausende von Männern, um sich an einem zu rächen.«

»Es geht auch nicht um Skanderbeg.« Tohin hob eine Hand und schnitt damit das Argument ab, das Lada auf der Zunge lag. »Ja, er will ein Exempel an Skanderbeg statuieren, ihn bestrafen. Aber was glaubst du, was in den anderen Grenzstädten passieren würde, wenn Murad das unbeantwortet ließe?«

»Sie würden zu ihren rechtmäßigen Herrschern zurückkehren! Er treibt es zu weit. Er hat dort nichts zu suchen.«

»Und was wäre, wenn er Kruja ziehen ließe? Wenn er allen Vasallenstaaten ihre Freiheit gewährte, wenn er sich in die Grenzen des Osmanischen Reiches zurückzöge, wie sie waren, bevor wir anfingen, uns nach Europa hineinzufressen, was dann?«

»Ich verstehe die Frage nicht.«

»Wo würde es aufhören? Sollen wir alle Städte verlassen und zurück in die Wüsten im Osten gehen? Auf Pferden umherziehen?«

»Natürlich nicht.«

»Also bleiben wir hier. Ihr würdet uns die ersten Gebiete unserer Eroberung überlassen – wie großzügig von euch. Glaubst du, Hunyadi wäre damit zufrieden? Glaubst du, Byzanz würde uns danken und glücklich auf seinem Stückchen Land leben? Glaubst du, der Papst würde aufhören, zu Kreuzzügen aufzurufen?«

»Ich glaube nicht …«

»Wann bleiben Grenzen jemals, wie sie sind? Unser eigenes Volk wurde aus dem Osten vertrieben, auf der Flucht vor der Zerstörung. Sie sahen Städte und Mauern, und sie wollten das auch. Also haben sie sie erobert. Hätten sie sie nicht erobert, wären sie gestorben. Und jemand anderes wäre gekommen und hätte die Städte an ihrer Stelle erobert.«

»Dann verteidigt doch, was euch gehört! Warum muss es zu einer Eroberung führen?«

»Kruja gehört uns. Skanderbeg gehört uns. Wenn wir nicht darauf drängen, darum kämpfen, das, was uns gehört, für uns zu beanspruchen und das, was uns noch nicht gehört, herauszufordern, werden es andere mit uns tun. Das ist der Lauf der Welt. Man kann der Aggressor sein, man kann gegen Kreuzfahrer in ihrem eigenen Land kämpfen, oder man kann zu Hause bleiben und warten, bis sie zu einem kommen. Und sie *würden* kommen. Sie würden mit Feuer, mit Krankheit, mit Schwertern, Blut und Tod kommen. Schwäche ist eine unwiderstehliche Verlockung.«

Lada erinnerte sich daran, wie Hunyadi in die Hauptstadt ihres Vaters ritt, als gehöre sie ihm. Ihr Vater war schwach, und weil er schwach war – weil er nur versuchte, das zu erhalten, was er hatte, und um einen Kampf zu vermeiden –, litt die Walachei.

Tohin fuhr fort. »Murad führt Krieg in anderen Ländern, damit wir hier im Reich weiterleben können. Wir expandieren, denn wenn wir es nicht täten, würden wir sterben. Es ist Murads Aufgabe, dafür zu sorgen, dass wir leben.«

Lada starrte auf die zerstörte Schlucht. »Der Preis des Lebens scheint immer der Tod zu sein.«

Tohin stand auf, ihre Gelenke knackten hörbar. »Und deshalb wurdest du zum Zulieferer des Todes. Du fütterst den Tod mit so vielen Menschen wie möglich, um ihn satt und zufrieden zu halten, damit er dich nicht ansieht.«

Ein Zulieferer des Todes. Lada ließ sich den Ausdruck auf ihrer Zunge zergehen und wälzte ihn herum. Grenzen und Aggressionen, Belagerungen und Krankheiten. Zulieferer des Todes.

Sie betete, dass Mehmed nicht einer derjenigen war, die an den Tod verfüttert wurden, um ihn vom Herzen des Osmanischen Reiches fernzuhalten.

40

Niemand, der den Schaft eines Pfeils in der Mitte von Yazids Rumpf sah, war mehr überrascht als er.

Er sah zu Radu auf, ein halbes Lächeln auf seinem Gesicht, als wäre der Pfeil das Ende des Witzes, den er gerade erzählen wollte. Dann stürzte er vom Pferd und verfing sich unter den Rädern des Versorgungswagens hinter ihnen.

»Hinterhalt!«, rief Lazar.

Radu hätte das schreien sollen. Aber er sah immer wieder auf die leere Stelle auf dem Rücken des Pferdes, wo Yazid eben noch gesessen hatte. Jetzt war da nichts mehr.

Ein Pfeil zischte so dicht an seinem Gesicht vorbei, dass er den Windzug spürte. Zwei weitere Pfeile folgten kurz nacheinander, doch diese brannten und waren nicht für ihn bestimmt. Sie fanden ihr größeres Ziel im Holz und der Plane des Wagens.

Aus der Kolonne mit zwanzig Wagen ertönten Rufe, und Radu erkannte, dass die ganze Gruppe angegriffen wurde. Die Bäume waren nah und rückten wie riesige Finger an sie heran, bereit, sie alle in die Tiefen des Waldes hineinzureißen; sie in trübem Grün und gedämpftem Vogelgezwitscher zu ersticken, bis alles wieder ruhig war.

Es gab viel Geschrei.

Wasser durchnässte Radu. Jemand hatte einen Eimer auf den Wagen geworfen und Radu mehr durchnässt als das Holz. Eine blitzartige Bewegung in den Bäumen fiel Radu ins Auge, und er warf sich vom Pferd, zog schreiend sein Schwert und rannte auf den Feind zu.

Ein Arm, ein Schrei, das Weiße eines Auges rund um die Iris leuchtete auf, und dann …

Und dann lag ein Körper zu seinen Füßen, sein Schwert rot mit schrecklichem Wissen. Radu warf seinen Kopf mit einem Triumphgeheul in den Nacken. Alles, was er zwischen den Bäumen sah, waren rennende Männer, weg von ihm, weg von der Wagenkolonne. Sie hatten gesiegt.

Er hatte gesiegt.

Niemand war da gewesen, um ihn zu beschützen, nicht dieses Mal, und er hatte …

Er sah nach unten.

Der Feind – die schreckliche Bedrohung, der er im Alleingang ein Ende gesetzt hatte – war ein Junge. Seine Handgelenke waren knorrig, seine Ellbogen spitz. Seine Augen, groß und im Tod verwundert, waren Kugeln in einem hageren Gesicht, das von Hunger und Verzweiflung erzählte. Und von so unglaublich wenigen Jahren.

Radu sank auf die Knie und streckte die Hand aus. Seine Hand schwebte über dem Loch, das er verursacht und das diesen Jungen aus dem Leben gerissen hatte. Er hatte schon früher Pfeile auf Feinde geschossen, hatte wahrscheinlich schon früher getötet, aber nie so. Niemals mit einem Gesicht, das plötzlich mit der Frage nach dem *Warum* still und kalt wurde.

»Radu?«

Eine Hand legte sich auf seine Schulter. »Radu, bist du verletzt?«

Radu zuckte mit einem Schaudern zurück. »Ich werde die Lage auskundschaften.«

Er stolperte zurück zu seinem Pferd und galoppierte an der Kolonne vorbei, an der Linie, an den letzten Spähern, die um einen ihrer Toten auf dem Boden niederknieten. Als er sie alle hinter sich gelassen hatte, schnappte er nach Luft, fand aber keine.

Zum ersten Mal war sein Leben in Gefahr gewesen, und niemand war da, um ihn zu retten. Er hatte sich selbst gerettet.

Aber niemand hatte den Jungen im Wald gerettet, und Radu weinte um ihn und wünschte sich, dass es jemand getan hätte.

Radu warf seine Karten weg und rieb sich müde das Gesicht. »Wir könnten die Bäume abbrennen.«

»Welche Bäume?« Lazar lehnte sich zurück, streckte seine langen Beine aus und lächelte amüsiert. Er verbrachte mehr Zeit in Radus Zelt als in seinem eigenen, da sich die Belagerung endlos hinzog und die Grenzen zwischen den einzelnen Rängen verwischten. Fünf Monate waren sie bereits hier. Fünf Monate.

»Alle. Alle Bäume von hier bis Italien. Alle Bäume überall. Jeden Baum, der Skanderbeg und seine verdammten Männer verstecken könnte, auf jeder Strecke, die unsere Versorgungszüge nehmen.«

»Hast du schon gehört? Die Venezianer haben angekündigt, dass sie uns keine Vorräte mehr verkaufen werden.«

Radu seufzte, die dicke Stange in der Mitte seines Zeltes hielt seinem Gewicht stand, als er sich dagegen lehnte. »Nun, das löst zumindest das Problem, wie wir die Wagen bewachen können. Wenn wir keine Vorräte haben, können Skanderbegs Männer sie nicht angreifen und stehlen.«

»Es ist fast Winter. Wir werden eher erfrieren als verhungern, wenn das ein Trost ist.«

Radu stand auf. »Du bist spät dran für den Besuch bei den Frauen des Lagers.« Lazar verbrachte einen Großteil seiner Freizeit mit den Prostituierten, die die Soldaten begleiteten. Anfangs hatte Radu so getan, als würde er es nicht bemerken, aber jetzt war es ihm egal, wie alles andere auch.

»Ich sorge manchmal auch dafür, dass sie mich vermissen. Ich bin großzügig mit meiner Liebe. Ich habe genug für *alle.*« Er kletterte auf Radus Bett und lehnte sich mit einem Blick zurück, der Unwissenheit vortäuschte. Er wurde immer dreister, stichelte absichtlich, wenn sie allein waren, und Radu wusste nicht, wie er damit umgehen sollte. Er mochte Lazar, schätzte seine Freundschaft und seinen Rat, aber … Er war nicht in der Stimmung, die Frage zu beantworten. Anstatt sich mit Lazar auseinanderzusetzen, ging er hinaus in die Nacht. Rauch hing schwer in der Luft. Radu atmete ihn ein, machte ihn zu einem Teil von sich selbst. Er war sich sicher, dass sich der Rauch dauerhaft in seiner Nase festgesetzt hatte und dass er nie wieder etwas anderes würde riechen können.

Die vor fünf Monaten sorgfältig angelegten Reihen waren zu einem verworrenen Gewirr von Zelten, schlammigem Morast und Müllhaufen verkommen. Radu mied die schlimmsten Stellen und umging die Lagerfeuer, an denen sich Männer mit zusammengekniffenen Augen und geballten Fäusten versammelten.

Kumals Zelt ragte in der Mitte des Lagers wie ein unförmiger Pilz auf. Radu duckte sich hinein und nickte den grimmig dreinblickenden Dienern zu. Die Luft war zu stickig; dem feinen, sauren Geruch von Krankheit konnte man sich nicht entziehen. Wie sich herausstellte, konnte er etwas anderes als Rauch riechen.

Er ging leise zu Kumals Pritsche und setzte sich auf die Decke daneben. Kumals Gesicht war eingefallen, seine Augenlider lagen so dünn über den Augen, dass Radu jede zarte Ader unter der Haut sehen konnte. Zu vielen im Lager ging es schlecht, und nach so langer Zeit auf engstem Raum grassierten die Krankheiten. Wenigstens wartete auf Kamal ein würdevoller, ungestörter Tod.

Kumal hob eine heiße, trockene Hand, und Radu nahm sie in seine eigene.

»Wie geht es dir heute, mein Freund?«

Kumals Lippen bekamen Risse, als er sie zu einem Lächeln verzog. »Mir geht es gut«, murmelte er.

Radu erwiderte das Lächeln, so gut er es vermochte. »Brauchst du etwas? Wasser?«

Kumal schüttelte den Kopf. »Ich brauche ein Versprechen.«

Radu schnalzte mit der Zunge. »Es tut mir leid, der Versorgungswagen mit den Versprechen wurde letzte Woche von Skanderbeg überfallen. Wir haben absolut keine mehr.«

Kumals Brust rasselte vor Lachen. »Ich meine es ernst. Ich brauche ein Versprechen von dir.«

»Alles.«

»Kümmere dich um Nazira.«

Radu blinzelte und sah hoch zum Tuch an der Zeltdecke, das nun schwarz vom Rauch gefärbt, verschmutzt und ruiniert war, wie alles andere hier. »Sie wird sehr böse auf dich sein, wenn wir zurückkehren und sie herausfindet, dass du versucht hast, sie loszuwerden.«

Kumals Griff wurde fester. Radu hätte nicht gedacht, dass Kumal noch so viel Kraft hatte.

»Ich verspreche es«, sagte Radu. »Ich werde mich um sie kümmern.«

Kumal seufzte erleichtert auf, und sein Körper entspannte sich unter der Decke, bis es so aussah, als könne unmöglich ein erwachsener Mann darunter sein. Radu blieb noch eine Stunde lang bei ihm, aber sie sprachen nicht mehr miteinander.

Als Radu ging, wanderte er umher. Gedankenverloren näherte er sich immer mehr dem Rand des Lagers. Er stand hinter den letzten Nachzüglerzelten und starrte auf die dunkle Linie der Mauer. Diese verdammte Mauer.

Dreimal hatten sie sie direkt angegriffen, nur um wieder zurückgeschlagen zu werden.

Es war ihnen nie gelungen, die Wasserquelle für die Stadt zu finden.

Sie hatten sogar versucht, die Stadtoberhäupter erneut zu bestechen, ohne Erfolg.

Ein lautes Rumpeln ertönte, und der Boden unter seinen Füßen bebte. Eine Staubwolke erhob sich in den Himmel und verdeckte die Sterne. Männer schrien, aber es gab nicht das typische Klirren von Metall und das Wiehern von Pferden, das einen Überraschungsangriff einer Überfalltruppe ankündigte. Dies war etwas Neues, etwas Schlimmes.

Radu rannte vorwärts und zog sein Schwert. Er stolperte in der Dunkelheit und hob einen Arm vor den Mund, um den Dreck nicht einzuatmen, der in der Luft schwebte wie ein Grab, das gekommen war, um sie alle zu holen.

Zu seiner Linken gesellte sich ein weiterer Mann zu ihm. »Nein, nein, nein!«, schrie der Mann.

Radu stolperte und fiel hart auf den kalten Boden, wobei er sich fast an seinem Schwert verletzte. Denn er kannte diese Stimme. Und er kannte die Hand, die nach ihm griff, um ihn hochzuziehen.

»Komm, wir müssen helfen! Die Tunnel sind eingestürzt!«

In der Dunkelheit erkannte Mehmed ihn nicht. Aber Radu hätte ihn überall erkannt. Er nahm die Hand, hielt sie fest, als wäre sie sein Anker in dieser Welt. Und dann war sie weg und Mehmed verschwand vor ihm in der Nacht.

Radu zögerte. Wenn er jetzt ins Lager zurückging, würde Mehmed es nie erfahren. Sie würden nicht miteinander sprechen. Radu könnte wieder in die blutige Monotonie seiner Tage zurückfallen. Aber das war eine Lüge. Denn selbst wenn Mehmed nicht Teil seines Lebens war, war er doch die fehlende Sonne im Zentrum von allem. Radu drehte sich immer noch um Mehmed, auch wenn er weg war.

Radu rannte vorwärts und holte Mehmed ein, der am Rande einer eingesunkenen Linie im Boden stehen geblieben war. Sie führte von dort, wo sie standen, bis auf wenige Armlängen an die Mauer heran. Mehmed sank auf die Knie und ließ den Kopf verzweifelt hängen. Ein paar Männer liefen neben der Linie auf und ab und riefen verzweifelt, aber es war offensichtlich, dass niemand, der in dem Tunnel gewesen war, wieder herauskommen würde.

Radu kniete sich neben Mehmed und legte ihm eine Hand auf die Schulter. Mehmed blickte überrascht auf, aber was er sagen wollte, kam ihm nicht über die Lippen, als er Radu ansah. Ohne ein Wort zu sagen, warf er sich nach vorne. Er schlang seine Arme um Radus Oberkörper und vergrub sein Gesicht an dessen Schulter. Die Erde bewegte sich wieder unter Radu, oder in Radu, das rumpelnde und vom Zusammenbruch kündende Poltern all seiner Versprechen an sich selbst, die von ihm abfielen.

Mehmed.

Sein Mehmed.

Er legte Mehmed eine Hand in den Nacken und hielt ihn fest.

»Ich habe versagt«, sagte Mehmed. »Sie sind alle tot, und ich habe versagt.«

Radu schüttelte den Kopf und dabei streifte seine Wange über Mehmeds Kopf. »Wir haben alle versagt. Das ist nicht deine Schuld.«

»Aber das war mein Plan. Meine Idee, die Belagerung zu retten.«

»Niemand kann sie retten. Mach dich nicht verantwortlich für die Torheit deines Vaters. Lerne daraus.«

Mehmed nickte an seiner Schulter, dann zog er sich zurück. Er umklammerte Radus Schultern zu fest, als hätte er Angst, Radu könnte davonschweben. Aber wieso sollte er? Mehmed war seine Sonne. Er würde immer wieder zurückkehren.

»Wie kommst du hierher?«

»Ich bin mit deinem Vater gekommen. Ich war die ganze Zeit hier.« Schock und Schmerz huschten über Mehmeds Gesicht. Er sah nicht gut aus, selbst in der Dunkelheit wirkte er blass und abgemagert. Entweder war er krank gewesen, oder er war dabei, krank zu werden. Radu wollte mit seinen Fingern über Mehmeds Wangen streichen, um ihn zu berühren, um ihn wieder in Ordnung zu bringen.

»Warum hast du mich nicht früher aufgesucht?«, fragte Mehmed.

»Ich …« *Weil ich in dich verliebt bin. Weil ich nicht in deiner Nähe sein kann aus Angst, du könntest endlich sehen, was auf meinem Herzen geschrieben steht. Denn den Schmerz, den du über mich bringst, kann ich nicht ertragen.* »Ich konnte es nicht, nicht ohne meine wahren Absichten an den inneren Kreis deines Vaters zu verraten. Sie müssen denken, dass du mir gleichgültig bist.«

»Ich verstehe nicht.«

»Ich spioniere für dich, Mehmed. Ich lerne, wie alles in der Stadt funktioniert, ich spüre die Linien der Bestechung, der Korruption, der Betrügereien auf. Damit ich dir, wenn du den Thron wieder besteigst, geben kann, was du vorher nicht hattest. Verbündete. Informationen. Pläne.«

Mehmed ließ die Hände sinken. »Deshalb bist du gegangen?«

Radu nickte und zitterte vor der bitteren Kälte, die durch die Abwesenheit von Mehmeds Berührung entstanden war.

»Du bist gegangen, um mir zu helfen. Nicht, weil du mich hasst.«

Radus Stimme zitterte, so sehr wollte er, dass Mehmed den nächsten Satz hörte, dass er ihn verstand: »Ich könnte dich niemals hassen.«

Mehmed zog ihn zu sich heran und drückte ihre Stirnen aneinander. Die von Mehmed war fieberhaft heiß. »Du hast mir das Herz gebrochen, weil ich dich vermisst habe, Radu.«

Radu schloss die Augen und holte zitternd Luft. »Ging mir auch so.«

»Du bist mein bester, mein treuester Freund. Wirst du mit mir zurückkehren? Komm nach Hause!«

Radu hätte beinahe Ja gesagt – er hätte nicht Nein sagen können –, als Mehmed fortfuhr: »Lada braucht dich auch.«

Radu ließ seinen Kopf sinken und drückte ihn noch fester an den von Mehmed, dann richtete er sich auf und zog sich zurück. »Wie geht es meiner Schwester?«

»Sie spuckt Feuer und pisst Essig.«

»Also wie immer.«

Mehmed lachte düster. »Wie immer. Ich fürchte, sie wird mir nie verzeihen, dass ich sie zurückgelassen habe, aber dies ist kein Ort für eine Frau.«

»Lada ist keine Frau.«

»Wie dem auch sei, ich konnte sie nicht in so große Gefahr bringen. Aber du! Ich hätte dich die ganze Zeit an meiner Seite haben können.«

Radu setzte sich nach hinten auf seine Fersen, um mehr Abstand zwischen sie zu bringen. Er wusste nicht, ob er sich darüber freuen sollte, dass Mehmed ihn anstelle von Lada mitgenommen hätte, oder ob er verzweifeln sollte, dass Lada zu wertvoll war, um sie in Gefahr zu bringen, während Radu willkommen gewesen wäre. Alles, was Radu durchgemacht hatte, alles, was er getan hatte, seit er hier war, es schmerzte sehr. Er konnte niemals zu dem zurückkehren, was er vorher gewesen war. Er hatte zu viel verloren. Aber Mehmed konnte das nicht sehen.

»Ich muss bei deinem Vater bleiben.« Radu stand auf, und beinahe hätten ihn seine Knie verraten, indem sie ihn zu Mehmed zurück auf den Boden schicken wollten. Er drückte sie durch und stand so aufrecht und gerade wie die uneinnehmbare Stadt hinter ihnen. »Sonst ...« Sonst würde er die bösartigen Trümmer nicht beseitigen können, die diese Nacht aus den Mauern um sein Herz gemacht hatte. »Sonst wäre meine ganze Arbeit umsonst, und ich will für dich der nützlichere Dragwlya sein.« Er zwang sich zu einem Lächeln und einem ungezwungenen Tonfall. »Lada ist mir bereits zwei Attentatsversuche voraus. Ich habe einiges aufzuholen.«

Mehmed stand auf. »Du sagst, du musst diese Dinge tun. Aber was *willst* du tun?«

Radu streckte seine Finger aus, griff nach Mehmed und berührte nur den Saum seiner Tunika. Hinter Mehmed sah er eine Gruppe von Janitscharen, die auf sie zurannten.

Radu lächelte sein bestes, unschuldigstes Lächeln. Das Lächeln ohne Arglist, das Lächeln, das sagte: *Verrate mir deine Geheimnisse, es wird dir nichts passieren*, das Lächeln, das sagte: *Ich bin nur das, was du siehst, vertrau mir, vertrau mir.* »Was ich will, ist unwichtig. Was zählt, ist, dir den Weg zu ebnen, damit du der Sultan wirst, von dem wir beide wissen, dass er in dir steckt. Du wirst die Hand Gottes auf Erden sein, und ich werde alles tun, was ich kann, um das zu erreichen.«

Radu ging allein zum Lager zurück und fragte sich, ob er Skanderbeg vielleicht doch verstand. Denn es gab nichts, was er nicht für Mehmed opfern würde.

Sich selbst eingeschlossen.

Lazar stand erschrocken auf, als Radu das Zelt betrat. Radu hatte nicht erwartet, ihn heute Abend wiederzusehen.

»Was ist geschehen? Du siehst aus, als hättest du den Teufel gesehen.«

Radu schüttelte den Kopf, als er saß, und wünschte, Lazar wäre nicht hier, damit er an Mehmed denken und diesen besonderen Schmerz in Ruhe auskosten konnte. »Nicht den Teufel. Mehmed.«

Lazar lächelte verbittert. »Ich sehe kaum einen Unterschied. Wie ging es ihm?«

»Er sah krank aus. Die Belagerung hat ihm nicht gutgetan.«

»Sollte sie auch nicht.«

Als Radu sich zusammenrollte und abwandte, legte Lazar ihm sanft eine Hand auf die Schulter. Sie brannte nicht so wie Mehmeds, brannte nicht dort, wo sie ihn berührte. »Empfindest du noch genauso für ihn?«

»Das werde ich immer.«

»Und deine Schwester?«

Radu zuckte zusammen, als er sich daran erinnerte, wie umsichtig Mehmed Lada beschützt hatte. Und er bereute, Lazar gestanden zu haben, dass zwischen Mehmed und Lada etwas war, wonach er sich sehnte. »Bitte, Lazar, hör auf zu reden.«

Lazars Hand bewegte sich, und Radu hörte, wie er in den Gegenständen in Radus Truhe kramte, die neben seinem kleinen Schreibtisch stand. »Ich schreibe die Berichte für dich. Es wird eine Weile dauern. Macht es dir etwas aus?«

Radu brummte und winkte mit der Hand. Er wollte allein sein, aber er wollte die Berichte nicht selbst schreiben müssen. Lazar tat das oft für ihn und sammelte die Informationen. Er brauchte lediglich Radus Unterschrift. Nach einigen Minuten kniete Lazar vor Radu nieder und hielt ein Bündel Papiere so, dass nur der untere Teil zu sehen war, wo Radu unterschreiben musste.

Radu unterschrieb alles, ohne zu zögern. Und dann, endlich, ging Lazar. Radu vergrub sein Gesicht in seiner Decke, sein Herz schlug für die Trauer und die Freude von Mehmed, Mehmed, Mehmed.

41

»Was würde ich jetzt nicht für eine umherziehende Hunnenbande geben.« Nicolae seufzte und legte sich in der Mitte des Übungsplatzes flach auf den Rücken. Die Erde unter ihm war durch Jahrzehnte trampelnder Füße hart zusammengepresst. Die niedrigen Holzwände des Rings waren mit Pflöcken gesäumt, an denen die Ausrüstung der Männer aufbewahrt wurde, die dort trainierten.

Wie an allen Tagen der letzten sechs Monate waren die Pflöcke leer. Tohin war, kurz nachdem sie die Schlucht zerstört hatten, fortgegangen. Sie musste noch andere Außenposten besuchen, andere Soldaten unterrichten. Lada vermisste sie. Und sie vermisste vor allem, Explosionen herbeizuführen. Sie konnten nicht einmal mehr mit Schießpulver trainieren, weil es einfach nicht genug davon gab.

Es gab so wenig zu tun. Heute waren Petru und Matei mit Stefan auf Patrouille. Lada wusste nicht, wo ihre anderen Truppen waren, und sie brachte kaum die Energie auf, sich dafür zu interessieren. Sie wurden zu kleineren lokalen Aufgaben abkommandiert, um den Mangel an Sipahi und Vali-Gouverneuren auszugleichen. Letzte Woche hatten sie den Diebstahl mehrerer Schweine von einem örtlichen Bauernhof untersucht. Der Dieb, der auf frischer Tat ertappt wurde, war nichts anderes als ein Loch im Zaun und ein Trüffelfleck im Wald.

Selbst ihr Hass auf Mehmed, der sie verlassen hatte, hatte seine

Spitze verloren, seine Flamme war durch die Angst gedämpft worden, die mit Tohins Nachricht von der Belagerung aufgekeimt war. Zunehmend dachte sie mit Bedauern an ihn. Sogar mit Zuneigung. Sie stellte sich vor, was sie tun würde, wenn er hier wäre. Und dann stach sie mit ihrem schärfsten Dolch auf diese Gedanken ein, schnitt sie aus ihrem Verstand heraus. Er konnte ohne sie auskommen, also konnte sie es genauso gut. Es würde ihm gut gehen. Ohne sie.

Sie beugte sich über Nicolae und blickte auf ihn herab. »Willst du mich küssen?«, fragte sie.

Nicolae gab ein seltsames, ersticktes Geräusch von sich. »Wie bitte?«

»Willst du mich küssen?« Sie fühlte nichts, wenn sie Nicolae ansah, aber sie hatte auch nicht so viel für Mehmed empfunden, bevor sie sich küssten. Vielleicht lag das Geheimnis, ihn erfolgreich aus ihren Adern zu lassen, darin, ihn zu ersetzen. Im Allgemeinen fand sie Nicolae mehr als erträglich, und er war gut darin, Befehle auszuführen.

»Nimm das bitte so freundlich wie möglich auf«, sagte er, stand auf und ging rückwärts, um mehr Abstand zwischen ihnen zu schaffen, und betrachtete das Messer, mit dem sie herumspielte. »Aber ich würde eher versuchen, mein Pferd zu umgarnen. Und ich vermute, dass mein Pferd es mehr genießen würde als du.«

Lada hob ihre Nase in die Luft. »Dein Pferd hat etwas Besseres verdient.«

»Da sind wir beide uns einig.« Nun, da er relativ sicher war, dass er nicht erstochen werden würde, setzte sich Nicolae neben sie an die Wand. Die Tatsache, dass sie sich nicht über seine Zurückweisung aufregte, deutete darauf hin, dass ein Kuss von ihm nichts zur Linderung ihrer Probleme beigetragen hätte.

»Du bist wie eine Schwester für mich«, sagte er. »Wie eine geniale, brutale, gelegentlich furchterregende Schwester, der ich bis ans Ende der Welt folgen würde, teils weil ich sie so sehr respektiere, teils weil ich fürchte, was sie mir antun würde, wenn ich mich weigere.«

Sie nickte. »Ich *würde* furchtbare Dinge tun.«

Nicolae lachte. »Die schrecklichsten.«

»Und dann würde ich deine Pferdegeliebte stehlen, um dich zu ärgern.«

»Deine Grausamkeit kennt keine Grenzen.«

Lada stand auf, streckte sich und wünschte, sie könnte irgendwohin gehen. Sie konnte sich nicht mehr in den Wald zurückziehen, wie sie es früher getan hatte. Eine Phantomstimme verfolgte sie jetzt dorthin, flüsterte Hure in ihr Ohr, der Geruch von Schmutz beschwor Erinnerungen herauf, die sie lieber begraben ließ.

»Ich werde über das Gelände patrouillieren«, sagte sie.

Nicolae nickte, dann wurde sein heiteres Gesicht ernst. »Ich meine es ernst, weißt du. Ich werde dir bis ans Ende der Welt folgen.« Eine ungewöhnliche Wärme breitete sich in ihrer Brust aus. Sie wandte den Blick ab und versuchte, sich das Lächeln von den Lippen zu wischen. »Natürlich wirst du das.«

Sie machte sich auf den Weg zum gewaltigen Eingangstor der Festung und fühlte sich so gut wie seit Wochen nicht mehr. Was auch immer passieren mochte, sie hatte ihre Männer. Sie hatte ihr Kommando. Und das war immerhin etwas.

Ein Bote, dessen Umhang mit dem Staub einer langen Reise bedeckt war, ritt auf einem müden Pferd bis zum Tor. Er zog eine Tasche von der Schulter und hielt sie ihr hin. »Briefe aus Albanien.«

»Ich nehme sie.« Lada schnappte sich die Tasche und rief einen Bediensteten. Sie sortierten die Briefe. Die meisten waren für Diener, die Familie unter den Soldaten hatten, ein paar für ihre Männer von Freunden bei der Belagerung. Es war über einen Monat her, dass sie Neuigkeiten erhalten hatten, und sie konnte sich nur schwer beherrschen, diese Briefe nicht zu öffnen.

Dann stieß sie auf einen an sie adressierten Brief. Ihr Herz drehte sich, sprang ihr in die Kehle und machte ihr das Atmen schwer. Hatte Mehmed ihr endlich geschrieben?

Sie verließ den Diener ohne ein Wort und zog sich in ihr Zimmer in der Kaserne zurück. Sie legte den Brief auf ihren Schreibtisch, schlich um ihn herum und beäugte ihn misstrauisch, als könnte er sich auflösen. Was würde drinstehen? Was würde sie darin lesen? Was könnte er nach all der Zeit sagen, damit sie ihm verzieh?

Nichts. Er konnte nichts sagen.

Sie brach das Siegel, riss den Rand des Papiers ab und öffnete ihn, wobei sie den Inhalt schnell überflog. Er war nicht von Mehmed.

Die Handschrift war ihr unbekannt, aber die Unterschrift am unteren Rand stammte eindeutig von Radu.

Sie setzte sich, der Schock machte es ihr schwer, sich auf die Worte zu konzentrieren. Radu war bei der Belagerung? Wie? Und warum? War er bei Mehmed?

Ein seltsames Gefühl durchströmte sie, eine zuckende Eifersucht, dass Radu dort – bei *Mehmed* – war und es ihr verboten worden war. Mehmed musste ihn mitgenommen haben, musste ihn vor Edirne gerettet haben. Lada biss die Zähne zusammen und begann zu lesen. Der Brief war kurz, nur ein paar Zeilen lang. Er begrüßte sie ohne Vorrede oder Erklärung und teilte lediglich mit, dass die Belagerung eine Katastrophe sei und bald enden werde. Und dann …

Lada stand auf und ließ den Brief auf den Boden fallen. Dann hob sie ihn auf und las jedes Wort sorgfältig, als könnte sie den Inhalt ändern.

»Die Krankheit greift schnell um sich. Es ist ein Geheimnis, das unter uns bleiben muss, aber Mehmed ist erkrankt. Ich erwarte nicht, dass er sich erholt oder die Rückreise überlebt. Wenn er stirbt, bist du der Gnade Murads ausgeliefert, der dich immer noch tot sehen will. Ohne Mehmeds Schutz habe ich Angst um dich. Was auch immer zwischen uns vorgefallen ist, ich kann nicht damit leben, dich nicht gewarnt zu haben. Nimm mit, was du kannst, und flieh, solange niemand da ist, der es bemerkt.«

Wenn er stirbt.

Nicht falls.

Wenn.

Lada sah auf das Datum des Briefes – er war vor mehr als einem Monat geschrieben worden. Das bedeutete, dass Mehmed vielleicht schon tot war, vielleicht schon die ganze Zeit über. All das Gift, das sie genährt hatte, die Bitterkeit, die Wut. Ihre letzten Worte an ihn. Ihr Gedanke, dass er es verdient hätte, nie zu erfahren, was sie für ihn empfand, wenn er nicht zurückkam. Sie krümmte sich zusammen, hielt sich den Bauch, ein Schrei drohte sich aus ihrer Kehle zu lösen.

Sie hatte Mehmed mit nichts als Grausamkeit in den Tod geschickt, und, schlimmer noch, es war ein Tod, den selbst sie nicht hätte verhindern können. Sie konnte diese Plage nicht mit einem Schwert bekämpfen, sie konnte die mörderische Krankheit nicht mit einem Dolch aufhalten, egal wie klug und scharf.

Sie ließ sich auf ihre Pritsche fallen und rollte sich zu einer Kugel zusammen, unfähig, sich eine Welt ohne Mehmed vorzustellen. Radu hatte recht – in der Welt würde kein Platz für sie sein. Und Radu fühlte sich nicht so bedroht wie sie, denn er hatte seine Rolle gefunden, die er spielen konnte.

Radu hatte sich seinen Platz verdient. Alles, was sie jetzt hatte – ihr Zuhause, ihre Männer, ihr Leben –, hatte sie nur, weil Mehmed sie liebte. Alle ihre Fäden führten zu ihm zurück, und mit seinem Tod würde jeder einzelne reißen.

Sie rollte sich von ihrer Pritsche, nahm den Brief in die Hand und las ihn wieder und wieder, in der Hoffnung, dass er sich ändern möge. Dann knallte sie ihn mit einem Schrei auf den Schreibtisch und vergrub ihren Dolch so tief darin, dass der Griff kerzengerade aus dem Holz ragte.

Eine Woche später war Lada fast bereit zum Aufbruch. Sie würde ein Pferd stehlen. Als Janitschar hatte sie kein eigenes Pferd, aber in den Ställen der Festung gab es noch ein paar. Sie brauchte nur noch zwei weitere Tage. Hätte sie doch nur Mehmeds extravagante Geschenke angenommen oder welche verlangt. Außer ihrem Sold als Janitschar hatte sie so gut wie nichts. Sie hatte den Schatzmeister aufgesucht, um ihren Sold vorzeitig ausgezahlt zu bekommen, aber der nervtötende alte Dummkopf wollte nicht von dem Zeitplan abweichen. Mehr zu stehlen als unbedingt nötig, würde Aufmerksamkeit erregen, also war sie gezwungen zu warten.

Es war eine Qual.

Alle ihre Männer bemerkten die Veränderung in ihrem Verhalten, aber keiner konnte sie sich erklären. Vor allem Nicolae wirkte nervös, und Lada befürchtete, dass er in seinem eigenen Brief von Mehmeds Ableben erfahren hatte oder dass er vermutete, sie würde fliehen.

Während sie die Sonne anstarrte und sich wünschte, sie würde schneller untergehen, damit sie entkommen konnte, legte Nicolae ihr zaghaft die Hand auf die Schulter. Die anderen Janitscharen waren zum Essen gegangen. Sie hatte nicht bemerkt, dass er geblieben war. »Wir können reden«, sagte er mit angespannter Stimme. »Über das, was dich bedrückt.«

Sie drehte sich zu ihm um, die Augen misstrauisch zusammengekniffen. »Wie kommst du darauf, dass mich etwas bedrückt?«

»In der letzten Woche warst du …«

»Was?« Was hatte er bemerkt? Hatte er es den anderen Männern erzählt? Sie wusste nicht, wem sie vertrauen konnte, und je weniger Leute von ihren Plänen wussten, desto besser.

Er zuckte mit den Schultern. »Du hast Petru beim Sparring fast den Arm gebrochen. Und dann hast du das gestrige Training komplett verpasst. Entweder reagierst du nicht auf das, was wir sagen, oder du schnauzt so böse herum, dass es wehtut. Es tut mir leid. Ich dachte … Ich wusste nicht, dass du es ernst meinst.« Er scharrte mit den Füßen und zerrte an seinem Kragen. »Wenn du willst, ich meine, wenn es dir wichtig ist, könnten … wir versuchen, uns zu küssen.«

Lada starrte ihn ungläubig an. Dann, da die Anspannung der letzten Woche zu viel für sie war, warf sie den Kopf in den Nacken und lachte. Es sprudelte aus ihr heraus wie ein Gebirgsbach aus trockenem Gestein und floss in einem kalten, unaufhaltsamen Rausch über ihre Lippen. Sie lachte so sehr, dass sie zu Boden fiel und sich den Bauch hielt, der bald zu schmerzen begann.

Nicolae stupste sie mit dem Fuß an und machte ein finsteres Gesicht. »Das ist die beleidigendste Zurückweisung eines romantischen Angebots, die ich je erhalten habe. Und das will etwas heißen, denn ich habe schon *viele* Ablehnungen kassiert.«

»Du Idiot«, keuchte sie. »Du enorm arroganter Arsch. Dachtest du, ich wäre deinetwegen so außer mir?«

Er setzte sich neben sie. »Ja, genau. Solange mir noch etwas Würde bleibt, kannst du mir sagen, was wirklich los ist?«

Sie seufzte, wischte sich die Tränen aus den Augen und setzte sich auf, sodass ihre Schultern sich berührten. Sie kannte Nicolae. Sie konnte ihm vertrauen. »Ich gehe weg.« Mit einer Grimasse fügte sie hinzu: »Ich laufe weg.«

»Warum?«

»Radu schrieb von der Belagerung. Mehmed ist – war – krank.«

Sie schluckte den Schmerz hinunter, der sich wie ein Krebsgeschwür in ihrer Kehle aufbaute, aber er rührte sich nicht. Der Brief, gefaltet und in ihr Hemd gesteckt, befand sich direkt unter dem Beutel um ihren Hals und stach in die Haut über ihrem Herzen. »Er stirbt. Oder ist schon tot. Er ist der einzige Grund, warum ich überhaupt noch Freiheit und Macht habe. Wenn er weg ist, werde ich das hier verlieren.« Sie deutete auf den Übungsplatz, auf das kleine Gebäude, das sie als Privatkaserne hatte nutzen dürfen. »Murad liebt Radu, will aber trotzdem meinen Tod, und niemand wird ihn aufhalten. Niemanden wird es interessieren. Also werde ich gehen.«

»Gottes Wunden, das wurde aber auch Zeit.«

Lada drehte sich überrascht zu ihm um. »Was meinst du?«

»Ich wundere mich nur, dass du so lange gebraucht hast, um dich zu entschließen, wegzulaufen! Ich habe mich immer gefragt, was dich aufhält, wo du doch offensichtlich die Intelligenz und die Fähigkeit hattest, schon vor Jahren zu fliehen.«

»Ich hätte es nicht gekonnt. Wenn ich es gekonnt hätte, hätte ich es getan!«

Nicolae zog die Augenbrauen hoch, die Narbe auf seiner Stirn kräuselte sich. »Du hattest Zugang zu Geld und Pferden. Du kannst jagen, du kannst Spuren lesen, du kannst kämpfen. Mit ein wenig Planung hättest du jederzeit über die Grenze gehen und auf dem Weg nach Hause sein können.«

Lada lehnte sich mit dem Rücken an die Wand, und ihre Gedanken überschlugen sich. Er hatte recht. Es gab nichts, was jetzt anders war als in den letzten zwei oder drei Jahren. Außer …

Mehmed.

Sie war geblieben, weil er ihr einen Grund dazu gab.

»Ich habe kein Zuhause, in das ich zurückkehren kann«, sagte sie und wich Nicolaes Blick aus, um nicht die Wahrheit zurückgespiegelt zu bekommen. »Unser Vater hat Radu und mich zweimal verraten und im Stich gelassen. Einmal, als er uns hier zurückließ, und einmal, als er unser Todesurteil unterschrieb, indem er sein Abkommen brach. Er war …« Sie schloss die Augen und erinnerte sich nur ungern daran, wie sehr sie zu ihm aufgeschaut hatte, wie sehr sie sich nach seiner Anerkennung gesehnt hatte. »Er war nie ein großer Mann, und das weiß ich jetzt. Wenn ich zu ihm zurückkehre, wird er einen anderen Weg finden, mich gegen Reste von Macht einzutauschen, die er vergeuden kann.« Es war wahr. Wenn sie in die Walachei zurückkehrte, würde sie verheiratet werden, bevor sie ihrem Vater zeigen konnte, dass sie zu so viel mehr herangewachsen war, als er sich hätte träumen lassen.

»Dann gehen wir woanders hin.«

Lada schlug ihre Augen auf und sah Nicolae an. »Wir?«

»Man konnte hier schon keinen Spaß haben, bevor du hierherkamst, und wenn du nicht mehr da bist, wird es noch schlimmer sein. Ich habe dir gesagt, dass ich es ernst meine – ich werde mit dir bis ans Ende der Welt gehen. Allerdings wäre es mir lieber, wenn dieses Ende nicht allzu weit weg wäre, denn das Reiten macht mir an einer höchst wertvollen Stelle ziemlich zu schaffen.«

»Ich kann dich nicht bitten, mitzukommen.«

»Du kannst mich nicht bitten, zu bleiben.«

»Du hast hier eine Position. Geld. Wert.«

»Ich bin ein Lohnsklave. Wir beide wissen das.«

Lada nickte, die Erleichterung wärmte sie wie eine Feuerstelle im Winter. Es würde gut sein, Nicolae bei sich zu haben.

»Du solltest die anderen Männer fragen«, sagte Nicolae.

Sie schüttelte den Kopf. »Je mehr wir mitnehmen, desto größer ist die Chance, entdeckt zu werden. Ich werde ihr Leben nicht aufs Spiel setzen. Und ich bezweifle, dass sie mitkommen werden.«

»Ich glaube, du wärest überrascht. Du hast gut gewählt.«

»Ich werde es mir überlegen. Wir haben zwei Tage Zeit. Bereite vor, was du brauchst.«

Er stand auf und reichte ihr die Hand, um ihr aufzuhelfen, dann umklammerte er sie fest. »Bis ans Ende der Welt«, sagte er.

»Bis ans Ende der Welt.« Mit einem knappen Lächeln wandte sie sich zum Gehen.

»Und, Lada? Das mit Mehmed tut mir leid. Ich weiß, was er für dich war.«

Sie stolperte, stürzte beinahe. »Das ist merkwürdig«, sagte sie mit brennenden Augen. »Denn ich glaube, ich weiß es nicht.« Alles, was sie hatte, war das, was sie fühlte, und das war eine solche Mischung aus Wut, Bitterkeit, Eifersucht, Verlangen und Zuneigung, dass sie wusste, sie würde das Ganze nie entwirren können, um zu sehen, was in der Mitte war.

Sie ging in ihr altes Zimmer in der Festung, um zu sehen, ob es etwas gab, das sie mitnehmen konnte. Es war so, wie sie es verlassen hatte, unberührt, mit einer Staubschicht über allem. Es war leer. Eine leere Vergangenheit, eine leere Zukunft und niemand mehr, der sich für sie interessierte.

»Der Teufel soll dich holen, Mehmed!«, schrie sie, erfüllt von Trauer und vergiftet von Wut. Das war seine Schuld. Sie war seinetwegen geblieben, hatte sich von ihm einlullen lassen in dem Glauben, sie hätte Sicherheit, Geborgenheit, eine Zukunft. Aber wie immer war sie den Männern in ihrem Leben ausgeliefert. Und genau wie ihr Vater hatte Mehmed sie verstoßen.

»Und wo soll der Teufel mich hinbringen?«

Lada wirbelte herum, ihr Herz raste. Mehmed lehnte in der Tür, Fröhlichkeit verzerrte die neuen Züge, die die Belagerung in sein müdes Gesicht gezeichnet hatte. Er wirkte abgemagert, seine Wangen waren stoppelig, dunkle Ringe unter seinen Augen zeugten von wochenlangem Schlafmangel. Mit ausgebreiteten Armen durchquerte er den Raum zu ihr.

»Du bist gestorben!« Sie stieß ihn weg und starrte in sein Gesicht. Es war verändert, aber er war es. Lebendig. Gesund.

»Bin ich? Das ist enttäuschend. Ich habe mich sehr darauf gefreut, bei unserem Wiedersehen am Leben zu sein. Obwohl ich befürchtete, *du* würdest mich umbringen.«

Sie zog ihn an sich, ließ sich von ihm festhalten und zitterte, weil sie nicht an ihr Wunder glaubte. »Ich habe einen Brief bekommen. Darin stand … Ich dachte, du wärst tot.« Sie kramte den Brief hervor und hielt ihn ihm hin. Stirnrunzelnd nahm Mehmed ihn entgegen. Die Falte zwischen seinen Brauen vertiefte sich.

Sie liebte diese Falte. Sie hatte sie für immer verloren geglaubt. Erleichterung und Freude kämpften mit Wut. Ohne ihn hatte sie nichts mehr. Sie konnte nicht länger so tun, als hätte sie hier ein eigenes Leben. Aber jetzt war er wieder da. Und das … verwirrte sie.

»Das ist nicht Radus Schrift, aber die Unterschrift ist seine. Wer auch immer das geschrieben hat, er war es nicht. Jemand wollte, dass du gehst.« Mehmed betrachtete den Brief stirnrunzelnd, als würde er seine Geheimnisse preisgeben. »Wer würde das wollen?«

Für ein paar dunkle Momente – die dunkelsten ihres Lebens, noch schlimmer als der Gedanke an Mehmeds Tod – fragte sich Lada, ob Radu nicht doch dahintersteckte. Sie hatte, was er wollte. Es wäre ein perfekter Weg gewesen, sie loszuwerden, ohne sie zu töten.

Aber nein. Das konnte sie nicht von ihm denken. Was auch immer zwischen ihnen war, Radu würde sie nicht so tief verletzen. Denn sie würde ihm das niemals antun, und Radu war nicht fähig, grausamer zu sein als sie selbst.

Mehmed fuhr fort. »Es muss jemand aus seinem inneren Kreis sein. Jemand, der Zugang zu seiner Unterschrift hat.« Er sah erwartungsvoll zu ihr auf.

»Das müsstest du besser wissen als ich.« Ihre Zunge war in das Gift getaucht, das von den Monaten des Wartens und einer Woche des Kummers übrig geblieben war.

»Ich war hier, genau dort, wo du mich verlassen hast. Während Radu an deiner Seite war.«

Mehmed schüttelte den Kopf. »Er ist bei meinem Vater. Ich habe ihn nur einmal gesehen. Er befehligt eine kleine Gruppe direkt unter dem Sultan.«

»Dann könnte es jeder sein. Ich bin weder der Liebling deines Vaters noch der von Halil Pascha noch irgendeines anderen Mannes. Niemand wäre traurig über meine Abwesenheit.«

»Ich wäre traurig darüber. Jeden Moment eines jeden Tages.«

»Warst du es?«

Mehmeds Augen waren schwer vor Sehnsucht. »Das war ich.«

Sie wandte sich ab. »Ich wollte fortgehen.«

Er zog sie an sich und vergrub sein Gesicht in ihrem Haar. »Ich verbiete es.«

»Du kannst mir nichts verbieten.« Aber es klang hohl und gezwungen, als sie es sagte. Sie hatte die letzte Woche damit verbracht, ihren Wert ohne ihn deutlich zu erkennen. Er bestand aus einem gestohlenen Pferd, einem einzigen treuen Freund und einer düsteren und schwierigen Zukunft.

Er fuhr mit seinen Lippen von ihrem Haar zu ihrem Ohr. Ihr Körper reagierte, obwohl sie entschlossen war, wütend zu sein und ihn zu bestrafen.

Er wollte sie immer noch. Und sie wusste jetzt, wie vergänglich und kostbar es für eine Frau war, auf irgendeine Weise begehrt zu werden, durch die sie wichtig wurde. Sie war bereit gewesen, wegzulaufen, als sie das verloren hatte, aber jetzt …

Sie würde es Nicolae gegenüber nie zugeben, konnte es sich selbst gegenüber kaum eingestehen, aber sie würde Mehmeds wegen bleiben. Sie würde bleiben für das Gefühl, das sie hatte, wenn sein Mund oder seine Augen auf ihr waren. Und sie würde bleiben wegen der Macht, die sie dadurch erhielt.

Seine Lippen fanden die ihren, und sie erwiderte seinen Kuss mit entschlossener Leidenschaft. Sie berührte ihn überall, sein Gesicht, sein Haar, seine Schultern, seine Hände, denn er war hier, und er war lebendig, und es war das erste Mal, dass ein Mann, den sie liebte, zu ihr zurückkam. Sie musste das Leben nicht verlieren, das sie sich hier aufgebaut hatte, die Fäden der Sicherheit und der Macht, die sie hatte. Sie hatte ihn nicht verloren.

»Sag, dass du mir gehörst.« Er wanderte mit seinen Lippen ihren Hals hinunter. Sie bog sich zu ihm hin und grub ihre Finger in seinen Rücken.

»Ich gehöre dir«, flüsterte sie. Die Worte schnitten wie Messer und hatten ihren Mund kaum verlassen, da stahl er sie und versiegelte sie mit seinen eigenen Lippen.

42

Die Karawane reiste langsamer als der Rest des Heeres und blieb zurück, um der Spur von hunderttausend Fehlschlägen zu folgen, die vor ihnen in den Schmutz getreten worden waren.

Radu hatte es nicht eilig, den Rückstand aufzuholen.

Murad hatte ihm widerwillig erlaubt, sich um Kumals Kontingent zu kümmern, während sie versuchten, ihn lange genug am Leben zu erhalten, um nach Hause zu gelangen. Obwohl Radu wusste, dass es seinem größeren Ziel, Mehmeds Aufstieg zu unterstützen, nichts nützen würde, konnte er Kumal nicht einfach zurücklassen. Nicht auf diese Weise. Kumal ging es zwar allmählich besser, aber er war immer noch so schwach, dass Radu befürchtete, er würde die Reise nicht überleben.

Kumal hatte Radu geholfen, seine eigene Seele zu verstehen, und er würde Kumals nicht achtlos wegwerfen.

Er brachte sein Pferd zum Stehen und forderte die Männer hinter ihm mit erhobener Faust zum Anhalten auf. Er führte seine Janitscharen, die vier arme Seelen verloren hatten, und Kumals Sipahi an. Er wusste nicht, wie viel Kumals Männer verloren hatten, aber er fürchtete den unzumutbaren Verlust, der ihnen drohte, sollten sie aufgehalten werden.

Vor ihnen versperrte eine Gruppe von Männern, die in etwa genauso viele waren wie sie, auf Pferden die Straße. Mit der Hand auf dem Knauf seines Schwertes ritt Radu vorwärts. Lazar machte Anstalten, ihm zu folgen, aber Radu schüttelte den Kopf. Ein Mann löste sich von der anderen Gruppe und ritt auf Radu zu. Aus der Ferne erschien er Radu sehr jung, doch als er näher kam, erkannte Radu, dass sein Gesicht glatt rasiert war. Tiefe Falten um die Augen verrieten sein Alter, und Radu fragte sich, wer er war und warum er gegen den Brauch verstieß, sich einen Schnurrbart oder Bart wachsen zu lassen, je nachdem, was davon ihm zustand.

Der Mann lächelte freudlos und hob eine Hand zum Gruß. Obwohl er Kleidung trug, die eher zu dieser Region passte, sprach er perfekt Türkisch. »Hallo, Hund des Sultans. Hast du dein Herrchen verloren?«

Radu kniff seine Augen zusammen. Das Gesicht des Mannes kam ihm irgendwie bekannt vor. Und dann wurde ihm klar, dass er ein Porträt dieses Mannes gesehen hatte, das sich jetzt durch die Pinselstriche des Alters verändert hatte.

Skanderbeg.

Radu sah über seine Schulter. Der Wagen, auf dem Kumal saß, war wie ein fetter Käfer, schwerfällig und verwundbar. Obwohl ihre Kräfte gleich groß waren, hatte Radu zu viele Überfälle auf Karawanen gesehen, um auch nur eine Sekunde daran zu zweifeln, dass die Angreifer immer im Vorteil waren. Er hatte etwas zu schützen – sie hatten nichts zu verlieren.

Mit einem tiefen Seufzer wandte er sich wieder an Skanderbeg. »Mein Freund ist krank.«

Skanderbeg blickte in die Ferne, die Augen weich und unscharf. »Mein ganzes Land ist krank.« Sein Blick richtete sich auf Radu, musterte seine Kleidung, seine Mütze, sein Pferd. »Wie heißt du?«

»Radu.«

»Einfach Radu? Keine Familie?«

Radu lächelte finster. »Mein Vater hat mich als Pfand für den Thron der Walachei verkauft. Ihr werdet verstehen, warum ich ihn nicht verwende.«

Skanderbeg nickte. »Das tue ich. Wir müssen uns manchmal selbst behaupten. Du solltest dir einen neuen Namen geben.« Skanderbegs Name war eine Abwandlung des Namens, den ihm die Osmanen gegeben hatten – Iskander – und des Bey-Titels, den man ihm verliehen und dann verweigert hatte.

Skanderbegs Mund verzog sich spielerisch. »Vielleicht Radu der Schöne.«

»Ich dachte an Radu den Übermüdeten.«

»Hmm. Ja.« Skanderbeg rieb sich die Wangen und musterte die Männer hinter Radu. »Wen begleitest du?«

»Sein Name ist Kumal. Er ist Vali einer Provinzregion, die eine halbe Tagesreise von Edirne entfernt liegt. Er besitzt sehr wenig, ist kein besonderer Günstling des Sultans und hat keine lebenden Verwandten außer einer jüngeren Schwester, die nichts hat, wenn er stirbt. Und er wird wahrscheinlich tot sein, bevor ein Lösegeld gefordert werden kann.«

Skanderbeg lachte. »Ich verstehe. Warum riskierst du dann dein Leben, um eine wertlose Leiche zu eskortieren?«

»Er war freundlich zu mir, ohne dass es ihm einen Vorteil gebracht hätte.«

Mit einem Brummen zog Skanderbeg eine verbeulte Metallflasche aus seiner Satteltasche, nahm einen Schluck und wischte sich dann den Mund ab. Sein Körper war nicht angespannt, es gab kein Zeichen eines bevorstehenden Angriffs. Als Radu Skanderbegs Männer betrachtete, sah er, dass sie sich von dem möglichen Kampf abgewendet hatten.

Stattdessen blickten sie über das verwüstete und verbrannte Land. Radu fragte sich, ob sie es waren, die die Brände gelegt hatten.

»Du scheinst dich nicht sehr über deinen Sieg zu freuen«, sagte Radu.

»Ah, ja, mein Sieg.« Skanderbeg fletschte die Zähne und breitete die Arme aus. »Ich bleibe Herr über ein zerrüttetes und verbranntes Land, meine Truhen sind leer, mein Volk krank, meine Felder zerstört. Und doch bleibt mein Stolz unversehrt! Mein verdammter Stolz und die Freiheit meines Volkes werden ihre Bäuche in diesem langen kommenden Winter nicht füllen. Manche Siege sind nur Niederlagen im falschen Gewand.« Er spuckte auf den Boden. »Wie viele Männer, schätzt du, werden wir verlieren, wenn mein Stolz eine letzte Geste des Trotzes gegen unseren Sultan fordert?«

»Ich werde auf jeden Fall den Wagen verlieren. Selbst wenn ihr Kumal nicht mitnehmt, werden Verzögerung und Mühsal seinen Tod bedeuten. Meine Männer sind müde, aber wütend über ihre Demütigung. Eure Männer sind verbittert gegenüber den Streitkräften, die sie so viel gekostet haben. Ich vermute, dass ihr davonreiten werdet, wie es euch immer gelingt, aber mit nichts anderem als dem Blut der Janitscharen, das sich mit dem eurer eigenen Männer vermischt, um eure toten Felder zu bewässern. Ich glaube nicht, dass ich überleben werde, was eine Enttäuschung sein wird.«

Skanderbeg nickte nachdenklich. »Er ist ein freundlicher Mann, sagst du?«

»Der freundlichste, den ich je gekannt habe.«

»Nun denn. Wir sind spät dran für unser Nachmittagsessen. Bestelle Murad Grüße von mir, Radu der Schöne.«

Radu versuchte sein Bestes, um die Erleichterung, die seinen Körper durchflutete, nicht auf seinem Gesicht zu zeigen. Er neigte lediglich seinen Kopf und trieb dann sein Pferd vorwärts, während Skanderbeg zur Seite trat und seinen Männern signalisierte, dass sie es ihm gleichtun sollten.

Während der nächsten Meile war Radu angespannt und wartete darauf, dass ein Pfeil ihn mitten in den Rücken treffen würde, aber es kam keiner. Er sprach ein stilles Gebet der Dankbarkeit für Kumals Freundlichkeit, die ihm wieder einmal das Leben gerettet hatte.

Murad hatte nicht aufgehört zu trinken. Jeder war ständig so sehr damit beschäftigt, es nicht zu erwähnen, dass sie genauso gut über nichts anderes hätten sprechen können.

Radu schritt eines späten Abends durch die Straßen von Edirne. Die winterliche Kälte war tief in die Steine der Stadt gezogen, strahlte nach außen und raubte ihm die Wärme aus den Knochen. Die Menschen ahmten die Gebäude nach, kauerten sich zusammen und spähten durch fast geschlossene Augenlider misstrauisch und bitterkalt nach draußen.

Er suchte jeden Treffpunkt auf, den er konnte – Moscheen, Gasthäuser, Märkte. Überall herrschte derselbe Ton. Die Janitscharenkaserne, in der normalerweise zur Essenszeit Ausgelassenheit herrschte, war so still wie die frostbedeckten Bäume. Radu schlüpfte mit einer Janitscharenmütze hinein und setzte sich an das Ende eines Tisches, den Kopf über sein Essen gebeugt.

»... darf sein Land und sein Einkommen behalten? Wo die Sipahi während der Belagerung nach Strich und Faden versagt haben? Und unser Sold bleibt derselbe. Man sollte seinen Lohn pfänden lassen, um uns einen Teil von dem zu geben, was ...«

»... krank, mein Mädchen sagt, er wird nicht mehr lange durchhalten. Wo stehen wir denn? Wenn wir Skanderbegs Stadt schon nicht einnehmen konnten, stellt euch vor, was eine Belagerung von Konstantinopel für unsere Reihen bedeuten würde. Eher gehe ich weg, als dass ich unter dem kleinen Eiferer diene ...«

Er erfuhr nichts Neues. Seufzend schob Radu sein Essen beiseite, ging zurück in die Nacht und starrte in den Himmel. Tief hängende Wolken drückten auf Edirne herab und schnitten die Stadt von den Sternen ab. Vielleicht war das auch ganz gut so. Radu glaubte nicht, dass die Vorzeichen, die heute Nacht in den Sternen zu finden waren, gut sein könnten.

Als er im Palast ankam, schmeckte die Luft so sauer und gedrückt wie in einem Grab. Mit leisen Schritten schlich er sich an Türen vorbei, wo seine Anwesenheit erwünscht wäre, und fand sein Ziel: sein eigenes Zimmer.

Seine Stiefel fielen schwer auf den Boden vor der Feuerstelle.

Das Feuer war heruntergebrannt, aber stark genug, um den Raum zu wärmen.

Er war so müde.

Murad forderte seine Anwesenheit zu jeder Tages- und Nachtzeit und verlangte oft, dass sie bis zum Morgengrauen wach blieben. Radu hatte sein Gedicht so oft vorgetragen, dass er häufig mit schmerzendem Kopf und trockenem Mund aufwachte, weil er es im Schlaf rezitierte, so, wie er es einmal im Scherz gesagt hatte.

Wenn es irgendeine Gnade auf der Welt gäbe, würde Murad ihn heute Abend vergessen.

Ein Stapel Briefe war auf seinem Nachttisch liegen geblieben. Er sichtete sie und verwarf die Einladungen von verschiedenen Bekannten, die immer noch so taten, als sei seine Rückkehr ein Grund zum Feiern. Nach Kruja hatte er nicht mehr den Funken, um so zu tun, als würde er sich bei Veranstaltungen amüsieren. Er hatte Menschen sterben sehen.

Er hatte Menschen getötet.

Und jetzt war er wieder genau da, wo er angefangen hatte, kein Stück näher dran, Mehmed zu helfen. Und Mehmed war so weit weg, wie er es noch nie gewesen war.

Radu stutzte bei einem Brief in zittriger Schrift und riss ihn dann auf.

Er war von Kumal. Radu lehnte sich zurück und grinste vor Erleichterung. Kumal war auf dem Weg der Besserung und kam allmählich wieder zu Kräften. Doch ein Satz am Ende des Briefes ließ Radu sowohl schockiert als auch bestürzt zurück.

Ich rechne damit, dass ich bis zum Frühjahr wieder gesund genug bin, um an deiner Hochzeit mit Nazira teilzunehmen; ein freudiges Ereignis, dem wir mit viel Wärme entgegenblicken. Bis dahin, mein lieber Bruder, pass gut auf dich auf.

Radu lachte ungläubig. Offenbar sah Kumal sein Überleben nicht als Annullierung eines auf dem Sterbebett geschlossenen Vertrags an. Er würde warten müssen, um Kumal zu sagen, dass das unmöglich war. Er wollte nicht, dass eine Enttäuschung die Genesung seines Freundes störte.

Radu hatte keine Ahnung, ob es ihm überhaupt erlaubt war, zu heiraten. Janitscharen war das nicht erlaubt, aber er war trotz seines Kommandos kein Janitschar im eigentlichen Sinne. Er nahm an, dass es von der Laune des Sultans abhing. Nazira hatte keinen politischen Wert, Kumals Stellung hing von der Gunst der Hauptstadt ab, und ihre Familie besaß kein nennenswertes Geld. Er wusste jedoch, dass sie einen Bessergestellten als ihn heiraten konnte, einen Pashazada oder einen anderen Vali. Warum sollte Kumal so etwas für sie wollen?

Ein Hauch von bittersüßem Verständnis durchfuhr ihn. Kumal wollte das Beste für seine Schwester, was bedeutete, dass er für sie das wollte, was sie seiner Meinung nach am glücklichsten machen würde. All ihre freundlichen Aufmerksamkeiten, ihr errötendes Lächeln, ihr freudiges Strahlen, wenn er zu Besuch gewesen war – Radu war nicht Kumals Wahl. Er war Naziras.

Aber wie konnte er Nazira sein Herz schenken, wenn es so in Mehmeds verdreht und verstrickt war? Ihres glühte rein und offen. Er würde Kumal davon überzeugen müssen, dass Nazira mehr verdiente, als er ihr geben konnte.

Ein leichtes Klopfen an der Tür ließ ihn aufschrecken. Ein Dienerjunge mit großen Augen und wachsamem Blick verbeugte sich. »Der Sultan bittet um Eure Anwesenheit.«

Radu seufzte. »Natürlich tut er das.« Er schenkte dem Diener ein strahlendes Lächeln, und das Gesicht des Jungen erhellte sich durch das gemeinsame Verständnis, das sie einander entgegenbrachten. »Bekommst du in letzter Zeit Schlaf?«

Der Junge schüttelte den Kopf. »Den bekommt niemand von uns. Er will, dass alle Kerzen brennen, dass ständig gesungen wird, dass es zu jeder Stunde Essen und Wein gibt.« Er warf einen Blick über die Schulter, hin- und hergerissen zwischen der Erregung über die Abwegigkeit, in diesem Ton über den Sultan zu sprechen, und der Angst, dabei ertappt zu werden.

Radu lächelte, um dem Jungen zu zeigen, dass er nicht besorgt war. »Ich glaube, er fürchtet sich vor der Dunkelheit. Wer kümmert sich um ihn, wenn ich nicht da bin, um ihm Gesellschaft zu leisten?«

Der Junge verzog das Gesicht. »Halil Pascha, oft. Letzte Woche hat er mich geschlagen, weil ich einen Tropfen Suppe auf seinen Schuh verschüttet habe.«

»Oh, ich hasse ihn. Er ist ein schrecklicher Mensch.« Radu zog eine Münze aus dem Geldbeutel neben seinem Bett und reichte sie dem Jungen. »Wie heißt du?«

Der Junge verbeugte sich, und seine Stimme kiekste. »Amal.«

»Amal, es tut mir leid, dass du so hart für so wenig arbeiten musst. Wann immer Halil Pascha hier ist, komm zu mir, und ich gebe dir eine zusätzliche Münze, um dich für den Schmerz zu entschädigen, den du in seiner Gegenwart ertragen musst.«

Radu befürchtete, Amals großer Kopf würde ihm vom dünnen Hals fallen, so eifrig nickte er.

Wenn Halil Pascha wie eine Aaskrähe darauf wartete, den Moment von Murads bevorstehendem Tod zu nutzen, musste Radu ihm zuvorkommen.

43

Lada lag ausgestreckt auf Mehmeds Bett, ihr Kopf hing über den Rand. »Nein, nein, nein.« Sie schob seine Hand weg, die auf eine Karte von Konstantinopel und der Umgebung zeigte. »Dein Vater hatte nur die Mauer im Blick – und genau da lag sein Fehler.«

»Aber wenn wir die Mauer nicht einnehmen können, können wir auch die Stadt nicht einnehmen!«

»Ignoriert die Mauer. Die Mauer ist euer letzter Schritt. Wenn ihr die Stadt wollt, was braucht ihr zuerst?«

Mehmed starrte finster auf die Karte, während seine Finger unbewusst die Mauer nachzeichneten, die die Stadt umgab. Doch dann änderte sich sein Blick, und sein Gesichtsausdruck wurde nachdenklich. Er bewegte seinen Finger von den Umrissen der Mauer zur Straße des Bosporus. Das war der Punkt, durch den alle Schiffe mit Nachschub, Soldaten und Hilfsgütern aus Europa fahren mussten. »Wir müssen die Kehle durchschneiden«, sagte er. Er stürzte sich vom Bett und nahm ein Tintenfass und einen Stift zur Hand. Auf einer Seite einer schmalen Strecke befand sich ein von seinem Urgroßvater Beyazid erbauter Turm, der letzte Punkt der osmanischen Festung vor dem Land von Byzanz. Er zeichnete einen passenden Turm auf die andere Seite, die Seite, die zum byzantinischen Gebiet gehörte. Und dann strich er mit seiner Feder über das Wasser zwischen ihnen.

Lada schlug die Hände zusammen, und das scharfe Klatschen hallte durch den Raum. »Versagt ihnen Unterstützung. Trefft sie auf dem

Meer und auf dem Land. Lasst sie euch an allen Fronten bekämpfen – zieht sie so weit wie möglich auseinander –, und irgendwo werden sie zusammenbrechen. Klopft an jede Tür; ihr braucht nur eine davon zu öffnen.«

Mehmeds Lächeln verschwand, seine Hände schwebten nachdenklich über der Karte. Manchmal berührte er Lada auf diese Weise, und es weckte eine seltsame Eifersucht in ihrer Brust, wenn er eine Stadt mit demselben verehrenden Hunger betrachtete.

»Wenn ich versage«, sagte er, »ist das mein Ende.«

Lada lachte. »Dann versuche es nicht, kleines Schaf. Kümmere dich um deine Herde. Bewache deine Grenzen. Niemand hat je gesagt, dass du Konstantinopel einnehmen musst. Das ist nur ein Traum.«

Mehmeds Augen brannten, als er zu ihr aufsah. »Es ist nicht nur mein Traum.«

Sie verdrehte die Augen. »Ja, ich weiß alles über den Traum deines kostbaren Propheten.«

»Davon spreche ich nicht. Mein ganzes *Land* wurde auf einem Traum gegründet. Vor weniger als zweihundert Jahren waren wir ein Stamm, der vor den Mongolen floh und heimatlos war. Doch unser Anführer – mein Vorfahre Osman Gazi – träumte davon, dass wir mehr sein könnten. Er sah, wie ein Mond aus der Brust eines großen Scheichs auf- und in seine eigene hinabstieg. Aus seinem Nabel wuchs ein Baum, dessen Äste die ganze Welt bedeckten. Da wusste er, dass seine Nachkommen, sein wanderndes, heimatloses Volk, die Welt beherrschen würde. Ist der Weg, den wir zurückgelegt haben, nicht ein Zeugnis für die Wahrheit seiner Vision? Ich habe das geerbt, Lada. Es ist eine Berufung und ein Traum, den ich nicht verleugnen kann. Der Baum gehört mir, und ich *muss* ihn ausbreiten.«

Lada wollte sich über ihn lustig machen, wollte sich streiten, aber ihre Seele ließ es nicht zu. Sie verstand die Vorstellung von etwas, das größer war als man selbst, das alles umfasste und das man niemals wirklich hinter sich lassen konnte. Sie wusste, dass Mehmed ohne die Stadt, die seine Eroberung verlangte, niemals ganz sein würde, so wie sie wusste, dass sie ohne ihr Land niemals ganz sein würde.

Mehmed beugte sich näher zu ihr. »Ich schaffe das. *Wir* schaffen das. Gemeinsam.«

»Wir können nicht immer haben, was wir wollen, egal wie sehr wir es wollen«, flüsterte sie.

Da er ihre Stimmung falsch einschätzte, sprang Mehmed auf das Bett, kuschelte sein Gesicht an ihre Brüste und versuchte, seine Hand an ihrem Bauch entlang tiefer gleiten zu lassen. Wie immer erwischte sie seine Finger und verdrehte sie, bis er vor Schmerz aufschrie und seinen Versuch aufgab.

»Du bist grausam«, sagte er, hob ihr Haar an seine Nase und verbarg sein Gesicht darin.

»Willst du wirklich jetzt darüber sprechen?« Sie hatten eine Art Frieden gefunden, einen Waffenstillstand bezüglich seines Harems geschlossen: Lada tat so, als gäbe es ihn nicht, und Mehmed ging nie auf ihn ein. Aber sie weigerte sich immer noch, ihm alles zu geben, was er wollte. Ihre Jungfräulichkeit zu bewahren, war die einzige Möglichkeit, die sie kannte, um sich zu schützen und zu verhindern, dass ihr Herz ganz ihm gehörte.

Und sie hatte auch Angst, dass er sie nicht mehr als Lada sehen und abweisen würde, wie er es mit der Mutter seines Sohnes getan hatte, wenn sie ihn jemals hereinließ. Noch mehr Angst hatte sie davor, ein Kind zu bekommen, von innen heraus gebrochen zu werden. Sie wollte, dass sich nichts änderte. Sie wollte in diesen scharfen Wintertagen leben, zusammengerollt gegen die Abendkühle, während sie beide ihre eigene geheime Gesellschaft bildeten. Aber sie konnte nicht leugnen, dass es mit jedem Tag schwieriger wurde, ihn zum Aufhören zu bewegen.

Sie verließ den warmen Kokon seines Bettes, weil sie von der schweißtreibenden Panik ergriffen wurde, dass sie, wenn sie nicht auf der Stelle ausbrach, als anderer Mensch daraus hervorgehen und sich selbst nicht wiedererkennen würde.

»Wohin gehst du?« Mehmed wollte sie festhalten, aber sie befreite sich aus seinen Händen.

»Kampfübung.«

»Du hast die tödlichste Streitmacht in den Reihen der Janitscharen. Was kannst du heute noch tun wollen?«

Sie antwortete nicht, sondern eilte aus seinem Zimmer und lief zur Kaserne. Dort hockte Nicolae auf dem Boden und würfelte mit Petru, dessen Gesicht verriet, dass er nicht gerade erfolgreich war. »Ah«, sagte Nicolae und sah auf. »Sie beehrt uns mit ihrer Anwesenheit! Was verschafft uns die Ehre?«

»Sprichst du so mit deinem Anführer?« Ihre Worte ließen Petru Haltung annehmen. Er stand aufrecht da und neigte den Kopf.

Nicolae ließ sich Zeit, streckte seinen langen Körper und stand schließlich auf. »Mir war nicht klar, dass du irgendwohin führst, wohin ich dir folgen muss.« Sein Ton war ungezwungen, aber die Bedeutung seiner Worte traf Lada bis ins Mark. Er war bereit gewesen, mit ihr zu fliehen. Und sie hatte beschlossen zu bleiben, ohne einen Gedanken an ihn zu verschwenden. Seitdem war es zwischen ihnen nicht mehr so wie früher, aber sie verbrachte ihre Zeit mit Mehmed und tat so, als wäre ihr das egal.

»Wenn ich irgendwo hingehen muss«, sagte sie und hielt seinem Blick mit vorgerecktem Kinn stand, »wirst du der Erste sein, den ich an meiner Seite haben will.«

Er seufzte und zog eine vernarbte Augenbraue hoch. »Ich hoffe es.«

»Jetzt können wir also …«

Mehmed platzte schweratmend in den Raum, gefolgt von einem verängstigten Jungen. »Sag es ihr«, befahl er dem Jungen.

Der Junge, der einen großen Kopf und einen dünnen Hals hatte, sprach. »Murad wird die Woche nicht überleben. Halil Pascha will die Stadt gegen dich aufbringen, bevor du herkommen und den Thron besteigen kannst. Brich unverzüglich auf und bring nur diejenigen mit, denen du absolut vertraust. Kommt heimlich hinein. Er bewacht alle Tore. Ich werde warten, bis der Junge mit Neuigkeiten zurückkehrt. Meine Arme sind von Rosenstöcken vernarbt. In Treue, Radu.«

Mehmed starrte sie an. »Was soll der letzte Teil bedeuten?«

»Ich bin von jemandem getäuscht worden, der in einer früheren Botschaft fälschlicherweise behauptete, er sei Radu. Aber niemand außer uns würde davon wissen. Die Nachricht ist von Radu, ohne Frage.« Lada hielt inne, unerwarteter Schmerz um ihren Bruder stieg in ihrem Bauch auf. »Versammle die Männer. Wir brechen jetzt auf. Bringt zusätzliche Pferde zum Auswechseln mit.«

»Was ist mit Iljas?«, fragte Mehmed.

»Traust du ihm?«

»Das tue ich.«

Lada nickte. »Seine Streitmacht ist zu groß. Wir müssen dich unbemerkt in den Palast bringen. Ich werde ihn mit seinen Truppen zwei Tage nach uns nachkommen lassen. Fürs Erste reiten wir schnell und nur mit meinen Männern.«

»Wir spielen ›Angriff auf die Stadt‹ gegen Edirne?«, fragte Petru mit leuchtenden Augen.

Lada konnte nicht anders, als seine Vorfreude mit einem Lächeln zu erwidern, bei dem jeder ihrer winzigen, scharfen Zähne zur Geltung kam. »Ja. Wir infiltrieren die Hauptstadt.«

»Aber wenn wir uns aufteilen«, sagte Matei, der neben dem Feuer hockte, während die Kaninchen, die Stefan gefangen hatte, brieten, »sind wir verwundbarer. Mehmed ist nicht gerade unbekannt. Wir brauchen alle Augen und Schwerter, die wir haben.«

Petru, Nicolae, Stefan und Matei, Ladas erste Janitscharen, nahmen an der Beratung teil. Ihre anderen Männer hatten sich in den Wäldern in der Nähe ausgestreckt und versuchten, im frühen Nachmittagslicht zu schlafen. Sie waren gut vorangekommen, da sie hauptsächlich nachts geritten waren und die Dörfer und Städte entlang der Straßen gemieden hatten.

»Wir können die Stadt nicht als Janitscharen betreten.«

Nicolae hielt seine Mütze hoch. »Man würde uns aufhalten, uns verhören. Und eine von einer Frau angeführte Truppe von Janitscharen wird niemandem entgehen.«

Lada knurrte und trat gegen den Boden. »Warum muss ich eine Frau sein?«

»Ja, warum musst du?«, fragte Mehmed amüsiert.

»So sehe ich dich gar nicht«, sagte Petru und erntete für seine Aufrichtigkeit ein Lachen von Mehmed.

»Stefan, gib mir deinen Brustpanzer.«

Mit gleichgültiger Miene wie immer schnallte Stefan ihn langsam ab. Obwohl die meisten von ihnen Kettenrüstung trugen, um sich besser bewegen zu können, entschied Stefan sich immer für einen Brustpanzer.

Lada nahm ihn und befestigte ihn über der Brust. Er drückte ihre Brüste zusammen, aber nicht unerträglich stark. Sie nahm einen Stock vom Rand des Feuers, wartete, bis er abgekühlt war, und rieb sich mit der Holzkohle leicht über die Oberlippe und den Kiefer. »Wenn wir im Schutze der Nacht eintreten, kann ich als Mann durchgehen.«

»Bist aber immer noch ein Janitschar«, sagte Nicolae.

Amal, winzig und wie immer am Rande der Gruppe, sprach so leise, dass Lada ihn kaum hören konnte. »Niemand beachtet Diener.«

Lada öffnete den Mund, um zu widersprechen, aber sie hatte ihn auf der ganzen Reise kaum angeschaut. Selbst sein Pferd war alt und unscheinbar. Kein Wunder, dass Radu ihn gewählt hatte und nicht jemanden, der stärker oder schneller war. Amal war der am wenigsten bedrohliche, der unsichtbarste Bote, der möglich war.

Mehmed runzelte die Stirn. »Ich soll also meine Stadt als Diener betreten?«

Nicolaes Lächeln war so unbeschwert wie immer, aber Lada kannte ihn gut genug, um zu wissen, dass es nichts von seiner üblichen Wärme enthielt. »Was ist ein Sultan anderes als ein Diener seines Volkes?«

Lada reichte Stefan den Brustpanzer zurück und wandte sich dann an Amal. »Wie schnell kannst du mir die richtige Kleidung stehlen?«

Er lächelte schüchtern, dann rannte er los und verschwand zwischen den Bäumen in Richtung der Straße.

Nachdem sie gegessen hatten, entledigten sich die Männer ihrer Uniformen. Ihre Janitscharenmützen ließen sie auf einem Haufen liegen, der in der Dämmerung schwach leuchtete und aussah wie ein umgestürzter Schädelhaufen. Sie hatten verschiedene zusätzliche Kleidungsstücke mitgebracht, die keinen Hinweis auf ihren Rang gaben. Einfache Turbane bedeckten ihre Köpfe; in der Dunkelheit würden sie als Diener durchgehen. Vorausgesetzt, dass niemand genau genug hinsah oder sie berührte und dabei eine unpassende Rüstungsschicht entdeckte.

Lada jedoch besaß keine andere Kleidung als ihre Uniform und das lächerliche Kleid, mit dem sie sich vor so vielen Monaten in den Harem geschlichen hatte. Das Kleid hatte sie in Amasya gelassen. Diese Rolle wollte sie niemals wieder spielen, auch nicht zu Mehmeds Verteidigung.

Sie wollte gerade aufgeben und Pläne schmieden, die Mauern zu erklimmen, als Amal atemlos mit einem Bündel mattbrauner Stoffe zurückkehrte.

»Gut gemacht«, sagte Lada und bedeckte ihre Rüstung mit einem einfachen Kleid und einer drapierten Schärpe. Sie band ihr Haar zusammen und zog einen Schal tief in ihre Stirn.

Nicolae hustete, um ein Lachen zu unterdrücken. »Du solltest dich vielleicht rasieren.«

Sie runzelte die Stirn, dann erinnerte sie sich, dass sie ihr Gesicht noch nicht von der Kohle gesäubert hatte. »Ich nehme an, eine bärtige Frau würde auffallen«, sagte sie trocken und wischte sie weg.

Es war bereits dunkel, als alle zum Aufbruch bereit waren. Sie hatten eine halbe Meile von der Stadt entfernt haltgemacht und würden zu Fuß in Dreier- oder Vierergruppen gehen und sich in einem Gasthaus treffen, das sie alle kannten. Lada sah zu, wie ihre Leute immer weniger wurden, bis nur noch sie mit Stefan, Nicolae und Mehmed übrig war. Amal war vorausgegangen, um Radu Bescheid zu geben, dass sie unterwegs waren. Als Losung sollte er Radu daran erinnern, dass nur ein Esel einen Schild als Schlitten zieht.

»Ich fühle mich wie ein Dieb«, sagte Mehmed, als sie parallel zur Straße an den Bäumen entlangschlichen und bis zum letzten Moment warteten, um ins Freie zu gelangen.

»Wir *sind* Diebe«, antwortete Lada. Sie blieb stehen, als die Stadtmauern in Sicht kamen. »Jetzt stehlen wir deine Stadt.«

44

Aman löste sich von der Mauer hinter dem Gasthaus.

Er war groß, sein Gesicht war ausdruckslos und seine Augen waren so leblos, dass Radu erschauerte.

»Radu«, sagte der Mann, eher eine Feststellung als eine Frage.

Radu nickte. Er hatte Amal zurückgelassen, um den Jungen vor weiteren Gefahren zu bewahren. »Ich glaube, ich werde verfolgt.« Obwohl der Weg, den er genommen hatte, verschlungen war und er mit beiläufiger, zielloser Leichtigkeit gegangen war, hatte ein Widerhall von Schritten und eine Andeutung eines Umhangs ihn den ganzen Weg über beschattet.

Der Mann deutete auf Radus eigenen, fein gewebten Umhang, der mit einer Kapuze vor der Kühle des Abends schützte. Radu löste ihn und reichte ihn weiter. Nach zweimaligem Klopfen an eine unauffällige Tür warf sich der Mann den Umhang über die Schultern, passte seine Haltung und seinen Gang dem von Radu an und ging bis zum Ende der Gasse. Die Tür öffnete sich, und Radu duckte sich hinein. Nicolae zog ihn in eine schnelle Umarmung, sein Lächeln war etwas verkniffener als sonst, aber immer noch eine Erleichterung nach den Strapazen der Reise.

»Komm, wir haben ein Zimmer.« Er führte Radu eine unregelmäßige Treppe hinauf zum rückwärtigen Teil des Gebäudes. Die hellen Geräusche eines Kamins und von Essenszubereitung wurden lauter und verklangen wieder, als sie hinter einer Küche vorbeikamen.

»Wir haben einen Mann in der Haupthalle, der den Eingang bewacht.«

»Ihr wart erstaunlich schnell.« Radu wollte noch mehr sagen, um den schmerzhaften Kloß in seiner Kehle und das atemlose Flattern in seiner Brust zu unterdrücken, aber ihm fiel nichts ein.

Er war im Begriff, Mehmed zu treffen. Und Lada.

Nicolae öffnete eine Tür im zweiten Stock und betrat ein Wohnzimmer, das mit Männern gefüllt war, die wie Bäume zu dicht beieinanderstanden. Sie blickten alle in seine Richtung, die Hände an den Waffen. Die Männer entspannten sich, als sie Nicolae erkannten, und die Tür schloss sich hinter ihnen. Radu sah keinen von ihnen, nicht wirklich, so sehr war er auf der Suche nach …

Mehmed. Er beugte sich über einen grob gezimmerten Tisch, das Licht einer Lampe fiel auf sein Gesicht, sodass sogar seine Augen weich und warm zu glühen schienen. Er deutete auf ein Stück Pergament, das auf dem Tisch ausgebreitet und mit verschiedenen Waffen beschwert war, und zeichnete mit langen Fingern Intrigen und Komplotte in die Luft über der Karte.

Und neben ihm stand Lada mit finsterem Blick – die Kleinste im Raum und doch nahm sie irgendwie den meisten Platz ein. Sie trug Frauenkleidung, was nicht so recht zu ihr passen wollte.

Sie sah als Erste hoch. Etwas blitzte in ihrem Gesicht auf, und Radu zog in Erwartung eines Schlags instinktiv die Schultern hoch. Erst als sie wieder nach unten sah, ohne ihn weiter zu beachten, hatte er Zeit zu verarbeiten, dass ihr Gesichtsausdruck erst wütend und dann traurig gewesen war.

Alles andere war jedoch vergessen, als Mehmed sich aufrichtete und ihn erblickte. Ein erleichtertes Lächeln veränderte sein Gesicht, während er auf Radu zukam und ihn umarmte. Radu schloss die Augen und erwiderte die Umarmung nur für einen kurzen Moment. Er befürchtete, dass er sich verraten würde, wenn er Mehmed länger festhielt. Stattdessen zog er sich zurück und ließ seine Hände auf Mehmeds Schultern liegen, um Abstand zu wahren. »Geht es dir gut?«

Mehmed nickte, wies mit einer Geste auf eine niedrige Bank, die entlang einer ganzen Wand des Raumes aufgebaut war, und setzte sich darauf. Radu folgte seinem Beispiel und wandte sich ihm zu.

»Mein Vater?«, erkundigte sich Mehmed.

»Ich wäre überrascht, wenn er am Ende des Tages noch lebt. Er ist schon seit drei Tagen nicht mehr bei Bewusstsein.«

»Gegen was kämpfen wir?«, fragte Lada, die in der Nähe stand. Sie hatte die Arme fest vor der Brust verschränkt und sah über Radus Kopf hinweg, als sie ihn ansprach.

»Halil Paschas Truppen sind in der Stadt verstreut und bewachen alle Eingänge. Der Palast wird wie immer bewacht. Es wird ein Problem sein, Mehmed unbemerkt hineinzuschleusen.«

Ladas Stirnrunzeln vertiefte sich. »Was glaubt Halil, tun zu können? Er hat keinen Anspruch. Auch wenn die Leute hier misstrauisch gegenüber Mehmeds Herrschaft sind, werden sie den Thron nicht an einen Pascha übergeben.«

»Da gibt es noch den Bruder«, sagte Radu.

»Er ist noch ein Kleinkind!«

»Wenn mir etwas zustoßen sollte«, sagte Mehmed, »könnte Halil Pascha sich selbst zum Großwesir ernennen und als Regent anstelle meines Bruders regieren, bis er volljährig wird. Wahrscheinlich auch noch danach. Ich kenne die Mutter des Jungen nicht gut, aber sie ist nicht mächtig genug, um sich zu seiner Regentin zu machen.«

»Aber wenn Halil Pascha dich nicht töten kann, hat er keine andere Wahl«, sagte Lada.

Radu schüttelte den Kopf. »Sag das nicht. Er wird schon einen anderen Weg finden.« Er lehnte sich zurück, schloss die Augen und durchforstete sein Gedächtnis nach einem Hinweis auf Halil Paschas größeren Plan. Und dann erinnerte er sich an jene Nacht, jene schreckliche Nacht mit Salih. Da war doch ein Brief aus Konstantinopel gewesen. Welcher Name war darin erwähnt worden? Radu legte eine Hand an die Stirn und versuchte, sich die Worte wieder ins Gedächtnis zu rufen, aber alles, woran er denken konnte, war der Kuss, den er gewollt, aber nicht bekommen hatte, und der Kuss, den er nicht gewollt, aber trotzdem gegeben hatte.

Dann fiel es ihm ein. »Orhan! Sagt dir der Name Orhan etwas? Ich habe ihn in einem Brief von Konstantin an Halil Pascha gesehen.«

Mehmed kniff die Augen zusammen. »Er ist ein angeblicher Thronfolger aus einer anderen Linie. Wir vermuten, dass er nicht einmal verwandt ist, aber Konstantin hält ihn uns seit Jahren vor. Mein Vater zahlt eine jährliche Steuer für seinen Unterhalt, damit Konstantin ihn nicht hierherschickt, um Unruhe zu stiften. Halil Pascha will die Stadt gegen mich aufbringen und Orhan zum Sultan machen. Wenn es ihm gelingt, die Dinge im Gleichgewicht zu halten, kann er Edirne halten, einen Bürgerkrieg auslösen *und* Konstantinopel aus der Gefahrenzone heraushalten. Ich frage mich, wie viel sie der Schlange gezahlt haben.«

Radu wurde bleich. »So viele Osmanen würden sterben. Wie kann es ihn nicht interessieren, welchen Preis ein Bürgerkrieg fordern würde?«

Lada hob einen Dolch vom Tisch auf. »Die Lösung ist einfach. Wir töten Halil heute Nacht, in zwei oder drei Tagen trifft Iljas mit seinen Janitscharen ein, und die Stadt gehört uns.«

»So einfach ist das *nicht*«, sagte Radu.

Lada stieß ein verächtliches Schnauben aus, aber Mehmed hatte sich von ihr abgewandt und sah Radu an. Lada wich wie vom Blitz getroffen zurück, ihr Gesicht verfinsterte sich.

»Dann sag mir«, fragte Mehmed, »was sollten wir deiner Meinung nach tun?«

Radu frohlockte. »Ich habe eine Idee.«

»Ich fand schon immer, dass Rot mir besser steht als Blau«, sagte Nicolae, dessen Mund und Nase von einem Schleier verdeckt waren, während er an seinen wallenden Röcken zupfte.

»Wir werden mit niemandem darüber sprechen.« Mehmeds Stimme war ein Knurren. Wenn jemand die neuen Konkubinen zu genau betrachtete, würde er zweifellos vor der Mordlust in ihren Gesichtern erschrecken.

Lada sagte nichts, sondern wartete nur darauf, dass die letzten ihrer Männer die Mauer erklommen und sich über die Krone in die durch den Winter düsteren Gärten des Haremskomplexes hinunterfallen ließen. Insgesamt hatte sie nur vier mitgebracht: Matei, Nicolae, Stefan und Petru. Mehr Frauenkleider konnte Radu nicht besorgen, und je kleiner die Gruppe war, desto geringer war die Gefahr, dass sie auffiel. Die anderen verließen die Stadt, um auf Iljas zu warten und ihn über den Plan zu informieren.

Als alle die Mauer überwunden hatten, zog Lada das Seil zurück, rollte es auf und verstaute es unter ihrer Schärpe. Obwohl Radu es nicht wollte, konnte er nicht umhin, die Art und Weise zu registrieren, wie Mehmed ihre Bewegungen ständig beobachtete.

»Sie werden Huma beobachten«, sagte Radu. Er hatte gelogen, dass sie sich mit der kranken Huma treffen würden, um in den Harem zu gelangen, aber in Wahrheit wurde sie nicht in ihren Plan einbezogen. Sie war zu sprunghaft, zu unberechenbar und eine zu offensichtliche Wahl. »Die kürzeste Entfernung zwischen hier und dem Palast sind die Gemächer des Sultans. Das könnte unser bester Einstiegspunkt sein.« Radu rieb sich das Kinn, dann lächelte er. »Ich bin dafür bekannt, dass ich einer von Murads Lieblingen bin. Folgt mir. Und versucht, wie Frauen auszusehen.«

»Wie soll ich das machen?«, grummelte Petru.

»Schau es dir von Lada ab«, schlug Matei vor. Glücklicherweise wurde das grunzende Lachen von den Schleiern gedämpft, und Lada tat so, als hätte sie nichts gehört. Etwas an der Art, wie sich ihre Augen zusammenzogen, ließ Radu sich fragen, ob es sie vielleicht doch störte.

»Trippelschritte«, erklärte Lada. »Biegt euren Körper, so oft es geht. Die Schultern sind gerundet, die Hüften schwingen. Geht so, als hättet ihr nichts zwischen den Beinen. Für Nicolae und Petru dürfte das wohl kein Problem sein.«

Wieder schroffes Gelächter.

»Und vielleicht hört ihr auf, zu lachen und zu sprechen«, sagte Radu und schüttelte den Kopf. Er schritt voraus und ging selbstbewusst vor der Prozession her. Als sie das Eingangstor erreichten, nickte er der Wache zu.

Der Eunuch warf einen Blick über Radus Schulter und hob die Augenbrauen. »Die Ärzte haben vorgeschlagen, wir sollten versuchen, Murads Sinne zu wecken, damit er aufwacht. Ich dachte, na ja …« Radu grinste verlegen und gestikulierte in Richtung der Frauen.

Der Eunuch öffnete das Tor, und sie gingen hindurch. Radu betete im Stillen, dass der Eunuch die »Frauen« oder ihre Füße nicht zu genau betrachten würde. Er hatte keine Pantoffeln für sie finden können, und ihre Lederstiefel waren wohl kaum der Standard für Frauen, die ihr ganzes Leben in einem einzigen Gebäude und den dazugehörigen Gärten verbrachten.

Die nächste Tür war der Eingang zu Murads Privatgemächern, die von mehreren Janitscharen bewacht wurden. Radu, der unter seiner Kleidung stark schwitzte, gab die gleiche Erklärung mit dem gleichen wissenden, aber verlegenen Lächeln. Die Janitscharen zuckten mit den Schultern, offensichtlich gelangweilt von ihrer Aufgabe, einen fast toten Mann zu bewachen.

Und dann waren sie drin.

»Willst du ihn sehen?«, fragte Radu und blieb vor Murads Zimmertür stehen. Er blickte nervös den Flur hinunter und war sich sicher, dass die Janitscharen jeden Moment ihren Fehler bemerken und mit gezogenen Schwertern hereinstürmen würden. Oder ein Arzt käme und schlüge Alarm. Oder Halil Pascha selbst würde warten.

Aber sie waren allein, vorerst.

Mehmed betrachtete nachdenklich das Zimmer seines Vaters, dann schüttelte er den Kopf. »Dazu habe ich keinen Grund.«

Radu war seltsamerweise versucht, hineinzugehen und Murad seinen Respekt zu erweisen. Was auch immer er sonst noch war, was auch immer er sonst noch getan hatte, er war der Grund, warum sie hier waren. Und Radu würde das nicht ändern. Murad hatte ihm viel genommen, aber er hatte ihm auch Mehmed und den Islam gegeben.

Radu legte Mehmed die Hand auf die Schulter und drückte sie einmal. Dann führte er die Gruppe durch die prächtigen Räume in ein wenig genutztes Nebenzimmer. Es war zu klein, um Gäste zu empfangen, und da Murad im Sterben lag, kamen nur wenige Besucher in die Haupträume.

Als die Tür sicher hinter ihnen geschlossen war, legten die Männer ihre Verkleidungen ab, einige mit größerer Eile als andere. »Mir ist es lieber, wenn dein Gesicht verschleiert ist«, sagte Nicolae zu Petru, als der junge Mann sich die Oberbekleidung vom Leib riss.

»Mir ist es lieber, wenn du den Mund hältst«, konterte Petru.

Es herrschte eine Leichtigkeit zwischen ihnen, eine Sicherheit, die daher rührte, dass sie so viel voneinander wussten. Vielleicht mochten sie sich nicht einmal, aber sie waren sich sicher, dass sie einander mit ihrem Leben verteidigen würden, wenn es dazu kommen sollte.

Radu fragte sich, wie das wohl wäre, eine reine Freundschaft ohne etwas anderes – keine Ängste, keine verworrenen und unerwünschten Gefühle. Kumal war eher ein Mentor als ein Freund, zu viel älter, um ein echter Gleichgestellter zu sein. Radu vertraute Lazar, aber da war immer ein Hauch von Unbehagen, eine Andeutung von Begierde auf Seiten Lazars, die Radu ständig in die Defensive drängte. Er hielt seine anderen Männer auf Distanz, weil er fürchtete, sie könnten das in ihm sehen, was Lazar, was Huma und was Lada gesehen hatten. Und was Mehmed nicht gesehen hatte.

Radu wusste nicht, ob es eine Erleichterung oder ein weiterer Schlag für sein Herz war, dass Mehmed nicht sehen konnte, wie er sich fühlte, wenn er ihn nur ansah.

»Was nun?«, Mehmed sah Radu an.

Radu spürte, wie seine Brust anschwoll und seine Schultern sich strafften, um größer zu wirken. »Jetzt schicke ich nach dem Hauptmann der Janitscharen.«

Lada schüttelte den Kopf. »Zu riskant.«

»Es ist ein Risiko, aber es ist ein noch größeres Risiko, die Janitscharen der Stadt in Halil Paschas Taschen zu lassen. Wenn er uns heute sieht, könnte er uns verraten. Aber wenn wir ihn nicht überreden, Mehmed zu unterstützen, werden wir ihn auf der Straße bekämpfen.«

»Das sehe ich auch so«, sagte Mehmed.

Es war ein Leichtes, den Hauptmann der Janitscharen in Murads Gemächer zu rufen. Radu sagte dem Diener nicht, wer seine Anwesenheit verlangte. Kazanci Dogan war teilnahmslos, als er Radus ansichtig wurde, da er während der Belagerung genug mit ihm zu tun gehabt hatte, um ihn zu kennen. Radu lächelte und bedeutete ihm, ihm zu folgen.

Man musste Kazanci Dogan zugutehalten, dass er sich nur einen Hauch von Entsetzen anmerken ließ, als er die Tür öffnete und Mehmed auf einem kunstvoll vergoldeten Stuhl sitzend, in tiefvioletten Gewändern und mit einem dunkelroten Turban vorfand. Er hielt ein Schwert so lässig wie einen Atemzug.

»Komm herein«, sagte Mehmed.

Kazanci Dogan neigte bestätigend den Kopf und betrat den Raum, wobei sein Blick die grimmig dreinblickenden Männer an den Wänden zu beiden Seiten erfasste. Lada saß immer noch in der Ecke, ein Bein auf der Bank, das andere baumelte lässig. Sie zog einen Knoten fest, dann ließ sie die Schlinge fallen und dort hängen, als hätte sie vergessen, dass sie da war.

Radu spürte eine Welle der Zuneigung für sie, die sogar seinen Zorn überwand. Manchmal war sie wirklich großartig.

»Ich wusste nicht, dass du in der Stadt eingetroffen bist«, sagte Kazanci Dogan zu Mehmed.

»Ja, seltsam, dass niemand es für nötig hielt, mir zu sagen, dass mein Vater stirbt. Aber da sich die Dinge bald ändern werden, dachte ich, wir sollten uns einigen.«

Kazanci Dogan sagte nichts.

»Während meiner letzten Amtszeit hatten wir Disziplinprobleme mit deinen Männern. Konntest du sie seither unter Kontrolle bringen?«

Kazanci Dogans Gesicht lief rot an. »Meine Janitscharen tun mehr für das Reich als alle anderen Soldaten. Es ist meine Aufgabe, mich darum zu kümmern, dass sie gut versorgt sind.«

»Ja, natürlich. Ruf mir die Struktur des Korps noch einmal ins Gedächtnis.«

Stirnrunzelnd erklärte Kazanci Dogan, er sei das Oberhaupt aller Soldaten und derjenige, dem die Anführer der einzelnen Abteilungen und Garnisonen unterstellt seien. Mehmed nickte nachdenklich.

»Und du schuldest dem Sultan Loyalität und niemandem sonst?«

Kazanci Dogan antwortete ohne jedes Zögern. »Ja.«

»Aber der Sultan ist nicht der Kommandant. Du bist es.«

»Ja.«

Mehmed nickte. »Es ist gut, dass du getrennt von den Sipahi und ihrer endlosen Politik bist. Ich schätze meine Janitscharen mehr als alles andere. Sag mir also: Was kann ich tun, um dir bei der Führung deiner Männer zu helfen?«

Kazanci Dogans Gesicht bekam einen durchtriebenen Zug. »Wir sind müde, Herr. Die Belagerung von Skanderbeg war lang und entmutigend. Viele meiner Männer kehrten krank zurück und sind erst seit Kurzem wieder gesund. Es besteht die Sorge, dass …« Er zögerte, als wählte er seine nächsten Worte sorgfältig aus. »… dass sie, wenn du den Thron besteigst, in eine weitere unbedachte, langwierige Belagerung geworfen werden könnten.«

Mehmed legte überrascht den Kopf schief. »Ich habe kein Verlangen danach, gegen Skanderbeg vorzugehen. Das war der Streit meines Vaters, nicht meiner.«

»Nicht Skanderbeg.«

Die intelligente Verwirrung auf Mehmeds Gesicht brachte Radu fast zum Lächeln. »Wen sollte ich belagern? Ich habe bereits ein Reich, das Aufmerksamkeit braucht, und ich werde Hilfe und Zeit brauchen, um zu lernen, wie man am besten regiert. Ich würde mich darauf verlassen können, dass meine Janitscharen mir dabei zur Hand zu gehen. Das ist mein einziger Plan für ihre Zukunft.«

Kazanci Dogan gab ein unbestimmtes Geräusch in seiner Kehle von sich.

»Sag mir, findest du, dass mein Vater sein Reich gut geführt hat?« Mehmed lächelte über Kazanci Dogans alarmierten Gesichtsausdruck. »Ach, komm schon. Er liegt im Sterben. Es ist kein Verrat, zu prüfen, was wir besser machen können. Was halten deine Männer beispielsweise von ihren Entschädigungen?«

Kazanci Dogan räusperte sich. »Es hat einige Beschwerden gegeben. Wir schultern eine schwere Last für das Reich und sehen, dass andere Männer reicher belohnt werden.«

»Das sehe ich auch so. Meine erste Handlung wird sein, meine Finanzen zu überprüfen, festzustellen, wo Steuern missbraucht werden, und alle verfügbaren Mittel zur Erhöhung des Janitscharensolds umzuleiten. Ich möchte, dass du dir einen Betrag überlegst, den du für gerecht, aber großzügig hältst. Es ist mir wichtig, dass deine Soldaten – und auch du – wissen, dass niemand sie so sehr schätzt oder sich so gut um euch kümmern kann wie ich.« Mehmeds Lächeln verschwand und seine Augen wurden so scharf wie sein Tonfall. »Niemand kann dir das bieten, was ich kann, und wenn es jemand versuchen würde, wäre es Verrat.«

Kazanci Dogan verbeugte sich tiefer, als Zeichen des Respekts. »Ich freue mich darauf, dir zu dienen, wenn du unser Sultan bist.«

»Euer Vater.«

»Ja. Unser Vater.«

Mehmed nickte. »Ich vertraue darauf, dass du unser Treffen vertraulich behandeln wirst. Ich bin noch nicht bereit, meine Anwesenheit hier zu verkünden. Ich möchte mehr Zeit für mich haben, um den Tod meines Vaters zu betrauern. Sollte mich jemand entdecken, würde ich wissen, wer mich verraten hat.«

Der Adamsapfel von Kazanci Dogan hüpfte, als er schluckte. »Ja, mein Vater.«

Mehmed lächelte und öffnete großzügig seine Arme. »Ich freue mich darauf, dir beim Führen zuzusehen. Sobald mein Vater stirbt, werden wir uns über die Bedingungen der Gehaltserhöhung einigen, und du kannst sie deinen Männern verkünden.«

Kazanci Dogan verbeugte sich erneut und wurde von Matei hinausbegleitet.

»Meinst du, es hat funktioniert?«, fragte Mehmed mit einer Sorgenfalte zwischen den Brauen.

Radu ließ sich auf einen Stuhl fallen und befreite sich von der Anspannung, in der sich sein Körper seit der Ankunft des Janitscharenführers befunden hatte. »Er ist kein Dummkopf. Er weiß, dass du ihm mehr bieten kannst, als Halil Pascha es kann. Und er hat es ernst gemeint, dass seine Männer müde seien. Er wird Straßenkämpfe und einen langwierigen Bürgerkrieg vermeiden wollen. Ein Bündnis mit dir bringt ihm jetzt mehr Vorteile.«

»Ich stimme zu.« Mehmed stand auf und streckte sich. »Sobald ich den Thron sicher habe, werden wir ihn töten.«

Radu blinzelte schockiert, aber Lada nickte nur und zog die Schlinge enger.

»Was nun?«, fragte Petru.

»Jetzt warten wir auf den Tod meines Vaters und Iljas' Ankunft.«

Beides ereignete sich am nächsten Tag. Amal brachte die Nachricht von der Mauer, dass Iljas mit großer Streitmacht angerückt sei und einfach durch das Tor marschierte, als die Wachen versuchten, ihnen den Zutritt zu verweigern. Mehmed beobachtete vom Turm über dem Zimmer seines Vaters aus das gewaltige Spektakel der Prozession der weißen Mützen durch die Straßen.

»Ist es vorbei?«, fragte er.

Radu wusste nicht, wovon er sprach, aber Petru nickte. »Dein Vater ist tot.«

»Dann gehe ich zu meinem Volk.« Er wandte sich vom Fenster ab, sein von Metallfäden durchwirkter Turban glitzerte. Seine Kleidung war dunkelviolett, die traditionelle Farbe der römischen Kaiser. Eine schwere Goldkette mit schimmernden Rubinen hing ihm von Schulter zu Schulter, und ein Umhang fiel ihm über den Rücken.

Sie ritten los. Kazanci Dogans Janitscharen kamen ihnen entgegen und wurden immer mehr, bis sie den großen Platz im Zentrum der Stadt erreichten und sich mit Iljas vereinigten. Mehmed ritt an der Spitze, das Schwert erhoben, die Glocken läuteten, als sich die Nachricht vom Tod seines Vaters verbreitete. Nach einer Parade durch die ganze Stadt kehrte er in den Palast zurück.

Halil Pascha wartete im Thronsaal, Mordlust stand ihm ins Gesicht geschrieben. Mehmed schritt geradewegs auf ihn zu und ergriff seine Schultern. Lada stand mit gezogenem Schwert direkt hinter Mehmed. Nackte Angst ersetzte schnell die Gewalt auf Halil Paschas Gesicht. Dies war Radus Idee gewesen, der große Plan hinter all ihren geheimen Manövern.

»Halil Pascha, der Berater, in den mein Vater das meiste Vertrauen setzte, der weiseste Mann in unserem großen Reich.« Mehmed wandte sich an die versammelte Menge von Adligen, von denen einige noch eilig ihre Gewänder richteten. »Halil Pascha wird mein Großwesir sein und mir helfen, eine neue Ära des Friedens und des Wohlstands zum Ruhme der Osmanen einzuleiten!«

Die Menge jubelte. Halil Paschas Schrecken wurde von Ungläubigkeit abgelöst und dann von dem schlauen, triumphierenden Lächeln eines Fuchses, der die Beute eines anderen Tieres gestohlen hatte. Doch der Fuchs bemerkte nicht, dass Radus Hunde ihn umzingelten und ihn genau dorthin trieben, wo sie ihn haben wollten.

Armer Fuchs, dachte Radu.

45

Mehmed wurde das Schwert seines Vorfahren Osman Gazi überreicht. Er hielt es ehrfurchtsvoll vor sich, bevor er es um seine Taille gürtete. Er trug nun die Träume der Geschichte seines ganzen Landes.

Lada wusste nicht, was sie fühlen sollte, als sie das Geschehen beobachtete. Dies war nicht der Mehmed, der so leidenschaftlich von dem Traum gesprochen hatte, als sie allein gewesen waren. Dieser Mehmed war in Seide gehüllt und in eine Rüstung gegürtet, ein Turban verdeckte seinen Kopf, sein Gesicht war so scharf wie Stahl und genauso unantastbar. Er stand auf einem Podest, getrennt von allen anderen. Da war ein Mann, dessen einzige Rolle – die sogar einen königlichen Titel beinhaltete – darin bestand, einen Schemel für Mehmeds Füße herumzutragen, falls dieser einen benötigte. Es gab einen Mann, der für die Turbane Mehmeds zuständig war. Es gab einen Mann, der zur Linken von Mehmed stand, bereit mit Parfüm und einem Fächer, falls ein lästiger Geruch es wagen sollte, sich dem Unnahbaren zu nähern.

Denn das war es, was Mehmed geworden war.

Durch die endlosen Zeremonien, die Ernennung von Wesiren, das Akzeptieren und Empfangen von Geschenken, blieb Mehmed auf demselben Platz und entfernte sich immer weiter.

Lada fragte sich, ob die Vorkoster die brodelnde Eifersucht schmecken würden, die durch ihre Adern kroch, während sie Wache stand und zusah, wie Mehmeds Traum Wurzeln schlug.

Lada konnte nicht ahnen, dass eine noch abscheulichere und unangenehmere Aufgabe als die Beobachtung der endlosen Krönung bevorstand. Mehmed traf sich in den äußeren Gemächern von Murads Wohnräumen mit jeder der Frauen und Konkubinen seines Vaters. Wie von Lada gefordert, waren an jeder Tür zwei Wachen postiert, und einer ihrer eigenen Leute war ständig bei Mehmed im Raum.

Heute war das ihre Rolle. Als eine Frau nach der anderen eintrat, angefangen bei der niedrigsten, die erst vor Kurzem von der Dienerin zum vollwertigen Haremsmitglied aufgestiegen war, war Lada gezwungen, die Realität dieses Teils des Throns anzuerkennen. Ihre Hand zuckte unentwegt über ihrem Schwert. Sie war sich nicht sicher, was genau sie töten wollte.

Eine zitternde Konkubine ging und wurde durch eine Frau ersetzt, die Lada kannte. Mara trug immer noch ein Kleid, das nicht zu den Höfen passte – ein bodenlanges, aufwendig besticktes Gewand ohne Schleier. Ihr Haar war hochgesteckt und kunstvoll gelockt. Ihr ganzes Ensemble besaß keinen Anflug von osmanischem Stil. Sie verbeugte sich nicht vor Mehmed, sondern hob nur eine Augenbraue. »Guten Morgen.« Sie sprach Latein statt Türkisch.

Er lächelte verwirrt. »Mara Brankovic.«

»Mein Ruhm eilt mir voraus.« Mit schwingenden Röcken nahm sie auf einem Sofa parallel zu Mehmeds Stuhl Platz, anstatt sich vor ihm niederzukauern.

»Ich bin froh, dass es dir gut geht.«

»Witwe zu sein steht mir.«

Lada stieß ein Lachen aus. Mara warf ihr einen Blick zu und lächelte kalt.

Mehmed räusperte sich und versuchte, Maras Aufmerksamkeit wiederzuerlangen. »Ich bin mir nicht sicher, was ich mit dir machen soll.« Die meisten anderen Frauen wurden, je nach ihrem Rang innerhalb des Harems oder mit wem sie verwandt waren, auf verschiedene Ländereien geschickt. Die Töchter bedeutender Familien wurden zurückgeschickt, einige mit Ehen, die von Mehmed und ihren Vätern bereits arrangiert worden waren. Radu verhandelte gerade im Namen Mehmeds mit einem wichtigen Pascha über eine Heirat. Wie Münzen wechselten die Frauen von einer Hand zur anderen.

Ladas Finger schlossen sich um den Griff ihres Schwertes.

»Ich habe einen Heiratsantrag von Konstantin erhalten«, sagte Mara.

Mehmed konnte seine Überraschung nicht verbergen. *»Konstantin?«*

»Vermutlich glaubt er, dass es dein Bündnis mit meinem Vater und Serbien aufweichen wird, denn es war zum großen Teil meinem Einfluss zu verdanken, dass mein Vater sich aus dem Konflikt in Varna heraushielt. Serbien als Vasallenstaat zu verlieren, wäre ein Schlag für dein Reich und eine Blamage für deine jüngste Thronbesteigung. Europa erwartet nicht viel von dir.«

Mehmed nickte, seine Miene war jetzt betont ausdruckslos. »Ich bin überrascht über seine Kühnheit. Und seine Schnelligkeit. Obwohl ich mich frage, ob es klug von dir war, es mir zu sagen.«

Lada hatte keinen Zweifel daran. Mara hatte Hintergedanken. Sie war zu klug, um eine Gelegenheit ungenutzt verstreichen zu lassen.

Mara zuckte mit den Schultern und legte den Kopf schief. »Gott hat mich befreit. Ich werde nie wieder heiraten. Ich habe Konstantin bereits eine Absage geschrieben, die ich unterzeichnen und abschicken werde, sobald ich auf dem Heimweg nach Serbien bin.«

Mara hatte zwar kein Schwert, aber sie hatte sich selbst effektiv als Waffe eingesetzt. Mehmed konnte ihr kein Haar krümmen, ohne sein Bündnis mit ihrem Vater zu riskieren; und wenn er sie verärgerte, riskierte er, Konstantinopels Chancen auf weitere Verbündete zu erhöhen. Sie würde sich nicht auf eine andere Art und Weise benutzen lassen, als sie es sich ausgesucht hatte.

Ein plötzlicher, heftiger Neid erfasste Lada. Maras ganze Geduld hatte sich ausgezahlt. Sie hatte ihr eigenes Schicksal gestaltet, frei von den Männern, die es ihr aufzwingen wollten.

Mehmed stand auf und neigte respektvoll den Kopf. »Ich werde sofort die nötigen Vorkehrungen treffen. Morgen früh wirst du dich auf den Weg machen, mit Geschenken für dich und deinen Vater und einem neuen Friedensvertrag, den du mit meinem Segen überreichen wirst.«

Mara erhob sich und machte einen anmutigen Knicks. Ihr Lächeln für Lada war dieses Mal echt. Dann verließ sie den Raum, ohne Dankbarkeit für die Flucht zu zeigen, die sie ganz allein gestaltet hatte.

»Ich werde sie vermissen«, sagte Lada.

Mehmed lachte. »Das wundert mich nicht. Sie war immer die furchterregendste der Ehefrauen meines Vaters.«

»Und wo wir gerade furchterregende Frauen im Kopf haben …« Lada nickte in Richtung Tür, wo Huma, gestützt von einem Eunuchen, wartete.

»Konkubine. Niemals eine Ehefrau.« Huma sprach mit einem Zittern in der Stimme, das es vorher nicht gegeben hatte. Ihre Haut hatte einen Gelbton, der Lada veranlasste, wegzuschauen, und der volle Körper, auf den sie früher so stolz gewesen war, verschwand nun unter ihrem schlaffen Gewand.

»Mutter.« Mehmed stand auf und half ihr, sich zu setzen. »Du hättest nicht zu kommen brauchen.«

»Natürlich bin ich gekommen. Du bist mein Sohn. Der Sultan.«

Lada hatte Stolz, ja sogar Jubel erwartet, aber die Worte klangen, als würden sie auf Humas Zunge bitter schmecken.

»Aber deine Zukunft steht nicht infrage«, sagte Mehmed. »Du wirst hierbleiben, im Palast.«

»Es ist nicht meine Zukunft, die mir Sorgen bereitet. Wir müssen Pläne besprechen. Wir haben dich auf den Thron gebracht, jetzt müssen wir dafür sorgen, dass du ihn behältst.«

Mehmed schüttelte den Kopf und nahm ihre Hände in die seinen. »Darüber musst du dir keine Gedanken machen. Ich möchte, dass du dich darauf konzentrierst, gesund zu werden.«

Sie fuhr fort, als hätte er nichts gesagt. »Gegen Orhan können wir vorerst nichts unternehmen, aber da ist noch die Sache mit dem kleinen Ahmet, deinem Halbbruder. Er ist eine Bedrohung, die wir bekämpfen müssen.«

Mehmed wandte sich von ihr ab. »Ich werde dafür sorgen, dass er auf ein Landgut geschickt wird, wo er sicher ist.«

Huma hustete und das Geräusch rasselte zwischen ihren geschrumpften Brüsten. »Sicher? Du willst deinen engsten Rivalen um den Thron in Sicherheit bringen?«

»Er ist ein Kleinkind.«

»Das wird er nicht immer sein. Denk an deinen Vater, die Jahre, die er im Kampf gegen seine eigenen Brüder verschwendet hat. Sie haben das Reich beinahe auseinandergerissen. Wir können nicht zulassen, dass mit Ahmet und dir das Gleiche passiert!«

Mehmed ließ ihre Hände fallen, stand auf und starrte sie an. »Das ist keine Frage des ›wir‹, Mutter. Ich bin mir der Gefahren der Zukunft wohl bewusst. Ich werde für Ahmets Sicherheit sorgen – in sicherer Entfernung von hier, außerhalb der Reichweite derer, die ihn gegen mich ausspielen würden, getrennt von der armen Halima, seiner Mutter, oder von jedem, der seine Interessen über meine eigenen stellen würde. Er wird als Gefangener heranwachsen. Verzeih mir, wenn ich mich nicht ausführlicher damit befassen möchte.«

Humas Gesichtsausdruck war genauso wild wie der seine, und Lada fiel auf, wie ähnlich sie sich sahen. In ihren Gesichtern, ihren Augen lag eine Intensität, die alles durchbohrte, was sie ins Visier nahmen.

Dann brach Huma in sich zusammen; Krankheit und Erschöpfung forderten ihren Tribut. »Sag mir wenigstens, dass du einen Plan für Halima hast. Setze sie sinnvoll ein.«

Mehmed rieb sich den Fleck zwischen seinen Augen. »Ja, ja. Ich werde mich bald mit ihr treffen. Ich denke, ich werde sie mit Ishak Pascha verheiraten. Ich schicke ihn als neuen Beylerbey nach Anatolien. Ich will Ishak von Halil trennen. Sie sind zusammen zu stark.«

»Ja, das ist weise. Aber ich denke immer noch, dass Halil dir von der Spitze eines Pfahls aus bessere Dienste leisten würde.« Huma stand auf und streckte einen Arm aus. Der Eunuch, der sie eskortiert hatte, eilte an ihre Seite. »Und du irrst dich, was den Umgang mit dem Baby Ahmet angeht. Aber du musst tun, was du für das Beste hältst.«

»Das werde ich.«

Nachdem sie gegangen war, seufzte Mehmed. »Es ist schwer, sie so schwach zu sehen.«

»Ich glaube, sie war noch nie schwach. Sie macht mir genauso viel Angst, wie sie es immer getan hat. Und … sie hat nicht ganz unrecht.« Ladas Mundwinkel verzogen sich nach unten; sie hasste es, Huma zuzustimmen. Sie hatte sogar Mitleid mit Halima. »Wenn Konstantinopel schon einen entfernten Cousin gegen dich einsetzt, stell dir vor, was sie tun könnten, wenn sie Zugang zu Murads anderem Sohn hätten. Halil wird versuchen, ihn zu benutzen.«

»Ich werde ihn von Halil fernhalten. Und bis Ahmet alt genug ist, um sich nützlich zu machen, sollten wir mit diesem erbärmlichen Pascha fertig sein.«

»Wesir«, korrigierte Lada Mehmed, und er streckte ihr die Zunge heraus. »Es war Radus Idee, vergiss das nicht. Hättest du auf mich gehört, wäre Halil jetzt tot.«

»Ich weiß, ich weiß. Aber wir müssen weiter vorausdenken. Wir bauen ein Fundament. Jeder Stein muss bedacht werden. Wir müssen die Mauer, die Halil errichtet hat, abbauen, bevor wir ihn aus dem Spiel nehmen. Sonst würden weitere Steine die Lücke füllen, und die Mauer stünde mir immer noch im Weg. Insofern hat Radu recht.«

»Und was denkt der weise, kluge Radu über Ahmet? Ist er ein Stein oder eine Schwäche, die das ganze Gebäude bedroht?«

Mehmed antwortete nicht.

46

Der königliche Beamte trommelte mit seinen tintenbefleckten Fingern nervös auf seine Beine. Seine Stimme war stockend und undeutlich, als wäre er es nicht gewohnt, zu sprechen. »Ihr wollt die Steueraufzeichnungen sehen?«

Mehmeds Gesicht war eine Maske der Geduld. »Ja. Ich möchte Abrechnungen über die Steuereinnahmen sehen.«

Radu hatte Mitleid mit dem Schreiber, dem der Schweiß auf der Stirn stand. Er vermutete, dass der Mann noch nie vor einen Sultan gerufen worden war.

»Welche Steuern?«

Mehmed lächelte nicht. »Alle.«

»Alle – wirklich alle?«

»Alle. Ich möchte jede Münze zurückverfolgen, die in die Staatskasse kommt, und jede Münze, die sie verlässt. Ich will sehen, was jeder Staat und jede Stadt einnimmt, wer verantwortlich ist, wie mein Gold ausgegeben wird und was es dafür vorzuweisen gibt. Löhne. Zulagen. Zahlungen an fremde Länder. Zahlungen von Vasallenstaaten.«

»Aber es wird Wochen dauern, bis ich genug Informationen habe, die wir durchgehen können, und es wäre ein gewaltiges Unterfangen.«

»Dann solltest du besser anfangen. Jetzt.«

Der Mann huschte aus dem Zimmer, als würde Mehmeds Ankündigung ihn in die Fersen beißen. Mehmed seufzte und rieb sich die

Stirn. »Wir haben so viel Zeit verloren. Ich werde Monate, vielleicht Jahre brauchen, um alles in Ordnung zu bringen. Wenn ich daran denke, wie weit ich sein könnte, wenn mein Vater den Thron nicht zurückerobert hätte, wenn ich nicht wieder nach Amasya verbannt worden wäre ...«

Radu schmeckte Mehmeds Wut, und seine Zunge wurde trocken in seinem Mund. Obwohl sie nie darüber gesprochen hatten, fragte Radu sich oft, ob Lada auch bedauerte, was sie getan hatten. Vielleicht hätte es einen anderen Weg gegeben. Einen Weg, der es Mehmed ermöglicht hätte, den Thron zu behalten, als er ihn zum ersten Mal geerbt hatte. Sie waren verängstigt gewesen. *Kinder.* Und sie hatten eine Entscheidung getroffen, die Mehmeds Zukunft betraf, ohne ihn zu fragen.

»Geht es dir gut?«, fragte Mehmed.

»Ja! Ja. Ich bin einfach nervös. Ich treffe mich heute mit Kumal und Nazira.«

»Warum sollte dich das nervös machen?«

Es versetzte Radu einen Stich, festzustellen, dass er und Mehmed, obwohl sie so gut wie jeden Tag zusammen Zeit verbrachten, nicht einfach wieder in ihre Gewohnheit zurückgefallen waren, sich gegenseitig alles zu erzählen. Radu hatte zu viele Geheimnisse, die er nicht preisgeben konnte, und so sprach er so wenig wie möglich. Das war einfach. Mehmed hatte immer Leute um sich. Auch jetzt waren zwei Wachen im Raum und ein untersetzter Mann mit dicken Fingern, der einen Schemel für Mehmeds Füße hielt. Ihre Anwesenheit trug nicht gerade zur Intimität bei, was Radu früher vielleicht wehgetan hätte, jetzt aber eine zarte Gnade zu sein schien.

»Habe ich es dir nicht gesagt? Kumal will, dass ich Nazira heirate.«

Mehmed lehnte sich wie erschlagen zurück. Der Schemelträger sprang vor, aber Mehmed winkte ab. »Sie heiraten? Du willst mich verlassen?«

Radu spürte ein Flattern – nicht wirklich Hoffnung, aber ihr dunklerer, verzweifelterer Cousin. Vielleicht waren der Unglaube und der Anflug von Ärger bei Mehmed Eifersucht. »Darf ich nicht heiraten? Ich weiß, dass die Janitscharen das nicht dürfen, aber mir ist nicht klar, was genau ich hier bin.«

Mehmeds Gesicht wurde weicher. »Du bist mein Freund. Du bist ganz sicher kein Sklave. Wenn du sie heiraten willst …« Mehmed brach ab, seine Augenbrauen senkten sich, während er Radu mit einer Intensität musterte, die Radu das Atmen schwer machte.

»Ich liebe sie nicht.« Die Worte purzelten aus seinem Mund wie Kieselsteine in einem Bach, kalt und klirrend. Er wusste nicht, wo sie landen würden, aber er sprach weiter. »Ich mag sie gern, und Kumal war sehr nett zu mir. Ich bin mir jedoch nicht sicher, ob ich zu Nazira passe. Ich denke, sie könnte in einen höheren Stand einheiraten und wäre besser dran. Und meine erste Pflicht – meine einzige Pflicht – wirst immer du sein. Davon kann mich niemand abhalten.«

Niemand kann mich von dir fernhalten.

Bitte, dachte Radu, *bitte verstehe, was ich sage.*

Mehmed machte große Augen, die Pupillen weiteten sich beinahe unmerklich. Dann vertrieb ein Lächeln die Intensität und Ernsthaftigkeit aus seinem Blick. »Dann überlasse ich es dir. Kumal Vali ist ein guter Mann. Ich werde ihn zum Kumal Pascha machen. Du bist frei, das zu tun, was immer du willst, solange Nazira weiß, dass ich dich an meiner Seite brauche.«

Radu verschränkte seine Hände hinter seinem Rücken, weg von Mehmed, so fest, dass sie schmerzten. »Es gibt keinen Ort, an dem ich lieber wäre.«

Die Worte blieben ihm in der Kehle stecken und er versuchte, mehr herauszubekommen. Radu wusste, dass er, wenn er einmal damit anfing, den Strom der Ehrlichkeit, der sich aus ihm ergießen und ihn ertränken würde, niemals würde aufhalten können.

So verbeugte er sich und verließ den Raum mit zitterndem Atem und pochendem Herzen.

Die Liebe war eine Plage.

Er traf Nazira und Kumal in demselben Garten, in dem er Mehmed zum ersten Mal gesehen hatte.

Radu stand vor dem Brunnen, starrte ins Leere und fragte sich: Wenn er den weinenden Jungen hier nicht getroffen hätte, könnte er dann Nazira lieben?

»Radu!«

Er drehte sich um, noch immer in der Vergangenheit gefangen, und umarmte Kumal. Sein Freund war dünner als früher. Ein nachklingender Schatten der Berührung des Todes vertiefte die Ringe unter seinen Augen und seine eingefallenen Wangen. Aber er war am Leben.

»Ich bin so froh, dich gesund zu sehen.« Radu umarmte ihn fest, bevor er ihn losließ.

»Das haben wir nur dir zu verdanken.«

Radu drehte sich zu Nazira um. Sie trug einen rosafarbenen Schal über ihrem schwarzen Haar; die Winkel ihrer weichen, dunklen Augen verzogen sich nach oben und ließen sie gutmütig spöttisch aussehen. Ihre Lippen waren so voll, dass sie fast einen Kreis bildeten, aber sie verzog sie zu einem breiten Lächeln. »Radu.«

Radu verbeugte sich. Er war froh, sie zu sehen, aber unsicher, wie er sich ihr gegenüber verhalten sollte. Wo sie vorher die Leichtigkeit einer Freundschaft hatten, sogar wie Geschwister gewesen waren – wie Radu sich eine Schwester vorstellte, die nicht Lada war –, gab es jetzt eine Kluft, von der er nicht wusste, ob er sie überqueren oder vor ihr fliehen sollte. Er hatte sie sich als seine Schwester gewünscht, aber sie hatte offenbar mehr gewollt.

»Ich sehe da drüben einen interessanten Strauch.« Kumal zeigte darauf und strahlte. »Ich werde ihn eine Weile untersuchen, denke ich.«

Radu konnte es nicht ertragen, am Brunnen zu sitzen, also führte er Nazira zu einer Steinbank unter einem breiten Baum. Seine Äste waren im Winter kahl. Sie setzten sich, vor Blicken geschützt. Radu wusste nicht, was er sagen sollte.

Nazira starrte geradeaus, als sie schließlich sprach. »Ich möchte dich heiraten.«

Ihre Direktheit verwirrte Radu, der sich so sehr an die verwinkelte und verschlungene Kommunikation bei Hofe gewöhnt hatte. »Ich … Du bist sehr … Weißt du, ich …«

Sie drehte sich zu ihm um, lächelte und legte ihre Hand auf die seine. »Radu, süßer Radu. Wenn du mich ansiehst, ist da kein Hunger in deinem Blick. Ich habe viel Zeit damit verbracht, Männer und die Art, wie sie Frauen ansehen, zu beobachten, und du siehst mich nicht so an, wie ein Mann etwas ansieht, das er begehrt.«

Die Angst blühte auf, und ihre dunklen Blütenblätter breiteten sich aus. »Du bist sehr schön, und …«

Sie drückte seine Hand und schüttelte den Kopf. »Derartiges Begehren ist mir nicht willkommen. Deshalb habe ich dich ausgewählt. Du bist freundlich und intelligent und du bist … allein. Und du wirst, denke ich, immer allein sein müssen.« Sie formulierte es fast wie eine Frage, ihre Augen suchten in seinen nach einer Wahrheit, von der er nicht wollte, dass sie sie fand. »Erinnerst du dich an unseren Tanz?«

Radu schüttelte den Kopf.

»Bei Mehmeds Hochzeit mit Sitti Hatun.«

»Ah, ja.«

»Die Hälfte der Frauen im Raum sahen dir zu, sehnten sich nach deiner Aufmerksamkeit und warteten darauf, dass sie an der Reihe waren. Und du hast keine von ihnen angesehen. Da wusste ich es. Ich verstand. Ich verstehe, wie es ist, auf das zu blicken, was man eigentlich haben sollte, und nichts zu fühlen.« Sie wartete, dann flüsterte sie: »Ich *verstehe* es.«

Radu merkte, dass ihm Tränen in die Augen gestiegen waren. »Wirklich?«

»Das tue ich. Als deine Frau würde ich nur deine Freundschaft erwarten. Mehr nicht.« Sie blickte auf den Boden, und ihre Wangen röteten sich. »Und ich möchte dich bitten, dass meine Zofe Fatima mich begleiten darf. Für immer.«

»Fatima.« Radu lehnte sich zurück und erinnerte sich. An die Art, wie Naziras Blick dem Dienstmädchen immer folgte, wohin sie auch ging, an den Tag, an dem er sie in den Gärten fand, atemlos und errötet, die Haare zerzaust, weil sie von einer *Biene gejagt wurden.*

Eine Wolke vor der Sonne verzog sich, und sie wurden in Wärme und Licht getaucht. Gleichzeitig überkam ihn eine überraschende Klarheit. Radu lächelte. »Du warst glücklich, dass dich die Biene im Garten gestochen hat. Du hast also das Glück gefunden.«

Sie nickte. »Das habe ich. Wirst du … bitte, wirst du mir helfen, es zu schützen? Wirst du mich deine Freundin sein lassen, deine wahre Freundin, die dich kennt und liebt?«

Radu lehnte seine Stirn an die ihre und schloss die Augen. Er konnte nicht verhindern, dass Eifersucht in ihm aufstieg. Nazira hatte ihr Glück gefunden, und wie durch ein Wunder empfand Fatima dasselbe. Doch seine Bitterkeit wurde von echter Liebe für Nazira verdrängt. Wenn sie hatte, was er fürchtete, nie zu haben, würde er alles tun, um ihr zu helfen.

»Nazira, es wäre mir eine große Ehre, dein Ehemann zu sein.«

Sie stieß ein Lachen aus, das sich mit einem Schluchzen der Erleichterung vermischte, und warf ihre Arme um seinen Hals. »Danke, danke, liebster Radu. Ich danke dir.«

Er gab ihr einen sanften Kuss auf die Stirn.

Als sie wieder zu Kumal stießen, betrachtete er Naziras tränenüberströmtes Gesicht mit Sorge, bevor er ihre ineinander verschränkten Hände bemerkte. »Bruder!« Er nahm sie beide in seine Arme. Naziras Körper zitterte, während sie weinte und lächelte, und Kumal begann, Hochzeitspläne zu schmieden.

»Wir können den Sultan einladen!«, sagte er.

»Nein«, sagte Radu zu schnell und mit zu viel Nachdruck. Naziras Augenbrauen hoben sich wissend. Radu nickte mit dem Kopf, eine winzige Bewegung, die nur sie wahrnehmen konnte. Sie drückte seine Hand, und er war überrascht, wie beruhigend es war, verstanden zu werden.

Diesmal achtete Radu beim Sprechen darauf, dass er ruhig und ungerührt klang. »Er ist im Moment so schwer belastet. Er würde sich schuldig fühlen, weil er nicht teilnehmen kann. Es ist das Beste, ihn nicht einzuladen. Ich werde ihn um ein Anwesen in der Nähe bitten, aber außerhalb der Stadt. Näher bei dir. Dort ist die Luft gesünder für Nazira, und ich kann problemlos zwischen ihr und meinen Pflichten beim Sultan hin- und herreisen. Ich möchte in einer einfachen Zeremonie heiraten, so bald wie möglich.«

»Das ist auch mein Wunsch.« Nazira überstrahlte sogar die Sonne.

Kumal lachte gutmütig. »Es scheint, als wüsstet ihr beide genau, was ihr wollt.«

»Das tun wir«, sagte Radu. Aber nur einer von ihnen konnte es wirklich haben.

47

Erschöpfung plagte Lada und zerrte an ihren Gliedern und ihrem Geist. Nicolae war damit beschäftigt, die Janitscharen von Edirne nach walachischen Rekruten zu durchforsten, die sie in ihre Reihen aufnehmen konnten. Stefan bildete die wenigen, die sie gefunden hatten, aus. Und da Petru und Matei beide krank waren, hatte Lada eine doppelte Nachtwache übernommen. Jetzt, nach der Morgendämmerung, konnte sie nur noch ans Bett denken.

Es war seltsam gewesen, in Mehmeds Zimmer zu stehen, während er schlief. Er hatte sie angefleht, sich zu ihm ins Bett zu legen, hatte sie geneckt und mit ihr geflirtet, aber sie hatte ihn daran erinnert, dass sie alles war, was zwischen ihm und einem Messer in der Dunkelheit stand.

Und wenn er nicht den Mund halten und schlafen gehen würde, würde es ihr Messer sein.

Dennoch bereitete ihr die ganze Erfahrung Unbehagen. Es war, wie ihn bei der Krönung zu beobachten. Er war da, er war Mehmed, aber er war so weit weg von ihr. Unerreichbar. Sein schlafendes Gesicht war dasselbe wie während der Zeremonie: fremd.

Während der längsten und einsamsten Stunden der Nacht hatte Lada sich nur mühsam beherrschen können, ihn nicht zu wecken, nur um zu sehen, wie sich seine Augen veränderten, wenn er sie anblickte, wie sich seine Lippen um Worte und Absichten formten. Ihr gefiel, wer sie war, wenn er sie anschaute, sie sehnte sich danach. Aber sie hatte dem Verlangen widerstanden. Und jetzt, wo ihr eigener Schlaf so nahe war, stand ihr vor ihrer Tür eine Frau im Weg.

»Lada?« Das runde Gesicht der Frau war süß und angenehm, wie eine Pflaume, mit ebenso runden Lippen. Ihre Augen waren schwach, zu groß und wässrig.

»Was?«

»Ich … ich bin es. Nazira.«

Lada runzelte die Stirn, ihr Geist war träge. Die Frau kam ihr tatsächlich bekannt vor.

»Ich habe mich bei Mehmeds Hochzeit vorgestellt. Ich habe mit Radu getanzt.«

»Alle haben mit Radu getanzt.«

Die Frau lachte. Es fiel ihr so leicht. Der Reflex eines Muskels, den Lada nicht hatte. »Ja, das ist wahr. Radu hat mich nicht erwähnt?«

Rot blitzte vor Ladas Augen auf, und alle ihre Muskeln spannten sich an. War dies eine Art Test? Ein Trick? Wusste jemand, dass Radus Herz Mehmed gehörte, und kannte seine wahren Gefühle? Wenn Halil es herausgefunden hatte, würde er versuchen, es zu seinem Vorteil zu nutzen. Lada würde ihren Bruder nicht so leicht verraten. »Radu und ich sprechen nicht viel miteinander. Wir sind beide sehr beschäftigt.«

»Oh, das tut mir leid. Aber du müsstest meinen Bruder kennen. Kumal?«

Die Erkenntnis rüttelte Lada wach. Sie hatte den Männern an den äußeren Enden des Hofes nie viel Aufmerksamkeit geschenkt, aber sie erinnerte sich an Kumal. Kumal, der Seelenräuber. Der Mann, der Radu in das Herz des muslimischen Gottes getrieben hatte.

»Ich kenne ihn.«

Nazira musste das Knurren in Ladas Stimme überhört haben, denn sie lächelte erleichtert. »Nun, offenbar hat Radu noch nicht mit dir darüber gesprochen, aber ich … wir … wir werden morgen heiraten.«

»Ihr werdet *was?*«

»Wir haben uns erst kürzlich entschieden und wollten schnell und ohne viel Aufhebens heiraten. Es gibt so viel anderes zu tun, und Radu muss für Mehmed verfügbar sein.«

Lada war schwindlig, als wäre sie nach einem tagelangen Ritt abgestiegen und die Erde bewegte sich mit dem Gang eines Pferdes noch immer unter ihr. »Er wird dich heiraten.«

»Wir meiden die strengen Traditionen, aber ich wollte den heutigen Tag mit meinen Cousinen und meiner Tante in den Bädern verbringen. Und natürlich mit dir. Du bist seine einzige Familie.« Sie verwechselte Ladas verwirrten Ausdruck des Entsetzens mit einer Frage nach den Bädern. »Es ist Brauch, den Tag vor einer Hochzeit in den Bädern zu verbringen. Radu hat eins der Palastbäder für uns reserviert, damit wir nicht gestört werden. Und da wir Schwestern sein werden, hoffte ich, dass du dich uns anschließen würdest.«

Wer war diese Frau? Erst lieferte ihr Bruder Radus Seele an einen fremden Gott aus, und jetzt, wo Radu das Ohr des Sultans hatte, stürzte sie sich darauf, ihn zu heiraten? Lada wusste, dass Radu sie nicht liebte. Sie vermutete, dass ihr Bruder unfähig war, außer Mehmed irgendjemanden zu lieben. Warum hatte er dann dieser Heirat zugestimmt? Hatten sie ihn irgendwie in der Hand, vielleicht mit einer bösartigen Erpressung?

Wenn Nazira Radu benutzte, um an Mehmed heranzukommen, brauchte Lada so viele Informationen wie möglich. Sie konnte wie Radu mit Raffinesse arbeiten. Er war nicht der Einzige, der dieses Spiel spielen konnte. Sie biss die Zähne zusammen und versuchte, ein Lächeln zustande zu bringen. »Gib mir ein paar Minuten Zeit, mich umzuziehen, ja?«

Lada folgte Nazira durch einen Gang, über den sich tiefgrüne Ranken wölbten, wächsern und unempfindlich gegen die Kälte des Winters. Sie war noch nie im Bad gewesen, sie zog es vor, sich privat zu waschen, anstatt Zeit mit anderen Frauen zu verbringen. Das Äußere des Gebäudes war einfach, fast karg. Doch sobald sie drinnen waren, eröffnete sich eine neue Welt. Die handbemalten Fliesen zeigten ein sich wiederholendes Blumenmotiv in leuchtenden Rot- und Gelbtönen an den Wänden und an der Decke, akzentuiert von tiefstem Blau.

Die hohen Fenster ließen Licht herein, das den in der Luft wallenden Dampf durchdrang. Nazira begrüßte entzückt mehrere Frauen und tauschte Küsse aus. Alle schienen überglücklich und überrascht zu sein und merkten an, wie schnell die Verlobung zustande gekommen war und dass Nazira das Glück hatte, den schönsten Mann Edirnes zu ergattern.

Lada fragte sich, ob ihr eigener Kopf oder die Fliesen zuerst zerbrechen würden, wenn sie mit dem Schädel darauf einschlug.

Ihr Lächeln fühlte sich wie eine Qual an.

Eine Bedienstete führte die Frauen in einen Bereich, der für sie vorbereitet worden war, mit Matten für ihre Kleidung und langen, weichen Tüchern, in die sie sich beim Entkleiden einwickeln konnten. Lada hielt sich im Hintergrund und fragte sich, wie Radu so etwas machte. Sollte sie sich in die Gespräche einbringen? Sollte sie hoffen, unsichtbar zu sein, und nur zuhören?

Die anderen Frauen zögerten nicht, aus ihren Kleidern zu schlüpfen, sie lachten und unterhielten sich ganz ungezwungen. Sie schämten sich weder für ihre Körper noch waren sie ihnen peinlich. Als die meisten von ihnen ins Wasser gegangen waren, entledigte sich Lada so schnell wie möglich ihrer Kleider und verstaute den Lederbeutel, den sie um den Hals trug, darunter. Dann ließ sie sich von der Seite in das Bad gleiten, anstatt nackt zu den flachen Stufen zu gehen.

Sie blieb dort stehen, die Arme fest vor der Brust verschränkt, in der Hoffnung, dass jemand schnell etwas Verwerfliches sagen würde, damit sie gehen konnte.

Das Wasser war zwar angenehm für ihre erschöpften, angespannten Muskeln, aber sie fühlte sich mehr als nur nackt. Sie fühlte sich entblößt und verletzlich. Sie sehnte sich nach einer Waffe, nach einem Kettenhemd, nach etwas zwischen ihrer Haut und dem Rest der Welt.

Lada rückte näher an die anderen Frauen heran, ihr Haar schwamm hinter ihr her. Doch anstatt von Radus Gunst in der Hauptstadt und seinen Verbindungen zu Mehmed zu sprechen, sprachen die Frauen von seinen Augen. Sie sprachen von seinem Lächeln. Sie sprachen von seinem Charme und seiner Liebenswürdigkeit. Jede hatte eine

Anekdote parat, eine Geschichte über etwas, das Radu für sie oder für jemanden, den sie kannten, getan hatte. Ein perfekt zeitlich abgestimmter Witz, eine äußerst fesselnde Geschichte, ein verblüffender Moment der Großzügigkeit.

Ein Stechen in der Brust brachte Lada ein seltsames Gefühl des Verlustes ins Bewusstsein. Sie vermisste Radu. Denn sie kannte den Mann, von dem sie sprachen, nicht, und sie dachte, dass sie ihn vielleicht kennenlernen wollte.

Vielleicht irrte sie sich. Vielleicht liebte Radu Nazira wirklich. Vielleicht war alles, was er für Mehmed empfand, abgeschöpft und an dieses süße Nichts von einem Mädchen weitergegeben worden. Lada kannte ihn offensichtlich nicht so, wie er für diese Stadt war.

Aber nein. Die Art und Weise, wie Radu Mehmed beobachtete, die Art und Weise, wie er sich dem Sog, den Mehmed hinterließ, nicht entziehen konnte – das hatte sich nicht geändert. Der Rest der Welt war für Radu nebensächlich. Nur Mehmed war wichtig.

Lada hatte ihm einmal etwas bedeutet. Wie hatte sie das verloren?

Nazira lachte, und Lada erinnerte sich. Kumal hatte ihrem Bruder das Gebet geschenkt und ihn gestohlen. Und jetzt beanspruchte Nazira ihn auch noch. Sie ging näher an Nazira heran, die teilweise von zwei breitschultrigen Tanten verdeckt wurde.

»Wir werden dir ein paar Geheimnisse verraten«, sagte die eine, wobei sie wegen eines fehlenden Schneidezahns lispelte, »damit Radus schönes Aussehen nicht verschwendet wird.«

Die andere Tante lachte unflätig. »Das Aussehen wird wenig zählen, wenn er nicht gut lernt.«

»Pst!«, machte Nazira, deren Haut von der Hitze des Bades oder aus Verlegenheit gerötet war. Sie hielt sich die Hände vors Gesicht und schüttelte den Kopf.

»Ach, komm schon, du wirst eine Ehefrau sein. Du musst wissen, dass Ehemänner in allen Dingen nutzlos sind, wenn sie nicht richtig angeleitet werden. Vor allem, wenn es darum geht, ihre Frauen zu befriedigen.«

Lada entfernte sich langsam und fühlte sich äußerst unwohl. Wenn sie von Schlangen und Gärten sprachen, von der Verantwortung der Frau, dem Samen des Mannes einen sicheren Ort zu bieten …

»Bitte, Tanten, ihr schockiert sie«, sagte eine der verheirateten Cousinen, obwohl auch sie lachte, weil ihr das Thema vertraut war. »Wartet bis nach ihrer Hochzeitsnacht, wenn sie keine Angst mehr hat. Dann erzählt ihr, wie eine Frau genauso zufrieden sein kann wie ein Mann.«

»Pah«, sagte die lispelnde Tante. »Wie lange hat es nach deiner Hochzeit gedauert, bis du weinend zu mir kamst und dich über deine Unzufriedenheit mit seinen nächtlichen Liebesdiensten beklagtest?«

Die Cousine lachte. »Fünf elende Jahre. Zwei schreiende Säuglinge hatte ich ihm geschenkt und nicht einen Abend der Freude wiederbekommen. Du hast recht, das würde ich meiner armen Nazira nicht wünschen.«

Nazira bespritzte sie mit Wasser. »Schluss jetzt! Wenn ich Fragen habe, werde ich dir einen fein formulierten Brief schreiben. Ich habe Vertrauen in Radus Großzügigkeit und Fähigkeiten.«

Lada hustete, und alle Köpfe wandten sich ihr zu. »Oh, Lada! Es tut mir leid«, rief Nazira aus. »Wir sollten daran denken, dass Radu dein Bruder ist.«

Lada stammelte etwas, das wie eine Entschuldigung klang, und flüchtete zu ihrer Matte. Ihre Haut war noch nicht einmal trocken, als sie sich ihre Kleidung überstreifte und den Beutel wieder sicher um den Hals legte. Im Bad würde sie nichts erfahren, was sie wissen wollte.

Aber als sie zu ihren Zimmern rannte und die Hosen an ihren Beinen klebten, hörte sie immer wieder den Satz, der eine größere Offenbarung war als jede politische Intrige: *Eine Frau kann genauso zufrieden sein wie ein Mann.*

»Er hat sie geheiratet? Schon?« Mehmed stand auf, setzte sich wieder hin und stand erneut auf. »Aber wir haben doch erst vor drei Tagen darüber gesprochen! Und er wollte sie nicht einmal heiraten! Er hat um ein bescheidenes Anwesen gebeten, aber als ich zustimmte, hätte ich nicht gedacht … *Verheiratet?*«

»Die Dinge ändern sich, wie es scheint.« Lada hatte versucht, Radu vor der Hochzeit in die Enge zu treiben, um mit ihm zu reden, aber er hatte sich hinter seinen großen Augen und seinem leeren Lächeln verschanzt und einfach immer wieder gesagt, Nazira würde eine wunderbare Ehefrau sein. Sie war gezwungen gewesen zuzusehen, wie die beiden in einer türkischen Kirche heirateten.

Radu gab sein Leben in einer anderen Sprache fort, besiegelt von einem anderen Gott.

Nazira war während der ganzen Zeremonie immer wieder errötet, ein Dienstmädchen stand Schulter an Schulter mit ihr. Als die Zeremonie vorbei war, hatte sich das Paar kaum berührt, und zwischen ihnen gab es so viel Leidenschaft, wie bei zwei unschuldigen Kindern, die Hochzeit spielten. Lada war danach zu einem Festmahl in Kumals Stadthaus eingeladen worden, aber sie befürchtete, dass sie nicht in der Lage sein würde, höflich zu sein. Nicht zu diesem Mann. Niemals.

Radu hatte ihr nur zugenickt und ihr alles Gute gewünscht, als sie ihm sagte, dass sie gehen würde. Und jetzt war er verheiratet.

»Das ergibt keinen Sinn«, sagte Mehmed. »Welchen Vorteil zieht Kumal Pascha aus einem Bündnis mit Radu?«

Lada höhnte: »Ist das nicht offensichtlich? Kumal ist jetzt ein Pascha. Radu hat deine Gunst. Kumal will näher bei dir sein. Wir werden ihn beobachten müssen.«

Mehmed schüttelte den Kopf. »Kumal hat keine Verbindungen zu Halil Pascha. Ich habe bereits alle Steuern und Abgaben aus Kumals Vilayet überprüft. Er ist über jeden Vorwurf erhaben. Er und seine Männer haben sich bei der Belagerung von Skanderbeg ehrenhaft verhalten. Er weiß bereits, dass ich ihn schätze und ihm vertraue, und er ist respektvoll, ohne jemals um Gunst zu buhlen. Das hier bringt ihm keine Vorteile. Aber Nazira ist seine jüngste Schwester. Vielleicht verwöhnt er sie und überlässt ihr die Wahl ihres Partners.«

Lada wollte nicht, dass es so war. Sie wollte, dass es einen dunkleren Zweck gab, einen Grund, sie zu hassen, einen Grund, sie zu bestrafen. Aber Radu war klug. Falls er in Schwierigkeiten steckte, wäre er zu Mehmed gegangen, oder sogar zu Lada.

»Vielleicht … vielleicht liebt sie ihn wirklich.« Lada wusste, dass Radu Nazira nicht liebte. Aber wenn es ihn glücklich machte, sich auf eine andere Person als Mehmed zu konzentrieren, so könnte dies auch für ihn von Vorteil sein.

Mehmed schüttelte den Kopf. »Natürlich liebt sie ihn. Die halbe Stadt ist in ihn verliebt. Trotzdem macht seine Zustimmung keinen Sinn. Er liebt sie nicht.«

Lada beobachtete ihn, um zu sehen, ob hinter seinen Worten mehr Bedeutung, mehr Verständnis steckte, aber sie konnte es nicht erkennen.

Er starrte gedankenversunken an die Wand. »Und sie kann ihn nicht glücklich machen.«

Ein Gespräch im Badehaus beschäftigte Lada. »Was ist mit Nazira?«

»Hm?« Mehmed sah sie endlich an, war aber immer noch abgelenkt. »Was soll mit ihr sein?«

»Warum ist es ihre Pflicht, ihn glücklich zu machen? Was wird Radu tun, um sie glücklich zu machen?«

Er winkte abweisend mit einer Hand. »Ihr Ehemann sein. Für sie sorgen. Ihr … Kinder schenken.« Er schürzte die Lippen, als sei der Gedanke geschmacklos. Als hätte er das nicht auch schon getan.

»Und Kinder sind ihr Lohn dafür, dass sie ihn erträgt.«

»Ihn erträgt? Sie kann sich glücklich schätzen!«

»Sag mir«, sagte Lada, deren Gedanken an Schlangen und Gärten und Samen und Pflichten nun von dampfverwirbelten, unwahrscheinlichen Vorstellungen von Vergnügen jenseits des Küssens vernebelt wurden. »Was tust du, um deine Frauen glücklich zu machen?«

Mehmeds Mund wurde verkniffen, seine Augen verengten sich verschmitzt. »Meine Frauen? Wovon sprichst du?«

»Dein Harem. Sie existieren, um dir zu dienen. Sie schenken dir Söhne.« Sie spie das Wort aus. »Was tust du für sie?«

»Darüber wünsche ich nicht mit dir zu sprechen. Du weißt, ich muss …«

»Es geht nicht darum, was du tun musst! Magst du sie? Liebst du sie? Welche von ihnen liebst du am meisten?«

»Ich weiß es nicht! Sie sind … Es ist anders. Es ist wie mit dem Mann, der meinen Schemel trägt. Ich mag ihn, und ich mag ihn auch nicht. Er ist da, um einen Zweck zu erfüllen. Warum willst du darüber reden?«

»Weil ich wissen will, ob du jemals, auch nur ein einziges Mal, darüber nachgedacht hast, was ihnen Freude bereiten könnte! Oder ist das nur ein Geschäft, ein Teil der Aufgabe, ein Sultan zu sein? Sind sie für dich wie ein Schemel?«

Seine Augenbrauen zogen sich zusammen, sein Gesichtsausdruck war gequält. »Welche Antwort willst du, Lada? Welche würde es besser machen?«

Sie wich zurück. »Ich weiß es nicht.«

Er machte einen Schritt nach vorne und verringerte den Abstand zwischen ihnen, den Blick auf den Boden gerichtet und mit ungewohnt zögerlicher Stimme. »Wenn du es wolltest … würde ich alles tun, was du willst, was du brauchst, damit wir zusammen sein können. Irgendetwas.«

Nach einem scharfen Klopfen öffnete Nicolae die Tür. Lada sprang schuldbewusst von Mehmed weg. Nicolae grinste, ohne auf die Stimmung im Raum zu achten.

»Die Wachablösung ist erst in einer Stunde fällig, und dann wirst du mich in die königliche Schatzkammer begleiten«, schnauzte Mehmed und setzte sich.

Nicolae verbeugte sich tief. »Meine Vorfreude ist so groß, dass es körperlich schmerzt, bis dahin zu warten. Aber ich bin nicht deinetwegen hier, mein Vater. Lada, ich habe eine Überraschung für dich. Komm heraus.«

»Bring sie herein.« Mehmed lehnte sich mit finsterem Gesicht auf seinem Stuhl zurück.

Nicolae zuckte mit den Schultern, aber sein vernarbtes Gesicht konnte seine Freude nicht verbergen, als er zur Seite trat.

Ein Mann betrat den Raum, breitschultrig und mit gewölbter

Brust, schwerfällig in seinen Bewegungen. Er trug eine Janitscharenuniform. Lada wollte Nicolae anschreien, dass ein neuer Rekrut kaum eine Unterbrechung wert sei, bis sie sah, was die Mütze des Mannes nicht verbarg.

Zwei Ohren, die wie die Henkel eines Kruges abstanden.

Sein Grinsen fühlte sich an, als würde die ganze Walachei die Arme nach ihr ausstrecken, um sie nach Hause zu holen. »Lada«, sagte Bogdan.

Sie stürmte nach vorne und warf sich in seine Arme. Er zögerte nicht, schlang seine Arme um sie und wirbelte sie im Kreis herum. Sie vergrub ihr Gesicht an seinem Hals, unfähig zu glauben, dass es real war. Bogdan, ihr Bogdan, den sie vor so langer Zeit verloren hatte.

Lebendig. Hier. Ihrer.

»Wer bist du?«, fragte Mehmed.

Ohne Lada abzusetzen, antwortete Bogdan mit einer Stimme, die tiefer war als die, die sie kannte, aber so sehr er, dass sie sich wieder wie ein Kind fühlte. »Ich bin ihr Ehemann.«

Lada lachte und gab ihm einen Klaps auf den Hinterkopf. Er setzte sie ab, aber sie ließ eine Hand auf seiner Schulter liegen. Sie musste sich vergewissern, dass er wirklich da war und nicht fortgehen wollte.

»Ich glaube kaum, dass unsere Ehe verbindlich war.« Sie nahm seine Hände in die ihren, seine Finger kurz und schwielig. Sein Gesicht war breiter geworden, seine Züge passten jetzt besser, da er in sie hineingewachsen war. Er war stämmig, stark, genau so, wie sie ihn sich vorgestellt hätte, wenn sie den Mut gehabt hätte, sich darauf einzulassen.

»Würdest du das *bitte* erklären?«, fragte Mehmed. Sein Gesicht war so kalt und präzise arrangiert wie ein Fliesenboden.

»Das ist Bogdan. Mein ältester Freund. Seine Mutter war mein Kindermädchen, und als wir aufwuchsen, haben wir ihr und Radu das Leben zur Hölle gemacht. Er ging vor ewig langer Zeit für mich verloren. Ich dachte, er sei für immer fort! Oh, Bogdan.« Sie legte eine Hand auf seine Wange, die Stoppeln dort schockierten sie und erinnerten sie an all die gemeinsame Zeit, die sie verpasst hatten.

»Du hast keine Ahnung, wie viele Bogdans ich durchprobieren musste, bis ich den richtigen gefunden hatte«, sagte Nicolae.

Lada konnte ihr Lächeln nicht unterdrücken. »Danke.«

»Er scheint eine gute Ergänzung für unsere Truppe zu sein. Groß genug, um auf Petru zu sitzen, wenn er zu lästig wird.«

»Seid ihr jetzt fertig?« Mehmed hob eine Augenbraue.

Ladas Lächeln verschwand. Was war nur los mit ihm? Warum konnte er nicht sehen, wie glücklich sie war, wieder mit Bogdan vereint zu sein? Sie bemerkte, wie sein Blick zu der Stelle wanderte, an der ihre Hand noch immer auf Bogdans Schulter ruhte.

Sie hob ihr Kinn und ließ nicht los. »Bogdan, das ist Mehmed, der Sultan.«

Bogdan verbeugte sich, wie es sich gehörte, aber es lag etwas in seinen Bewegungen, das die Verbeugung wie einen nachträglichen Einfall erscheinen ließ. Etwas, das er sowieso tun wollte, und Mehmed stand einfach zufällig davor.

Lada zog an seiner Hand. »Komm, ich zeige dir …«

»Ich möchte, dass du mich zur Schatzkammer begleitest«, sagte Mehmed.

»Wie bitte?«

»Es gibt einige Aufstellungen, zu denen ich gerne deine Meinung hören möchte.«

»Aber Nicolae war …«

»Nicolae kann dir – Bogdan, nicht wahr? – zeigen, wo die Kaserne ist. Geht jetzt.«

»Nein! Sie werden bleiben.«

Bogdan stand teilnahmslos da, sein Gesicht verriet nichts.

Nicolaes Augen weiteten sich warnend. »Lada«, formte er tonlos mit den Lippen.

Sie erkannte, dass sie die beiden aufforderte, sich direkt einem Befehl ihres Sultans zu widersetzen. Wenn sie ihr gehorchten, konnten sie wegen Hochverrats getötet werden. Mehmed würde so etwas nicht tun, aber sie konnte Nicolae und Bogdan nicht bitten, sich ihm um ihretwillen zu widersetzen.

»Geht«, sagte sie mit zusammengebissenen Zähnen. »Wir sehen uns später.«

Sie sah zu, wie sie weggingen, und ging dann den ganzen Weg zur Schatzkammer fünf Schritte vor Mehmed her. Sie war wütend.

»Lada«, sagte er.

Sie drehte sich nicht um und antwortete auch nicht.

Als sie in der Schatzkammer ankamen, wurde Mehmed von Bergen von Pergament aufgehalten: Abrechnungen, Hauptbücher und Verträge. Sie stand an der Tür, angeblich, um nach Bedrohungen Ausschau zu halten, aber stattdessen verwendete sie ihre ganze Energie darauf, auf Mehmeds Rücken zu starren.

Schließlich gingen die Bediensteten.

»Worum geht es hier?«, verlangte Lada zu wissen.

»Was meinst du?« Mehmed blickte nicht auf.

»Du hast mich hierhergeschleppt, obwohl du wusstest, dass ich nicht kommen wollte. Ich habe Bogdan seit Jahren nicht mehr gesehen – ich dachte, er sei tot –, und du hast entschieden, dass mein Beitrag zu den Angelegenheiten der Staatskasse wichtiger ist?«

»Verzeih mir, wenn ich verblüfft war, als mir dein Mann vorgestellt wurde.«

Lada geriet ins Stottern. »Er ist nicht … Es war ein Spiel unter Kindern.« Sie sah ihn von oben herab an. »Außerdem kannst du dich gewiss nicht darüber beschweren. Wie geht es Sitti Hatun zurzeit?«

Mehmed sprang von seinem Stuhl auf und legte seine Hände um ihre Schultern, bevor sie sich bewegen konnte. Sie stemmte sich dagegen, aber sein Gesicht wurde weicher und sein Griff lockerte sich, er hob eine Hand, um ihr Gesicht zu streicheln. »Es tut mir leid. So glücklich habe ich dich schon lange nicht mehr gesehen … Es hat mich überrascht, das ist alles. Ich wusste nicht, wie ich reagieren sollte. Ich bin froh, dass du deinen Freund gefunden hast.«

Lada nickte, immer noch argwöhnisch.

»Du solltest hingehen, mit ihm reden, Versäumtes nachholen. Komm heute Abend zum Abendessen in meine Räume und erzähl mir davon.« Er lächelte, und sie hatte keine Zeit zu erkennen, ob es ein echtes Lächeln oder das Lächeln des Sultans war, bevor er sich vorbeugte und seine Lippen auf ihre presste. Die sanfte Eindringlichkeit seines Mundes hielt sie gefangen, und sie antwortete mit ihren Lippen.

In all den Tagen, seit sie nach Edirne gekommen waren, hatten sie nicht so viel Zeit allein miteinander verbracht. Ihre Hände und ihr Mund ließen sie wissen, dass sie begierig auf ihn war. Er trat zurück zum Stuhl, zog sie mit sich und setzte sich. Sie saß auf seinem Schoß und schlang ihre Beine um ihn. Sie spürte den rasenden Puls an seinem Hals, als er sie immer näher an sich heranzog. Seine Hände tanzten über ihren Körper und sobald sie registrierte, wo sie sie gerade berührt hatten, wanderten sie zu einer neuen Stelle. Dabei hinterließen sie eine Spur aus Feuer, die er auf ihre Haut schrieb.

Lada hörte das Klopfen an der Tür wie durch Wasser hindurch, und es dauerte mehrere Klopfzeichen, bis sie verstand, was es bedeutete.

Sie wich keuchend zurück.

Mehmed lächelte anzüglich und rückte ihr die Tunika zurecht. »Du solltest gehen.«

»Ich sollte gehen«, echote sie.

»Wir sehen uns heute Abend.«

Sie schwebte auf einem roten Schleier der Lust und dachte darüber nach, welches Vergnügen man haben könnte, wenn der Partner es nur wollte. Es dauerte einen einzigen Korridor, bis ihr Bogdan einfiel. Ihr kam der düstere Verdacht, dass Mehmed versucht hatte, dafür zu sorgen, dass sie nur an ihn dachte. Sie rannte in den Flügel des Palastes, in dem ihre Männer untergebracht waren, und eilte von Raum zu Raum. Ihre Reihen hatten sich dank Nicolaes Eifer gefüllt, und sie wurde von kaum bekannten Gesichtern begrüßt, bis sie schließlich das gewünschte Zimmer fand.

Nicolae stand dort und sprach im Plauderton, während Bogdan seine Sachen in eine schlichte Kommode legte.

Lada blieb wie angewurzelt in der Tür stehen. Nach dem ersten Schock ihrer Begegnung wusste sie nicht, wie sie ihn begrüßen sollte.

Sie waren keine Kinder mehr mit der Leichtigkeit eines gemeinsam verbrachten Lebens. Was hatten die letzten Jahre mit ihm gemacht?

Was hatten sie mit ihr gemacht?

Sie war plötzlich entsetzt darüber, was die Lada, die damals hierhergekommen war, von der jetzt lebenden Lada halten würde.

Bogdan betrachtete sie ausdruckslos. »Das ist also das Leben, das du dir aufgebaut hast.« Obwohl sein Tonfall keine Wertung enthielt, spürte Lada, wie sie sich aufregte. Sie brauchte sich nicht zu entschuldigen. Nicht bei Bogdan und auch nicht bei ihrem alten Ich.

»Ja. Ich führe die besten Truppen des ganzen Reiches an.«

»Das sehe ich. Und du unterstehst dem Sultan.«

Sie verschränkte die Arme. »Ich unterstehe mir selbst.«

»Warum bist du dann noch hier? Warum nimmst du nicht, was du kannst, und gehst?« Er musterte ihr Gesicht, als suche er etwas, das nicht mehr da war.

»Es … so einfach ist das nicht.«

Nicolaes Narbe verdrehte sich um sein schiefes Lächeln. »Wir hatten es vor, einmal. Und dann hat sie es sich anders überlegt.«

»Ich habe es mir nicht anders überlegt! Es gab noch andere Erwägungen. Und außerdem, wenn wir gegangen wären, wärst du hier und ich wäre weg. Wie hätten wir dann wieder zueinander gefunden?«

Bogdan nickte und akzeptierte die Wahrheit so leicht wie ein Hund einen hingeworfenen Knochen. »Also gehen wir jetzt.«

»Wohin?«

»In die Walachei.«

»Ich kann nicht dorthin zurückkehren. Mein Vater hat mich *verkauft*, Bogdan. Er hat mich hierhergebracht und mein Leben benutzt, um seinen Thron zu kaufen. Es gibt dort nichts für uns. Ich werde niemals zu meinem Vater zurückkehren.« Egal wie viel sie lernte, wie stark, klug, brutal oder beliebt sie war – ihr Vater bestimmte immer noch ihr Leben. »Lieber ein Sultan als mein Vater«, flüsterte sie.

»Väter leben nicht ewig«, sagte Bogdan und zuckte mit den Schultern. Aber er benutzte das türkische Wort für Vater. Das Wort, mit dem die Janitscharen den Sultan bezeichneten.

48

Als Radu nach seinem kurzen Urlaub nach der Hochzeit in die Stadt zurückkehrte, überholte er das teiggesichtige neueste Mitglied von Ladas Soldatentrupp. Irgendetwas an ihm ging Radu nicht aus dem Kopf. Sein Gesicht sah so weich aus, sein Körper so schwerfällig. Er passte nicht hinein.

Radu mochte die meisten von Ladas Männern nicht, aber er konnte nicht leugnen, dass sie Mehmed am besten beschützten. Jeder von ihnen hatte etwas von der wilden, rücksichtslosen Entschlossenheit, die den Kern seiner Schwester ausmachte. Manchmal grüßte Nicolae oder einer der freundlicheren von ihnen ihn auf Walachisch. Er antwortete immer auf Türkisch.

Mehmed hörte Ishak Pascha zu, der über die Finanzlage in den Regionen Amasya und Anatolien sprach, wohin er bald als Beylerbey, als lokaler Gouverneur, entsandt werden sollte. Radu hatte Mehmed gesagt, sie müssten Ishak Pascha und Halil Pascha trennen, und Mehmed vertraute seinem Urteil. Radu wusste, was in den wenigen Tagen seiner Abwesenheit beschlossen worden war. Er hatte sich so sehr auf die Rückkehr gefreut, dass Nazira und Fatima ihn gehänselt hatten, weil er ständig über die Schulter auf die Straße nach Edirne schaute.

Mehmed bemerkte Radus Blick. Ein plötzliches Zusammenkneifen seiner Augen verriet einen gewissen Ärger. Aber er war so schnell verschwunden, wie er aufgetaucht war, und Mehmed nickte weiter.

Rechts von Mehmed stand Halil Pascha. Großwesir Halil, ermahnte Radu sich.

Kaum hatte Ishak Pascha zu Ende gesprochen, stand Mehmed auf. »Radu! So schnell zurück? Wie konntest du es ertragen, deine schöne Braut zu verlassen?«

Es war nicht schwer, vor Verlegenheit zu erröten. Das verlegene, wissende Lächeln war schon etwas schwieriger, aber Radu hatte viel Übung darin. »Danke, Sultan, für das schöne Geschenk. Sie ist überglücklich, ein Zuhause daraus zu machen. Ich fürchte, ich war ziemlich im Weg und wurde bereits verbannt, bis sie alles genau so hat, wie sie es haben möchte.«

Die Männer lachten wissend. Kumals Lächeln war sanft. Nicht zum ersten Mal fragte sich Radu, ob er die wahre Natur seiner Ehe mit Nazira kannte. Aber er hatte nicht den Mut, zu fragen. Wenn Kumal es nicht wusste, was würde er von Radu denken, wenn er es herausfand?

Mehmed deutete auf einen Stuhl neben seinem. Radu setzte sich und wünschte sich, er könnte in sich zusammensinken und seine Augen schließen.

Das Haus *war* wunderschön. Ein abgelegenes Anwesen, groß genug, um eine Frau und ihr Dienstmädchen aufzunehmen, ein Dorf in der Nähe, um zu kaufen, was ihre Gärten und ihr Vieh nicht hergaben. Nazira konnte nicht aufhören zu weinen, als sie von Zimmer zu Zimmer ging und Fatima an den Händen hielt. Radu bezog das Gästezimmer, einen warmen und hellen Raum. Er hatte nicht vor, oft zu Besuch zu kommen. Er schätzte Nazira sehr, aber ihr Glück war so vollkommen, dass es seine Seele aufzufressen drohte. Er wollte nicht, dass Eifersucht einen Schatten auf ihr Leben mit Fatima warf. Und es war eine Qual für ihn gewesen, so weit von Mehmed entfernt zu sein.

So wie es jetzt eine Qual war, so nah bei ihm zu sein.

Ein Page kam an die Tür und unterbrach die Unterhaltung, die sich um die Erntepläne drehte. Der Junge verbeugte sich zitternd und kündigte die Ankunft eines Gesandten aus Konstantinopel an. Mehmeds Augenbrauen hoben sich, doch das war seine einzige erkennbare Reaktion. Die anderen Männer im Raum schnappten nach Luft oder flüsterten in gedämpftem Ton. Obwohl viele Länder Abgesandte mit Geschenken und ausführlichen Glückwunscherklärungen geschickt hatten, hatten sie nicht mit jemandem aus Konstantinopel gerechnet.

Mehmed warf Radu einen unauffälligen Blick zu. Radu nickte in Halils Richtung.

Mit offenem und entspanntem Gesicht wandte sich Mehmed an Halil. »Was rätst du mir? Soll ich sie sofort vorlassen oder sie warten lassen?«

Halils Brust plusterte sich auf wie bei einem kleinen Vogel, der der Welt seine Wichtigkeit vorzwitschert. »Ich denke, es wäre klug, sie sofort zu empfangen, Sultan.«

»Nun gut. Schickt sie herein.«

Drei Männer traten ein. Sie waren in leuchtende Gelb-, Blau- und Grüntöne gekleidet und trugen rote Stiefel. Jede Schicht der aufwendig bestickten und mit Brokat verzierten Kleidung war so gestaltet, dass die darunter liegende Lage zum Vorschein kam – eine protzige Zurschaustellung von Reichtum. Die Kleidung war teuer, ein Statussymbol. Die Byzantiner waren offenbar bestrebt, so viel wie möglich davon auf einmal zu zeigen. Große Hüte, die wie Schiffssegel aussahen, bedeckten ihre Köpfe, und jeder Mann hielt etwas in seinen Händen.

Halil stand auf. »Ich präsentiere den Sultan, den Schatten Gottes auf Erden, die Herrlichkeit des Osmanischen Reiches, Mehmed den Zweiten.«

Die drei Männer verbeugten sich ehrerbietig, zogen aber ihre Hüte nicht ab. »Wir kommen im Namen von Konstantin dem Elften Dragaš Palaiologos, Kaiser von Byzanz, Cäsar von Rom, und bringen Geschenke und Gesuche.«

Sie durften vortreten. Das Geschenk, das zu Ehren von Mehmeds Thronbesteigung geschickt wurde, war ein juwelenbesetztes Buch mit schimmernden Blattgoldakzenten. Nachdem er es bewundert hatte, reichte Mehmed das Buch an Radu weiter.

Wie immer war es für Radu ein Vergnügen, ein Buch aufzuschlagen. In der Burg von Tergowiste hatte es nicht viele gegeben, aber das Osmanische Reich war so reich, dass es viele Bücher gab. Dieses Buch, das in Latein geschrieben war, erzählte die Geschichte vom Heiligen Georg, der den Drachen tötete.

Radu kannte die Geschichte aus seiner Kindheit. Ein heiliger Ritter wanderte durch ein heidnisches Land und entdeckte ein Königreich, das von einem giftigen Drachen terrorisiert wurde. Die Tochter des Königs war durch das Los ausgewählt worden, um an diesem Tag geopfert zu werden. Der Heilige Georg schwor, sie zu retten, kämpfte gegen den Drachen und zähmte ihn. Er führte die Prinzessin und den Drachen zurück in die Stadt und nahm das gesamte Königreich unter Androhung des Todes als Geisel, bis sich alle Einwohner bereit erklärten, zum Christentum überzutreten. Nachdem er seine heilige Mission erfüllt hatte, tötete er schließlich den Drachen.

Das Buch war eine anschauliche, uralte Geschichte über eine Bedrohung. Radu blickte zu den Abgesandten hoch und sah, dass ein junger Mann mit klaren grauen Augen ihn aufmerksam beobachtete. Der Mann errötete und wandte den Blick ab.

»Eine interessante Auswahl an Büchern«, sagte Mehmed mit einem amüsierten Lächeln im Gesicht.

Als Nächstes wurde ein Brief von Konstantin vorgelesen, dessen Worte so kunstvoll und verziert waren wie die Ränder des Buches. Radu versuchte aufzupassen, aber es gab so viele Lobpreisungen, dass er bald das Interesse verlor und sich von den Sätzen einlullen ließ, bis er halb eingeschlafen war. Es klang wie die Kirche seiner Jugend – verliebt in ihre eigene Stimme, kalt und unzugänglich.

Wieder erwischte er den grauäugigen jungen Mann dabei, wie er ihn anstarrte. Radu wusste nicht, was das zu bedeuten hatte. Vielleicht hatte der junge Mann auch Mühe, beim Vorlesen des Briefes aufmerksam zu bleiben.

Dann wurde der Name Orhan ausgesprochen, was ihn aus dem seltsamen Spiel der Blicke, das er gespielt hatte, herausriss.

Konstantin hatte nicht lange gewartet, um Mehmed an die Bedrohung durch seinen Thronanwärter zu erinnern. Schlimmer noch, er besaß die Dreistigkeit, Mehmed aufzufordern, die Zahlungen an Konstantinopel für den Unterhalt von Orhan zu erhöhen.

Mehmed legte nachdenklich seine Fingerspitzen unter dem Kinn aneinander und wartete, bis der führende Gesandte zu Ende gelesen hatte. »Meine Güte«, sagte er so ruhig, als würde er das Wetter kommentieren, »es scheint, Orhan ist ein teurer Gast.«

Niemand lachte. Die Spannung im Raum war so groß, als hätten alle den Atem angehalten und sich geweigert, die Luft wieder auszustoßen. Die Abgesandten waren blass. Der Jüngste blickte nur noch auf einen festen Punkt an der Wand. Obwohl ihre Gesichter tapfer waren, standen Schweißperlen unter ihren Hüten, die verrieten, dass sie nervös waren, weil sie mit einer solchen Forderung an den neuen Sultan herantraten. Mehmed wandte sich an Halil. »Du hast mehr Erfahrung mit Byzanz als ich. Ist das fair?«

Halil hob eine zitternde Hand und betupfte seine Stirn. »Ja.« Er nickte vor sich hin, als wolle er seine Stimme ermutigen, fester zu klingen. »Ja, ich denke, die Bedingungen sind recht vernünftig. Wenn ich Euer Gnaden einen Rat geben müsste, würde ich sagen, wir sollten den Forderungen zustimmen. Es ist besser, Orhan dort zu belassen, wo er ist, und Konstantinopel ein Zeichen des guten Willens zu geben.«

Mehmed wandte sich wieder an den Gesandten. »Nun gut. Halil, mein geschätzter Wesir, wird dafür sorgen, dass Ihr heute Abend gut versorgt seid. Morgen schicken wir Euch mit Nachrichten für unseren Verbündeten Konstantin und einer neuen Ära des guten Willens zwischen unseren großen Reichen nach Hause.«

Die Verbeugung der Abgesandten war diesmal weniger förmlich, ihre Bewegungen schnell und tief vor Erleichterung. Der grauäugige junge Mann begegnete Radus Blick ein letztes Mal. Ein kurzes Lächeln, wie ein Geheimnis, flatterte über seine Lippen. Radu fühlte irgendwo in seinem Inneren ein gleiches Flattern. Dann begleitete Halil sie hinaus, gefolgt von seinen wichtigsten Beratern.

Radu schüttelte den Kopf, um ihn klar zu bekommen. Er war

immer noch nicht ganz auf der Höhe, weil er einige Zeit auf dem Land verbracht hatte. Und dies war eine große, interessante Entwicklung.

Mehmed entließ die meisten der anderen Männer. Er hielt Radu, Kumal, Iljas, den Anführer der Sipahi aus Edirne und Kazanci Dogan zurück. Auf Anraten von Radu hatte Mehmed beschlossen, Kazanci Dogan vorerst zu verschonen. Sie wussten, dass er käuflich war, und sie brauchten jeden Verbündeten, den sie gewinnen konnten.

Mehmed lehnte sich auf seinem Sessel zurück, verschränkte die Arme über dem Kopf und gähnte. »Meine Freunde«, sagte er, »ich möchte gerne über unsere Marine sprechen.«

»Welche Marine?«, fragte Radu.

»Ganz genau.« Mehmeds Lächeln war wie ein Raubfisch, der das Wasser durchschneidet. »Bringt mir Berichte über die Schiffe, die wir haben, und, was noch wichtiger ist, die Schiffe, die wir nicht haben. Und zwar im Geheimen.«

Die Männer waren klug genug, ihre Neugier weitestgehend zu verbergen.

Mehmed entließ sie und bedeutete Ladas Soldaten, vor der Tür zu warten. Sobald sie allein waren, erschien auf Mehmeds Gesicht wieder das Vorzeichen schlechter Nachrichten, das Radu gesehen hatte, als er den Raum betrat.

»Was ist los?« Radu kämpfte gegen das wachsende Grauen an. »Bist du wütend auf mich? Es tut mir leid, dass ich dir nicht früher von meiner Heirat erzählt habe. Ich weiß kaum, wie das alles so schnell gehen konnte. Aber Nazira ist …«

»Nein, nein. Damit hat es nichts zu tun. Ich freue mich für dich.« Mehmed schritt umher, zerstreut, seine Worte fahrig. »Sie ist reizend und eine gute Partie. Und du wirst immer noch hier sein.« Er blieb stehen und sah auf. Ein Hauch von Angst mischte sich in den Ärger in seinen Augen. »Du *wirst* doch immer noch hier sein.«

»Natürlich.«

»Ich verlasse mich auf dich. Ich vertraue dir, wie ich niemandem sonst vertraue.«

Radu lächelte und legte eine Hand auf sein Herz. »Und ich dir.«

»Erinnerst du dich an einen Mann aus eurer Kindheit? Ladas Freund? Bogdan?«

Radu rümpfte angewidert die Nase. »Ja. Sie haben mich immer geärgert. Er war ein Trottel.«

Mehmed runzelte die Stirn. »Er ist hier.«

»Was? Hier?«

»Nicolae hat ihn gefunden.«

Panik kroch durch Radus Brust, und er war plötzlich wieder acht, zu ängstlich, zu schnell zum Weinen zu bringen, ein zu leichtes Ziel.

Bogdan hatte ihn gezwungen, das Tuch seines Kindermädchens umzulegen, und ihn damit verspottet, dass Radu, wenn er sie so sehr liebte, auch sie sein könnte. Noch schlimmer war die Angst, dass sein Kindermädchen Bogdan immer mehr lieben würde, egal was geschah. Egal wie sehr Radu es sich wünschte, Bogdan war ihr Kind, Radu ihr Schützling.

Als Bogdan weggebracht wurde, war das einer der Höhepunkte seiner Kindheit, denn dadurch hatte er uneingeschränkten Zugang zum Herzen seines Kindermädchens.

Und Ladas.

Aber jetzt gehörte Lada ihm nicht mehr, schon lange nicht mehr. Und sie hatte Mehmed. Und sie hatte auch Bogdan zurück. Ein Punkt hinter Radus Augen pulsierte mit einem Stich von weiß glühendem Schmerz.

»Ich hasse ihn.« Radu zuckte zusammen, weil er wusste, dass er seine Worte besser hätte abwägen müssen. Aber in Mehmeds Gesicht lag etwas Triumphierendes, so als hätte Radu etwas bewiesen.

Dann drehte Mehmed sich abrupt um und wandte sich von Radu ab. »Ich habe Nachrichten aus der Walachei erhalten. Sie kamen spät, und ich wunderte mich über das Fehlen eines Geschenks oder von Abgesandten bei meiner Krönung.« Er blieb stehen. »Euer Vater ist tot.«

Radu verstand die Worte, aber sie hatten keine Bedeutung. Er versuchte, mit Kopfschütteln einen klaren Kopf zu bekommen. Sein

Vater. Ein hohes Lachen hallte durch den Raum, und erst als er sich die Finger vor den Mund hielt, merkte Radu, dass es von ihm stammte. »Weißt du, ich kann mich nicht einmal daran erinnern, wie er aussah. Nur, wie ich mich bei ihm gefühlt habe.«

Mehmed nahm Radus Hand. »Wie hast du dich bei ihm gefühlt?«

»Als wäre ich ein Nichts.« Radu konnte den Blick nicht von Mehmeds Hand auf seiner abwenden. »Und jetzt ist er nichts mehr.«

Mehmed schwieg einige Augenblicke lang. Radu wusste, er sollte traurig sein oder Fragen stellen, aber mehr als alles andere war er erleichtert. Vlad existierte nicht mehr, und Radu konnte nichts Schlechtes daran finden.

»Willst du wissen, wie es passiert ist?«

Radu brummte zustimmend.

»Es war Hunyadi, im Auftrag der Bojaren. Sie haben auch Mircea getötet.«

»Armer Mircea. Ich bin sicher, das muss ihn sehr aufgebracht haben.«

Mehmeds Gesicht näherte sich dem von Radu und unterbrach seinen Blick auf die Decke. Seine Augenbrauen waren besorgt zusammengekniffen. »Geht es dir gut?«

Radu legte eine Hand an seine Stirn und unterdrückte die Leichtigkeit, die ihn überwältigte. »Ich glaube schon.«

»Ich sage dir das, weil … weil du den Thron erbst. Du bist der Nächste in der Thronfolge. Und als Sultan, mit der Walachei als Vasallenstaat, falls es das wäre, was du willst …«

Radu spürte, wie das Gewicht der Welt wieder auf ihn hinabstürzte. Die Walachei, mit endlosen dunklen Bäumen und Fäusten in den Wäldern, mit Brunnen, die keine Schönheit brachten, sondern seinen Mund mit Wasser füllten, bis er keuchte und fast erstickte, mit Wintern so kalt wie die Ablehnung durch den Vater. Die Walachei, mit Lada, die wieder mit Bogdan zusammen war, ihn nicht brauchte, ihn nicht sah, sich nicht kümmerte. Die Walachei ohne Moscheen, ohne Gebetsrufe, ohne einen Gott, der ihn kannte oder sich um ihn scherte.

Die Walachei, ohne Mehmed.

Er fasste Mehmed an den Schultern. »Ich weiß, dass es dir helfen würde, jemanden auf dem Thron zu haben, dem du vertrauen kannst. Und ich möchte dir dienen, ich möchte alles tun, was ich kann, um dir zu helfen, Konstantinopel zu erobern und der Sultan zu werden, auf den dein Reich gewartet hat. Ich *werde* tun, was immer ich kann. Aber bitte, ich flehe dich an, verlang das nicht von mir. Ich will nichts von der Walachei, denn sie wollte nie etwas von mir. Meine Heimat ist hier, bei dir. Bitte schick mich nicht weg.«

Mehmeds Gesicht glättete sich vor Erleichterung, und er zog Radu in eine Umarmung. Radu holte zitternd Luft und atmete Mehmed ein, um sich zu beruhigen.

»Sag nichts zu Lada«, meinte Mehmed. Radu nickte an seiner Schulter, und dieses eine Mal hielt er sich länger fest, weil er es nicht ertragen konnte, loszulassen.

49

Ladas Haut war zu eng.

Sie reichte nicht aus, um alles zu umfassen, was nötig war. Sie spannte und juckte, Phantomempfindungen krochen über ihren Hals, Muskeln zuckten verzweifelt.

Bogdan ging auf der einen Seite neben ihr, Nicolae auf der anderen, als Puffer gegen die Kühle des Abends. Es war ihr erster freier Abend seit über einer Woche. Mehmed hatte jede wache Stunde ihre Anwesenheit gefordert und immer wieder eine Ausrede gefunden, warum er gerade sie als Wache brauchte. Oder warum er ihren Rat brauchte. Oder warum er sie einfach brauchte.

Diese besonderen Bedürfniszusammenkünfte brannten tief in ihr, und sie erschauerte.

»Geht es dir gut?«, fragte Nicolae. Sie ging schneller.

Es fühlte sich richtig an, Bogdan neben sich zu haben, wie eine Rückkehr zu dem, was früher war. Ohne zu zögern, verfiel er mit ihr in Gleichschritt, war ihr Schatten, ihre rechte Hand. Er gehörte ihr, wie es immer gewesen war, auch über die Jahre hinweg.

Aber sie war nicht mehr dieselbe Person. Sie hatte sich entwickelt, verformt, war etwas Neues geworden. Und die Lada, die sie mit Bogdan gewesen war – die Lada, die sie in seiner Nähe sein wollte –, war nicht dieselbe Lada, die sie mit Mehmed war.

Nicolae und Bogdan starrten sie beide an, als warteten sie. Warten worauf? Sie wollte sie anschnauzen, sie schlagen, sie dazu bringen, dass sie mit ihrer ständigen, unausgesprochenen Frage *Warum*? verschwanden.

Warum war sie noch hier?

Die Frage schien nicht zu existieren, wenn sie mit Mehmed allein war, aber sobald er weg war, überzog sie sie wie Furunkel, eine juckende Plage auf ihrer Seele. Warum war sie noch hier? Was war aus dem Mädchen geworden, das die Tochter eines Drachen war? War dies alles? Hatte sie den Gipfel ihrer Möglichkeiten erreicht? Ein Kommando über fünfzig Männer im Dienste eines Mannes, den sie liebte und der über ein Reich herrschte, das sie verabscheute?

»Was gibt es denn noch?«, knurrte sie.

Bogdan und Nicolae blieben beide stehen und starrten sie verwirrt an. »Was gibt es denn noch – wozu?«, fragte Nicolae.

Sie stieß ihm einen Finger in die Brust. »Hör auf, mit mir zu reden. Hör auf, mich anzusehen. Erwarte nicht, dass ich das Problem löse.« Nicolaes Lippen verzogen sich zu einem zaghaften, verdutzten Lächeln. »Wenn ich irgendetwas von dem, was du gesagt hast, verstanden hätte, würde ich mich auf jeden Fall bemühen, dem Folge zu leisten. So wie es aussieht, werde ich uns zu einem Händler führen, der einen Vorrat an Saft hat, der viel zu lange aufbewahrt wurde und auf die bestmögliche Weise sauer geworden ist.«

Ein orangefarbener Dunst erhellte die Nacht und ließ sie alle innehalten. Feuer.

Vor vier Jahren war Lada durch diese Straßen gelaufen und hatte sich vorgestellt, Feuer auf sie regnen zu lassen. Ihr Herz hüpfte vor Freude, sie wollte näher herangehen, das Feuer finden und es nähren.

»Ist das Rauch?«, fragte Nicolae.

Lada stürmte davon, wich den Verkäufern aus, die ihre Stände für die Nacht zusammenpackten, und Bogdan und Nicolae folgten ihr. Je näher sie dem Feuer kamen, desto schwieriger wurde es, voranzukommen. Die Menschen flohen an ihnen vorbei, die Gesichter weiß vor Panik. Schließlich stürmten sie auf den Hauptmarkt.

In der Mitte des Platzes ragte ein riesiges Lagerfeuer gierig in den

Himmel, Funken tanzten durch den Rauch nach oben. Lada fragte sich, ob sie eine Art Fest verpasst hatte.

Und dann sah sie, was das Feuer fütterte. Und wer.

Janitscharen rannten wild umher, rissen mit bloßen Händen Verkaufsstände auseinander und warfen alles in die Flammen. Sie gruppierten sich an den Seitenstraßen und versperrten sie. Lada kletterte an der Seite des Gebäudes neben ihr hoch, und Bogdan stützte sie. Sie konnte sehen, wie mehrere andere Brände ausbrachen, alle entlang der Straßen, die zum Stadtrand führten.

»Sie entfernen sich vom Palast.« Sie sprang herunter. »Wie ist das passiert?«

Bogdan zuckte mit den Schultern. »Aufstand. Seit Murad gestorben ist, gibt es Gerüchte darüber.«

»Aber Mehmed wird die Löhne erhöhen! Er hat mit Kazanci Dogan eine Vereinbarung getroffen, bevor er Sultan wurde.«

»Ich habe nichts von einer Lohnerhöhung gehört. Wenn sie eine ausgehandelt haben, hat das niemand den Männern hier erzählt.«

Lada fragte sich nun, wer Bogdan in der Zeit, in der sie getrennt waren, geworden war. Er verriet jedoch keine Gefühle. Sie schlug mit der Faust gegen die Wand. »Kazanci Dogan hat uns verraten. Er konnte Mehmed nicht vom Thron stoßen, aber er hat beide Seiten gegeneinander ausgespielt.«

»Also brennen sie ein paar Gebäude nieder, randalieren vielleicht auf der Straße und raufen mit den Sipahi.« Nicolaes Augen leuchteten, während er ins Feuer starrte. »Mehmed wird ihren Lohn erhöhen, und dann wird alles geregelt sein.«

»Das ergibt keinen Sinn.« Lada beobachtete, wie sich die Brände ausbreiteten und sich immer weiter vom Palast entfernten. Was hatte Kazanci Dogan davon, seine Männer aufbegehren zu lassen? Er wusste bereits, dass Mehmed den Sold erhöhen würde. Vielleicht versuchte er, noch mehr herauszuschlagen, aber …

»Die Brände«, sagte sie, und ihr Herz raste. »Man zieht Soldaten heran, um sie zu bekämpfen.«

»Ja.« Nicolae sprach das Wort aus, als würde er mit einem Kind sprechen. »Das Feuer muss gelöscht werden, damit nicht die ganze Stadt brennt.«

»Spiel ›Töte den Sultan‹ mit mir, Nicolae. Denk nach. Die Brände bewegen sich vom Palast weg. Die Soldaten bewegen sich vom Palast weg. Alle Augen wenden sich vom Palast ab.«

Verständnis glättete die Narbe zwischen Nicolaes Augenbrauen. »Sie werden Mehmed töten.«

»Petru und Matei sind heute Abend da. Die anderen Männer kenne ich nicht gut. Sie könnten dazugehören. Wir müssen zu Mehmed.«

»Die Straßen sind blockiert«, sagte Bogdan. Wenn er eine Meinung darüber hatte, welche Seite sie unterstützen sollten, so zeigte er sie nicht. Aber er hatte recht. Jede Straße, die zurück zum Palast führte, war von aufständischen Janitscharen besetzt.

»Ich habe nur Messer.« Lada sah Nicolae hoffnungsvoll an, aber der zuckte mit den Schultern und hielt ihr die leeren Hände hin. »Du hast *nichts?*«

»Nicht alle von uns schlafen bewaffnet, Lada.«

»Wie sollen wir durch die Männer kommen?«

Bogdan ging zu einem Stand hinüber, der teilweise zerlegt worden war. Ein paar rebellische Janitscharen waren dort, aber sie sahen seine Mütze, nickten und johlten laut. Bogdan griff durch den Stand zu der schweren Holztür des Gebäudes, an das er grenzte. Er öffnete die Tür, packte sie oben und riss das ganze Ding aus den Angeln.

»Ich glaube, er ist eine ganz andere Art von Walache als ich«, bemerkte Nicolae.

Bogdan drehte die Tür zur Seite und hielt die Klinke wie einen Griff. Lada lachte verstehend und stellte sich neben Bogdan hinter die Tür. Nicolae gesellte sich zu ihnen.

Mit einem Brüllen, das lauter war als das Feuer, rannte Bogdan vorwärts. Lada drückte sich gegen die Tür, um mit ihm Schritt zu halten. Sie wünschte, sie könnte die Gesichter der Soldaten sehen, aber sie spürte den Aufprall, als sie gegen die Männer krachten, die nicht schnell genug ausweichen konnten. Nicolae stolperte, rollte sich ab und kam mit einem Schwert in der Hand wieder hoch. Bogdan wurde nicht langsamer. Mit dem Knacken von Holz, das mit zermalmender Wucht auf Knochen traf, machte er ihnen den Weg frei.

Lada warf einen Blick über ihre Schulter und sah zwei Männer, die sie verfolgten. Sie warf eins ihrer Messer und wurde mit einem Aufprall und einem Schrei belohnt. Sie blieb abrupt stehen, duckte sich unter dem Schwert des zweiten Mannes hindurch und schnappte sich das Schwert des ersten Mannes aus dessen schlaffen Fingern.

Das Klirren von Metall auf Metall erschütterte sie bis ins Mark. Sie fletschte die Zähne zu einem Lächeln und stürzte sich schreiend auf ihren Angreifer. Er zielte auf ihren Kopf, und sie ließ sich auf die Knie fallen. Ein heißer Blutspritzer bestätigte ihren Schnitt durch seine Kniesehnen.

Keine Zeit, ihn zu erledigen. Sie rannte, um Bogdan und Nicolae einzuholen. Sie hatten sich in einer Mischung aus verängstigten Zivilisten und einer Masse von Janitscharen verfangen. Die Janitscharen schrien, offensichtlich verwirrt über das, was vor sich ging, und wussten nichts von dem Aufstand.

Bogdan warf die Tür beiseite und drängte sich zu Lada durch.

»Zum Aufstand geht es dort entlang!«, rief Lada und zeigte in die Richtung. »Ruhm und Ehre, wenn ihr den Sultan an meiner Seite in diese Richtung beschützt!«

Endlich befreit aus dem Getümmel, rannte sie los. Sie machte sich nicht die Mühe, nachzusehen, ob ihr Schlachtruf irgendwelche Männer auf ihre Seite gezogen hatte. Aber um sie herum waren weit mehr Schritte zu hören als nur die von Bogdan und Nicolae.

Die Tore des Palastes standen unbemannt weit offen. »Traut niemandem!«, rief Lada. »Janitscharen oder sonst wem! Entwaffnet alle, sichert alle Türen.« Das Dutzend Männer, das sie begleitete, trat durch den Haupteingang, die Schwerter im Anschlag.

Sie rannte zu einem Seiteneingang, den die Küchenangestellten nutzten. Als sie die Tür aufstieß, machte sie sich auf einen Kampf gefasst, aber sie fand keinen. Sie schlängelte sich an der Küche vorbei und eine Treppe hinauf, die hinter einem staubigen, wertlosen Wandteppich verborgen war. Nicolae und Bogdan blieben ihr dicht auf den Fersen.

»Woher weißt du davon?«, fragte Nicolae.

»Sie führt direkt zu den Gemächern des Sultans.«

Lada hatte keine Zeit, wegen ihrer intimen Kenntnis der Geheimgänge zu Mehmeds Bett verlegen zu sein. Dieser Aufgang wurde vom Küchenpersonal benutzt, damit niemand eine Chance hatte, zwischen der Probe des Vorkosters und der Lieferung an die Mahlzeit heranzukommen. Lada hatte ihn benutzt, um sich hinunterzuschleichen und Essen zu stehlen, wenn sie bis spät in die Nacht aufblieben, um zu reden … oder auch nicht zu reden.

In dem Flur herrschte unheimliche Stille hinter den dicken Steinmauern, die sie von allem abschirmten, was anderswo im Palast geschah. Lada konnte kaum atmen, die Bilder von dem, was sie am Ende erwarten könnte, blitzten vor ihren Augen auf.

Mehmed sterbend.

Mehmed tot.

Mehmeds purpurrotes Gewand in dunkelstes Rot getaucht.

Mehmeds schwarze Augen für immer dunkel.

Lada wusste, dass niemand sie jemals so ansehen würde, wie er es getan hatte.

Wenn sie das verlor …

»Entweder sind sie schon im Zimmer und wir kommen zu spät«, sagte sie und rang nach Luft, »oder sie haben seine Gemächer noch nicht erreicht und wir können sie noch aufhalten. Hier.« Sie schob eine Geheimtür auf, die in den großen Flur vor Mehmeds Gemächern führte. »Sichert seine Tür!« Sie wartete nicht darauf, dass Nicolae oder Bogdan zustimmten, bevor sie sich wieder in den Geheimgang duckte und zum Eingang von Mehmeds Zimmer weiterrannte. Wenn er tot war, musste sie es wissen. Sie musste sie dafür bezahlen lassen. Sie rammte mit der Schulter gegen eine Tür, die hinter einem Wandteppich in einem von Mehmeds Wohnzimmern verborgen war. Dann stürmte sie hindurch und riss den Wandteppich von seiner Aufhängung herunter.

Mehmed stand mit vor Schreck offenem Mund da.

Radu war im Nebenraum vage zu erkennen. Die große, hagere Hand eines Janitscharen lag auf seinem Arm und der Mund des Mannes war dicht an seinem Ohr. Niemand war in Panik, niemand war tot.

Und Iljas, nicht Kazanci Dogan, stand neben Mehmed.

Lada ließ sich gegen die Wand sinken, die Erleichterung raubte ihr das Feuer, das sie hierher gejagt hatte. Außer der Tür, die zu dem Vorraum führte, in dem Radu und der Janitschar standen, waren die einzigen anderen Eingänge zum Wohnzimmer nur der, durch den sie gekommen war, und der Balkon. Sie würden sich an einen sichereren Ort begeben müssen. Sie schloss die verborgene Tür und verriegelte sie mit der Gobelinstange.

»Was ist hier los?«, fragte Mehmed ungläubig.

»Aufstand. Janitscharen. Ich dachte … ich befürchtete, es sei eine Ablenkung. Dass man versuchte, dich zu ermorden.«

»Wunden Gottes«, sagte Iljas, aber er klang nicht schockiert. Er klang müde. Er ging hinüber und nickte dem Janitscharen bei Radu zu, bevor er die schwere Tür zum Wohnzimmer schloss und verriegelte.

Lada ging zu der Tür hinüber und schüttelte den Kopf. »Wir sollten in einen besser zu verteidigenden Raum gehen. Einen ohne Balkon. Jemand könnte hinaufklettern oder von Mehmeds Schlafzimmerbalkon herüberspringen.«

Iljas seufzte, zog einen Dolch heraus und stieß ihn Lada in die Seite.

50

Die Janitscharen revoltieren?«, fragte Radu, der Schock raubte ihm jeden klaren Gedanken.

»Es scheint so.« Lazars Stimme war heiter, sein Blick schweifte zu der verschlossenen Tür zwischen ihnen und Mehmed.

»Aber wir erhöhen ihren Sold!«

Lazar hob eine Augenbraue. »Wir?«

Radu schüttelte den Kopf. »Mehmed. Er hat sich mit Kazanci Dogan getroffen, bevor Murad starb. Es war alles arrangiert.« Es ergab keinen Sinn, dass die Janitscharen jetzt aufbegehrten. Sie wurden besser bezahlt als je zuvor. Was hatte Radu übersehen? Wie konnte er diesen Schritt von Halil Pascha nicht vorhergesehen haben?

»Das wird sich zweifellos von selbst regeln.« Lazar leckte sich über die Lippen, dann erschrak er, als ein Klopfen vom Palasteingang zu Mehmeds Gemächern herüberhallte.

»Ist das Petru?« Radu ging auf die Tür zu. Iljas hatte Petru und Matei in die äußere Halle geschickt, damit er mit Mehmed vertrauliche Pläne besprechen konnte. »Warum ist die Außentür verriegelt?«

»Iljas muss sie abgeschlossen haben, nachdem sie weg waren. Schlau. So ist es sicherer.« Lazar wippte auf seinen Fußballen auf und ab, sein Blick huschte zwischen den beiden verschlossenen Türen hin und her wie eine Motte am Glas einer Lampe. »Vielleicht sollten wir in Mehmeds Gemächern nachsehen. Einen Blick über den Balkon werfen, um zu sehen, was in der Stadt los ist.« Es hämmerte noch mehr, lauter und begleitet von Rufen. Radu wurde von Panik ergriffen. »Glaubst du, die Revolte hat ihren Weg hierher gefunden? Was sollen wir tun?«

»Hilfe wird bald kommen.« Lazar nahm Radu am Ellbogen und zog ihn zum anderen Ende der Wohnräume. »Wir müssen unbedingt in Mehmeds Schlafzimmer nachsehen.«

»Das klingt, als würde Nicolae schreien. Wir sollten sie reinlassen.«

»Nein! Wenn die Kämpfe zu uns durchgedrungen sind, müssen sie die Tür verteidigen. Wir sollten uns in Mehmeds Schlafzimmer postieren, falls jemand versucht, auf diesem Weg einzudringen.«

»Halt.« Radu riss seinen Arm frei. »Wir müssen uns das gut überlegen. Wir sollten Mehmed an einen besseren Ort bringen. Das Zimmer, in dem sie sich befinden, hat auch einen Balkon. Es ist nicht sicher, und nur Lada und Iljas sind mit ihm da drin.«

Das Klopfen wurde zu einem rhythmischen Hämmern. Jemand versuchte, die Tür aufzubrechen. Radu konnte Nicolae immer noch schreien hören. Das ergab keinen Sinn. Wären sie überwältigt worden, wäre er tot und würde nicht schreien.

Im Wohnzimmer schrie Lada vor Wut und Schmerz auf, und die Wand bebte, als etwas dagegen schlug.

Mehmed.

Radu rannte zur Tür und riss an ihr – vergeblich. »Hilf mir!«, sagte er und suchte nach einem Werkzeug, um die Tür zu öffnen. Der Raum war voller Plüschmöbel, alle gepolstert und weich. Es gab keine Utensilien, keine Stifte, nichts, was nicht golden und zart war. Radu hatte ein Messer in seinem Gürtel, aber es war zu dick, um es in das Schlüsselloch zu stecken.

»Radu.«

»Wir müssen sie aufbrechen!«

»Radu.«

»Warum gibt es in diesem ganzen verdammten Raum nichts Brauchbares?«, rief Radu und trat einen gepolsterten Schemel um.

Lazar packte sein Handgelenk und riss Radu zu sich herum. »Bitte hör mir zu.« Seine Stimme war zu leise, zu ruhig. Lazar verstand nicht, in welchen Schwierigkeiten sie steckten – selbst Radu verstand es nicht. Es gab so viel Lärm von so vielen Orten. Er musste zu Mehmed gelangen.

Lazar ließ ihn nicht los. »Du kannst nichts tun.«

»Wovon redest du? Wir können etwas tun! Wir müssen, wir …« Radu stutzte. Lazar sah nicht panisch aus – er wirkte mitfühlend. Traurig.

Es war eindeutig Nicolae, der schrie, begleitet von Petru. Sie riefen nach Lada, schrien, man solle sie hereinlassen. Das würden sie nie tun, wenn feindliche Truppen draußen wären.

»Du hast mich aus dem Zimmer geholt«, sagte Radu, und ihm drehte sich der Magen um, als die Wahrheit sich bleiern auf ihn senkte. »Du erwartest nicht, dass Hilfe kommt. Du rechnest damit, dass sie nicht kommt.«

»Lass mich erklären.«

Radu riss sein Handgelenk los und stürzte zur Tür, durch die Ladas Männer versuchten, hineinzugelangen. Sie war durch einen Balken versperrt, der leicht von innen angehoben werden konnte.

Lazar brachte ihn von hinten zu Fall. Radus Kopf traf auf die Fliesen, und er sah einen grellen Lichtblitz. »Bitte«, sagte Lazar, und sein Knie grub sich in Radus Rücken. »Ich habe versucht, dich zu beschützen.«

Radu spuckte Blut, weil er sich die Lippe aufgeschlagen hatte. »Mich beschützen?«

»Du hättest heute Abend nicht hier sein sollen. Du solltest doch bei deiner Braut sein. Als Iljas mir sagte, dass du zurück bist, habe ich ihn angefleht, mich mitkommen zu lassen, um dich da rauszuhalten.«

Radu kniff seine Augen gegen den Schmerz und die Verzweiflung zusammen, seine Arme zitterten, als er versuchte, sich aufzurichten, aber es gelang ihm nicht. »Warum verrät Iljas uns?«

»Er *beschützt* uns. Du bist kein Janitschar. Du kannst es nicht verstehen. Alles, was wir haben, sind wir selbst. Niemand sonst kümmert sich um uns, niemand sonst schätzt uns als etwas anderes als Leichen, die im Namen des Sultans auf Feinde geworfen werden.«

Das gedämpfte Geräusch von Klingen aus Mehmeds Zimmer entlockte Radu ein Schluchzen.

Lazar beugte seinen Kopf nach unten und stützte ihn auf Radus Rücken. »Es tut mir leid. Ich weiß, dass du dich um ihn sorgst, ich weiß. Aber er würde unser Blut an den Mauern von Konstantinopel vergießen. Iljas wird nicht zulassen, dass uns das passiert. *Er* ist unser Vater, nicht Mehmed. Es muss so sein.«

»Nein!«

»Sag es mir. Sag mir, dass Mehmed uns nicht töten wird.« Lazar wartete, aber Radu konnte nicht. Er wusste, dass Mehmeds Herz an Konstantinopel hing. »Er will es, wie ein Drache ein Juwel will – nur um es zu besitzen, nur um seinen Hunger zu stillen. Er wird nie zufrieden sein. Du hast gesehen, wie die Belagerung von Kruja war. Im Vergleich zu Konstantinopel wird sie wie ein Urlaub aussehen. Wir werden alle sterben, und niemand wird um uns trauern. Das sind meine Brüder, Radu.« Lazars Stimme brach, und seine warmen Tränen fanden ihren Weg durch Radus Tunika. »Sie sind die einzige Familie, die wir haben. Wenn du darüber nachdenkst, wirst du es verstehen. Du wirst mir verzeihen. Ich liebe dich, Radu. Bitte, Radu. Bitte verzeih mir das. Ich würde alles für meine Familie opfern. Und das würdest du auch.«

Radu hörte auf, sich zu wehren, und ließ sich auf den Boden sinken. Lazars Gewicht lastete schwer auf seinem Rücken, genau wie in jener Patrouillennacht in Kruja, als Lazar ihn zu Fall gebracht hatte, um sein Leben zu retten.

Lada würde bei der Verteidigung Mehmeds sterben. Mehmed würde sterben. Aber Lazar hatte recht. Wenn Mehmed lebte, würden so viele Janitscharen, seine Freunde und Gefährten, sterben. Und das alles nur, um eine Stadt einzunehmen, die nichts bedrohte. Nur weil es sein Traum war, weil der Prophet, Friede sei mit ihm, es vor so langer Zeit verkündet hatte.

Radu drehte den Kopf und versuchte, Lazar wieder anzuschauen. Lazar, der Radu immer noch festhielt, verlagerte sein Gewicht, sodass sich ihre Blicke treffen konnten.

»Es tut mir so leid«, sagte Radu. Lazar hatte ihn so oft gerettet – als Kind hatte er ihn mit seiner Güte gerettet, auf dem Schlachtfeld und heute Abend. »Ich liebe dich auch, mein Freund.«

Lazars Gesicht hellte sich vor Hoffnung auf.

Radu beantwortete diese Hoffnung mit einem Stich, wobei seine Hand gerade frei genug war, um Lazar sein Messer in den Bauch zu stoßen.

Lazar rollte sich auf die Seite, die Hände umklammerten seine Wunde. Helles Blut quoll zwischen seinen Fingern hervor. Radu kniete sich über ihn. Er warf Lazars Schwert quer durch den Raum, dann drückte er seinen Kopf an den seines Freundes. »Es tut mir so unendlich leid.«

Lazar lächelte träge und schief. Es brach Radu das Herz. »Du wählst immer ihn.«

»Das werde ich immer«, flüsterte Radu.

Dann rannte er davon und ließ Lazar allein zum Sterben zurück. Die Tür zum Palastsaal war trotz der ständigen Versuche von Ladas Männern kaum gesplittert. Radu rief ihnen zu, sie sollten aufhören, dann drückte er seine Schulter unter den Balken. Sie hatten die Tür verzogen, und Radu stieß einen Wutschrei aus, als er ihn mit aller Kraft hochdrückte. Endlich glitt der Balken heraus.

Radu rannte direkt zu Mehmeds Schlafzimmer. »Mehmed ist da drin!«, rief er und deutete auf das verschlossene Wohnzimmer.

Er suchte das Schlafzimmer mit Blicken ab, die Hände blutig und sein Geist voll konzentriert. Lange Vorhänge hingen, gehalten von einer Stange, an der Wand herab. Radu nahm Anlauf, sprang, packte die Stange und schwang seinen Körper, bis sie mit einem metallischen Kreischen abriss.

Er trug den Stab auf den Balkon, der zu weit von dem Zimmer entfernt war, in dem Lada und Mehmed waren. Sie waren noch nicht tot. Das durften sie einfach nicht sein.

Radu konnte nicht von einem Balkon zum anderen springen. Die Entfernung war zu groß. Er warf die Stange über die Lücke und erwischte gerade noch den Vorhang, bevor er hinterherflatterte. Die

Stange klapperte auf den Steinboden des anderen Balkons, der Vorhang war straff gespannt. Radu zerrte daran und betete.

Der Stab verfing sich an dem steinernen Geländer.

Radu wickelte den Vorhang um eine Hand, kletterte auf die Kante des Geländers und sprang. Die Wucht des Sturzes zerrte an seinem Arm und riss ihn fast aus der Gelenkpfanne. Er schrie vor Schmerz auf, dann zog er sich hoch, wobei jeder Muskel protestierte, bis er mit der freien Hand den Rand des Balkons erreichte. Mit einer letzten Kraftanstrengung kletterte er hinauf.

Er stand in der Dunkelheit und blickte in den hell erleuchteten Raum. Die Szene darin war ein Albtraum. Mehmed hockte unbewaffnet in einer Ecke. Ein guter Treffer würde genügen, um ihn zu töten. Es war ein Beweis für das Wunder von Lada, dass dies noch nicht passiert war. Sie war überall im Raum, duckte sich, wirbelte herum und schrie. Ihre Klinge traf gegen Iljas' und verwehrte ihm bei jeder Bewegung den Weg.

Obwohl Radu den Anfang der Geschichte verpasst hatte, konnte er das Ende sehen.

Lada blutete stark, jeder Schritt verschmierte ihr Leben auf den zarten Blumenmustern des gefliesten Bodens. Sie schonte ihren linken Arm, und ihre Atmung war zu schwer, zu schnell. Iljas musste nur lange genug durchhalten, und das wussten sie beide. Sie kämpfte mit allem, was sie hatte, und er wich ihr mit der Leichtigkeit eines Tanzpartners aus.

Keiner von beiden hatte ihn bisher bemerkt. Radu wollte sein Schwert ziehen …

Er hatte kein Schwert. Oder ein Messer.

Er war so verzweifelt gewesen, in den Raum zu gelangen, dass er nicht darüber nachgedacht hatte, was er tun würde, wenn er erst einmal dort war. Trostlose Kapitulation drohte, ihn in den Abgrund zu ziehen. Er hatte seinen ältesten Freund ermordet. Jetzt würde er zur Belohnung zusehen, wie seine einzige Familie und seine einzige Liebe getötet wurden, während er unbewaffnet und nutzlos danebenstand. Sein ganzer Verstand und Charme führten am Ende zu nichts.

Wenigstens würde er an Mehmeds Seite sterben. Er trat vor und stolperte beinahe über den Vorhang.

Der Stab!

Radu riss ihn vom Geländer los und streifte den Vorhang ab.

Lada rutschte auf ihrem eigenen Blut aus und stürzte zu Boden, das Schwert war unter ihrer Hand eingeklemmt. Iljas hob seine Klinge. Er war nah genug, um entweder Lada oder Mehmed zu treffen. Radu wusste nicht, wen Iljas zuerst töten würde, und er konnte nicht beide auf einmal schützen.

Er wählte Lada. Mit einem Schrei rannte Radu mit dem Stab in der Hand auf seine Schwester zu. Iljas' Schwert fuhr herab, und die Wucht des Schlages riss Radu den Stab beinahe aus den Händen. Lada trat nach Iljas' Knie und zwang ihn, zurückzustolpern.

Lada sah Radu mit großen, überraschten Augen an. Dann konzentrierte sie sich auf die Situation. »Bring ihn dazu, dem Balkon den Rücken zuzukehren«, zischte sie.

Lada stand auf, und Radu bewegte sich zur Seite, um sich zwischen Iljas und Mehmed zu stellen. Lada sprang auf Iljas' andere Seite und schwang ihr Schwert in einem Sprung, der so vorhersehbar war, dass selbst Radu ihn hätte abwehren können. Iljas nutzte die Gelegenheit und nahm den Platz ein, wo sie gerade gewesen war.

Den Platz direkt vor der Balkontür.

Iljas' Schwert schnitt durch die Luft. Im letzten Moment ließ Lada sich rücklings auf den Boden fallen und schrie: »Jetzt!«

Radu stemmte die Stange in Schulterhöhe und rannte mit aller Kraft, die ihm noch blieb, vorwärts. Die Stange traf Iljas unvorbereitet. Er stolperte nach hinten, aber Radu hatte nicht genug Schwung, um ihn vom Balkon zu stoßen.

Lada erschien an Radus Seite. Sie ergriff mit beiden Händen das Ende der Stange und schob sie wie eine Tür nach rechts, sodass Iljas aus dem Gleichgewicht geriet. Die Rückseiten seiner Beine trafen mit voller Wucht auf das steinerne Geländer des Balkons, und Lada folgte dem Schwung des Stabs.

Iljas fiel.

Aber Lada konnte nicht anhalten, ihr Schwung trug sie weiter und sie kippte über die Kante des Geländers.

Einen Moment lang erstarb die Welt, hing leblos und luftleer vor Radu. Und dann spürte er, wie ihm der Stab aus den Händen gerissen wurde. Er packte fester zu und schob ihn unter seine Achselhöhle.

»Beeil dich!«, sagte Lada, und in ihrer Stimme hörte er das Mädchen, mit dem er aufgewachsen war, das Mädchen, das sich immer dafür entschied, wütend zu sein, anstatt Angst zu haben. Das Mädchen, dem jetzt der Schrecken in die Glieder gefahren war. »Ich kann sie nicht mehr halten!«

Radu drückte die Stange nach unten, wobei er das Geländer als Hebel benutzte. Das Metall verbog sich, war aber stark genug, um Lada nach hinten zu ziehen. Sobald sie auf gleicher Höhe mit dem Balkon war, warf Radu sich nach vorne und packte ihre blutverschmierten Hände. Er kippte sie über das Geländer, fiel nach hinten, und sie landete auf ihm.

Sie zitterte am ganzen Körper, zitterte, wie er es noch nie gesehen hatte, im Delirium vor Blutverlust und Angst. »Du hast mich gerettet«, sagte sie.

»Natürlich habe ich das.«

Sie schüttelte den Kopf. »Nicht als ich abstürzte. Als Iljas uns beide am Boden hatte. Du hast mich Mehmed vorgezogen.«

»Du bist meine Familie«, flüsterte er. Lazar hatte letzten Endes doch recht behalten.

Er hielt sie im Arm, streichelte ihr Haar und weinte, während das Geräusch, als die Tür endlich aufbrach und Ladas Männer in den Raum strömten, ein entferntes, dumpfes Donnern war.

51

Iljas war bei dem Sturz nicht gestorben, obwohl Lada vermutete, dass er sich wünschte, es wäre so. Sie war überrascht, dass Kazanci Dogan durch die Informationen, die die Gefängniswärter aus Iljas herausholten, entlastet wurde. Kazanci Dogan war nicht an dem Attentat beteiligt gewesen, sondern lediglich ermutigt worden, Edirne für noch höhere Soldforderungen als Geisel zu nehmen.

Für Iljas war es ein Leichtes gewesen, durch den Palast zu gehen und den Janitscharen zu befehlen, in die Stadt zu eilen und die Brände zu löschen. Nur er und sein Komplize, der Janitschar, sollten die Wahrheit über den Auftrag erfahren.

Lada rutschte auf ihrem Sitz hin und her, ihre Seite beschwerte sich hartnäckig, wenn sie sich bewegte und wenn sie sich nicht bewegte, wenn sie etwas tat und auch, wenn sie nichts tat. Sie fühlte sich nicht wie sie selbst, ihr Kopf schmerzte und sie war schon bei der geringsten Anstrengung müde. Doch sie würde wieder gesund werden.

Sie warf einen Blick zu Radu hinüber. Seine Augen starrten ins Leere auf den Innenhof hinaus.

Der Oberste Gärtner hob den Pfahl und stellte Iljas auf. Iljas, der ihr erlaubt hatte, mit seinen Männern zu trainieren. Iljas, der ihr eine Chance gegeben hatte, sich zu beweisen, und sie akzeptierte, als sie es tat. Iljas, der ihr Verantwortung übertragen hatte in einem Reich, in dem sie eigentlich unsichtbar hätte sein sollen.

Iljas, der sie niedergestochen hatte.

Sie wusste nicht, ob sie hoffen sollte, dass er schnell starb oder lange Qualen erlitt. Sein Komplize hatte mehr Glück. Er war auf dem Boden verblutet, während ein Arzt Lada mit einem schwarzen Faden zusammennähte.

»Du hast ihm einen Gefallen getan«, sagte sie zu Radu, ihre Stimme leise, damit Mehmed oder die versammelten Beamten sie nicht hörten. Großwesir Halil war anwesend. Er war nicht belastet worden. Aber er war auch für die Einteilung der Gefängniswärter zuständig, die die Informationen herauspressten.

»Wem habe ich einen Gefallen getan?« Radu sah sie nicht an und sprach mit teilnahmslosem Tonfall.

»Dem Janitschar, den du getötet hast. Dem Komplizen.«

Ein Schmerzenskrampf verzerrte Radus Gesichtszüge. »Lazar. Sein Name war Lazar.«

»Du kanntest ihn?«

Radu antwortete nicht. Lada wünschte, sie wüsste, was sie tun sollte, dass sie wüsste, wie die Menschen sich gegenseitig trösten. Wären ihre Positionen vertauscht, wüsste Radu, was er sagen sollte.

»War er der erste Mann, den du getötet hast?«

»Nein. Aber er ist der erste, den ich ermordet habe.«

Lada verzog verächtlich das Gesicht. »Er war ein Verräter. Und du hast ihm die Qualen eines langen Todes erspart. Das ist mehr, als er verdient hat.«

»Er war nur dort, um mich zu beschützen.« Radu bedachte sie mit einem trostlosen Grinsen, das sie nicht kannte, eine gequälte Imitation von Humor. »Er war besorgt, dass ich verletzt werden könnte.«

Lada griff nach Radus Hand und war überrascht, als er es zuließ. Sie drückte sie, einmal. »Du hast uns allen das Leben gerettet.«

»Du hast mir einmal gesagt, dass manche Leben mehr wert sind als andere. Wie viele Tote braucht es, bis die Waage zu unseren Ungunsten kippt?«

Darauf hatte sie keine Antwort.

Nachdem Iljas hingerichtet worden war, hieß es offiziell, die Janitscharen hätten einfach revoltiert und sich schlecht benommen, wie sie es gelegentlich taten. Noch am selben Nachmittag ließ Mehmed Kazanci Dogan aus dem Verkehr ziehen und öffentlich auspeitschen, bis sein Rücken mehr Blut als Haut war. Er kündigte eine allgemeine Solderhöhung für die Janitscharen sowie eine umfassende Reform der Militärstruktur an. Mehmed würde das Oberhaupt sein. Alle Fäden der Macht und Autorität sollten bei ihm beginnen und enden.

Einige Tage nach dem Angriff war Lada kräftig genug, um Mehmed in seinem Arbeitszimmer zu besuchen und die Umstrukturierung zu besprechen. Radu war bereits dort. Er wirkte gehetzt, bewegte sich zu schnell durch die äußeren Räume, die Augen starr nach vorne gerichtet.

Lada erinnerte sich an den Wald am Hang in Amasya, den sie nicht mehr betreten konnte, und hatte Mitleid mit Radu. Sie wollte gerade vorschlagen, dass sie in die Gärten gehen sollten, als sie von der Ankunft eines Eunuchen überrascht wurden, der Halima begleitete.

»Halima Hatun«, verkündete der Eunuch. Sie verbeugte sich und richtete sich mit einem schüchternen Lächeln und einem angedeuteten Winken für Lada auf. Lada hatte vergessen, wie hübsch sie war, und unterdrückte schnell einen Anflug von Eifersucht. Mehmed würde keine Frau wollen, die den Sohn seines Vaters zur Welt gebracht hatte.

Mehmed stand auf und verbarg seine Verwirrung hinter einem heiteren Tonfall. »Halima, was verschafft mir die Ehre?«

»Du hast nach mir geschickt. Um meine Zukunft zu besprechen, sagte der Bote.«

»Ja.« Mehmed nickte und bedeutete ihr, sich zu setzen. Er warf Lada und Radu einen verwirrten Blick zu, als sie ihm den Rücken zuwandte. »Ja, deine Zukunft. Geht es dir gut?«

»Ja, danke.«

»Und der kleine Ahmet?«

Auf ihrem Gesicht zeigte sich freudige Erregung. »Er hat viel Temperament. Ich glaube, er und Beyazit sind fast gleich alt.«

Der Name von Mehmeds Sohn versetzte Lada an einer anderen Stelle als in ihrer Seite einen Stich. Sie rutschte unbehaglich herum und wünschte sich, Halima würde gehen.

»Oh!« Halima schlug sich verlegen die Hand vor den Mund. »Ich habe dir noch nicht zur Geburt von Mustafa gratuliert. Zwei Söhne! Was für ein Glück.«

»Noch ein Sohn?« Lada sprach, bevor sie sich beherrschen konnte, und die Worte verletzten sie noch mehr als Iljas es getan hatte.

Noch ein Sohn.

Und dieser war nicht vor ihrem ersten Kuss gezeugt worden, bevor Mehmed ihr das Gefühl gab, sie sei die einzige Frau auf der Welt, die zählte.

Noch ein Sohn.

Radu bestand nur aus gekünstelter Freude. »Vor lauter Aufregung hast du wohl vergessen, es zu erwähnen.«

Mehmed räusperte sich, ohne sie anzusehen. »Ja, Gulsa musste in Amasya zurückbleiben. Es war zu gefährlich für sie, im Wochenbett so weit zu reisen. Ich habe erst gestern davon erfahren. Woher wusstest du das?«

Halima neigte verschwörerisch den Kopf. »Huma hat es mir erzählt. Sie weiß alles.«

»Ja, das tut sie. Nun, ich fürchte, ich habe dir nichts Offizielles zu sagen. Wenn ich etwas für dich tun kann, während wir deine Zukunft regeln, lass es mich bitte wissen. Du kannst so lange hierbleiben, wie du willst. Dies ist dein Zuhause.«

Lada fragte sich, warum er Ahmet noch nicht weggeschickt und ihn von seiner Mutter getrennt hatte. Aber auch das verdrängte sie schnell. Gulsa. Wer war sie? Wie sah sie aus? Wann hatte Mehmed sie besucht? Woran hatte er gedacht, als er seinen Samen in eine andere Frau gepflanzt hatte?

Halima verbeugte sich anmutig, und Lada sah einen Anflug von Erleichterung im Gesicht der anderen Frau, dass das Gespräch vorbei war. Nachdem Halima gegangen war, hielt Lada ihren Blick weiterhin auf die Tür gerichtet. Da sie in ihrem eigenen Elend versank, konnte sie Mehmed nicht ansehen. Wie konnte sie den Harem weiterhin ignorieren, wenn seine Bewohnerinnen nicht aufhörten, Mehmeds Söhne zu gebären?

Niemand sagte etwas.

Als hätten Ladas obsessive Gedanken an den Harem sie herbeigerufen, erschien Huma in der Tür.

»Mutter.« Mehmed sprach das Wort ermüdet, aber nicht ehrerbietig aus. »Ich habe nicht nach dir geschickt.«

»Genauso, wie du nicht nach mir geschickt hast, als Iljas versucht hat, dich zu töten.«

»Wie hast du …« Mehmed seufzte und rieb sich die Stirn. »Ich habe mich darum gekümmert.«

»Nein, du törichter Junge. Das hast du nicht. *Ich* habe mich darum gekümmert.«

Mehmeds Erschöpfung wich einer kaum verhohlenen Wut. »Was meinst du?«

»Wann wirst du begreifen, dass man dich als entbehrlich ansieht, weil es eine andere Möglichkeit gibt, die unter deinem Schutz lebt? Wenn man dich ersetzen kann, werden sie es versuchen. Wieder und wieder und wieder. Und alles, was es dazu braucht, ist ein Dolch, eine vergiftete Mahlzeit, ein Moment, in dem du nicht auf der Hut bist, und dann wird mein Opfer umsonst gewesen sein.«

»Das ist nicht dein Problem.«

»Das ist mein einziges Problem! Aber keine Sorge, mein dummer kleiner Junge. Ich habe getan, was alle deine Wächter nicht konnten. Ich habe dich unersetzlich gemacht.«

Lada setzte sich auf, frühere Gespräche mit Huma summten ihr mit plötzlicher Intensität durch den Kopf. Ihr wurde flau im Magen, und das Gefühl setzte sich fest. »Mehmed hat nicht nach Halima geschickt«, sagte sie.

Huma hob abweisend ihre ausgemergelten Schultern. »Während sie sich mit dem Sultan traf, wurde ihr Sohn ertränkt.«

Mehmed stürmte durch den Raum und drückte seine Mutter gegen die Wand. »Was hast du getan?«

»Was ich immer getan habe. Dich beschützt.«

»Nein. Nein. Sag mir, dass du nicht … Er ist ein Kleinkind.«

»Er war eine Bedrohung. Und jetzt ist er weg.«

Für die endlose Dauer eines einzigen Atemzuges dachte Lada, Mehmed würde seine Mutter töten. Dann wich die Anspannung aus seinem Körper. Er taumelte zurück und ließ sich in einen Stuhl fallen. »Er war genauso alt wie Beyazit.«

»Ich habe getan, wozu du nicht bereit warst. Ich habe dein Erbe gesichert. Du bist nun frei, der Sultan zu sein, zu dem du geboren wurdest. Der Sultan, den ich zur Welt gebracht habe. *Mein* Sohn. Mein Reich.«

»Raus.«

»Wir sollten besprechen …«

Mehmed stand auf. Wut und Verzweiflung waren weg, und er starrte seine Mutter mit der ganzen eisigen Autorität an, die in ihm wohnte. »Wache.«

Stefan, der diensthabende Janitschar, stand stramm.

»Bitte begleite Huma in ihre Zimmer. Nimm so viele Männer mit, wie du brauchst. Sorgt dafür, dass sie mit keinem ihrer Bediensteten spricht und dass den Eunuchen der Umgang mit ihr untersagt wird. Ich werde euch Anweisungen geben, wohin sie gebracht werden soll.«

Huma zitterte am ganzen Körper, ihre dünnen, vergilbten Lippen zogen sich zurück und enthüllten graues Zahnfleisch und mehr schwarze Lücken als Zähne. »Was tust du da? Du kannst mich nicht wegschicken! Ich bin die Valide Sultan, die Mutter des Sultans!«

»Nein«, sagte Mehmed. »Du hast mich verraten. Du bist ein Nichts.«

»Dich verraten? Du hast keine Ahnung, was ich für dich getan habe. Wie oft ich dir das Leben gerettet habe. Wenn es Verrat ist, hinter deinem Rücken zu handeln, um dich am Leben zu erhalten, dann sollten sie mit mir verbannt werden.« Sie deutete mit einem knochigen, verdrehten Finger auf Lada und Radu.

Mehmed winkte Stefan angewidert zu. Er nahm Humas Arm und

führte sie mit großen Augen und zitternd aus dem Raum. Lada dachte, sie seien davongekommen, doch dann wandte Mehmed sich an sie. »Wovon hat sie gesprochen? Was habt ihr beiden getan?«

Radu sah aus wie ein Kaninchen, das in einer Falle sitzt. Lada verstand seine Angst. Mehmed würde ihnen nie verzeihen, wenn er herausfand, welche Rolle sie beim Verlust des Throns während seiner ersten Herrschaft gespielt hatten. Und Huma hatte keinen Grund, es ihm nicht zu sagen, nicht jetzt. Sie hatte kein Druckmittel mehr, und Lada hatte keinen Zweifel, dass sie versuchen würde, alle mit in den Abgrund zu reißen.

Tränen füllten Radus Augen, Verzweiflung zog seinen Kopf nach unten. Er war nicht mehr der Mann, den Lada nicht kannte. Er war der Junge auf dem Eis, der Junge im Wald, der Junge in den Dornen.

Er gehörte ihr.

»Radu hatte nichts damit zu tun«, sagte Lada. »Es geschah, als du zum ersten Mal auf den Thron kamst. Nachdem ich den Janitscharen-Attentäter getötet hatte, wusste ich, dass es nie aufhören würde. Radu war sich sicher, dass du Sultan werden könntest. Er war dumm und kurzsichtig, also ging ich zu Huma. Es war meine Idee, die Janitscharen aufbegehren zu lassen, Halil zu kontaktieren und mit ihm zusammenzuarbeiten, um deinen Vater wieder auf den Thron zu bringen.«

Lada sah, wie Schock und Wut Mehmeds Gesicht von dem, das sie kannte und liebte, in etwas verwandelten, das zu weit entfernt war, um es zu berühren. Es tat körperlich weh, das zu sehen, aber sie wandte den Blick nicht ab.

»Wie konntest du nur? All die Macht, die Halil gewonnen hat! All die Jahre, die ich verloren habe …«

Lada hob ihren Kopf höher. »Ich habe es getan, um dein Leben zu retten. Ich würde die gleiche Entscheidung wieder treffen.«

Mehmed saß da und weigerte sich, sie anzusehen. »Ich kann … ich kann jetzt nicht darüber nachdenken. Nicht nach dem, was gerade passiert ist. Ahmet. Der kleine Ahmet.« Ein Vorhang senkte sich über sein Gesicht, als hätte er alle Gedanken an Ladas Verrat ausgeblendet, bis er sie sortieren konnte.

Radu legte Mehmed eine Hand auf die Schulter, doch er starrte Lada an. »Danke«, formte er mit den Lippen.

Sie nahm weder das zur Kenntnis noch die große Dankbarkeit, die in seinen Augen stand. Sie war ihm etwas schuldig. Nichts war für ihn wichtiger als Mehmeds Vertrauen. Vielleicht wäre es barmherziger gewesen, dieses Vertrauen zu brechen und eine Entfernung zu erzwingen. Vielleicht könnte Radu dann von der unmöglichen Liebe, die er in sich trug, befreit werden. Aber das konnte sie ihm nicht antun, nicht wenn es so einfach war, diesen Schlag auf ihre eigenen Schultern zu nehmen.

»Man wird denken, dass ich Ahmets Tod angeordnet habe«, sagte Mehmed, der Radus Gefühle wie immer nicht wahrnahm. »Halima war bei mir, als es passierte. Ich werde ihnen sagen müssen, dass es Huma war, dass es nicht …«

»Nein«, sagte Lada. »Sie werden denken, dass es dein Auftrag war, egal was du sagst. Wenn du behauptest, es sei deine Mutter gewesen, wirst du wie ein Mörder *und* Lügner dastehen.«

»Was soll ich dann tun?«

Lada überlegte, was sie tun würde. Dies war eine Zeit für Macht, nicht für Subtilität. Niemand konnte infrage stellen, dass der Sultan das Sagen hatte. »Mach es zum Gesetz. Du weißt, was die Brüder deines Vaters getan haben. Die Kriege, die sie führten, sind noch immer rohe Wunden. Dein Vater musste sie schließlich alle töten. Erlasse, dass ein Sultan, wenn er gekrönt wird, seine Brüder töten darf, um die Sicherheit des Reiches zu gewährleisten.«

Mehmed hatte sie noch nie mit echtem Entsetzen angesehen, aber jetzt tat er es. Sie zwang sich, keinen Schritt zurückzutreten, und stemmte sich gegen die Befürchtung, dass sie dadurch und durch die Enthüllung ihres Verrats seine Liebe verloren hatte.

Sie würde nicht schwach sein, um seinem Urteil zu entgehen. So war sie nicht.

»Glaubst du, es war richtig, dass meine Mutter das getan hat?«, fragte Mehmed.

»Ich glaube …« Lada verdrängte das Bild der hoffnungsvollen, glücklichen Halima, die strahlte, als sie über ihren Sohn sprach. Den Sohn, der gerade ermordet wurde, während sie sich unterhielten. Wusste sie es schon? Hatte sie erfahren, dass man ihr ihre ganze Welt genommen hatte? »Ich glaube, wenn man eine Nation gegen ein einzelnes Leben abwägt, muss man manchmal unmögliche Entscheidungen treffen. Huma hat die Entscheidung getroffen. Ob sie richtig oder falsch war, ist nebensächlich. Es ist geschehen.«

»Wenn ich dieses Gesetz erlasse, verurteile ich einen meiner eigenen Söhne zum Tode.«

Daran hatte Lada nicht gedacht und schauderte bei dem Vorwurf in Mehmeds Augen. Hielt er sie für so ein Ungeheuer, dass sie den Tod seiner Söhne herbeisehnte? Sie schüttelte den Kopf. »Wenn du dieses Gesetz nicht erlässt, lässt du einen zukünftigen Bürgerkrieg zu, der unzählige deiner Bürger fordern wird.«

»Dies sind Leben, Lada«, sagte Radu. »Wie kannst du von ihnen sprechen, als wären sie eine einfache mathematische Angelegenheit, ein zu lösendes Problem?«

Lada stand auf, eine Hand an ihre Seite gegen ihre schmerzende Wunde gedrückt. »Weil wir nur so verhindern können, dass wir den Verstand verlieren.«

»Was ist mit unseren Seelen?«, flüsterte Mehmed.

Bevor Lada hinausging, hielt sie an der Tür inne. »Seelen und Throne sind unvereinbar.«

An diesem Abend saß sie neben Bogdan. Sie waren allein im Speisesaal der Palastkaserne. Seit dem Attentat hatte sie weder mit ihm gesprochen noch ihn überhaupt gesehen. Es war das erste Mal, dass sie Lust hatte, mit ihren Männern zu essen, aber die meisten von ihnen waren im Dienst. Mehmed vertraute ihnen mehr denn je, und sie waren alle im ständigen Schichtwechsel.

»Wie geht es dir?«, fragte Bogdan.

Lada warf ihm einen ausdruckslosen Blick zu und wünschte, sie wäre stark genug, ihn für eine so dumme Frage körperlich zu bestrafen. »Ich wurde vor einer Woche von einem Mentor, dem ich vertraut habe, niedergestochen und verprügelt.«

Er passte seinen Gesichtsausdruck ihrem an. »Ich war dabei.«

Sie fragte sich, ob er Angst gehabt hatte, ob er wütend gewesen war, weil sie so kurz nach ihrer Wiedervereinigung hätte sterben können. Aber sein Gesicht verriet nichts.

»Ich meinte, wie es ist, in Trauer zu sein.«

Bogdan war ein Narr, wenn er glaubte, sie trauere um den Tod von Mehmeds Halbbruder. Sie war nicht glücklich darüber, dass der Junge getötet worden war, aber sie konnte nicht so tun, als würde sie sich Humas Argumentation widersetzen. Es wäre Heuchelei, sich in Sack und Asche zu kleiden. Es wäre sogar respektlos.

»Es ist also allgemein bekannt?«, fragte sie. Radu hatte ihr eine Nachricht geschickt, dass Mehmed das Dekret über den Brudermord erlassen würde, aber sie hatte gedacht, das würde morgen geschehen. Es hatte sie auch verletzt, dass Mehmed sie nicht um Rat gefragt hatte, was er sagen sollte.

Sie fragte sich, wie lange er brauchen würde, um ihr alles zu verzeihen, was geschehen war. Die Befürchtung, er wäre dazu vielleicht nicht in der Lage, nagte an ihr. Wo wäre sie dann?

Bogdan zuckte mit den Schultern. »Petru hat es mir gesagt.«

Lada runzelte die Stirn. »Petru war heute nicht im Dienst. Wie hat er von Ahmet erfahren?«

»Wer ist Ahmet?«

»Mehmeds Halbbruder.«

»Wovon redest du?«

»Wovon redest *du?*«

»Dein Vater.« Bogdan hielt inne, sein Kiefer spannte sich an. »Sie haben es dir nicht gesagt.«

Lada wusste, dass sie in Bogdans Gesicht blickte, aber sie konnte es nicht sehen. Sie konnte gar nichts sehen. »Mein Vater ist tot?«

»Es tut mir leid. Petru dachte, du wüsstest es. Hunyadi und die Bojaren haben deinen Vater getötet. Mircea auch.«

Lada nickte, ihr Kopf wippte von selbst auf und ab. Ein Rauschen erfüllte ihre Ohren. Ein Tosen wie der Wind, der an den Ufern des Arges entlangrauschte und an einem Baum zerrte, der seitlich aus dem Felsen wuchs. »Wann?«

»Petru hat Mehmed und Radu vor einer Woche belauscht. Kurz vor der Revolte.«

»Eine Woche.« Ihre Hand wanderte zu dem Beutel um ihren Hals – aber er war weg.

Sie hatte es nicht bemerkt, aber sie hatte ihn nicht mehr gespürt, seit sie gegen Iljas gekämpft hatte.

Er war weg.

52

Radu wollte nur noch schlafen, aber das Klopfen wollte nicht aufhören. Er stolperte zur Tür und riss sie auf, bereit, denjenigen anzuschreien, der dort war. Der Geist seiner Schwester stand in der Tür. Ihre Augen waren groß und leer, ihr Gesicht so glatt wie eine verblassende Erinnerung.

»Unser Vater ist tot«, sagte Lada.

Radu lehnte sich schwer gegen den Türrahmen. Lada drängte sich an ihm vorbei ins Zimmer. Er schloss die Tür.

»Warum hast du mir das verheimlicht?«

Radu war froh, dass es dunkel war und er ihr Gesicht nicht sehen konnte. »Ich wusste nicht, wie ich es dir sagen sollte.« Er griff nach ihrer Hand. Sie fühlte sich kalt und winzig in seiner eigenen an. »Es tut mir leid. Ich weiß, dass du ihn geliebt hast.«

»Ich habe ihn nicht geliebt. Ich habe ihn verehrt. Und dann hat er uns verraten, weil er ein Mensch war – ein so wertloser, schwacher Mensch. Er hat uns hier mit nichts zurückgelassen und es uns unmöglich gemacht, nach Hause zurückzukehren.«

»Er hat mir Angst gemacht.«

Lada lachte schrill. »Kleiner Bruder, dir hat jeder Angst gemacht.«

»Das ist wahr.«

»Mircea ist auch tot.«

»Ja.« Radu dachte an die tiefe Trauer, die Mehmed nach der Ermordung seines kleinen Halbbruders durchströmt hatte. Radu fühlte nichts dergleichen, wenn er an Mirceas Tod dachte. Vielleicht bedeutete das ja, dass etwas mit ihm nicht stimmte. Er wollte wissen, ob Lada um Mircea trauerte, aber er fragte nicht.

Lada sprach. »Erinnerst du dich an jenen Sommer? Als Vater uns aus der Stadt brachte?«

»Ja. Ich wurde von so viel Ungeziefer gebissen, dass ich mich kaum bewegen konnte.«

»Ich dachte, er würde mich sehen. Ich dachte, wenn wir Tergowiste verlassen, wenn wir den dummen Mircea verlassen, wenn wir die Bojaren und ihr unaufhörliches Gezänk hinter uns lassen, würde er sehen, was aus mir wurde, um ihm zu gefallen. Einen Tag lang dachte ich, er hätte es gesehen. Es war der glücklichste Tag meines Lebens. Und dann ging er, wie er es immer tat.«

»Er hat dich geliebt.«

»Du klingst so sicher. Woher weißt du das?«

»Weil er versuchte, dich zu retten, an dem Tag, als der Sultan uns beanspruchte.«

»Er hat versagt.«

»Aber er hat es versucht. Das war mehr, als er für mich getan hat.«

Nach einem kurzen Schweigen stieß Lada ein schrilles Gelächter aus. »Ich muss immer daran denken, wie wütend Mircea sein muss, dass er tot ist.«

»Das habe ich auch gedacht!«

Sie lachten, und dann war es für ein paar warme Minuten still, sicher und dunkel, während sie an ihre Kindheit dachten, die sie teilten. Die Dinge, die sie gehabt und die Dinge, die sie verloren hatten, die nur sie jemals verstehen konnten.

»Ich habe etwas für dich.« Radu griff in eine Schachtel auf seinem Beistelltisch und zog ein Medaillon heraus. »In dieser Nacht, als der Arzt dich wieder zusammennähte, fand ich dein kleines Beutelchen. Das, das du immer um den Hals trägst. Es war kaputt, aber … Ich habe den Inhalt gerettet und das hier für dich anfertigen lassen.«

Er hielt ihr die Halskette hin. Das metallene Medaillon lag schwer und kalt in seiner Hand.

Mit einem Schniefen legte Lada die Kette um ihren Hals und drückte das Medaillon an ihre Brust. »Ich danke dir. Ich habe in letzter Zeit zu viel verloren.«

Sie lehnte ihren Kopf an seine Schulter. Radu wusste, dass sie einiges davon nur deshalb verloren hatte, um ihn zu schützen. So wie sie es immer auf ihre ganz eigene Weise getan hatte. Er stieß einen Seufzer aus und bereitete sich darauf vor, ihr zu sagen, dass es ihm leidtat. Dass er sie liebte. Dass er sie verstand.

»Der Thron gehört dir«, sagte Lada und brachte damit die Nacht mit all ihren dunklen Schrecken zurück zu Radu.

»Nein.«

»Doch.« Ihre Stimme wurde lauter, Erregung flammte auf und wuchs zu einem Feuer, wie es nur Lada entfachen konnte. »Nichts hält uns jetzt hier fest. Wir sind niemandem verpflichtet, wir brauchen kein Lösegeld zu zahlen. Du könntest den Fürstentitel beanspruchen. Mehmed wird dich unterstützen, er wird froh darüber sein. Wir könnten zurück in die Walachei gehen, gemeinsam, stark, und niemand könnte uns sagen …«

»Nein! Lada. Nein. Ich will nicht zurückgehen.«

»Aber es ist unser Zuhause.«

Radu schüttelte den Kopf und setzte sich auf seine Bettkante. »Mein Zuhause ist hier.«

»Du meinst, Mehmed ist hier.« Es lag kein Vorwurf in ihrer Stimme, aber die Art, wie sie es sagte, versetzte Radu einen Stich.

»Ja.« Er gab nicht vor, dass es anders war, aber er konnte ihr die anderen Gründe nicht erklären. Die Moscheen mit ihren kuppelförmigen Türmen, die ihm auf eine äußerst tröstliche Weise das Gefühl gaben, unbedeutend zu sein. Das Gebet in perfektem Einklang mit seinen Brüdern um ihn herum. Einen Platz zu haben, ein Leben, eine Position, in der er geschätzt wurde. Und ja, das alles an der Seite von Mehmed. Auch wenn es nie so viel sein würde, wie Radu brauchte.

Als wäre sie seinem Gedankengang gefolgt, sagte Lada: »Er kann dich niemals lieben. Nicht so, wie du ihn liebst.«

Radu lachte, aber es klang alt und brüchig. »Glaubst du, das weiß ich nicht? Und trotzdem ist es besser als das, was wir uns in der Walachei je erhoffen können. Wie kannst du das nicht sehen? Du hast ihn, Lada. Du hast sein Herz, seine Augen und seine Seele. Ich habe gesehen, wie du darauf wartest, dass er dich ansieht, wie du seine Aufmerksamkeiten genießt. Du tust so, als würdest du ihn nicht lieben, aber du kannst mich nicht anlügen.« Er hielt inne. Dann, unfähig, sich zurückzuhalten, verfiel er in einen stichelnden Ton. »Niemand wird dich jemals so lieben wie er – als Ebenbürtige –, und du weißt das. Du wirst das nicht aufgeben. Das kannst du nicht.«

Sie versteifte sich. Radu sah, wie sich ihre Finger zu Fäusten ballten, bereit für einen Kampf. »Ich kann es. Ich habe bereits damit begonnen. Er wird mir nie verzeihen, dass ich meinen Verrat zugegeben habe.«

Radu fühlte sich daran erinnert, wie sie die Bojarensöhne im Wald vor Tergowiste verprügelt hatte. Dieselben Fäuste hatten immer alles entkräftet, was von ihr erwartet wurde. Jetzt hatte er ihre Liebe zu Mehmed zu einer Herausforderung gemacht, die es zu überwinden galt. Sein Herz wurde schwer, als ihm klar wurde, dass er mit seinem Spott, sie könne nicht gehen, praktisch garantiert hatte, dass sie genau das tun würde.

Vielleicht hatte er das die ganze Zeit gewusst.

»Komm mit mir«, befahl sie. »Ich werde nicht ohne dich nach Hause gehen.« Sie wartete, dann schockierte sie Radu mit ihrem ruhigen, sanften Ton. »Du hast mich gewählt.«

Das hatte er. Und Lada hatte ihn schon so lange nicht mehr um etwas Derartiges gebeten. Sie war seine Schwester, und sie flehte ihn an, sich wieder für sie zu entscheiden. Aber wenn Lada ging, würde sich Mehmed vielleicht endlich für ihn entscheiden.

»Ich bin zu Hause, Lada.« Radu legte sich zurück und drehte sich auf die Seite, weg von ihr.

53

Auch wenn Lada nicht wusste, was geschehen würde, war sie sich zweier Dinge sicher:

Es würde wehtun, und sie würde stark sein müssen.

Sie trug ein Kettenhemd und die Uniform der Janitscharen, bis auf die Mütze. Ihr Haar trug sie offen, ein Wirrwarr von Locken, das sowohl dem Janitscharenbrauch als auch dem weiblichen Stil trotzte. An ihrer Hüfte trug sie ihr Schwert und an den Handgelenken ihre Messer.

Ihr Rückgrat war aus Stahl. Ihr Herz war eine Panzerung. Ihre Augen waren Feuer.

An ihrer Seite waren Bogdan und Nicolae. Bogdan, um sie an das zu erinnern, was sie zurückgelassen hatte und wiederfinden konnte. Nicolae, um sie daran zu erinnern, dass sie führen konnte und die Menschen ihr folgen würden.

Mehmed blickte überrascht auf, als Lada den Empfangssaal betrat. Er saß hinter einem Tisch, in Purpur gekleidet, perfekt platziert auf seinem vergoldeten Stuhl. Sein offizieller Schemelhalter hockte in der Nähe und wartete. Radu stand hinter Mehmed und mied Ladas Blick.

Mehmed konnte sich ihr Erscheinen nicht erklären und zog fragend seine Augenbrauen hoch. »Lasst uns allein«, sagte er, und die Bediensteten machten sich eilig aus dem Staub.

Lada stellte beide Beine fest auf den Boden, sodass sie unverrückbar wirkte. »Ernenne Radu zum Prinzen der Walachei.«

Radu schüttelte den Kopf und drehte sich zum Fenster, weg von ihr.

Mehmed sah kurz völlig entgeistert aus, dann wurde er bewusst neutral. Wie lange hatte er von ihrem Vater gewusst und ihr die Information vorenthalten? Und warum? Aber sie würde diese Fragen nicht stellen. Sie würden sie schwach aussehen lassen. Sie war hier, um zu fordern, nicht um zu fragen.

»Warum sollte ich das tun?«, erkundigte sich Mehmed.

»Weil du so viel Stabilität wie möglich brauchst, bevor du Konstantinopel angreifst. Du hattest genug Probleme mit der Walachei, die sich mit Ungarn, Siebenbürgen und Moldawien verbündet hat. Mach Radu zum Fürsten, und es ist garantiert, dass kein Vertrag mit der Walachei gebrochen wird.«

Mehmed lehnte sich zurück und streckte sich, lang und katzenartig. »Er will die Position des Woiwoden nicht innehaben. Es gibt eine andere Möglichkeit, das Bündnis mit der Walachei zu stärken.«

Nein! Lada hatte gehofft, dass Mehmed keinen Kontakt zur Familie Danesti hatte. Wenn sie bereits zugestimmt hätten, mit ihm zusammenzuarbeiten, wäre ihre Position unwiederbringlich geschwächt worden. »Man kann den Danesti-Bojaren nicht trauen.«

»Die Danesti-Linie? Nein, ich werde mich mit der Familie Draculesti verbünden.«

Lada unterdrückte ein frustriertes Knurren. »Da Mircea tot ist, bleibt nur noch Radu, um den Thron zu besteigen.«

»Er ist nicht der einzige Draculesti.« Mehmeds Lippen kräuselten sich, weil ein Lächeln darum kämpfte, sich auf ihnen auszubreiten. »Und Throne sind nicht der einzige Weg, um Allianzen zu sichern.«

»Was …« Die Erkenntnis traf sie wie ein Hammer und raubte ihr den Atem. »Nein.«

Mehmed stand auf, ging um den Tisch herum und stellte sich vor sie. Er umfasste ihr Kinn und hob ihr Gesicht zu seinem. »Heirate mich, Lada. Es ist die perfekte Lösung.«

Lada lachte.

Mehmeds Lächeln wurde breiter, bis er merkte, dass ihr Lachen kein süßer Hauch von Freude war, sondern ein brutaler Wüstenwind, der stechenden Sand hinter sich herzog.

»Ich werde niemals heiraten.«

»Warum nicht? Steh an meiner Seite! Herrsche mit mir über mein Reich!«

»Ich will nichts mit dem Osmanischen Reich zu tun haben.«

Zorn blitzte in seinen schwarzen Augen auf, und Mehmed ließ ihr Kinn los. »Warum hasst du mein Land so? Warst du hier nicht glücklich?«

»Kennst du mich überhaupt? Ich bin nirgendwo glücklich gewesen, außer in der Walachei.«

Seine Miene verfinsterte sich, und er stieß sie mit dem Finger an. »Du warst glücklich mit mir.«

Schließlich wurde ihr klar, dass sie nicht ganz so selbstlos gewesen war, wie sie dachte, als sie die ganze Schuld auf sich nahm und Radu verschonte. Auf einer unbewussten Ebene hatte sie gehofft, dass Mehmed ihr nicht vergeben könnte. Dass sie nicht die Entscheidung treffen müsste, ihn zu verlassen, sondern dass die Entscheidung für sie getroffen würde. Liebe war eine Schwäche, eine Falle. Das hatte sie an ihrem ersten Tag in Edirne von ihrem Vater gelernt, aber irgendwie hatte sie es nicht geschafft, sich davon freizuhalten. Mehmed und Radu standen vor ihr, fesselten sie und hielten sie hier. Und obwohl sie das wusste, schreckte sie bei dem Gedanken zurück, sie zu verlieren.

Lada machte ihr Gesicht zu Stein, ihr Herz zu einem Berg. Ein Berg, der niemals durchbrochen werden würde, um kaltes, klares Wasser fließen zu lassen. »Hier hält mich nichts.«

Mehmed schloss die Augen, und seine Gesichtszüge änderten sich von Wut und Schmerz zu Flehen. Er hatte jetzt so viel Kontrolle, so viel Geschick darin, Gefühle als Werkzeug einzusetzen. Wie sie alle sich doch weiterentwickelt hatten. »Du hast mir dreimal das Leben gerettet. Ohne dich wäre ich tot. Ich brauche dich.«

»Gib Konstantinopel auf.«

»Wie bitte?«

Lada hob teilnahmslos die Schultern. »Dein hirnloses Bestreben, Konstantinopel einzunehmen, bedroht dein Leben. Du hast keinen Anspruch auf die Stadt, kein Recht auf sie, keinen Grund, auf sie fixiert zu sein. Gib sie auf, und deine Feinde werden aufhören, dich töten zu wollen.«

»Du weißt, dass ich das nicht kann!« Er verschränkte die Hände hinter dem Rücken und ging durch den Raum. »Es ruft nach mir, verhöhnt mich. Der Prophet, Friede sei mit ihm, sagte, es würde uns gehören, und ich muss – ich muss der Sultan sein, der dafür sorgt, dass seine Worte erfüllt werden. So wie mein Volk für größere Dinge geschaffen wurde, als auf Pferden durch die Wüste zu reiten, so bin ich für größere Dinge geschaffen, als ein stagnierendes, abgehalftertes Reich zu erhalten. Wir *werden* das Juwel der Welt sein, der Neid ganz Europas, das neue Rom. *Ich* werde derjenige sein, der es so weit bringt. Ich muss der Welt zeigen, was mein Volk ist. Das ist meine Berufung und ich kann ihr nicht den Rücken kehren.«

Lada nickte, die Augenlider halb geschlossen, niedergedrückt von der Last der Zukunft. »Wir verstehen uns vollkommen. Ich kann die Walachei nicht aufgeben. Ich kann meiner Heimat nicht den Rücken kehren für die Reste, die mir vom Tisch eines anderen Herrn zufallen mögen. Ich habe es mir nicht ausgesucht, hierherzukommen, Mehmed. Ich wurde gegen meinen Willen festgehalten.«

»Aber jetzt bitte ich dich! Wähle zu bleiben! Wähle *mich*.«

»Um dann zurückzubleiben, wenn du auf Kreuzzug gehst? Du wolltest mich nicht nach Albanien mitnehmen, du wirst mich auch nicht nach Konstantinopel mitnehmen. Ich werde dich dafür hassen, und das Gift zwischen uns wird wachsen, bis ich zu einer deiner unsichtbaren Frauen werde – und wieder genauso eine Gefangene bin, wie ich unter deinem Vater eine war. Wenn du versuchst, mich zu halten, werde ich dich hassen, und du wirst mich für immer verlieren. Du weißt bereits, dass du mich nicht beherrschen kannst. Das habe ich bewiesen, als du das letzte Mal auf dem Thron gesessen hast.«

Angst und Wut zeichneten sich auf Mehmeds Gesicht ab, als er vor Lada stehen blieb und sie an den Schultern packte. »Was soll ich deiner Meinung nach tun?«

Und in diesem Moment sah Lada ihre Zukunft. Ihre Vergangenheit bestand darin, den Männern um sie herum die Fäden zu entreißen. Ihrem Vater. Iljas Bey. Mehmed. Aber vor ihr lag ein Messer. Sie würde sie alle durchschneiden.

Sie musste nicht nur das annehmen, was ihr angeboten wurde. Sie würde sich nehmen, was ihr zustand.

Das, was schon immer ihr gehört hatte, leuchtete auf ihrem Gesicht wie die Sonne auf dem Berggipfel vor so vielen Sommern. »Ich will die Walachei.«

»Wie bitte?«

»Mach mich zum Woiwoden.«

Mehmed runzelte die Stirn. »Aber das ist doch der Titel für einen Fürsten.«

»Dann mach mich zu einer Fürstin. Du weißt, dass ich dazu fähig bin. Entsende mich mit meinen Janitscharentruppen, gib mir den Rückhalt des Reiches.«

Mehmed hob abweisend eine Hand, aber er klang unsicher. »Sie werden dich niemals akzeptieren.«

»Ich werde sie dazu *bringen.*« Sie wartete auf eine weitere Zurückweisung, aber als keine erfolgte, nutzte sie ihren Vorteil. »Entsende mich als Fürstin, als Geste des Friedens. Niemand wird es als eine Demonstration von Stärke oder Aggression ansehen. Sie werden sehen, dass du Stabilität willst, keine Konfrontation. Ich werde Hunyadi und allen, die sich dir widersetzt haben, Verträge überbringen. Ich werde Nachrichten über den friedlichen Mehmed verbreiten, der nur das will, was er schon hat, und nicht mehr. Und du wirst dich auf Konstantinopel konzentrieren können.«

Mehmeds Stimme war leise, gequält. Er drehte sich nicht zu ihr um. »Aber ich werde dich verlieren.«

Obwohl sie immer gewusst hatte, dass sie Mehmed für eine Rückkehr nach Hause verlassen musste, hatte sie sich bis zu diesem Moment nie Gedanken darüber gemacht, was das wirklich bedeutete. Es war kein Fliehen, kein Weggezwungen-Werden. Es war eine *Entscheidung*, ihn zu verlieren. Es fühlte sich unmöglich an. Radu sah ihr schließlich in die Augen, und sie flehte ihn stumm an, indem sie ihm die Hand hinstreckte. Sie konnte und wollte sie nicht beide verlieren.

Er schüttelte den Kopf.

Humas Worte von vor all den Jahren schlüpften unter ihre Rüstung und bohrten sich in ihr Herz. *Was muss geopfert werden, um eine Zukunft zu sichern, in der dir niemand etwas anhaben kann?* Lada wusste jetzt genau, wie viel sie zu verlieren hatte, denn sie war im Begriff, ihr Herz herauszuschneiden und es zurückzulassen.

Die beiden Männer – die beiden einzigen Menschen –, die in ihrem Leben eine wichtige Rolle gespielt hatten, würden zurückbleiben. Radu und Mehmed hatten ihr etwas gegeben, was sie sich selbst nicht geben konnte, sie hatten sie auf eine Weise gesehen, wie es kein anderer getan hatte und wie es kein anderer jemals tun würde. Sie sahen sie an, die hässliche Lada, die bösartige Lada, und sahen etwas Kostbares. Und sie sah sie an und sah Radu, ihren Bruder, ihr Blut, ihre Verantwortung, und Mehmed, ihr ebenbürtig, der einzige Mann, der groß genug war, um ihrer Liebe würdig zu sein.

Eine Zukunft – undurchsichtig und ungewiss, voller Gewalt, Schmerz und Kampf – tat sich vor ihr auf. Eine andere, mit ihrem Bruder und dem Mann, der sie kannte und immer noch liebte, strahlte wie ein Leuchtfeuer.

Und so schnitt sie ihr Herz heraus und brachte es als Opfer dar. Sie würde jeden Preis zahlen, den ihre Mutter die Walachei verlangte.

»Mach mich zur Fürstin«, sagte sie ohne jedes Gefühl.

54

Nachdem sie weg war, hielt Radu Mehmed im Arm, während er weinte. Radus Freude darüber, Mehmed in den Arm zu nehmen, war wie ein Tritt in den Magen, überwältigend und dazu bestimmt, blaue Flecken als Erinnerung zurückzulassen, lange nachdem es vorbei war.

»Verlass mich nie.« Mehmeds von Trauer erstickte Stimme klang noch immer befehlend.

Radu schloss seine Augen. »Ich werde dich nie verlassen.« Mehmed lag in seinen Armen, aber er wusste, dass Lada das Einzige war, was sich in Mehmeds Herzen befand. Radu hatte geglaubt, sein eigenes Herz sei mit nichts anderem als Mehmed gefüllt. Aber jetzt gab es einen schmerzenden Riss, den Lada zurückgelassen hatte, als sie ihn ein für alle Mal verließ.

Er hatte gesagt, dies sei sein Zuhause. Er hatte die Wahrheit gesagt, und er hatte gelogen. Denn Lada war auch sein Zuhause, und jetzt war sie fort.

Der Ruf zum Gebet drang durch die Wände, und die beiden Männer fielen auf die Knie. Radu gab alles an Gott ab. Seinen Schmerz, seine Angst, seinen Verlust, seine Geheimnisse. Seine unermessliche, unergründliche Einsamkeit.

Als sie das Gebet beendet hatten, war Mehmed ruhig. Sein Gesicht war so hart wie das Schwert seiner Vorfahren. Radu folgte ihm auf den Balkon, wo er angestrengt in die Dunkelheit jenseits der Stadt starrte. Mehmed blickte nach Norden, wohin Lada und ihre Männer gereist waren, um die Walachei zu beanspruchen.

Radu legte ihm eine Hand auf die Schulter. Mehmed musste sich konzentrieren, um den Schmerz zu überwinden. Radu drehte sie beide sanft, um nach Osten zu schauen.

In Richtung Konstantinopel.

55

Walachische Grenze

Die Gewitterwolken, die ihren langen Marsch begleitet hatten, rissen endlich auf. Nach der dunklen Dynamik und der ständig wechselnden Farbpalette der Wolken wirkte das eintönige Blau des Himmels irgendwie falsch. Ein Versprechen, das weniger wert war als die Dokumente und Verträge, die Lada in ihren Taschen mit sich führte.

Sie blickten über eine weite, vereiste Ebene zu den Bergen, die bedrohlich vor der Landschaft aufragten.

»Walachei.« Nicolaes Stimme war voller Verwunderung, alle Neckereien waren verschwunden.

»Heimat«, brummte Bogdan.

Stefan, Petru, Matei, der Rest ihrer Männer – *ihrer* Männer – gesellten sich zu ihnen und starrten auf ihre Vergangenheit. Sie war zu ihrer Zukunft geworden. Lada hatte dafür gesorgt.

Nicolae überwand seine Ehrfurcht und grinste sie an. »Nun, bist du bereit, Lada Dragwlya, Tochter des Drachen?«

Das Feuer brannte in ihrem Herzen, und ihre verwundete Seele breitete sich aus und warf einen Schatten wie Flügel über ihr Land. Dies war ihres. Nicht wegen ihres Vaters. Nicht wegen Mehmed. Denn das Land selbst hatte sie als sein Eigentum beansprucht.

»Nicht Dragwlya«, sagte sie. »Lada Dracul. Ich bin nicht mehr die Tochter des Drachen.« Sie hob ihr Kinn, den Blick auf den Horizont gerichtet. »Ich bin der Drache.«

DRAMATIS PERSONAE (AKTEURE)

Familie Draculesti, walachischer Adel

Vlad Dracul: Militärgouverneur von Siebenbürgen, Woiwode der Walachei, Vater von Lada und Radu, Vater von Mircea, Ehemann von Vasilissa
Vasilissa: Mutter von Lada und Radu, Prinzessin von Moldawien
Mircea: Ältester Sohn von Vlad Dracul und seiner ersten, verstorbenen Frau
Lada: Tochter und zweites eheliches Kind von Vlad Dracul
Radu: Sohn und drittes eheliches Kind von Vlad Dracul
Vlad: Unehelicher Sohn von Vlad Dracul mit einer Mätresse
Alexandru: Bruder von Vlad Dracul, Woiwode der Walachei

Walachische Hof- und Landpersönlichkeiten

Kindermädchen: Mutter von Bogdan, Betreuerin von Lada und Radu
Bogdan: Sohn des Kindermädchens, Freund von Lada
Andrej: Bojaren-Kind aus der rivalisierenden Danesti-Familie
Aron: Bojaren-Kind aus der rivalisierenden Danesti-Familie
Costin: Ein Junge ohne Schuhe am zugefrorenen Fluss
Familie Danesti: Rivalisierende Familie um den walachischen Thron

Lazar: Ein in der Walachei dienender Janitscharensoldat, Freund von Radu

Persönlichkeiten am Hof von Edirne

Murad: Osmanischer Sultan, Vater von Mehmed
Halima: Eine von Murads Ehefrauen, Mutter des Kleinkinds Ahmet
Ahmet: Mehmeds minderjähriger Halbbruder
Mara Brankovic: Eine der Ehefrauen von Murad, die Tochter des serbischen Königs
Huma: Eine von Murads Nebenfrauen, die Mutter von Mehmed
Mehmed: Der dritte und unbeliebteste Sohn des Sultans
Sitti Hatun: Tochter eines bedeutenden Emirs, Mehmeds erste Frau
Gulsa: Mehmeds Konkubine, Mutter seines zweiten Sohnes
Beyazit: Mehmeds erstgeborener Sohn
Molla Gurani: Mehmeds Hauslehrer
Halil Pascha: Wichtiger Berater am osmanischen Hof
Salih: Zweiter Sohn von Halil Pascha, Freund von Radu
Kumal: Frommer Vali aus einem kleinen Gebiet außerhalb von Edirne
Nazira: Kumals jüngste Schwester
Fatima: Naziras Dienstmädchen
Amal: Ein junger Diener im Palast

Militärpersönlichkeiten im Osmanischen Reich

Iljas: Ein Kommandant der Janitscharen
Kazanci Dogan: Militärischer Führer der Janitscharen
Iwan: Ein Janitschar mit einer üblen Gesinnung
Matei: Ein erfahrener walachischer Janitschar
Nicolae: Ein walachischer Janitschar und Ladas engster Freund
Petru: Ein junger walachischer Janitschar

Stefan: Ein geheimnisvoller walachischer Janitschar
Tohin: Eine Schießpulver-Expertin

Politische Figuren in Opposition zum Sultan

Konstantin: Kaiser von Konstantinopel
Orhan: Ein falscher Erbe des osmanischen Throns, der von Konstantinopel als Druckmittel eingesetzt wird
Skanderbeg: Iskander Bey, auch bekannt als Skanderbeg, ein ehemaliger Janitschar und Günstling von Murad, der den Osmanen die albanische Stadt Kruja vorenthält

GLOSSAR

Bey: Ein Gouverneur
Beylerbey: Die Gouverneure der größten und wichtigsten Provinzen
Bojaren: Walachischer Adel
Derwisch: Religiöse Asketen (meist aus dem Sufi-Zweig des Islams), die ein Armutsgelübde ablegen
Dracul: Drache, auch Teufel, da die Begriffe austauschbar waren
Emir: Ein Anführer der turkmenischen Stämme, Verbündete der Osmanen im Osten
Eunuch: Ein kastrierter Mann, der als Diener und angesehener Sklave hoch geschätzt wurde
Hadsch: Religiöse Pilgerfahrt nach Mekka als eine der fünf Säulen des Islams
Harem: Eine Gruppe von Frauen, bestehend aus Ehefrauen, Konkubinen und Dienerinnen, die dem Sultan gehört
Janitschar: Angehöriger einer militärischen Elitetruppe, der als Junge aus anderen Ländern geholt, zum Islam konvertiert, erzogen und zur Loyalität gegenüber dem Sultan ausgebildet wurde
Konkubine: Eine Frau, die dem Sultan gehört und keine rechtmäßige Ehefrau ist, aber rechtmäßige Erben zeugen könnte
Orden des Drachen: Orden der vom Papst gesalbten Kreuzritter
Pascha: Ein vom Sultan ernannter Adliger im Osmanischen Reich.
Pashazada: Sohn eines Paschas

Sipahi: Militärische Befehlshaber, die für die lokalen osmanischen Soldaten zuständig waren, die in Kriegen einberufen wurden

Woiwode: Kriegsherr, Fürst der Walachei

Vali: Lokaler Gouverneur, der vom Sultan ernannt wird

Valide Sultan: Die Mutter des Sultans

Vasallenstaat: Land, das seine Eigenständigkeit behalten durfte, aber dem Osmanischen Reich unterstellt war, mit Steuern in Form von Geld und Sklaven für die Armee

Vilayet: Kleines Landgebiet, das von einem Vali regiert wird

Walachei: Vasallenstaat des Osmanischen Reiches, angrenzend an Siebenbürgen, Ungarn und Moldawien

Wesir: Hochrangiger Adliger, in der Regel Berater des Sultans

ANMERKUNG DER AUTORIN

Obwohl das Buch auf tatsächlichen historischen Figuren beruht, habe ich mir viele Freiheiten genommen, Lücken gefüllt, Charaktere und Ereignisse erschaffen, Zeitlinien verschoben und vor allem *Vlad den Pfähler* in *Lada die Pfählerin* umbenannt.

Jedes auf historischen Ereignissen beruhende Buch ist ein umfangreiches und letztlich unüberwindbares Unterfangen. Da die Geschichte von den Siegern geschrieben wird – und von denjenigen, die mit diesen Siegern nicht zufrieden sind –, werden wichtige Persönlichkeiten in den Aufzeichnungen, die es bis in unsere Tage geschafft haben, entweder heiliggesprochen oder verteufelt.

Vlad der Pfähler war ein Nationalheld, ein Freiheitskämpfer, ein brillanter militärischer Kopf. Oder er war ein zutiefst gestörter Psychopath, ein bösartiger Despot, der Zehntausende ermordete und sich buchstäblich von ihrem Fleisch ernährte.

Ähnlich zwiespältige Berichte gibt es über Mehmed den Eroberer. Die Geschichte liebt ihn und hasst ihn. Er war ein unglaublich frommer, nachdenklicher Herrscher, der sogar an eine religiöse Figur grenzte, oder er war ein grausamer Räuber, der Ausschweifungen und Zerstörung liebte.

Mein Ziel in diesem Buch war es, einen Mittelweg zu finden. Bei meinen Recherchen habe ich Berichte außer Acht gelassen, die zu sehr in die eine oder andere Richtung tendierten, und versucht, mich auf die

Wahrheit zu konzentrieren: Es waren Männer, die in große Macht hineingeboren wurden, und sie taten beide, was sie für notwendig hielten, um diese Macht zu erhalten und auszubauen. Der zentrale Aspekt, den ich erforschen wollte, war der Weg, den ein Mensch geht, um an den Punkt zu gelangen, an dem er rechtfertigen kann, dass er im Namen des Guten schreckliche Dinge tut. Welche Motive treiben ihn an? Welche in der Kindheit gelegten Steine werden zu dem Fundament, auf dem das Vermächtnis aufgebaut wird?

Letztendlich ist dies ein Werk der Fiktion. Ich habe mich dafür entschieden, aus Vlad dem Pfähler ein Mädchen zu machen, weil das für mich als Geschichtenerzählerin interessanter war. Radu der Schöne ist nur eine Fußnote in Vlads Geschichten, aber ich habe mich redlich bemüht, um sein Vermächtnis mit Leben zu füllen. Mehmed der Eroberer ist ein verehrter türkischer Nationalheld, und Istanbul ist immer noch ein Zeugnis seiner Größe und seiner Fähigkeit, weit in die Zukunft zu denken. Ich habe mein Bestes getan, um ihm Ehre zu erweisen, ohne dabei zu vergessen, dass er eine reale Person war.

Wie viel Interaktion die drei hatten, als sie an den osmanischen Höfen aufwuchsen, ist unbekannt. Ich habe eine fiktive Geschichte geschrieben, in der die prägenden Beziehungen ihrer jungen Leben diejenigen waren, die sie miteinander hatten. Wenn Sie mehr über Vlad, Radu und Mehmed und ihre Zeit sowie über das unglaubliche Erbe der Osmanen lesen möchten, empfehle ich Ihnen, Ihre örtliche Bibliothek und die Bibliothekare aufzusuchen. Einige Bücher, die ich hilfreich fand, waren:

The Ottoman Centuries, von Lord Kinross

Konstantinopel 1453, die letzte Schlacht, von Roger Crowley

A Short History of Byzantium, von John Julius Norwich

The Grand Turk, von John Freely

Dracula, Prince of Many Faces, von Radu R. Florescu und Raymond T. McNally

Islam: A Thousand Years of Faith and Power, von Jonathan Bloom und Sheila Blair

Obwohl die Figuren in diesem Buch alle auf unterschiedliche Weise mit der Religion und insbesondere dem Islam zu tun haben, habe ich nichts als Respekt vor der reichen Geschichte und dem wunderbaren Erbe dieses Evangeliums des Friedens. Die Meinungen der einzelnen Figuren über die Komplexität des Glaubens, sowohl des Islams als auch des Christentums, spiegeln nicht meine eigenen wider.

Die Schreibweise variiert zwischen den Sprachen und im Laufe der Zeit, ebenso wie die Ortsnamen. Alle Fehler oder Ungereimtheiten sind meine eigenen. Obwohl die Hauptfiguren eine Vielzahl von Sprachen sprechen, habe ich mich entschlossen, alle gängigen Begriffe auf Englisch wiederzugeben.

DANKSAGUNGEN

Dieses Buch würde es ohne meinen unglaublichen Mann nicht geben. Noahs Liebe zu Rumänien und seiner Geschichte sowie zu Arabisch, dem Islam und dem Nahen Osten hat diese Idee genährt und geformt, bis sie bereit war, eine Geschichte zu werden. Er war eine unschätzbare Ressource. Außerdem ist er sehr gut aussehend, und ich bin sehr glücklich, seine Frau zu sein. Ein besonderer Dank geht an meine Agentin Michelle Wolfson, die nie eine Pause macht, wenn ich ihr sage, was ich als Nächstes tun möchte. Sie war Ladas größte Befürworterin – und auch meine.

Meiner brillanten Lektorin, Wendy Loggia, kann man nicht genug danken. Sie sah die Vorstellung dieses Buches und verstand sofort, was es war und was es sein sollte. Ihre lenkende Hand ist auf jeder Seite spürbar, und ich bin so dankbar, mit ihr zu arbeiten. Das gesamte Team von Delacorte Press ist ein Traum für eine Autorin. Ein besonderer Dank geht an Alison Impey für das atemberaubende Coverdesign, Heather Kelly für die wunderschöne Innengestaltung und Colleen Fellingham und Heather Lockwood Hughes dafür, dass sie all meine vielen Fehler beim Redigieren aufgespürt haben.

Keins meiner Bücher würde ohne meine besten Freundinnen und Kritikerinnen Natalie Whipple und Stephanie Perkins existieren. Natalie hat mich durch einen brutalen ersten Entwurf begleitet, und Stephanie hat mich während einer überwältigenden Überarbeitung gerettet. Vielen Dank, vielen Dank, vielen Dank. Ich liebe euch beide.

Schließlich gilt meine unendliche Dankbarkeit meiner Familie, die mich immer unterstützt und ermutigt hat. Und an letzter Stelle des Dankes, aber an erster Stelle in meinem Herzen, stehen meine drei wunderbaren Kinder: Für euch würde ich einen Berg durchdringen.

Die bewegte Entstehungsgeschichte der gefeierten HBO-Serie

GAME OF THRONES
House of the Dragon.

HOUSE OF THE DRAGON –
DIE ENTSTEHUNG EINER DYNASTIE
49,– €, ISBN 978-3-8332-4287-8

Basierend auf Feuer und Blut aus der Feder des visionären Autors George R. R. Martin zeichnet House of the Dragon die alles verändernden Ereignisse bis zum Untergang des Hauses Targaryen nach. Adaptiert von den beiden Showrunnern Ryan Condal und Miguel Sapochnik greift die Serie auf einen atemberaubend frischen Ansatz zurück, der die Zuschauer zweihundert Jahre vor die Ereignisse aus Game of Thrones reisen lässt. Dank der Mitwirkung vieler Produktionsbeteiligter wie Condal, Sapochnik und George R. R. Martin schildert dieser Band die bemerkenswerte Entstehungsgeschichte, beginnend mit den ersten Drehbuchentwürfen bis hin zu den epischen internationalen Dreharbeiten.
Illustriert mit einer Fülle an Konzeptzeichnungen und vielen Einblicken hinter die Kulissen ist dieses Buch zu House of the Dragon der ultimative Begleiter für jeden Fan dieser außergewöhnlichen Saga.

JETZT NEU IM BUCHHANDEL

Copyright © 2023 Home Box Office, Inc.

panini BOOKS
www.paninibooks.de

THE WITCHER

Achtzig unvergleichliche Rezepte, inspiriert durch das Witcher-Universum, hier kommt garantiert jeder Geralt-Fan auf seine kulinarischen Kosten.

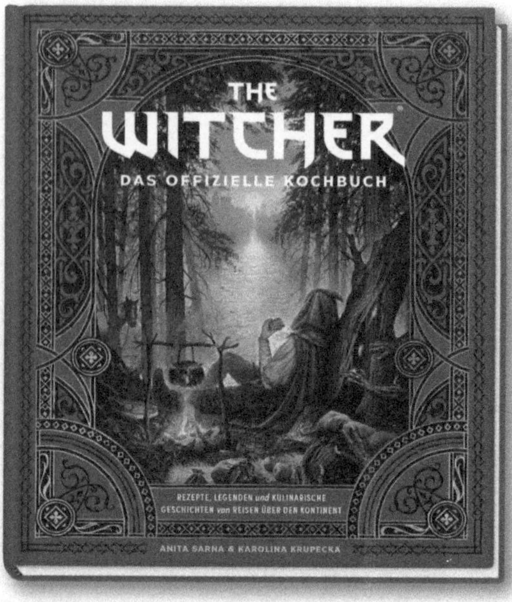

The Witcher:
Das offizielle Kochbuch
35 €, ISBN 978-3-8332-4405-6

In diesem eindrucksvoll gestalteten Kochbuch verraten Anita Sarna und Karolina Krupecka, die Macherinnen der gefeierten Food-Blogs Nerds' Kitchen und Witcher Kitchen, ihre sorgfältig recherchierten Rezepte zur Bestseller-Videogame-Saga The Witcher von CD Project Red.

»Alles in diesem Band ist es wert, ausprobiert und gekostet zu werden. Experimentiert herum! Schließlich ist die Küche kein Ort für Pedanten. Ich jedenfalls verschwinde mit The Witcher – Das offizielle Kochbuch unverzüglich in der Küche!«

– Andrzej Sapkowski

Außerdem bei Panini erhältlich:
THE WITCHER – DIE COMIC-REIHE

JETZT NEU IM BUCHHANDEL

PANINI BOOKS
www.paninibooks.de

© 2024 by CD PROJEKT S. A. CD PROJEKT®. All rights reserved.

VON SEICHTEN LÜGEN UND DUNKLEN GEHEIMNISSEN.

GINNY MYERS SAIN
Dark and Shallow Lies
ISBN 978-3-8332-4180-2

Eine dunkle, gruselige, mysteriöse und magische Geschichte im schweißtreibend-sumpfigen Süden der USA

Harry Potter meets Riverdale meets Twin Peaks

PANINI BOOKS
www.paninibooks.de

NEUE
Phantastik-Highlights
VON PANINI

REBECCA ROSS:
DER VERWUNSCHENE FLUSS
Roman, 496 Seiten,
ISBN 978-3-8332-4336-3

K. J. PARKER: EIN PRAKTISCHER RATGEBER ZUR EROBERUNG DER WELT
Roman, 400 Seiten,
ISBN 978-3-8332-4335-6

JONATHAN FRENCH:
DIE WAHREN BASTARDE
Roman, 576 Seiten,
ISBN 978-3-8332-4333-2

RJ BARKER: IM SOG DER KNOCHENSCHIFFE
Roman, 576 Seiten,
ISBN 978-3-8332-4329-5

Jetzt neu im Buchhandel

PANINI BOOKS
www.paninibooks.de